【北京社科名家文库】

未晚集

严家炎◎著

BEIJING SHEKE MINGJIA WENKU

严家炎自选集

首都师范大学出版社
CAPITAL NORMAL UNIVERSITY PRESS

图书在版编目(CIP)数据

未晚集：严家炎自选集 / 严家炎著. -- 北京：首都师范大学出版社，2025. 5. --(北京社科名家文库).
ISBN 978-7-5656-8828-7

Ⅰ. I206.6-53

中国国家版本馆 CIP 数据核字第 2025J0S502 号

北京社科名家文库

WEIWAN JI

未晚集

严家炎自选集

严家炎　著

项目统筹：杨林玉　　责任编辑：董　晴　杨林玉

责任设计：周奕婷　　封面绘画：张　煜

责任校对：林　尧　　责任印制：李　然

首都师范大学出版社出版发行

地　址　北京西三环北路 105 号

邮　编　100048

电　话　68418523(总编室)　68982468(发行部)

网　址　http://cnupn.cnu.edu.cn

印　刷　北京印刷集团有限责任公司

经　销　全国新华书店

版　次　2025 年 5 月第 1 版

印　次　2025 年 5 月第 1 次印刷

开　本　710mm×1 000mm　1/16

印　张　33.5　　插页　2

字　数　350 千

定　价　98.00 元

《北京社科名家文库》编委会

出版说明

1978年，中国改革开放的元年。自那一年开始，中国已经走过了波澜壮阔的30年。这是伟大的30年，是改变中国的30年，是震惊世界的30年，也是哲学社会科学蓬勃发展的30年。

在哲学社会科学这30年的辉煌成就里，浸透着为新中国哲学社会科学奠基的老一辈专家呕心沥血的求索，也镌刻着寻着他们足迹的后来者追求真理的步伐。“学之大者，国之重器”。我们有责任将这些“大者”潜心研究的成果，重新编辑出版以飨读者。为此，北京市社会科学界联合会和首都师范大学出版社将这一套“北京社科名家文库”奉献给读者。她以自选集的体例形式，每年推出一批，争取在几年内达到百种以上。“北京社科名家文库”将系统展示当代哲学社会科学名家学者30年来的学思精华，展示他们的学术探索历程和风采。同时，为使这套“北京社科名家文库”更加丰富，编委会决定在首都师范大学出版社已出版的“当代著名学者自选集”中挑选符合体例的图书，编辑成“北京社科名家文库·纪念辑”，这将更完整地反映北京学人在学术风范和学术使命上的历史延续。

我们相信，“北京社科名家文库”将能够成为具有文化传承价值的经典性大型出版工程，成为集中展示首都哲学社会科学重要成果的一个窗口。由于我们水平所限，定有不足之处，希望读者和同仁给予批评指正。

编　委　会

2009年11月

严家炎先生

目录

北京社科名家文库

北京社科名家文库

一个痴情者的学术回眸（代学术自述）*

我从小喜欢文学。诗和小说都让我几乎到了痴迷的程度。高中二年级（1948年秋）在上海地方报纸上发表两篇短篇小说后，奠立了一生要与文学结缘的志向。从此，“文学是痴情者的事业”，真成了我奉献的信条和毕生的体验。

上海于1949年5月下旬解放。那个暑假，我们吴淞中学高中部八九个喜欢文学的同学，自动组织了一个文学小组，阅读和讨论毛泽东的《在延安文艺座谈会上的讲话》，丁玲的《太阳照在桑干河上》，邵荃麟、葛琴编的《解放区短篇小说选》。我们都相信：有出息的文艺工作者，应该到群众中去，到火热的斗争生活中去。次年暑假高中毕业，我为了圆文学之梦，竟违背家长要我进正规大学的愿望，上了华东人民革命大学，先后参加淮南淮北的四期土改，又经历了农村建互助组和铜矿扩建改建的较长时间工作锻炼，连续过了六年没有星期天、没有节假日的刻苦生活，积累了若干素材，写了一部分作品草稿和大量笔记。

然而，1955年突发的“肃清胡风反革命集团”那场严酷的政治风暴，使我极度震惊。我实在无法理解，一群向来被公认为进步的作

---

* 原载《东方论坛：青岛大学学报》，2008年第2期。

家，其中还有不少党员作家——也包括我在华东人民革命大学时的教务处长、很受学生尊敬和欢迎的老师刘雪苇在内，何以一夜之间都成了“反革命”？一些私人通信，又怎么会都成了“反革命”的“罪证”？我不禁感到事情的可怕，并陷入痛苦的沉思。于是，在一次政治学习会后的晚上，我撕毁了那几年写的一部分感情内容可能被指为“不健康”“有问题”的草稿和笔记，第二天还向党组织交出了我收藏的胡风、路翎和刘雪苇的几本著作，如胡风的《在混乱里面》《逆流的日子》《论现实主义的路》，路翎的《饥饿的郭素娥》，刘雪苇的《论文学的工农兵方向》。我决心要变换自己的环境和道路。1956 年，恰好周恩来总理提出“向科学进军”，动员知识青年读大学、读研究生，我便在这年 9 月以同等学力考进北京大学中文系，成为文艺理论方向的四年制副博士研究生，从此由文学创作转向学术研究之路。

一、从可疑之处入手，凭原始材料立论

就在我研修了两年文艺理论专业课程，并逐渐明确了今后的研究方向之时，一个突如其来的任务让我再次转向。1958 年 10 月底，因中文系急需教师，我被半途从研究生岗位上调出，准备寒假后为来自苏联、东欧、蒙古、朝鲜等国家和地区的二十多名留学生开设中国现代文学史课程。这不仅是岗位的变更，而且是专业方向的改动，意味着我必须从头做起。我只能结合自己的备课，采用一种较为简便的办法来开展研究工作。这就是：抓住阅读中发现的一些可疑之处，紧追不舍，尽可能充分占有相关材料，深入开掘，最终获得成果。我之所以在最初阶段多采取这种方式，也许跟中国现代文学是一门年轻的学科有关。

在两个月的备课过程中，我首先读了刘绶松先生的《中国新文学

史初稿》（这是北京大学中文系1956年副博士研究生入学考试指定的“参考书”），不久又从旧书店里买到王瑶先生1953年在新文艺出版社出版的《中国新文学史稿》① 上册；还翻阅了丁易等人的其他两三种相关的书。我发现20世纪50年代前期出版的现代文学史著作，为了贯彻毛泽东《新民主主义论》的有关论断，往往在来不及阅读原始材料的情况下，就把1916年酝酿、1917年兴起的文学革命当作“新民主主义性质”的运动，划入“中国社会主义现实主义的萌芽时期”，认为陈独秀、李大钊当时都已经接受了马克思主义思想。我对此说持怀疑态度，于是连续二十多天到北大图书馆去查阅1915年到1920年间的《新青年》杂志。这是我第一次接触《新青年》，我阅读了这个刊物上所有署名陈独秀或以“记者”名义发表的文章，还读了李大钊在《新青年》和《每周评论》上发表的论文以及其他相关文章。这番阅读不断带给我许多惊喜。我终于坚信：1918年以前，无论是李大钊还是陈独秀，都还只是激进的民主派，并未接受马克思主义。陈独秀在1916年，还曾经幻想中国应该走德国军国主义的道路。直到十月革命胜利，芬兰、德国、奥地利革命发生，接着是欧战结束之后，李大钊、陈独秀才先后转向马克思主义，而陈又比李晚了一年左右。我不仅弄清了两位重要人物思想转变的具体事实，还考察了1918年以后《新青年》文学活动的若干新因素、新变化：一是《新青年》编辑部扩大，成员增多，陈独秀之外，胡适、李大钊、钱玄同、鲁迅、周作人、刘半农、沈尹默、高一涵等先后参加工作，“所有撰译，悉

① 王瑶的《中国新文学史稿》因较多引用胡风的论述，在1955年胡风案件后当然失去了成为“参考书”的资格。其实这部书写作时间惊人地短促，内容却相当丰富充实，动用了作者长期关心新文学发展而形成的学术积累，虽然尚有若干疏简错失之处，但无愧为中国现代文学学科的奠基之作。

由编辑部同人公同担任”①，因而声威大振；二是涌现出了《狂人日记》《孔乙己》《药》《月夜》《鸽子》《小河》等一批出色的新文学作品，白话文学开始在全国推开；三是先进知识分子对俄罗斯文学的重视和研究已极一时之盛，诚如瞿秋白所言，俄国文学几乎“成了中国文学家的目标”②。我认为，这些正是文学革命向新民主主义方向逐步转化的标志。我将这些想法连同稍后发现的若干马克思主义文艺思想材料，写成一篇题为《五四文学革命的性质问题》的文章初稿，给学生讲述了我的意见。后来经过修改，曾作为“五四”六十周年国际学术讨论会的论文在会上发表，并刊载于上海《文艺论丛》第八辑。当时颇得会议主持人李慎之先生和一些与会学者的赞誉，认为材料充实，分析细密，相当有说服力，使课题研究深入了一步。

我研究“五四”文学的另外一些文章，也大多采取这种从疑点入手的方式。例如，陈独秀的“推倒陈腐的铺张的古典文学”，究竟是什么意思？是真像有的学者所说，要“打倒”中国的“古典文学”么？那《文学革命论》中为什么又对国风、楚辞、汉魏五言诗、唐代古文运动、元明戏曲、明清小说等给予高度评价，并对胡适所说“诗至唐而极盛”的提法也表示赞同？这在逻辑上怎么说得通？我经过长期反复思考，又对陈独秀《文学革命论》以外的大量文章，尤其在《新青年》上发表的通信进行细读、研究和考辨，并联系陈独秀对欧洲古典主义文学的态度，终于得出结论：陈独秀所要“推倒”的“陈腐的铺张的古典文学”，实际上是指形式刻板、声律极严的骈文、律

① 《编辑部启事》，载《新青年》1918年第4卷第2号。

② 《俄罗斯名家短篇小说集·序》，北京新中国杂志社，1920。

诗（尤其长律）以及桐城派末流等一味“仿古”的文学形态，也就是他称作“中国古典主义文学”的东西。于是，我写成了《〈文学革命论〉作者“推倒”“古典文学”之考辨》一文。这个答案至今已被许多学者所认可。

又如，美国威斯康星大学历史系林毓生教授在《中国意识的危机》一书中提出：“20世纪中国思想史的最显著特征之一，是对中国传统文化遗产坚决地全盘否定的态度的出现与持续。”而首开风气的就是五四新文化运动。林先生认为，正是由于“五四”全盘反传统，造成中国文化的“断裂”，带来了中国意识的危机，才会有后来的“文化大革命”。“这两次‘文化革命’的特点，都是要对传统观念和传统价值采取嫉恶如仇、全盘否定的立场。”对于林教授这种观点，我作为五四新文化运动的研究者和十年“文化大革命”的亲历者，当然无法赞成。我觉得，林先生无论对“五四”还是对“文化大革命”都了解得比较表面，因而撰写了《五四·“文革”·传统文化》一文，后来又补充、扩展为《五四“全盘反传统”问题考辨》的论文。我列举大量事实说明《新青年》在帝制复辟声浪甚嚣尘上的年代，起来批判儒家的“三纲”，反对定孔教为国教，以启蒙捍卫辛亥革命的成果，有着巨大的功绩。把五四新文化运动判断为“全盘否定传统文化”以至造成“断裂”这种说法，在三个层面上都是说不通的：第一，这种说法把百家中的儒家一家当作了中国传统文化的全盘；第二，这种说法把以“三纲”为核心的伦理道德当作了儒家学说的全盘；第三，这种说法忽视了即使在儒家文化内部，原本就有王充、李卓吾、黄宗羲、戴震等非主流的“异端”成分存在，“五四”新文化就是继承和发扬了儒家内部这些“异端”成分的。我还论证了：“文化大革命”与“五四”恰好是反方向的运动。“五四”提倡民主，是为了反对封建专制；提倡科学，是为了反对愚昧迷信。而“文化大革命”，恰恰在上层是个人专制变本加厉，在下层是个人迷信极其盛行的产物；它表面上是打倒一切，对“封资修”文化全面批判，实际上却是封建专制主义的大回潮。“文化大革命”对于“五四”，是严重的反动和倒退；对于中华民族，更是一场少有的人为灾难。我所发表的这些看法，在国内和国际学术界，都赢得了不少赞同的声音。

总之，这种由发现疑点而起步的研究方式，似乎是一种舒卷两便、灵活可行的模式，它能适应多种不同的范围。大到一场文化运动的评价，小到半句文学口号的理解，都可采用这种方式应对。我的有关“五四”的多篇论文，便是这样产生的。

在这类研究过程中，最终决定着成果质量的是作者占有的相关原始资料是否充分。记得20世纪60年代初参加《中国现代文学史》教材编写时，主编唐弢先生一再强调：要“翻阅期刊，以便了解时代面貌和历史背景”“作品要查最初发表的期刊”，还开列了几十种最重要的文学期刊名单。这对我们这些当时的年轻学者的成长确实极有好处。在两年多时间里，我先后阅读了近二十种文学和文化期刊，留下了至今还保存着的十几万字的笔记，弄明白了许多纠缠不清的疑难问题。举例说，朱自清的《赠A.S.》一诗，歌颂“手像火把”“眼像波涛”“要建红色的天国在地上”的革命者，这对于说明作者的思想和交往应该说都很重要。但他所赠这位友人到底是谁？原诗发表于何处？都不清楚。我翻阅了20世纪20年代初期的一些期刊，发现此诗发表于1924年4月26日出版的《中国青年》第二十八期上。在此之前四个月，《中国青年》曾刊登过邓中夏《贡献于新诗人之前》一文，其中引录了他自己所做的两首旧体诗，正是表达了“共产均贫富”的理想。那么朱自清赞颂的这位友人，也许就是邓中夏了。然而这还只是一种可能性，尚不能确切地证实。及至进一步了解到朱、邓二人都是五四时期北京大学的文科学生，虽然朱在哲学系，邓在国文系，却都是1920年毕业的，完全可能是熟识的友人；至此，这种可能性更有所增大，却还不能真正落实。我又从朱自清将此诗收入《踪迹》集时改题《赠A.S.》方面查找线索，想弄清A.S.是谁。经过苦苦寻找，总算从《红旗飘飘》上看到一篇回忆文章，说邓中夏1923年在上海大学工作时，曾改用“邓安石”的名字，正好符合A.S.的英文拼音，这才算一切口径都对得上，终于获得定论。我之所以能从1963年8月起在《北京晚报》副刊“五色土”上发表《朱自清与邓中夏》等几篇文章，可以说正是大量阅读原始资料的结果。

二、着眼于艺术而又饱含思想的小说评论

1958年4月，《文艺报》为了培养文学评论队伍，邀我当了业余的评论员，此后经常接到一点编辑部交来的任务。虽然这近于“命题作文”，但我总是首先坚持从艺术角度对作品加以考量：看看它能否真称得上是语言的艺术，看看它能否真正吸引和打动自己。在我看来，文学之所以为文学，就赖于它是艺术。思想只能渗透于艺术之中，不能游离在艺术之外。脱离了艺术的思想，是干枯无生命的思想，根本打动不了人。真正的文学，总是能通过自己的艺术去吸引人和打动人。因此，我总是试着将阅读作品第一遍的感想写成笔记。“我非常看重这读第一遍的印象和感受，认为它不仅是文学评论必需的素材，而且是正确地开展批评的不可缺少的前提和基础。人们常常说要把历史的批评和美学的批评结合起来。我认为这种结合的关键，

首先在于从纯欣赏者的角度去读第一遍，以便为整个批评建立比较牢靠的审美基础。”① 评论，就是在读者和作品之间搭起桥梁，真正让作品与读者做到“融通”和“不隔”。而要做到这一点，便须体察人情，体察生活，熟悉自己所要熟悉的那些生活内容，并有自身的真知灼见。正当多位评论家撰文赞许《创业史》塑造的新人形象梁生宝获得重大成就时，我也写了一组评论这部作品的文章，提出了自己的不同看法。在1961年6月发表于《文学评论》上的《谈〈创业史〉中梁三老汉的形象》一文中，我指出：《创业史》里最成功的形象不是别人，而是梁三老汉；他虽然不属于正面英雄形象之列，却具有巨大的社会意义和特有的艺术价值。我通过对梁三老汉这位肉体上和精神上都有一块“死肉疙瘩”的老农层层深入地分析，细致地解剖了他在合作化运动中的两面性，以及由其贫苦处境和经历所决定的最终要向社会主义靠拢的必然性。我认为：梁三老汉在第一部中是真正完成了的形象，“由于这一形象凝聚了作家丰富的农村生活经验，熔铸了作家的幽默和谐趣，表现了作家对农民的深切理解和诚挚感情，因而它不仅深刻，而且浑厚；不仅丰富，而且坚实，成为全书中一个最有深度的、概括了相当深广的社会历史内容的人物”。据《文学评论》编辑部张晓萃女士说，1961年秋天她到长安县柳青家中采访时，柳青对该文表示赞赏，认为它对梁三老汉形象的意义阐发较深，甚至连作者某些很隐微的想法也都精细地触及了。冯牧当年秋末在《文艺报》一次会后留下颜默（廖仲安）和我，说到作协领导同志（指邵荃麟）对评论梁三老汉形象的这篇文章给了相当高的评价，认为写得有深

① 见拙作《回忆·感想·希望——为〈我与文学评论〉一书作》一文，《文学评论家》1986年第6期曾予转载。收入高增德、丁东编：《世纪学人自述》第6卷，北京，北京十月文艺出版社，2000。

度。唐弢先生则向吕启祥等几位当时的青年学者说：“好文章要写出气势，论梁三老汉形象这篇文章就确实有气势。”① 新时期出版的《中国新文学大系》和《中国新文艺大系》两套大型选集以及其他多种选集中，也都选入了这篇文章，可见它的确产生了较大的影响。

对于姚雪垠长篇历史小说《李自成》，我也是从“文化大革命”前就很有兴趣，待第二卷出版立即投入较多时间进行研究的。我不仅反复钻研作品，阅览《明史》相关部分，还在一位明清史专家指导下，读了明末清初的《绥寇纪略》《怀陵流寇始终录》《甲申传信录》《平寇志》《明季实录》《明季南略》《明季北略》等十几种野史，终于在1977年年末、1978年年初写成《〈李自成〉初探》这篇近四万字的论文。三十年后读来，某些文字虽不免带有特定的历史印记，但我相信，论文总体上仍保持着原有的厚重感和新鲜感。原因在于，论文一方面紧扣着小说《李自成》杰出的艺术创造深入展开评述，另一方面又力图将这些评述建筑在接近或符合历史实际的基础上。兵部尚书卢象升家里一个得心应手的贴身仆人李奇，竟然是东厂派来的特务，虽然他临离开卢府时保证绝不会说一句卢象升的坏话，事情本身却不能不让当事人惊出一身冷汗。一个很小的情节就把明朝的君臣关系和明

① 这里还有一则小故事：1961年9月，教育部人事司已与北京大学方面商定，派我到匈牙利布达佩斯大学任教两年，接替即将回国的冯钟芸先生，并已为我预订了去欧洲的火车票。那时，唐弢先生刚被确立为《中国现代文学史》的主编，他坚决反对将我放走，要求教育部给予支持。最后，教育部同意了唐的主张，我就回到了教材编写组。唐弢先生曾两次向我道歉，我则感谢他给了我很好的学习进修的机会。围绕《谈〈创业史〉中梁三老汉的形象》一文，1964年批判“中间人物论”的运动和十年“文化大革命”中，都发生过许多可悲、可笑、可叹、可气、可歌、可泣的难以尽述的故事，而邵荃麟同志表现的那番独自承担厄运、决不诿过于年青一代的傲然挺立的风骨，则令人永远钦敬。

朝政治的恐怖、黑暗，显示得清清楚楚，其作用不可谓不神奇。小说中连许多细节描写（如宫廷服饰、礼仪及北京城戒严由哪个衙门出布告）也讲求严格的历史真实性。可以不算夸张地说，《李自成》真称得上是明清之际中国社会的百科全书。迄今为止，《李自成》无疑是长篇历史小说中成就最高的一部；它所塑造的李自成、崇祯、刘宗敏、郝摇旗、李岩、红娘子、洪承畴等众多的成功形象，所营造的既复杂宏大又严谨匀称、单元式组合的结构艺术，所呈现在许多画面和文字中的绚丽多彩而又浓淡有致的鲜明的民族风格，无不令人叹服。值得注意的是，作者将小说定位为“一部反映明末农民战争和民族战争的悲剧性史诗”，而不是有人误解的“李自成起义的颂歌”。他只是肯定李自成身上值得肯定的可贵素质，却也据实写出了足以导致李自成失败的严重局限。因此，我主张从明清之际的历史实际出发，探讨《李自成》中是否有某些现代化的问题；却不赞成由想当然而来的“高夫人太高，红娘子太红”一类批评。试想，像高夫人这样一位在李自成去世后还主持大顺军长达十多年，坚持抗清，连南明大臣都要尊她为“皇太后”、向她跪拜的女性，可能是一个很简单、没有头脑、未经风雨的人物吗？我们总该顺着生活情理来想一想的吧。

三、清源方可正本，求实乃能出新

1978年年末开始的解放思想、拨乱反正，是推动中国历史前进的伟大运动。它既是一场思想运动，又是深刻的学风改造。“冰冻三尺非一日之寒”，“文化大革命”灾难是“左”倾思潮长期恶性发展的结果。因此，对它的清算，必须正本溯源，从根子上加以清理。

1979年起，我先后选择20世纪四五十年代文学界发生的三次思想批判，从原始材料入手，找出问题所在，写了《从历史实际出发，还事物本来面目》《现代文学史上的一桩旧案》《现代文学的评价标准问题》等几篇论文，澄清数十年的沉冤。

1948年东北由《生活报》发动的对萧军思想的批判，是我要清理的首个目标。早在20世纪50年代前半期，我就读过《萧军思想的批判》一书，知道其中全为批判者的文章，附录所收则是被批判者的若干片言只语，对于了解事情真相并无帮助。因此，我决心寻找萧军主编的《文化报》来对照阅读。然而，走访了当时北京的三所图书馆，此报踪影全无。无奈，只得叨扰萧军，从他那里借阅。而当我原原本本地读完萧军的《新年献词》和“八一五”社评①等文，委实大吃一惊：这分明是一篇声讨蒋介石及其后台“美帝国主义”的檄文，哪里有批判者所指的“反动思想”的影子。例如，萧军从来没有说过“赤色帝国主义”这类字样，他只是从日本侵略者虽已被赶走，而另一副面目的美国却又进入中国这个事实，提醒人们注意帝国主义会变换不同装束、不同色调而已；批判者却从“各色”二字大做文章，恶意引申，硬说萧军的真意在于“反苏”。又如，《新年献词》本是萧军独创的由主人公“老秀才”以独白方式叙述自己思想转变过程的小说体作品，尽管主人公原先对土改、对共产党有过错误看法，但后来受亲属中“革命者”的教育，终于改变想法，对党由佩服而衷心拥护，并向人民发出“支援前线”、倒蒋驱美、“拥护民主政府”、“开展新文化运动”等七点呼吁。任何一个思维正常的读者，都不会把作品中这个六十多岁的老秀才当作萧军本人，更不会把老秀才追忆自己旧思想时坦露出来的那些错误的话，当作作者对现实生活的“恶意”攻击。然而，当年批判萧军，恰恰出现了这类令人啼笑皆非的荒唐局面。这

① 即《三周年“八一五”和第六次“全代大会”》一文。

确实说明批判者身上那些宗派主义和神经过敏、想入非非，已到了何等可怕的地步！顺便说明的是，直到1979年冬、1980年春出版的两种《中国现代文学史》教材，由于不重视原始材料，仍在沿袭旧说，大讲萧军思想如何反动以及东北如何开展批判。正因为这样，1980年夏，当我在中国现代文学研究会包头年会上就萧军问题发言时，才在与会者当中引起轰动，甚至郝铭鉴先生回到上海向出版社内的工作人员传达我的观点时还引起了热烈反响。

我选取的第二个目标是重新审视丁玲小说《在医院中》所受的批判，因此写了论文《现代文学史上的一桩旧案》。我从分析《在医院中》的艺术内容入手，指出主人公陆萍与周围环境之间的矛盾，实际上是现代科学文化所要求的高度责任感与小生产者的愚昧、冷漠、保守、自私、苟安等思想习气的尖锐对立，而不是批判者所说的极端个人主义者与革命集体间的矛盾。从鲁迅小说开始的“五四”新文学对“国民性”的批评，实际上就包含了对小生产思想习气的批判与改造。《在医院中》正是在共产党领导的区域内继承“五四”新文学进步传统的一种可贵尝试，它可以说是20世纪50年代《组织部新来的青年人》的先驱。陆萍是既受现代科学文化教育又受现代革命精神影响的改革家，“总不满现状”——绝不是她的过错，而正是她的优点。陆萍就是医院中新来的年轻人。丁玲《在医院中》这类作品长期以来受到错误的批判，正说明了包括小生产思想习气在内的封建意识，确已侵袭到了无产阶级革命队伍内部。所以，“围绕《在医院中》发生的这桩公案，有必要重新审议”，它所引出的种种教训，值得我们深长思之。唐弢先生在《求实集·序》中，将我这番评论称为“关于《在医院中》的精辟论述”“把问题提到理论高度上”，给予我很多鼓励，使我在继续前进的道路上增添了不少勇气。

我的第三个目标是剖析1958年姚文元发动的那场批判巴金作品的运动。姚文元在那年《中国青年》第十九期和第二十二期上先后刊发了《论巴金小说〈灭亡〉中的无政府主义思想》《论巴金小说〈家〉在历史上的积极作用和它的消极作用》二文，提出了评价作品的双重标准乃至多重标准的理论，这在当时一些高校中文系学生中曾经引起批判巴金的风潮。在姚文元看来，《家》的“积极作用、进步作用”随着新民主主义革命结束而“早已过去”，从现实标准来看，它只剩下了“和今天共产主义思想尖锐对立着”的“消极的、错误的东西”，因而“害处就特别大”，必须予以批判。也就是说，用历史标准衡量起来是正数的，用现实标准衡量却成了负数。这真成为历史评价与现实评价奇妙的“剪刀差”了。然而在我看来，这种状况根本就不存在。以巴金的《家》为例，由于真实地描绘了封建大家庭的生活，揭露了旧家庭的腐败一面以及旧礼教带给青年的戕害与痛苦，它的“积极作用、进步作用”可以说永远不会“过去”，它永远能成为帮助年轻人认识封建家族制度、认识旧中国的一份生动教材。历史主义要求人们把事物放在当时的历史条件下加以评价，既保证了评价的可靠性，又限制了评价所能适用的范围及其所起的作用。鲁迅曾经把科学的文艺批评比喻为围住猛兽的“铁栅”，它能使作品成为“动物园里的虎狼”，变得毫不可怕。这是一种极为生动、极为贴切的说法，真正体现了历史主义的高明之处。它足以戳穿姚文元“双重标准”理论的无稽与荒唐。我的《现代文学的评价标准问题》尽管自身也受着某些拘束，但它在拨乱反正、清除长期“左”的流毒方面毕竟发挥了相当的作用。

除上述冤假错案的平反与纠正外，拨乱反正也提醒人们去反思某些习惯性的观念和标准是否合适，是否需要改变。例如，在较长时间里，学者们都“用‘反帝反封建’作为标准来研究现代文学”①，这当然比用社会主义标准去批判和否定新民主主义时期的文学要好，是一种进步，但这还是从政治上着眼的，采用的是外在于文学的标准，而不是文学自身的标准。1981年，我在纪念鲁迅一百周年诞辰所写的《鲁迅小说的历史地位》一文中，试着提出一种新的角度和标准，就是“文学现代化”。我认为，“从五四时期起，我国开始有了真正现代意义上的文学，有了和世界各国取得共同的思想语言的新文学。而鲁迅，就是这种从内容到形式都崭新的文学的奠基人，是中国现代文学的开路先锋”。我从创作方法等方面对鲁迅的《呐喊》《彷徨》的特点做了较为细致的考察，着重阐明其现代的意义；还写了《历史的脚印，现实的启示——“五四”以来文学现代化问题断想》，试图总结若干经验。有些学者敏感地注意到了这种角度的变化。钱理群在《二十世纪中国文学三人谈》中就说：“严家炎老师在一篇文章里最早提出了中国文学的现代化是从鲁迅手里开始的，他用了‘现代化’这样一个标准，打开了思路。”其实，“最早提出了中国文学的现代化”的不是我，而是三四十年代的郁达夫和朱自清，我不过是“最早”恢复使用（着重号均为引者所加）前辈提出的这一标准而已。如果说现今学界已在“二十世纪中国文学的现代性特征”上取得了坚定的共识，那么，“文学现代化”线索和标准的恢复使用，应该说促成了向“现代性”的过渡和后一标准的确立——这大概就是我当初所做工作的积极意义所在吧。

当然，我也在若干具体问题上纠正过某些前辈的差错。以冯雪峰

① 钱理群等：《二十世纪中国文学三人谈·漫说文化》，37页，北京，北京大学出版社，2004。

同志为例，他在鲁迅研究上做出过重大的贡献，但对个别问题也有误判。他在1972年12月回答北京鲁迅博物馆工作人员的问题时，竟把1936年5月以《救亡情报》记者身份采访鲁迅的“芬君”当作邓洁，认为采访记《几个重要问题》中“没有记鲁迅先生的重要的话”。这些看法都与事实有着重大的出入。我为此不但查阅了全部《救亡情报》，还访问了负责编辑这个刊物的吴大琨先生，调查了邓洁的家属，阅览了邓洁留下的材料，并重读了鲁迅的几十篇相关文章，终于证明“芬君”绝不是邓洁，采访鲁迅的事根本与邓洁无关，而且《几个重要问题》内容十分重要，完全符合鲁迅的思想，采访稿确实由鲁迅亲自校阅审定。最后，在我的《鲁迅对〈救亡情报〉记者谈话考释》发表后，通过丁景唐先生的寻找，确定“芬君”乃新闻界前辈陆诒的笔名，由陆诒本人出来写了文章，还原了事情的本来面目。

总之，20世纪70年代末、80年代初我在拨乱反正方面所做的这些工作，对于医治长期以来的“左”倾顽症，使文学研究回归比较健康的道路上来，多少尽到了一点责任。它们收在拙著《求实集》内，也许就是李何林先生所以要赞誉“这是一本有创见的‘实事求是’的书，每一篇都有创见，针对多年来一些‘左’的看法有理有据、有说服力地、心平气和地予以评论，可以算做一些问题的小结”① 的缘故吧。

四、现代小说流派史的研究和写作

在我的学术生涯中，写作最艰苦、投入时间也最长的一项工程是《中国现代小说流派史》，书中有好几章写完时都让我觉得仿佛脱了一层皮。这项工程其实并不大，成书以后篇幅不到24万字，写作过程

① 《李何林全集》第5卷，462页，石家庄，河北教育出版社，2003。

却拖了8年（其间当然与我担任中文系主任的工作也有关系）。如果把“文化大革命”以前两年思考、酝酿的准备时间也算进来，平均每年不过写两万多字。这在现在，恐怕连该评的职称也评不上。

之所以艰苦，首先在于这本书所要求的鲜明的原创性。它是这个学术领域中的第一本书，没有同类史籍可供模仿借鉴，其中必须贯穿和渗透作者自己的许多独特发现和识见。我否定了“问题小说”“为人生派”“东北作家群”作为小说流派存在的可能性。书中论述的8个流派，从命名到流派特征的概括，可以说都包含着我的许多劳动和心血。我不赞成把研究流派称作“划分流派”。创作流派是自然形成的客观存在，不是人为地主观划出来的。8个流派中，初期乡土派、“革命小说”派、社会剖析派①、后期浪漫派，都是由我命名的。新感觉派被埋没了几十年，新时期经我发掘出来，所以施蛰存先生称自己是“出土文物”。京派虽沿用旧名，但对其内涵作了极严格的限定，并将它与京味小说区分开来。至于对每个流派的特征及流变的考察和阐发，更动用了我在中西文学乃至文化知识方面大半生的积累，这也许就是几位不同的评论者都认为本书“有理论深度”的原因。

之所以艰苦，还因为小说流派史是个多层次的高度综合性工程。它面对的不仅是作家个体及其创作个性，更是由许多作品所体现的某个作家群体的共性——该流派的审美独特性。鲁迅曾在《南腔北调集·我怎么做起小说来》中说：“要极省俭的画出一个人的特点，最好是画他的眼睛。”小说流派史要画的是一类人的眼睛，而且是许多个不同的一类人的眼睛——也就是由小说作品所体现的各个流派不同

① 关于“社会剖析派”的名称，吴组缃先生得知后，当场就表示：“用这个名称很好，它有提纲挈领的作用。”

的审美特征。同时，小说流派史还注意到不同流派之间既竞争又互补的状况，从而显示出错综复杂的立体的关系。在这三个层面上都要做到准确和传神，实在是很不容易的。作者谨守着一条原则：让材料本身说话；有一份材料，就说一分话；没有材料就不说话。

我开始片段地思考小说流派问题，是在20世纪60年代编教材的后期。那是阅读作品的过程中自发产生的一些问题，例如，五四时期产生了那么多“问题小说”，说明了什么？是“流派”形成的一种征兆，还是仅仅与思想觉醒有关的一种小说现象？“为人生派”难道也能算作“小说流派”？太宽泛了是否就容易“滥”？“乡土小说”有没有流派的特征？创造社的小说是否具有流派的意味？诸如此类。前两个问题我自己就给予了否定的回答。在1962年秋天举行的“中国现代文学史提纲讨论会”上，吴组缃先生的发言中有一句话引起了我的注意，他说：“刘呐鸥写的小说我读不懂。”我觉得奇怪：世界上还有吴先生读不懂的小说吗？就在会下发问。他说：“刘呐鸥那本《都市风景线》写得很奇特，让人感到别扭，很难理解。”不久之后，我从唐弢先生那里借到这本书，读后才体会到它真的有点特别，对刘呐鸥和他周围几个作家（穆时英、施蛰存等）也就有了研究兴趣。后来终于写成有关新感觉派小说的三万四千多字的论文。

在各个流派的叙述和论析中，我力图把握好以下四方面的关系。

一是小说流派与中外文学传统之间的传承关系。例如初期乡土小说家就相当重视对欧洲乡土文学的借鉴和吸收。从鲁迅起，鲁彦、彭家煌、台静农、黎锦明等都对波兰、保加利亚、希腊、西班牙的一些乡土色彩较浓的作家如显克微支、莱芒忒、北阿·巴罗哈等“欧洲各小国有名的风土作家”[①]很感兴趣。周作人还受欧洲乡土作家和文学理论的启发，在中国倡导乡土文学。他鉴于新文学较多接受了异域的影响，因而希望乡土小说能在中国本土生根、开花、结果。这也证明蹇先艾先生在《文艺报》1984年第一期上所谓20年代并没有乡土文学理论，因而也没有乡土文学流派的说法，是记得并不准确的。同样，社会剖析派的产生，也是与西方19世纪现实主义“科学的描写法”以及唯物史观这种哲学密切联系的，所以我在书中说：“只要以托尔斯泰、巴尔扎克为代表的重视社会解剖的欧洲现实主义能够传入中国并在这块土地上生根，只要马克思主义唯物史观的社会科学能够传入中国并在这块土地上生根，只要这两种思潮能够在文学实践过程中相互结合并且确实造就出一批社会科学家气质的作家，那么，社会剖析派的形成就是不可避免的。”

二是不同流派之间的相互对立又相互渗透的依存关系。心理分析小说与社会剖析小说，新感觉派的都市文学与左翼作家的都市文学，这两类作品可以说是相互映衬有时又相互对立并在某种范围内相互影响、相互渗透的。它们互有批判，也互有吸收和肯定。社会剖析派作品在20世纪30年代节奏的加快，就与新感觉派的推动和影响有关。左翼作家楼适夷，还曾用新感觉派的某些手法写了《上海狂舞曲》，后来因冯雪峰劝阻而没有持续写下去。新感觉派作家穆时英，在茅盾《子夜》走红以后，也用两年半时间完成了一部长篇小说叫《中国行进》（初名《中国一九三一》）。据1936年年初“良友文学丛书”的广告说，穆时英这部刚脱稿的小说“写一九三一年大水灾和九一八前夕中国农村的破落，城市民族资本主义和国际资本主义的斗争。作者

① 黎君亮：《纪念彭家煌君》，载《现代》1933年第4卷第1期。

在这里不但保持了他所特有的轻快的笔调，故事的结构也有了新的发现”。可见，其中确实有《子夜》的影响。京派和作为海派的新感觉派之间，情况也大体类似，它们发生过论争，但又殊途同归地走上现代主义的路。注意各流派之间这类错综复杂的相互渗透的关系，有助于我们思考许多问题。

三是小说流派的存在对小说艺术的发展所起的重要促进作用。以意识流手法为例，自 20 世纪 20 年代在创造社部分作家手中开始运用，到 30 年代在新感觉派作家手中逐渐熟练，稍后又在某些京派作家手中得到发展，其进步是相当迅速的。又如，小说的横断面写法，在几位社会剖析派作家那里也运用得相当纯熟自然，不但短篇小说中采用，长篇小说也同样采用，这就大大促使小说在结构上克服散漫无节制的毛病，变得集中和紧凑，甚至形成了小说戏剧化的现象。再如心理分析技巧，由新感觉派作家成功运用，到七月派作家吸收发展为“心理现实主义”，用以表现极端对立的心理状态发生一百八十度的相互转化，达到了相当出色的地步。这类事例在小说流派史中，可以找到很多。

四是小说流派中作家个体的作用。每个流派当然都有一些共同的审美特征，但作家个人的创作个性和才华的作用依然不容忽视。以初期乡土派作家为例，他们的创作就各有自己的特色：鲁彦的温厚滑稽，彭家煌的机智隽妙，台静农的朴实凝练而富有诗意，都显示了相当突出的成就。事实上，作家个体对流派的发展绝不是无关紧要的。《子夜》的出现，竟能带出社会剖析这个流派，可见作家茅盾在其中发挥了多么重要的作用。心理分析小说，后来施蛰存已经写不下去了，但到了张爱玲手里，却发展得颇为圆熟自如，获得了前所未有的心理深度。七月派的路翎，创作起步的头两年，几乎完全以东平为楷模，但不久就把东平远远抛到了后面，真正代表了这个流派小说艺术的水平。因此，我总希望在写好流派的同时，充分显示作家个体所发挥的作用。

《中国现代小说流派史》的写作也带来了副产品，那就是《走出百慕大三角区——谈20世纪文艺批评的一点教训》一文。这个教训我名之为“跨元批评”或“异元批评”：就是在不同“元”的文学作品之间，硬要用某“元”作固定的标准去评判，例如用现实主义的标准去宣布现代主义作品的死刑，或者反过来，用现代主义的标准去宣布现实主义作品的死刑，犹如以尺量米，论斤称布。这种近乎文化专制主义的行为令人感到痛心，但却是中国现代小说流派发展过程中一再出现的活生生的事实（我在文中举出了大量例证）。《走出百慕大三角区——谈20世纪文艺批评的一点教训》如今已成为一些高校中文系文艺批评课程的一份教材。

我的十几种著作中，自己比较重视的还有《论鲁迅的复调小说》《金庸小说论稿》和《考辨与析疑》三种。但本文已经拖得很长，我也没有精力再写下去，最好就此打住吧。

第一辑　现代文学研究

中国现代文学的“起点”问题*

中国现代文学起点在何时？——这个问题的提出，并非始于近年。实际上，早在半个世纪以前，我就根据当时掌握的部分史料向有关方面的领导提出过。

记得那是1962年秋天，在前门饭店连续举行三天审读唐弢主编的《中国现代文学史》提纲（有十五六万字）的会议上，我曾利用一次休息的机会，向当时与会的中宣部副部长林默涵提了一个问题：“黄遵宪1887年定稿的《日本国志·学术志》中，已经提出了‘言文一致’、倡导‘俗语’（白话）的主张，这跟胡适三十年后的主张是一样的，我们的文学史可不可以直接从黄遵宪这里讲起呢？”林默涵摇摇头，回答得很干脆：“不合适。中国现代文学史必须从‘五四’讲起，因为毛主席的《新民主主义论》已经划了界线：‘五四’以前是旧民主主义，‘五四’以后才是新民主主义。黄遵宪那些‘言文一致’的主张，你在文学史《绪论》里简单回溯一下就可以了。”我当然只能遵照林默涵的指示去做，这就是

---

* 原载《文学评论》，2014年第2期（2013年9月改定）。

“文化大革命”结束后到1979年才由人民文学出版社出版的《中国现代文学史·绪论》里的写法。它简单提到了黄遵宪《日本国志·学术志》，及其“适用于今，通行于俗”的语文改革主张和“欲令天下之农工商贾妇女幼稚皆能通文字之用”的理想，但打头用来定性的话却是：“中国现代文学发端于五四运动时期”“现代文学是新民主主义革命时期现实土壤上的产物”。之所以会形成这种状况，一方面是政治结论框住了文学历史的实际，另一方面也跟当时学术界对文学史料的具体发掘还很不充分有相当的关系。

所谓中国现代文学史，是指主体由新式白话文写成，具有现代性特征并与“世界的文学”（歌德、马克思语）相沟通的最近一百二十年中国文学的历史。换句话说，中国现代文学之所以有别于古代文学，是由于其内涵有着这三种特质：一是其主体由新式白话文所构成，而非由文言所主宰；二是具有鲜明的现代性，并且这种现代性与深厚的民族性相互交融；三是在大背景上与“世界的文学”相互交流、相互参照。理解这些根本特点，或许有助于我们比较准确地把握中国现代文学与古代文学的分界线之所在。

中国现代文学的开辟和建立，是经历了一个过程的。它最初的起点，根据我们现在掌握的史料，是在19世纪80年代末、90年代初，也就是甲午战争的前夕。

根据何在？我想在这里提出三个方面的史实来进行讨论。

黄遵宪早于胡适提倡“言文合一”，以俗语文学取代古语文学

首先，“五四”倡导白话文学所依据的“言文合一”（书面语与口头语相一致）说，早在黄遵宪（1848—1905）1887年定稿的《日本国志》中就已

提出，它比胡适的《文学改良刍议》《建设的文学革命论》等同类论述，足足早了三十年。“言文合一”这一思想，导源于文艺复兴时期的西欧各国，他们在建立现代民族国家的过程中，改变古拉丁文所造成的言文分离状态，以各自的方言土语(法文、英文、德文、意大利文等)为基础，实现了书面语与口头语的统一。黄遵宪作为参赞自 1877 年被派驻日本，后来又当过驻美国旧金山领事等职务，可能由多种途径得知了这一思想，并用来观察、分析日本和中国的言文状况。我们如果打开《日本国志》卷三十三的《学术志二》文学条，就可读到作者记述日本文学的发展演变之后，用“外史氏曰”口吻所发的这样一段相当长的议论：

> 外史氏曰：文字者，语言之所出也。虽然，语言有随地而异者焉，有随时而异者焉；而文字不能因时而增益，划地而施行，言有万变而文止一种，则语言与文字离矣。居今之日，读古人书，徒以父兄师长，递相授受，童而习焉，不知其艰。苟迹其异同之故，其与异国之人进象胥舌人而后通其言辞者，相去能几何哉。
>
> 余观天下万国，文字言语之不相合者莫如日本。……
>
> 余闻罗马古时仅用腊丁语，各国以语言殊异，病其难用。自法国易以法音，英国易以英音，而英法诸国文学始盛。耶稣教之盛，亦在举旧约、新约就各国文辞普译其书，故行之弥广。盖语言与文字离，则通文者少；语言与文字合，则通文者多，其势然也。然则日本之假名有裨于东方文教者多矣，庸可废乎！泰西论者谓五部洲中以中国文字为最古，学中国文字为最难，亦谓语言文字之不相合也。然中国自虫鱼云鸟①屡变其体而后为隶书为草

① 此处“虫”“鱼”“云”“鸟”四字，当指最初的象形字。

书，余乌知夫他日者不又变一字体为愈趋于简、愈趋于便者乎！自凡将《训纂》逮夫《广韵》《集韵》增益之字，积世愈多则文字出于后人创造者多矣，余又乌知夫他日者不有孳生之字为古所未见，今所未闻者乎！周秦以下文体屡变，逮夫近世章疏移檄、告谕批判，明白晓畅，务期达意，其文体绝为古人所无。若小说家言，更有直用方言以笔之于书者，则语言文字几几乎复合矣。余又乌知夫他日者不更变一文体为适用于今，通行于俗者乎！嗟乎，欲令天下之农工商贾妇女幼稚皆能通文字之用，其不得不于此求一简易之法哉！（标点符号为引者所加）

胡适在写《五十年来中国之文学》时，大概只读过黄遵宪的诗而没有读过《日本国志》中这段文字，如果读了，他一定会大加引述，佩服得五体投地的。这段文字所包含的见解确实很了不起。首先，黄遵宪找到了问题的根子："语言与文字离，则通文者少；语言与文字合，则通文者多"，这可能是西欧各国文艺复兴后社会进步很快，国势趋于强盛的一个重要原因。胡适在20世纪30年代谈到白话文学运动时曾说："我们若在满清时代主张打倒古文，采用白话文，只需一位御史的弹本就可以封报馆捉拿人了。"①可黄遵宪恰恰就在清代主张撇开古文而采用白话文，这难道不需要一点勇气么？胡适说："白话文的局面，若没有'胡适之陈独秀一班人'，至少也得迟出现二三十年。"②可是黄遵宪恰恰就在胡适、陈独秀之前三十年，早早预言了口语若成为书面语就会让"农工商贾妇女幼稚皆能通文字之用"，这难道就不需

① 见《中国新文学大系·〈建设理论集〉导言》。

② 同上。

要一点胆识么？黄遵宪得出的逻辑结论是：书面语不能死守古人定下的“文言”这种规矩，应该从今人的实际出发进行变革，让它“明白晓畅”，与口头语接近乃至合一。事实上，黄遵宪所关心的日本“文字语言之不相合”问题，也已在1885—1887年间由坪内逍遥、二叶亭四迷发动的文学革命①倡导以口语写文学作品，真正实行“言文一致”所解决；只是黄遵宪写定《日本国志》时，早已离开了日本，因而可能不知道罢了。应该说，黄遵宪所谓“更变一文体为适用于今，通行于俗者”，这种文体其实就是白话文。不过，黄遵宪毕竟由科举考试中举进入仕途，而且是位诗人，自己又未能通晓一两种欧洲语言（只是通晓日语），这些局限使黄遵宪终究未能发动一场“白话文学运动”以践行其主张。虽然如此，黄遵宪在《日本国志》中所鼓吹的“言文一致”的思想依然产生了很大的影响，尤其当清廷甲午战败，人们纷纷思考对手何以由一个小国突然变强，都希望从《日本国志》中寻找答案的时候，“言文合一”“办白话报”等措施也就成了变法维新的组成部分，声势猛然增大。只要考察不同版本就可知道：该书自1890年起就交羊城（广州）富文斋刊刻（版首有光绪十六年刻板字样），却由于请人作序或报送相关衙门等原因，直到甲午战争那年才正式发行。驻英法大使薛福成在1894年写的“序”中，已称《日本国志》为“数百年来少有”之“奇作”。到战败后第二年的改刻本印出（1897），又增补了梁启超在

① 坪内逍遥从研究欧洲近代文学中得到启发，1885年发表《小说神髓》，提倡写实主义，反对江户时代一味“劝善惩恶”的主观倾向；二叶亭四迷则于1887年听取坪内逍遥的意见，用口语写出了小说《浮云》，体现了“言文一致”的成功。这是日本近代文学史上一场很大的变革。请参阅山田敬三著《中日文化交流史大系·文学卷》第六章，浙江人民出版社出版。

1896年写的“后序”。梁序对此书评价极高，称赞黄遵宪之考察深入精细：“上自道术，中及国政，下逮文辞，冥冥乎入于渊微”，令读者“知所戒备，因以为治”。可见，包括黄遵宪“言文一致”的文学主张在内，都曾引起梁启超的深思。梁启超后来在《小说丛话》中能够说出“文学之进化有一大关键，即由古语之文学变为俗语之文学是也。各国文学史之开展，靡不循此轨道”，其中就有黄遵宪最初对他的启发和影响。至于裘廷梁在《无锡白话报》上刊发《论白话为维新之本》，倡导“崇白话而废文言”，更是直接受了黄遵宪《日本国志》的启迪，这从他提出的某些论据和论证方法中亦可看出。到戊戌变法那年，《日本国志》除广州最早的富文斋刻本外，竟还有杭州浙江书局的刻印本、上海图文集成印书局的铅印本共三种版本争相印刷，到1901年又有上海的第四种版本，真可谓风行一时了。黄遵宪本人晚年的诗作，较之早年“我手写我口”突出“我”字的主张，也更有新的发展，不但视野开阔，还大量吸收俗语与民歌的成分，明白晓畅，活泼自然，又有韵味，力求朝“言文合一”的方向努力。总之，在中国应该变法维新方面黄遵宪始终是坚定的，一直到百日维新失败、被放归乡里的1899年，他还对其同乡、原驻日大使何如璋说：“中国必变从西法。其变法也，或如日本之自强，或如埃及之被逼，或如印度之受辖，或如波兰之瓜分，则吾不敢知，要之必变。”并预言说：“三十年后，其言必验。”①虽然他在1905年就因病去世，早已看不到了。

黄遵宪的局限，却由同时代的另一位外交家兼文学家突破了，此人就是陈季同。下面我们的讨论也就逐渐转向第二个方面。

---

① 见黄遵宪为《己亥杂诗·滔滔海水日趋东》诗作的自注。

陈季同向欧洲读者积极介绍中国文学，同时又在国内倡导中国文学与“世界的文学”接轨

陈季同(1851—1907)和黄遵宪不一样，他不是走科举考试的道路进入仕途的。他进的是福州船政学堂，学的是造船专业，老师是从法国聘请来的，许多教材也是法文的。他必须先读八年法语，还要学高等数学、物理、机械学、透视绘图学等理工科的课程。而为了学好法国语文，老师要求学生陆续读一些法国小说以及其他法国文学作品。出身书香门第的陈季同十六岁进船政学堂之前，已经受过良好的中国文化和文学方面的传统教育，根基相当厚实。据《福建通志》列传卷三十四记载：“时举人王葆辰为所中文案。一日，论《汉书》某事，忘其文，季同曰：‘出某传，能背诵之。’”①可见他的聪明好学、博闻强记和求知欲的旺盛。西学、国学两方面条件的很好结合，就使他成为相当了不起的奇才。他先后在法国十六年，虽然身份是驻法大使馆的武官，人们称他为陈季同将军，但他又从事大量文学写作和文化研究活动，是个地道的“法国通”。他在巴黎曾不止一次地操流利的法语做学术演讲，倾倒了许多法国听众。罗曼·罗兰在1889年2月18日的日记中写道：

> 在索邦大学的阶梯教室里，在阿里昂斯法语学校的课堂上，一位中国将军——陈季同在讲演。他身着紫袍，高雅地端坐椅上，年轻饱满的面庞充溢着幸福。他声音洪亮，低沉而清晰。他的演讲妙趣横生，非常之法国化，却更具中国味，这是一个高等

① 转引自李华川：《晚清一个外交官的文化历程》，11页，北京，北京大学出版社，2004。

> 人和高级种族在讲演。透过那些微笑和恭维话，我感受到的却是一颗轻蔑之心：他自觉高于我们，将法国公众视作孩童……他说，他所做的一切，都是在努力缩小地球两端的差距，缩小世上两个最文明的民族间的差距……着迷的听众，被他的花言巧语所蛊惑，报之以疯狂的掌声。①

可见陈季同法语讲演之成功。他还用法文写了七本书，有介绍中国人的戏剧的著作，有介绍中国文化和风俗的著作，有小品随笔，有《聊斋志异》法译，主要传播中国文学和文化。这些书在法国销路相当好，有的还被译成意大利文、英文、德文等出版。值得注意的是，七本书中竟有四本都与小说和戏剧有关，占了半数以上，可见陈季同早已突破中国传统的陈腐观念，在他的心目中小说戏剧早已是文学的正宗了。尤应重视的是，陈季同用西式叙事风格，创作了篇幅达三百多页的中篇小说《黄衫客传奇》，成为由中国作家写的第一部现代意义上的小说作品(1890 年出版)。他的学生曾朴(《孽海花》作者)曾说："陈季同将军在法国最久，……尤其精通法国文学。他的法文著作，如《中国童话》(*Contes Chinois*)②，《黄衫客》悲剧(*L'homme de la Robe Jaune*)等，都很受巴黎人士的欢迎。他晚年生活费，还靠他作品的版税和剧场的酬金。"曾朴把法文版的《黄衫客传奇》称为"悲剧"，可见他确是读过这本书的。陈季同更早出版的学术著作《中国人的戏剧》(1886 年)，则在中西两类戏剧的比较中准确阐述了中国戏剧的特点。

① 转引自《罗曼·罗兰高师日记》中译文，译者孟华。见孟华为李华川著《晚清一个外交官的文化历程》一书所写的"前言"。

② 《中国童话》(*Contes Chinois*)，即陈季同选译成法文的《聊斋》二十六篇。

“作者认为中国戏剧是大众化的平民艺术，不是西方那种达官显贵附庸风雅的艺术。在表现方式上，中国戏剧是‘虚化’的，能给观众以极大的幻想空间，西方戏剧则较为写实。在布景上，中国戏剧非常简单，甚至没有固定的剧场，西方戏剧布景则尽力追求真实，舞台相当豪华，剧院规模很大。作者的分析触及中西戏剧中一些较本质的问题，议论切中肯綮，相当精当。”①可以说，陈季同是中法比较文学最早的一位祖师爷。后来，陈季同回到国内还采用不同于传统戏曲而完全是西方话剧的方式，创作了剧本《英勇的爱》(1904 年由东方出版社在上海出版)，虽然它也由法文写成，却无疑是出自中国作家笔下的最早一部话剧作品，把中国的话剧史向前推进了好几年。陈季同所有这些写作实践活动，不但在法国和欧洲产生了影响，而且都足以改写中国的现代文学史。

问题还远不止于此。陈季同的更大贡献，在于历史的时针指在 19 世纪 80 年代、90 年代时，他就已经形成或接受了“世界的文学”这样的观念。他真是超前，真是有眼光啊！下面请看他的学生曾朴在戊戌年间所记下的他老师的一段谈话：

> 我们在这个时代，不但科学，非奋力前进，不能竞存，就是文学，也不可妄自尊大，自命为独一无二的文学之邦；殊不知人家的进步，和别的学问一样的一日千里，论到文学的统系来，就没有拿我们算在数内，比日本都不如哩。我在法国最久，法国人

① 转引自李华川：《晚清一个外交官的文化历程》，57 页，北京，北京大学出版社，2004。

也接触得最多，往往听到他们对中国的论调，活活把你气死。除外几个特别的：如阿培尔·娄密沙(Abel Rémusat)，是专门研究中国文字的学者，他做的《中国语言及文学论》，态度还公平；瞿亚姆·波底爱(M. Guillaume Pauthier)是崇拜中国哲学的，翻译了《四子书》(*Confucius et Menfucius*)和《诗经》(*Ch'iking*)、《老子》(*Lao-Tseu*)，他认孔孟是政治道德的哲学家，《老子》是最高理性的书。又瞿约·大西(Guillard d'Arcy)，是译中国童话(Contes Chinois)的；司塔尼斯拉·许连(Stanislus Julien)译了《两女才子》(*Les Deux Jeune Filles Lettrée*)、《玉娇李》(*Les Deux Cousines*)；唐德雷·古尔(P. d'Entre-Colles)译了《扇坟》(*Histoire de La Dame a L'éventail blanc*)，都是翻译中国小说的，议论是半赞赏半玩笑。其余大部分，不是轻蔑，便是厌恶。就是和中国最表同情的服尔德(Voltaire)，他在十四世纪哈尔达编的《中国悲剧集》(*La Tragédie Chinoise*, *Par le Pére du Halde*)里，采取元纪君祥的《赵氏孤儿》，创造了《中国孤儿》(*L'orphelin de la Chine*)五折悲剧，他在卷头献给李希骝公爵的书翰中，赞叹我们发明诗剧艺术的早，差不多在三千年前(此语有误，怕是误把剧中故事的年代，当作剧的年代)，却怪诧我们进步的迟，至今还守着三千年前的态度。至于现代文豪佛朗士就老实不客气地谩骂了。他批评我们的小说，说：不论散文还是韵文，总归是满面礼文满腹凶恶一种可恶民族的思想；批评神话，又道：大半叫人读了不喜欢，笨重而不像真，描写悲惨，使我们觉到是一种扮鬼脸，总而言之，中国的文学是不堪的。这种话都是在报纸上公表的。我想弄成这种现状，实出于两种原因：一是我们太不注意宣传，文学的作品，译出去的很少，译的又未必是好的，好的或译得不好，因此生出重重隔膜；二是我们文学注重的范围，和他们不同，我们只守定诗古文词几种体格，做发抒思想情绪的正鹄，领域很狭，而他们重视的如小说戏曲，我们又鄙夷不屑，所以彼此易生误会。我们现在要勉力的，第一不要局于一国的文学，嚣然自足，该推扩而参加世界的文学。既要参加世界的文学，入手方法，先要去隔膜，免误会。要去隔膜，非提倡大规模的翻译不可，不但他们的名作要多译进来，我们的重要作品，也须全译出去。要免误会，非把我们文学上相传的习惯改革不可，不但成见要破除，连方式都要变换，以求一致。然要实现这两种主意的总关键，却全在乎多读他们的书。①

这是陈季同长期在法国所感受到的痛彻肺腑的体会。作为中国的文学家和外交家，他付出了许多痛苦的代价，才得到这样一些极宝贵的看法。他发现，首先该责怪的是中国的“妄自尊大，自命为独一无二的文学之邦”，不求进步，老是对小说、戏曲这些很有生命力的文学品种“鄙夷不屑”。其次，陈季同也谴责西方一些文学家的不公平，他们没有读过几本好的中国文学作品甚至连中文都不太懂，就对中国文学说三道四，轻率粗暴地否定，真要“活活把你气死”，这同样是一种傲慢、偏见加无知。陈季同在这里进行了双重的反抗：既反抗西方某些人那种看不起中国文学，认为中国除了诗就没有文学的偏见，也

① 引自曾朴答胡适信，原载1928年4月16日出版的《真美善》杂志第1卷第12号，亦收入胡适《论翻译》文后附录，见《胡适全集》第3卷，807—809页，合肥，安徽教育出版社，2003。

反抗中国士大夫历来鄙视小说戏曲，认为它们“不登大雅之堂”的陈腐观念。陈季同所以要用法文写那么多著作，就是为了消除佛朗士这类作家对中国文学的误解。他提醒中国同行们一定要看到大时代在一日千里地飞速发展，一定要追踪“世界的文学”，参加到“世界的文学”中去，要“提倡大规模的翻译”，而且是双向的翻译：“不但他们的名作要多译进来，我们的重要作品，也须全译出去”，这样才能真正去除隔膜和避免误会，才能取得进步。正是在陈季同的传授和指点下，曾朴在后来的二三十年中才先后译出了五十多部法国文学作品，成为郁达夫所说的“中国新旧文学交替时代的这一道大桥梁”(郁达夫：《记曾孟朴先生》)。事实上，当《红楼梦》经过著名翻译家李治华和他的法国夫人雅歌，再加上法国汉学家安德烈·铎尔孟，三个人合作翻译了整整二十七年(1954—1981)终于译成法文，我们才真正体会到陈季同这篇谈话意义的深刻和正确。可以说，陈季同作为先驱者，正是在参与文学上的维新运动，并为“五四”新文学的发展预先扫清道路。他远远高于当时国内的文学同行，真正站到了时代的巅峰上指明着方向，引导中国文学走上与世界文学交流的轨道。稍后，伍光建、周桂笙、徐念慈、周瘦鹃的新体白话，也正是在翻译西方文学的过程中逐渐形成的。

几部标志性的文学作品

这里再说第三个方面，就是当时有无标志性的文学作品可供人们研究讨论。答案是肯定的。除了前面提到的黄遵宪的“新派诗”之外，陈季同 1890 年在法国出版的中篇小说《黄衫客传奇》，就是很重要的一部。[①] 这部小说当时很受法国读者的欢迎，不久还被译成意大利文出版。1890 年的《法国图书年鉴》就有一段专门的文字介绍《黄衫客传奇》："这是一本既充满想象力，又具有独特文学色彩的小说。通过阅读这本书，我们会以为自己来到了中国，作者以一种清晰而富于想象力的方式描绘了他的同胞的生活习俗。"《黄衫客传奇》虽然只是一部爱情题材的作品，艺术上却很具震撼力，并显露出鲜明的现代意义。早在"五四"之前三十年，它就已对家长包办儿女婚姻的旧制度以及"门当户对"等旧观念、旧习俗提出了质疑。小说通过新科状元李益与霍小玉的自主而美满的婚姻受到摧残所导致的悲剧，振聋发聩地进行了控诉，促使读者去思考。书中对李益那位守寡母亲严酷专制的形象，刻画尤为深刻。两年之后的 1892 年，韩邦庆(1856—1894)的《海上花列传》也开始在上海《申报》附出的刊物《海上奇书》上连载。《海上花列传》可以说是首部有规模地反映上海这样的现代都市生活的作品。如果说《黄衫客传奇》借助新颖的小说结构、成功的心理分析、亲切的风

① 也许会有读者产生疑虑：用外文写作的小说可以进入中国文学史吗？我认为，在歌德和马克思先后指出"世界文学正在形成"或者"已经形成"的时代，中国有一些作家用外文来写作品，这件事本身恰恰显示出了鲜明的现代特征。陈季同生活在一百二十多年前的法国，又看到了佛朗士一类作家公开发表在报上的非常看不起中国文学的那些批评，他几乎是情不自禁地拿起了自己的笔。陈季同之外，创造社成员陶晶孙曾用日文写过小说《木犀》，台湾作家杨逵也在日本左翼报刊上发表过《送报夫》等作品(为了躲避日本殖民当局对汉语文学的严密审查)，凌叔华用英文发表过自传性小说《古韵》，林语堂更用英文创作过《京华烟云》等一系列长篇作品，鲁迅则在日本《改造》杂志上用日文刊出过文章。认真搜索起来，曾经用外文写作的中国作家人数恐怕还更多。当然，他们的作品也只有被翻译成汉语之后，才能对更广大的中国读者产生影响。所以，我认为，在中国现代文学史里写到陈季同的《黄衫客传奇》，实在是一种非常正当、非常合乎情理的事情。

俗描绘与神秘的梦幻氛围，构织了一出感人的浪漫主义爱情悲剧，控诉了专制包办婚姻的残忍；那么《海上花列传》则以逼真鲜明的城市人物、“穿插藏闪”的多头叙事与灵动传神的吴语对白，突显了“平淡而自然”(鲁迅语)的写实主义特色，显示了作者对受压迫、受欺凌的女性的真挚同情。它们各自显示了现代意义上的成就，同属晚清小说中的上乘作品。虽然甲午前后小说阅读的风气未开，人们对韩邦庆这位“不屑傍人门户”①、有独到见地的作家未必理解，因而《海上花列传》当时的市场反应只是销路平平(颠公：《懒窝随笔》)。但不久情况就有所改变。尤其到“五四”文学革命兴起之后，那时的倡导者鲁迅、刘半农、胡适，各自用自己的慧眼发现了《海上花列传》的重要价值。胡适在《海上花列传·序》中甚至称韩邦庆这部小说为一场“文学革命”。近几年上海几位学者如栾梅健、范伯群、袁进等更纷纷撰文探讨这部小说的里程碑意义，为学界所瞩目，我个人也很赞同。所有这些，都从各方面证明：《黄衫客传奇》与《海上花列传》的意义确实属于现代。

如果还要继续列举标志性作品，我想用鲁迅称作“谴责小说”的《老残游记》和《孽海花》两部来讨论。刘鹗(1857—1909)的《老残游记》是文学史上较好的一部。它采用游记结构，正便于实写清末社会而又兼具象征寓意，对《海上花列传》也有所借鉴(如全书开头均由“一梦而起”)。作者阅世甚深，忧国忧民，笔致锋利，文字则含蓄简洁。在第一回自评中，刘鹗就说：“举世皆病，又举世皆睡，真正无下手处。摇串铃先醒其睡。无论何等病症，非先醒无法治。”这就是老残到处走江湖、摇串铃，行医“启蒙”“醒世”的根由。书中所写治理黄河、揭露酷吏等篇章，亦均极有见地。曾朴(1872—1935)的《孽海花》，其实是

---

① 海上漱石生(孙玉声)：《退醒庐笔记》。

历史小说，语言已经是相当纯熟的白话，艺术上比其他被称作“谴责小说”的三本都要高出一筹。鲁迅就称赞它“结构工巧，文采斐然”，还夸誉其人物刻画“亦极淋漓”。用杨联芬著作中的话来说：“曾朴的《孽海花》因为深入和生动地描绘了傅彩云、金雯青这样一类历史进程中的‘俗人俗物’，描绘了他们真实的人性和他们很难用‘善’‘恶’进行衡量的道德行为，以及由他们的生活所联系起来的千姿百态的世态人生，使这部小说显得那样元气淋漓。”①在这点上，曾朴和他的老师陈季同一样，都受了法国小说很深的影响。郁达夫则更由此推崇曾朴是“中国20世纪所产生的诸新文学家中”“一位最大的先驱者”。可见在郁达夫的心目中，新文学的起点是在晚清。

以上我们分别从理论主张、国际交流、创作成就三种角度，考察了中国现代文学起点时的状况。可以归结起来说，甲午前后的文学已经形成了这样三座标志性的界碑：一是文学理论上提出了以白话(俗语)取代文言的重要主张，并且付诸实践；二是开始了与“世界文学”的双向交流，既将外国的好作品翻译介绍进来，也将中国的好作品向西方推介出去；三是伴随着小说戏剧由边缘向中心移位，创作上出现了一些比较优秀的真正具有现代意义的作品。这就意味着，当时的倡导人本身已经开始具有世界性的眼光。这些事例都发生在19世纪末20世纪初，看起来似乎只是文学海洋上零星地浮现出的若干新的岛屿，但却预兆了文学地壳不久将要发生的重大变动。它们不但与稍后的“诗界”“文界”“小说界”的“革命”相传承，而且与二三十年后的“五四”新文学革命相呼应，为这场大变革做着准备。尽管道路有曲折：

① 杨联芬：《晚清至五四：中国文学现代性的发生》，277页，北京，北京大学出版社，2003。

戊戌变法被扼杀，甚至付出血的代价，国家也几乎到了被瓜分、宰割的边缘，但随着科举制度的彻底废止，留学运动的大规模兴起，清朝政府的完全被推翻，文学革命的条件也终于逐渐走向成熟。

19 世纪 80 年代末以来的许多文学史实证明：如果说 1890 年前后中国现代文学已经有了起点，那么，后来的“五四”文学革命实际上是个高潮，其间经过了三十年的酝酿和发展，两三代人的共同参与。黄遵宪、陈季同当然是第一代，梁启超、裘廷梁、曾朴以及其他用白话翻译西方文学的伍光建、周桂笙、徐念慈、周瘦鹃等都是第二代，胡适、钱玄同、刘半农、傅斯年、沈雁冰、郑振铎、郭沫若、郁达夫等则是第三代，陈独秀、鲁迅、周作人可以说二代、三代的活动都参加过。他们各自创建出不少标志性的业绩，最后在诸多条件比较成熟的情况下，才取得了圆满成功。“五四”文学高潮能够在几年时间内迅速获得胜利，与许多条件都有关系，而“五四”前夕中国留学生已达到近五万人之多，则是一个非常重要的条件。

新体白话的起源、特征及其评价*

新体白话是"五四"文学革命后诞生的一种使书面语与口头语相接近的文学语言，在我国最近八十多年社会实际生活中发挥了异常重大的作用。但对于它的具体评价，学术界至今或因接触材料所限，或为陈见偏见所蔽，仍不免众说纷纭。一些学者提出了很有价值的看法，但又似乎把文学革命看作胡适、陈独秀单纯的个人行为；明于个别事实，而昧于总体背景，对新体白话这类重大而复杂的语言现象及其来龙去脉反而茫然。为推进相关问题的探讨，下面愿就新体白话的起源、特征及若干争议，申述个人浅见，敬请方家与读者赐正。

一、一种被翻译逼出来的新体文

新体白话从何而来？它的产生，当然和19世纪末期以来近代大都市迅速兴起，市民和新型知识分子大量涌现这些社会条件有关，也和文学革命的倡导以及新文学创作蓬

---

* 原载《中国现代文学研究丛刊》，2006年第1期。

勃发展的客观要求有关。但最早促成它的动因，实在出于忠实译介西方文学的需要。换句话说，新体白话是由面对民众的文学翻译逼出来的。

刘半农 1918 年 5 月在《新青年》上发表他的译诗《我行雪中》时，曾写过一段“译者导言”，透露出这方面的信息。其中说：“两年前，余得此诗于美国 *Vanity Fair* 月刊，尝以诗赋歌词各体试译，均苦为格调所限，不能竟事。今略师前人译经笔法写成之，取其曲折微妙处，易于直达，然亦未能尽惬于怀。意中颇欲自造一完全直译之文体，以其事甚难，容缓缓尝试之。”无独有偶，胡适在《尝试集·再版自序》中，也称用白话翻译《关不住了》一首“是我的‘新诗’成立的纪元”。这里，胡适所称“‘新诗’成立的纪元”，刘半农所谓“完全直译之文体”，都和接近于口语的新体白话有关，只是胡适已获得自己满意的初步成功，而刘半农尚在摸索之中。

瞿秋白在和鲁迅讨论翻译问题时曾说：“古文的文言没有可能实现真正的‘信’的翻译。”这话听起来有点武断。但是，文学翻译要真正准确贴切地传达出原作的风貌、对话的韵味，恐怕还是要靠白话来对译。林纾的古文意译虽也有很大的功劳，但他那种按译者审美趣味随意删节原作、整章不分段落、对话也不分行书写、人名又任意变更的译法，无论如何很难让懂得外文的读者满意。因此，早在清末民初，用白话文翻译外国小说的风气已逐渐出现。周桂笙、伍光建、包天笑、周瘦鹃等都是这方面的好手。而新体白话文，就在这类翻译小说传播的过程中，不知不觉地逐渐形成，并被读者所接受。这种白话文与传统白话小说的语言有所不同，它以现代口语为基础，容纳某些文言词汇，避开过于生僻的方言乡音，语法结构上有时虽略带一些外语的痕迹，却比较顺畅自然，容易为一般读者所接受。请看周桂笙所译侦探小说《毒蛇圈》开头的一段文字，这是父女两人的对话，却没有用引号把两人的话分开：

爹爹，你的领子怎么穿得全是歪的？

儿呀，这都是你的不是呢，你知道没有人帮忙，我是从来穿不好的。

话虽如此，然而今天晚上，是你自己不要我帮的。你的神气慌慌忙忙，好像我一动手就要耽搁你的好时候似的。

没有的话，这都是因为你不愿我去赴这回席，所以努起了嘴，什么都不高兴了。

请教我怎么还会高兴呢？你去赴席，把我一个人丢在家里，所为的不过是几个老同窗，吃一顿酒。你今年已经五十三了，这些人已经三十多年没有见了，还有什么意思呢？

五十二岁！姑娘，请你不要把我的年纪来弄错，这不是说短了我的日子，犹如咒我一般吗！至于讲到这顿酒，却是我们同窗的一个纪念会，会中的朋友，差不多还有许多没有见过的呢！然而内中有一个人，是我很相好的。此人与一位大臣很知交的，所以我想托他在政府里替我请奖呢；难道我真为的是吃一顿么！

《毒蛇圈》译文登载在1903—1905年《新小说》第八至二十四期上。那么早的时候，就运用这样顺畅的不带什么方言的白话文，表达得又是如此曲折细致，实在很不容易。伍光建译的《侠隐记》和《续侠隐记》也有这类好处。请看《续侠隐记》第二十一回中的两段文字，它们写的是路易十四时代被红衣主教黎塞留逮捕却要决心越狱的一位公爵的心情：

过了几分钟，看守官(指拉勒米，引者注)果然来了，对局下棋，公爵很费心思的想。看官要晓得公爵关在监里已经有五年了，过这五年，如同过五十年一样。眼前既然有了逃走的法子，只有两天就可自由，公爵却非常的着急。他现在还不明白脱逃的法子，只听到可以脱逃的话，却不知其中办法，大约见了点心馅子才能明白。但是他的朋友之中，是那一位替他如此出力呢？关了五年监，还有这样义气的朋友，真是十分难得，心里着实高兴。最料想不到的，是这班朋友之外，有一个女人还是没有忘记他。公爵有了这些心思，自然是下不好棋的，输了又输，看守官赢的极高兴。但是就这样，公爵又消磨了三点钟。

天快黑了。公爵以为天黑了，就好睡觉。谁知睡觉这件事，同会做作的女人一样，越想他，他越不来。公爵在床上翻来翻去睡不着，翻到半夜，好容易睡着了，作了一场恶梦，天亮时惊醒起来。他梦的是两膀长出翅来，他先是学飞，起初还可以勉强飞得起来，后来飞得高了气力不足，坠在无底深坑。惊醒了，出一身汗，觉得十分疲惫。再睡下去，恶梦更多，更离奇了。梦来梦去，无非是越狱。有一回梦的是找着一条地道，吉利模(公爵的仆人，引者注)拿个灯笼在前，他跟在后，两个人摸壁向前走。那条地道越走越窄，后来走不了，两壁收窄起来，几乎要把他们夹死。他还是拼命的往前走，也走不了。看见吉利模向前走，他想喊他回头来，又喊不出。听见后头有人追赶的声音，越赶越近了，逃是逃不脱的了。他越往前走，地道越窄。后来听见拉勒米大笑的声音，一手放在他肩膀抓回牢房里，看见有三个坟，都是从前死在监里的几个大官同王族。旁边挖了一个新坑，仿佛是预备他用的。后来醒了，不敢再睡。

虽然还有“看官”这类说书口吻，白话译文却已相当生动，相当成功，只有个别句式今天读起来有点不习惯。

下面，我们再看周瘦鹃所译托马斯·哈代的小说《回首》中的一段文字：

……阴郁寒冷的耶稣圣诞节前一天，天上满腾着片片彤云，黑压压的不透一丝天光。地上积雪，足有好几寸厚，好似铺着一条挺大的鹅毛毯子。这时已近黄昏，那一天夜色，却愈腾愈密，愈密愈黑，恰和这满地琼瑶，做了个反比例。那泊洛斯班旅馆半新的屋子，孤立在英国一个最美的山谷边上，瞧去又荒凉、又寂寞。倘有过客过门时，再也想不到长夏中却有无数的客人，在这门儿里络绎出入，似是长流之水。可是大家心中都想世界之大，那里没有风景明媚的所在，为什么偏偏要寻到这冷僻所在来，所以你若是把这旅馆中八月间宾至如归的盛况，说给人家听，人家一定要当他是一段神怪小说，不肯轻信呢。然而这旅馆却依旧一动不动的矗立在那里，正和山谷对面的一所古堡遥遥相对，做个寂寞中的好伴侣。

这段译文偶尔用了一些浅近的文言成语，但是总体上明澈晓畅，清新优美，已显得相当圆熟，实属不易。鲁迅和周作人曾称赞周瘦鹃

《欧美名家短篇小说丛刻》在当时是“昏夜之微光，鸡群之鸣鹤”①，这应当说是相当高的评价。

1921—1922年间，《小说月报》曾就西方文学的译介问题进行讨论，发表过沈雁冰、郑振铎、沈泽民等的文章。他们看重直译，强调译者“不妄改原文的字句”，尽可能“保留原本的情调与风格”。这是较为中肯的意见，说明文学翻译开始步入正常轨道。根据郭沫若的回忆，他在日本学医时的同学钱君胥，曾独自翻译了德国施托姆(Storm)的中篇小说《茵梦湖》(*Immensee*)。钱采用平话体的语言，寄给郭沫若看，郭觉得不好，他认为这种译法不宜采取。郭沫若在《学生时代》中回忆此事时说，钱君胥“对于‘五四’以后的中国新体文没有经验，他的初译是采用旧时的平话小说体的笔调，译成了一种解说的体裁，失掉了原著的风格”。因而郭沫若将它重译了一遍，署上郭、钱两人合译的名字。从这些事例看，新体白话应该说基本符合当时译介外国文学和发展新文学的需要。

不但新体白话文是翻译文学逼出来的，而且连这种文体应当横排，应当采用新式标点符号，以及第三人称阴性代词“她”字的出现，等等，也都是翻译文学逼出来的。

汉语原先的第三人称代词，没有性别之分，也没有物和人的区别，只用一个“他”字。于是在译介西方文学碰到英语“SHE”时，措辞就发生困难。1918年8月出版的《新青年》杂志第五卷第二期上，刊载了周作人翻译的瑞典作家斯特林堡的小说《改革》，凡遇英文“SHE”时，译者就在“他”字之后注上一个“女”字。周作人在该文“译者题记”

① 周树人、周作人：《周瘦鹃译〈欧美名家短篇小说丛刻〉评语》，载《教育公报》第4卷第15期，1917年11月30日。

第二段中说："中国第三人称代名词没有性的分别，很觉不便。半农想造一个'她'字，和'他'字并用，这原是极好。……现在只怕'女'旁一个'也'字，印刷所里没有，新铸许多也为难，所以不能决心用他；姑且用杜撰的法子，在'他'字下注一个'女'字来代。这事还得从长计议才好。"胡适声称不赞成周作人"他"字后注"女"字的办法。他在《每周评论》上译载莫泊桑的小说《弑父之儿》时，将第三人称阴性代词用"他"字再配上"那女的""女的"来表示，其实也不见得高明多少。这类译法遭到钱玄同的反对。钱玄同支持刘半农创建"她"字的主张，并致信周作人予以讨论，这就是刊发在《新青年》第六卷第二期上的《英文"SHE"字译法之商榷》一文。[①]《新青年》同人们后来一致赞同刘半农的创意，这个"她"字以及"牠"字也终于获得社会的接受。后来鲁迅在《忆刘半农君》中提到刘氏对"她"字和"牠"字的创造时说："(这件事)现在看起来，自然是琐屑得很，但那是十多年前，单是提倡新式标点，就会有一大群人'若丧考妣'，恨不得'食肉寝皮'的时候，所以的确是'大仗'。"

施蛰存先生晚年在编辑《中国近代文学大系·翻译文学集》并撰写"导言"时，曾经做过推断：近代白话翻译文学形成了一种与中国古代白话文不相同的新的白话文体。他说："这一种白话文体的转变，是悄悄地进行的，我们在最近看了不少译本和创作小说及杂文，才开始有所感觉。是不是可以说：早期的外国文学译本，对当时创作界的文学语言也起过显著的影响呢？"("导言"第25页)我以为，施先生的这个推断是有根据的。如果说，西方传教士的白话翻译文字对中国文学

① 关于"她"字的出现，朱金顺先生曾写有专文作了考辨，题为《有关"她"字创造的两件史料》，刊载于上海出版的《绿土》上。

也有影响的话，那首先是对中国翻译文学产生了影响，然后通过翻译文学又影响到新文学的语言，因此是一种间接的影响(中国作家中信仰耶稣的很少)。而近代白话翻译文学，确实形成了一种新的白话文体，它应该说就是“五四”新体白话的直接源头。

二、“五四”新体白话的特征

明白了源头，现在我们可以从前后比较中来概括“五四”新体白话的一些特点了。

胡适在《文学改良刍议》中，原先提出“言文合一”，以白话文学为正宗来代替文言这种“死文字”，主张“今日作文作诗，宜采用俗语俗字”。其中有些想法不免简单。稍后，在钱玄同、陈独秀、刘半农、鲁迅、傅斯年等的支持帮助下，具体设想才逐渐明确起来。从这个意义上说，新体白话是《新青年》同人集体主张的体现。其特点或许可以概括为以下四个方面。

第一，新体白话以现代口语为基础。胡适所谓“话怎么说便怎么写”，依据的便是“四万万中国人”的日常生活话语。傅斯年《怎样做白话文》中所说的“乞灵说话”，大体上也就是鲁迅所谓“采说书而去其油滑，听闲谈而去其散漫，博取民众的口语而存其比较的大家能懂的字句”①。由于是现代口语，同过去时代的汉语相比，就大量增加了双音词、多音词，减少了单音词。历史上的白话较之文言，双音词本来就多(西方语言学家们称汉语为“单音语”，是因为研究者着眼于文言，不注意白话)。我统计过距今六百年前元代编写的汉语白话读本《老乞

① 鲁迅：《关于翻译的通信》，收入《二心集》。

大》[①]中几个段落，其双音词、多音词的字数已占总字数近四成。现代口语中，双音词、多音词所占比重较元代的更高一些；而由于新字增多，一字多义、一字多用的现象则有所减少。许多词都增加了词尾（如名词的“桌子”“椅子”“花儿”“瓶儿”，动词的“坐着”“站着”“走了”“吃了”），限定了词意，避免产生误会。作品中的叙述语言一般不采用方言，但对话则随着人物的不同而可能含有方言成分。这种白话跟古代白话小说里的语言有很大不同，不要说跟《三国演义》那种文言、白话混用的情况不一样，就是跟《水浒传》《红楼梦》这种白话也有着时代的差异。“五四”新体白话确实大大促进了文与言的接近，使新文学获得了空前广泛的群众基础。

第二，新体白话有意吸收欧化的语言成分（但不能笼统称作“欧化白话”）。这种白话不但输入一些汉语中原先没有的新词汇（如“罢工”“幽默”之类），而且句法结构也比较精密。比方说，小说《孔乙己》一开头，我们就读到这样一段文字：

> 鲁镇的酒店的格局，是和别处不同的：都是当街一个曲尺形的大柜台，柜里面预备着热水，可以随时温酒。做工的人，傍午傍晚散了工，每每花四文铜钱，买一碗酒，——这是二十多年前的事，现在每碗要涨到十文，——靠柜外站着，热热的喝了休

---

① 《老乞大》是古代高丽人学汉语的读本之一，公元15世纪初已在该国广泛流传（见朝鲜《李朝实录》世宗五年六月），后曾于公元1480年进行修订（见《李朝实录》成宗十一年九月）。所谓“乞大”，可能是蒙古语“中国话”或“汉语”的意思。据朝鲜李朝成宗时精通汉语的通事官戴敬判断，此书编成于中国元代。我们从《老乞大》中提到达达（蒙古人）家的奴隶外逃后遭官府追捕一事，亦可证明戴敬的说法是符合事实的。本文所论，依据的是《老乞大谚解》奎章阁丛书本。

息；倘肯多花一文，便可以买一碟盐煮笋，或者茴香豆，做下酒物了……

这里有倒装句，又有插话，都是为了把意思表述得精确一点。特别是破折号后面的插话，绝非可有可无，而是关系重大，埋伏着许多意思，牵涉到小说内容是否正确表现并得到理解。鲁迅在《关于翻译的通信》中就认为，直译之所以需要："不但在输入新的内容，也在输入新的表现法。中国的文或话，法子实在太不精密了，……要医这病，我以为只好陆续吃一点苦，装进异样的句法去，古的，外省外府的，外国的，后来便可以据为己有。这并不是空想的事情。远的例子，如日本，他们的文章里，欧化的句法是极平常的了，和梁启超做《和文汉读法》时代，大不相同。"又说："我自己的译法，是譬如'山背后太阳落下去了'，虽然不顺，也决不改作'日落山阴'，因为原意以山为主，改了就变成太阳为主了。虽然创作，我以为作者也得加以这样的区别。"鲁迅以为，倒装的句子生活中本来也有："例如'林冲笑道：原来，你认得。'和'原来，你认得。——林冲笑着说。'这两条，后一例虽然看去有些洋气，其实我们讲话的时候倒常用，听得'耳熟'的。"此外，"五四"新体白话还参考欧洲语言的标点符号，制定了一套比较细密的新式标点符号（如句号和逗号、顿号、感叹号分开，还用引号、冒号、破折号、书名号，等等）。中国旧式文章没有标点符号，断句这样断或那样断，可以形成许多歧解，轻则闹出一些笑话或者趣事，重则引发一些学案乃至公案。像"下雨天留客天留我不留"这十个字，如果按三、三、四来断句，就成了客人征询主人意见的问话；如果按五、五来断句，就成了主人拒绝客人要求的答句。它们的意思完全相反。又譬如"清明时节雨纷纷路上行人欲断魂借问酒家何处有牧童遥指杏花村”这二十八个字，如果按每句七字来断句，就成了一首七言绝句；如果按五字、六字、三字、六字、八字分别逗开，就成了一首词或曲，两者韵味读起来也有所不同。还有这样一则故事：一个老员外暮年得子，人们对此有种种议论。当老翁觉得自己可能不久于人世时，他立了一式两份遗嘱，分别留给女婿和儿子。他对妻子说：现在孩子年幼，我死后，女婿肯定会来抢遗产，你硬抗会吃亏，将来孩子长大，你可以拿这份遗嘱到官府去告状，将会得到公正的判决。遗嘱共二十五个字：

八十老翁生一子人言非吾子也
财产尽与女婿外人不得侵占

后来的事，果然完全应验了老翁的话。原来，这份遗嘱，可以有两种句读方法。一种是女婿所希望的：七字—六字—六字—六字。而儿子后来告状所以能够获胜，则依据另一种读法：七字—三字—三字—四字—四字—四字，也就成了“八十老翁生一子。人言非，吾子也。财产尽与。女婿外人，不得侵占”。可见，标点有时起着多么重大的作用。而对于现代中国人来说，学习西方而制定一套精密的新式标点符号，又是多么迫切需要了。

第三，新体白话承继了中国古代白话和近代白话，也容纳了某些浅近的文言词语，只是一般来说拒绝使用典故(因为典故容易使一般读者隔膜和误解；而“礼拜六派”的包天笑等则喜欢用典故)。所以从总体上说，不能把“五四”以后的新体白话看作与传统的白话实行了“断裂”。传统白话小说读得比较多的人都知道，在那些小说里，“便”(相当于“就”)、“道”(相当于“说”)这类词出现的频率是相当高的。而我们如果仔细读读“五四”初期的新体白话小说，就可以看到，这些词出现的机会同样相当多。以鲁迅的《孔乙己》为例，全文才三千字，“便”字竟出现了二十五次，比间或使用的“就”“就是”(用以调节，求得变化)要多得多。“道”“说道”则出现了十三次，比单纯用“说”字也要略多一些。另外，小说中也用过传统白话小说常用的“如是”(相当于“这样”)等词语。可见，五四时期的白话小说确实同传统白话小说的语言相衔接，也确实容纳了某些浅近的文言词语。周作人、废名、俞平伯追求的新文学语言，更是口语基础上“欧化语、古文、方言等分子”的“杂糅”，以造成“涩味与简单味”。但行文不用典故，这一点则明确划分了“五四”新体白话与传统白话的界限，也划分了“五四”新体白话与包天笑等近代白话的界限。

第四，“五四”新体白话一个最值得称道的特点，是文学语言本身所达到的出色成就。白话文晚清就有，但它们并非文学语言。正像蔡元培在《中国新文学大系·总序》中所说：“那时候作白话文的缘故，是专为通俗易解，可以普及常识，并非取文言而代之。”那时候，面向市民的应用文采用白话，而正宗的文学仍用文言，在推行者的心目中，白话仍然是不能上桌面的低俗之物。真正将白话作为文学语言使用，是从文学革命之后才开始的。新文学的历史虽然不长，但就一部分杰出作品——例如鲁迅的小说——而言，其语言艺术无疑可当得起“炉火纯青”四个字。它们在意象的丰富、韵味的深厚、旋律的回环复沓、文字的含蓄凝练、象征手法的老到运用、小说意境的诗化等方面，都有着非凡的成功。首篇《狂人日记》中富有象征意味的“月光”“古久先生的陈年流水簿子”“没有年代的历史”以及由实到虚、贯穿全篇的“吃”与“被吃”的痛苦折磨，就令人震撼。其他像孔乙己身上那件又脏又破却总是不肯脱下的长衫和最后出现时盘腿而坐、以手代步的难堪模样；闰土几次动着嘴唇才叫出的一声“老爷”和他所选择的“香炉”及“烛台”；《药》的意味深长的题目和结尾时比邻而处的两座新坟；祥林嫂所捐的那条用以赎“罪”的供千人踏、万人踩的门槛；《在酒楼上》吕纬甫自喻的那飞了一圈又停在原处的苍蝇；《孤独者》里魏连殳那夜半狼嚎似的哭声——鲁迅用精彩的文学语言所创造的这许许多多意象，使我们不能不深深刻印在记忆的屏幕上。读完《伤逝》，涓生那哀婉欲绝的声音，还有那条在作品中先后四次出现的叭儿狗阿随的叫声，难道没有长久地在我们耳边回响吗？《故乡》结尾那段极富哲理和诗意的独白——“地上本没有路，走的人多了，也便成了路”，不是也让人沉思良久吗？鲁迅而外，台静农小说《红灯》中那位白发老妈妈鬼节晚上放灯超度被杀的儿子以寄托哀思的场面，怎不令人心灵悸动！他的另一篇小说《拜堂》中洋溢着的生活情趣，无论让人心酸或是沉醉，却又都表现得那么朴素，那么真挚，那么本色。读读彭家煌的短篇小说《陈四爹的牛》《美的戏剧》，我们又会感受到多少温厚的同情，丰富的幽默！可以说，古代的白话短篇小说，从来没有在文学语言上达到这样高的成就，具有这么深厚的韵味，创造这么丰富的意象。如果把《三言》《二拍》的语言称为通俗文学的语言，那么，“五四”新体白话却应该是高雅文学的用语。散文如鲁迅、周作人、朱自清、郁达夫、叶绍钧、冰心，语言上也都达到了无愧于古代的成就。新诗的成就虽不如小说，也无法同古典诗歌名篇相媲美，但像胡适的《乌鸦》，郭沫若的《炉中煤》与《凤凰涅槃》，周作人的《小河》，徐志摩的《黄鹂》，闻一多的《死水》，其象征性意象的深刻与厚实，以及音节、韵律上的若干成就也已达到相当可观的程度。尽管也有一批新文学作家语言艺术上不免幼稚和平庸，极少数作家还出现过语言因“恶性欧化”而令人难以卒读的状况，但初期新文学就主流而言仍是健康积极的，语言上达到的成就也是难能可贵的。只有如实地充分估计“五四”文学语言所实现的高度，才能为今后我们文学的前进找到准确的基点和目标。

三、试析有关新体白话的三种不同看法

这要从20世纪30年代说起。最早的代表性意见是瞿秋白的看法。他有篇文章叫《鬼门关以外的战争》，对“五四”新体白话很不满意。认为“五四”新体白话离工农大众能够听懂这个要求实在太远，离开胡适所谓“国语的文学，文学的国语”这个目标实在太远。在瞿秋白看来，新体白话这么差劲，原因在于：一是“五四”新体白话中还有某种文言的成分，虽然不一定是“之乎者也”，但保留着“若”（不说“如果”“假设”）、“则”（不说“那么”）之类浅近的文言词汇，老百姓听不懂，并没有做到“话怎么说，就怎么写”。也就是说，“革命”还不彻底。二是“五四”新体白话较多采用了传统小说、戏曲中的白话，这类古代白话在当初曾经是活的语言，但后来渐渐死去了，成了“鬼”的语言，这类白话“礼拜六派”还用着，但今天活着的“人”也是听不懂的。① 所以，瞿秋白以为，“五四”白话文运动其实是一场“鬼门关以外的战争”，所产生的只是“半人话半鬼话的文学”。瞿的这个意见，同胡先骕《中国文学改良论》②所说“向使以白话为文，随时变迁，宋元之文，已不可读”的论点相近而相反，一个要求绝对的白话，一个根本反对白话，两个极端，却走到了一起。三是在瞿秋白看来，“五四”新体白话吸收了大量“欧化”的句法和词汇，其中有合理的，有不

---

① 《瞿秋白文集》第3卷，642—643页，北京，人民文学出版社，1953。

② 原载《南京高等师范日刊》，见《中国新文学大系（1917—1927）·文学论争集》。

合理的，有让人听得懂的，有让人根本听不懂的。有些欧化的长句子叫人听起来头痛，这是一种“新式的文言”，像“我决不是要由这一点，在同志里别进斯基上头竖起十字架来”；“她是有两个女儿一个儿子的寡妇……”之类。瞿秋白主张应该把这种长句转化成短句：“她是一个寡妇，有两个女儿一个儿子……”在这方面，瞿秋白的批评具有合理性。四是瞿秋白以为，“五四”新体白话要真正让五方杂处的市民和工农大众都能听懂，必须在普通话基础上走文字拼音化道路，“要根本废除方块汉字”，这样才能做到“话怎么说，就怎么写”。总之，瞿秋白对“五四”新体白话评价不高，认为它是一种“非人非鬼”的语言。他把“五四”新文学称作资产阶级新式绅士占支配地位的“非驴非马的骡子文学”。瞿秋白的见解中，包含着许多“左”的简单化、绝对化的东西。几百年前的白话文就是死去的“鬼的语言”吗？有一点浅近文言词汇，就绝对要不得吗？只有让大众听懂的，才是好文学吗？至于要废除方块字，更是中华民族的文化自杀，在文化上和政治上都会带来严重的后果，可能会使中国分裂成许多个方言区国家。

第二种代表性意见是诗人兼外国文学研究家郑敏教授的看法。她的见解集中体现在 1993 年发表于《文学评论》第三期上的《世纪末的回顾：汉语语言变革与中国新诗创作》一文中。如果说瞿秋白责备“五四”白话文学不够革命，那么郑敏教授则是责备“五四”白话文学革过了头。文章一开始就提出引人注目的问题：“中国新诗创作已将近一世纪。……为什么有几千年诗史的汉语文学在今天没有出现得到国际文学界公认的大作品，大诗人?”郑敏教授的回答是：“这由于我们在世纪初的白话文即后来的新文学运动中立意要自绝于古典文学，从语言到内容都是否定继承，极力使创作界遗忘和背离古典诗词。”“胡适更多的是提倡元朝开始的白话文学，认为古典文学中只有白话文写成的小说是中国文学之正宗：‘以施耐庵、曹雪芹、吴趼人为文学正宗’，虽没有明说，言下之意唐宋诗词自然也被一笔勾销了。”而“陈（独秀）的主张比胡适更激烈”：“凡属贵族文学、古典文学、山林文学，均在排斥之列”，他要“打倒古典文学”，而且认为“白话为文学正宗”的说法“必不容反对者有讨论之余地”。郑敏教授觉得，文学革命倡导者这种“宁左勿右的心态”，“对新文学特别是新诗的创作”产生了很大的“负面影响”：“延迟了白话文从原来仅只是古代口头语向全功能的现代语言的成长。只强调口语的易懂，加上对西方语法的偏爱，杜绝白话文对古典文学语言（指文言，引者注）的丰富内涵，其中所沉积的中华几千年文化的精髓的学习和吸收的机会，为此白话文创作迟迟得不到成熟是必然的事。”在郑敏教授看来，新文学语言的起点不应该“从元代及其后的、胡适所封为正宗的、几本白话文小说开始”，“改造的起点应当是从经过几千年发展成熟的古典及白话文学语言开始”，也就是说，应当从古代文言文和古代白话文共同形成的文学语言基础上开始。“古典文学每一个字词出现在白话文中时”都可能“渗入它的古典所指，而起着对文本的意义、情感外加的影响，也即是所谓的‘文本间’的效果。譬如杨柳、菊花、梅花、松、雨、杜鹃、镜、烟雾、枕、凤、鹤……信手拈来就有成串的‘所指’在新的言语结构中成为‘能指’，暗喻就是这样出现的。”郑敏教授对“五四”文学革命倡导者的主张颇多误解（例如将陈独秀“推倒陈腐的铺张的古典文学”误解成了要“打倒古典文学”，忽视胡适曾肯定“诗至唐而极盛”，称颂“庄周之文，渊明老杜之诗，稼轩之词，施耐庵之小说，所以夐绝千古”），但她自己的正面见解却包含着极有价值的真理性内涵，很值得大家去思考。新文学的发展，当然应该吸收古典文学的精华，包括唐诗、宋词的丰富的艺术经验、艺术积累，也包括骈体文那些排比对偶以及注意音律的长处(事实上，鲁迅、陈独秀的白话文都采用了不少排比对偶的句子，读起来不但顺畅，而且有气势，让人有美的享受)。

第三种代表性意见是在讨论金庸小说中出现的，代表人物是刘再复教授和李陀先生。他们有点排斥“五四”新体白话，认为这是一种欧化的白话文，广大读者很难接受。李陀先生甚至援引瞿秋白的文章作为根据。他们特别欣赏金庸小说的语言，认为金庸小说采用的是传统小说的白话文，显示的是传统白话的强大生命力。他们的意见也是值得人们思考的。但也有明显的偏颇：一是夸大了“五四”新体白话的欧化成分；二是对金庸小说的语言也有误判之处。事实上，“五四”新体白话的欧化在不同作家笔下有不同呈现。有的程度轻，而且比较自然，不别扭；有的欧化得很生硬，像胡风的理论文章，读起来很费劲。所以不能一概而论。至于金庸的小说语言，不能说只是传统的白话，而是受了“五四”新文学很大的影响，吸取了新文学语言长处的。金庸年轻时很喜欢鲁迅和沈从文的小说，还爱读伍光建用白话文翻译的大仲马的《侠隐记》《续侠隐记》；而且创作过不少新文学作品(散文、小说都写过)。抗战时写的《白象之恋》，曾获得重庆市政府的二等奖。

为了讨论上面的三种意见，我们不妨具体考察一下五六百年前《老乞大》中的白话文，以辨别传统白话到底是不是“死去的语言”，还有没有生命力这类问题。需要说明的是：为不使篇幅过长，此处只选一段；文中括号内的文字是我作的注释，并非原有；另外，为了方便阅读，我还为这段文字加了新式标点。

> “大哥你从那(哪)里来?”“我从高丽王京来。”“如今那(哪)里去?”“我往北京去。”“你几时离了王京?”“我这月初一日离了王京。”“既是这月初一日离了王京，到今半个月怎么才到的这里?”

“我有一个火(伙)伴落后了来，我沿路上慢慢的行着等候来。因此上，来的迟了。”“那火(伙)伴如今赶上来了不曾?”“这个火(伙)伴便是。夜来才到。”“你这月尽头到的北京么到不得?”“知他！那话怎敢说。天可怜见，身己(己身)安乐时，也到。”“你是高丽人，却怎么汉儿语言说的好?”“我汉儿人上学文书，因此上，些小(少量)汉儿言语省的(懂得)。”“你谁根底学文书来?”“我在汉儿学堂里学文书来。”“你学甚么文书来?”“读论语、孟子、小学。”“你每日做甚么工课?”“每日清早晨起来，到学里师傅上受了文书，放学到家里吃饭罢，却到学里写仿书，写仿书罢对句，对句罢吟诗，吟诗罢师傅前讲书。”“讲甚么文书?”“讲小学、论语、孟子。”“说书罢又做甚么工课?”“到晚，师傅前撇(抽)签背念书。背过的，师傅与免帖一个。若背不过时，教当直(值)的学生背起，打三下。”“怎的是撇(抽)签背念书? 怎的是免帖?”“每一个竹签上写着一个学生的姓名，众学生的姓名都这般写着，一个签个儿里盛着，教当直(值)的学生，将签筒来摇动。内中撇(抽)一个，撇(抽)着谁的便着那人背书。背念过的，师傅与免帖一个，那免帖上写着‘免打三下’，师傅上头画着花押。若再撇(抽)签试不过，将出免帖来毁了，便将功折过免了打。若无免帖，定然吃打三下。”“你是高丽人，学他汉儿文书怎么?”“你说的也是，各自人都有主见。”“你有什么见? 你说我听着。”“如今朝廷一统天下，世间用着的是汉儿言语。我这高丽言语，只是高丽地面里行的。过的义州，汉儿地面来都是汉儿言语。有人问着一句话，也说不得时，别人将咱们做甚么人看?”“你这般学汉儿文书时，是你自心里学来? 你的爷娘教你学来?”“是我爷娘教我学来。”“你学了多少时节?”“我学了半年有余。”“省的那(懂得哪)省不的?”“每日和汉儿学生们，一处学文书来。因此上，些小(少量)理会的。”“你的师父是甚么人?”“是汉儿人。”“有多少年纪?”“三十五岁了。”“耐繁(烦)教那不耐繁教?”“我师傅性儿温克(和，今日粤语仍读‘克’为‘ha’，与‘和’相近)，好生耐繁教。”“你那众学生内中，多少汉儿人？多少高丽人?”“汉儿高丽中半。”“里头也有顽的么?”“可知有顽的，每日学长将那顽学生，师傅上禀了，那般打了时，只是不怕。汉儿小厮们十分顽，高丽小厮们较好些。大哥，你如今那里去?”“我也往北京去。”“你既往北京去时，我是高丽人，汉儿地面里不惯行，你好歹拖带我做火(伙)伴去。”“这们(么)时，咱们一同去来。”

读了《老乞大》中的这段对话体文字，我们就会感觉到：五六百年前的汉语白话文，至今读起来并没有太多困难。大学生们的反应是：在没有注释的情况下，约可懂得九成。与现代白话文相比，这些古代白话文除了有些词汇和有些句式显得稍有不同外，基本构造并没有多少变化。由此可知，瞿秋白把古代白话文乃至辛亥革命前后的白话文一概说成“死去的语言”“鬼话”，其实是不对的。应该说，它们至今还活着，或者说很大程度上还活着。即使用瞿秋白的“读”和“听”做标准，它们也经得住考验。当然，如果读给文盲听，他肯定有很多听不懂。他会问：啥叫“论语”？啥叫“孟子”？“小学”是不是六七岁孩子上的学校？“高丽”“义州”又是什么？甚至连“文书”“吟诗”“对局”“花押”这样的词语都可能一概不懂。不过，这就不是语言的“死”与“活”，而是听的人根本没有文化，缺乏知识，属于应该普及义务教育的另一类问题了。

此外，从上面这段文字，我们也看到了元明时代的白话文和五四时期的白话文之间的联系，以及语言本身由简而繁、由粗而精的发展趋势。古代白话文的一些字往往承担着多种义务：一个“那”字，有时代表与“这”相对的“那”，有时代表疑问的“哪”，有时代表移动的“挪”，它们尚未分开；一个“繁”字，有时代表“繁复”“繁难”，有时代表“耐烦”“不耐烦”，也没有分开；一个“火”字，有时指“灯火”“烧火”，有时代表“伙伴”“同伙”；一个“直”字，说“笔直”用它，说“当直”(值班)也用它；一个“裏”字，说“里里外外”时用它，放在句末作语气词也用它(相当于“哩”)；一个“撤”字，“撤销”用它，“撤签”也用它(相当于“抽”)。到现代白话文中，这同一个字按照不同用途、含义分化开来，变成了几个字，产生了“哪”“挪”“烦”“值”“伙”“哩”“抽”这些新字，这就精确了。但有一些字，直到“五四”初期，尚未完成分工。像“那”“哪”，“五四”时还不分；“厉害”，“五四”时还都写成“利害”，与“利害关系”的“利害”没有区别。五四时期有些小说中，把“这么”写成“这们”，我最初以为是方言的影响，后来想起元曲和《老乞大》都写“们”，才断定古人原本就是这么写的。这些都说明，“五四”白话文是继承了古代、近代的汉语口语的，它并未割断与过去的联系，而且有些方面又加以发展。当然，有些词汇随着生活的变化而变化，像古代用“省”的，现在用“懂得”；“因此上”在戏曲唱词中很多，后来去掉了词尾“上”字，剩下“因此”；有了“烦”字，“一客不犯二主”里的“犯”字，就被代替了。由此，我们就不能简单地责备“五四”的白话完全是“欧化的白话”，它事实上是继承了古代白话的。

而且，《老乞大》这段并非文学语言的古代白话文，也使我们联想到言与文、口头语与书面语、普通白话与作为文学语言的新体白话之间，究竟应该是怎样一种关系？胡适在五四时期提出过“言文合一”，“话怎么说，就怎么写”，还提出过“要须作诗如作文”之类的主张。如果从单纯提倡白话文学的角度来理解，他这些话有意义。但如果从言与文、口头语与书面语、普通白话与新体白话、散文语言与诗歌语言之间的真正关系来说，却是一种理论上的简单化，会导致创作实践上的偏差。作为矿藏，口头语自有其生动、厚实的一面，却又不可避免地有其平庸、粗糙的一面，作家必须经过开采、淘洗、提炼、熔铸、创造，而后才能成为出色的文学语言。20世纪30年代以来，有两位作家在这方面下过苦功夫并取得重大的收获，那就是赵树理和姚雪垠。赵树理的贡献众所共知。姚雪垠则由于他在学习南阳大众语的同时又刻苦钻研、吸取古典文学语言的精华，创作上更是攀登上一个高峰。他们的成就，都不是简单地让"文"与"言"一致、"话怎么说，就怎么写"的结果。至于胡适"作诗如作文"的说法，更包含着一种误导。正如梅光迪所说："诗文截然两途。诗之文字(Poetic diction)与文之文字(Prose diction)自有诗文以来(无论中西)，已分道而驰。……若仅移'文之文字'于诗，即谓之革命，则不可也。……一言以蔽之，吾国求诗界革命，当于诗中求之。"[①]梅光迪这话，说中了胡适新诗理论的要害。胡适在主观上并非不重视唐诗宋词的艺术经验，问题在于他混同了诗的语言与文的语言，忽视了二者的重大区别，因而无形中限制并遮蔽了新诗发展的视野。20世纪30年代的瞿秋白，却从推动革命的立场上，延伸了"五四"时胡适的逻辑，要求"文"迁就"言"，文学语言迁就大众的口头语言，以工农大众懂不懂作为判断作品语言成功与否的唯一准则，这就带来了削弱乃至取消文学语言本身的危险性。在实际生活中，"文"与"言"只能实现接近和沟通，绝对的"言文合一"恐怕很难实现，即使实现了，对文学、对书面语的发展也未必有利。这就是我们对有关"言""文"问题探讨所得到的大体结论。

---

① 转引自胡适《逼上梁山》第三节，见《中国新文学大系·建设理论集》正文第8页。

五四"全盘反传统"问题之考辨*

我今天所要涉及的五四"全盘反传统"问题，来源于美国的一位学者——美国威斯康星大学历史系林毓生教授。他有一本书，叫《中国意识的危机》，1986年由贵州人民出版社出版，是穆善培先生翻译的。这本书出版以后在中国引起了一定的反响。当时年轻的学者有些赞成，有些不赞成。所以我想借他的这个话题说说我的一些想法。林毓生教授的观点很激烈，他把"五四"和"文化大革命"相提并论，认为"五四"是全盘反传统的，而彻底的反传统就造成了中国文化的断裂，带来了中国意识的危机，影响所及，才会有后来的"文化大革命"。用林教授的话来说："在中华人民共和国的历史中，又重新出现'五四'时代盛极一时的'文化革命'的口号，而且发展成非常激烈的1966—1976年间的'文化大革命'，这决非偶然。这两次'文化革命'的特点，都是要对传统观念和传统价值采取嫉恶如仇、全盘否定的立场。"林先生还认为："20世纪中国思想史的最显著特征之

* 原载《文艺研究》，2007年第3期。此文后译为英文，作为2008年4月参加欧洲汉学论坛会议的论文。

一，是对中国传统文化遗产坚决地全盘否定的态度的出现与持续。"①而首开风气的是"五四"。赞成林教授观点的有的年轻学者，虽然对新文化运动的功绩有所肯定，却也认为："主导'五四'文化运动的领导者与文化的激进主义结下了不解之缘，其表现为以'打倒孔家店'为口号的全盘否定儒家与中国传统文化的激烈态度。"②而且我看到有一种教材已经把这种观点写进了《二十世纪中国文学史》中，认为没有"五四"可能就没有后来的"文化大革命"，"五四"直接影响了后来的"文化大革命"。

这样一种说法，我觉得是需要讨论的。把"五四"归入激进主义并不是不可以，与相对保守的学衡派相比，"五四"的主潮当然是激进的。但问题在于，像"五四"这样一场文化运动，能不能叫作"全盘反传统"？我认为这种说法是不符合事实的。我把整个《新青年》——从1915年开始创刊的《青年杂志》（第一卷叫《青年杂志》，第二卷起才叫《新青年》）到1923年成了中共中央机关刊物的《新青年季刊》——都读了一遍，我想讲一些个人的看法。

下面我想分三个问题来讲。

一、五四新文化运动真是"全盘反传统"吗？

我觉得，五四新文化运动有自己的问题，但是不能把这场运动的性质判定为"全盘反传统"。林毓生先生的一个大前提恐怕靠不住：他认为五四新文化运动之所以发生，是因为"辛亥革命推翻普遍君权"，

---

① 林毓生：《中国意识的危机》，穆善培译，1—2页，16、24页，贵阳，贵州人民出版社，1986。

② 见《东方》杂志1993年创刊号所载《二十世纪文化中运动中的激进主义》一文。

造成了“传统文化道德秩序崩溃”，“五四”就是在这种背景下起来，利用这个空隙来“全盘反传统”的①。这就把事情讲反了。辛亥革命是推翻了清朝皇帝，但并没有认真破除君权观念、纲常名教和封建道德，“君为臣纲，父为子纲，夫为妻纲”这一套还在人们头脑中深深扎根。辛亥革命之前民主共和的舆论准备很不够，当时主要是动员汉族起来反对满族贵族的统治，革命内容主要是“反满”，传统文化道德秩序并没有崩溃，并没有解体。如果君主专制真的已经成为人人喊打的过街老鼠，那么还会有 1916 年袁世凯的称帝吗？还会有 1917 年张勋扶植溥仪复辟吗？五四时期的一位学者高一涵在当时就说：辛亥革命“是以种族思想争来的，不是以共和思想争来的；所以皇帝虽退位，而人人脑中的皇帝尚未退位”(《非君师主义》)②。这个看法是符合实际的。辛亥革命吃亏的地方，就是不像法国大革命之前有一个启蒙运动，以致革命之后，封建思想、帝制思想还普遍存在于人们头脑里，认为没有皇帝不行。举个简单的例子：连杨度这样一位曾经帮助过孙中山、坚决拥护改革的人，在 1915 年至 1916 年间竟然也提出“共和不适合于中国”，他给袁世凯上表“劝进”，劝袁当皇帝。所以，林毓生先生所谓“辛亥革命推翻普遍君权”，造成“传统文化道德秩序崩溃”这个大前提就搞错了，他没有顾及许多事实，只是出于想当然。

弄清了这个大前提，我们才能正确理解“五四”。可以说，正是由于袁世凯和张勋接二连三的复辟，重新恢复帝制，以及像康有为这样维新运动中的激进人物都主张要把孔教奉为国教，列入民国时代的宪法，都拥护帝制，才引起了新一代知识分子的忧虑和深思。“五四”先

---

① 林毓生：《中国意识的危机》，穆善培译，1—2 页，16、24 页，贵阳，贵州人民出版社，1986。

② 高一涵：《非君师主义》，载《新青年》第 5 卷第 6 号，1918 年 12 月。

驱者们觉得，中世纪的封建文化思想还深深地统治着人们的头脑，所以需要一场新文化运动，所以需要文学革命。陈独秀在《旧思想与国体问题》一文中说得明白：

> 这腐旧思想布满国中，所以我们要诚心巩固共和国体，非将这班反对共和的伦理、文学等等旧思想，完全洗刷得干干净净不可。否则不但共和政治不能进行，就是这块共和招牌，也是挂不住的。①

五四新文化运动就是在这样一种特定的历史条件下发生的，它实际上从思想战线的角度为辛亥革命补上了缺少的一课。

在帝制拥护者抬出“孔教”作为护身符的情况下，《新青年》编辑部为了捍卫共和国体，不得不围绕现代人怎样对待孔子和儒家的问题展开了一场争论。1917 年年初，在陈独秀发动重评孔学的运动之后，吴虞从四川致信陈独秀：我常常说孔子自是当时的伟人，然而如果今天有人还要搞孔子尊君的一套，要恢复皇帝的制度，要阻碍文化之发展，要重新扬起专制的余焰，我们就不得不来批判他(大意)②。这句话确切地说明了《新青年》是被迫应战的。《新青年》上最早发表的评孔文章是易白沙的《孔子平议》，说理相当平实，作者认为：“孔子尊君权漫无限制，易演成独夫专制之弊”；“孔子讲学不许问难，易演成思想专制之弊”；孔子思想被历代君主利用而造成许多悲剧，并不是偶然的。易白沙还认为：“各家之学，也无须定尊于一人。孔子之学，

---

① 陈独秀：《旧思想与国体问题》，载《新青年》第 3 卷第 3 号，1917 年 5 月。

② 吴虞致陈独秀信，载《新青年》第 2 卷第 5 号，1917 年 1 月“通信”栏。

只能谓为儒家一家之学，必不可称为中国一国之学。盖孔学与国学绝然不同，非孔学之小，实国学范围之大也。”“以孔子统一古之文明，则老庄杨墨，管晏申韩，长沮桀溺，许行吴虑，必群起否认。”①态度比易白沙更激烈的是陈独秀。他的《吾人最后之觉悟》《宪法与孔教》二文指出：在民国时代，“定孔教为国教”是倒行逆施；“三纲说”“为孔教之根本教义”，“尊卑贵贱之所由分，即‘三纲’之说之所由起也。此等别尊卑、明贵贱之阶级制度，乃宗法社会封建时代所同然”，我们如果在政治上要采用共和立宪制，必须排斥这类学说。而且，陈独秀还说，“旧教九流，儒居其一耳”，如果现在学习汉武帝的做法，罢黜百家，独尊孔氏，学术思想就会形成专制，带来的祸患就太厉害了，这种思想专制的可怕远在政界帝王之上②。在答常乃德的信中，陈独秀还补充了一句：如果只许儒家一家存在，那么孔学本身也会因为独尊的缘故而僵化、衰落，因为没有人跟它讨论、批评③。在《复辟与尊孔》中，陈独秀又说：“盖主张尊孔，势必立君；主张立君，势必复辟，理之自然，无足怪者。故曰：张、康复辟，其事虽极悖逆，亦自有其一贯之理由也。”④陈独秀以“三纲”为儒家根本思想，得出“孔教与帝制有不可离散之因缘”⑤的结论。

所有这些，都说明新文化运动中骨干人物的评孔批孔，并不是针

---

① 易白沙：《孔子平议》上下篇，分别载《新青年》第1卷第6号，1916年2月；第2卷第1号，1916年3月。

② 参见陈独秀《吾人最后之觉悟》，载《新青年》第1卷第6号，1916年2月；《宪法与孔教》，载《新青年》第2卷第3号，1916年11月。

③ 陈独秀答常乃德信，载《新青年》第2卷第6号，1917年2月“通信”栏。

④ 陈独秀：《复辟与尊孔》，载《新青年》第3卷第6号，1917年8月。

⑤ 参见陈独秀《驳康有为致总统、总理书》，载《新青年》第2卷第2号，1916年10月。

对孔子本身，而是针对现实中的复辟事件和"定孔教为国教"这类政治举措的。李大钊就说得明白："余之掊击孔子，非掊击孔子本身，乃掊击孔子为历代君主所雕塑之偶像的权威也；非掊击孔子，乃掊击专制政治之灵魂也。"①当时那些批评孔子学说的文章，包括陈独秀、易白沙、李大钊、胡适、高一涵以及后来的吴虞，他们的论文今天看来分寸不当是有的，但是没有全盘否定孔子或儒家，更没有全盘否定传统文化。相反，《新青年》在发刊词《敬告青年》中，规劝青年要以孔子、墨子为榜样，树立积极进取的人生态度。陈独秀在《再答常乃德》的通信中，谈到孔子的学说时说："在现代知识的评定之下，孔子有没有价值？我敢肯定的说有。孔子的第一价值是非宗教迷信的态度。……第二价值是建立君、父、夫三权一体的礼教。这一价值，在二千年后的今天固然一文不值……然而在孔子立教的当时，也有它相当的价值。"这就是承认孔子在封建社会发展的初期，他的礼教对封建政治体制有一种稳定、巩固、推进的作用。陈独秀说："孔子不言神怪，是近于科学的。"这当然也是肯定。李大钊的《自然的伦理观与孔子》一文说："孔子于其生存时代之社会，确足为其社会之中枢，确足为其时代之圣哲，其说亦确足以代表其社会其时代之道德。"甚至说孔子如果活在今天，"或更创一新学说以适应今之社会，亦未可知"。他们都称历史上的孔子为"伟人"、为"圣哲"，肯定他作出过很大贡献，只是认为儒家"以纲常立教""焉能行于今日之中国"而已。对于儒家以外的诸子百家，当时新文化运动的倡导者也有分析，春秋时代的墨家就受到很高的评价。《新青年》第一卷第二号发表的易白沙《述墨》一文说："周秦诸子之学，差可益于国人而无余毒者，殆莫如子墨子矣。其学

① 李大钊：《自然的伦理观与孔子》，载《甲寅》(日刊)1917 年 3 月 30 日。

勇于救国，赴汤蹈火，死不旋踵(面对死亡也不后退)，精于制器，善于治守，以寡少之众，保弱小之邦，虽大国莫能破焉。”易白沙在文化上的理想是融合西方文化与中国传统文化，兼取二者之长：“以东方之古文明，与西土之新思想，行正式结婚礼。”(《孔子平议》下篇)这哪里有“全盘否定传统文化”的意味呢！特别应该说明的是，“五四”当时并没有“打倒孔家店”这个口号(“五四”的口号其实只是一个“民主”，一个“科学”，第三个是“文学革命”，即使在评孔批孔最为激烈的1916年到1917年，也没有出现过“打倒孔家店”的口号)。那么这种说法是怎么出来的呢？事情只有那么一点因由：1921年，新文化运动暂时告一段落，胡适为《吴虞文录》作序，用了一些文学性的说法来夸奖吴虞(吴虞最有名的文章就是《家族制度为专制主义之根据论》，认为中国的家族制度支撑了封建专制社会)。其序的开头说吴虞是打扫孔学灰尘的“清道夫”，末尾说吴虞是“‘四川省只手打孔家店’的老英雄”，这才有了所谓“打孔家店”的说法。胡适这一说法，原是一种文学形象，也带点亲切地开玩笑的成分，可以说是句戏言，不很准确。因为第一个评孔批孔的是易白沙，批孔最有力的是陈独秀，吴虞是一年后才卷进来的，怎么靠他的“一只手”呢？而且胡适原话并没有个“倒”字。后人拿胡适这句戏言，加上一个“倒”字，成了“打倒孔家店”，当作“五四”的口号，岂不有点可笑？

反对儒家三纲，革新伦理道德，这是五四新文化运动做的一件大事。另一件大事，就是提倡白话文，提倡新文学，提倡“人的文学”，发动文学革命。这也不像有些人所理解的那样，要把几千年的古典文学完全否定。陈独秀的《文学革命论》里确有那么一句话，就是“推倒陈腐的铺张的古典文学”。但只要读读上下文，就可以看出来，他所要推倒的“古典文学”，其实只是“仿古”的文学，是骈文、排律这类严格讲究规则、讲究声律的古典主义文学。就在这篇文章中，陈独秀用大量文字赞美了传统文学里的优秀部分，从国风，到楚辞，到汉魏以后的五言诗，到唐朝的古文运动，一直到元明的剧本，明清的小说，他都是肯定的，认为是中国文学里粲然可观的部分，给予了很高的评价。只是批判了六朝靡丽的文风，同时批判了明朝主张复古的前后七子和清初桐城派的四位创始人归、方、刘、姚。所以说，陈独秀并没有否定中国的古典文学。如果认为陈独秀的文学革命就是否定古典文学，那是一种误会。

总之，把五四新文化运动说成是全盘否定传统文化、造成"断裂"这种说法，在三个层面上都是说不通、不恰当的。第一，这种说法把儒家这百家中的一家当作了中国传统文化的全盘，这是不恰当的。第二，这种说法把"三纲"为核心的伦理道德当作了儒家学说的全盘，这也是不恰当的。"三纲"在儒家学说中当然是很重要的，是纲领式的，但儒家首先讲的还是"仁政"，"三纲"远非儒家学说的全部。"五四"时着重反对儒家学说中的"三纲"，怎么就等于把儒家全部否定呢？显然不合逻辑。第三，这种说法忽视了即使在儒家文化中，原本就有非主流的"异端"成分存在。孟子那里已有一些新的思想出现，他主张"民贵君轻"，反对把君权抬得那么高，所以朱元璋就不高兴。到了明代后期清代前期，在儒家内部已经出现了具有启蒙色彩的新的文化，像李卓吾、冯梦龙、黄宗羲、顾炎武、颜习斋、戴震等思想家、文学家，他们都是儒家，但是他们有许多新的思想，跟传统儒家很不一样。比如黄宗羲的《原君》就有启蒙色彩，他绝对不会把"君"捧到一个至高无上的地位，谁也不许批评。这样一批人物在儒家几千年的历史上虽然不占主流地位，但这种"异端"成分是相当重要的。辛亥革命时期有一位学者邓实，已经将黄宗羲等"不为帝王所喜欢"的思想称为

"真正的国粹"。"五四"除接受西方的科学、民主等外来思潮外，也继承接受了儒家内部这些非主流地位的、"异端"色彩的"真正的国粹"。周作人谈到自己所受古人思想影响时就说："中国古人中给我影响的有三个人，一是东汉的王仲任，二是明代的李卓吾，三是清代的俞理初。他们都是'疾虚妄'，知悉人情物理，反对封建礼教的人，尤其是李卓吾，对于我最有力量。五四时候有一个时期，大家对于李卓吾评论称扬的很多，他的意见都见于所作《焚书》《初潭集》及《藏书》中。这些书在明清两朝便被列为非圣无法的禁书。他以新的自由的见解，来批评旧历史，推翻三纲主义的道德，对于卓文君、武后、冯道诸人都有翻案的文章。他说不能以孔子之是非为是非，可是文章中多是'据经引传'。"①所以，怎么能说"五四"是对传统文化的"全盘否定"，乃至于造成"断裂"呢？

二、怎样看待"五四"的偏激？

"五四"新文化人物当然有偏激的地方。例如对骈文、对京戏、对方块汉字、对中国人的国民性，都有一些不合适的看法，都有一些过甚其辞的地方。像钱玄同称京戏为"百兽率舞"，似乎将其看作是一种野蛮的戏；把骈体文骂为"选学妖孽"，把桐城派末流骂为"桐城谬种"；他还主张要废除方块字，要学世界语。产生这类看法的根源，在于他们对进化论历史观，对文艺的进化、文字的进化存在着简单的、自以为科学其实却可能是蒙昧的理解。他们认为，既然欧洲中世纪以后的文学艺术沿着古典主义—浪漫主义—写实主义—自然主义这条路线进化而来，而且写实主义、自然主义又确实同科学上的实证主

---

① 周作人1949年7月4日呈周恩来信，载《新文学史料》1987年第2期。

义有关联，那么，同这种先进的、科学写实的文艺相比，中国那种看重象征的而非完全写实的京戏当然就算是落后、野蛮的了。他们认为既然从文字学上说，象形文字是人类比较初级的文字，拼音文字才是比较先进、比较方便的文字，于是比较难学的方块字当然就应该废除，应该改换成拼音文字了。他们不知道，文艺其实很难以出现的先后来决定低或者高，劣或者优，不管发展到什么阶段，文学艺术永远离不开象征和象征手法。有文学就有象征，象征不一定就落后。从《诗经》开始的"赋、比、兴"中的"兴"，就是一种象征。并不是写实就一定是最好的文学，对于诗歌恐怕更是这样。他们也没有想到，如果没有书写统一的方块字，如果早就按方言使用拼音文字的话，中国众多的方言区很可能早已像欧洲那样分裂为许多个小国家了。欧洲许多所谓民族国家，实际上在文艺复兴后才形成。他们语言上的差异并不很大，像法语、意大利语、罗马尼亚语就可以相通，英语、德语也相当接近，可能还没有中国的吴语、粤语、闽南话、客家话和各地区官话之间距离那么大，那么难以沟通。如果中国这么大一个国家没有方块字，没有秦代统一文字这一步，都是方言的话，那就会发生许多问题。但一用方块字来书写，问题就解决了。应当说，方块字大大有助于中国的统一和稳固。他们更没有想到，几十年后当电脑流行的时候，使用方块字的效率丝毫不低于西方的拼音文字，甚至还可能超过拼音文字。所以，"五四"当时所理解的科学，确有幼稚病。

不过，这些偏激之处，在《新青年》内部以及周围就有不同看法。钱玄同废除方块汉字的主张，就遭到他的老师章太炎的反对。鲁迅1918年在《渡河与引路》中就批评钱玄同推广世界语的主张是刚从四目仓颉面前站起来，又在柴门霍夫脚下跪倒。傅斯年也说："钱先生都不曾断定现在的 Esperanto 是将来的世界语。那么 Esperanto 还是一个悬案；我们先把汉语不管了，万一将来的世界语不是他，我们岂不要进退失据吗？”①钱玄同说人到四十岁就吸收不了新鲜事物，就应该枪毙，鲁迅后来嘲讽他“作法不自毙，悠然过四十”。胡适提倡白话文是对的，但认为文言是“死的语言”就有点简单化。傅斯年、刘半农等纠正了他的看法。到1918年《建设的文学革命论》中，胡适就接受了一些别人的意见，认为新式白话文也可以吸收某些文言成分。周作人提倡“人的文学”功劳很大，但他把《聊斋》《西游记》《水浒传》《三侠五义》都说成“非人文学”就太简单、太片面了。鲁迅的《中国小说史略》就纠正了这类简单片面的观点，胡适也不赞成周作人对某些古典小说的看法。经过内部的交换意见、讨论、批评，后来这些人自己的看法都有变化。钱玄同的思想到1925年前后更发生了很大的变化。当然也有一些消极的东西留下了影响，比如胡适的“作诗如作文”的主张。他的反对者梅光迪一直认为作诗和作文在语言上是两条路子，诗的语言和文的语言不一样。梅光迪这个意见倒是对的。但是总的来说，“五四”先驱者偏激的地方都是局部性的，后来在认识和实践中也有所纠正。即便“五四”当时不在新文化中心的毛泽东对“五四”的偏激方面也有认识。毛泽东在抗战时期写的《青年运动的方向》《新民主主义论》《反对党八股》等文章，一方面对“五四”肯定得很高，另一方面也清醒地指出“五四”存在着形式主义地看问题的偏向：“所谓坏就是绝对的坏，一切皆坏；所谓好就是绝对的好，一切皆好。”似乎西方的一切都好，而中国的一切都糟，毛泽东的《反对党八股》就狠狠批评了这种偏向。毛泽东在20世纪三四十年代的著作里多次讲到孔子，口

① 傅斯年：《汉语改用拼音文字的初步谈》，载《新潮》第1卷第3号，1919年3月。

气都是尊敬和肯定的，特别是在《中国共产党在民族战争中的地位》那篇文章里，讲得非常明确，他说：“从孔夫子到孙中山，我们应当给以总结，承继这一份珍贵的遗产。”他称孔子的学说是“一份珍贵的遗产”，可见他没有跟着“五四”偏激方面走。

而且，偏激毕竟不是五四新文化运动的主要方面。总体上看，“五四”是一场由理性主导而非感情用事的运动。当时提倡民主、倡导科学、提倡新道德、提倡新文学，介绍近代西方人道主义、个性主义思潮，主张人权、平等、自由，这些都是服从于民族发展的需要而做出的理性选择。胡适、周作人都鼓吹要“重新估定一切价值”，就是要将传统的一切放到理性的审判台前重新检验、重新估价。在反对了儒学的纲常伦理和一味仿古的旧文学之后，他们又提倡科学方法，回过头来整理中国古代的学术文化。鲁迅写了《中国小说史略》《汉文学史纲要》，胡适写了《白话文学史》《中国哲学史》，进行古典小说的考证，就是要用现代的观点、科学的方法重新整理研究中国古代文化。这就证明他们是要革新传统文化，而不是要抛弃传统文化，不是全盘否定中国的传统文化。可以说，从“五四”起，中国思想的主潮才进入现代。“五四”是一场思想大解放的运动，是把中国的历史和文化大大向前推进的运动。“五四”是接受近代中国思想文化危机的呼唤而诞生的，因为有危机，才会有五四新文化运动。它本身并没有带来危机，而是基本上成功地解决了那场危机。直到今天，我们依然享受着五四新文化运动的成果。

三、“文化大革命”与“五四”：背道而驰，南辕北辙

在我看来，“文化大革命”并不像林毓生教授说的那样是“五四”全盘反传统的继续和发展。恰恰相反，“文化大革命”是“五四”那些对立

面成分的大回潮，是五四新文化运动所反对的封建专制、愚昧迷信在新的历史条件下的恶性发作。“文化大革命”和“五四”充其量只有某些表面的相似，从实质上看，两者的方向是完全相反的，可以说是南辕北辙。“文化大革命”的出现有两个根本条件：在上层，是个人专制倾向变本加厉，党的民主生活受到严重破坏；在下层，是个人迷信盛行，领袖人物越来越不正常地被神化。两个方面上下结合，才会发生“文化大革命”。而这二者，正是五四新文化运动的对立面。“五四”提倡民主，就是为了反对封建专制；提倡科学，就是为了反对愚昧迷信。“文化大革命”和“五四”恰好是反方向的运动。“文化大革命”的发生，说明封建思想早已严重侵袭到了革命队伍内部。中国反对封建思想的斗争本来就是一件长期的事情，仅仅“五四”那几年不可能一蹴而就，启蒙必须不断地进行。真正的问题在于：一旦封建思想侵袭到革命内部，反起来就非常困难，比一般反封建难上千百倍。因为投鼠忌器，怕伤害革命，也因为封建思想有的时候是以革命的名义出现，用革命做护身符。延安时期丁玲发表《三八节有感》《我在霞村的时候》《在医院中》，王实味发表《野百合花》，就是在解放区里反对封建思想、反对宗法观念、反对小生产意识，然而他们却付出了沉重的代价。中国毕竟是个小农意识犹如汪洋大海的国家，封建思想的影响几乎无处不在，人们对这一点缺少清醒的认识。而缺少清醒的认识，放松了这一方面的警惕，就会出现问题。如果说 20 世纪 40 年代这还只是苗头，那么到 50 年代末、60 年代初，个人专制的情况就已发展成为巨大的、严重的现实危机。有几件事情可以说说：第一件事情是 1959 年庐山会议上，人民日报社社长吴冷西发言，建议加紧制定法律、完善法制，但他的建议却在会上被否决了。第二件事情是，到 20 世纪 50 年代末，对领袖的个人崇拜已经达到相当严重的程度。记得

1958年秋，中宣部常务副部长周扬到北京大学中文系来做报告，就提出"时代智慧集中论"，据他说，每个时代的智慧都会集中到某一方面。比方说19世纪的俄罗斯，时代智慧集中在文学艺术上，出现了许多伟大的作家、艺术家和文学批评家；20世纪中叶的中国，时代智慧就集中在政治上，表现为党中央有了毛泽东这样英明伟大的领袖，那是国际上都少有的①。到1959年庐山会议上批判彭德怀时，刘少奇发言，明确提出"我们就是要搞点个人崇拜"②。如果把这些话与1956年中共八大一次会议明确反对个人崇拜，而且据此做出的决议相比，可以看出，那是很大的倒退，埋伏着很大的危险。林彪正是利用这种氛围把个人崇拜推向极端，从而服务其夺权野心的。第三件事情是，经过反右派和"反右倾"，打倒、批臭了党内外一批不同意见的人，也就是所谓的"民主派"。而且在批判中形成了一种理论：民主革命时期的老革命如果不自觉地改造，到社会主义时期就会成为反革命。"民主"于是成了非常可怕的东西。民主主义思想这样被批臭的结果，是个人专制在理论上和实践上的通行无阻。所以邓小平同志在20世纪70年代末深有感慨地说："没有民主就没有社会主义，就没有社会主义的现代化。"③这真正说中了事情的要害。第四件事情是，毛泽东1958年从第一线退下来后，用许多时间读《资治通鉴》、"二十四史"等大量古籍，他从历代兴亡中吸取经验、智慧和策略。现实中"总

---

① 笔者当时直接听了这次报告，此处复述其大意。

② 笔者在1959年秋曾听过当时北京市委第二书记刘仁关于庐山会议上多人批判彭德怀发言内容的传达。刘少奇发言中有此内容，他指的是对毛泽东的崇拜，绝无差误。

③ 邓小平：《坚持四项基本原则》，《邓小平文选》第2卷，168页，北京，人民出版社，1983。

路线”“大跃进”“人民公社”这“三面红旗”遭遇的挫折，增强了他的疑虑心理。在这种情况下，传统文化中那些赞美专制、排斥异端的消极成分，恐怕未必不会对领导人物产生作用。中国的古代文化中确实也有消极的、糟粕的东西：像《商君书・修权》里讲到的“权制独断于君则威”；《荀子・王制》中讲到的“才行反时者死无赦”；《论语・泰伯》中讲到的“民可使由之，不可使知之”；《墨子・尚同》中讲的“天子之所是，皆是之；天子之所非，皆非之”……这样一些专制主义思想，我们在后来的很多事实中确实看到了投影。以上这种种条件纠合在一起，“文化大革命”的爆发几乎就成为不可避免的了。

所以，“文化大革命”表面上是打倒一切，对“封资修”文化全批判，实际上是封建主义的大回潮和传统文化中的糟粕在起作用。它和五四新文化运动的根本方向是相反的。为了避免“文化大革命”的悲剧重演，我们得出的结论应该相反，不是去否定“五四”，而是应该发扬五四新文化运动的启蒙理性精神，继续进行反封建思想的斗争，继续进行民主、法治建设，对传统文化和外来文化都采取实事求是的分析态度，继承一切对人民、对民族有益的好的内容，而摒弃那些反人民、反民主的有害的东西。这就是我们应该吸取的经验教训。

小说全面革新的理论导引*

——“五四”小说理论批评概说

一

1917年开始的文学革命，为中国小说创作、小说理论带来了根本性的变革，小说观念、小说内容、小说形式、小说技巧得以全面革新。戊戌变法时期由“新小说”开始的量变，到五四时期终于演发为质变，实现了从古典小说到现代小说的飞跃。郁达夫曾将这一变化称为“中国小说的世界化”①，我们则称之为“中国小说的现代化”。

“五四”文学革命的倡导者对戊戌变法失败之后产生的《官场现形记》《二十年目睹之怪现状》《老残游记》等小说是不满意的。周作人就认为这些作品还是由旧小说发展而来，“因为他(它)总是旧思想，旧形式”。在周作人看来，“新小说与旧小说的区别，思想果然重要，形式也甚重要。旧小说的不自由的形式，一定装不下新思想；正同旧诗旧词旧

* 原载《中国文化研究》创刊号，1993年10月。

① 郁达夫：《小说论》第一章，上海，上海光华书局，1926。

曲的形式，装不下诗的新思想一样”。因此，他力主学习与模仿西方小说。① 中国小说由创作到理论、由观念到技巧的全面变革，正是在西方小说作品、小说论著大量得到翻译介绍的情况下发生的。

在五四时期小说理论中，小说观念的变革占有重要的位置。“打破旧的小说观而代之以新的观念”②，是许多小说论著的共同使命。这种观念的变革，突出地表现在两个方面：一是不再视小说为史传的附庸，把小说从历史中真正拉了出来；二是不再视小说为“载道”的工具，肯定了小说具有独立的艺术价值。

中国历来的传统观念以为小说属于“野史”，是史传的附庸，写小说是所谓“补正史之缺”。直至近代“小说界革命”时期，这种观念也未改变过来。晚清小说理论家邱炜萲说：“小说家言，必以纪实研理，足资考核为正宗。”③刘鹗也说：“野史者，补正史之缺也。名可托诸子虚，事须征诸实在。”④他们都把小说与历史混同起来。那时的小说家，很少以想象力丰富、表现力高强来夸耀，反以作品“实而有征”自豪。梁启超《新中国未来记》企图演述“中国六十年维新史”，第四回中就有这样的“著者按”：“以上所记各近事，皆从日本各报纸中搜来，无一字杜撰，读者鉴之。”佚名《读新小说法》一文则明白教导读者：“新小说宜作史读。《雪中梅》日史也，《俄宫怨》俄史也，《利俾瑟》《滑铁卢》法史也。”⑤林纾肯定西方近代小说，其角度也因为：“西人文

① 周作人：《日本近三十年小说之发达》，载《新青年》第5卷第1号，1918年7月。

② 瞿世英：《小说的研究（上）》，载《小说月报》第13卷第7期，1922年7月。

③ 《菽园赘谈·小说》，1897年刊本。

④ 《老残游记》第十三回评语。

⑤ 《读新小说法》，载《新世界小说社报》第6—7期。

体，何乃甚类我史迁。”①这种观念到五四时期才为之一变。“五四”小说理论明确宣告：“小说本为一种艺术”②；“历史是历史，小说是小说”③，历史属于科学，小说属于艺术，是两个不同的范畴。瞿世英《小说的研究》开宗明义就说：“中国素不以文学看待小说，我们为恢复小说在文学上应有的地位起见，不得不研究它。”他认为：“艺术家研究的是‘人’，科学家研究的亦是‘人’。但是他们对于人的态度却大大的不同。”科学家对人的研究都是从特定角度做出分析的，“艺术家所研究的却是整个的人。艺术家还有一层与科学家不同。艺术家所努力以求的是美。雕刻、画家、诗人、音乐家都是这样。科学家的职分是研究，艺术家的职分是创造，——是美的创造”。胡适、郁达夫在谈论历史小说的时候，都强调了艺术虚构的重要。胡适说：“凡做‘历史小说’，不可全用历史上的事实，却又不可违背历史上的事实。”“最好是能于历史事实之外，造成一些‘似历史又非历史’的事实，写到结果却又不违背历史的事实。”他认为：“《虬髯客传》的长处正在他写了许多动人的人物事实，把‘历史的’人物（如李靖、刘文静、唐太宗之类）和‘非历史的’人物（如虬髯客、红拂），穿插夹混，叫人看了竟像那时真有这些人物事实。但写到后来，虬髯客飘然去了，依旧是唐太宗得了天下，一毫不违背历史的事实。”④郁达夫也主张：小说家“不能完全脱离历史的束缚”，却“也没有太拘守史实的必要”⑤。他的历

① 林纾：《斐洲烟水愁城录·序》，上海，商务印书馆，1905。

② 君实：《小说之概念》，载《东方杂志》第16卷第1号，1919年1月。

③ 郁达夫：《历史小说论》。此意亦见陈钧《小说通义》一书。

④ 《论短篇小说》，载《新青年》第4卷第5号，1918年5月。

⑤ 《历史小说论》，《达夫全集》第4卷《奇零集》，上海，上海开明书店，1928。

史小说《采石矶》里的主人公黄仲则，就被郑伯奇指为“作者自己性格的投影”①。这就把作为文学的小说同作为学术的历史区别开来，使小说观念真正科学化了。

历来的传统观念还有一个问题，就是以“载道”衡量文学的价值，视小说为不登大雅之堂的“闲书”。用沈雁冰在《自然主义与中国现代小说》中的话来说，“旧派把文学看作消遣品，看作游戏之事，看作载道之器，或竟看作牟利的商品”。梁启超等虽然因变法维新的需要而大大抬高了小说的地位，却仍未摆脱将小说当作“载道”工具的传统思维模式。至清末民初的“黑幕派”，更把小说当作“泼秽水”的工具。“五四”小说理论从根本上打破了这种旧观念。孙俍工的《小说作法讲义》，瞿世英的《小说的研究》，沈雁冰的《自然主义与中国现代小说》，郁达夫的《小说论》，鲁迅的《孔乙己·附记》，都明确地抨击了旧的小说观念。君实在《小说之概念》一文中，既反对“游戏”说，也反对“惩劝”说，而强调“小说在文学上艺术上所处之位置”。他说：“吾国人对于小说之概念，可以一般人所称之‘闲书’二字尽之。……近年自西洋小说输入，国人对于小说之眼光，始稍稍变易，其最称高尚而普遍者，莫如视小说为通俗教育之利器，但质言之，仍不过儆世劝俗之意味而已。以言小说，固非仅此一义所能概括也。盖小说本为一种艺术，欧美文学家往往殚精竭虑，倾毕生之心力于其中，于以表示国性，阐扬文化，读者亦由是以窥见其精神思想，尊重其价值，不特不能视为游戏之作，而亦不敢仅以儆世劝俗目之。”他的结论是：“欲图改良，不可不自根本上改革一般人对于小说之概念，使读者作者皆确知文学之本质，艺术之意义，小说在文学上艺术上所处之位置，不复

① 《〈寒灰集〉批评》，载《洪水》第3卷第33期，1927年5月16日。

敢目之为‘闲书’，而后小说之廓清可期，文学之革新有望矣。”即使提倡文学为人生的陈独秀，也很重视包括小说在内的文学本身的独立地位与独立价值。他说：“状物达意之外，倘加以他种作用，附以别项条件，则文学之为物，其自身独立存在之价值，不已破坏无余乎?!”[①]在《文化运动与社会运动》一文中，陈独秀还说：“文学美术里面，也许有人喜欢加上一点社会化的色彩，描写到妇女问题和劳动问题；从事社会运动的人，也许要很留意文学美术做他们社会运动底工具；但这两类事业底本身，仍然是两件事，不可并为一说。”“一个人若真能埋头在文艺、科学上做工夫，什么妇女问题、劳动问题闹得天翻地覆他都不理，甚至于还发点顽固的反对议论，也不害在文化运动上的成绩。”(《新青年》九卷一号)他之所以在致周作人的几封信中一再表示：“鲁迅兄做的小说，我实在五体投地的佩服”“豫才兄做的小说实在有集拢来重印的价值”(1920 年 8 月 22 日、9 月 28 日信)，就因为在他看来鲁迅小说本身具有超卓不群的成就和独立的品格。沈雁冰也非常看重小说艺术的独立作用，认为“思想固然要紧，艺术更不容忽视”[②]。这就真正同一切“工具论”的小说观念划清了界限。

小说不再是史传的附庸，也不再是“载道”的工具或消遣的“闲书”，它与人生有关，自身却又具有独立的品格和价值——这就是“五四”文学革命带来的小说观念上的根本变化。有了观念上的这种变化，小说是文学正宗的地位才得以牢固确立，白话小说才能由文学的边缘进入中心的位置，中国小说的现代化也才真正成为可能。

---

① 《答曾毅信》，载《新青年》第 3 卷第 2 号，1917 年 4 月。

② 《小说新潮栏宣言》，载《小说月报》第 11 卷第 1 期，1920 年 1 月。

二

五四时期不少小说论著阐述的一个重要思想，就是直面人生、不加讳饰的写实主义。沈雁冰认为，科学描写法的真精神是如实地写，“不在丑恶的东西上面加套子”①。鲁迅尖锐批评那些“很说写实主义可厌”的批评家：“不厌事实而厌写出，实在是一件万分古怪地事。”②这种同历来“瞒和骗的文艺”相对立的创作思想，既体现着文学为人生的思想宗旨，也体现着小说现代化的艺术要求。

清末民初，黑幕小说与滥调小说盛行，内容无聊污秽，而文字上则充塞着“芙蓉其面杨柳其眉”“翩若惊鸿，婉若游龙”一类老套。胡适在《建设的文学革命论》中曾说：“近人的小说材料，只有三种：一种是官场，一种是妓女，一种是不官而官，非妓而妓的中等社会，除此之外，别无材料。最下流的，竟至登告白征求这种材料。做小说竟须登告白征求材料，便是宣告文学家破产的铁证。”针对这种状况，《新青年》倡导文学革命时，便提倡写实主义。陈独秀不但在答张永言信中提出中国文艺“今后当趋向写实主义”的主张，而且《文学革命论》也以“建设新鲜的立诚的写实文学”为三大目标之一。胡适在《文字改良刍议》中则提出：“惟实写今日社会之情状，故能成真正文学。”他们都把写实主义作为挽救中国小说的出路。

遵循着这一要求，先驱者们最初倡导“问题小说”。周作人在《中国小说里的男女问题》中说：“问题小说，是近代平民文学的产物。这种著作，照名目所表示，就是论及人生诸问题的小说。”按照沈雁冰的

① 《“曹拉主义”的危险性》，载《文学旬刊》第50期，1922年9月。

② 《幸福·译后记》，载《新青年》第8卷第4号，1920年12月。

想法，问题小说应该用客观写实的态度去创作。他在《小说新潮宣言》中，将所选西方作品分成两部分，并且说："第一部所取的，是纯粹的写实派自然派居多。第二部是问题著作居多。我以为总得先有了客观的艺术手段，然后做问题文学才做得好，能动人，这便是我强分第一、第二两部的一孔之见了。"可惜，问题小说的作者，往往喜欢从抽象命题出发（如陈钧《小说通义》所批评的"成见在先"），来不及将新思考通过有血有肉的生活感受转化为艺术形象，一时间创作上出现了严重的概念化的毛病。在这种情况下，周作人等又转而向农村来的作者倡导写自己熟悉的题材——乡土文学。孙俍工在《小说作法讲义》中，还强调了社会风俗的描写：

> 时代精神底反映，即是一时代风俗习惯底反映；不过时代精神是宿藏于人们心中深奥处的，风俗习惯是表现于外面的，有这样的不同罢了。所以描写时代精神，同时必得描写那时代底风俗习惯人情等表面的状态。如一时代底婚嫁礼节、会餐、衣服装饰、宗教、迷信、道德以及其他地方底建筑房室和特具的习惯……等，都是应该详细研究的。①

这些理论上的倡导，配合鲁迅乡土小说的示范，终于使文坛气象为之一变，到20世纪20年代中期，涌现了鲁彦、潘训、许杰、许钦文、王任叔、彭家煌、台静农、徐玉诺、蹇先艾等一批有成就的乡土小说作家，标志着写实主义在中国的初步成熟。

适应于写实主义（也许还有浪漫主义）小说艺术的要求，五四时期

① 孙俍工：《小说作法讲义》第3章第11节，上海，中华书局，1923。

介绍了西方以“人物、情节、环境”为小说三元素的理论，它对中国性格小说的发展起到了重要的作用，从根本上打破了传统小说片面重视故事情节的旧格局。从此，“小说重在‘情状真切’，不重‘情节离奇’”，就成为人们可以接受的新观念。瞿世英的《小说的研究》，孙俍工的《小说作法讲义》，郁达夫的《小说论》，沈雁冰的《小说研究ABC》，都接受了这种三分法的理论框架。当时翻译的西方小说论著中，商务印书馆出版的两部对中国文学界影响特别大：一是1924年11月出版，由华林一译、吴宓作序的哈米顿(Clayton Hamilton)著《小说法程》(*A Manual of the Art of Fiction*)，二是1925年出版，由汤澄波译的Bliss Perry著《小说的研究》(*A Study of Prose Fiction*)，它们成为当时中国小说理论的基本依据。甚至“五四”前夕胡适发表的《论短篇小说》，一些重要论点也来自哈米顿(哈米顿的理论又来自爱仑·坡、霍桑以及斯蒂文森)。当然，我们这样说只是指明其学术论点的渊源，并不抹杀中国论者的功绩。以胡适为例，他的《论短篇小说》1918年在《新青年》刊出，便具有不可比拟的启蒙价值：一方面介绍了西方近代关于短篇小说的种种观念(如短篇乃“最经济的文学手段”，横断面结构的意义，细节描写的重要，等等)，另一方面又结合中国小说史的实际，做出一系列颇有真知灼见的分析。他从《虬髯客传》提出历史小说必须有实有虚；从《聊斋志异》提出“写鬼狐却都是人情世故”；从《木兰辞》提出剪裁的艺术——这些都是相当精辟的见解，甚至对鲁迅撰写《中国小说史略》也产生了积极的影响。20世纪20年代可以说是短篇小说的年代，然而，短篇小说观念的现代化似乎又颇为艰难。鲁迅在1920年写的《域外小说集》新版序中曾说：“《域外小说集》初出的时候，见过的人，往往摇头，‘以为他才开头，却已完了！’那时短篇小说还很少，读书人看惯了一二百回的章回体，所以短篇便等于无物。"可见，读者对现代短篇小说比对现代长篇小说更不易接受。而五四时期小说理论和创作的突破点恰恰在短篇方面，这不能不说与胡适的努力有很大关系。他的《论短篇小说》影响极大，在帮助读者接受现代短篇小说方面起了直接的作用。

应该说，郁达夫1926年写的《小说论》也与一般照本宣科者有很大不同。这部著作实际上包含了他本人从浪漫主义愈来愈趋向写实主义的若干创作经验，如关于典型问题，郁达夫就说过这样一段颇有见地的话：

> 这"典型的"(Typical)三字，在小说的人物创造上，最要留意。大抵作家的人物，总系具有一阶级或一社会的特性者居多，例如Don Quixote(堂·吉诃德)系具有梦想家的特性的代表，Hamlet(哈姆雷特)是怀疑者的代表，Tartuffe(毛利哀的喜剧中人)是伪善者的代表之类。作家的人物，正因为具有这一种Typical Traits of Characteristics(典型特征)的原因，才能使大多数的读者对作品中的人物感着趣味。但这一种代表特性的抽象化，化得太厉害的时候，容易使人物的个性失掉，变成寓话中的人物，如盘洋的《天路历程》里的Christian(基督徒)、Hypocrite(伪君子)之类或变成一种Caricature(漫画式的人物)，使读者感不出满溢的现实味来。这一层是小说家创造人物最难之点，也是成功失败的最大关头。

郁达夫毕竟是作家，能体味小说创作的甘苦，才会在现代小说建立的初期，就对人物形象的塑造问题讲出这样切中时弊的见解来。

三

和文学革命倡导者的愿望相反，中国小说在“五四”后并没有像欧洲 19 世纪中叶那样出现一个写实主义独步的时期。

五四时期的小说理论，事实上是多元的：既有写实主义，也有浪漫主义，还有象征主义和 20 世纪头二十年西方流行的新浪漫主义、表现主义等。文学研究会瞿世英的《小说的研究》，创造社郁达夫的《历史小说论》，学衡派吴宓的《论写实小说之流弊》以及杨振声的《玉君·序》等文，都在程度不等地肯定写实主义的同时，主张表现一种理想的生活，为浪漫主义张目。成仿吾与创造社作家总体上是倾向于新浪漫主义的；其中郭沫若、郁达夫则又特别推崇德国的表现主义（以郭沫若的《自然与艺术》《印象与表现》，郁达夫的《文学上的阶级斗争》等文为代表）。有点出人意料的是，文学研究会的沈雁冰，在他的《自然主义与中国现代小说》以及更早的一些文章中，也同样认为新浪漫主义“最圆满”(可能受了陈独秀的影响①)。然而，当时所说的“新浪漫主义”又是个包容极广的概念。沈雁冰的“新浪漫主义”实际上指梅特林克、罗曼·罗兰那种理想主义，它与创造社以表现主义、弗洛伊德主义乃至意识流为主的“新浪漫主义”有着很大的不同。也还有人介绍过西欧刚刚出现的“踺踺主义”(今译达达主义)。鲁迅则在竭力倡导“睁眼”看现实、捍卫写实主义的同时，也对安特列夫小说那种“象征印象主义”表示了极大的兴趣。② 有意思的是，鲁迅到 1927 年写的《怎么写》一文中，竟主张“与其防破绽，不如忘破绽”，离开了写实主

① 陈独秀 1920 年年初发表的《自杀论》指出：罗曼·罗兰的新浪漫主义是“最新思潮底代表”。

② 鲁迅：《黯淡的烟雾里·译者附记》，1921。

义所主张的那种严格的细节真实。如果说20年代中期郁达夫从浪漫主义、表现主义越来越走向写实主义，那么，鲁迅则可以说从原先写实主义为主越来越增加了表现主义的成分，他之所以写出《奔月》《铸剑》以及《故事新编》中的其他小说，实在不足为怪。总之，浪漫主义、写实主义、自然主义、象征主义、新浪漫主义、表现主义、达达主义，这些在欧洲一个半世纪里先后出现的历时的思潮，到“五四”后的中国却成为共时的了。它们几乎同时传入，在同一个文学舞台上各自表演，互比高低，又互相影响。“秦叔宝大战关云长”——一个听起来荒唐的民间笑话，在中国文坛上却成为现实。这种局面，决定了“五四”后的中国不可能也不应该再有一个写实主义称雄独霸的阶段，又决定了西方无论什么样的小说思潮，到了中国只会变形，不会再有纯粹的原来意义上的写实主义或自然主义，也不会再有纯粹的原来意义上的浪漫主义、象征主义或表现主义。

五四时期小说理论、小说思潮方面的许多争论和交锋，只有从这个意义上才能理解。

举例说，按照“人物、情节、环境”这种三分法的西方小说理论，小说作品的情节结构应该有高潮，有结局。这是写实主义或浪漫主义的共同要求。然而，随着表现主义、意识流等现代主义小说创作的出现，这种理论传入中国不久，就受到了挑战。周作人在“五四”后第二年就说：“内容上必要有悲欢离合，结构上必要有葛藤、极点（即高潮，引者注）与收场，才得谓之小说，这种意见，正如十七世纪的戏曲三一律，已经是过时的东西了。”①1922年，摄生对郭沫若的意识流小说《残春》提出批评，认为《残春》没有高潮，不像小说。成仿吾很快

① 《晚间的来客·译后附记》，载《新青年》第7卷第5号，1920年4月。

指出，摄生“拿一种固定的形式去强人以所不能。这种行为，酷肖我们的专制君主，拿一只不满三寸的金莲，去寻他梦里的尤物”①。郭沫若自己也站出来辩护：“若拿描写事实的尺度去测量它，那的确是全无高潮的。若是对于精神分析学或梦的心理稍有研究的人看来，他必定可以看出一种作意，可以说出另外一番意见。”②当时的作家，大多容纳了这种现代主义的小说理论，对正统的说法持怀疑态度。郁达夫在《小说论》中直接表示：“至于小说的最高潮点，是不是必要的结构，也还是一个疑问。”沈雁冰在《人物的研究》(《小说月报》十六卷三期)中说：“近代小说家大都以为动作上的顶点是不必要的，而意境上的‘情绪上’的顶点却不可少。”赵景深则干脆称创造社作家的小说属于“情绪结构”：“事实上的结构固然没有，情调却依然是统一的，所以仍旧是有结构的了。”③

又例如，不同于写实主义忠于客观外在现实的要求，“五四”小说理论提出了创作可以“内向”的主张。陈炜谟在评论美国作家爱仑·坡的小说时，就指出过近代小说这种“内向”的特点：

> 近代的小说一方面在量上增加，一方面在等类上也愈见丰富了。小说不但能摄取外形，它还能摄取内心；它不但能表示生活之诸相，还能摄住一种抽象的、超平凡的空气；它是能从外面的东西渐渐移来抓住内里的灵魂。这正如Leonid Andreyev的意见，因为近代人的生活的本身，在它是最悲剧的方面，是从外表的活动离得更远而且更远了，陷入了灵魂的深处亦更深而更深了，深

---

① 《〈残春〉的批评》，载《创造季刊》第1卷第4期，1923年2月。

② 《批评与梦》，载《创造季刊》第2卷第1期，1923年5月。

③ 《短篇小说的结构》，载《文学周报》第283期，1927年9月25日。

入那沉默中，深入那是内心的生活的特性的外表看来是平静的状况中。①

所有这些，都可以看作是现代主义小说理论对正统的写实主义小说理论的反叛和冲刺。它使中国小说界不再成为写实主义一统的天下。

除了时代的因素之外，传统的因素也限制着写实主义在中国的称雄独霸。中国以诗文名世，文学中的抒情传统特别悠久和丰厚。这种传统因素厚积薄发，对中国小说的写实主义不可能不产生潜在而又强大的制约作用。鲁迅的小说就是极明显的例证。《呐喊》《彷徨》各篇中那种单纯的笔法，回荡的旋律，简洁的白描，浓郁的诗意，无不和中国文学强大的抒情传统有关。它使纯客观的写实描写不容易得到充分的发育。类似的情况在废名、台静农、蹇先艾等人的小说中同样存在。只要读读燕志儁的短篇《守夜人》，我们就会知道，早在文学革命第一个十年里，这类抒情性小说已达到何等可观的成就。它无疑是强大悠久的文学传统哺育的结果。反映在小说理论上，周作人 1920 年就敏感地提出了“抒情诗的小说”的概念。他在库普林《晚间的来客》译后附记中说：

我译这一篇，除却介绍 Kuprin 的思想之外，还有别的一种意思，——就是要表明在现代文学里，有这一种形式的短篇小说。小说不仅是叙事写景，还可以抒情；因为文学的特质，是在

① 《论坡(Edgar Allan Poe)的小说》，载《沉钟》爱仑·坡特刊，1927 年 7 月。

感情的传染，便是那纯自然派所描写，如 Zola 说，也仍然是“通过了著者的性情的自然”。所以这抒情诗的小说，虽然形式有点特别，但如果具备了文学的特质，也就是真实的小说。

无独有偶，汉胄（刘大白）1921 年和郑振铎论争时，同样提出了“抒情小说”的概念。他在《对于西谛先生“性的问题”的疑问》一文中说：“难道研究文学的西谛先生，竟以为抒情诗、抒情小说底作者，是全部的心灵，都囿拘于性的问题底圈子以内的吗？竟以为抒情诗、抒情小说，只是叙述个人的性爱、性欲问题的吗？”①当郑振铎嘲笑他“创造‘抒情小说’的名辞”时，汉胄直言不讳地说，“抒情小说这个名辞的确是我创造的”，并且作了正面解释：“抒情小说”即“借着客观的事实，抒写主观的情感的小说”②。郑伯奇评论《寒灰集》时，也指出创造社作家的小说是“现代的抒情主义”。毫无疑问，“抒情诗的小说”或“抒情小说”这类概念的提出，必然会带来正统写实主义的改造和变形，实际上也就限制着写实小说的发展，有利于小说创作、小说理论的多元化。

四

“五四”小说理论中，有一部分具体探讨小说创作的特点和过程，评论某部作品的价值，总结某位作家的经验，阐发若干有益的见解，因而值得一读。

1922 年《文学旬刊》上刊载的宓汝卓的《小说的“做”的问题》，便

① 《对于西谛先生“性的问题”的疑问》，《民国日报·觉悟》1921 年 7 月 16 日。
② 《我和郑振铎君底“麻烦”》，《民国日报·觉悟》1921 年 8 月 2 日。

是一篇颇有意思的文章。作者和郑振铎讨论小说下笔之后要不要“做”。在作者看来，“文学家仅仅有真挚欲吐的感情，未见得写来就能动人。欲吐的真情，不过是‘小说的河水的泉源’罢了。泉源是否就能够奔腾澎湃，汇为巨观，却是一个问题。……我以为情绪有开展，挥发，分析，具体化的必要。这种将自己的情绪开展，挥发，分析，具体化，企图将自己的感情表现得格外强烈，企图(让)别人了解、感受我们的情绪格外深厚的手续 Operation，便是我之所谓‘做’了。”作者结合黛玉写葬花诗达到高潮的过程加以解析，认为“这是由于情绪的后浪追逐前浪，所以益发澎湃浩荡；这是由于一更的‘心弦’弹到极微妙婉曲处，诸弦同时突然共鸣的结果！这样的‘做’，是只会‘因文生情’的，决不会因‘做’而破灭感情”。宓汝卓的这一见解，显然有道理，可供小说家和研究创作心理学的学者参考。

赵景深《短篇小说的结构》是一次讲演。作者没有从教科书定义出发，而是立足于研究大量小说作品的实际，分析介绍了逆溯、互交、循环、潜藏四种结构，还谈到创造社小说的情调贯穿式，却没有提众所周知的横断面。

小说的叙事角度问题，在 20 世纪 20 年代小说理论中注意得还不多。因此，夏丏尊的《论记叙文中作者的地位并评现今小说界的文字》一文就更值得我们重视。作者对包括鲁迅、叶绍钧、郁达夫、冰心在内的小说视角做了认真的考察，指出其中存在的若干不统一、不贴切的毛病(可惜他没有注意鲁迅是故意犯的)。他还细致地区分出第三人称小说实际上仍有三种不同的视角：“一是全知的”“二是限制的”“三是纯客观的”[1]，提醒小说家们不要误用。这些都是很切实的意见。

陈钧的《小说通义》，深受学衡派吴宓的影响。但作者对西方近代小说颇为熟悉，有时能讲出相当精辟的意见。如关于小说“所造人物之独立性”，陈钧在第一章总论中就这样指出：

> 小说家即挐定主张从事构作，而当其描写书中人物如火如荼之际，作者反退处于无权。而书中所创造之人物，即可向作者宣布独立。此语似觉不经，作小说者类能言之。彼黛玉之死，以及宝玉、宝钗之结婚，作者一路写来，不得不有此番结束。万不可乱更情景，致使读者斥为荒谬。故曰：小说中之人物，有独立之倾向也。

在20年代，就能有这样的见解，应该说是难能可贵的。

值得注意的是，站在新文学对立面的学衡派和鸳鸯蝴蝶派，也都有他们自己的小说理论。学衡派的文章倾向于保守，常常流露出对新文学的偏见甚至敌意，鸳鸯蝴蝶派的文章则表露出种种庸俗低级的趣味。虽然如此，我们仍然不应该对之简单贬斥或否定。学衡派吴宓的一些小说理论和评论文章（如《论写实小说之流弊》《评杨振声〈玉君〉》），不但批判黑幕小说和鸳鸯蝴蝶小说相当锋利，而且有时还能切中新文学的弱点。他对文学确属内行，有关生活真实与艺术真实、写实与理想、小说结构与小说语言等不少见解，应该说也颇为中肯有益。鸳鸯蝴蝶派的小说理论，则能给我们另一种启示。如董巽观的

---

① 《论记叙文中作者的地位并评现今小说界的文字》，载《立达季刊》第1卷第1号，1925年。

《小说学讲义》，通篇以趣味为依归，间或引进胡适译的西方小说，并列有“问题小说”“社会小说”等章，透露了鸳鸯蝴蝶派也在接受新文学影响的消息。杂志《小说世界》秋山的那篇《谈社会小说》，就小说观念而言是相当混乱的，但它毕竟提倡写社会小说，预示了鸳鸯蝴蝶派阵营中也会出现张恨水式的作家。读一点这类文章，便于我们知己知彼，避免某种片面性与独断论。当然，我这样说，并不包括那种纯粹骗钱的东西，如上海泰东书局出版的陈景新的《小说学》，便是一本胡说八道、笑话百出的书，无怪乎《文学旬刊》第一百六十二期要刊载蒲君的文章《异哉所谓“小说学”者》予以揭露了！

五四时期的小说批评，也颇为可观。如陈独秀、沈雁冰、张定璜评论《呐喊》，周作人之评论《沉沦》，郑伯奇之评论郁达夫《寒灰集》，化鲁（胡愈之）之评论叶绍钧《隔膜》，成仿吾之评论郭沫若《残春》，陈炜谟之评论爱仑·坡的小说，无论在思想或艺术上，都能发人之所未发，提出若干中肯可贵的见解。它们比起本时期较为幼稚的小说理论来说，似乎显得更为成熟。然而，小说批评中粗暴现象未能避免。特别是从写实主义立场出发否定现代主义作品（如摄生评论郭沫若《残春》），或者相反，从现代主义立场出发否定写实主义作品（如成仿吾评论鲁迅《呐喊》）——我曾在一篇文章①中称之为“异元批评”或“跨元批评”的那种现象，开始在本时期出现。批评史上后来发生的一些悲剧，从这里已埋下最初的祸根。这大概也是回顾历史，有时不免使人感慨和战栗的一种原因吧！

---

① 严家炎：《走出百慕大三角区——谈二十世纪文艺批评的一点教训》，载《文学自由谈》1989年第3期。

抗战与20世纪40年代小说艺术的多样开拓*

1937—1949年这十二年，有十一年处在连绵不断的战争中。作家们千里跋涉，颠沛流离，贫病交困，经历了深重的痛苦和灾难。这是中华民族新生前的阵痛时期。萧乾在抗战之初写的《苦难时代的蚀刻》中，曾做过这样的预言："战争给许多作家指出了正确方向。他们头一次闻到稻田的香味，看到巨大的橘林，首先，他们直接触到了人民……因此，我们可以寄厚望于战后的中国小说家。"这预言虽然有点天真，却是有道理的。恰恰在人们称之为新文学史上这"第三个十年"，中国小说获得了远远超过前两个十年的重大发展。无论是题材之宽广丰富，风貌之璀璨多样，方法、手法之繁复多变，艺术表现之求新求异，都使人感到这是一个文学上孕育着辉煌收获的年代。

是作家与人民同甘苦、共命运的长期经历和体验，促

---

* 本文原为中国文联出版社2002年出版的《中国新文艺大系（1937—1949）·中短篇小说集》的"导言"。其中第二节路翎和第九节中张爱玲部分，系请范智红女士执笔。

成了这种变化？还是战争所致的地区分隔（大后方、民主根据地、沦陷区），形成了文学上多中心的区自为战、人自为战、多重探索的局面？是本时期世界文学大量的几乎是同步的译介和借鉴，启迪了小说的勃勃生机？抑或像庄稼只有经过春天播种，炎夏耘耨，才能迎来金秋季节一样，新文学小说也注定必须经过前两个十年那番跋涉，才能到达第三个十年这种境地？原因且留待研究者在充分占有史料的基础上详加辨析。这里想做的，只是把自己阅读了一千三百多万字中短篇小说所得的零星感受和印象，加以归纳整理，提出一些看法，以求教于方家和广大读者。

严酷战争生活的非凡艺术表现

自抗战爆发时起，中国作家面前即横着两重关隘：生活上能否适应从和平环境到战争环境的转变；创作上能否从写日常生活题材转到为神圣的抗战服务，尽可能写与战争有关的题材。闯前一道关隘虽然艰苦，相对来说却还比较容易，成功率比较高；闯后一道关隘则要困难得多，即使作家本身尽了最大努力，付出与收获相较依然不成比例。文学创作毕竟要依仗深切的人生体验，这是临时抱佛脚式的参拜难以奏效的。抗战初期大批作家“入伍”，做了大量战地采访，而写战争的小说成就却微乎其微，原因恐怕就在这里。

正是在这个意义上，丘东平的一些艺术探索就显得难能可贵。

抗战初年的战争题材小说，热情有余而实感不足。即使像端木蕻良有点影响的《螺丝谷》那样的作品，也流于为鼓舞斗志而编织故事，多少显示了廉价的乐观主义倾向。东平的战争题材小说则不然。《给予者》《暴风雨的一天》《一个连长的战斗遭遇》等以有血有肉的战斗生活、真实感人的艺术形象，有力地呈现了抗战初期的风貌。它们在三个层次上可以说都有突破：

一是敢于正视并充分写出严酷的战争现实，绝不回避这场抗战的空前残酷性和取胜的极端艰苦性。侵略者在军事上毕竟强大，且又有备而来，加之中国军队上层的畏葸无能、决策失当，战争绝不会如有些作品写的那样仿佛是一场儿戏。东平亲身参加过“一·二八”和“八一三”两次抗日战斗，他笔下真实而自然地展现了许多酷烈的战争场面以及中国军民牺牲的令人沉重的镜头。正像作家于逢所说，读东平小说，“许多场面这样惊心动魄，仿佛那些炸弹的闪光还在你眼前照耀，硝烟窒息着你的呼吸，子弹从你耳边呼啸而过”“我们只要展开他的作品，就感到那时的急风骤雨扑面而来，……”(《沉郁的梅冷城·编后记》)东平的笔墨赋予小说以异常悲壮的色调。

二是叙述和描写绝不冷淡、平板，而是渗透着内在的激情。东平历来强调作家的主观能动作用，主张作家“用自己的艺术的脑子(对生活)非常辩证法地去认识，去溶化，去感动，并且把自己整个的生命都投入这个伟大的感动中”①。他不但这样说，而且也这样做。在他笔下，即使写景，用的也是这样的笔墨：“早上，天下着微雨，白色的雾气一阵阵从土壤里喷射出来，压着低空，竹叶子簌簌地低泣着，挂着白光闪烁的泪水。”(《一个连长的战斗遭遇》)这种感情并非空泛的抒发，也不是游离于艺术内容之外的特意呼喊，它是内蓄的情思自然地默默地渗透于作者笔下，形成对现实的一番审美透视。

三是东平在写出严酷现实的同时，又真实有力地突出刻画了中国军民誓死反侵略的顽强斗志，以及在强敌面前大无畏的英雄气概。《一个连长的战斗遭遇》中，林青史率领的第四连在和上级失去联系的

① 《并不是节外生枝》，载《七月》第10期。

情况下连自为战，人自为战，宁死不屈，壮烈拼杀，歼灭了数倍于自己的敌人。《暴风雨的一天》中，少年马松桑任凭狂风暴雨袭击，坚守“南路的哨位”，监视敌人的行动，像一尊塑像：

> 在村子底南面，在一个高耸的阴绿色的小丘底巅峰上，马松桑底黑灰色的影子像一块插在田塍上的小小的界石，在暴风雨的侵袭中屹然不动地站着，时而在迅急地掠过的烟云中隐没了，时而全身毕现，把他无视暴风雨的短小的雄姿泰然地完全显露……

东平尤其写出了一些悲剧性的抗战人物。林青史的第四连对日作战有功，却被获救的友军恩将仇报地缴械，“像一簇灿烂辉煌的篝火的熄灭”；而林青史本人，则被营长不问青红皂白地下令枪决。作品带有抗战初期特有的时代重压，六十年后读来，依然强烈地震撼人心，令人悲愤不已。东平小说文字有些佶屈聱牙，却具有其他作品难以比拟的那种力度。这种效果，也是同它们突出刻画中国军民抗击侵略者的倔强斗志密切相关的。

东平在上述三个层次上的探索与成就，不仅对抗战小说有意义，而且为后来的战争文学创作积累了一些重要的经验。如果说解放战争期间军事题材作品的代表作者是刘白羽，那么，抗日战争期间军事题材小说的代表作者则无疑是丘东平。

超常的心理探索兴趣与才能

战争的气氛感染而且激动着一些文学青年的心。这其中就有路翎。路翎在创作初期很受东平的影响，无论在题材上还是在风格上，他的小说和东平都有一些相似之处。1939 年，十七岁的路翎写作了短篇小说《“要塞”退出以后——一个年青经纪人底遭遇》，很明显地，这个短篇与东平的《一个连长的战斗遭遇》甚至在标题上都取了一致的结构。实际上，它的内容和东平的小说也有某些相似。小说以抗战时期的江南战场为背景，描写国民党在军事战略上的软弱、胆怯和混乱。爱国将士满怀报国之志却因无仗可打而壮志难酬，年轻的主人公沈三宝违令作战，结果却被以军法处死。沈三宝的命运，正是林青史的悲剧在广大的南方战场的重演。在这里，我们除了看到路翎和东平之间在一定程度上的影响关系，同时也可以清楚地看出，路翎与东平对于现实的严酷性一面有着某种共通的认知取向。不仅如此，路翎在这个短篇中还表现出了某些明显是属于他个人的创作特征，这就是：在小说的结构上，他表现出对于人物的心理变化过程的偏好，并且以人物在心理和情绪上的变化作为小说的基本结构；在小说的叙述上，路翎表现出强烈的主观热情，他毫不克制自己的激情，在热烈的叙述和繁复的议论中表现出自己对于人物和情节的专制。这些特征的呈露，为日后一个才情横溢的作家的诞生准备着某些必要的素质。

就像画家凡·高因发现了矿工、农夫们灰暗的工作和他们同样灰暗困苦的家庭生活，从而找到了真正属于自己的线条和色块，一种使人的灵魂因为战栗而感到的艺术由此产生；对于路翎，“黑色子孙”的发现具有与此相同的意义。在路翎的笔下，“黑色子孙”是这样一群人，他们是破产的农民、矿区的苦力和流浪汉，包括挑水工、泥瓦匠、说书人、算命人、孤苦无依的老人、小痞子、小店伙、小公务员、穷学生和穷教员，总之，是一个在太平时期就生活在社会的边缘、在战争时期又最可能为社会公平所忽略的弱势人群。应该说，这样的人群一直是20世纪30年代以来左翼文学关注的对象。然而，路翎和一般的左翼文学家有所不同，路翎的兴趣主要不是在表现社会关系中阶级间的紧张，而是要表现这些小人物在一个特殊环境中内心的紧张，那样的紧张关系又往往是大起大落的，主人公们的心理与情绪的变化从浪谷到浪尖，从疯狂到平静，幅度极大，时间短促，然而却又显得自然、妥帖。从某种意义上说，路翎的小说在表现人物的心理转折时甚至呈现出戏剧的某些特性。

小说《王兴发夫妇》是这样开头的："六月的清朗的早晨。黎明的金红色的神奇的光辉，最初是在山峰的右边伸展了出来，以后是在山峰的顶上铺张着：它好像是因什么一种力量而颤动着。"在路翎的笔下，一个普通的六月的早晨也好像被赋予了某种新鲜的生命，它是活的、变化着的，在一个短暂的瞬间积蓄了从"颤动"的、"突然"的爆发转到"温柔"与"快乐"的所有能量。这样的早晨是路翎的早晨，对于景物的这样一种领悟和表现也是典型的路翎式的，我们在路翎的众多小说中会一再地体验到。不仅如此，在《王兴发夫妇》中，这样的早晨还是主人公们所要经历的心理转折的某种暗示，在这样一个路翎式的六月的早晨的转折中，实际上包含了王兴发夫妇的感情和情绪转折的所有要素与结构。

在早晨来临的时候，农夫王兴发的平静生活突然发生了变故，他被抓了壮丁。临走时他还对他老婆王家幺嫂的慌张和眼泪大声叫骂。在羁押于镇公所的一天里，大难临头的王兴发重新找到了他生活的价值和意义，明白了"那个曾经被他荒废了的、幸福的、重要的东西"是他的女人，于是，"恋爱和青春，就是这样地在不幸中复活了"。意外逃出镇公所的一天是王兴发生命的顶峰，他的心为爱情、责任、悔悟、绝望、倔强与感激等种种强烈的情绪所充满，在藏身的苞谷地里，在电闪雷鸣、风雨交加的夜晚，他甚至对着他的女人展开了一次激情的倾诉。种种强烈的心情"使他显得迷糊，并且有点疯癫了"。一边是抓丁者的搜捕，一边是一对在大难中重新焕发了爱情的不幸夫妇在不多的时间里心与心的抚慰、相许与决绝，路翎在小说中创造了一种令人窒息的紧张气氛。你可以说在这个短篇里路翎的表现不无夸张成分，但是你不可能否认，路翎的小说显示出极强的对心理探索的兴趣。对于人物的“心理现实”状况的悉心揣摩、着力描绘并以强烈的感情投入左右小说的叙述进程，在路翎这里已经表露无遗。

小说《平原》写的是农民胡顺昌夫妇一路上的争吵。“胡顺昌，满脸都是乖戾的、绝望的神色，跟在他的女人后面吵叫着，他们在平原里面走着。”小说一开头就进入冲突的中心，胡顺昌和他的女人的矛盾立时就被推到了前台，引起冲突的根源则是政府的横征暴敛。而紧接着，路翎却开始了他特别擅长的对于人物所处环境和景物的长篇描写，从那些充满激情和暗喻的描写中，你体会得出路翎对于他笔下人物的热爱。胡顺昌，只不过言语中对老实的妻子桂英多交了米粮给保长而表示不满，烈性的桂英却赌气出走回娘家。小说从胡顺昌夫妇两人都理直气盛写起，一个坚决地出走，一个坚决地跟在后面，怀着爱情申诉自己不满的缘由并且阻止妻子回娘家；接着发展到胡顺昌气愤不过而动手，动手的同时又后悔、求饶，而倔强的桂英竟然猛扑到河里去了。经过一番奋力的营救与反营救——“这个生死存亡的斗争是在完全的沉默中进行的”，这对可怜的夫妻终于“完全冷静了”，在烈日下面的草地上，他们和解并且重叙着夫妻间相濡以沫的亲情。尽管小说情节的发展充满一种戏剧性的紧张和转折关系，而人物心理和行动的每一转折却格外地合乎人性和他们各自的性格。要捕捉、把握并表达如此剧烈的心理转折过程，有赖于路翎本身的极大的主观投入，他要化身为他的人物，用他的所谓“主观战斗精神”来拥抱他所要描绘的生活，和他的人物体验同样的痛苦与甜蜜、疯狂与平静、憎恶与爱情。在这里，你可以深切地体会到作为小说家的路翎对于人性的深刻了解，对于他所表现的贫贱夫妻的爱与哀痛的深刻同情。正是在这样的了解和同情之中，路翎赋予了庸常小人物的寻常哀乐以不寻常的价值，对他们的描绘也表现出一种寄沉痛于夸张的喜剧色彩，整个小说显示出一种道德的和诗意的光辉。支持了路翎的技巧的，正是他的“主观战斗精神”。

路翎是一个在20世纪40年代严酷的战争社会中迅速成长起来的天才小说家，从追慕东平的足迹去描摹战争的刀光剑影，关注战争中的个人的命运，到找着自己的题材和形成自己的风格，他只用了极短的时间，而这一段时光几乎也就是路翎创作生命的全部。战争结束后，由于胡风案件的牵连，路翎的文学生涯过早地结束了。这是一个天才小说家的命运悲剧。

借日常琐事，映时代一角

借日常的生活琐事及其矛盾冲突来发掘社会内涵并展现大时代的风貌，这种创作趋向早在路翎之前就出现了。严文井的《一家人》，王西彦的《炼冶》，袁犀的《一只眼齐宗和他的朋友》，都是在这方面进行探索的成功作品。

仅以严文井的《一家人》为例。身边琐事的描述，一下子就把读者带进了抗战初年特定的时代气氛，给予人极大的亲切感。一家五口人：“家主是萧仁友先生，连他太太，大女儿世清，二儿子世范，三儿子世成。”萧先生脾气古板固执，对战时的某些措施有点意见，就被儿子们讥为“汉奸论调”，这使老人很生气，对年轻一代也多有不满。其实，三个儿女都很有志气：世范正课成绩虽不理想，却愿考航空学校，报效祖国，只是父亲不准许；世成鉴于二哥的教训，经与同学密谈后，偷偷参军去了北方；一向热心救亡的大女儿世清，则告别男友，远去陕北。老大、老三怕父母不同意，都不告而别，到达目的地后才写了书信回来。父亲虽有点伤感，在国难当头的时刻，也终于对世范考航校的事松了口。这是个爱国的家庭，却因两代人思想的差异而发生矛盾：小说以小见大，极富生活情趣。许多细节写得都很感人。世成临别前一晚写得尤其好：

> 这夜，世成非常令人喜欢，不大声吵，看见汤包笼同面条碗也不追究，他只忙着做他自己的事。收拾好东西，预备到萧先生房里去的时候，萧太太突然叫他："老三！你帮我到楼上去拿那个红桶，胡妈把洋铁桶弄漏了，她脚小夜里不好上楼，你去去呀?"在平时，他至少要问一问："做么事迟不找，早不找，现在才找?"现在他马上答应了声："好，就来。"一句多的话也不说，就攀梯子上楼。他有意不拿灯，为了要练习一下夜行军。

多么可爱的一个世成！多么可爱的年轻一代！小说没有直接写枪林弹雨，炮火硝烟，却通过家庭琐事的描述，真实有力地表现了时代的一角。

当然，读者可能对另一类作品——萧红、孙犁那种善于捕捉日常生活斗争中美和诗意的散文化笔墨更为喜爱。这些作家多少与生活拉开一点审美距离，经过一段时间的"感情发酵"之后才进入创作，代表作就是萧红的《小城三月》《呼兰河传》，孙犁的《芦花荡》《荷花淀》《嘱咐》等。

萧红以八路军战士为抒写对象的《黄河》，充满着刚健之气；而在《呼兰河传》等回忆性作品中，由于浸透感情而又有距离的观照，故乡人们的生活（包括他们的蒙昧与苦难）也无不笼罩着一种凄凉无奈的美，渗出清纯而又苦涩的意味。作者真诚地说过：“人生除掉了冰冷和憎恶而外，还有温暖和爱。所以我就向这‘温暖’和‘爱’的方面，怀着永久的憧憬和追求。”（《永久的憧憬和追求》）《呼兰河传》《小城三月》，正是这种憧憬和追求的不朽的艺术体现。

孙犁《白洋淀纪事》中的作品，大多是在延安写千里外故乡一带生活斗争的。代表作如《荷花淀》，可以说是地道的以散文写成的诗篇。醇厚的对白，洗练的叙事，鲜活的意象，含蓄的表现，跳跃的层次，青年夫妇间昵爱却又相互争强的关系，一场化险为夷的出人意料的战斗，这些都具有诗的素质。全篇充满了灵气，决不黏滞于单纯的写景、细密的叙事或直白的抒情，而是将景、事、情三者融合到一起，客观描述中渗透着主观感受，同时又留出空白让读者去想象，纯朴中显露出隽永。青年妇女形象刻画得尤为成功。语言上可圈可点之处亦甚多，如：“苇眉子又薄又细，在她怀里跳跃着。”“这女人编着席。不久在她的身子下面，就编成了一大片。她像坐在一片洁白的雪地上，也像坐在洁白的云彩上。”“水面没有一只船，水像无边的跳荡的水银。”“小船活像离开了水面的一条打跳的梭鱼。”“粉色荷花箭高高地挺出来，是监视白洋淀的哨兵吧！”浸透着抒情的意味。

这类在日常生活中捕捉着诗情画意的作品，20世纪40年代还有不少，如丁玲的《夜》，骆宾基的《北望园的春天》，靳以的《生存》，沙汀的《堪察加小景》，林蓝的《红棉袄》等。其中《生存》写李元瑜夫妇带着四个孩子在贫病交加中受煎熬，却仍坚守岗位，相濡以沫，决不出卖人格，显得尤其感人。小说体现了雪莱诗句的主旨：“如果生命是艰难的，共同受苦也是快乐的。”这是抗战进入最艰苦年代的诗。

启蒙："五四"写实主义的深入发展

20 世纪 40 年代小说在敢于直面现实、直面人生方面，也有突出的成就。这可以视为"五四"现实主义在战争年代的深入和发展。

首先必须提到丁玲。她以小说家兼思想家的风采，在抗日民主根据地敏锐地发现了某些与革命不相容的阴暗面，特别是封建意识残余和小生产者的思想习气。她曾明确提出："中国所有的几千年的根深蒂固的恶习，是不容易铲除的，而所谓进步的地方，又非从天而降，它与中国的旧社会是相连结的。"因此，这里虽"有了初步的民主，然而这里更须要督促，监视"(《我们需要杂文》)。丁玲在小说《入伍》中，曾将记者徐清与战士杨明才相对照，真诚地批评过知识分子胆小、浮夸、爱吹牛的弱点。而小说《在医院中》，则写了经过医科专业教育的女主人公陆萍与周围环境的矛盾，揭露了小生产者的蒙昧无知、褊狭保守、自私苟安等思想习气与现代科学文化需求的严重对立。陆萍怀着高度的责任感，不辞辛劳，力图将医疗卫生工作做得好些，然而医院里不断出现肮脏、混乱、无秩序的状态，飞短流长、闲言闲语又极多。陆萍面对的也是"无物之阵"，她只能经过斗争的历练而逐渐成长。《我在霞村的时候》中的女主人公贞贞，曾被日军抓走成为营妓，她怀着身心的巨大创痛为送情报而活了下来；逃回到村里后，不少群众不但不予以同情，反而幸灾乐祸，恶言恶语嘲讽。造成贞贞苦难的直接原因，自然是日本侵略军；而群众中的封建意识、小市民习气，也是给贞贞带来不幸的重要原因。丁玲从根据地生活中痛切感受到封建意识、小生产思想习气的严重存在，在小说中沉痛地提出并猛烈地鞭挞了它们。这些小说的突出贡献，就在于坚持了"五四"新文学的战斗传统，在共产党领导的区域内将意识形态方面的反封建斗争向前推进了一步，虽然后来作者为此付出了巨大的代价。

与丁玲《我在霞村的时候》相似，在抗日民主根据地提出了妇女痛苦处境的，还有孔厥的《苦人儿》、梁彦的《磨麦女》等。这些作品读来同样震撼人心，显示了中国妇女受压迫之严酷，群众“精神奴役创伤”之深重，以及在解放区进行反封建启蒙斗争的必要。

标志着40年代小说现实主义深入发展的另一个突出表现，是人物性格复杂性的切实把握和叙事上多声部状态的出现。这里不妨举出吴组缃的《铁闷子》、魏金枝的《“蜒蚰”》和王西彦的《风雪》三篇作些探讨。

《铁闷子》里的逃兵，原本是农民出身的粗鲁汉子。他入伍三年，已经染上敲诈勒索、抢劫奸淫的种种恶习，身上穿着妇女内衣，还藏有来路不明的金手镯、金耳环、金戒指与现钞，准备逃回家乡。这样的人物，通常很容易被当作流氓恶棍处理。但作者联系部队上层的腐败、旧军队对百姓的掠夺以及抗日小报竟遭扣压等一系列大的背景，深入揭示士兵在这样的环境中受腐蚀绝非偶然。小说最后写出，正是这个逃兵，在火车遭日寇飞机猛烈空袭，车厢里弹药眼见要大爆炸的关键时刻，拼死抢救列车，英勇献出生命。作者写他“当时感觉到的腐朽中的‘神奇’”①，这是现实主义的胜利。

《“蜒蚰”》写的同样是农民出身的士兵。这位外号叫“蜒蚰”的主人公，性格迟钝、愚鲁，不断受人欺侮。乡丁占有了他的妻子，就串通起来把他拉了壮丁。他当了五年兵，却并没有学会凶横。为了报仇，他在抗战胜利后和两个同乡伙伴逃回了家。最初虽也表现出一点威慑力，终于仍斗不过乡丁，再次带着怨愤卖了壮丁。他把安家费分成四

---

① 《吴组缃小说散文集·前记》，北京，人民文学出版社，1954。

份：两份救济了两个伙伴，一份留给他妻子，自己也糊糊涂涂地拿了一份。他在酒醉状态中竟成了带头卖壮丁的“英雄”，在他后面等候的还有“长长的行列”。小说相当厚实地写出了旧中国普通农民的命运。虽然情节内容与《铁闷子》全然不同，却同样合乎性格逻辑地呈现出现实主义的力量。

中篇小说《风雪》颇为别致。它写了旅途中的五个人，梁冠英带着八岁的女儿海仑去寻找做着抗日地下工作的丈夫；胖布商曹万福不断做着财源茂盛和风流艳福的梦；大学毕业生陈鹏飞迫于生活，弃学从商，浮起一脸诡谲的微笑；失业科员袁宏生不断愤愤不平地叫着“应该把发国难财者枪毙示众”。他们同在一个货车上，各自按性格逻辑活动着，表演着，逼真地展示出抗战期间东南沿海的生活图景，构成一出独特的多声部乐曲。小说写得冷静、克制、细致、含蓄，却又充满了内在的温馨。它出自一个当时还是青年作者的王西彦笔下，显示了现实主义在40年代扎扎实实的探索与进展。

两种喜剧与讽刺

20世纪40年代也是讽刺小说获得重大发展，作品喜剧性、幽默味大大增浓的时期。这些小说可分两类：有些属于锐利辛辣的社会政治讽刺，有些属于机智温和的人性弱点讽刺。

抗战初期的讽刺暴露小说，最早始于张天翼的《华威先生》。作品以冷峭、夸张的笔法，塑造了华威这位企图把持战时文化活动却又总是“包而不办”的国民党官僚形象。他兼着无数职务，钻入各种会议，到处响起他包车的铃铛声，无休止地做着老一套的讲演，目的只是向大家鼓吹“要认定一个领导中心”。他严密防范人民的抗日活动，连一个“日本问题座谈会”，都要追问“到底是什么背景”。华威是权力欲的典型。张天翼在抗战之初，就看出统一战线内部潜伏着的危险，生动揭露国民党把持一切、遏制抗战的活动，显示了他观察的敏锐性。继《华威先生》而起的，还有沙汀的《防空——在堪察加的一角》、陈白尘的《慰劳》、黄药眠的《陈国瑞先生的一群》、冀汸的《父子保长》等。当时大后方的现实，确实“一方面是庄严的工作，另一方面则是荒淫无耻”。这些小说从社会政治层面上集中对腐败丑恶现象进行了辛辣的嘲讽与鞭挞。

社会政治性讽刺小说作家中，最为杰出的应数沙汀。

沙汀在本时期写下了许多具有讽刺喜剧色彩的短篇小说，如《在其香居茶馆里》《联保主任的消遣》《替身》《医生》《选灾》等。不同于张天翼的漫画式夸张，沙汀用的是白描。这些作品大多具有社会剖析的成分，在冷峻的不动声色的客观描述中，向大后方基层掌权者投以鞭挞和嘲笑。结构严谨精致，堪称经典。代表作《在其香居茶馆里》通过四川小镇上豪绅间的一场钩心斗角，富有喜剧性地揭开了国统区兵役的黑幕。由于新任县长煞有介事地扬言要整顿兵役，联保主任方治国向县里告密，致使土豪邢幺吵吵的已经缓役多次的第二个儿子被抓了壮丁。邢、方之间矛盾随即白热化。正当双方在茶馆里打得不可开交之时，却传来了新县长因嫌邢幺的儿子报错了数，说他“没有资格打国仗”而将其“开革”放回的消息——原来邢家的贿赂终于起了作用。小说情节紧张，冲突火爆，却谐趣横生。结尾这画龙点睛之笔，意味尤为深长，显示出艺术上的高度成熟。

40年代讽刺小说还有另外一类，即机智温和地讽刺人性中的弱点。其代表作家是钱锺书、杨绛、予且等人。

钱锺书收入《人·兽·鬼》集中的《猫》《纪念》等短篇小说，主人公大多是带点心理病态的知识分子。它们体现了对人性弱点的揶揄和讽刺。《猫》里的女主人公爱默，受过西式教育，习惯于以自我为中心，以能够操纵自己的丈夫和朋友们为荣。丈夫竟与毫不起眼的情人出走，终于触到了她精神优越感的痛处。《纪念》写的是婚外恋。女主人公有较强的虚荣心。而插足的第三者天健则是空军驾驶员，他“漂亮、能干、霸道、圆滑”，有自私的占有欲，致使女方怀孕，但最后又在与敌机战斗中壮烈牺牲。这是一个评价起来较为复杂的人物。小说充满了钱锺书特有的机智。作品题为《纪念》，就蕴含着一层双关的讽喻意义。

杨绛的短篇《小阳春》，题材与钱锺书的相似，却极有特点。丰富的意象，机智、俏皮的用语，活泼利索的节奏，出色地刻画了俞斌和妻子以及胡小姐三人之间的微妙心理，可说精彩异常。题目也含蓄而有深意，讥刺全在不动声色中。俞太太赶下楼来与胡小姐交锋的一段，连同俞斌旁听时感受到的滋味，都贴切地传达了出来：

> “胡小姐真能干啊!”——一刀。
>
> “哪里，俞太太!”她满不在乎的笑着，垂下浓密的睫毛作盾牌。
>
> “您真是能者多劳了。”——一枪。
>
> “您笑话了，俞太太。”

至于胡小姐的信，更把她那鬼精灵和善于撒娇的性格写绝了。

予且的《伞》，也是一篇很有喜剧味的小说。在赵先生和房东女儿阿巧之间，起了牵线搭桥作用的，就是那把破伞。叙事语言机智利索，入情入理，富有幽默色彩。作者以俯视的姿态写人。如阿巧第一次哭泣时，作者评述道：“哭泣本是人类一种要求同情的表示。万一没有同情，哭泣是不能撑持长久的。阿巧就在这条原则之下止了泣，无精打采的上楼收衣服了。”接着又写阿巧第二次哭泣，作者在叙事中插些评议：

> “你为什么伤心？”赵先生急急的问着她。
>
> “你还有不知道的吗？”话还没有说完，她便伏在楼梯栏杆上哭起来了，这一次哭，正是她得着同情的时节。所以也不是序幕，也不是结幕，乃是高潮。……

这些文字颇有钱锺书的风格。算命的一场，也熟门熟路，颇为出色。收尾是开放性的，不将结局告诉读者。这都是作者聪明的地方。

写动物仍是为了写人

并非童话而较多地采用动物为题材，这也是20世纪40年代小说创作的一个值得注意的现象。新文学初期，鲁迅虽然写过《鸭的喜剧》《兔和猫》，将它们收入小说集《呐喊》，研究者却常常视之为散文。而且在整个二三十年代，小说中写动物者始终不多。到了抗战时期，却涌现了一批以动物为载体的小说，举其优秀者，就有茅盾的《列那和吉地》、周立波的《麻雀》、金人的《狗的悲哀》、周贻白的《红沙豹》等。这些作品都从特定的角度切入，笔墨似乎集中在动物身上，实际却借动物来写人，将战争期间的人事感兴表现得更加深切细微，淋漓尽致，甚至概括了相当丰厚的时代内涵。考察这类现象，或许可以见出抗战时期小说艺术探索的独有的深度。

茅盾的《列那和吉地》，写的是新疆生活期间两头十分可爱、善通人性而且各有特点的狗。列那顽皮、活泼、爱管闲事、爱表现自己，后来却在街头遭汽车轧伤；吉地有猎狗的特点，长于跳跃奔跑，嗅觉灵敏，总爱跟随男主人出外上班，然而在列那面前又颇为驯顺，饮食上总是先让着列那。它们都和主人一家建立了深厚感情，“差不多等于家族中一部分”。然而当新疆政局发生变化，主人全家必须离开时，只得将列那与吉地分赠当地两家朋友。列那“不住地呜呜的叫，而且还落了眼泪”，吉地则“恹恹地躺在地毡上”，全家无不为之黯然。小说借助两头富有灵性的狗，写出时局变迁中的人事伤感，令人慨叹不已。

周立波的《麻雀》更为感人。小说以抗战前夕的生活体验为素材，写一只麻雀飞进了上海提篮桥监狱的牢房中，被一位政治犯所获。这只过于平常的小鸟，立即赢得了囚犯们的喜爱，几乎“变成了诗里的云雀和黄鹂”。“我们中间有的人，已经整整的四年，没有看见一根青草，一片树叶了。我们抚爱它，好像要从它身上，寻找那甜蜜的自由生活的痕迹。”这些政治犯们商量着次日就把麻雀放走，让它系上一个小纸条，以“提篮桥监狱囚人”的名义写着一句话：“请爱惜你的每一分钟的自由，朋友。”他们想象着这张纸条被人得到以后产生的神奇效果：企图自杀的人打消了自杀的念头；革命者会“知道好好地利用自由的生活，更多地享受战斗的欢喜”；……这个晚上成了“监牢里的十分愉快的一晚”。然而，政治犯们捉到麻雀的事被狱卒发现了，他夺走了这只麻雀，“用他的穿着硬底皮鞋的右脚踩在它身上”，于是麻雀成了血肉模糊的尸体。狱卒还连续几天用减少一半饭食的办法去惩罚那位传递麻雀的囚犯。犯人们都愿意用自己的饭食帮助被罚的狱友，他却谢绝了大家的好意，说：“我这几天也实在吃不下饭去，我好像有点神经衰弱的样子，总看见我的洋铜饭罐里有一只麻雀，在血泊里，不停的、战栗的拍动它的小翅膀。”阅读至此，读者的灵魂无不为之震颤。

金人的《狗的悲哀》，是1941年发表在华北沦陷区《中国文艺》上的一篇小说。它借一条名叫"小黑"的狗的自述，交代了几度更换主人的经历，暗示了北平沦陷后日寇猖狂得势以及主人地位升迁的状况，却也以自身最终被抛弃，预示着人而甘心为狗者未来不可知的命运。大概由于客观环境过于险恶，小说的叙事竟显得那么隐约其辞，以至作品既像是狗的自讽，又像是对汉奸命运的直接讽喻。也许这就是沦陷区文学处于"言与不言之间"的一种特点吧！

周贻白的《红沙豹》，通过抗战胜利后从内地返回南京的李伯严的眼睛，写了一匹被称作"红沙豹"的驾车的马。它原是中国的东北良种马，被日本侵略军强占为军马，烙上了印记；赶车人又从投降了的日军那里用两头猪把它换了过来。如今这匹马拉着载客的车，大显神威，接二连三地超越了多辆马车，让路人赞羡不已。作者用这样的笔墨写了红沙豹放开四蹄向前飞奔的姿态：

> ……倏忽之间，那匹马好像开弓放箭似的，一直向前驰去。车身随着马的拖拉，四个轮子如飞地在石子路上滑了过去。这一来，便连以前那种颠簸也没有了。但听得路旁有人拍手叫"好！"一转眼，便越过原在前面走着的三辆马车。李伯严一手握着座旁的铁杠，两眼则注意着那匹马快跑的步子。它尾毛斜拖着已经不摆动了。但那一根根的马尾，好像都贯入了一种力量。虽然风尘滚滚，却一点也不紊乱。看上去，有如一大把钢针。至于那四只蹄子，但见雪亮的蹄铁，前面两只还未离开眼前，后面两只又同时地翻现。宛如四颗流星，一递一双地在他眼前闪烁着。

这番描写，可谓精彩传神至极。接着，小说借赶车人与李伯严之间的对话，交代了这匹马的来历。赶车人带点伤感地说："说起来真伤心！这匹红沙豹，要不是我把它买来，他早已被人家杀死吃掉了！""那些日本鬼子，真是坏透了！他们虽然向我们投降，可是心里却不甘伏。趁未来接收之前，他们尽量把一切东西糟蹋着，卖得掉的就卖掉，卖不掉的就毁了。多少好战马，他们都偷偷地杀着吃了！""因为他们吃马肉吃得太多了，想换换口味，黑夜里牵了这匹马出来，找到我那里要换两只猪。"原来，这匹红沙豹竟是战火中未死又从日军嘴下漏过的幸运儿。

然而，说他是"幸运儿"其实是不准确的。在小说的末尾，作者以另一匹马的惨状，并通过抗日军人胡营长的遭遇，暗示出红沙豹未来难以逃脱的厄运。请看坐车人与赶车人之间的对话：

> "用战马来驾车，未免太可惜了！"
>
> "到没有法子的时候，人还得驾车，管它战马不战马！"赶车的似乎比李伯严牢骚更多些。
>
> "那真有点难说！"
>
> "这不是假话，许多拉黄包车的，从前就是当兵的。在我们赶车的当中有一个姓胡的叫胡腊利，以前是当过营长的，退了伍没办法，只好替人家赶马车，我们常常跟他开玩笑，还叫他胡营长哩！"
>
> "如果你这匹红沙豹要是落在胡营长手里，那才真是天生的一对了。"
>
> "可不是，他对于我这匹红沙豹真喜欢。每回在路上遇见，他总先喊红沙豹，然后嘱咐我不要打它！"

李伯严听了这话，觉得鼻子里有点酸溜溜的。眼前仿佛呈现着一个落拓的军人，在驾着车子慢慢跟着。他回想到刚才红沙豹拼命驰逐着的情形，又想到它捱了鞭子之后，那前蹄一拳一拳的姿态，分明在落拓之余，仍露出一点当年的桀骜之性，他不禁微微地叹了一口气。

写马，最终是为了写人！抗战胜利了，但是，像胡营长这样一些在战争中流过血、流过汗的人，眼前却处在如此难堪的境遇中。这就是当时国民党统治区的现实！一匹红沙豹，浓缩着一部抗战史！

上述四篇写动物的小说，前一篇写实中渗透着抒情，后三篇写实之外，都有一层淡淡的象征的意味。它们大大拓展了表现生活的领域和手法，丰富了小说艺术的技巧，体现了40年代小说探索前进的轨迹。

象征主义艺术的结晶

如果说一部分写动物的小说中已经透露出某种象征寓意的色彩，那么，20世纪40年代另有一部分作品，可以说已经开出了象征主义的花朵，结出了象征主义的果实。这里指的是骆宾基的《乡亲——康天刚》、沈从文的《看虹录》、端木蕻良的《雕鹗堡》、杨逵的《泥娃娃》等一类小说。

骆宾基的《乡亲——康天刚》，是一篇颇具震撼力的作品。主人公康天刚原是山东农民，心志极高，“有月亮就不摘星星”。因为和财主女儿恋爱，答应了财主的条件：三年内必须置地二十亩才可完婚，于是辞别老母下关东。他自恃年富力强，又肯吃苦，有用不完的精力，拒绝了好心的乡亲孙把头的帮助，连续三年独自进深山挖千年人参。

命运却跟他开了个玩笑：当孙把头已发家置下大片土地时，他竟一无所获。但他仍抱着“不全宁无”的态度，托人捎口信回家乡让财主闺女再等他一年，自信此年内运气定能好转。然而一下子过了十七年，康天刚仍未实现目标。合伙采参者都已不愿沾染上他的“霉气”，只留他在家里做火夫。他也到了身心俱临崩溃的地步。在一个月光明亮的晚上，康天刚砸碎了爱人送他的瓷观音像，将心爱的狗扔到悬崖之下，自己也准备跳崖自尽。就在这一刹那，却突然望见崖下正有一棵千年老参临风而立。他迅即告诉同伙们将这参中极品挖了回来，自己则在此刻告别了世界。康天刚是人生道路上的失败者，然而又是搏战命运的永不屈服者。作品具有多层次的象征色彩和寓言意味，其丰富内涵令人回味无穷，并可做出多种诠释。

沈从文《看虹摘星录》集里的作品，大体上都是象征意味很重的爱情心理的分析小说。所谓“虹”与“星”，隐喻着作者“过去”生命中曾经出现并构成为一种“偶然”的女性形象。作者在“后记”中曾说《看虹摘星录》的理想读者“应当是批评家刘西渭先生和音乐家马思聪先生，他们或者能超越世俗所要求的伦理道德价值，从篇章中看到一种‘用人心人事作曲’的大胆尝试”；或者“是一位医生，一个性心理分析专家，因为也许可以作为他要‘知道’或‘得到’的一份‘情感发炎’的过程记录”。《看虹录》就是这种“‘情感发炎’的过程记录”而已转化为“乐曲”的一篇。作品通过男主人公一天之内的生活横截面，通过客人与女主人间言在此而意在彼的微妙对话，以及通过梦幻般的氛围，礼赞了生命、爱情和美丽女性，体现出对美的近于宗教的崇拜。无论是“虹”，或是“百合花”，或是猎鹿的故事，或是小序所说“神在我们生命里”的“神”，无不是青春、爱情和女性美的象征。可以说，小说通篇都是作者“用生命中最纤细的神经捉住的一个美的印象”。

与《看虹录》正好相反，杨逵的《泥娃娃》写的不是美，而是丑。小说揭露了日本在中国台湾实施的阴险的殖民政策以及“富岗”这类鹰犬的无耻嘴脸，表现了崇高的民族气节和消灭奴役制度的现代理想。连儿童玩具都渗透着强烈的武装侵略的毒素，可见日本军国主义宣传已到了何等无孔不入的程度。无怪乎小学四年级的大儿子在这类宣传影响下表示长大后“要当志愿兵”时，做爸爸的“我”“默然不语，顿时间，殖民地的儿女的悲哀，汹涌地填塞了我的心膺”。作品借平实的叙事，发出了沦陷区人民反压迫、反奴役的正义呼声。所谓“泥娃娃”，既是日本帝国主义殖民政策的结果，又是日本帝国主义殖民政策的象征，它们在“一场雷雨交加的倾盆大雨”中被“打成一堆烂泥”，原是历史的必然。许俊雅在《日据时期台湾小说研究》一书中说：“杨逵《泥娃娃》象征日本帝国主义。小孩子捏塑之泥人，象征日兵倭舰原极猛厉，然经孩童捏成泥娃娃，其威风自然大减。泥娃娃畏惧风雨，日本帝国主义者亦深惧革命之暴风雨。一旦风狂雨暴，它们便都成为烂泥。可谓笔法高妙，而无斧凿之痕迹。”①具体分析虽略显生硬，但总体见解是正确的。

端木蕻良的《雕鹗堡》，是抗战时期难得的运用象征主义方法针砭国民性的小说。雕鹗堡是个相当封闭的村子，“主宰这小村子的命运的，就是那雕鹗”，在许多村民心目中，它们简直是一对居住在悬崖上的神鸟。封闭的环境，决定了村民们将外来的石龙视为“村子里最惫懒的孩子”，对他排斥和歧视。“村里人对他都不好”“从来没有人正正经经的来和他谈谈话的，他们看见他就像没有看见他一样”。这种

① 许俊雅：《日据时期台湾小说研究》，709页，台北，文史哲出版社，1995。

环境养成了石龙自幼以来的极端孤独，自暴自弃，以及他对雕鹗的憎恨，久有决心要爬上悬崖将它们“捉下”，哪怕落个粉身碎骨的下场。一天，村里美丽而又善良的姑娘代代在山里打柴太多，无力背负，求石龙帮助，石龙欣然从命。他有生以来首次得到一位村民——而且是代代这样漂亮姑娘的夸奖，心灵感到无限温润和满足，当天就了无遗憾地去攀崖壁、捉雕鹗。尽管代代一再高声劝阻，还说“石龙，你下来吧，你要下来我就喜欢你”，石龙仍是在崖壁上不断涉险攀登，终因失手坠崖而死。于是，善良的代代姑娘就代替石龙，成为村民们笑骂嘲讽的对象。像雕鹗堡这样封闭、守旧、迷信、缺少同情心的村子，未尝不可视作整个旧中国的象征。可见，即使在抗日反帝斗争最白热化的阶段，作家们也并没有忘记从事启蒙的神圣使命。

40年代的象征主义小说并不很少(包括袁犀的《手杖》等)，这里不再一一论析。它们的出现，一方面与本时期纪德、卡夫卡作品的较多译介有关，另一方面也是对30年代趋于极盛的写实主义思潮的一种反拨和超越。过“实”之后常常引起人们的不满足，希望多些哲理，多些“虚空”，得到提升和突破。这就是象征化小说在本时期较多呈现的深层原因。

形形色色现代主义各逞其能

除象征主义之外，现代主义的一些方法和思潮(如意识流、表现主义、存在主义)也在40年代小说创作中留下了显著的痕迹。不但徐訏这样的作家进行着现代主义的实验(如《镜子的疯》)，就连左翼作家聂绀弩也尝试着以这类手法表现新的内容(如《鬼谷子》)。七月派的路翎，曾以相当诡异的手法写过《棺材》。靳以写过《众神》。冯至写过存在主义气息较浓的《伍子胥》。至于京派的后起之秀汪曾祺，更以他富有灵气的笔墨，创作了一批颇为圆熟自如的意识流小说。看来，这样的论断是有根据的："40年代小说领域中再也看不到独立的现代派，并不等于现代派已经从此灭绝。事实上，现代主义渗透到了京派一些作家作品中，渗透到了七月派一些作家作品中，还渗透到了后期浪漫派一些作品中，它像蒲公英花，虽然原地不见，却已随风散落到了各处，留下它的种子。"①

靳以的《众神》，以现代主义手法写囤积居奇、妻妾无数的大商人刘国栋死后照样升入天堂，成为众神之一。虽然世间有人控告，但不断有神为他辩护。这是借用宗教的幻想逻辑对抗战时期社会现实做出的尖锐揭露。

相似的有聂绀弩的《鬼谷子》，它借将要脱离肉体的魂灵，来控诉、批判鬼谷子所教唆的荒唐道理，颇具杂文的特点。

徐訏的《镜子的疯》，呈现的是远离社会现实的极荒诞的内容：浴室镜子忽然变疯，男子从镜中看到裸体女子，而女子从镜中看到裸体男子，于是，家中父子三人就天天洗澡，而母女三人则终于行动起来把镜子砸个稀巴烂。作品表现了作者想象中的人性，却也可以作为某种象征性的寓言小说来读。

李拓之的《文身》《埋香》《惜死》等短篇小说，借历史题材表现性心理，弗洛伊德气味颇浓，它们在40年代接续了施蛰存心理分析小说的香火，同样是现代主义的一支。

这里着重讨论一下汪曾祺。他是40年代一崭露头角就颇受人注意的作者。评论家唐湜当时就说："在中国文坛上，目前有两个最可

① 严家炎：《中国现代小说流派史》，324页，北京，人民文学出版社，1989。

注意的年轻作家，路翎与汪曾祺，有最不同的天赋，却又走向同一个方向，经过同一的历程。”(《新意度集·虔诚的纳蕤思》)汪曾祺早年爱写象征派、现代派的诗，后来在吴尔芙、纪德的影响下，从抗战胜利前夕起，尝试用现代主义方法写了一系列短篇小说，除《复仇》外，还有《小学校的钟声》①《囚犯》②《绿猫》③《礼拜天早晨》《疯子》④等。这些小说具有丰富的意象、通感的色彩和跳跃的语言，因而富有诗的质素。以怀乡之作《小学校的钟声》为例，它采取独白的方式，写小学钟声引起的朦胧恍惚的初恋情绪。也有废名式的人生感悟：“韵律和生命合成一体，如钟声。我活在钟声里。钟声同时在我生命里。”“十九岁的生日热热闹闹的过了，可爱得像一种不成熟的文体，到处是希望。酒阑人散，厅堂里只剩余一枝红烛，在银烛台上。我应当挟一挟烛花，或是吹熄它，但我什么也不做。一地明月。……”《复仇》写主人公出场时，用了这样的笔墨：

> 太阳晒着港口，把盐味敷到坞边的杨树的叶片上。
>
> 海是绿的，腥的。
>
> 一只不知名的大果子，有头颅那样大，正在腐烂。
>
> 贝壳在沙粒里逐渐变成石灰。
>
> …………
>
> 来了一船瓜，一船颜色和欲望。
>
> 一船是石头，比赛着棱角。也许——

---

① 《文艺复兴》第1卷第2期。

② 《人间世》第2卷第1期。

③ 《文艺春秋》第5卷第2期。

④ 均载《文学杂志》第3卷第6期。

一船鸟，一船百合花。

深巷卖杏花。骆驼。

骆驼的铃声在柳烟中摇荡。鸭子叫，一只通红的蜻蜓。

惨绿色的雨前磷火。

一城灯。

真有点像意象派的诗。汪曾祺的意识流手法，也运用得圆熟自如，既不艰涩，也不做作。而且能通篇坚持统一的内心视角，贯彻到底。《礼拜天早晨》从“洗澡实在是很舒服的事”开头，意识或潜意识便跑开了野马，仿佛自己和自己在争辩：“有什么享受比它更完满，更丰盛，更精微的？——没有。酒，水果，运动，谈话，打猎，——打猎不知道怎么样，我没有打过猎……没有比‘浴’这个字更美的了。多好啊，这么懒洋洋的躺着，把身体交给了水，又厚又温柔，一朵星云浮在火气里。”——简直忘乎所以。忽然惊觉地自问：“我什么时候来的？我已经躺了多少时候？”“记住送衣服去洗！再不洗不行了，这是最后一件衬衫。今天邮局关得早，我得去寄信。”当倦意逐渐袭来时，“我的身体已经离得我很遥远了”，脑子像“害过脑膜炎抽空脊髓的痴人似的，又固执又空洞”。接下去，从“垂着头，像马拉”，竟下意识地想到“马拉的脸像青蛙”。让人感到无比真实和亲切。与汪曾祺笔下的意识流相比，郭沫若、林如稷、废名、穆时英的意识流小说都显得生硬幼稚，拘谨局促。可以说，到了汪曾祺手里，中国才真正有了成熟的意识流小说。

汪曾祺小说还能进入现代派文艺的内核，写出现代人那种孤独感。《绿猫》的主旨，就体现在核心意象——无中生有的“绿猫”身上，它实际是现代人孤独感的象征。故事中那个完全不被人理解的孩子，后来虽然长大，却终生是孤独的。从这个意义上说，汪曾祺的现代主义小说真正做到了形神兼备。

此外，我们从沦陷区一些青年作家的小说如爵青的《赌博》、毕基初的《枪魇》中，感受到一种怪异和神秘的色彩。这大概与他们分别接受了波德莱尔、爱仑·坡作品的影响有关，或许同样也可视为现代主义的一个变种吧。

独特语言文化背景下的奇异果实

抗战时期小说在摆脱新文艺腔（学生腔＋欧化腔）方面，也做出了艰苦的努力，并获得喜人的进展。这一方面是战争需要动员群众参与的客观现实逼出来的，另一方面也因为文学工作者自身有了进一步的觉悟。虽然途径并不一样：或走向大众，或回归传统，或较多接受民间形式，其结果却是不同的创作新风貌的出现。

最早体现出这种变化的，是大后方的姚雪垠。他在20世纪30年代之初发表的小说，多属“学生腔”。在“左联”文艺大众化理论推动下，1934年他回河南邓县刻苦收集家乡口语，编为《南阳语汇》，“从此真正认识了口语的文学美，那美是在它所具有的深刻性、趣味性，以及它的恰当、真切、朴素与生动”（姚雪垠：《我怎样学习文学语言》）。其创作面貌有了很大改变。1938年发表的《差半车麦秸》和稍后的《牛全德和红萝卜》，就是显著标志。这些作品之所以受到文学界的重视，是因为作者成功地运用了活泼生动的群众口语，写出农民在抗战中的曲折经历，包括他们的觉醒与成长，真实塑造出他们的形象。李广田认为，《差半车麦秸》所使用的语言“是真正的最好的活的语言”，“这不是从任何书里边可以找得出来的，更不是任何作家可以从脑子里造得出来或偶然从作者笔尖滑了下来的”。① 自“左联”倡导文艺大众化和大众语以来，至此才开始在创作上结出果实。

处在抗日民主根据地的赵树理，从小既接受“五四”新文学的影响，也接受民间文艺、地方文艺的滋润。他看到“五四”新文学不能被农民所接受，于是决心探索一条道路，使文学能在农民群众中扎根。他的《小二黑结婚》《李有才板话》等小说，就是进行这种探索的结果。他的小说，真正实现了农民化，是一种提高了的农民文学。人物是真正农民中的人物，语言、形式也是充分农民化的，连感情内容、审美情趣也浸透着来自农民的质朴、平易、幽默和乐观气息。不但农民对他的作品非常欢迎，读惯了新文学的文化程度较高的读者也感到耳目为之一新。在赵树理的带动下，马烽、西戎等一批青年作者跟上，这就形成了在山西土生土长、后来人们称之为“山药蛋派”的流派。

几乎与赵树理同时涌现的，是远在东南沿海的张爱玲。1943 年春天，当二十三岁的张爱玲带着小说稿《沉香屑》去拜见资深的礼拜六派作家、《紫罗兰》杂志主编周瘦鹃时，她还只是一个默默无闻的文学青年。然而就在短短的一年之间，以《金锁记》发表为标志，张爱玲迅速崛起，光芒四射，其人其文，都成为沦陷后上海文坛的一道景观。正如柯灵所说，张爱玲的位置，她的人生的位置，她的成就在文学史中所占据的位置，就在 1943 年至 1945 年间，在成为沦陷区之后的上海。正是在那样一个情感失去依傍、心理失去认同的“仓促”而且“惶急”的时间和地域之中，一般人会更关注于自己切身的经验，关注于身边生活的私密感受，关注人生庸常却又恒久的一面。张爱玲的家庭出身，她的教育背景以及由此养成的趣味，尤其是，她的非凡的感觉

① 《活的语言》，载《国文月刊》1942 年第 15 期。

才能和与之匹配的表现力，都为她认识和表现她所身处的时代，做出了充足的准备。可以这么说，在张爱玲的一切奇思妙想、奇词妙藻或是奇譬妙喻背后，都闪现着那个“时代”的悠长背影，这也就是她为什么要说：“如果我最常用的字是‘荒凉’，那是因为思想背景里有这惘惘的威胁。”（《传奇·再版的话》）

作为一位新文学家，张爱玲具有与众不同的传统文学与通俗文学的背景。她不但熟读《红楼梦》等古典小说，甚至喜欢公开谈论上海商业文化和通俗文学对她的影响。她说她“从小就是小报的忠实读者”，爱读张恨水的小说，还对上海书摊上的小说《海上花列传》《歇浦潮》推崇备至。在给胡适的信中，张爱玲说：“很久以前我读你写的《醒世姻缘》与《海上花》的考证，印象非常深，后来找了这两部小说来看，这些年来，前后不知看了多少遍，自己以为得到不少益处。”[①]她十四岁就仿照鸳鸯蝴蝶派笔法写成《摩登红楼梦》。这种文化背景，加上特殊的人生阅历，使她很小年纪就在语言上完全摆脱了新文艺腔，也使她的思想惊人地早熟，并能完全自由地出入于西方文化与东方文化之间，传统与现代之间，高雅与通俗之间，并写出《金锁记》这样深刻的作品。张爱玲在电影评论中常常责备某些影片把人物尤其女性人物写得过分简单化，她们的善和恶都显得那么没有来由，而故事的结局也往往是驾轻就熟地落入大众百看不厌的“弃妇”套路。张爱玲反对的其实是那种不去分析“人生的重大问题”，却只顾满足一般人的低级趣味的做法。从某种意义上说，《金锁记》的主人公曹七巧也是一个“弃妇”，为她的家人所抛弃，又为她的夫家所抛弃，为她的爱情所抛弃，最后她又为了自己而抛弃了儿女的幸福。然而正是在这一连串的抛弃

---

① 见胡适 1955 年 1 月 25 日致张爱玲信。

中，张爱玲不仅写出了七巧的善于算计、她的可恶可鄙以至最后的可怕，更表现了七巧的可怜，她的悲剧性质最深切的不在于她最终变成了一个怎样的女人，而在于她还曾经是一个怎样的女人，是一种怎样的力量使得她发生了那样的改变。小说把最诗意的文字留给了七巧，其中最令人难忘的，大概是她对季泽的爱的感觉，以及她意识到季泽的目的之后那无限的悲伤："晴天的风像一群白鸽子钻进他的纺绸裤褂里去，哪儿都钻到了，飘飘拍着翅子。"在这样的风里满蓄着七巧无尽的失落和痛苦。同样从一个令人窒息的没落家族中走出的张爱玲，对七巧是同情的。就像她曾经说过的，在把人生的来龙去脉看清楚之后，"如果原先有憎恶的心，看明白之后，也只有哀矜"(《我看苏青》)。家世之感促成了张爱玲对于人性的理解不再是简单的，那里面有洞察、有讥讽，然而最后的却是"哀矜"。不能理解这一层，就不能真正理解张爱玲和她的《传奇》。

以上主要是从中短篇小说的角度考察了抗战爆发至40年代中国小说艺术的发展。仅仅就这方面说，已可看到近十二年连续战争期间，小说的进步仍是多么快捷和巨大。如果沿着这个势头，战后小说发展的道路将是十分宽广的，中国小说还会跃登至更高层次。然而，汹涌澎湃的时代大潮已经劈头盖顶地迅猛到来。不容文学在内的各种事物从容站稳脚跟，一种新的生活，已经全国规模地从新的起点上开始。

关于“五四”新文学的领导思想问题*

近几年来，人们对“五四”新文学①的研究，愈来愈趋向深入，史料的掌握也愈来愈丰富和充分。成绩十分喜人。然而在“五四”文学革命和最初十年新文学指导思想的探讨上，也出现了某种值得注意的倾向。有些同志撰文批评、纠正过去某些“左”的极为简单化的论点(例如将1917年初的文学革命也算作无产阶级思想指导)时，却又走向另一个极端：轻率地否定了无产阶级对“五四”以后新文学的领导作用。《中国现代文学研究丛刊》1983年第1期刊发的《“五四”文学革命指导思想的再探讨》(以下简称《再探讨》)，也是一篇有代表性的文章。这篇文章虽然就“五四”前夕的文学做了较细致的分析，却对“五四”以后一些重要史实视若无睹，因而得出了相当片面和表面的结论：“与其说‘五四’文学革命的指导思想是无产阶级文化思想，不如说是小资

---

* 原载《中国现代文学研究丛刊》，1984年第1期。

① 所谓“五四”新文学，习惯上指“五四”到第一次国内革命战争时期的新文学，至于本文所说的五四时期，则按通常理解，到1921年为止。

产阶级的革命民主主义思想和资产阶级民主主义思想更符合历史实际。”不仅如此，文章作者还离开自己的论题，进一步对新文学第一个十年的“指导思想”问题发表了看法：“那么，无产阶级文化思想究竟何时对我国新文学运动取得主导的支配的地位的呢？鲁迅的说法是，大约‘五四’文学革命十年以后，‘阶级意识觉醒了起来’。”这就无异于整个地勾销了1928年以前无产阶级对新文学的领导。类似的判断，还见于《中国现代文学研究丛刊》1981年第2期登载的《文学革命性质质疑》一文中。在该文作者看来，中国共产党人从党成立以后直到第一次国内革命战争高潮时期，根本没有要领导新文学统一战线的思想。作者说：“坚持无产阶级领导下的统一战线，是在第一次国内革命战争失败后，才为我党逐步认识到的。在此之前，孙中山说联俄联共；陈独秀说帮助资产阶级完成民主主义革命。在文学领域中情况也并不更好一些。”按照这种说法，共产党人连领导新文学运动的认识都没有，当然更不会有这方面的任何行动，剩下的最多也只是某种自发的“影响”而已！

这样一些见解符合文学史的实际吗？

并不符合。应该说，它们有悖于基本的历史事实，与实际情况相去甚远。

我们的考察不妨就从新文学第一个十年期间马克思主义文艺思想是否得到传播以及共产主义者有没有领导文学运动的想法开始。

一

1917年年初，当胡适发表《文学改良刍议》，陈独秀发表《文学革命论》的时候，文学革命的指导思想确实是资产阶级的民主主义和小资产阶级的革命民主主义。过去有些文学史著作把十月革命前的陈独秀、李大钊，都说成是“具有初步共产主义思想的知识分子”，这虽然出于良好愿望，却表现了简单化、不科学的做法。这种“左”的现象自然应该纠正(实际上从50年代起也已有人出来纠正)。但是，纠正“左”并不需要走向右。对于1918年起十月革命影响渐次扩大、马克思主义开始在中国传播所引起的思想界、文学界的显著变化，特别是“五四”以后无产阶级登上历史舞台给新文化运动和新文学运动带来的巨大变化(包括马克思主义文艺思想的传播)，我们没有理由不加以正视。

中国最早的共产主义者李大钊，历来对文学运动极为关心。1918年7月，他在《言治季刊》第三册上刊出他接受马克思主义的第一篇文章《法俄革命之比较观》的同时，就发表了《俄国革命与文学家》《俄国某诗人对于青年的训语》等短文，宣传文学家与革命应当密切相关，休戚与共。长期压在胡适藏书堆中直到1979年才得以在《人民文学》上发表的那篇《俄罗斯文学与革命》，正是李大钊写于1918年下半年的文学论文；它的有些段落从内容到文字，都几乎和上述已发表的几篇短文相同。五四运动爆发前夕，李大钊在传播马克思主义的一系列文章中，已开始运用唯物史观来考察文学艺术现象，认为“凡是精神上的构造，都是随着经济的构造变化而变化”①的。1919年3月，当封建守旧势力的代表林琴南发表《荆生》等小说，寄托他欲借助军阀的武力(所谓“伟丈夫”)来镇压新文化运动的可耻企图时，李大钊写了《新旧思潮之激战》，以俄国十月革命为榜样，义正词严地给予回答：

我正告那些顽旧鬼祟，抱着腐败思想的人：你们应该本着你

① 《我的马克思主义观》，连载于《新青年》第6卷第5号、第6卷第6号。

们所信的道理，光明磊落地出来同这新派思想家辩驳、讨论。……你们若是不知道这个道理，总是隐在人家的背后，想抱着那位伟丈夫的大腿，拿强暴的势力压倒你们所反对的人，替你们出出气，或是作篇鬼话妄想的小说快快口，造段谣言宽宽心，那真是极无聊的举动。须知中国今日如果有真正觉醒的青年，断不怕你们那伟丈夫的摧残；你们的伟丈夫也断不能摧残这些青年的精神。当年俄罗斯的暴虐政府，也不知用尽多少残忍的心性，杀戮多少青年的志士，那知道这些青年牺牲的血，都是培植革命自由花的肥料；那些暗沉沉的监狱，都是这些青年运动奔劳的休息所，那暴横政府的压制却为他们增加一层革命的新趣味。直到今日这样滔滔滚滚的新潮，一决不可复遏，不知道那些当年摧残青年、压制思想的伟丈夫那里去了。

这里鲜明地表现出掌握历史规律的无产阶级战士勇猛无畏的斗争气概。可见，《再探讨》中所谓“反封建斗争的思想武器则是外来的资产阶级民主主义”这种说法，即使用来概括“五四”前夕，也已经是不够准确的了，如果用它来概括 1921 年为止的整个“五四”时期，当然更会使历史失去真实性。

“五四”以后，马克思主义得到了进一步的传播。据我所知，仅 1919 年六七月间，全国进行初步的社会主义宣传的报刊，就有近十种之多。用现在的眼光看，这种宣传的水平自然很低，宣传者本身很幼稚，对各派社会主义和真假马克思主义还缺少足够的辨别能力，但在当时却无疑具有巨大的进步意义。而且这股潮流来势很猛，大有汹涌发展、不可遏制之态。这就引起了政治嗅觉灵敏的某些资产阶级人物的惊恐不安。胡适在 1919 年 7 月提出所谓“多研究些问题，少谈些

‘主义’”。为什么这位一向提倡“实验主义”“易卜生主义”“个人主义”等不少“主义”的先生，这时突然改变了腔调，大叫要“少谈些‘主义’”了呢？用意很清楚：无非是要在反对谈“主义”的幌子下反对马克思主义，宣传改良主义(胡适在自传中曾直认不讳地吐露了当时遏制马克思主义传播的这一意图)。李大钊就在这种情况下撰写了《再论问题与主义》投入论战。他公开声明：“我是喜欢谈谈布尔扎维主义的”，指出中国问题正需要按马克思主义方法做出“根本解决”，从而为“思想运动、文学运动”的正确发展指明了途径。三四个月后，李大钊又针对胡适、傅斯年等“新文学就是白话文学”的论调以及创作中的个人主义倾向，写了《什么是新文学》一文，认为“光是用白话作的文章算不得新文学”，提醒大家不仅要反对“科举的”(封建主义的)“旧毒”，还要警惕“商贾的”(资本主义的)“新毒”，以免“不知不觉中造出一种腐朽的文学”。他正面主张：“我们所要求的新文学，是为社会写实的文学，不是为个人造名的文学”，并认为：“宏深的思想、学理，坚信的主义，优美的文艺，博爱的精神，就是新文学新运动的土壤、根基。”这里所说的“坚信的主义”，就是“问题与主义”之争中为胡适所反对而为李大钊所捍卫的马克思主义；而将“博爱的精神”与“坚信的主义”并提，则是李大钊尚未脱尽民主主义思想痕迹的表现。《什么是新文学》对胡适、傅斯年新文学观的批驳，实际是“问题与主义”之争在文学领域内的继续。所有这些，正是新文化运动、新文学运动中资产阶级与无产阶级两种指导思想激烈争斗，无产阶级思想开始逐渐占上风的重要标志(甚至连《新青年》本身也从1920年起实际上成为上海共产主义小组的机关刊物)。

这里有个问题：《什么是新文学》是否像《再探讨》作者所说，当初不见得有什么影响，“解放以后才被发掘出来，受到重视”，它的作用

“也是发掘以后才被追认的”呢？实际情况不是这样。发表《什么是新文学》的少年中国学会成都分会刊物《星期日》，是“五四”时期传播新文化的四大周刊之一(最早的编者是李劼人)，出版过五十二期(其他三个重要周刊的出版期数是：《每周评论》三十七期，《星期评论》五十三期，《湘江评论》五期)，每期发行量在三千份以上，这在当时是个不小的数目。它出版不久，胡适就在《每周评论》第三十六期上撰文介绍说：“现在我们特别介绍我们新添的两个小兄弟：一个是长沙的《湘江评论》，一个是成都的《星期日》。这两个周刊，形式上，精神上，都是同《每周评论》和上海的《星期评论》最接近的。就我们已收到的几期看来，《星期日》的长处似乎是在文艺的一方面，《湘江评论》的长处是在议论的一方面。”《什么是新文学》刊载于 1920 年 1 月 4 日《星期日》“社会问题号”上，同期刊出的还有陈独秀的《男系制与遗产制》，吴虞的《说孝》，高一涵的《言论自由的问题》等文，都产生过较大的影响。《什么是新文学》提出的要以马克思主义指导文学的思想，不仅在一部分创作中有所体现(后文还要涉及)，而且在理论上也被邓中夏、黄日葵等共产主义知识分子接受下来。邓中夏在 1921 年初一篇关于文学问题的讲演中，就提出“借文学以谋社会改造”，并认为只有马克思主义才能改造中国社会。1921 年 2 月、6 月，少年中国学会北京分会成员曾两次集会，讨论“学会有采用一种主义的必要，而且不可不为社会主义”①的问题。在同年 7 月举行的少年中国学会南京大会上，邓中夏等发言，提出会员要在“为第三阶级或第四阶级、主张私产或共产”之间做出选择。他认为会员只有接受马克思主义，才能使“教育不致成为预备非人的场所，文学不致徒供富贵人的玩赏，实业不致徒

① 《少年中国学会消息》，载《少年中国》第 3 卷第 1 期。

养成一般后起的资本家”①。像《什么是新文学》这样的文章，30年代胡适编选《中国新文学大系·建设理论集》时，当然不会收录进去。新中国成立后“发掘出来，受到重视”，无非是恢复历史的本来面目，这原是理所当然，有什么可以非议责难的呢？应该说，这样一类具有初步共产主义思想的知识分子写的文学论文，“五四”时期还有一些，像李大钊的《歌谣的解释》《原人社会于文字书契上的唯物的反映》，陈独秀的《新剧底讨论·文后附识》，陈望道的《妇女问题的新文学》《略述〈普罗来太里亚〉的意象》，沈玄庐的《诗与劳动》，邓中夏的《文学与社会改造》，瞿秋白的《俄罗斯名家短篇小说集·序》等，都是现代文艺思想史上一些很珍贵的史料（并非像《再探讨》作者挖苦的那样，“说来说去，还只有一个李大钊”）。我们现代文学研究工作者过去的缺点，不是对这方面的资料“发掘”、研究得太多，而是注意得很不够，工作做得很不扎实，有时甚至不掌握多少史料就随意说一些仅凭主观臆断的很不科学的话，这才是我们的真正的教训。

1921年7月中国共产党成立以后，无产阶级对新文学的指导和影响比“五四”时期更有了加强。根据我初步掌握的材料，到“四一二”事变以前不足六年时间里，早期共产党人撰写的文学论文、文艺评论以及党、团刊物上编者执笔论及文艺问题的文章，总计达一百二三十篇以上。一些共产党人结合文艺战线的情况阐述党关于民主革命的纲领和路线，提出对文学的要求，并运用历史唯物主义观点论述了种种文艺现象，评价了若干作家作品，批判了错误倾向和复古思潮，在文艺战线上发挥了重要的作用。尽管这方面工作远不都是有组织地进行的，而且没有摆脱党在幼年时期的零星、不完整、不系统的状态，在

① 《南京大会纪略》，载《少年中国》第3卷第2期。

某些问题上还有失误(主要是对初期新文学存在的问题估计得过于严重),但无可怀疑的一点是:无产阶级对新文学运动的确实现着思想上的领导。

所谓领导,并不神秘,无非是用无产阶级思想对文学事业做出方向、道路性的指引,使新文学与无产阶级领导的民主革命相互配合,保持同步的发展。对于不少早期共产党人来说,这一工作从一开始就是相当明确而自觉地进行着的。党所领导的社会主义青年团,1922年春在广州举行的第一次全国代表大会上,就通过了《中国社会主义青年团与各团体的关系之决议案》,其中第三项说:“对于各种学术研究会,须有同志加入,组成小团体活动及吸收新同志;使有技术、有学问的人才,不为资产阶级服务而为无产阶级服务;并使学术、文艺成为无产阶级化。”①(沈泽民曾为此项决议在《民国日报》副刊《觉悟》上发表过读后感)也许正是根据这项决议的精神,少年中国学会北京分会成员在1922年6月1日曾向该会杭州大会提交了一个《北京同人提案》(由李大钊、邓中夏、黄日葵、刘仁静、陈仲瑜、沈昌六人署名),号召“少年中国的文学家”②“加入革命的民主主义运动”“创造动人的文学以冀民众的觉醒”,向他们发出呼吁:“为革命的民主主义,我们全体动员了,我们不要躲在战线后,空谈高深的主义与学理,我们要加入前线,与军阀及军阀所代表的黑暗势力搏战了。”第二年少年中国学会苏州大会通过的宣言,便体现了《北京同人提案》的这种精神。1923年6月,党中央理论刊物《新青年》季刊发表《〈新青年〉之新宣言》,明确指出中国的民主革命和文学运动,必须由无产阶级领导。

① 《先驱》第8期,1922年5月出版。

② 少年中国学会会员中有不少文学家,如田汉、郭沫若、郑伯奇、康白情、李劼人、宗白华、应修人等。

《宣言》说："中国的真革命，乃独有劳动阶级方能负担此等伟大使命。中国社会中近年来已有无数事实，足以证明此种现象——即使资产阶级的革命亦非劳动阶级为之指导，不能成就。"又说："一切文学艺术思想之流派，本没有抽象的'好'与'坏'，在此中国社会忙于迎新送旧之时，《新青年》应当分析此等流派之渊源，指出社会情绪变动的根由，方能令一般的意识渐渐明晰，不至于终陷于那混沌颟顸等于飞蛾投火的景象；再则现时中国文学思想，——资产阶级的'诗思'，往往有颓废派的倾向，此旧社会的反映，与劳动阶级的心声同时并呈，很可以排比并观，考察其中的动象；亦可以借外国文学相当的各时期之社会的侧影，旁衬出此中的因果。却尤其要收集革命的文学作品，与中国麻木不仁的社会以悲壮庄严的兴感。"这篇宣言，不正是无产阶级要领导包括文学运动在内的整个中国革命的一个明确的理论纲领么！此外，像邓中夏 1923 年 11 月、1924 年 1 月先后发表的《中国现在的思想界》《思想界的联合战线同题》，也阐述了党在思想文化界的统一战线政策。他提出在文学上要联合"社会化的文学家"向梅光迪等学衡派封建文人进攻，其锋芒所向，基本上体现了党的第三次全国代表大会所确定的政策精神。虽然，以陈独秀为代表的中国共产党领导人在 1926 年、1927 年大革命后期犯了右倾投降的严重路线错误，但党成立初期的民主革命纲领和 1926 年以前的路线总的来说还是正确的，许多共产党人在各种岗位上为执行党的正确路线也是做出了不可磨灭的贡献的。我们怎么能不分青红皂白一股脑儿予以抹杀呢！

这个时期的马克思主义文学主张也比"五四"前后有了进展，更为具体化也更为深入了。它集中表现为文学与革命的关系得到了鲜明有力的肯定。早期共产党人通过党、团刊物，提出了创作"革命文学"的口号。社会主义青年团机关刊物《先驱》自 1922 年 2 月起，特辟"革命文艺”栏，陆续登载有革命鼓动内容的诗歌。继《先驱》出版的《中国青年》，发表了邓中夏、恽代英、萧楚女等人的多篇文章，探讨了有关革命文学创作的一系列问题。恽代英在《文学与革命》的通信和《中国所要的文学家》一文的按语中认为：“要先有革命的感情，才会有革命文学”，因此，作家和文艺青年应该关心社会现实，接近劳苦大众，“到民间去”“从事革命的实际活动”。他的结论是：“倘若你希望做一个革命文学家，你第一件事是要投身于革命事业，培养你的革命的感情。”邓中夏在《贡献于新诗人之前》一文中，通过自己的切身体验指出：“如果一个诗人不亲历其境，那他的作品就总是揣测或幻想，不能深刻动人。”这里接触到了文学与思想，与生活等多方面的关系。沈泽民发表在 1924 年 11 月 6 日《觉悟》上的《文学与革命的文学》一文，则着重论述了革命思想与生活经验两者对于作家缺一不可。他说：

> 诗人若不是一个革命家，他决不能凭空创造出革命的文学来。诗人若单是一个有革命思想的人，他亦不能创造革命的文学。因为无论我们怎样夸称天才的创造力，文学始终只是生活的反映。革命的文学家若不曾亲身参加过工人罢工的运动，若不曾亲自尝过牢狱的滋味，亲自受过官厅的迫逐，不曾和满身泥污的工人或普通农人同睡过一间小屋子，同做过吃力的工作，同受过雇主工头的鞭打责骂，他决不能了解无产阶级的每一种潜在的情绪，决不配创造革命的文学。

这些文章应用马克思主义理论于初期新文学运动的实际，态度恳切，意见中肯，很少教条气息，因而赢得了一部分作家的赞许和首肯。特别是沈雁冰发表于 20 年代中期的一些文学评论、理论文章(如

《读〈呐喊〉》《论无产阶级艺术》《文学者的新使命》等），表现了较为成熟和深刻的见解，对文学界产生过良好的影响。

体现无产阶级对新文学的指导有所加强的另一个标志，是马克思主义经典作家的文艺论著和国际无产阶级文艺理论、作品得到了翻译介绍。1921年以前，国内进步力量对苏俄文艺现状、文艺政策的译介还比较零星，党成立后，译介国际无产阶级文艺的工作逐渐展开。《国际歌》歌词短期内就有了三种译文。马克思的几首诗作也在1922年就翻译到中国（刊于《今日》）。译介苏俄文艺状况、文艺政策的文章、著作，这个时期也大有增加。仅1922年、1923年两年内，《小说月报》《觉悟》《新青年》季刊就译载了法国J. Mesnil的《新俄艺术的趋势》，日本升曙梦的《革命俄罗斯底文学》《劳农俄罗斯的文化政策及其设施》，克鲁普斯卡娅等人的演说《共产主义之文化运动》。在此前后，《晨报》《小说月报》《文学周报》还发表了毕树棠的《战后俄国文学概述》，瞿秋白的《赤俄新文艺时代的第一燕》《劳农俄国的新文学家》《最近俄国的文学问题》，沈雁冰的《苏维埃俄罗斯的革命诗人玛霞考夫斯基》这样的文章。“五卅”以后，任国桢编译的《苏俄的文艺论战》也正式出版。这些译述不仅冲破国际反动派的封锁，向中国知识界介绍了苏俄文化事业的真相，而且也给予国内文艺界以思想上的启示。沈泽民1922年译完《新俄艺术的趋势》时，就写过这样的“前记”：

> 劳工专政的俄国对于艺术抱怎样的态度呢？在共产主义的治下，艺术有发展的可能么？这问题都是留心俄事者所常怀于心中的。从前有过许多流言，说劳农俄国怎样苛待艺术家，并说高尔基已下狱，托尔斯泰坟墓被毁，……现在都证明不确了。不但知道不确，并且知道新俄的艺术已有异样光彩放射出来，如诗人布

洛克的作品，即其一例。

什么叫做“无产阶级的艺术”，换句话，什么叫做“共产主义的艺术”，这当然是将来要有详细答案的。我们现在所可说的：正也如世上既有“资产阶级的文化”一样，将来会有“无产阶级的文化”，即将来必有与“资产阶级艺术”相对待的“无产阶级的艺术”。无产阶级艺术是何等面目，我们现在不能确实知道；但现在正处于无产阶级统治下的俄国的艺术，至少也可视为确是“无产阶级艺术”的先驱罢！

1928年争论的有些问题，实际上1922年就提出来了(不过这时条件当然不成熟)。其值得重视的是，列宁的一些文艺论文也在1925年、1926年先后翻译发表(而不是像过去人们说的那样要到30年代才和中国读者见面)。例如，列宁的《托尔斯泰与当代工人运动》，就由郑超麟(当时是共产党员，后错误地转为托派)译出，发表在1925年2月12日《民国日报》副刊《觉悟》上。列宁的《党的组织与党的文学》，也由《中国青年》周刊以《论党的出版与文学》为题，译载在1926年出版的第144期上。任弼时在《列宁与青年》一文中也介绍了列宁的文化思想。经典作家这些文艺论著与文化思想的传播，对大革命高潮期间革命文学的发展无疑起着指导作用，在新文学运动史上有重大意义。所有这些，都从思想上、干部上为1928年无产阶级文学运动的兴起准备着条件(包括无产阶级文学运动中某些“左”的错误，实际上也在20年代前半期的活动中作为因素潜伏下来了)。否认“五四”至第一次国内革命战争时期无产阶级对新文学的领导，无异于割断历史，使后来左翼文学运动变得仿佛从天而降，令人无法理解。

二

上面我们还只是为最初十年马克思主义文艺思想的传播与发展粗粗地勾画了一个轮廓，目的在于说明无产阶级对新文学的领导确实具备了条件。现在如果换个角度——再从“五四”到大革命时期作品思想倾向与作家世界观的变化作些考察，那可能更易于对无产阶级领导初期新文学的问题得出科学的结论。

“五四”时期究竟有没有体现无产阶级思想的作品？——这个问题似乎很尖锐地摆在我们面前。《再探讨》的作者对此只字未提，意思当然很清楚：没有！在他看来，鲁迅、郭沫若“就五四时期而言，革命民主主义还是他们创作的主导思想。鲁迅与郭沫若尚且如此，那么其他作家就更不必说了”。但我们以为，研究问题不能依靠想当然的推断，只能严格地从事实出发。

事实是：“五四”时期确实产生过一批体现无产阶级思想的革命作品，而且它们在当时还产生过一定的影响。

以诗歌为例，像邓中夏的《游工人之窟》《莽莽洞庭湖》《西山读书杂诗》，沈玄庐的《劳动世界歌》《起劲》《怎么样》《农家》《钱》《十五娘》，刘大白的《红色的新年》《卖布谣》《田主来》《劳动节歌》《五一运动歌》《金钱》《布谷》《各各作工》《国庆》等，应该说都表现了当时最激进的思想内容，具有鲜明的马克思主义烙印。这些诗歌不是一般地同情下层人民，而是站在无产阶级方面观察现实生活中的阶级对立，表达了劳动者要求翻身解放的热切愿望。沈玄庐的《起劲》一诗，就提出要“切断工人颈子上的锁链，打破资本家所建筑的牢笼”。刘大白的《红色的新年》借“一位拿锤儿的”和“一位拿锄儿的”在1919年除夕的对话，控诉了剥削制度造成的“不公”，敏感、热情地讴歌了十月革命掀起的红色潮流：

朦朦胧胧地张眼一瞧，
黑暗里突然地透出一线儿红。
这是什么？——
原来是北极下来的新潮，
从近东卷到远东。
那潮头上涌着无数的锤儿锄儿，
直要锤匀锄光了世间底不平不公。
呀，映着那初升的旭日光儿，
一霎时遍地都红。

而邓中夏1920年写的《莽莽洞庭湖》，则诚挚地抒发了革命者为“共产均贫富”而献身的美好襟怀；1921年发表的《西山读书杂诗》，将马克思作为“火神”来歌颂。由于这些作者当时都从事一定的革命工作，他们在诗歌中写到的感受往往比较真切。关于沈玄庐，现在的读者可能已经不大知道他是何许人了，这里不妨着唠叨几句：他是中国共产党上海发起组最早的成员之一①，“五四”时期主编过《星期评论》，并为后期《新青年》和邵力子（当时也是共产党员）编的《民国日报》副刊《觉悟》撰写过大量诗文。茅盾在《回忆录》中曾经这样介绍过他：“沈玄庐本是上海共产主义小组发起人之一，后来在党内也担任重要职务，他在他的家乡绍兴萧山县是个大地主，他信奉了共产主义，就自动减了佃户的地租，并且办起了一个‘农民协会’，这是全国

① 见《中国共产党上海发起组》一文，载《人民日报》，1980年9月9日。

第一个‘农民协会’。”稍后，因不满党内某些成员而要求退出共产党。“沈玄庐在蒋介石叛变后，在萧山到上海的途中，为人暗杀，当时有人说此事是蒋介石指使的，因为沈玄庐是国民党的中央委员，他反对蒋介石，所以蒋介石要除掉他。”①沈玄庐与刘大白关系比较密切，两人似都参加过萧山县农民协会的工作。1922 年 1 月，萧山县农民协会委员李成虎被地主阶级杀害，刘大白先后写过《每饭不忘》《成虎不死》等诗，悼念、赞颂这位早期农运的领导人。这些诗感情真挚，文字洗练，颇可一读。后来刘大白政治上也消沉了，但如果我们采取历史主义态度，不以人废言，这些早期诗作以及它们在历史上曾经起过的作用，恐怕都是应该给予肯定的。

“五四”时期具有初步共产主义思想的知识分子②，还写了大量随感录式的战斗性杂文和其他体式的散文。散文方面，李大钊写得活泼清新，富有朝气；陈独秀写得明白晓畅，淋漓恣肆，曾被周作人誉为如甜脆可口的西瓜；沈玄庐则写过一些散文诗和短篇小品(发表时叫“小说”)。至于瞿秋白的《饿乡纪程》《赤都心史》当时就产生过较大影响，更是大家都知道的。杂感方面，不少篇章文字犀利，风格泼辣，思想上和艺术上都颇有特色。以李大钊的作品为例：《新纪元》等文用热情洋溢的语调，预言了十月革命后封建主义、军国主义“枯叶经了秋风”般的命运，号召“黑暗的中国”的人民迎着“曙光”前进；《混充牌号》《红萝卜党》以形象鲜明的比喻，提醒人们及早警惕那些挂着形形色色“社会主义”牌号、“带着一层红皮”的东西，“将来难保不是一片红萝卜”。它们都表现了一个马克思主义启蒙者特有的敏感。1919 年

① 见茅盾《回忆录》，载《新文学史料》1980 年第 1 期。

② 这些知识分子多数是 1919 年下半年到 1920 年上半年实现从民主主义到共产主义的转变的，包括陈独秀在内。

12月，正当日本帝国主义一方面对中国大肆掠夺，另一方面又和北洋军阀相勾结而高喊“中日亲善”的时候，李大钊在《新生活》上发表了这样的杂感：

> 日本人的吗啡针和中国人的皮肉亲善，日本人的商品和中国人的金钱亲善，日本人的铁棍、手枪和中国人的头颅血肉亲善，日本的侵略主义和中国的土地亲善，日本的军舰和中国的福建亲善，这就叫“中日亲善”。

多么一针见血！对帝国主义隐藏在美妙言辞背后的侵略本质达到如此深刻、清醒的认识，在十月革命送来马克思主义之前，实在是难以想象的。这些作品显示了马克思主义在中国逐步传播和人民反帝反封建斗争渐次扩展的时代侧影，具有宝贵的文献史料价值。

1921年以后，以无产阶级观点表现生活、鼓舞斗志的作品，比“五四”时期数量上有较大增加，质量上也有提高。从最早《先驱》《新青年》季刊登载雁汀《感黄庞二烈士底死》、瞿秋白《赤潮曲》，到《觉悟》《中国青年》等刊物上发表较多革命作品（包括瞿秋白的小说，吴雨铭①、刘一声的诗作），再到大革命高潮期间出版顾仲起诗集《红光》，蒋光赤诗集《新梦》《哀中国》和小说《少年飘泊者》《鸭绿江上》，便可以明显地看出这种发展趋势。在早期共产党人的引导和影响下，1924年、1925年两年内，出现了一批专事倡导革命文学的社团。如在上海，有蒋光赤、沈泽民和一些文艺青年组织的“春雷社”，他们通过

---

① 吴雨铭，“二七”罢工参加者，入狱后作《烈火集》革命小诗六十余首，刊于《中国青年》，颇得邓中夏赞赏。

《民国日报》副刊《觉悟》编辑出版周刊性的《文学专号》发表一些革命作品。在杭州，有许金元、蒋鉴、希生等组织的“悟悟社”，出版刊物《悟》，目的在于“促进革命文学成为国内文学界一时的主潮”，社员曾发展到66人，上海、苏州两地设有他们的支部。在北京，除共产主义青年团主办的《烈火》外，还有出版《火球》。声明“研究现实的人生，挽救浪漫文艺的堕落”的“劳动文艺研究会”，以及陈毅等人组成的主张文学家要搞“劳动文艺”“替群众作工”的“西山文社”。这些文学社团的出现，反映了文艺青年中革命思想影响的扩大，有利于文学创作摆脱个人主义倾向而朝健康方面发展。特别是蒋光赤的作品，虽然思想上、艺术上都有弱点，却在大革命时期的知识青年中产生过相当大的影响。陶铸、胡耀邦同志都曾以自己的经历，说到《少年飘泊者》等作品对青年走上革命道路所起的作用，这种情况应该引起我们的重视。

《再探讨》的作者为要证明“五四”新文学的指导思想是资产阶级民主主义和小资产阶级革命民主主义，根本无视早期共产主义知识分子上述作品的存在，这种态度自然不能算是真正实事求是的。

在“五四”新文学中占有最重要的地位的，当然是一部分小资产阶级作家的革命民主主义作品。他们的创作，就体现时代精神而言高出于一般的资产阶级作品，就思想性与艺术性的统一而言又高出于一般的无产阶级作品。像鲁迅的《呐喊》《彷徨》和郭沫若的《女神》，可以说真正为我国彻底反封建并且充满民族觉醒精神的现代文学奠定了基础，开辟了道路。这种状况究竟意味着什么？能否由此得出新文学指导思想是小资产阶级革命民主主义和资产阶级民主主义的结论？在这个问题上，我们和《再探讨》作者之间也存在着根本性的分歧。在我们看来，革命小资产阶级作家之所以能够充当无产阶级领导的初期新文学的主角，固然由于他们自身受着深重压迫，较西欧小资产阶级作家具有更强烈的革命性，同时也由于他们处于十月革命后的特定历史时代，有条件接受国际国内无产阶级的影响，接受时代和人民给予的哺育。鲁迅第一篇白话小说《狂人日记》和一系列作品中反封建的彻底性，就是同十月革命开辟的新时代，同国际国内无产阶级领导的革命运动，有着不可分割的联系。我在1979年发表的《五四文学革命的性质问题》一文中曾经说过：“《狂人日记》只能产生在十月革命胜利以后，只能产生在俄国无产阶级革命的影响传到中国以后。没有十月革命的鼓舞，没有十月革命给中国人民带来的新希望，没有中国新民主主义革命的开始酝酿，便不可能有《狂人日记》那种坚定无畏的反封建勇气，振聋发聩的反封建呼声。没有十月革命胜利后新的时代条件，鲁迅个人对历史研究得再深刻、再有真知灼见，他也只能怀着深沉的苦闷，孤独地寂寞地抄古书，拓古碑。鲁迅在经过长期搁笔之后，恰恰到了1918年，到了俄国十月革命成功，中国社会也酝酿着巨大变动的时候，就勇猛地起来参加战斗，并且‘一发而不可收’，这难道能说是历史的巧合吗？难道仅仅能用一两个朋友劝说的力量可以解释的吗？他在1918年写的《我之节烈观》中说：‘时候已经到了20世纪了；人类眼前，早已闪出曙光。’几个月后，在《圣武》中又说：从俄国‘刀光火色衰微中，看出一种薄明的天色，便是新世纪的曙光’，并号召中国人民‘抬起头’来，看看‘在头上’的‘曙光’。鲁迅为什么一而再，再而三地用曙光来鼓舞人？如果鲁迅自己不受十月革命这‘新世纪的曙光’的鼓舞，难道能够在《狂人日记》中通过狂人之口宣告‘将来容不得吃人的人活在世上’吗？”这些判断我至今以为是符合实际的。诚然，鲁迅在《答国际文学社问》中说过：“因为资本主义各国的反宣传，对于十月革命还有些冷淡，并且怀疑”，但他首先强调的却是：

先前，旧社会的腐败，我是觉到了的，我希望着新的社会的起来，但不知道这“新的”该是什么，而且也不知道“新的”起来以后，是否一定就好。待到十月革命后，我才知道这“新的”社会的创造者是无产阶级……

这就证实了“五四”时期鲁迅的思想、作品与十月革命之间确有联系，夸大这种联系，把“五四”时期的鲁迅就说成共产主义知识分子，把《狂人日记》说成社会主义现实主义作品，这当然是不科学的，必须加以反对。但如果根本无视鲁迅当时的思想、作品与无产阶级兴起的新时代之间这种联系，否认鲁迅所受的无产阶级思想的影响，也同样会背离基本史实。至于“五四”新文学的另一面旗帜——郭沫若的《女神》与国际国内无产阶级领导的新时代的关系，作品本身既有表露，作者自己也说得很清楚：“五四以后的中国，在我的心目中就象一位葱俊的有进取气象的姑娘，她简直就和我的爱人一样。我的那篇《凤凰涅槃》便是象征着中国的再生。‘眷念祖国的情绪’的《炉中煤》便是我对于她的恋歌。《晨安》和《匪徒颂》都是对于她的颂词。”①正因为诗人从伟大的五四运动中看到了中国的生机和希望，才产生火山爆发般喷涌而出的爱国激情，形成了“一个诗的创作爆发期”②。可以说，《女神》是诗化了的“五四”精神，没有在十月革命号召之下发生的五四运动，便不会有《女神》这样真正的新诗集的诞生。像《再探讨》作者那样单纯用小资产阶级本身的革命民主主义去解释鲁迅、郭沫若作品的

① 郭沫若：《创造十年》，载《沫若文集》第7卷，64页，北京，人民文学出版社，1958。

② 同上书，56页。

反封建彻底性，实在无法回答文学史提出的许多问题。打个也许不完全恰当的比喻：《再探讨》的作者只看到作为演员的革命小资产阶级作家在前台做出的许多精彩表演，却忘记了作为时代导演的无产阶级在后台所起的决定性作用。正是这种观众式的错觉，引导他在探讨“五四”文学革命的指导思想时做出不正确的判断，以致将中国“五四”时期及稍后的革命民主主义与俄国19世纪的革命民主主义做出不恰当的类比：

> 小资产阶级革命民主主义和资产阶级民主主义所代表的阶级不同，对我国民主革命的历史任务的认识深度和革命的内在要求、激进程度也不同。与其说我国的小资产阶级革命民主主义类似于文艺复兴、启蒙运动中的资产阶级民主主义，不如说更贴近俄国19世纪的革命民主主义，因为它们主要反映的是农民的利益与要求。

《再探讨》的作者自以为反对了一种“右的见解”，其实他本身的看法与之只是五十步与百步之差。俄国19世纪革命民主主义原是无产阶级登上历史舞台前的产物，将它同1918年以前中国的文学革命相比尚有某些类似之处，与“五四”以后无产阶级领导影响下的革命民主主义则根本不能相提并论。俄国19世纪革命民主主义客观上只能为俄国资本主义的发展开辟道路(不管作家的主观意愿如何)，“五四”时期中国的革命民主主义作家则已具有明确的反对资本主义、归趋社会主义的要求。以鲁迅为例，他不仅在《狂人日记》中坚信“将来容不得吃人的人活在世上”，而且在《故乡》的结尾处希望将来有一种“为我们所未经生活过的”“新的生活”。鲁迅既熟悉封建社会，也在资本主义社会生活过，他所向往的这种“未经生活过的”新生活，当然只能是消灭一切剥削关系的社会主义性质的社会(尽管鲁迅当时对科学社会主义的认识还非常“朦胧”)，所有这些，都是俄国19世纪的革命民主主义所不能比拟的。混淆两个不同的历史时代，低估现代无产阶级的思想政治影响，当然会在观察小资产阶级作家反封建彻底性的问题上不能得出比较全面确切的结论。

“五卅”前后大批小资产阶级作家接受无产阶级的影响，从政治态度、世界观到创作面貌都发生重大的变化，一部分人直接从民主主义者转变成为共产主义者，这一事实最有力地反驳了1928年以前新文学的指导思想是革命民主主义与资产阶级民主主义的说法。以创造社的作家为例，郭沫若通过考察军阀混战的恶果和翻译马克思主义的著作，从1924年起世界观发生显著变化。他重视邓中夏《贡献于新诗人之前》一文中发出的呼吁，五卅运动后创作了《聂嫈》。1926年5月，连续发表《革命与文学》《文艺家的觉悟》等文章，号召文艺青年“到兵间去，民间去，工厂间去，革命的漩涡中去”；指出时代所要求的文学“是替被压迫阶级说话的文学”“是表同情于无产阶级的社会主义的写实主义的文学”。不久，他由瞿秋白介绍去广东直接参加革命工作。郭沫若、成仿吾、郁达夫、王独清等成员思想的变化，为创造社开创了革命化的后期。再以文学研究会中一部分小资产阶级作家为例(且不说沈雁冰等早期共产党人)：无产阶级领导的“五卅”革命浪潮，也使他们在政治上、思想上受到巨大激荡。叶绍钧、朱自清、郑振铎都为“五卅”写下了热血沸腾的篇什。这个阶段思想与生活的变化，在叶绍钧的一些短篇小说与稍后的长篇《倪焕之》中留下了清楚的印记。朱自清在此前已写了送给邓中夏(安石)的诗《赠A. S.》，歌颂“手像火把”“眼像波涛”“要建红色的天国在地上”的共产主义英雄；“三一八”斗争中，他更以亲历者的身份，写下《执政府大屠杀记》，愤怒控诉军阀统治的血腥暴行。这些作品使文学研究会创作风气为之一变，在社会上也产生了很大的反响。斗争实践在鲁迅思想、作品中同样打下极其明显、深刻的烙印。脍炙人口的《论“费厄泼赖”应该缓行》和《记念刘和珍君》，就是他总结许多青年的血的教训写成的。“五卅”前夕，他为早期共产党人任国桢编译的《苏俄的文艺论战》一书写的“前记”，也表明他对苏联无产阶级文学的重视、关切和心心相印。“三一八”之后，鲁迅奔向南方，世界观也在长期量变的基础上开始发生质变，这在他《革命时代的文学》《庆祝沪宁克复的那一边》等文章中都有鲜明的表现。大革命浪潮还使早年“专心致志做情诗”的湖畔诗社成员应修人、潘漠华、冯雪峰都受到影响。应修人在五卅运动以后就努力从事革命工作，加入中国共产党，1926 年被党派去黄埔军校工作，暂时脱离了文学岗位，潘漠华也于 1926 年奔赴革命中心武汉，他和冯雪峰都在 1927 年上半年成为中国共产党党员。此外，北伐战争高潮时期，田汉、欧阳予倩以至闻一多等作家，也都曾奔赴广州或武汉，接受革命的洗礼。戴望舒 1927 年写的《断指》一诗，则是专为纪念广州“四一五”反革命屠杀时牺牲的革命者萧楚女的。尽管后来的道路有的还很漫长和曲折，但这一段活动，对许多作家以后的创作和思想发展都留下极为有益的影响。上述情况深刻地表明：并不是小资产阶级作家用他们的革命民主主义思想指导了新文学的发展，恰恰相反，正是小资产阶级作家在生活实践和创作实践的过程中接受了无产阶级的影响，改变着自己的民主主义思想，从而也改变着新文学的面貌。革命小资产阶级作家是初期新文学的主力。新文学的主力能接受无产阶级的领导和影响，朝共产主义方向转化，并且转换着这部分文学的性质，那就有力地证明了中国新文学的发展，自有它不以任何人的意志为转移的客观规律。

所有这一切，难道不正是既作为无产阶级领导的结果，同时又作为无产阶级领导的标志而存在的吗？

所有这一切，难道不正好说明，《新民主主义》关于“五四”以来中国文化发展（包括文学发展）的论断是科学的，经得住历史检验的吗？

三

《再探讨》的作者所以在初期新文学的领导思想问题上得出不正确的结论，也有方法论上的原因。

我读《“五四”文学革命指导思想的再探讨》，总感到文章作者思考问题时常常过多地、偏执地停留在某些表面现象上，而对现象背后的实质缺少深入的分析和注意。现象是入门的向导，我们必须予以重视，但不能偏执地只重视某方面的现象，而对另一些现象视而不见，更不能被一些现象迷惑而不去注意研究其实质。譬如，他把“指导思想”仅仅看作某种数量的概念，认为“指导思想”必须是“在运动中影响最广最深”“处于主导的支配的地位”的思想，而当时的无产阶级思想好像就够不上格。其实，“指导思想”更主要是一种质量概念，看某种思想能否充当指导思想，主要不是看它的广度和普遍性，而是看它客观上能否代表被指导者的利益，能否对事物本身朝什么方向发展起决定性的作用。资产阶级民主主义或小资产阶级革命民主主义，在“五四”以后的文学作品中尽管数量上仍然占多数，“影响最广最深”，但它决定不了新文学的发展方向，因而只能处于被领导的地位，而不能处于领导的地位。相反，无产阶级的文化思想和政治思想，尽管一时还传播得不很普遍，不很为多数人所知道；即使是知者，也还可能对这种思想本身暂时理解得不够正确。但是，历史条件终究决定了这种思想还是领导思想。

又譬如，对“五四”时期的“平民文学”口号应该怎么看？能否把这种主张简单地归入资产阶级民主主义的范畴，并以此论证“五四”以后文学革命的指导思想仍然是民主主义思想？我认为不应该这样。“五四”时期的“平民文学”主张是一种很复杂的历史现象，对这一现象必须进行具体的分析。陈独秀1917年年初提的是资产阶级性质的“国民文学”口号。从1918年起许多人提出“平民文学”口号，这在文学主张上标志着一种重要的发展，而这种发展，正是同十月革命的影响在中国文学界渐次扩大有关系的。最早提出“平民文学”思想的，并不是周作人，乃是刘半农。他在1918年3月做的《中国之下等小说》讲演中指出：“今后的世界，无论狭义的贵族、广义的贵族，都已有不可消灭之势。我们对于文学之眼光，也当然从绅士派的观念，转入平民派的观念。”他提出：“要创造平民派的新小说，打破绅士派的旧小说，使今后之文学与今后之世界趋于同一轨道。”①这里清楚地显示了十月革命后世界潮流的新趋向。如果到此为止，所谓“平民文学”“平民小说”之类，当然还只是小资产阶级性质的东西。但“五四”以后，又出现了新的情况：具有初步共产主义思想的知识分子也接过了“平民文学”这个口号。毛泽东在《湘江评论》发刊词中提过“平民的文学，现代的文学，有生命的文学”的口号。陈望道在《觉悟》上发表过《平民艺术和平民的艺术》的文章。李大钊在《平民主义》的小册子中也说：“现代有一绝大的潮流遍于社会生活的种种方面：政治、社会、产业、教育、美术、文学、风俗，乃至衣服、装饰等等，没有不着他(它)的颜色的。这是什么？就是那风靡世界的‘平民主义’。”他认为：“无论是文学，是戏曲，是诗歌，是标语，若不导以平民主义的旗帜，他(它)

① 见《中国新文学大系·文学论争集》，上海，良友图书印刷公司，1935。

们决不能被传播于现在的社会，决不能得到群众的讴歌。”尤其值得注意的是，具有初步共产主义思想的知识分子还对“平民主义”“平民文学”做了马克思主义的解释。李大钊说：

> “工人政治”，亦是本于“平民主义”的精神而体现出来的。故有人说这“工人政治”，才是纯化的“平民主义”、纯正的“平民主义”、真实的“平民主义”。而列宁氏于一九一九年四月十五日，在莫斯科“第三国际”大会里的演说，亦曾极力辨明中产阶级的“平民主义”与无产阶级的“平民主义”的区别。后来又在他的《国家与革命》并别的著作里，屡屡赞美这无产阶级的“平民主义”。

按照李大钊总结时做的解释，所谓“平民文学”，实际就是“人民文学”。这样，我们就很难再笼统地说“平民文学”就是资产阶级民主主义的口号了。出于同样的理由，我们也很难再武断地说“毛泽东在《湘江评论》上提出的口号”，“和周作人的《平民文学》中的‘平民文学’等提法，仿佛也没有什么质的差别”了（毛泽东自己后来在《新民主主义论》中谈到五四时期“平民文学”口号时，只说它“实际上还只能限于城市小资产阶级和资产阶级的知识分子”，可见，他并不认为这个口号本身必然是资产阶级的）。

《再探讨》一文中，另一个值得注意的问题是对引文的原意往往理解得不够正确，甚至解释得与原意大有出入。

举例来说，作者摘引了邓颖超同志在五四时期老同志座谈会上发言的前面几句，以此证明五四时期人们对马克思主义了解得很少，无产阶级思想不可能指导新文学运动。其实，邓颖超原话是两方面都讲到的，她说：“我看了一些材料，里面说五四运动是受十月革命的影响，受马列主义的影响。说受十月革命的影响，这符合事实，可以；但说受马列主义影响，就不完全符合事实。我们许多人参加五四运动时知道十月革命，但还不懂得马列主义。今天看到一份材料，介绍台湾有人否认五四运动为中国共产党的成立从思想上组织上作了准备的这一事实，我认为，五四运动是在思想上和组织上为我们党的成立作了准备的。……否认这个事实是不对的。要讲实事求是。”邓颖超这段话的意思是说：第一，对“五四”爱国运动发生前青年所受的影响要说得准确；第二，“五四”之后，马克思主义确实得到了较多的传播，从而“在思想上和组织上为我们党的成立作了准备”。如果完整地理解这段话的意思，绝不会得出《再探讨》作者片面发挥的那种结论。

更明显的例子，是作者引了胡绳同志这样一段话：“五四新文化运动唤醒了一代的青年，激起了一个在深度和广度上都是空前的思想解放运动。虽然这个解放运动本身还属于资产阶级思想的范畴，但是不经过这样的思想解放，人们不可能进一步接受无产阶级的马克思主义。”以此证明胡绳同志赞成整个“五四”时期的新文化运动是资产阶级领导的。这种引证同胡绳原意大相径庭。胡绳《论五四新文化运动中的民主和科学》一文，有特定的论述范围，他在引言中特意申明：“以民主和科学为旗帜的五四新文化运动，是指一九一九年五四群众运动前几年间进行的文化思想运动。”这就是说，胡绳这篇文章中讲的“五四”的时间概念，同毛泽东《新民主主义论》中讲的“五四运动时期”指“1919 年到 1921 年”，完全是两码事。胡绳在文章的后半部分曾专门讲了 1919 年以后马克思主义得到传播的情况，并且作了这样一段评论：

> 中国先进的思想界之所以在俄国十月革命以后迅速地接受马克思主义，其主要原因之一是：在五四运动以前，资产阶级民主

> 主义在中国人民的政治生活和社会生活中虽然起了进步作用，但实际生活也证明了在世界已经进入帝国主义时代的历史条件下，在中国这个半殖民地半封建的国家中，资产阶级思想所能起的进步作用是很有限的，它并没有也不能解答如何使中国走上独立、富强、进步的道路的问题。

《再探讨》的作者回避胡绳整篇文章的完整观点，隐瞒了不同的时限，只从自己的需要出发摘录了其中一段，断章取义地用胡绳论述“五四”前的话来为“五四”以后直到1927年的事情作判断，这种方法是令人吃惊的。这是对胡绳同志的很不尊重，也是对读者的很不尊重。

文章作者对鲁迅《草鞋脚·小引》中那段话的解释，也是并不完全符合原意的。鲁迅所说“最初，文学革命者的要求是人性的解放”，这里的“最初”，上文中说得明明白白，是指“开始‘文学革命’运动，即一九一七年”，那时当然是资产阶级思想指导的。至于“五四”以后新文学的指导思想如何，有无变化，鲁迅没有说。因为鲁迅这篇文章主旨并不在说明新文学发展的历史，而是要着重说明“新的小说的生存，总在不断的战斗中”；所以他从文学运动的角度，一下子跳到了1928年。鲁迅这段话完全不能成为否定1928年以前无产阶级领导新文学的根据(事实上鲁迅本人接受无产阶级思想影响并发生世界观的飞跃，就恰恰在“五四”到1927年这个阶段)。

总之，在“五四”以后新文学领导思想的研究上，我们同《再探讨》的作者从观点到方法都是有分歧的。《再探讨》一文的论述，我认为只适用于“五四”以前，不适用于“五四”以后。本着百家争鸣精神，我在这里提出自己的不同看法，就商于《再探讨》的作者，并希望得到读者同志的批评指正。

中国现代文学发展中的几个基本问题*

一、与近代文学的历史联系

中国现代文学发端于五四运动时期，它是新民主主义革命时期现实土壤上的新的产物。但它并非突然从天而降。如果我们把现代文学的产生看作一场质变、一个飞跃的话，那么，这场质变可以说是经过长期的量变来做准备的。它的先导——或者说前身——就是鸦片战争以后的近代文学。

按照恩格斯的说法，意识形态领域内发生的种种新变革、新学说，“虽然它的根源深藏在经济的事实中”，却又往往以“先驱者传给它而它便由以出发的特定的思想资料作为前提”①。成为现代文学开端的“五四”文学革命也是这

* 原载《求实集》，北京，北京大学出版社，1983。本是为唐弢主编的《中国现代文学史》写的“绪论”，20世纪60年代曾由唐弢同志作过修改，1983年收入《求实集》时又作了局部改写。

① 恩格斯曾多次表示过这类意见。可参阅《反杜林论·引论》、《社会主义从空想到科学的发展》和1890年10月27日给康拉德·施米特的信。此处引文分别见《马克思恩格斯选集》第3卷第56页，第4卷第485页，北京，人民出版社，1956。

样。适应着新的时代需要，它吸取了欧洲资产阶级革命以来文化和文学方面的许多成分，同时也充分利用了近代中国历史发展中积累的“思想资料”以及某些改革的成果。最早的一些新文学史著作(如胡适的《五十年来中国之文学》、朱自清的《中国新文学研究纲要》、陈子展的《最近三十年中国文学史》等)都把“五四”以后新文学的发展同近代文学的变化联系起来考察，这是很有道理的。可以这样说：不了解鸦片战争以来中国社会和文学历史发展的因由，便很难真正理解“五四”文学革命和中国现代文学。

清嘉庆以后，中国封建社会已由衰微而处于崩溃前夕。国内各种矛盾空前尖锐，社会危机四伏，清朝政府极端昏庸腐朽。1840年起，外国资本主义的大炮，打开了闭关自守的封建帝国的大门，揭开了中国近代史的序幕。中国社会逐步发生根本性的变化。农村中自给自足的自然经济加速瓦解，沿海一带出现了资本主义经济，并且迅速形成了上海这类畸形繁荣的近代都市。新的阶级——中国的无产阶级、资产阶级乃至买办资产阶级——也随之产生。“帝国主义列强侵略中国，在一方面促使中国封建社会解体，促使中国发生了资本主义因素，把一个封建社会变成了一个半封建的社会；但是在另一方面，它们又残酷地统治了中国，把一个独立的中国变成了一个半殖民地和殖民地的中国。”①从这个时候开始，帝国主义与中华民族、封建主义与人民大众的矛盾，成为近代中国历史发展的主要矛盾。为了挽救民族危亡的命运，从太平天国到辛亥革命，中国人民进行了一次又一次的革命斗

① 毛泽东：《中国革命和中国共产党》，《毛泽东选集》横排本第2卷，593页，北京，人民出版社，1953。

争。与此同时，“先进的中国人，经过千辛万苦，向西方国家寻找真理”①，因而又有了西方文艺复兴以来各种思潮在中国的传播，为近代中国文化注入了新的内容。

文学作为社会意识形态和整个文化的重要组成部分，必然要反映近代中国的这些变化，并且使自己适应于这些变化。近代文学在孕育和发展的过程中，曾经出现过许多新的现象。在这一历史时期内，虽然封建文学仍然大量存在，但也产生了以反抗列强侵略和要求挣脱封建束缚为主要内容的进步文学，并且在较长的一段时间里，不止一次地做了种种改革封建旧文学的努力。

早在鸦片战争时期，龚自珍、林则徐、魏源等比较开明的地主阶级知识分子，就在诗文中揭示了“万马齐喑”的时代痛苦和“四海变秋气，一室难为春”的社会局面；同时，还呼唤改革的“风雷”，表现了抵御外国侵略的迫切要求。太平天国革命运动中，提出过“文以纪实”“不须古典之言”“毋庸半字虚浮”②的改革主张，也产生了一些较为通俗并有革命内容的作品。随着政治上变法维新运动的发展，19 世纪末叶，资产阶级改良主义文化运动日趋高涨。郑观应在《盛世危言》里，王韬在《变法》和《变法自强》里，都对文化革新有所建议；康有为托孔子之名以求改制，在一定程度上冲击了当时的封建正统文化；而强学会、南学会、群学会等五十几个学会、学堂、报馆③在短期内的兴起和活动，更与这个运动有直接的联系。在文学上，同时出现了对

① 毛泽东：《论人民民主专政》，《毛泽东选集》横排本第 4 卷，1406 页，北京，人民出版社，1953。

② 洪仁玕等：《戒浮文巧言谕》，载《太平天国文选》，98 页，上海，上海人民出版社，1956。

③ 梁启超：《戊戌政变记》附录一《变法起源记》。实际还不止此数。

封建正统文学(主要是拟古派诗和桐城派文)进行改革的呼声，其中较有影响的是谭嗣同、夏曾佑等提出的“诗界革命”和梁启超等竭力推行的“新文体”。在诗歌改革方面取得较大成绩的是黄遵宪。作为优秀的“新派”诗人，黄遵宪不但在作品中记述了当时发生的重大历史事件，表现了强烈的爱国主义精神和要求变法的愿望，而且在文学理论上，很早就有“崇白话而废文言”，改变旧文体使之“适用于今，通行于俗”“欲令天下之农工商贾妇女幼稚皆能通文字之用”①的理想；他自己的诗歌创作，也多少做到了如《杂感》诗所说的“我手写吾口，古岂能拘牵”，开始摆脱旧诗格律的某些束缚。梁启超的宣传改良主义思想的新体散文，以“平易畅达”见称，其影响更为广泛。与此同时，白话小报的出现，更促使一部分人(如裘廷梁、陈荣衮)明确提出“白话文为维新之本”“开民智莫如改革文言”②等主张。改良主义文学运动在诗文以外的文学样式方面，引起了尤其显著的变化。小说、戏剧历来被正统的封建文人认为不登大雅之堂，但戊戌变法前后却得到了重视。首先是政治上改良运动的需要；其次由于印刷事业的发达，近代新兴都市的繁荣和报纸期刊的创办，小说在这一时期大量产生，社会地位也不断提高。《论小说与群治之关系》(梁启超)、《小说原理》(夏曾佑)、《论文学上小说之位置》(狄平子)、《论小说与改良社会之关系》(王无生)、《论小说之势力及其影响》(陶祐曾)、《余之小说观》(徐念慈)等文先后发表，它们的共同倾向是强调小说的政治意义及其在社会教育上的作用。在梁启超“欲新一国之民，不可不先新一国之小说”的理论倡导下，小说成为新派知识分子暴露旧世态、宣传新思想的有

① 见黄遵宪1887年作《日本国志》卷33《学术志二》。

② 裘廷梁、陈荣衮分别写有《论白话为维新之本》(1898)、《报章宜用浅说》(1899)等文。

力工具，并且直接出现了一批职业作家。“政治小说”“社会小说”“科学小说”等名目应运而生。被鲁迅称作“谴责小说”的《官场现形记》《二十年目睹之怪现状》等受到普遍的欢迎。由于同样的原因，还开始翻译和介绍西方作品。据统计，晚清小说刊行的在一千五百种以上，而翻译小说又占全数的三分之二。其中林纾的译作在当时有过较大的影响。此后，在资产阶级革命时期，也相应地产生了以章太炎和南社为代表的一批作家和《孽海花》《警世钟》等作品；马君武、苏曼殊等翻译了歌德、拜伦和雪莱的诗歌。它们在进行反清和民族民主革命的宣传方面，都曾起过积极的作用。值得注意的是，“五四”以后被大力提倡的话剧这种新的戏剧形式，也在这个时期以“新剧”或“文明新戏”之名开始传入。1907 年至 1908 年间，春柳社等先后在日本和中国上海演出《黑奴吁天录》；进化团稍后又在长江下游各地演出宣传革命的幕表戏多种。这些活动既从思想战线上配合了辛亥革命，也为我国戏剧输入了新的血液。

上述种种情况表明，近代进步文学不仅服务于当时的政治斗争，而且在思想内容（一定程度上的反帝反封建倾向）以至文学形式（改革诗文、提倡白话、看重小说、输入话剧）方面，都为“五四”以后新文学的萌生做了必要的准备。可以说，近代进步文学乃是从封建时代文学到现代新文学之间的一个过渡。

唯其是“一个过渡”，近代进步文学又有其本身的不可克服的弱点和局限。如同整个旧民主主义革命时期的历次政治斗争并未完成反帝反封建的任务一样，这个时期的文学，也未能起到彻底反帝反封建的历史作用。资产阶级改良主义的文学，对封建制度并不持根本否定态度；不仅政治上维护着清王朝，而且在意识形态上也不敢正面触动儒家思想的根本——孔子学说。改良派的主要代表人物如康有为、梁启超等，在戊戌变法失败以后，政治上更趋保守以至反动，而在不少新派作品里，封建思想也仍然占有地位。提倡白话的呼声虽然在 19 世纪末叶已经出现，但他们大多数是提倡白话而不反对文言，或者主张书报可以采用通俗的白话，文学仍须维系高雅的古文；即使有一二正确主张，也因为时代条件的不成熟，并未引起广泛的讨论和造成较大的声势。翻译西方文学的工作当时也处于盲目被动、缺乏系统的状态；林纾虽然译述较多，但全用桐城古文，带有改作的成分。资产阶级革命时期的文学，也因为没有与封建思想分清界限，反封建仍不彻底，始终未能正面明确地提出反对封建旧文学的口号。革命派本身的脱离群众，一些代表人物在语文合一、采用白话等问题上所持的保守态度，都阻碍了他们在组织辛亥革命的同时去相应地发动一场强大的思想启蒙和文学改革的运动，致使他们在文化上的影响甚至还不及维新派。至于对帝国主义，无论是资产阶级改良派或是革命派，都不能从阶级本质上认识它们，对它们颇多幻想。此外，旧民主主义文学的一个根本弱点是：虽然在暴露上层腐败生活方面能够淋漓尽致，但对广大劳动人民的状况却极端缺乏了解。随着维新运动和辛亥革命的相继失败，曾经起过进步作用的一部分文学，也终于受到被称为“十里洋场”的近代都市中恶浊气氛的腐蚀而趋于堕落：“谴责小说”沦为“黑幕小说”，甚至成了专门诋毁私敌的“谤书”；民国初年出现的专写“才子佳人”的鸳鸯蝴蝶派作品，则由最初具有些微进步倾向(感叹世态炎凉、不满于婚姻不自由等)而逐渐演变为满纸陈词滥调、远离现实生活并有浓重思想毒素的“言情小说”“狭邪小说”以至色情小说，文明新戏也褪尽了原来的战斗色彩，充满着小市民的庸俗情调和低级趣味。

近代文学的上述发展状况，深刻地证实了毛泽东同志关于近代文化这一论断的正确：“旧的资产阶级民主主义文化，在帝国主义时代，已经腐化，已经无力了，它的失败是必然的。”①

在文学领域内高举彻底反帝反封建的革命大旗，这个任务不能不落到无产阶级领导的“五四”以后革命文学的肩上。旧民主主义革命时期的文学虽然已为新文学的建立做了若干准备，但它本身无法完成历史所赋予的任务。“五四”文学革命运动的兴起，乃是近代中国社会与文学诸方面条件长期孕育的必然结果。

二、现代文学的性质、成分及其经历的斗争

“五四”以后，中国社会自近代以来所有的基本矛盾和革命任务并未改变，但无产阶级登上了历史舞台，它所领导的人民大众的反帝反封建斗争蓬勃展开，历史已经进入了新民主主义革命时期。因此，一方面，社会内部的各个阶级和各种矛盾比近代更显得错综复杂；另一方面，解决这些矛盾的具体历史条件却也渐次具备并且趋于成熟。“五四”之后的中国现代文学，正带上了这样一种深刻的时代历史的印记。

现代文学，作为中国现代复杂的阶级关系在文学上的反映，所包含的成分也是复杂多样的。新起的白话文学本身，并不是单一的产物；它是文学上无产阶级、革命小资产阶级和资产阶级三种不同力量在新时期实行联合的结果。无产阶级文学，最初虽然只是作为因素而存在，但随着革命的发展和无产阶级影响的扩大，随着作家接受马克思主义思想和参加革命实践的增多，随着共产主义知识分子和革命工农直接参与文学创作，它在量的方面与质的方面，都有增长和提高。而在延安文艺座谈会后，作品以无产阶级思想教育人民的作用愈益显

① 毛泽东：《新民主主义论》，《毛泽东选集》横排本第2卷，657页，北京，人民出版社，1953。

著，这种文学也就得到了更多更坚实的发展。小资产阶级的革命民主主义文学则是现代文学中一支极重要的力量(前期鲁迅、郭沫若、巴金、曹禺、艾青以及30年代后期起的老舍等都是这方面的代表)，它在我国的具体历史条件下，始终作为无产阶级在文学战线上的可靠同盟军，以英勇无畏的姿态参加了反帝反封建斗争，在各个时期都发挥了重大的作用，并且随着作家本身思想的变化，逐渐转换自身的性质，不断汇合到无产阶级文学之中。加上一部分曾经起过一定进步作用、有着反帝反封建要求的资产阶级民主主义文学，它们共同构成了我国现代文学的主流——无产阶级领导的人民大众的反帝反封建的文学，亦即新民主主义性质的文学。“新民主主义的政治、经济、文化，由于其都是无产阶级领导的缘故，就都具有社会主义的因素，并且不是普通的因素，而是起决定作用的因素”①，反映到文学上，就有了彻底反帝反封建的思想内容，有了对劳动人民感情、愿望的真挚体现，也有了社会主义方向。新民主主义革命时代的特色，在创作上是一开始就有鲜明表现的。不仅白话的形式本身是一个巨大的革命，促使文学和人民群众大大接近了一步；而且在作品内容上，也具有不同于旧民主主义文学的崭新特点。“五四”至第一次国内革命战争时期的许多作品，猛烈攻击封建制度、封建道德，揭露军阀统治的黑暗现实，表现了与旧传统彻底决裂的精神，同时提出了知识青年挣脱旧家庭束缚、争取恋爱婚姻自由、探索新的生活道路等要求。部分作品还正面描写了下层人民的苦难，对劳动者的命运表示关切，对十月社会主义革命则表示同情和欢迎。这些都成为“五四”新文学高于历史上进

① 毛泽东：《新民主主义论》，《毛泽东选集》横排本第2卷，665页，北京，人民出版社，1953。

步文学的重要方面。历史驳斥了那些把“五四”以来的新文学说成只是明朝“公安派”“竟陵派”的继承和发展，或是西欧资产阶级文艺的“一个新拓的支流”等不符事实的言论。无产阶级领导并以革命民主主义文学和无产阶级文学这两种力量为中坚，保证了我国现代文学具有前所未有的崭新的性质。

但是，现代文学的组成情况远为复杂。仅就资产阶级文学而言，它在不同时期呈现着颇不相同的面貌。它的左翼较为稳固地参加了新文学的统一战线；但一部分资产阶级右翼在文学上的代表，反封建时较为软弱，同帝国主义也有千丝万缕的联系，因而在斗争深入之后，常常容易倒戈成为反动势力的维护者。此外，在整个新民主主义革命时期，也还有若干其他的文学成分。封建旧文学虽然遭到沉重的打击，但远未绝迹；鸳鸯蝴蝶派作品则改穿起了白话的衣装，在市民阶层中有所流传；作为国民党法西斯政策在文学上的产物，20 世纪 30 年代以及稍后一个时期，还曾出现过法西斯“民族主义文艺”、“战国策”派和所谓的“戡乱文学”——这些都是文学上的逆流。现代文学里各种成分的纷然杂陈和相互斗争，正推进了文学上不同力量之消长，显示了错综复杂的情势。

为新民主主义革命服务的进步文学，不可避免地要同代表着敌人利益的封建文学、买办文学和国民党的钦定文学进行不调和的斗争。“五四”新文学就在同林纾所代表的封建守旧派文人的战斗中为自己开辟道路，以后又以驳倒《学衡》《甲寅》等标榜“国粹”、主张“复古”的封建“拦路虎”而向前发展。在彻底消灭封建势力以前，封建文学不可能销声匿迹，因此这种斗争后来虽然规模逐渐缩小，却也并未完全停止（如对“读经救国”“本位文化”及一部分鸳鸯蝴蝶派文人的斗争）。对于从 1925 年起就公然与北洋军阀勾结并为帝国主义辩护的胡适和《现代评论》这一系统的某些文人，革命文艺界也在各个时期反复进行了多次斗争，揭露其为帝国主义作伥的奴才面目，从而大大削弱了他们在知识阶层中的影响，促进了他们内部的分化。从 20 年代末开始和国民党“御用文人”(如法西斯“民族主义文艺”、“战国策”派和后来所谓的“戡乱文学”之类)进行的斗争，也贯穿了直到中华人民共和国成立为止的几个时期。尽管蒋介石集团历来都在其统治区域内施行法西斯恐怖政策，掌握了军权、政权、财权(从而也掌握了对出版物、出版机构的控制权)，但他们却从未能掌握文化、文艺上的领导权。共产党领导下的革命文艺界虽然在国统区内“处于毫无抵抗力的地位”①，却抵挡住了敌人多方面的进攻，夺取了阵地，发展了力量，建立了最英勇的业绩。

在现代文学史中占有突出地位、越到后来越显著的，是无产阶级思想和资产阶级反动思想之间的斗争。这是因为，“五四”以后我国的民主革命是无产阶级领导的，属于世界社会主义革命的一部分，它在最后要通向社会主义道路；资产阶级可以在一定条件下参加这一革命，民主主义文学可以成为新文学统一战线的一个组成部分，但资产阶级思想却不能充当文学运动的指导思想。文学上无产阶级思想与资产阶级思想之间的斗争，乃是文学要不要为无产阶级领导的革命事业服务、要不要将反帝反封建精神坚决贯彻到底的斗争，也是文学最终朝社会主义方向还是朝资本主义方向发展的两条道路的斗争。这种斗争不仅相当激烈，而且也十分复杂。它最初表现为新文学统一战线内部资产阶级与无产阶级争夺领导权的斗争(如“五四”时期李大钊与胡

① 毛泽东：《新民主主义论》，《毛泽东选集》横排本第 2 卷，663 页，北京，人民出版社，1953。

适之间的“问题与主义”之争)；但当革命形势向前发展，资产阶级右翼的代表人物已转化成封建主义和帝国主义的代言人时，则也表现为对敌斗争(如对后期胡适的斗争)。有时资产阶级文艺思想是以赤裸裸的直接维护资产阶级“文明”和“人性”的形式表现的(如“新月派”)；有时则是披着一层薄薄的马克思主义的外衣(如胡秋原)。20 世纪 30 年代初期的中国文艺界之所以会出现胡秋原这类人物，并不是偶然的：它证实了列宁的这一著名论断：“马克思主义在理论上的胜利，逼得它的敌人装扮成马克思主义者，历史的辩证法就是如此。”①在文艺思想领域内，由反对封建文学到反对资产阶级思想再到反对假马克思主义，由白话文学的争论到文学有无阶级性，再到文学要不要为无产阶级政治服务的争论，其发展趋向是步步前进、层层深入的。这是整个革命运动逐步深入在文学上的反映。

三、创作方法的演变与文学流派的发展

文学革命兴起时，《新青年》同人们在创作方法上倡导欧洲近代的现实主义。陈独秀说：“吾国文艺，犹在古典主义、理想主义时代，今后当趋向写实主义。文章以纪事为重，绘画以写生为重，庶足挽今日浮华颓败之恶风。”②他在《文学革命论》中就正面提倡“写实文学”。胡适的《文学改良刍议》也认为：“惟实写今日社会之情状，故能成真正文学。”一直到文学研究会的重要成员沈雁冰，文艺思想也基本上是现实主义的。虽然由于“五四”时期一些文学青年往往涉世不深，带着较多的“爱”与“美”的空想，在实际创作中非现实主义成分还相当普

① 《马克思学说的历史命运》，《列宁选集》第 2 卷，439 页，北京，人民出版社，1972。

② 《答张永言信》，《青年杂志》第 1 卷第 4 号，1915 年 12 月。

遍；但鲁迅和稍后的叶绍钧、鲁彦、彭家煌、台静农等文学研究会、未名社的主要作家，以其对村镇生活的真实描绘和细密剖析，显示着鲜明的现实主义特色。其中鲁迅的《呐喊》《彷徨》，通过一系列典型形象的成功塑造，概括了异常深广的时代历史内容，真实地再现出中国人民特别是农民在获得无产阶级领导前的极度痛苦，并怀着对未来的信念探索了革命的前途，更是代表了“五四”现实主义文学的高度成就。

在现实主义文学获得发展的同时，欧美近代的浪漫主义思潮流派也对一些新文学社团和作家产生着重大的影响。以郭沫若、郁达夫为代表的创造社，以徐志摩、闻一多为代表的新月社，就是这方面的代表。他们强调主观，尊重自我，或崇尚“神会”，或标榜“性灵”，无论小说、诗歌或戏剧作品都具有浓重的主观抒情色彩，表现出明显的浪漫主义倾向。其中郭沫若的《女神》，借神话传说、历史人物及自然形象，以宏大的气魄、奇特的想象、瑰丽的语言，歌唱出彻底叛逆、热望新生的时代声音，更成为“五四”浪漫主义文学的出色代表。但由于各自思想倾向和接受影响的不同，创造社和新月社虽然都倾心于浪漫主义，仍然在文艺思想和创作主张上显示了鲜明的分野。他们的新诗创作，分别属于自由诗派和格律诗派两个不同的流派。

由于中国历史条件不同于欧洲国家，新文学初期的现实主义和浪漫主义都发挥了较大的进步作用。正如郭沫若后来所说：“在中国的现代，浪漫主义和现实主义是同时并起的，浪漫主义在反帝反封建，现实主义也在反帝反封建，不足十年间，双管齐下，跑完了欧洲近代一二百年的历史。”①这个看法是符合历史实际的。

但“五四”是一个开放的时代。当时传入中国并产生影响的文艺思

---

① 《浪漫主义和现实主义》，《红旗》1958 年第 3 期。

潮，远不止上述两种，还有象征主义、自然主义、唯美主义、新浪漫主义以及与弗洛伊德心理学说相联系的现代主义，等等，它们在创作上都有程度不等的表现。象征主义在鲁迅手中经过改造，开扩着文学的表现手段，同样发挥着为革命服务的作用。在诗歌创作中，象征主义还形成了以李金发为代表的一个小小的流派。不少人则分不清现实主义与自然主义、积极浪漫主义与消极浪漫主义的界限，甚至把自然主义、未来主义作为最新思潮来提倡，这些也曾产生过不同程度的消极影响，使一部分作品具有较严重的颓废色彩。

从“五卅”前夕文艺领域内感伤苦闷气氛弥漫，到1928年无产阶级革命文学运动兴起，其间经历了一个重大的发展。“无产阶级革命文学”被作为口号提出而且形成运动，是作家们接受国内大革命浪潮和国际左翼文艺思想影响的结果。一部分作家开始自觉地把文学作为无产阶级革命斗争的武器，使作品的题材、主题都发生重大的变化。但“左”倾幼稚病也严重侵袭着这个运动。表现在创作方法上，首先把浪漫主义等同于唯心主义、等同于没落阶级意识而作了全盘否定；其次，对现实主义又加以种种庸俗化、简单化的理解；这就导致“辩证唯物论的创作方法”的流行。初期无产阶级革命文学的这些功绩和弱点，在后期创造社和太阳社的创作中得到了明显的反映。

中国左翼作家联盟的成立，促进了无产阶级革命文学的发展。在“新现实主义”或“无产阶级现实主义”的口号鼓舞下，不少“左联”成员力图应用马克思主义文艺理论来指导创作实践，克服“感伤主义”“革命的浪漫蒂克”“用小说体裁演绎政治纲领”等不正确倾向(明显的例子是1932年《地泉》出版时左翼作家写的五篇序)。丁玲、张天翼等一批新的作者，正是在这种情况下受人注意的。作家参与或亲历实际革命斗争，使创作面貌继续有所变化：再现生活时的历史性、具体性有所增进，革命乐观主义精神在有些青年作家(如殷夫、叶紫)的作品中也得到发扬。茅盾的《子夜》以民族资本家吴荪甫形象为中心，在较大规模上真实地描画出20世纪30年代初期上海的社会面貌，准确地剖析了中国社会的性质，这是作者运用马克思主义观点和相应的艺术手段观察与再现生活的结果。《子夜》的成功，开辟了用科学方法剖析社会断面的新的创作道路，对一个新的创作流派的形成起了重要的推动作用。共产主义者鲁迅以杂文为主要武器，进行了笔扫千军的战斗(以鲁迅为首的左翼杂文，本身就构成一个独立的散文流派)；即使在取材于历史传说的《理水》《非攻》等作品中，也已彻底克服早期时流露的落寞情怀，用新的表现方法塑造了“中国的脊梁”式的英雄形象，显示了对革命前途的乐观和坚定信念。1933年冬，周扬将苏联批判“拉普”“辩证唯物论的创作方法”以后提出的“社会主义现实主义”(在中国或称“革命的现实主义”)理论，第一次介绍到中国，这对于后来的革命文学创作产生过重大的影响。尽管“左联”在理论主张上仍有“左”的偏颇(如将客观描写称为“客观主义”)，创作中也羼杂了某些旧现实主义乃至自然主义的因素，塑造革命者和工农形象时普遍存在苍白、不真实甚至歪曲等缺点，总的来说，却还是使左翼文学向着社会主义现实主义前进了一大步，涌现了艾芜《南行记》、吴组缃《一千八百担》、夏衍《上海屋檐下》等相当出色的作品，建树了巨大的功绩。

“左联”以外的其他作家，亦因坚持现实主义，真实揭露从旧家庭到社会各个角落的黑暗现实而获得不同的成就，其中还出现了巴金的《家》、曹禺的《雷雨》和《日出》、老舍的《骆驼祥子》、李劼人的《死水微澜》、臧克家的《烙印》和《罪恶的黑手》等优秀作品。它们和左翼作家的杰出作品在一起，共同提高了中国现代长篇小说和话剧、诗歌的创作水平。这些作家大部分没有构成什么流派。但在当时的北平和上海，一部分自由主义倾向比较明显的作家也相当活跃（如周作人、沈从文、林语堂等），他们创作上的共同特点是离开社会现实较远，提倡幽默，表现“性灵”，散文小品和诗歌的内容都比较冲淡，小说方面像沈从文的作品也着重表现故乡湘西农村纯朴原始的美。他们构成了与“左联”截然不同甚至相对立的文学风尚。其中像周作人、沈从文等活跃于北平的就被称为“京派”。林语堂及其周围作家则因所编刊物《论语》《人间世》等而被称为“论语派”。此外，在上海还有以施蛰存主编的《现代》杂志为中心的少数作家，他们在小说方面接受日本新感觉派影响，诗歌方面则提倡象征派、意象派的创作方法，因而被称为“现代派”。这些流派由于作品内容与时代有较大距离，影响并不很大；但他们在艺术上所做的某些探索，则不可一概抹杀。

七七事变以后，抗战的炮火广泛地吸引作家关心现实，普遍激发起作家的爱国感情和创作热情。许多作品迅速反映生活，歌颂前线和后方的新人新事。文学创作在现实主义基础上明显增长了较多浪漫主义成分。诗歌、报告文学、戏剧与短篇小说都有较大的发展，并出现了姚雪垠的《差半车麦秸》，夏衍的《心防》《法西斯细菌》等一批较有影响的作品。但初期创作的普遍缺点，是对生活的反映比较表面，流于浮泛。正是在这种形势下，《七月》杂志上由艾青、丘东平等为代表的不少作品，以其高亢而略带忧郁、热情而又较深沉的风格，显示出可贵的特色。这也许就是后人称之为“七月派”的原因所在。稍后，从“左联”时期开始形成的以革命现实主义为特点的社会剖析派的创作也获得发展，而且产生了沙汀的《淘金记》、茅盾的《腐蚀》等优秀的暴露讽刺作品。“皖南事变”后出现的《屈原》等剧作，既保持了作者固有的浓烈的浪漫主义诗情，也增进了更为扎实的现实主义因素。进入延安和各个抗日民主根据地的作家们的创作，则由于在新的天地中放声歌唱并开始描写新的对象而呈现不同的特色(如田间的《给战斗者》，光未然的《黄河大合唱》歌词)。但不少作家世界观尚未根本改造而带来的一系列矛盾，也因新的直接面向群众、与群众相处的环境而逐渐地显得尖锐和突出。革命文学发展中长期存在的问题，至此已迫切地需要解决。

毛泽东同志在延安文艺座谈会上制定了革命文艺运动的路线和政策。对小资产阶级文艺工作者思想感情的认真改造和作家必须长期深入生活、深入工农兵等方面所做的深刻论述，从根本上解决了“五四”以来革命文学发展过程中长期存在的一系列问题。解放区贯彻毛泽东文艺思想的结果，使文学艺术的各个方面都呈现出一片崭新的气象。由于作家同工农兵逐步结合，整个队伍朝着无产阶级的方向发生很大变化。文艺反映生活而“应该比普通的实际生活更高”的典型化原则和社会主义现实主义的创作方法，为许多作家所遵循。表现在作品中，则从描写内容、思想感情、人物形象一直到语言、表现方法，无不焕然一新。对广大人民群众生活斗争的描绘，开始在整个文学创作中真正占有优势的地位；而这种描绘，又在很大程度上渗透和饱含了作者自己与人民群众血肉相连的革命感情。工农群众特别是他们中间成长起来的新人，成为作品中的主要人物，并且达到了前所未有的真实的程度，根本扭转了过去那种“衣服是劳动人民，面孔却是小资产阶级知识分子”的状况。其中还出现了《高干大》《太阳照在桑干河上》《暴风骤雨》等优秀长篇小说和《王贵与李香香》等优秀长诗。有些作家的创作更浸透着来自农民的朴实、亲切、幽默、乐观的气息(如赵树理的小说)；另有些作家的创作则洋溢着真正从群众生活和斗争中得来的诗情画意(如孙犁、康濯的一些作品)；它们各自为后来出现的一些流派开了先河。《白毛女》在创作过程中融合了群众智慧，以寓现实内容于传奇情节的手法，塑造出具有强烈反抗性格和时代特征的典型形象，从无产阶级思想的高度集中地反映了广大农民的根本要求，成为解放区创作既有革命的现实主义，又有革命的浪漫主义的突出代表之一。虽然贯彻毛泽东文艺思想在新中国成立前的几年中还只是一个开始，而且由于多种条件的限制，解放区一般创作在反映生活的深度广度和艺术表现力方面都还有不足之处，但整个文学创作所发生的上述变化，却适应了新的群众时代的要求，代表着一个新的方向，在文学发展历史上具有深远的意义。

抗战后期和解放战争时期国民党统治区的文学，虽然环境和条件均与解放区不同，但进步文艺界遵循着毛泽东同志所指出的“一切危害人民群众的黑暗势力必须暴露之，一切人民群众的革命斗争必须歌颂之”这一原则，以革命现实主义为主导，创作了较有影响的长篇小说《山野》(艾芜)、《还乡记》(沙汀)、《长夜》(姚雪垠)、《虾球传》(黄谷柳)和讽刺剧《升官图》(陈白尘)、《捉鬼传》(吴祖光)，讽刺诗《马凡陀的山歌》(袁水拍)等，它们大多有明朗的格调或喜剧的色彩。巴金的《寒夜》、老舍的《四世同堂》、路翎的《财主底儿女们》、钱锺书的《围城》等重要作品的出现，则说明一部分作家的现实主义，向着深沉方面发展，达到相当成熟的阶段。但国统区内这时也存在过一个小小的浪漫主义流派，其代表作家就是《风萧萧》的作者徐訏、《塔里的女人》的作者无名氏，他们以善于编织浪漫故事见长，作品往往在抒情气息中带有较多感伤情调。这类小说未必有充实的生活根基，政治倾向也未必好，而艺术上则有某些可取之处。此外，穆旦等诗人还以并非现实主义的手法写了一批诗歌投入当时的民主运动，被称为“新现代派”。可见，在创作方法问题上，采取狭隘的态度，只鼓励某一种方法而排斥其他各种方法，这是很有害的。

四、文学的民族传统与外来影响

现代文学以“五四”以来的革命现实生活为土壤，却也吸收了历史的营养：一方面跟我国民族文学遗产保持承续的关系，一方面吸收了世界文学中有益的成分。现代文学的历史，正是在新的基础上批判地吸收古典遗产和异域的营养以建设我国民族的新文学的历史。

“五四”文学革命时期，为了反对封建文学并使新文学适应于新的社会现实，曾经着重介绍和学习了欧美近代文学。这是一个前进的运动。当时的新文学，从思想倾向到形式、结构、表现方法，都曾广泛接受了外国文学尤其是俄国文学的积极影响。欧洲进步文学，从拜伦、雪莱、歌德、狄更斯、巴尔扎克、莫泊桑、易卜生、托尔斯泰、契诃夫到高尔基，可以说哺育了我国新文学的最初一代作家。这种情况是和近代中国“向西方找真理”（十月革命发生后则是“走俄国人的路”）的要求相一致的。在某一特定阶段特别是一个运动开始的时候较多地接受外来影响，原是历史上并不鲜见的正常现象。一个发展着的向上的民族，不仅能够对人类和文化的发展做出贡献，而且也总是勇于和善于接受一切有价值的外来事物。鲁迅就举过汉唐的例子。他说：在汉代和唐代，“凡取用外来事物的时候，就如将彼俘来一样，自由驱使，绝不介怀”（《坟·看镜有感》）。初期新文学受过较多的外国文学影响，这并不意味着它就和本民族的文学遗产割断或没有联系。事实上，最勇敢地主张学习外国文学长处的先驱者，也正是民族优秀文学遗产的精深研究者和积极革新者。鲁迅早在“五四”时期就慨叹“中国之小说自来无史”而着手这方面的整理研究（《中国小说史略·序言》）。他自己的小说创作颇受俄国和东欧一些进步作家的影响，但同时也对我国古典白话小说(如《儒林外史》)作了创造性的继承，具有鲜明的民族特色和浓郁的地方色彩。他的杂文更和“魏晋文章”的风格特色有密切关系。其所以如此，固然是因为作家本身所受的古典文学的深厚滋养，不可能不渗透到创作中而有所表现；但从根本上说，作家与劳动人民在精神上的深刻联系，对人民生活、心理、地方风习等的熟悉以及在这些方面所做的真实描绘，对民族语言的驾驭自如，则是作品深具民族烙印的重要原因。如果说最初的《狂人日记》《药》等小说还由于吸收异域营养而显出“格式的特别”，那么，稍后的作品就如作者自己所说，“脱离了外国作家的影响”，技巧圆熟，形式也民族化了。郭沫若的《女神》，外来影响是十分明显的，但也仍然保持了与屈原、李白等我国古典浪漫主义诗歌之间的民族血缘，而到了他的《前茅》以后，在诗歌形式上已使外来成分得到了更多的消融。

但是，在新的基础上正确地继承遗产、学习外国而使文学民族化，不仅需要一个过程，往往还要经历一番曲折，付出一些代价。在“五四”时期，不少人由于缺乏马克思主义的批判精神，犯过形式主义的错误，“所谓坏就是绝对的坏，一切皆坏；所谓好就是绝对的好，一切皆好”①。既不以分析态度对待外来事物，又不能确切地鉴别古典遗产中的封建糟粕和民主精华；一部分人甚至提出过在文化上、文学上“全盘西化”的错误主张；也有人介绍肯定过西方一些颓废、没落乃至反动的作家和作品。所有这些，对一部分作家尤其是那些与劳动人民缺少联系的资产阶级、小资产阶级作家，确曾造成不良的后果，助长了其创作上脱离群众、脱离民族传统的“欧化”倾向。

---

① 毛泽东：《反对党八股》，《毛泽东选集》横排本第 3 卷，789 页，北京，人民出版社，1953。

为了克服新文学脱离群众的倾向，“左联”曾做过努力。大众文艺的讨论和提倡，各种通俗形式作品的出现，创作上由反映生活的深度、实感的增强而具有更多的民族色彩，都使“左联”时期文学在民族化的道路上有了进展。在一些杰出的作品（如《子夜》）中，更可看出作家对中外文学遗产的创造性的吸收。“左联”在介绍外国文学方面所做的许多工作，已经在较大程度上摆脱了“五四”时期不少人所犯的无选择无分析的盲目性。当时着重介绍苏联文学和各国无产阶级文学，这从总的方面来看具有偷火给人类、私运军火给造反的奴隶的革命意义。鲁迅在这一时期提出的关于继承中外文化遗产的“拿来主义”主张，正是一个极为宝贵的具有理论深度的见解。

但“左联”时期在文学民族化方面的进展，毕竟同解决全部问题还有很大距离。作家生活上与群众隔离尤其是思想感情上与群众还显得格格不入，阻碍了文学民族化问题的根本解决。当时在继承古典文学传统和创造民族化的新文学使之在本民族群众中生根等问题上，远没有形成明确的认识和普遍的自觉。“左联”本身所带有的“五四”形式主义向“左”发展的成分，也妨碍它去彻底克服同是根源于形式主义的“欧化”的倾向。

真正在马克思主义思想基础上明确地认识这个问题，逐步推动我国文学自觉地走上民族化、群众化的康庄大道，则是在抗战前期毛泽东同志就文化的民族特点及遗产的批判继承问题做了一系列正确指示之后。“离开中国特点来谈马克思主义，只是抽象的空洞的马克思主义。因此，使马克思主义在中国具体化，使之在其每一表现中带着必须有的中国的特性，即是说，按照中国的特点去应用它，成为全党亟待了解并亟须解决的问题。洋八股必须废止，空洞抽象的调头必须少唱，教条主义必须休息，而代之以新鲜活泼的、为中国老百姓所喜闻乐见的中国作风和中国气派。”①在学习毛泽东同志这一指示的基础上，文艺界展开了民族形式问题的讨论。延安文艺座谈会后对毛泽东文艺思想的贯彻，以及随之而来的作家和群众从生活到思想感情的结合，对文学艺术遗产尤其是民间文艺的批判性的吸收继承，使整个解放区文学在短短的几年时间里发生了极大的变化。作品面目一新，“欧化”现象大为减少，从语言形式到思想内容都开始做到真正为群众所喜闻乐见，形成比较鲜明的民族特色。赵树理正是这方面的一个突出的代表。他的小说不仅思想、感情、语言都是地道群众化的，而且有着深厚的民族特点，在作品结构、表现手法等方面也无不从我国古典小说、评话弹词、民间说唱文学中摄取了有益的滋养(可惜在吸收外国近代小说的营养方面做得很不够)。解放区的其他小说，或沿用民间传统的旧形式而加以革新，或表现群众生活的新内容而深具情趣，也都为人民所欢迎。对民间文艺的注重吸收，推动了新形式、新风格的形成和发展。新歌剧正是在群众性的新秧歌和秧歌剧的基础上，避免完全搬用西洋歌剧却也吸收了它的某些成分，特别是话剧的某些成分而创制的。诗歌也在学习民歌、运用民间形式以形成新的风格方面取得了可喜的成绩。对旧戏曲进行的改革，则在批判地继承民族戏曲遗产方面建立了一个良好的开端。所有这些，对于促使新文学自觉地走上民族化道路都具有重要的意义。

文学的民族化是一个民族的文学趋于成熟的重要标志。而这种民族化的文学的真正形成，既有赖于深深植根在革命现实生活的土壤之

---

① 毛泽东：《中国共产党在民族战争中的地位》，《毛泽东选集》横排本第2卷，500页，北京，人民出版社，1953。

中，也有赖于对古典文学遗产的批判地继承和对外国进步文学的创造性吸收。以新的现实为基础，继承古典文学传统使之适合于现代需要，吸收外国文学营养而使之民族化，这就是现代文学的发展历史特别是延安文艺座谈会后文学发展历史所证明了的正确的道路。

20 世纪中国小说研究之回顾与展望*

在中国古代，有人将诗话、词话竟也归入“小说”一类，这大概是现代人觉得难以想象的事。

这种未免荒唐的分类法，却正确地揭示出一个传统的文化观念：小说不能进入文学的大雅之堂，是没有地位的“闲书”，充其量只作为史传的附庸和补充。相应于这种状况，传统的小说研究也主要呈现为两种形态：零星评点（不是正经学问）和追溯本事（小说“补正史之阙”）。

小说研究从传统的这种格局走向现代，经历了一个过程。

开始发生变化，是在 19 世纪末和 20 世纪初，也就是戊戌变法前后。陈季同戊戌年间与曾朴的谈话，就突出强调了小说、戏剧同样是文学之正宗这一观念。以 1902 年《新小说》创刊为标志，西方小说观念逐步传入中国。《新民丛报》介绍《新小说》杂志所辟“论说”栏时说：这个栏目“论

---

* 原载《文学评论》，1993 年第 6 期。1991 年 3 月初稿，1992 年 1 月、1993 年 7—8 月补充修改并作压缩，收入本书时作者又作了个别补充。

文学上小说之价值，社会上小说之势力，东西各国小说学进化之历史及小说家之功德，中国小说界革命之必要及其方法等”(《中国唯一之文学报〈新小说〉》)。这几句话很有概括性，反映出了这个时期小说界革命的方向以及小说观念的变化。所谓“论文学上小说之价值，社会上小说之势力”，那就是不再视小说为“小道”，而称“小说有不可思议之力支配人道”，鼓吹小说在改良群治、启迪思想方面的重要作用；所谓论述“东西各国小说学进化之历史及小说家之功德”，也就是介绍西方的小说学观念，包括梁启超所说的“写实派小说”与“理想派小说”之类，夸大小说家的功能。可以说，这是一个变“小说”为“大说”的时期。小说从过去不登文学的大雅之堂，一跃而为“文学之最上乘”，观念上确实翻了个个儿。然而，传统的文学思想仍然像影子一样紧紧跟随着：小说依旧如儒家的“诗教”那样，被看作维系世道人心的工具。从这里就可以看出戊戌变法到“五四”文学革命前夕这个阶段小说研究的过渡性质：一方面传进了政治小说、科学小说、侦探小说等西方的小说门类，传进了小说作为文学一部分的观念，把小说地位抬得很高；另一方面又按传统观念将小说看作新的“载道”工具，片面强调小说的教诲作用，并不承认小说作为艺术的独立价值。在小说研究的形态上，一方面开始有了一点西方式的专论，另一方面也还有大量的传统方式——序跋和评点，而且在具体的小说批评中，经常充斥着所谓“字有字法，句有句法，章有章法，部有部法”之类的传统腔调。林纾肯定西方小说的技巧，但他认为这种技巧之所以有价值，是因为“西人文体，何乃甚类我史迁也”(《斐洲烟水愁城录·序》)，很有一点“以中化西”的味道。所以，在这个阶段里，要求小说研究走上现代化的道路，未免有点强时代之所难。

第二阶段从“五四”时期开始，一直到 20 世纪 30 年代中期——抗战爆发前夕。

“五四”文学革命不但带来了小说创作的崭新面貌，也带来了小说研究的崭新格局。从 20 年代初期开始，对小说的研究逐渐进入比较系统的阶段。鲁迅写了《中国小说史略》，胡适对几大部古典小说做了较详尽的考证和研究。在小说学方面，先后出现了一批著作，如清华小说研究社的《短篇小说作法》(1921)，瞿世英的《小说的研究》(1922)，孙俍工的《小说作法讲义》(1923)，陈钧的《小说通义》(1923)，郁达夫的《小说论》(1926)，沈雁冰的《小说研究 ABC》(1928)等。当时翻译的西方小说论著中，商务印书馆出版的两种对中国文学界影响很大：一是 1924 年 11 月出版，由华林一译、吴宓序、哈米顿(Clayton Hamilton)著的《小说法程》(*A Manual of the Art of Fiction*)；二是 1925 年出版，由汤澄波译的 Bliss Perry 著的《小说的研究》(*A Study of Prose Fiction*)，它们一时成为中国小说理论的重要依据。随着小说创作的发展，小说评论和研究也获得进展。其中，傅斯年、凤兮、胡适、沈雁冰、张定璜等人对鲁迅小说的评论与推崇，代表了初期小说研究的成就与水平。值得一提的是，正当新文学阵营向鸳鸯蝴蝶派发动批判之时，此派中的评论家凤兮却对鲁迅和新文学推崇备至。他在 1921 年 2 月至 3 月发表的《我国现在之创作小说》中说：“鲁迅先生《狂人日记》一篇，描写中国礼教好行其吃人之德，发千载之覆，洗生民之冤，殆真为志意之创作小说，置之世界诸大小说家中，当无异议，在我国则唯一无二矣。”又说：“文化运动之轩然大波，新体之小说群起。……若叶楚伧之《牛》，陈衡哲之《老夫妻》，某君（适忘其名）之《一个兵的家》，均令人满意者。”①可见，即使鸳鸯蝴蝶派中的一些作家，也同样关心着新文学运动，而且在小说评论上颇有见地。当然，真正宏观的有历史深度的小说研究论著，要到30年代中期才能出版。1935年《中国新文学大系》三卷小说集的出版，鲁迅等三篇导言的撰写，以及在此前后沈雁冰、胡风、李健吾等所写的一系列作家论、作品论的发表，使小说研究脱离了单纯评论的阶段，标志着现代小说研究的初步成熟。

在“五四”时期小说理论中，小说观念的变革占有重要的位置。“打破旧的小说观而代之以新的观念”②，可以说是当时小说论著的一项共同使命。现代小说的研究，正是建立在这样一些全新的小说观念之上的：小说并非为“载道”而存在，它不再是“不登大雅之堂”的“小道”，而是文学正宗的重要组成部分；白话小说不再位处边缘，而要占据中心位置；小说以人物、情节、环境为“三要素”，摆脱单纯看重故事的旧观念；小说的叙述角度与结构艺术，也普遍受到关注。特别值得重视的是，文学革命的先驱者既主张小说为社会人生，又坚持小说作为文学的独立地位与独立价值。陈独秀在答曾毅信中说：“状物达意之外，倘加以他种作用，附以别项条件，则文学之为物，其自身独立存在之价值，不已破坏无余乎？”③李大钊在主张文学“为社会写实”的同时，明确提出“我们所要求的新文学”“是为文学而创作的文学，不是为文学本身以外的什么东西而创作的文学”④。鲁迅在《孔乙

① 凤兮：《我国现在之创作小说》，《申报·自由谈》1921年2月27日、3月6日连载。

② 见《新青年》第3卷第2号，1917年4月。

③ 瞿世英：《小说的研究》，载《小说月报》第13卷第7—9期，1922年。

④ 守常：《什么是新文学》，载《星期日》社会问题号，1919年12月8日。

己·附记》中，激烈地反对那种把小说当作“泼秽水的器具”的观念。周作人在《自己的园地》里，也宣称要坚持“独立的艺术美与无形的功利”。他们都不赞成为了某种功利目的而牺牲小说艺术本身。这可以说是整个“五四”一代人的共同思想。与梁启超“小说界革命”时代把小说单纯当作“工具”相比，显示了巨大的进步。

1918 年《新青年》刊出的胡适《论短篇小说》一文，在小说观念的变革上具有极大的启蒙价值。虽然胡适的一些重要论点并非新创而是来自哈米顿(哈米顿的观点又来自爱伦·坡、霍桑以及斯蒂文森)，但文章一方面介绍了西方近代关于短篇小说的种种观念(如短篇乃“最经济的文学手段”，横断面结构的意义，细节描写的重要等)，另一方面又结合中国小说史、文学史的实际，做出了一系列颇有真知灼见的分析。他从《虬髯客传》提出历史小说必须有虚有实(这就划清了文学与历史的界限，把小说从史传中拉了出来)；从《聊斋志异》提出“写鬼狐却都是人情世故”；从《木兰辞》提出剪裁的艺术——这些都是相当精辟的见解，甚至对鲁迅撰写《中国小说史略》也产生了积极的影响。

二三十年代小说的评论与研究，着眼点始终注意小说的现代性。一些流行的《小说论》中所说的“中国小说的世界化”，实际上指的就是中国小说的现代化。萧乾称“五四”小说为“经西洋文学熏染而现代化了的初期中国小说”①。张定璜评论鲁迅《狂人日记》时，将它和章士钊的《双枰记》，苏曼殊的《绛纱记》《焚剑记》作了比较，肯定《狂人日记》的真正的现代价值。他这样说：

在《双枰记》《绛纱记》和《焚剑记》里面，我们保持着最后的旧

① 《小说》，载天津《大公报·文艺》第 87 期，1934 年 7 月 25 日。

> 体的作风，最后的文言小说，最后的才子佳人的幻影，最后的浪漫的情波，最后的中国人祖先传来的人生观。读了它们再读《狂人日记》时，我们就譬如从薄暗的古庙的灯明底下骤然间走到夏日的炎光里来，我们由中世纪跨进了现代。①

同样，30年代的李健吾在读了林徽因的实验小说《九十九度中》以后，立即指出它"最富有现代性"②。冯雪峰读了丁玲小说《水》以后，也指出它是现代无产阶级"新写实主义"的最初一个范本③。这些评论者立场、出发点不同，却都以追求小说内容和形式的现代性为自己的目标。郁达夫在《关于小说的话》中，甚至敏锐地感觉到："新的小说的技巧，似乎在竭力地把现代人的呼吸，现代生活的全景和拍子，缩入到文学里去。"④这都显示了研究者们对小说创作所体现的现代开拓精神的高度重视。

中国现代小说，是在欧洲18世纪以来从浪漫主义直到现代主义各种不同文学思潮几乎同时传入的背景下诞生和发展的。对现代性的追求，必然导致小说多元发展的前景。在相当长的一段时间内，小说评论与研究都鼓励小说创作的多样化。固然《新青年》倡导文学革命时，只标举写实主义。陈独秀说："吾国文艺，犹在古典主义、理想主义时代，今后当趋向写实主义。"⑤他的《文学革命论》就以"建设新

---

① 《鲁迅先生》，载《现代评论》，1925年1月。

② 《〈九十九度中〉——林徽因女士作》，收入《咀华集》。

③ 《关于新的小说的诞生》，载《北斗》第2卷第1期，1932年1月。署名丹仁。

④ 见《文艺创作讲座》第1卷，上海，光华书局，1931。

⑤ 《答张永言信》，载《青年杂志》第1卷第4期，1915年12月。

鲜的立诚的写实文学”为三大目标之一。“五四”时期传入的以“人物、情节、环境”为“小说三要素”的理论，文学研究会沈雁冰等人的一些文学主张，实际上也都体现着写实主义的“正格小说”的要求，促进着这种小说的繁荣。然而，几乎是同时，也出现了非写实主义的“变格小说”的思潮。陈独秀 1920 年年初在《自杀论》一文中，就认为写实主义、自然主义作品太悲观，因而倾向于罗曼·罗兰的新理想主义。鲁迅的小说除了主体上的写实主义之外，就已经有了不少非写实主义成分(如象征主义、浪漫主义)，稍后他更主张“与其防破绽，不如忘破绽”(《怎么写》)。周作人 1920 年译完俄国作家库普林的小说《晚间的来客》时，则写了这样一段附记：“内容上必要有悲欢离合，结构上必要有藤葛、极点(高潮，引者注)与收场，才得谓之小说。这种意见，正如十七世纪的戏曲三一律，已经是过时的东西了。”[①]这段话已经从小说理论上突破了“三要素”说，为“变格小说”的出现开辟了道路。创造社出来时就公开表示不赞成写实主义，而主张忠实于作家的“内心要求”，这就自然要走向浪漫主义、新浪漫主义、表现主义乃至心理分析和意识流。当郭沫若 1922 年发表小说《残春》，表现“潜在意识的一种流动”[②]，受到摄生用“正格”写实小说的标准加以苛责，认为《残春》“平淡无奇……没有 Climax”[③]时，成仿吾就站出来保护了郭沫若所进行的现代主义性质的探索，正确地阐明了作者的意图[④]。郁达夫则不但用自己喜欢的咏叹调写了从《沉沦》到《茑萝行》一类小说，还尝试以表现主义常用的“分身法”写了小说《青烟》。赵景深曾把郁达夫、

① 《晚间的来客·译后附记》，载《新青年》第 7 卷第 5 期，1920 年。

② 《批评与梦》，载《创造季刊》第 2 卷第 1 期，1923 年 5 月。

③ 见摄生评《残春》的文章，载《时事新报·学灯》，1922 年 10 月 12 日。

④ 《〈残春〉的批评》，载《创造季刊》第 1 卷第 4 期。

郭沫若这类用情绪或情调贯穿的小说称为“情调结构”“情调小说”①是有道理的。到20年代后期和30年代初期，日本的新感觉主义小说很快传入中国。刘呐鸥在翻译日本新感觉派一本小说集时写了这样的《译者题记》：“文艺是时代的反映，好的作品总要把时代的彩色和空气描出来。在这时期里能够把现在日本的时代色彩描给我们看的，也只有新感觉派一派的作品。”②他和穆时英先后成了中国新感觉派的健将。而施蛰存，则在运用弗洛伊德精神分析学以创作现代心理小说方面，获得了成就。所有这些，都同当时小说批评研究的比较开放和宽容有关（只要读读谢六逸的《新感觉主义》、楼适夷的《施蛰存的新感觉主义》、壮一的《红绿灯——1932年的作家》等文就可知道）。直到40年代，虽然现代主义种子已撒播到广袤的小说园地上，小说研究领域依然有人发出这样的呼声：“多打开几面窗子吧！只要是吹的，不管是什么风。”③

小说批评研究不但促进了写实主义“正格小说”的繁荣并支持了现代主义的“变格小说”的出现，而且还鼓励了另一种“变格小说”——我这里指的是散文化抒情小说——的发展。如果说前一种“变格小说”主要由于接受了外国现代主义文学思潮的影响，那么后一种，主要是中国强大的抒情诗文的传统渗入现代小说的结果。周作人早在1920年2月，就提出了“抒情诗的小说”这种概念，他说“在现代文学里，有这一种形式的短篇小说，小说不仅是叙事写景，还可以抒情”④。当废

---

① 《短篇小说的结构》，载《文学周报》第283期，1927年9月25日。

② 见短篇小说集《色情文化·译者题记》，上海，水沫书店，1929。

③ 汪曾祺：《短篇小说的本质》，载《益世报·文学周刊》第43期，1947年5月31日。

④ 《晚间的来客·译后附记》，载《新青年》1920年第7卷第5期。

名将古典诗词的意境、情韵引入小说，写了情节淡化而诗情浓郁的小说《竹林的故事》《桃园》《桥》时，周作人一再为之写序给予鼓励，还说："废名所作本来是小说，但是我看这可以当作小品散文读，不，不但是可以，或者这样更觉得有意味亦未可知。"[①]稍后的沈从文和师陀，也在这种理论启导下，写了大量"乡土抒情诗"式的小说。而深受废名、沈从文影响的年轻的汪曾祺，直到 1947 年还在《益世报》上发出这样颇有见地的呼吁："我们宁可一个短篇小说像诗，像散文，像戏，什么也不像也行，可是不愿意它太像个小说，那只有注定它的死亡。"[②]同样，40 年代，当萧红用比写《生死场》更为圆熟的笔致，写出不像小说而近于散文的杰作《呼兰河传》时，沈雁冰为之作序，赞许"它于这'不像'之外，还有些比'像'一部小说更为'诱人'的东西：它是一篇叙事诗，一幅多彩的风土画，一串凄凉的歌谣"。在不到半个世纪的过程中，由鲁迅首创的现代抒情小说，竟涌现出废名、沈从文、艾芜、萧红、师陀、孙犁、汪曾祺、卞之琳等一大批优秀作家，获得那么多令人赞叹不已的精美果实，这自然是因为中国丰厚的传统诗文的哺育，但小说评论研究者所做的许多努力，应该说也是功不可没的。

可惜，小说创作与研究上多元发展的好景并不长久，随着社会主义现实主义理论逐渐占据主导地位，兴起的是一股独尊现实主义（即写实主义）的思潮，这自然也是有国际背景的。小说研究领域自 30 年代后半期特别是 40 年代中期以后，是现实主义一统天下。这种局面一直延续到 60 年代。这一时期里，对鲁迅小说的研究（以陈涌为代

① 见《中国新文学大系·〈散文二集〉导言》。

② 《短篇小说的本质》，载《益世报·文学周刊》第 43 期，1947 年 5 月 31 日。

表)大大深化了。赵树理小说的研究(以周扬为代表),也取得了较大进展。此外,对茅盾、叶绍钧、许地山、郁达夫、巴金、老舍、张天翼、丁玲、周立波等小说作家的研究,也有各自的收获。但独尊现实主义的思潮在小说研究上带来两方面的后果:一是为了肯定某些作家,只得将一些“五四”浪漫主义小说勉强贴上写实主义的标签,无限扩大了现实主义的范畴,把郁达夫等浪漫主义作家一概说成现实主义,从而混淆了不同事物的界限。二是完全抹杀现代主义作家和流派的存在,从50年代起,新感觉派的刘呐鸥、施蛰存、穆时英等就在文学史中消失,以致后来的一些年轻作家,对30年代新感觉派已一无所知。施蛰存在80年代谈到我编的《新感觉派小说选》重新发掘介绍他的作品时,竟称自己为“出土文物”。

现代小说研究中,长期苦恼着人们的另一个问题是“左”倾幼稚病的袭扰。蒋光赤是早年的代表,1925年年初他发表的一篇文章就将叶绍钧骂为“市侩气”,将冰心的小说攻击为只是表现“贵族小姐的人生”。1928年倡导普罗文学时,也有人宣告“阿Q时代”已经“死去”,称鲁迅为“封建余孽”“二重的反革命”。在理论上,甚至将小说塑造群像,取消主人公和典型人物,当作“无产阶级小说”的重要艺术特征。有时干脆把包括小说在内的文学称作“政治的留声机”,致使在它影响下的一部分“革命文学”丧失自己的独立价值。虽然一段时间里经鲁迅、茅盾等人的批评、斗争,这种“左”倾顽症曾有所收敛,但50年代中期起又在新的气候条件下变本加厉地发展,至“文化大革命”而登峰造极。胡风冤案之后,“左”倾政治就越来越严重地干扰着大陆上的小说研究,禁忌繁多。庸俗的政治排比取代了小说艺术的全面评价,使许多优秀作品遭贬斥、受埋没。每经一次运动,文学史教材里能讲的小说家就要减少一批,到“文化大革命”时,现代作家只有鲁迅能讲，当代作品只有浩然的《金光大道》能提，人们把这种状况称作："鲁迅走在金光大道上。"而且在小说批评中，动不动将"影射"的罪名安到作家头上，深文周纳，罗织构陷，造成一种新的文字狱：从李建彤的《刘志丹》，到陈翔鹤的《陶渊明写挽歌》、黄秋耘的《杜子美还家》，再到杜鹏程的《保卫延安》，冤案层出不穷(作为余波，一直延续到对王蒙《坚硬的稀粥》进行批判)。物极必反。正是"左"倾思潮的长期猖獗，使人们对之深恶痛绝。

现代小说研究中，还有一个雅俗关系问题，也就是怎样对待通俗小说的问题。"五四"文学革命是从否定和批判"黑幕派""鸳鸯蝴蝶派"发端的(这对鸳鸯蝴蝶派来说，未免不太公正)，通俗小说在文学界长期受鄙视而没有地位，这种批判和否定促成了雅俗小说对峙的局面，迫使通俗小说转向市民群众，成为一股潜流。对于这股势头不算小的潮流，文学史家和小说研究家总是视而不见，几乎从不研究(30 年代郭昌鹤的《佳人才子小说研究》可算是个例外)。然而，整个小说的发展并不因此就同通俗小说切断了干系。高雅小说、严肃小说固然有时影响着通俗小说的发展，使张恨水这样的通俗小说家朝新文学方面靠拢；而通俗小说的崛起也常常向高雅小说提出挑战，迫使赵树理、黄谷柳等新文学作家从通俗小说中吸取营养并获得成功。至于金庸吸取多种养分而提高了通俗小说的水平，更是引人注目的事例。雅俗双方对峙而又互补，实际上成为现代小说发展的动力之一。这就迫使文学史家和小说研究家重新考虑怎样对待通俗小说的问题。

70 年代末以来，小说评论逐步从"左"倾政治的禁锢中解放出来，开始显示出前所未有的活力。西方研究方法、研究成果的大量介绍，提供了多方面的参照系统，拓宽了研究者的思路和视野。小说研究步入求实开放、获得全方位发展的新时期。这可以说是 20 世纪中国小说研究的第四个阶段。

这个阶段小说研究的重要特点，在于摆脱政治因素的种种干扰，真正回到文学本身的轨道上来。人们痛定思痛，深感有必要对过去被埋没或受到不公正看待的一系列作家作品重新进行科学的审美的评价，这里涉及巴金的《寒夜》《憩园》，老舍的《离婚》《四世同堂》，李劼人的《死水微澜》《暴风雨前》《大波》，丁玲的《莎菲女士的日记》《母亲》《在医院中》，沈从文的《边城》《长河》，穆时英、施蛰存的短篇小说，萧军的《过去的年代》，萧红的《呼兰河传》，端木蕻良的《科尔沁旗草原》，钱锺书的《围城》，张爱玲的《金锁记》，姚雪垠的《春暖花开的时候》《长夜》，路翎的《饥饿的郭素娥》《财主底儿女们》，徐訏的《风萧萧》等。40 年代起，中国就有同一位评论家对同一部小说短期内居然做出相反评价的怪事，而 50 年代尤多。在排除政治因素的干扰，完全从文学角度进行研究之后，80 年代文坛上就再也没有这类现象了。

小说研究的方法、格局也有了根本性的变化，过去狭隘单调的做法得到改变，开始呈现出多样、开放的特点。小说的叙述学、文本学研究受到了重视。包括系统论在内的新方法得到了运用。由关注作家主体性而看重小说意象的研究，也产生了可喜的成果。小说流派的研究更受到重视，几家出版社都为现、当代不同流派的作品出版了丛书，其中鸳鸯蝴蝶派、新感觉派、京派的小说都重新得到了较为实事求是的评价。一部分重要作家的作品获得了相当深入的研究。这种研究的深入程度，远远不能用“拨乱反正”四个字来简单概括，它实际上已触及研究角度、知识结构、评价标准和研究方法等多方面的变革。以鲁迅小说研究而言，不但《呐喊》《彷徨》的评价角度有所矫正（以王富仁为代表），《故事新编》的艺术特征得到新的阐发（以王瑶和稍后的严家炎为代表），而且对小说的文化内涵、叙事模式等方面作了全面而深入的开掘。① 近年来老舍小说的研究，也已经令人感兴趣地开启新的视角，涉及深层次的文化根基、文化心态上的许多问题(以樊骏、宋永毅、赵园、吴小美为代表)。至于对钱锺书小说《围城》的研究，只要读读解志熙所著《存在主义与中国现代文学》一书中的有关章节，就会知道同过去相比，近年又有了多么明显的进展。

通俗文学的研究，开始受到重视。70 年代末出版的唐弢主编的《中国现代文学史》三卷本，已经写到了张恨水这位通俗小说作家。范烟桥则著有《民国旧派小说史略》，专为人们称作“鸳鸯蝴蝶派”的小说撰写历史。苏州大学在范伯群主持下正撰写《中国近现代通俗文学史》，描述近现代通俗小说的类型、特征和发展趋向。虽然把雅俗小说分割开来写史的局面尚未基本改观，难免仍有“两个跛脚合起来不等于一双好脚”之讥，但通俗小说的研究开始进入文学史家的视野，毕竟是一种进步。

一批《中国现代小说史》从无到有地出版了，其中有田仲济、孙昌熙主编的，有赵遐秋、曾庆瑞合著的，有杨义独自撰写的，还有南京大学叶子铭主编的(已出二卷)。如果说较早的一些小说史虽有各自的贡献，但还难免带有将现代文学史中小说部分连缀扩充或重新组装的痕迹，那么，到杨义的三卷本和叶子铭主编的现代小说史出版，无论在史料的丰富、识见的细密、吸取成果的广泛方面，都已达到相当可观的程度。与此同时，还出现了一些开拓性的小说史研究专著，如陈平原的《中国小说叙事模式的转变》考察了小说叙述方式从古典到现代的变化，严家炎的《中国现代小说流派史》考察了“五四”以后小说思潮

① 如高远东的《祝福：儒释道“吃人”的寓言》、吴晓东的《鲁迅小说的第一人称叙事视角》等，均载于 1989 年《鲁迅研究月刊》。

流派的发展，温儒敏的《新文学现实主义的流变》着重考察了小说中现实主义思潮的演变，刘纳的《论“五四”新文学》则考察了“五四”小说创作方法的发展与变异。目前，北京大学六卷本《二十世纪中国小说史》也正在撰写(已出版第一卷)，其副产品六卷本《二十世纪中国小说理论资料》也正在编纂(已出版第一、二、三、四卷)。这部规模较大的小说史，不但要把整个20世纪小说贯穿起来写，把台湾在内全国各地区(包括抗战时的沦陷区)小说统包进来写，而且要以文体为重心多角度地描出小说演变的历史，写出包括通俗小说在内的雅俗小说相互对峙又相互影响的变化格局。这是一种新的尝试。

小说学的研究，无论是总体的或是分体(分专题)的，这一阶段也都有新的进展。例如，长篇小说30年代以来获得较大发展，但过去探讨这方面艺术理论和经验的文章、论著都很少，成为一个薄弱环节。近十年来围绕《子夜》《李自成》等作品探讨了长篇小说的结构艺术，达到了一定的深度，弥补了长期以来的不足。近几年还出版了多种关于小说艺术、小说美学的论著，它们在融合西方近代和中国古代的小说艺术思想、艺术经验方面颇有成绩。其中马振方的《小说艺术论稿》探讨得尤其认真和深入，堪称此中翘楚。

在20世纪最后几年中，中国近现当代小说的研究，预期会进一步改变过去那种将视线过分集中在一两个或某几个作家身上的倾向，摆脱长期以来在作家作品研究方面存在的极不平衡的状态，继续扩大作家研究的领域，使鲁迅以外一批有成就的优秀小说家都能得到较深入的研究。这种研究可运用不同方法，从社会、历史、文化、心理、伦理、文本、审美、接受诸方面对作家作品做多角度的不拘一格的考察，进而显示小说思潮的演变。对抗战时期沦陷区的小说，“文化大革命”时期的地下小说，已做的研究仅仅是开始，需要继续加强这类薄弱环节的工作。小说的宏观研究迫切地需要展开，但这种宏观的、总体的研究，又必须建立在扎实分体的微观研究基础上。相信经过一段时间的努力，近现当代小说思潮将有可能得到较为清晰的揭示，小说研究的整体水平将有可能得到进一步提高。

长期以来人们有一个错觉，以为只有古代小说研究才需要考订版本、校勘文字，近现代小说研究则似乎不存在这类史料学上的问题。今天看来，并不尽然。老舍《骆驼祥子》的初版本和50年代的修改本，就有很大差别。《四世同堂》的中文初版本和老舍自己参与审读的英译本也有较大不同(英译本还比中文本多了四万字的结尾)。李劼人的三部曲《死水微澜》《暴风雨前》《大波》，作者都做过不同程度的修改，其中《大波》经过重写，较初版本在思想上、艺术上既有明显的提高，又带来某些损失。这些修改，情况各异，不宜一概而论。至于林语堂的《京华烟云》，已有三种中译本，其中有的译本，连人物对话都有所篡改，与原文意思有很大出入，甚至完全相反。可见，近现代小说研究要想做到科学和准确，今后也必须重视版本考订和文字校勘，将史料学逐步提上日程。樊骏的《关于中国现代文学史料的总体考察》，则已在这方面贡献了十分重要的成果，为整个学科做出了榜样。

在科学研究中，完善的资料索引发挥着重要的先行作用。北京大学和山东师范大学两校中文系教师所编四百万字规模的《中国现代文学期刊目录汇编》，对于包括小说研究在内的整个现代文学研究，提供了很大的方便。可惜，这部工具书所收录的对象仅限于“五四”前夕到40年代末出版的文学期刊。同一时期发行的各种报纸上的大量文学副刊，却因篇幅过于浩繁，一时无力收录。今后如将报纸上文学副刊的目录索引编纂工作，当作一项基本建设来抓，并将时间上推到20世纪初，下伸到“文化大革命”前夕，而且早日促其完成，则必大有利于近现当代小说研究的展开。

此外，通俗小说的研究，应视为今后整个小说研究的重要组成部分。一条腿走不好路。只有在重视严肃小说研究的同时，做好通俗小说的研究，才能充分揭示小说发展中雅俗互相争夺又互相制约、互相促进的内在机理，减少小说史研究中的盲目性，提高 20 世纪中国小说研究的水平。

新时期十五年的中国现代文学研究*

新时期如果从中共十一届三中全会算起，已经十五年多了。中国现代文学研究会的成立和《中国现代文学研究丛刊》的出版，到今年也有整整十五个年头。十五年不算很长，中国现代文学研究却发生了惊人的变化，取得了重大的成就和显著的进展。可以毫不夸张地说，这十五年的进展和变化，超过了在此以前的三十年。

中国现代文学研究作为一门涉及许多现实政治问题的敏感学科，长期以来处于动荡之中。虽然20世纪50年代前期就进行学科建设，出版了王瑶先生的《中国新文学史稿》等几种专著或教材，但从批判胡风时起，学科内容、学科格局就不断受到冲击。先是王瑶的新文学史稿受到了有组织的批评，被指责为“客观主义”“脱离政治”，因而作者本人不得不要求出版社停止再版。接着，1956年刚刚改定出版的刘绶松先生那部《中国新文学史初稿》，也因反右而

---

* 原载《中国现代文学研究丛刊》，第62期。1994年4月末写毕，同年7月修改。此文系作者在中国现代文学研究会第六届年会上的总报告。

只有一年多的寿命。刘绶松大概还想修改，所以不久之后又根据中国作家协会党组扩大会议精神，写了那篇批判冯雪峰在30年代“文艺自由论辩”和“两个口号论争”中的表现的著名文章。但谁能料到，这在“文化大革命”中又恰恰成为他“帮助周扬篡改历史”的一大罪状，迫使他夫妇双双走上自杀的悲剧性道路。可见，当文学史无论怎样修改都赶不上飞速变换着的政治形势的时候，当人们因为某种现实的需要可以隐瞒真相、涂改历史，连鲁迅这样逝世了几十年的作家都难以逃避其书信被扣押、著作被删节的命运的时候，中国现代文学研究怎么可能保持自己独立的学术品格！文学史学科又怎么可能真正成为科学！

进入新时期以来，学术领域最为重大的变化，莫过于摆脱过去这种状况，使中国现代文学研究回到文学本身的轨道上来，成为具有科学形态和学术品格的独立的学科。正像樊骏先生在一篇文章中概括的那样：“从整体上说，这些年里中国现代文学研究最根本的变化，就在于终于摆脱了机械地配合政治斗争的任务，开始以历史的理性进行客观的研究：不但是全面系统地考察整个历史过程及其联系，而且严肃地衡量历史的功过得失，科学地总结历史的经验教训和发展规律。这无疑是这门学科的意义深远的重大转折。”①

表现在具体研究工作中，一是由拨乱反正开始，重新实事求是地评价了许多曾经被粗暴地否定或者由于种种原因被贬低的作家作品。这种重新评价，早已远远超出当初拨乱反正的范围：不但拨了林彪、“四人帮”之乱，而且拨了50年代中期以来“左”倾错误之乱，还拨了30年代以来“左”倾思潮之乱，也使许多事情恢复或接近于自己的本

---

① 樊骏：《论中国现代文学研究的当代性》，载《论中国现代文学研究》，150页，上海，上海文艺出版社，1992。

来面目。包括王实味、萧军、胡风、潘汉年、丁玲、陈企霞、冯雪峰、艾青在内的多起重大历史积案所涉及的文学问题初步得到了清理。包括胡适、周作人、徐志摩、林语堂、梁实秋、沈从文、穆时英、张爱玲、徐訏、陈铨在内的大批作家，以及《宝马》《死水微澜》《科尔沁旗草原》《原野》《呼兰河传》《果园城记》《寒夜》《围城》《四世同堂》《长夜》《财主底儿女们》《九叶集》等一批作品，获得了比较科学的评价。可以说，一切都在新时期理性思索的目光前重新得到了审视。影响所及，对于推进文学研究领域内的思想解放，消除长期以来人为地造成的种种丑化或神化的现象，科学地把握历史批评和审美批评的标准，培养起严谨求实、勤于思考、勇于探索的学风，都有重大的意义。事实上，近几年人们感兴趣的鸳鸯蝴蝶派的评价问题，学衡派和新人文主义的评价问题，存在主义在中国现代文学中的影响问题，乃至重写文学史的问题，等等，都是在这种解放思想、实事求是的风气中才有可能提出的。

二是扩大了研究领域，丰富了研究视角，开拓了研究课题。中国现代文学虽然只包括三十多年，但从研究工作说，长期以来存在不少薄弱环节和空白点，而且研究视角狭窄，方法单一。例如，就民族而言，只研究现代汉族文学，很少研究现代少数民族文学，“即使对于众所周知是出身旗人的老舍，也未曾考察过他和他的作品有无满族的特殊素质，把他完全混同于汉族作家”①；至于沈从文的带有苗族血统，更不受人注意。就创作倾向而言，只重视现实主义文学，对浪漫主义文学研究不够，对现代主义文学则长期贬斥，既不肯了解，也不

① 樊骏：《关于中国现代文学研究的考察和思索》，载《论中国现代文学研究》，30页，上海，上海文艺出版社，1992。

敢正视。就地区而言，对40年代国统区文学知之不多，用吴组缃先生的话来说，是对它的成就估计不足，存有偏见；而对日据时期台湾在内的沦陷区文学，则基本上处于盲目无知的状态。就研究角度而言，对创作流派历来注意甚少，而文本学研究、叙述学研究则几乎完全空白。新时期以来，上述状况有了不同程度的改变。少数民族作家穆塔里甫、赛音朝克图等开始写入文学史教材；老舍作品的满族素质、沈从文作品的苗族素质也开始受到研究者的注意，有人着手研究；有些少数民族文学的研究还出版了专门刊物。对浪漫主义文学的研究有所加强，出现了较为系统也有深度的专著。对现代主义文学的研究则大多自材料发掘入手，从无到有，显示了突飞猛进的进步。无论是鲁迅小说和散文诗中的象征主义成分，早期创造社作品中的表现主义与意识流成分，李金发等人的象征主义诗歌，穆时英、刘呐鸥等人的新感觉主义小说，施蛰存、沈祖棻、张爱玲、李拓之的心理分析小说，戴望舒等人的现代派诗，曹禺话剧中的表现主义色彩，40年代汪曾祺写得相当成功的意识流小说，《九叶集》诸作者的诗歌等，都引起了一些研究者的注意，有的学者还以专著形式做了较为深入的探讨。文学流派的研究受到重视，几家出版社出了流派社团作品选，还出了从这一角度研究的几种专著。叙事学的研究也有了可喜的成果。就地区文学而言，解放区文学的研究，达到了新的深度。与此同时，对40年代国统区文学的研究也有了明显的加强，其中老舍、巴金、曹禺、路翎、沙汀、沈从文、李劼人、钱锺书、穆旦等作家研究上的成就，尤其受人瞩目。以老舍研究为例，不但《鼓书艺人》《四世同堂》等一系列作品获得比较科学的评价，而且连作者的文化心理、创作心理也有了相当深入的阐发，这在过去是难以想象的。上海“孤岛”文学研究和日本统治下的台湾及其他沦陷区文学的研究，同样有了一批初步的成果(仅《中国现代文学研究丛刊》就出了两期沦陷区文学专号)。对各种文学体裁的研究,过去很不平衡,集中在小说方面,但也并无专史。新时期以来,小说研究的人力优势继续保持,已出版了四种现代小说史,其中有的个人著作达到了较为可观的规模;同时也有一批学者加强了诗歌、话剧、散文的研究,出版了新诗史、话剧史和散文史,还出版了一批文学理论批评史、文学思潮史、中外文学比较史。这些专史力图从文体发展和思潮发展的高度总结历史经验,由过去同代人作品评论那种"平视"的眼光转变而为"俯视",它们的出现,标志着现代文学研究从单纯的文学批评向综合性历史研究形态的提升,因而具有开拓性意义。

从学科建设上看,比上述两方面变化更有意义的,应该是现代文学观的变化——即对于到底什么是中国现代文学获得了新的理解。从40年代起,我们一直从政治的、革命的角度来看待这段文学历史,认为中国现代文学就是无产阶级领导的反帝反封建的文学;50年代中期以后,又强调社会主义因素从萌芽到壮大这条线索,说中国现代文学也是社会主义现实主义成长发展的文学。这种基本观念,决定了我们对于现代文学内容、性质、特征、范围乃至评价标准等一系列问题的理解。最近十多年来,人们对这段文学历史开始形成新的观念——着重从中国文学的现代化进程和这段文学所特有的现代性质来考虑,认为"五四"以来的中国文学,是向现代化迈进的、与世界文学相沟通的民族文学,是清末以来(也就是20世纪以来)中国文学现代化进程中的一个特定的段落。所谓"现代",并不仅仅是一个时期划分上的简单概念,它具有确定的丰富得多的含义,并包容了最近一个半世纪以来世界民主主义和社会主义两大思潮这一历史内涵,也包容了文学上一系列具有强烈时代性的审美内涵。反帝反封建作为现代中国社会革命的根本任务，无疑属于文学现代化的一项重要内容，但文学现代化本身比这要宽广得多。文学的现代性或现代化，实际上包括了从文学语言、艺术形式、表现手法到作品思想内容、审美情趣诸方面不同于传统文学的全面深刻的变革和创新。这样的理解，意味着对于作家作品不再只是从政治的、革命的角度出发，而是进行多视角、全方位的考察。这样的理解，更重要的是便于突出这段文学的根本意义和主要特征。根据这样的理解，中国现代文学要研究得好，不仅要下功夫研究现代文学本身，还要把目光扩展到它的前身和它的后身，上溯晚清以来的中国近代文学，下追 20 世纪 50 年代开始的中国当代文学，也就是要从 20 世纪世界文学发展的总格局中来考察中国文学的演变。这就有了文学史分期问题的讨论，有了"20 世纪中国文学"概念的提出及其体现的学术上的深度和广度。这样的现代文学观，当然也大大扩展了学术工作的视野。

本来，把"五四"以来的中国文学看作现代化的文学，并不是 80 年代初才兴起的看法。类似的观念，早在几十年以前就由郁达夫、萧乾、朱自清、冯雪峰等人先后表述过了。① 鲁迅虽然没有直接讲过文学现代化，但他对"五四"新文学的理解，他对"现代"这个概念的理解，都和上述各位的看法相当一致。所以，这确实不是最近十几年才形成的新观念，而是我们自己在经过几十年的学术实践，亲历过曲折、尝到过痛苦之后，才回归到了过去一个合理的观念上去。尽管如此，这种回归依然体现了时代的需要和学科建设的需要。新时期学科领域的不少进展，往往和这种新的现代文学观有内在的联系。比如，

① 如郁达夫的《小说论》第一章和《关于小说的话》一文，萧乾的《小说》一文，朱自清的《新诗杂话·真诗》，冯雪峰的《中国文学中从古典现实主义到社会主义现实主义的发展的一个轮廓》。

长期以来我们曾经把阿Q的革命性肯定得很高，支克坚同志却在一篇文章(《关于阿Q的“革命”问题》)中指出：这并不符合作者的原意，鲁迅从现代人的思想立场出发，对阿Q那种革命实际上持批评乃至否定的态度。这应该说是《阿Q正传》研究的一个突破，它启发我们去思考鲁迅那种真正出自现代意识的革命观的丰富内涵。对鲁迅注重国民性批判的问题，今天从现代意识这个角度来看，评价也很不同，再也不会像50年代那样归结到唯心史观而采取基本否定的态度。其他像对丁玲《莎菲女士的日记》《在医院中》《我在霞村的时候》等小说的重新评价，对茅盾小说中“现代女性”形象系列的重新认识，对丁西林、老舍、梁遇春、梁实秋、李健吾、钱锺书、杨绛创作中温厚的幽默(及其包含的对人生的微妙品味)的重新发现与肯定，都同研究者着眼于现代性有密切的关联。可见，文学的现代性实际上成为渗透在许多评论、研究中的聚焦点。

和现代文学观的变化同样有重要意义的，是文学研究摒弃了过去长期盛行的双重标准的理论，恢复了历史主义的科学准则。列宁曾经说过：“在分析任何一个社会问题时，马克思主义理论的绝对要求，就是要把问题提到一定的历史范围之内。”①又说：“判断历史的功绩，不是根据历史活动家没有提供的现代所要求的东西，而是根据他们比他们的前辈提供了新的东西。”②如果离开一定的历史范围，离开具体的历史条件，衡量任何事物就会失去客观的、正确的依据。这是历史主义的原则，是研究任何历史人物、历史事件的唯一正确的原则。50

---

① [俄]列宁：《论民族自决权》，载《列宁全集》第20卷，401页，北京，人民出版社，1958。

② [俄]列宁：《评经济浪漫主义》，载《列宁全集》第2卷，150页，北京，人民出版社，1959。

年代以来，我们在不少时候却是反其道而行之，故意脱离或者抛开事物赖以存在的“一定的历史范围”和具体的历史条件，不看历史人物有没有“比他们的前辈提供了新的东西”，而是从后来的现实需要出发，向历史人物去要求“现代所要求的东西”，本质上是用实用主义标准取代历史主义标准。最有代表性的，就是姚文元1958年批判巴金小说《家》时说的一段话，他说：

> 今天我们处于一个全新的历史时期。反帝反封建的新民主主义革命早已过去了，社会主义革命也已取得决定性的胜利(还要继续完成)，我们正处于一个加速社会主义建设、为过渡到共产主义积极准备条件的伟大时代。中国土地上已经没有高家了，克明等等那一帮人正在劳动改造，不许他们乱说乱动。在这样的条件下，《家》中的积极作用、进步作用只存在历史意义而失去了它的现实意义，而《家》中那些消极的、错误的东西，在今天却显得非常突出了，并且因为事实上，巴金同志的作品是在一种有体系的资产阶级思想指导之下写的，在人生道路、思想信仰、伦理道德等等上面有一整套和无产阶级思想相敌对的主张，它影响有些青年整个人生观，因此它们的害处就特别大。①

按照这种说法，作品在民主革命时期是进步的，到社会主义时期就成为反动，用历史标准衡量起来是正数的，用现实标准衡量却成了负数。于是，巴金的《家》应该批判；丁玲的《莎菲女士的日记》应该批

① 姚文元：《论巴金小说〈家〉在历史上的积极作用和它的消极作用》，载《中国青年》1958年第22期。

判；由柔石小说改编的影片《早春二月》应该批判；根据茅盾小说改编的电影《林家铺子》应该批判；《子夜》当然也应该批判；老舍的《四世同堂》在国共合作时虽已出版，到新中国成立以后应禁止再印，更不能在文学史上给予较高的评价。如此，等等。这是地道的由简单政治观念衍发的实用主义逻辑。事实告诉我们：历史主义所做的肯定不是无条件的肯定，而是和具体历史条件连在一起的，这种肯定同时也就是一种限制，所以鲁迅称历史主义本身就是一种可以圈住虎狼的“铁栅”。① 姚文元的历史和现实双重评价标准的说法，理论上是荒唐的，影响十分恶劣。70 年代末以来，学术界揭穿和摒弃了这种“理论”，现代文学的出版、研究在历史主义轨道上稳步恢复，趋于正常。

新时期中国现代文学学科取得突出成就的另一方面，是史料建设。史料不等于研究，但却是研究工作的前提和基础，也是一代学风的具体体现。50 年代以来，在政治不但统帅业务而且取代业务、挤瘪业务的环境中，史料工作不可能受到重视。“大跃进”期间编辑出版的一些“中国现代文学史参考资料”，出于所谓“政治需要”，收录的原文往往被删节、改动到遍体鳞伤、“惨不忍睹”的地步。新时期真正迎来了中国现代文学史料工作大丰收的季节。樊骏先生曾用七八万字的篇幅作了详尽而专门的评述，我这里只能做些扼要介绍。这阶段出版的各种基本建设性资料汇编之多，前所未有。由社会科学院文学研究所发起、全国七十多所高校人员参加编纂的整套《中国现代文学史资料汇编》，规模宏大，总计达一百八十多卷，五六千万字(尚未出齐)。各地出版的史料也相当多，如“上海‘孤岛’时期文学资料丛书”、“抗

① 鲁迅：《准风月谈·关于翻译(上)》，载《鲁迅全集》第 5 卷，343 页，北京，人民文学出版社，1973。

战时期桂林文化运动史料丛书”、《江苏革命根据地文艺资料汇编》等；有些地区还出版了专门的刊物，像《东北现代文学史料》《抗战文艺研究》《延安文艺研究》《晋察冀文艺研究》。作家传记、作家评传丛书已出了三四套，共三四十种。作品丛书也出了不少。30年代出了第一个十年的《中国新文学大系》，现在已经继续出完了第二个十年和第三个十年。以延安、上海、重庆为中心的当年的创作丛书也都已出版，其中“中国抗日战争时期大后方文学书系”达到相当规模。再加上一些作家的全集、文集的编辑出版，可以说现代文学创作成果得到了有史以来第一次全面整理。这些工作所获得的最明显的收获，是收集与发掘了大批珍贵的史料和佚文。例如，关于闻一多，据一位学者说：本时期“经发掘整理已刊发的佚著有诗、文、书信及学术论著等，估计总数当在七十万字左右”①。《赵树理文集(续编)》专收佚文，竟有一百多篇，二十多万字。老舍，仅《小说集外集》就收了小说佚文十六篇，十多万字。据说丁玲也“有八十多篇文章从未结集过”②。由于佚文的发现，鲁迅更被确定地证明是尝试散文诗这种外来体裁的第一人，巴金、老舍的文学生涯则向前推了好几年。由于朱自清、老舍、周扬、周立波、李广田等的文学史或文学理论讲稿的发现，中国现代文学理论批评史料也得到了很大的丰富。在文学运动方面，一些重要资料的发现，澄清了某些争议，甚至改变了人们的根本看法。根据1930年10月10日中共中央机关报《红旗日报》的报道，蒋光慈确实被开除党籍，足见“左”倾路线何等粗暴。从海伦·斯诺保存的《鲁迅和斯诺谈话整理稿》中，可以看到鲁迅对许多问题的宝贵见解。而中共

① 江锡铨：《闻一多研究四十年》，收入季镇淮主编《闻一多研究四十年》一书，528—529页，北京，清华大学出版社，1988。

② 袁良骏：《丁玲集外文选·编者后记》。

中央机关刊物《斗争》第三十期(1932 年 11 月 3 日)上刊载的张闻天用“科特”笔名写的《文艺战线上的关门主义》一文，更具有非常重要的意义，提高了我们对许多问题的认识。史料工作的丰收不仅表现在具体资料上，更可贵、更有意义的是培育了良好的学风，锻炼了一批出色的学者。像朱正，纠正了许广平回忆录中的一些错误。像程中原，用严密的科学方法令人信服地考证了“科特”即张闻天。王景山关于《新青年》同人信件的排比考释，也是范例。当然，巴金建议成立的中国现代文学馆，既体现了新时期史料工作的突出成就，又对新时期史料工作起了重要的推动作用。朱金顺《新文学资料引论》的出现，也是新时期史料建设的可喜成果。

在上述这些变化的背后，隐藏着理论观念上的变化，是对党性与真实性、客观性的关系有了新的觉悟。这对历史科学来说是一种根本性的觉悟。我们过去强调无产阶级党性，认为有了党性就会有真实性，用周扬的话来说，“愈是贯彻着无产阶级的阶级性、党派性的文学，就愈是有客观的真实性的文学”①。从三十年代到五六十年代，先后批判苏汶、秦兆阳、冯雪峰、李何林、巴人等重视真实性、强调写真实一类观点，把它们说成资产阶级或修正主义观点，从而否定文学研究、历史研究中的客观态度，把客观性和倾向性对立起来。其结果，无论在创作或研究中都产生了很不好的影响，甚至闹出大笑话，损害我们的事业。痛苦和挫折教育了我们：只有重视真实性，坚持科学性，才真正有利于我们党，有利于人民的事业。邓小平同志把党性归结为实事求是，这一阐述十分精辟。新时期以来，学者们普遍重视原始材料和研究工作中的实证态度，坚持讲真话，坚持严谨求实和勇

① 《文学的真实性》，《现代》第 3 卷第 1 期，1933 年 5 月。

于创新的学风，才取得了多方面的突出成就。

回顾学科十五年来迅速前进的步伐，我们不但感到振奋，而且产生一种强烈的预感：中国现代文学研究正处于更大发展、更大变动的前夕，它在酝酿着一场重大的突破。这一突破可能在三五年之后，也可能在七八年之后，时间长短视我们的主观努力而定，但不久的将来一定会到来则是无疑的。因为种种迹象、种种根据都在证实这一点。

第一，我们的学科不再年轻，它正在走向成熟。如果说近、现、当代文学史分期问题的讨论可以看作学科将进一步发生全面深入变革的一个序曲，那么，“20 世纪文学”概念的提出更是一种催化剂，使这场变革势在必行。一旦真有一批学者能够打通起来，对 20 世纪中国文学(包括它的重要文学现象、重要文学思潮和代表性作家作品)下功夫进行一番较深入的研究，并真有一批成果出现，突破就很有可能较快到来。

第二，我们的研究方法也正在进一步完成这种变革。传统的史学方法和西方的实证方法正在大面积地开花结果。马克思主义的历史批评、审美批评方法也将运用得更有深度，更为圆熟。加上前些年文学研究方面多种新方法的介绍和更多的实际操作，我们的研究角度、方法都在得到更新和丰富。这些不同方法的综合，可能产生高质量的学术成果。今后的研究形态会更加多元化，也更加个性化。这同样是我们学科走向成熟的一种标志。

第三，文学研究的新架构正在形成。新时期以来比较文学的兴起，大大推动了中外文学关系研究的深入。与此同时，现代文学与传统文学关系的研究，新文学与通俗文学关系的研究，也越来越受到更大的注意。这几方面都产生了比较出色的成果。近年来，我们又开始重视现代作家、现代文学流派和区域文化关系这方面的课题——湖南教育出版社将出版一套“20 世纪中国文学与区域文化”丛书。所有这些，都使我们从横的方面和纵的方面更加贴切、更加深入地了解中国现代文学赖以构成的各种质素，从而更加准确地、宏观地把握 20 世纪中国文学。

第四，近几年来，中国现代文学学科史的研究也已颇具规模地展开。不但鲁迅研究史、老舍研究史、巴金研究史、丁玲研究史、曹禺研究史一类专著(虽然名称不一定都叫“史”)陆续出版，而且以整个现代文学学科为对象的学科研究史也已有了三四部。现代文学研究方面几位做出重大贡献的人物，像李何林、唐弢、王瑶的学术思想，也正在进行专题的研究。这就大大充实了学科史的内容，增进了学科史的深度。一个学科有史可写，这本身就是一种标志，说明中国现代文学研究正在走向成熟，必然走向成熟。

第五，史料建设方面开始具有的较好基础，也为学科走向成熟准备着条件。大型工具书正在慢慢齐备。四百万字的《中国现代文学期刊目录汇编》，为整个现代文学研究提供了巨大的方便。规模较大的《中国现代文学总书目》也已出版。如果重要报纸的文学副刊目录也能汇编起来，那么我们的资料工作便可以说基本改观。

再过五年，我们就要跨入 21 世纪。站在世纪之交展望未来，我们更感到责任和压力的重大。让我们用扎扎实实的努力，为中国现代文学研究的重大突破做出贡献，迎接充满希望的新世纪！

第二辑　鲁迅研究

《呐喊》《彷徨》的历史地位*

在世界文学史上，像鲁迅这样以为数不多的小说作品获得了不朽地位的，恐怕并不是很多。

这当然不是由于历史对这位作家特别宠爱，而是由于鲁迅小说本身思想与艺术所取得的高度成就，由于鲁迅小说对中国文学现代化所做出的无与伦比的贡献。

如果说，历史决定了我国经济、国防和科学技术较大规模的现代化，只能在1949年新中国成立后才有条件真正提上日程的话，那么，作为意识形态之一的中国文学，其现代化的起点却要早得多——大约早了整整三十年。就是说，从“五四”时期起，我国开始有了真正现代意义上的文学，有了和世界各国取得共同语言的新文学。而鲁迅，就是这种从内容到形式都崭新的文学的奠基人，是中国文学现代化的开路先锋。没有鲁迅的《呐喊》《彷徨》，就没有中

* 原载《文学评论》，1981年第5期。1981年7月写毕，题为《鲁迅小说的历史地位》；被收入《纪念鲁迅诞生一百周年学术讨论会论文选》与《中国文学研究年鉴》两书。

国小说现代化征途上所跨出的第一阶段最坚实的步伐。

鲁迅小说在文学史上的划时代意义正在这里。

一、鲁迅的现实主义属于一个新的时代

1893年，恩格斯在《共产党宣言》意大利文版序言中，曾经称但丁为封建的“中世纪的最后一位诗人”，又是资本主义“新时代的最初一位诗人”；并且满怀激情地期望道：“现在也如一三〇〇年间那样，新的历史纪元正在到来。意大利是否会给我们一个新的但丁来宣告这个无产阶级新纪元的诞生呢?”

鲁迅在中国文学史上的地位，大体相似于欧洲文学史上的但丁；而从某种意义上说，或许又远过于但丁。这是因为，鲁迅在中国文学史上，不仅标志着“封建的中世纪的终结”，而且确实宣告了“无产阶级新纪元的诞生”。他既是西方资本主义兴起时代的但丁，又是东方无产阶级革命时代的“新的但丁”。历史决定了鲁迅“一身而二任焉”。斯诺悼念鲁迅时，曾经将他一方面比拟为“法国革命时的伏尔泰”，另一方面又比拟为“苏俄的高尔基”①，这个评价无疑是颇有见地和发人深思的。

然而，如果我们仅仅从区分鲁迅前后期的角度来理解这位伟大作家“一身二任”的特点——似乎前期鲁迅起着资本主义兴起时代但丁的作用，后期鲁迅才起着无产阶级革命时代“新的但丁”的作用——那也还是一种相当皮相的简单化的看法。事实上，鲁迅早在写作《呐喊》《彷徨》的时期，就已经是无产阶级领导的新的革命时代的出色表现

① ［美］埃德加·斯诺：《中国的伏尔泰——一个异邦人的赞辞》，见《鲁迅先生纪念集》悼文第二辑。

者。他的小说从一开始就打上了新民主主义革命时代的深深烙印，尽到了为新时代呐喊和启蒙的作用。

《呐喊》《彷徨》里的作品，并没有曲折离奇的故事，也没有神奇出众的英雄，更没有鲜血淋漓的刺激性的内容。出现在鲁迅笔下的，可以说都是日常生活中一些平凡的人和事，首先是一些普通的农民和知识分子。《呐喊》出版后不久，一位评论者就曾指出："那里面有的，只是些极普通、极平凡的人，你天天在屋子里、在街上遇见的人，你的亲戚，你的朋友，你自己。"①我们不要小看了鲁迅小说在人物与选材方面的这个特点，这里正体现着"五四"文学革命的一项根本精神：倡导现实主义。几千年来，文学的表现对象，无论在中国，或者在欧洲，大致都经历了神—神化或半神化的人—普通人(其中又有各式各样不同理解的"人")这样的过程；从一定意义上说，文学的发展过程，各式各样创作方法的演变过程，实质上就是人类愈来愈清楚地(尽管不无曲折地)认识自己、表现自己的过程，也是关于"人"的观念的革新变化的过程。现实主义要求作者按照生活本来的样式描写人，这表明：在资本主义社会的成熟期(各种固有矛盾暴露得充分的时期)，人类的自我认识达到了一个比较科学的阶段。特别是19世纪中叶以来，短篇小说中截取横断面的描写方法，通过日常生活场景工细地刻画人物性格的手段，犹如植物学中通过年轮研究树木，医学中通过切片观察细胞，显然都和近代唯物主义思潮的发展、自然科学的进步、社会生活愈来愈趋细密、普通人的日常生活愈来愈受到人们关注等因素有着密切的关系。这种文艺思潮被介绍到半封建半殖民地的中国，当然是一种巨大的进步，标志着中国文学现代化跨出了重要一步。但是，

① 张定璜：《鲁迅先生》，载《现代评论》1925年1月号。

鲁迅小说写平凡的普通人，除了一般意义上的现实主义之外，还包含了一些特定的时代的新因素。鲁迅是1918年5月起发表白话小说的。当时中国在十月革命胜利的推动下，不仅现代民主主义思潮扩大了传播，而且科学社会主义和其他各色社会主义思潮也开始产生较大的影响。1918年3月间，刘半农在《中国之下等小说》的讲演①中指出："今后的世界，无论狭义的贵族、广义的贵族，都已有不可不消灭之势。我们对于文学之眼光，也当然从绅士派的观念，转入平民派的观念……我辈要在小说上用工夫，当然非致力于下等社会实况之描写不可。这下等社会之实况之描写，凡未在做小说时尝过甘苦的，多把它看得很容易，以为下等人之生活思想异常简单，以我辈文人的思想刻画他，万无不像之理。不知心中存了这含有绅士派臭味的念头，他的著作，便万万不能与下等社会的真相符合，真所谓'失之毫厘，谬以千里'。今欲探求下等社会真相，只有两种方法：第一，便是自己混入下等社会，求直接的经验；第二，求之于下等小说，间接的以他人之经验为经验。"在这个讲演的末尾，刘半农还明确指出："要创造平民派的新小说，打破绅士派的旧小说，使今后之文学与今后之世界趋于同一轨道。"同年4月，胡适在《建设的文学革命论》中，也提出新文学作品可描写"工厂之男女工人，人力车夫，内地农家，各处大负贩及小店铺，一切痛苦情形"②。同年7月，李大钊在《言治季刊》上刊出《法俄革命之比较观》的同时，又发表《俄国革命与文学家》等文，实际上是主张文学与革命紧密联系起来。不管这些新文学运动倡导者中有的人后来发生过怎样的变化，也不管他们当时有些想法多么幼稚、

① 《中国之下等小说》为刘半农1918年3月29日在北京大学文科国文门研究所之讲演。参见《中国新文学大系·文学论争集》(1917—1927)。

② 见《新青年》第4卷第4号，1918年4月15日。

多么肤浅，他们自1918年起纷纷提倡写下层人民、写工人农民，这件事情本身就说明十月革命以后中国社会思潮、文艺思潮的新变化，说明无产阶级和人民大众登上历史舞台的新时代正在到来。而鲁迅，就是首先在小说创作上体现了这种时代精神，开启了这个革命性变化之端的作家。列宁曾经这样赞赏列夫·托尔斯泰："在这位伯爵以前，(俄国)文学里就没有一个真正的农民。"①鲁迅则可以说是中国几千年文学史上第一个真正写了普通劳动农民的小说家(《水浒传》写的是市井小民和脱离了土地、脱离了劳动的农民)。

鲁迅农村题材小说的可贵之处在于：作者在中国历史上第一次用平等、友善、感同身受的真诚态度，真实地反映了普通劳动农民在封建宗法制度统治下的极端痛苦，深刻地揭示了封建宗法思想对农民和其他下层人民的严重毒害，从而发出了震人心魄的反封建的呼声。少年时代活泼可爱的闰土，由于"兵，匪，官，绅"的长期压榨，加上"多子，饥荒，苛税"，竟"苦得他像一个木偶人了"。他已经承认命运，像大地一样默默地承担着一切重负，只对香炉、烛台之类发生兴趣。《阿Q正传》里那个肯劳动却缺少觉悟的主人公，在赵太爷、钱太爷统治的未庄，失去了一切生计，连姓赵的资格都被剥夺，参加革命当然更不被准许，最后只能落一个受诬而致枪毙的可悲结局。《祝福》里那个唯求"做稳奴隶"的祥林嫂，却连这点最卑微的愿望都得不到满足，只能在肉体受尽压榨摧残，精神受尽嘲笑凌辱后，像尘芥一样被扫出世界。更使人震惊的是，祥林嫂不仅生前受尽痛苦与折磨，最后还必须怀着深沉的恐惧走向死亡；对她来说，死亡不是长期痛苦生活

① 转引自高尔基：《列宁》，载《文学写照》，42页，北京，人民文学出版社，1978。这段文字亦见于罗稷南译的高尔基：《和列宁相处的日子》，北京，生活·读书·新知三联书店，1950。译文稍有差异。

的解脱，而是另一种更痛苦的生活的开始(到阴间去受锯刑)。鲁迅就在这一系列作品中，揭露了全部封建宗法制度和思想体系的极端野蛮残酷。在表现农民所受封建压迫的痛苦方面，鲁迅小说达到的深刻程度，确实是前无古人。

正是从代表农民和广大被压迫人民利益的革命民主主义立场出发，鲁迅小说充满了对全部封建宗法制度和思想体系的烈火般的仇恨，充满了与封建宗法制不共戴天、势不两立的彻底决裂的精神。鲁迅在《朝花夕拾·二十四孝图》中说："我总要上下四方寻求，得到一种最黑，最黑，最黑的咒文，先来诅咒一切反对白话，妨害白话者。即使人死了真有灵魂，因这最恶的心，应该堕入地狱，也将决不改悔。"①这种强烈憎恨的感情，也正是鲁迅对封建制度及其文化思想的感情。鲁迅在1926年写过一篇小说叫《铸剑》，可以说形象地表现了这种感情。小说主人公之一眉间尺为了向专制暴君报杀父之仇，宁愿割下自己的头颅交给黑色人，黑色人也决心牺牲自己来完成烈士的遗愿，最后，眉间尺、黑色人连同暴君的三颗头颅在沸鼎中扭、撕、咬，直到把暴君的头颅撕烂，其他两颗头颅也才甘心毁灭。我们不妨把这看作鲁迅反封建彻底性的形象表白。这种彻底性是以现代民主主义思想为基础，乃至接受了朦胧的社会主义理想，才能具备的。正是这一点，构成了鲁迅小说与中国古代、近代一些具有不同程度反封建倾向的作品的原则区别。《红楼梦》是我国文学史上一部富有民主性精华、成为古典现实主义高峰的伟大作品，然而书中的民主主义成分，毕竟仍被"天命观"(即意识化的封建等级制度)的厚壳紧紧包裹着，并

① 《坟·文化偏至论》。本辑所引鲁迅原文，凡未特别注出者，皆选自人民文学出版社1957年版《鲁迅全集》。

未脱颖而出达到否定封建制的高度。它的作者，主观上仍想“补”封建社会的“天”。而鲁迅却是“塌天派”。他小说中的反封建精神，是彻底的、不妥协的。《狂人日记》对几千年封建宗法制度，用“吃人”两个字做了概括，召唤人们从根本上推翻它；小说通过狂人之口，公开宣告：“将来容不得吃人的人，活在世上。”可以说，贾宝玉叛逆精神已经止步了的地方，对于狂人，则仅仅是事情的开始。这种差异，也正好量出了鲁迅小说同以前一些具有民主主义倾向的作品之间的时代距离。

然而，鲁迅小说真正的现代内容，远不止于真诚同情农民的痛苦，要求坚决彻底地反封建；它还有一个重要的表现，是在对待农民和其他小生产者弱点的态度上。鲁迅在小说中，清醒而沉痛地表现、批评了农民和其他小生产者本身的弱点，如中年闰土的麻木保守和迷信无知，爱姑的眼界狭小和对地主阶级人物存有幻想，华老栓一家的愚昧以及对政治(不管是哪一种政治)的冷漠，等等。特别是在《阿Q正传》中，鲁迅更尖锐地批评了阿Q那种以未庄人的眼光作为判断是非的标准，把革命单纯看作分富家财物，不能正确区分敌友，只图实现狭隘报复之类的思想。对小生产者的弱点采取何种态度：是友善地批评教育，还是鄙视地加以打击，或者相反，一味地给予保护，不惜把弱点当作优点来鼓吹，这里区分着现代无产阶级、资产阶级以及托尔斯泰式的宗法制小农几种不同的立场。鲁迅和托尔斯泰都真实地表现了农民的痛苦，然而他们是从不同的方面、在不同的历史条件下来表现的：托尔斯泰表现了俄国农民在 1861 年以后资本主义化过程中被掠夺的痛苦，他诅咒资本主义，把宗法制小农理想化，连他们的弱点也加以接受和赞美，完全成了宗法制农民情绪的忠实表现者，因而就有了开历史倒车这一面。鲁迅则不然，他表现了中国农民在封建宗法制统治下的痛苦，真诚地同情农民，但并不是从小农的观点情绪，而是从现代民主主义和朦胧的社会主义的高度来观察一切和表现一切的。所谓“哀其不幸”“怒其不争”，就说明鲁迅对农民和其他小生产者的弱点，采取了善意地批评、痛心地鞭打的态度。假洋鬼子不准阿Q革命，鲁迅感到愤慨；阿Q不准小D革命，鲁迅更感到悲痛。鲁迅和托尔斯泰的这种不同，表明托尔斯泰只能属于俄国无产阶级登上历史舞台以前的时代，而鲁迅则属于中国无产阶级领导的新民主主义革命的时代。对鲁迅这样的启蒙主义者来说，像托尔斯泰那样接受宗法制农民的思想，甚至把宗法制理想化，乃是绝对不可想象的。鲁迅小说在对待农民和其他小生产者弱点方面的这种态度，同现代无产阶级十分接近。中国新文学之所以在内容上也能当之无愧地称得起是地道的现代化的文学，同鲁迅小说所开辟的这个优良传统，有着十分密切的关系。尽管后来我们在这个问题上也多少经历了一些曲折，但新文学在它诞生的初期就涌现了鲁迅这些具有高度思想水准的小说，这不能不是中国无产阶级领导的新时代的骄傲。

对于个性主义、个性解放持怎样的态度，同样也是衡量小说的现代内容进入到什么阶段的一杆标尺。鲁迅在日本留学时期就树立了张扬个性、“任个人而排众数”的思想，在“五四”时期的一些作品中对此也大体上继续做了肯定和赞美。但随着“五四”以后新文化统一战线的分化和斗争实践的深入发展，鲁迅越来越认识到这种思想的弱点，越来越对这种思想持怀疑、批评以至否定的态度，这在一系列写知识分子的小说如《在酒楼上》《孤独者》《伤逝》《幸福的家庭》中，都有明显的反映。《在酒楼上》《孤独者》里的主人公，都曾经受过资产阶级的新教育，也都曾经向封建势力、封建习俗做过勇敢的抗争；然而曾几何时，吕纬甫失却了蓬勃的朝气，消沉、颓唐、敷衍、随俗得令人吃惊；魏连殳则由愤世嫉俗走到玩世不恭，终于痛苦地向恶势力妥协屈服。他们的结局以严峻的生活逻辑表明：在黑暗制度如天罗地网般笼罩下，个人奋斗十分脆弱无力，只会以失败告终。在小说写作的年代，中国知识界正盛行着易卜生通过《人民公敌》中斯多克芒医生之口说出的一句名言："世界上最有力量的人是最孤立的人。"这句话当然反映了挪威进步小资产阶级作家"敢于攻击社会，敢于独战多数"①的乐观战斗精神，确曾使"五四"当时的不少知识分子受到鼓舞，但其中也明显地包含着空虚脆弱的成分。鲁迅基于对社会现实的深刻观察，结合自己战斗实践中的痛苦经验，回顾辛亥革命以来知识分子所走的道路，终于不把希望寄托在"孤独者"或"最孤立的人"身上。在易卜生信心十足地提出响亮口号的地方，鲁迅感到了虚弱。同样，对于易卜生在《娜拉》一剧中为妇女指出的个性解放道路，鲁迅也先后以论文《娜拉走后怎样》和小说《伤逝》等做了回答。《伤逝》《幸福的家庭》两篇作品都用令人信服的形象的力量，说明了个性解放、家庭幸福决不能脱离社会解放、经济解放而取得。沈雁冰在 1927 年写的《鲁迅论》中曾说："《伤逝》的悲剧的结果，是已经明写了出来的；《幸福的家庭》虽未明写，然而全篇的空气已经向死路走，主人公的悲剧的结果大概是终于难免的罢。主人公的幻想的终于破灭，幸运的恶化，主要原因都是经济压迫……"②这可以说是最早通过作品评论注意到了鲁迅思想上的明显变化的。鲁迅在这些小说中提出的问题，远比易卜生深刻，这当然不是由于鲁迅的"天分"高过于易卜生，而是因为东方封建势力过于强大，背后又有帝国主义撑腰，这种社会条件使东方革命面

① 《集外集·〈奔流〉编校后记(三)》。

② 见《小说月报》第 18 卷第 11 期，1927 年 11 月。

对着一系列更复杂的问题，也使个人奋斗道路更容易暴露它的脆弱性。中国的新文学是从介绍欧洲文学，包括介绍易卜生起头的；然而在短短几年内，以鲁迅小说为代表，竟然在思想内容的一些极重要的方面，超过易卜生而有新的发展(这点是欧美的一些文学研究家也同样承认的)，这又一次证明中国革命的实践已深入到何种程度，也表明鲁迅小说的现代内容已达到了什么样的新的阶段。

鲁迅前期还不是马克思主义者，但他的小说作品通过形象所达到的认识，无论在中国革命的一些基本问题上，还是在某些具体问题(如对辛亥革命的评价)上，可以说都和马克思主义的科学观点十分接近，甚至达到惊人的一致。尽管鲁迅小说并未表现无产阶级领导的革命斗争，但就思想内容而言，这些作品确已到达了当时所能到达的最高点，它无疑属于无产阶级领导的新时代。

二、开辟多种创作方法源头的文学大师

“五四”初期尽管在创作方法上提倡写实主义，但许多新起的作者却写着主观浪漫色彩相当浓重的小说。即如《新潮》上的一些作品，不仅“技术是幼稚的，往往留存着旧小说的写法和语调”，而且“过于巧合，在一刹时中，在一个人身上，会聚集了一切难堪的不幸”①。文学研究会的重要成员叶绍钧、王统照、冰心等人早年所写的一些小说，也都曾鼓吹用“美”和“爱”来解决社会人生问题。可见，真正要创作现实主义作品，光是理论上的信奉远远不够，还必须有相应的丰富的生活经验和清醒地正视现实的严峻态度。当时在文学创作上高举起现实主义大旗的，正是鲁迅。他基于对中国社会历史的透辟了解，坚

① 《且介亭杂文二集·中国新文学大系小说二集序》。

持清醒的现实主义原则，坚持艺术内容的真实性，一贯不赞成违背生活逻辑，硬塞给读者一些廉价“乐观”的东西。他的小说，宁可只“提出一些问题”①，决不轻易做正面答案。尽管鲁迅也曾因为“听将令”，而“在《药》的瑜儿的坟上平空添上一个花环，在《明天》里也不叙单四嫂子竟没有做到看见儿子的梦”②，但这些都是严格地以不违背生活可能性为限度的。即使这样，“《药》的收束，也分明的留着安特莱夫式的阴冷”③。而随着斗争的深入，到写作《彷徨》集里的作品时，鲁迅这种严峻的现实主义态度更有了进一步的发展。以《离婚》为例：这里的女主人公爱姑，具有和祥林嫂完全不同的性格，她大胆、泼辣、能干，颇有点天不怕、地不怕的样子。丈夫“姘上了小寡妇”而要抛弃她，她就整整闹了三年。她把丈夫叫“小畜生”，把公公叫“老畜生”，别人也奈何不得。然而，就是这样一个爱姑，却在一场正义地维护自己切身利益的斗争中失败了。作品着重描写了爱姑会见七大人这位地主阶级代表人物的场面，细致地写了爱姑从最初对七大人有幻想，到后来在他的威严面前感到极大压力、终于屈服的全部心理活动过程。七大人玩“屁塞”，吸鼻烟，摆出“和知县大老爷换过帖”的架势，这些都是爱姑闻所未闻的，使她感到高深莫测。在这种精神压力下，爱姑由勇于争持转为心慌意乱，由优势转为劣势。小说表明，是封建势力的过分强大和小生产者本身的弱点，决定了爱姑的反抗斗争落入败局。作者严格地按照生活本身的逻辑，令人信服地写出了这一发展过程，坚决摒弃了旧文学里那种“爱之欲其生，恶之欲其死”的主观主义方法，承认生活的复杂性，做到了“爱而知其丑，憎而知其威”。这是

① 《集外集拾遗·英译本〈短篇小说选集〉自序》。

② 《呐喊·自序》。

③ 《且介亭杂文二集·中国新文学大系小说二集序》。

一种尊重客观生活的真正的唯物主义态度。现实主义创作方法只有和这种唯物主义态度紧密联系在一起，才能建立在较为坚实可靠的基础上面。这也就是前期鲁迅现实主义的最可珍贵的特色。

然而，鲁迅小说的创作方法绝不是单一的。他一向主张“博采众家，取其所长”①，决不局限于接触自己喜欢的少数几个现实主义作家(如果戈理、契诃夫、显克微支)的作品，而是广泛阅读，择取一切有用的创作方法和表现手法。他认为，作家“必须如蜜蜂一样，采过许多花，这才能酿出蜜来，倘若叮在一处，所得就非常有限，枯燥了”。② 因此，在鲁迅小说中，除了作为主体的现实主义之外，还采取了其他的创作方法，其中尤以象征主义、浪漫主义最为显著。这两种创作方法，有时作为鲁迅小说中的成分，与现实主义相结合而存在；有时则各自构成独立的作品，显出迥异出众的风姿。它们都早已是客观的实在。只是长期以来，或者由于认识上的限制，或者由于受了现实主义独尊论的影响，我们往往较少提到鲁迅小说中的浪漫主义(特别在1958年以前)，而对象征主义更是干脆视而不见，不承认它的存在。这就把鲁迅小说的创作方法理解得相当狭窄，封闭了本来应该是宽广的创作道路，其后果：不能不堵塞自己吸取各种养分的渠道，限制和影响了社会主义新文学的发展。

其实作者自己对这两种创作方法谈得并不少，不但论述到方法本身及其在自己作品中的应用，还指名道姓提到了一些对他有影响的代表性作家。下面我们分别就鲁迅小说中浪漫主义、象征主义的状况作些考察。

---

① 鲁迅：《鲁迅书信集·462致董永舒》，北京，人民文学出版社，1976。
② 同上书，《鲁迅书信集·1186致颜黎民》。

浪漫主义——尤其积极浪漫主义，曾经是鲁迅早年文艺思想中十分重要的一面。他1903年写的小说《斯巴达之魂》，虽然带有译述的性质，但浸透整个作品的激越情调与悲壮气氛，清楚地显示了作者当时艺术上的浪漫主义好尚；1907年撰写的论文《摩罗诗力说》，在几乎并重地肯定一批现实主义作家的同时，推崇和介绍了以拜伦为“宗主”的欧洲积极浪漫主义诗歌流派，不但颂扬他们“立意在反抗，指归在动作”的革命精神，而且从创作方法上赞许他们“超脱古范，直抒所信，其文章无不函刚健抗拒破坏挑战之声”。鲁迅后来回忆到拜伦等“摩罗诗派”对自己早年的影响时说：“他们的名，先前是怎样地使我激昂呵”①，“时当清的末年，在一部分中国青年的心中，革命思潮正盛，凡有叫喊复仇和反抗的，便容易惹起感应”②。事实上，拜伦等诗人“刚健抗拒破坏挑战”的浪漫主义精神气质，不仅在当时，即使在“五四”以后的时期，也还对鲁迅留下了影响。譬如说，他们主张“复仇和反抗”的革命精神，“不克厥敌，战则不止”③的顽强斗志，就曾对鲁迅长期地起过作用，这在前期小说中同样有所反映。《铸剑》这篇强烈体现“复仇和反抗”精神的出色作品，就和鲁迅自己概括的拜伦那种“不克厥敌，战则不止”的战斗风格有一脉相承的联系。鲁迅在《看司徒乔君的画》一文中，盛赞司徒乔的画表现出了“倔强的魂灵”：“如胁下的矛伤，尽管流血，而荆冠上却有天使——照他自己所说——的嘴唇。无论如何，这是胜利。”其实，前期鲁迅的一些小说，表现的正是一颗颗带着伤痕的“倔强的魂灵”。如果说，《在酒楼上》《孤独者》

---

① 《坟·题记》。

② 《坟·杂忆》。

③ 《坟·摩罗诗力说》。

《伤逝》等现实主义作品凝聚了作者从现实战斗中总结出来的许多深刻经验的话，那么，《铸剑》《奔月》这类浪漫主义作品[①]则主要表现和寄托了作者战斗性格、人生理想的某一方面。二者可以说是各有千秋，互为补充的。在艺术表现上，这些作品的特点是：浪漫主义的情节与写实主义的手法融合在一起。鲁迅在果戈理《鼻子》的译后记中曾说："果戈理(1809—1852)几乎可以说是俄国写实派的开山祖师；他开手是描写乌克兰的怪谈的，但逐渐移到人事，并且加进讽刺去。奇特的是虽是讲着怪事情，用的却还是写实手法。从现在看来，格式是有些古老了，但还为现代人所爱读。"[②]《铸剑》《奔月》《补天》等虽然并非如《鼻子》似的讽刺小说，但艺术表现上所采取的，正是"讲着怪事情，用的却还是写实手法"。它收到了活泼生动而又能增强生活实感的效果。自然，鲁迅小说中的浪漫主义，也有一些仅仅是在现实主义基础上有所提高，作为现实主义作品中的成分而存在的，如人们熟知的《药》《明天》的结尾。用作者自己的说法：这是为了要"与前驱者取同一的步调"而"删削些黑暗，装点些欢容，使作品比较的显出若干亮色"[③]，其作用自然是对现实主义创作方法的补充，使作品反映的现实更全面，更广阔，更符合历史的真实。

比浪漫主义更应该受到重视的，还是鲁迅作品中的象征主义。这种创作方法曾经是鲁迅颇感兴趣的。在鲁迅看来，象征主义作为一种流派，浸透着世纪末的悲观主义、神秘主义的苦汁，应该批判对待；而象征主义作为一种创作方法，则在一定范围内有其合理性，可以加

① 随着研究的深入，作者对《铸剑》《奔月》的看法后来有所改变，参阅本书《鲁迅与表现主义》一文。

② 《译文序跋集》。

③ 《南腔北调集·〈自选集〉自序》。

以吸取。[①] 在鲁迅喜爱的作家中，就有一些是象征主义或准象征主义的，如安特列夫、李贺等。鲁迅曾多次在谈话、文章中，把安特列夫称作自己喜欢或对自己有影响的作家。[②] 周作人1936年发表的《关于鲁迅之二》一文，也在开列了一批对鲁迅有影响的外国作家之后说："这许多作家中间，豫才所最喜欢的是安特莱夫(即安特列夫，引者注)，或者这与爱李长吉有点关系罢。"[③]据冯雪峰30年代的回忆，冯曾在一篇文章草稿中提到鲁迅受托尔斯泰、高尔基的影响，鲁迅审阅此稿时，划去了这两位作家的名字，添上一个安特列夫，说："倒是安得烈夫(即安特列夫，引者注)有些影响。"[④]为什么鲁迅这样对安特列夫感兴趣？究竟安特列夫作品中什么因素吸引了鲁迅？这可以从鲁迅自己的文章中找到答案。1908年，鲁迅在《域外小说集》里译了安特列夫的《谩》《默》两个短篇，在译后《杂识》中，介绍这位作家说："其文神秘幽深，自成一家。"这是鲁迅最早对安特列夫的评价。1921年9月，鲁迅在翻译介绍安特列夫一篇写革命者的短篇小说《黯淡的烟霭里》时，又赞许地说：

> 安特莱夫的创作里，又都含着严肃的现实性以及深刻和纤

---

① 关于鲁迅对象征主义的看法，除本文提到的一些文章外，还可参阅：《集外集拾遗》中的《苏俄的文艺论战·前记》，《译文序跋集》中的《小约翰·引言》，《花边文学》中的《谁在没落?》《读几本书》，《且介亭杂文二集》中的《中国新文学大系小说二集序》等。

② 见R. M. Bartlett《新中国的思想界领袖鲁迅》(李何林编《鲁迅论》所收)，孙伏园《鲁迅先生二三事·〈药〉》，鲁迅《南腔北调集·祝中俄文字之交》等。

③ 见《鲁迅先生纪念集》。

④ 见冯雪峰《关于鲁迅在文学上的地位》一文的"附记"，《鲁迅的文学道路》，15页，长沙，湖南人民出版社，1980。

> 细，使象征印象主义与写实主义相调和。俄国作家中，没有一个人能够如他的创作一般，消融了内面世界与外面表现之差，而现出灵肉一致的境地。他的著作是虽然很有象征印象气息，而仍然不失其现实性的。①

1925年2月17日，鲁迅在致李霁野信中，肯定了安特列夫的象征主义剧本《黑假面人》和《往星中》，支持这两个作品的翻译出版：

> 《往星中》做得较早，我以为倒好的。《黑假面人》是较与实社会接触得切近些，意思也容易明了，所以中国的读者，大约应该赞成这一部罢。《人的一生》是安特莱夫的代表作，译本错处既如是之多，似乎还可以另翻一本。

在1925年9月30日致许钦文信中，又对《往星中》及其作者的思想做了透彻的剖析，称安特列夫"全然是一个绝望厌世的作家"，而称赞其作品揭露黑暗现实深刻有力。从这些文字中，我们可以知道：鲁迅除了肯定安特列夫作品的现实内容以外，主要喜欢其象征主义方法(这同内容表现的深刻有力很有关系)，特别欣赏这位作家成功地将象征主义与现实主义融合起来。凡此种种，足以证明安特列夫确实在鲁迅与象征主义之间起了桥梁的作用。

鲁迅接受象征主义的影响，也与译介厨川白村的《苦闷的象征》有关。厨川这部文艺论著，"其主旨"在于说明"生命力受了压抑而生的

---

① 《译文序跋集》。

苦闷懊恼乃是文艺的根柢，而其表现法乃是广义的象征主义”。[1] 鲁迅认为书中一些具体论述还是有道理并能给人以启发的。鲁迅通过翻译《苦闷的象征》，更多地接触了欧洲象征派的作品，特别是波德莱尔用象征主义方法写的散文诗，这同他稍后创作《野草》显然有直接的关系。此外，从鲁迅1926年7月写的《十二个·后记》中，也可以看到他对象征主义创作方法以及在苏联社会主义新条件下如何运用所做的思考。他指出十月革命后，苏俄“象征派诗人中，收获最多的，就只有勃洛克”，并介绍了勃洛克早期象征诗的特点：

> 从1904年发表了最初的象征诗集《美的女人之歌》起，勃洛克便被称为现代都会诗人的第一人了。他之为都会诗人的特色，是在用空想，即诗底幻想的眼，照见都会中的日常生活，将那朦胧的印象，加以象征化。将精气吹入所描写的事象里，使它苏生；也就是在庸俗的生活，尘嚣的市街中，发见诗歌底要素。所以勃洛克所擅长者，是在取卑俗、热闹、杂沓的材料，造成一篇神秘底写实的诗歌。
>
> 中国没有这样的都会诗人。我们有馆阁诗人，山林诗人，花月诗人……没有都会诗人。

鲁迅指出：勃洛克“不是新兴的革命诗人”，然而《十二个》作为“十月革命的重要作品，还要永久的流传”。可见在鲁迅看来，象征主义仍有可取之处。

在鲁迅自己的创作实践中，象征主义占有什么样的地位？

---

① 《译文序跋集·译〈苦闷的象征〉后三日序》。

我们大概都会同意《野草》基本上是象征主义的散文诗（甚至还有意识流的成分）。但是，对鲁迅小说中的象征主义，看法可能就很不一样了。

其实，鲁迅小说中的象征主义成分，一开始就存在。他的第一篇白话小说《狂人日记》，就是现实主义与象征主义经纬交错的作品。从人物形象的塑造来说，作者采取的是严格的现实主义方法：千方百计刻画一个真实的狂人。狂人的心理活动，他的过敏、多疑、惊恐，奇怪的联想，不正常的推理和错觉（比如，“没有月亮”就认为“不妙”；看见别人张嘴朝他“一笑”，就认为不怀好意要吃他；死鱼眼睛也被看作“同那一伙想吃人的人一样”；等等），都很符合一个“迫害狂”患者的精神状态和心理特点。他的“语颇错杂无伦次”（如把夏、商、周三个不同朝代的人凑到一起，说“易牙蒸了他的儿子，给桀纣吃”），也都说明他不是一个正常人。如果说，果戈理的《狂人日记》中居然出现了狗与狗之间用人的语言写信这类怪诞的情节，“格式是有些古老了”①的话，那么，鲁迅的《狂人日记》就确实是严格的现代意义上的小说：它没有这种主观随意性，一切都严格地符合生活的情理，符合“迫害狂”患者的特征。然而，仅仅是这样一个现实主义的作品，仅仅塑造这样一个活生生的狂人，它的思想性毕竟很有限，难以完成向几千年封建制度和封建礼教发起猛烈进攻的任务。鲁迅《狂人日记》的巧妙之处在于：作者同时运用了象征主义的方法，赋予已有的现实主义骨架和血肉以新的生命和光彩；在狂人一些关键性的疯话里，精心地安装了双关的含有深意的尖锐地揭露封建制本质的内容（却又并不破坏“疯话”的特质）；使作品原有那些单纯的“实”处，因变“虚”而显得

① 《译文序跋集·〈鼻子〉译后记》。

富于思想性。这样，《狂人日记》就可以有两种读法：顺着现实主义的路，读到的是一个地道的疯子所说的生动的疯话；顺着象征主义的路，读到的是最清醒的战士所说的具有反封建深意的真理。长期以来，有关《狂人日记》的争论总是得不到解决，就是因为各执一端：有的同志看到了“狂人”是狂人，有的同志看到了“狂人”是战士；有的同志看到作品人物的刻画是现实主义的，有的同志却看到作品主题的体现是象征主义的；但都没有从两种创作方法同时并用的这个角度去把谜底揭开来。鲁迅的《狂人日记》在中国文学史上首次证明：现实主义和象征主义是可以在一个作品中同时并存，而且相得益彰的。单纯的现实主义因其太“实”，常常失之平庸烦琐；单纯的象征主义又容易过于空泛单调，而显得过“虚”。两种创作方法的融合，像鲁迅称道安特列夫小说那样——“使象征印象主义与写实主义相调和”“消融了内面世界与外面表现之差”，这未尝不是创作上一种比较理想的境界！

孤证不足以服人。我们不妨再来分析一下《药》和《白光》。《药》里写了两个悲剧：华老栓按照迷信的习俗，买人血馒头为儿子小栓治病，最后白白丢了小栓的性命；反清的革命志士夏瑜，因为伯父向清朝政府告密而被杀，他抱着解放群众的心愿而流的血，由于不被群众所理解，只是成了毫无意义的、连痨病也不能治的“药”。作者安排两位牺牲者的母亲，在第二年的清明节同去扫墓，让她们汇聚着人间的哀痛，更大大加重了作品的悲剧气氛，形成一种可怕的震撼人心的悲剧力量。这一切，自然都是严峻的现实主义的表现。然而，小说并没有到此止步。作者不是把《药》的悲剧仅仅看作两个家庭的悲剧，而是看成整个中华民族的悲剧，是全民族千千万万个家庭的悲剧。因此，在写实以外，又增加了一点象征的色彩：特意安排两个悲剧的主人公一家姓“华”，一家姓“夏”，合起来恰恰是中国的古称——“华夏”。这是淡淡的不显眼的一笔，然而这一笔却把悲剧的普遍而深广的意义提到了一个新的高度。《白光》写头发斑白、屡做中举梦的陈士成，在第十六次县考失败后，终于神经错乱而死。作品从主人公看榜后两眼“发出古怪的闪光”写起，写了他落榜回家的种种印象与幻觉，通过具有象征意味的月光，连接幻想中埋在地下的银光，真切地表现了人物由悲怨变狂乱的过程，达到了“使象征印象主义与写实主义相调和”“消融了内面世界与外面表现之差”的境地。这些作品都在不同程度上运用了象征主义方法。我们当然不赞成那种说《药》里的乌鸦是革命者象征的无稽之谈，但如实地指出小说中含有的象征主义成分，对加深理解鲁迅的作品很有好处。读者不是经常感到鲁迅的小说不仅有“实”，而且有“虚”，虚实相济，寄意深远吗？这种艺术效果的造成，恐怕就是和现实主义、象征主义两种创作方法的同时并用有关的。譬如，大家都熟悉的《故乡》结尾处那几段文字，其写法就是从实到虚，由写实到象征。作者先实写旅途生活：“我躺着，听船底潺潺的水声，知道我在走我的路。”然后由此生发开去，从“我与闰土隔绝”，想到下一代应该有新的生活，又想到这种“希望”的过于茫远。终于离“实”就“虚”，语意双关地将具体的“路”提高到抽象的人生道路上来，用“地上本没有路，走的人多了，也便成了路”做结束，简洁有力而余味无穷，既饱含哲理，又富有诗意。这还只是片段文字产生的效果。至于通篇用象征主义创作方法写成的《长明灯》，则更可以说是一首传达出倔强的反封建战士心声的珍贵诗篇了。

过去，象征主义总是仅仅被当作充满世纪末悲观颓废色彩的一个流派，总是被当作资产阶级腐朽意识形态的代表。然而，鲁迅借用这种方法，不仅增强和丰富了小说的艺术表现力，还大大提高了作品的思想性。这也许就是人们所说的“化腐朽为神奇”！

鲁迅认为，介绍外国作品，“不但在输入新的内容，也在输入新的表现法”①。中国现代小说在其最初发展的阶段，便吸收了以现实主义为主，兼容浪漫主义、象征主义的多种多样的创作方法和表现方法，为新文学发展开辟了宽广的道路，这是鲁迅这位开山祖师对中国文学现代化的又一重大贡献。

三、中国现代小说在鲁迅手中开始，在鲁迅手中成熟

一个时代文学的成就，归根结底要以作品成熟的程度来衡量。文学上的破旧立新，也总要依靠成熟或比较成熟的新作品去完成。鲁迅献给文坛的，正是艺术上完全成熟的新小说。

为了建立我国的现代小说，周作人在 1918 年 4 月曾经提出过一个设想。他认为，“中国现时小说情形，仿佛(日本)明治十七八年时的样子”“中国要新小说发达，须得从头做起”，即必须像日本明治维新以来那样去模仿欧洲近代小说，“先去模仿别人，随后自能从模仿中，蜕化出独创的文学来”。这个过程如按日本的先例，大概要用三十年时间②。中国现代小说发展的实际情况，与周作人预想的几乎完全不同。由于鲁迅的出现，中国小说中“独创的文学”的产生，不是用了三十年，而是只用了几年时间；而且这些小说在艺术上成熟的程度，也远过于周作人所说的坪内逍遥的《一读三叹当世书生气质》之类的作品。《狂人日记》一出现，不但在国内知识界造成震动，也引起了国外的中国文学研究家的重视。日本的青木正儿在 1920 年 8 月发表文章介绍中国文学状况时就说：“在小说方面，鲁迅是一位属于未来

---

① 《二心集·关于翻译的通信》。

② 见周作人《日本近三十年小说之发达》一文。

的作家。他的《狂人日记》描写了一个迫害狂者的惊怖的幻觉，达到了中国小说作家至今尚未达到的境界。”①这就表明，鲁迅是一位一登上文坛就成熟的小说作家；他的作品大大缩短了我国建立现代小说的过程。

鲁迅小说的成熟，首先表现为作品具有鲜明的独创性。他的每篇小说，几乎都是对生活的独特发现。1918 年 8 月 20 日，他在给许寿裳的信中说：“《狂人日记》实为拙作……以偶阅《通鉴》，乃悟中国人尚是食人民族，因成此篇。此种发现，关系亦甚大，而知者尚寥寥也。”不仅《狂人日记》是作者的一种“发现”，其他长短作品，也莫不包含着作者从生活中得来的真知灼见。且不说阿 Q 及其“精神胜利法”，是鲁迅长达十几年中对“国民性”进行研究和思考的独一无二的结果；即如“五四”初期被多少人写过的人力车夫题材，到鲁迅笔下，也都一反单纯“怜悯”“同情”之类肤浅、平庸的毛病，成了与众不同的能给人巨大启示的作品，使读者耳目为之一新。在艺术上，这些小说都能根据各自内容的需要，精心寻找恰到好处的体式、手法，和谐地加以表现，因而它们的形式种类显得极为多样：有的截取横断面，有的直现纵剖面；有的多用对话，有的近乎速写；有的采用由主人公自述的日记、手记体，有的采用由见证人回述的第一人称，有的则用完全由作者进行客观描绘的第三人称；有的抒情味很浓，有的讽刺性很强；有的专析心理，有的兼表哲理；如此，等等，充分显示了作者艺术上的独创精神。正像沈雁冰 1923 年《读〈呐喊〉》一文所说的：“在中国新文坛上，鲁迅君常常是创造新形式的先锋；《呐喊》里的十多篇小说，几乎一篇有一篇新形式，而这些新形式又莫不给青年作者以极大的影

① 日本《中国学》月刊，第 1 卷第 1—3 期，1920 年 8—11 月。

响，必然有多数人跟上去试验。”[1]鲁迅的一些作品，在简洁、凝练、单纯、丰厚等方面，简直可以说达到了短篇小说艺术的极致。一篇《孔乙己》，竟只用了不到三千字，如果不是作品放在眼前，简直难以置信！一个短篇要概括几千年封建社会，若不是读过《狂人日记》，我们又怎敢想象？因为这超出公认的短篇小说的容量实在太远了！这一切，怎不使我们对鲁迅小说的独创性感到惊叹！

鲁迅小说的成熟，还突出地表现在塑造人物形象的非凡成就上。他有一种近乎神奇的本领，往往寥寥几笔，就能使人物栩栩如生，神情酷肖。在《我怎么做起小说来》一文中，他用绘画做比喻，介绍过这一经验：“要极省俭的画出一个人的特点，最好是画他的眼睛……倘若画了全副的头发，即使细得逼真，也毫无意思。”这种用最省俭的笔墨去刻画人物特征——“画眼睛”的方法，使鲁迅在艺术上获得极大的成功。以《故乡》里一个陪衬人物“豆腐西施”杨二嫂为例，作者只用了短短几百字，就勾勒出她那圆规形的身材和尖嘴薄舌、能说会道、泼辣放肆、非常爱占小便宜的性格，从外形到思想，无不给我们留下了鲜明到难以磨灭的印象。这简直是人物创造上的一个奇迹。对于《孔乙己》里的主人公，作者也只用他“是站着喝酒而穿长衫的唯一的人”一句话，就把这个人物已经失去了走进酒店里屋去喝酒的资格，却又不愿意脱下那件又脏又破的长衫，不愿意走进劳动者行列的悲剧性格，揭示得清清楚楚，使人产生丰富的联想。这就是“画眼睛”所显示的艺术功能。然而，对鲁迅来说，“画眼睛”本身还不是目的，它是为深刻揭示人物的精神世界——“写灵魂”服务的。鲁迅把真正写出灵魂，作为文学的很高境界。在《穷人·小引》中，鲁迅特别称赞陀思妥

---

① 见《文学周报》第91期，1923年10月。

耶夫斯基那种“穿掘着灵魂的深处”“令人发生精神的变化”的本领，并且赞许地认为：“将这灵魂显示于人的，是‘在高的意义上的写实主义者’。”①他自己的确特别重视“穿掘”人物的灵魂。在表现人民被压迫的苦痛的时候，鲁迅绝不是表面的，而是真正接触到了人物的心灵深处。《故乡》里，最使读者震动的，就在闰土动着嘴唇，终于恭敬地叫出一声“老爷”的时候。“兵，匪，官，绅”把闰土压榨成木偶人，这是其他作家也能够写的；独有这叫出一声“老爷”的地方，不是鲁迅恐怕就写不出来。作者的笔有力地伸向人物的内心深处，展示他们的灵魂世界。不仅《阿Q正传》以“画出这样沉默的国民的魂灵”②著称，如吕纬甫自述像“蝇子”似的“飞了一个小圈子，便又回来停在原地点”，祥林嫂直到临死之前还在执拗地提出有没有地狱的疑问，也无不将人物所受的精神上的苦刑写得极其深切。在鲁迅看来，这样的作品才有真正的感染作用，“因为显示着灵魂的深，所以一读那作品，便令人发生精神的变化”③。读完《孤独者》以后，魏连殳那受伤的灵魂，连同他那像深夜里狼嗥一般的哭声，“惨伤里夹杂着愤怒和悲哀”，久久地缠绕在我们心头，永远不会忘却，并且迫使我们去思索。这就产生了真正的艺术典型——艺术形象中一种既能概括深广的社会历史内容，又具有鲜明、生动、丰富的性格特征的高级范畴。鲁迅前期的小说不多(一共才二十多篇)，其中有些还是速写，却能创造出阿Q、祥林嫂、孔乙己、闰土、魏连殳等这样多出色的典型，这在艺术上不能不说是一种辉煌的成功。

鲁迅小说的成熟，也表现在作品本身的民族化，即具有鲜明的民

① 《集外集·〈穷人〉小引》。

② 《集外集·俄文译本〈阿Q正传〉序及著者自叙传略》。

③ 《集外集·〈穷人〉小引》。

族风格上。这首先是由于小说反映民族生活内容的深厚所决定的。鲁迅笔下的生活，是地道的20世纪前二十五年中国东南沿海农村的生活。鲁镇与未庄那套古老少变的生活模式，咸亨酒店，曲尺形的柜台，过旧历年祝福祭祖的风习，临河空地上的社戏，活动其间的形形色色的人物……这一切无不充满了浙东水乡浓郁的地方色彩，读来令人心醉。作家深深植根在民族生活与民族文化的土壤中，保证了作品自然地具有深厚的民族特色。其次，在形象的构筑方法与作品的表现手法方面，鲁迅小说也相当多地渗透着中国传统艺术的特点。譬如，这些小说大多具有诗的单纯。作者有意让一些语句、一些细节在同一个作品中重复出现，收到抒情诗那种循回复沓、意境深远的效果。《祝福》从旧历年底的爆竹声写起，又在旧历年底的爆竹声中结束；再寡的祥林嫂多次"直着眼睛"，从"我真傻"起头，讲她儿子阿毛被狼叼走的悲惨故事；《孔乙己》中，主人公已经不再露面之后，还让掌柜的几次在过节时重复提到"孔乙己还欠十九个钱呢"；《风波》里的九斤老太，一再发出"一代不如一代"的慨叹；《伤逝》中的小狗阿随，先后四次出现……这些都起着烘染气氛、大大加深悲剧或喜剧意味的作用，显然同作者在民族古典诗歌方面的深厚涵养有关。又譬如，鲁迅小说善于通过人物自身的动作、言语来精练地刻画人，而很少用工笔画细致地描写周围的环境和景物，这也与中国传统艺术的特点有关。鲁迅自己说："中国旧戏上，没有背景，新年卖给孩子看的花纸上，只有主要的几个人(但现在的花纸却多有背景了)，我深信对于我的目的，这方法是适宜的，所以我不去描写风月"，"宁可什么陪衬拖带也没有。"①他把这叫作"白描"，实际上也正是对民族传统手法的创造性运

① 《南腔北调集·我怎么做起小说来》。

用。当然，决不能由此得出结论，说鲁迅小说里似乎就没有人物环境的描写了。20年代有的批评家责备鲁迅注意写了典型性格而没有写出典型环境①，这其实是一种不从作品实际出发的主观偏见。以《阿Q正传》为例，鲁迅不但写出了阿Q的典型性格，而且对形成阿Q性格的典型环境有相当准确、相当精到的描述，他只是没有像一般欧洲作家那样专门用大块文章去写，而是将这些环境描写分散融合到情节和人物关系中去，成为作品的有机组成部分罢了。事实上，欧美小说中那些细腻到近乎烦琐的环境描写，长篇大段的对话和冗长的心理分析，连有些西方读者也感到厌烦（有人甚至因为林纾译述时删去或压缩了原著中这类描写而予以称赞②），鲁迅对这些有所扬弃，乃是毫不足怪的。尽管鲁迅本人也曾斩钉截铁地说过："新文学是在外国文学潮流的推动下发生的，从中国古代文学方面，几乎一点遗产也没摄取。"③但实际上，由于鲁迅在中国古典文学特别是古典小说方面功力极深，因此，在创作过程中，中国传统艺术的一些长处和特点，还是潜移默化地起着重要的作用。周作人在1936年写的《关于鲁迅》一文中曾说，"五四"以前，"豫才对于古小说虽然已有十几年的用力（其动机当然还在小时候所读的书里），但因为不喜夸示，平常很少有人知道"。④ 这就证明，鲁迅在"五四"时期能开出"中国小说史"的课程和写出一系列深具民族风格的新小说，都不是偶然的。姚克在一篇悼文

---

① 成仿吾在《〈呐喊〉的评论》一文中说："作者的努力似乎不在他所记述的世界，而在这世界的住民的典型。所以这一个个的典型筑成了，而他们所住居的世界反是很模糊的……作者的失败，也便是在此处。"

② 见英人魏莱（Arthur Waley）在《大西洋月刊》1958年11月号上发表的文章。

③ 《集外集拾遗补编·〈中国杰作小说〉小引》。

④ 见《鲁迅先生纪念集》。

中，还提到他和鲁迅之间，曾经就鲁迅小说的民族风格问题，做过这样一番讨论：

> “我读了先生的《呐喊》《彷徨》之后，觉得先生创造了许多新的形式，但先生的描写人物的手腕有许多处还保留着旧小说的风格(姚克自注：这并不是说他的风格不好；中国旧小说中也有极高超的描写性格的手腕)。这一点观察不知道对不对?”我这样问。
>
> “我想你所说的是对的。”他用绍兴化的国语说。“以前我看过不少旧小说，所受的影响很深。但我却并不是有意模仿那种风格。我喜欢新的技巧，不过现在还只在学习。”①

由此可见，鲁迅小说具有民族特点，归根结底是由作者深厚的民族文学素养在起作用。这也正是鲁迅小说艺术上这样成熟的一个重要原因。

鲁迅在谈木刻时曾说：“至于手法和构图，我的意见是以为不必问是西洋风或中国风，只要看观者能否看懂，而采用其合宜者。”②鲁迅小说正是吸取中西长处创造而成。现代短篇小说作为“芥子里藏着大千世界”的新格式，这是从欧洲学来的；但鲁迅又将这种外来形式与传统小说的艺术特点融合起来，在表现现代生活的过程中形成新的民族小说。鲁迅小说在思想性与艺术性的统一上，无疑达到了世界第一流的水平。作为短篇小说作家，鲁迅足以进入莫泊桑、契诃夫等世界最优秀的大师的行列。在中国新文学的开创时期，就将小说创作引

① 姚克：《最初和最后的一面》，原载《中流》，1936年。

② 鲁迅：《鲁迅书信集·598致陈烟桥》，北京，人民文学出版社，1976。

上世界先进水平，使之无愧于曾经创造了光辉灿烂的文学业绩的民族历史，这是鲁迅对中国文学现代化的又一重大贡献。

中国现代小说在鲁迅手中开始，又在鲁迅手中成熟，这在历史上是一种并不多见的现象。然而这样的现象出现在“五四”时代，又是很可以理解的。“五四”是可以同欧洲文艺复兴媲美的伟大时代，按照恩格斯的说法，这是一个“需要巨人而且产生了巨人”①的时代。鲁迅就是这个时代产生的一位巨人。他登上文坛之前，就已在思想上、生活上、文学素养上都有了充分的成熟的准备。他兼有思想家、革命家、文学家的许多长处，多方面荟萃于一身。时代的、个人的种种条件，决定了他在文学史上的独特地位，几乎是没有其他任何人能够更易和替代的。鲁迅是中国新文学开创时期所能找到的最好的开路人！

---

① 恩格斯：《自然辩证法·导言》，《马克思恩格斯选集》第3卷，北京，人民出版社，1972。

论《狂人日记》的创作方法*

一

关于鲁迅《狂人日记》的主人公究竟是清醒的战士还是精神病患者的争论，已经进行得很久了。小说体现的思想到底是阶级论还是进化论，以及这篇作品有没有和平进化思想，20世纪50年代以来也陆续有过不同意见的商榷。讨论是有进展的，人们的认识越来越接近于作品的实际。一些同志放弃了自己最早提出的并不正确的看法，如朱彤在最近写的《论鲁迅小说独创的贡献》一文中说："我以前写到狂人，认为他并不疯，不过给罩上疯子的名目，好像精神上发了狂，其实他是清醒的反封建战士。这个错误的看法影响过一些人，我是深有负疚之感的。"一些原先认为《狂人日记》是阶级论思想或者认为有和平进化观点的同志，后来也未再发表文章坚持自己的看法。但是，不同的认识并未完全消泯。为了把有关《狂人日记》的讨论继续推向前进，

* 原载《北京大学学报》，1982年第1期。1981年11月29日写毕。

争取比较透彻地解决一些问题，求得基本一致的认识，我以为，当前的关键在于从理论上辨明鲁迅这篇小说的创作方法。

说来也怪。《狂人日记》这篇总共才六七千字的小说，从它出世以来，已经被冠上了各种各样不同的创作方法的头衔。最早是成仿吾同志，他在《〈呐喊〉的评论》一文中说："《狂人日记》为自然派所主张的记录……可以概括为自然主义的作品。"①二三十年代较多的评论者，则认为这是篇现实主义的小说。例如，刘大杰的《鲁迅与写实主义》一文就说："1918年登在《新青年》的《狂人日记》，便是鲁迅披上写实主义的服装，出现于中国新文坛的第一声。"②新中国成立初期，一般都沿用30年代的看法，把这篇小说和《呐喊》《彷徨》中其他诸篇放在一起，统称之为"现实主义"或"革命现实主义"的作品。但那时的"现实主义"，是个囊括积极浪漫主义在内的极宽泛的概念，因此，主张狂人是并不真疯的清醒战士或英雄人物的，主张狂人是已经发了狂的战士的，以及主张狂人只是普普通通的狂人的，这几种对立的见解，都可以包容在现实主义的名下。1958年提倡革命现实主义和革命浪漫主义相结合的创作方法之后，中国文艺界开始将浪漫主义作为一种独立的创作方法从现实主义概念中分离出来，有些同志也就把《狂人日记》看作浪漫主义或基本上是浪漫主义的作品。例如，陈鸣树同志在《论鲁迅小说的艺术方法及其演变》一文中正式主张"积极的浪漫主义精神和浪漫主义手法是它的基调"；并且具体指出："《狂人日记》的浪漫主义精神，主要表现在狂人形象的塑造上。这是那个时代的英雄形

① 《创造》季刊1918年第2卷第2期。

② 收入《鲁迅先生纪念集》，鲁迅先生纪念委员会编，1937年出版。

象。”[①]直到去年，邵伯周同志在《真善美的和谐统一》一文中，仍然提出：“鲁迅的第一篇白话创作小说《狂人日记》是一篇浪漫主义的小说。”[②]从1979年起，又出现了认为《狂人日记》是象征主义作品的这种新的值得重视的意见[③]。首倡此论的是陈涌同志，他说：“过去有些人把《狂人日记》的狂人当作一个现实主义小说的人物来分析，在那里谈论什么鲁迅创作的‘英雄形象’，这就是因为不去区分象征的方法和现实主义方法。其实，狂人不过是一个象征，一个鲁迅所假定的抗击旧世界的力量的象征，鲁迅并不是把他作为一个现实主义的正面人物或英雄人物来创造的。”[④]公兰谷同志在他的遗作《论〈狂人日记〉》中，也论证了《狂人日记》是和《野草》中的《过客》大体相同的象征性作品，甚至说：狂人“原本就不是用严格的写实手法塑造的……现实中有没有和这完全相同的人物？这人物的性格是否完全统一？作者在塑造狂人形象时并没有放在首要地位来考虑”[⑤]。今年又冒出了第五种意见：认为《狂人日记》是“中国的第一篇意识流小说”，而且比西方意识流文学的鼻祖詹姆斯·乔依斯所写的代表作《尤利西斯》“早出现四年”；认为从《狂人日记》开始，意识流小说在中国第一次崛起，到这

---

① 见《上海文学》1961年9—11月号。持浪漫主义说者意见不尽相同，陈鸣树同志这篇文章是持浪漫主义说诸文中最早看重小说的象征手法，并对作品本身进行了深入细致的艺术分析的一篇。

② 见《新文学论丛》1980年第2期。

③ 过去虽然也有如茅盾在20年代写的《读〈呐喊〉》一文中提出的《狂人日记》有“淡淡的象征色彩”这种看法，但总体来说还认为它是写实主义的作品。因此，认为《狂人日记》是象征主义作品，应该说是一种新的意见。

④ 《鲁迅与五四文学运动的现实主义问题》，载《文学评论》1979年第3期。

⑤ 见《文学评论》1980年第3期。但公兰谷此文得出的结论却是“《狂人日记》是中国现代文学史上第一篇现实主义小说”，与他自己的具体论述相矛盾。

两年王蒙创作《春之声》等，则有了第二次崛起[①]。到此为止，一篇不长的《狂人日记》，已被指派为几乎占全了各种各样的创作方法。在文学批评史上，这样的现象大概是颇不多见的。

为什么会出现这样一种状况呢？鲁迅说过："文章的看法，也是因人不同的。"[②]由于评论者本身的不同，以及他们思想方法、批评方法的不同，往往容易对同一部作品，也会"仁者见仁，智者见智"，看法极不相同。这也是常见的现象，属于评论者主观上的原因。但从《狂人日记》来说，所以会对它的创作方法有这么多不同的看法，我认为主要还是作品本身的独特性造成的。《狂人日记》是中国文学史上第一篇用现代体式创作的白话短篇小说，它由狂人十三则日记的片段所构成，与传统的短篇小说往往从头至尾叙写人物的一生、成为长篇故事的压缩那种写法迥然不同，在当时就以"表现的深切和格式的特别"震动读者。尤其异乎寻常的是，《狂人日记》以一个短篇小说的篇幅，竟要完成概括、揭露几千年封建社会的任务（"意在暴露家族制度和礼教的弊害"[③]），这实在太困难了——困难到了超出短篇容量、超出人们想象的程度。即使在世界文学的范围内，这方面可供借鉴的直接经验也是不多的。它不能不依靠作者在创作方法上做出新的独创的探索。《狂人日记》的这种新奇和独创，恐怕就是评论者众说纷纭的客观原因了。

下面，让我们还是从实际出发，考察这篇小说的创作方法吧！

---

① 杨江柱：《意识流小说在中国的两次崛起——从〈狂人日记〉到〈春之声〉》，载《武汉师院学报》1981年第1期。

② 《两地书·第十二封》。

③ 《且介亭杂文二集·中国新文学大系小说二集序》。

二

从创作方法的角度看，小说中的狂人，究竟是什么形象：是自然主义的对生活中疯子的单纯模写？还是浪漫主义的按理想塑造出来的并不发狂的英雄人物？或者是象征主义的作者反封建思想的象征寄托？抑或是现实主义的从生活中来又经过一定典型概括的狂人形象？——这个问题不能不首先辨析清楚。

如果没有任何先入为主的成见，读过《狂人日记》的人恐怕都会觉得：作品中这个狂人，刻画得非常真实。他不像一位根本不疯的清醒战士，而是一个实实在在的如作品小序所指明的“迫害狂”患者。作者从人物的心理活动，尤其从他“语颇错杂无伦次，又多荒唐之言”的病态的思维特征入手，真切入微、惟妙惟肖地写出了一个不容置疑的狂人。他的过敏、多疑、妄想、奇怪的推理、不正常的判断，都十分符合“迫害妄想”病人的特点。翻开日记，劈头第一句：“今天晚上，很好的月光。我不见他，已是三十多年；今天见了，精神分外爽快。”这就是地地道道的疯话。哪有一个人三十多年没有见过月光的？难道是被连续关了几十年黑牢吗？接下去，“没有月亮”了，就认为“不妙”；看见别人张嘴朝他“一笑”，就认为不怀好意要吃他；街上妇女生气地打自己的孩子，说“咬你几口才出气”，他也大吃一惊，认为是针对他的；医生把脉，他理解为“揣一揣肥瘠”，认为医生是“刽子手扮的”；甚至连狗的“看我两眼”，煮熟了的“白而且硬”的鱼眼珠，都被认为“同那一伙想吃人的人一样”……这一切，简直把一个迫害狂者的心理状态写绝了。作者学过医，懂得精神病患者的心理，又曾经实地观察过一个发了疯的表弟阮久荪的言行，因而得心应手地刻画了这一形象。一般来说，“迫害狂”患者虽因精神受刺激而陷入病态，不断产生别人加害于他的妄觉，判断、推理有时相当紊乱可笑，但并不完全丧失思维和记忆的能力，也还能勉强写信和记点日记。鲁迅那位原先在山西繁峙县做幕友的表弟阮久荪，由于怀疑当地绅商要暗害他，得了“迫害妄想”症，他在逃来北京前后，就曾给鲁迅写过信①。有趣的是，他在狂症发作得最厉害、自以为性命危在旦夕时给母亲和姐姐写的两封绝命书，现今都还保存在北京鲁迅博物馆。在给母亲的信中，他对自己遭害的原因设想得很具体：“繁峙县张知事性柔弱，寻常事大抵哥哥(指其三兄阮和荪，引者注)代定主意，是以受恨者甚多。此次系繁邑绅商各界密议决定，设计陷害，各捐资金，沿途贿嘱，竟将哥哥与弟致之死地”；“现已临刑有时，只有望南肃拜，为永别之礼”。在给姐姐的信中，他极为哀痛地说：“不幸祸遭不测，永无返乡之日”“死者已矣，生者保重”“弟妇嫁守任其便”，还固执地相信“哥哥迟弟一日到京，亦闻被逮诬服，想必与弟先后同行(指同赴黄泉——引者)”。以作品中的狂人和生活中的阮久荪相对照，我们就会感到鲁迅小说中的描述是非常真实的。为了写好这个名副其实的狂人，鲁迅还特意在狂人的日记中错写一些字，错记一些事，并在“小序”中提醒读者，显示狂人“语误”颇多(与阮久荪信相似)。例如：日记中把徐锡麟写成“徐锡林”；把记载人肉可以治病的唐代陈藏器的《本草拾遗》，错写为明代李时珍的《本草纲目》；还把夏、商、周三个不同朝代的人凑到一起，说“易牙蒸了他儿子，给桀纣吃”(据《管子·小称》记载，佞臣易牙蒸婴儿给齐桓公吃)；等等。所有这些，都说明作者为真实地塑造自己的狂病主人公，确是煞费苦心。如果说果戈理的《狂人日记》中还有狗与狗之间用人的语言写信一类想入非非的浪漫主义情节的

① 见1916年10—12月《鲁迅日记》。

话，那么，鲁迅的《狂人日记》在刻画主人公形象时可以说运用了相当严格的现实主义方法，没有作者的主观随意性。这样的狂人，尽管未必在生活中一模一样地实际存在过，却是生活中可能出现并且合乎情理的。那种完全否定狂人是“一个现实主义小说的人物”的意见，或者认为狂人是完全清醒的英雄人物，小说的创作方法是浪漫主义的意见，显然不很符合于作品的实际。

那么，狂人是不是鲁迅按照生活中“迫害狂”患者的样子模写下来的自然主义的形象呢？不！狂人形象在塑造过程中，作者显然用现实主义方法做了典型概括。就以那位成为鲁迅小说模特儿的表弟阮久荪来说，我们至今没有掌握什么材料证明他具有进步的思想。他在山西当幕友期间抑郁致病，起因于私事。而小说中的狂人，却具有自己特定的经历和某些进步的思想，已不是一个普普通通的狂人。他正直、热情、单纯，而又脆弱(童年听大哥说到某人该“食肉寝皮”，就“心跳了好半天”)。他出生于封建家庭，幼时受过封建教育，但后来接受了人道主义、民主主义思想的影响，萌生了某种叛逆性格，具有反传统的倾向。这种思想性格，在他发狂以后，仍然以曲折的方式起着作用。有人把狂人看作反封建战士，说他因为同吃人礼教做斗争才被逼疯，这种说法显然脱离了作品实际，想当然地拔高、夸大了狂人的进步思想和战斗性格，我们不敢苟同(作品本身表明，狂人是得了“迫害妄想”症之后才进一步怀疑别人要吃他的肉，并不是因为反对吃人的礼教而被迫害致狂的)；但是，从狂人发疯后的几则日记来看，如果说他有某种进步思想，我们认为还是符合实际的。例如，他把吃人肉、炒食人的心肝视为极野蛮的行为，深恶而痛绝之。第八则日记一上来就说：“其实这种道理，到了现在，他们也该早已懂得……”他还相信“将来容不得吃人的人活在世上”，相信吃人的人“即使生得多，也会给真的人除灭了，同猎人打完狼子一样!”这些日记都曲折地显示出了进化论学说对狂人有所影响。又例如，狂人对他那位具有礼教正统思想的大哥，采取了批判的态度。第三则日记说：“他们会吃人，就未必不会吃我……他们一翻脸，便说人是恶人。我还记得大哥教我做论，无论怎样好人，翻他几句，他便打上几个圈；原谅坏人几句，他便说‘翻天妙手，与众不同’。我那里猜得到他们的心思，究竟怎样；况且是要吃的时候。”第十一则日记说：“记得我四五岁时，坐在堂前乘凉，大哥说爷娘生病，做儿子的须割下一片肉来，煮熟了请他吃，才算好人。”这些记述有时虽然也包含着疯子的错觉和过敏，却都间接地表明了他对封建教育和儒家思想的不满。在第八则日记中，狂人还提出了“从来如此，便对么”这个对传统思想大胆地表示怀疑的具有重大意义的命题。这都说明狂人的思想多少含有反封建的色彩。尤其重要的是，鲁迅把狂人塑造成一个重视人的价值并具有自我省察精神的人物。他尽管怀疑大哥也合伙吃他，却依旧豁达磊落地向他大哥伸出了友爱和期待的手。第七则日记说：“最可怜的是我的大哥，他也是人，何以毫不害怕；而且合伙吃我呢？还是历来惯了，不以为非呢？还是丧了良心，明知故犯呢？我诅咒吃人的人，先从他起头；要劝转吃人的人，也先从他下手。”他还痛心地自我省察：“四千年来时时吃人的地方，今天才明白，我也在其中混了多年”；“我未必无意之中，不吃了我妹子的几片肉”，“当初虽然不知道，现在明白，难见真的人!”狂人的这种精神和气质，正是致病前受过启蒙思想的教育并有所觉醒的曲折表现。所有这些，都是作者从生活出发而又适应主题思想的需要对自然形态的狂人做了改造的地方。

由此可知，《狂人日记》中的主人公，首先是一个真实的活生生的经过了典型化的狂人形象。对于作者用现实主义方法来塑造主人公形象的这一重要方面，我们决不能视而不见。把狂人形象看作自然形态的疯子或者根本不疯的理想中的英雄人物固然不对，那种把《狂人日记》完全等同于《过客》式单纯的象征主义作品的看法，也是有它很大的片面性的。

三

但如果我们的研究到此为止，还只能说完成了任务的一半，而且不算最重要的一半。因为光论证狂人首先是真实的活生生的狂人，塑造这一形象用了现实主义方法，并不能回答《狂人日记》为什么有如此震撼人心的思想力量，为什么在“五四”前夕它会像春雷般地震动了许多人。要知道，靠单纯的现实主义方法塑造出来的狂人形象，是提不出“礼教吃人”这一深刻思想，达不到作者借小说来“暴露家族制度和礼教的弊害”这一创作意图的（如果竟然提出了、达到了，那就不成其为狂人，那就破坏了现实主义）。事情非常明显：狂人在日记中提到的一些“吃人”的事实，像狼子村把一个“大恶人”打死后，挖出心肝用油煎炒了吃；城里杀了犯人，生痨病的人用馒头蘸血舐；徐锡麟被恩铭的卫队挖出心肝炒着吃；春秋时易牙蒸他儿子给齐桓公吃；等等。都只是指肉体上吃人，并无“礼教吃人”的意思在内。现实主义的狂人形象，充其量只能反对肉体上吃人这种野蛮的行为。而把“反对肉体上吃人”提高到“揭露礼教吃人”，这一任务则是通过现实主义之外的另一种创作方法——象征主义来实现的。

读《狂人日记》，大家都会感觉到在作品所写的形象之中或之外，总是蕴含着更多、更丰富的意思。这种“象外之意”，就是象征主义方法所要追求的效果。象征性的形象，往往既是形象本身，又不是形象本身。十三则日记，每一则都是狂人的地道的疯话，同时却又都包含着某些深刻的真理。作者巧妙地在狂人的疯话里，用象征、隐喻的手法，一语双关地寄寓了读者完全能够领略的战斗的深意。譬如，第一则日记说：

> 今天晚上，很好的月光。
>
> 我不见他，已是三十多年；今天见了，精神分外爽快。才知道以前的三十多年，全是发昏；然而须十分小心。不然，那赵家的狗，何以看我两眼呢？
>
> 我怕得有理。

奇异的感觉，不正常的推理，完全是狂人的一派疯话！然而，其中有些话语又隐含着象征、双关的意义。“月光”，就不仅指现实的月色，也是光明的象征。狂人见了它，感到“精神分外爽快”“才知道以前的三十多年，全是发昏”，这里就暗寓着主人公告别过去“发昏”的生活而有所觉醒之意。第二则日记说：“我想，我同赵贵翁有什么仇，同路上的人又有什么仇；只有二十年以前，把古久先生的陈年流水簿子，踹了一脚，古久先生很不高兴。赵贵翁虽然不认识他，一定也听到风声，代抱不平；约定路上的人，同我作冤对。”这里同样表现了疯子思维逻辑上的紊乱悖谬，又同样暗示了主人公的某种叛逆的性格。所谓“古久先生的陈年流水簿子”，象征着长期被封建统治集团歪曲、颠倒了的中国历史。鲁迅在一篇文章中说过：“史书本来是过去的陈账簿。”[①]狂人把古久先生的陈年流水簿子踹了一脚，这是他对旧的历史、旧的传统至少不那么尊重的一种象征性写法。像这样一类象征主

---

① 《华盖集·这个与那个》。

义笔法，在《狂人日记》中可以说比比皆是。有的同志把这些仅仅看作是现实主义作家所用的“隐喻的修辞手法”，不承认它是一种单独的创作方法①，排除了《狂人日记》确实具有的象征主义性质这一方面——这种认识显然也是同作品实际不符的。事实上，《狂人日记》里的象征成分远远超出了单纯“修辞手法”的地步，它已经构成一个形象的体系，渗透到了作品的环境氛围、人物关系、主题思想等各个方面。试读第六则日记：

黑漆漆的，不知是日是夜。赵家的狗又叫起来了。

狮子似的凶心，兔子的怯弱，狐狸的狡猾……

这两段话，一方面是狂人发病期间被家里人好意地关在屋子里这种特定的情景以及主人公此时的狂乱心理的真实表现，另一方面又是对黑暗的封建社会及其统治势力所做的极精彩的象征性描画。甚至连“赵家的狗”，也如同“古久先生”“赵贵翁”“陈年流水簿”一样，具有一定的象征意义。第四则日记所写的：“他们这群人，又想吃人，又是鬼鬼祟祟，想法子遮掩，不敢直捷下手。”一方面是狂人由于病态的惊恐心理所造成的不正确的感觉和判断，另一方面却又是对封建社会中由罪恶势力所支配的人与人关系的深刻概括。这类例子简直举不胜举。最明显的，当然是第三则日记中狂人所写的一段著名的话：

凡事总须研究，才会明白。古来时常吃人，我也还记得，可

① 高捷：《一部现实主义的杰作——论〈狂人日记〉》，山西大学学报（哲学社会科学版），1981年第4期。

是不甚清楚。我翻开历史一查，这历史没有年代，歪歪斜斜的每叶上都写着“仁义道德”几个字。我横竖睡不着，仔细看了半夜，才从字缝里看出字来，满本都写着两个字是“吃人”！

这是狂人在惊恐心理有增无已，又听到并想到了许多吃人肉的事例，神经极度错乱，狂症有所发展的情况下写出来的，它是地地道道的疯话，非常符合“迫害狂”患者的病理规律，创作方法上确有严格的现实主义这一面。然而，这段话同时又具有深刻的象征的含义。所谓“这历史没有年代，歪歪斜斜的每叶上都写着‘仁义道德’几个字”，指的自然是几千年以“仁义道德”为标榜的家族制度和礼教的统治。所谓“从字缝里看出字来，满本都写着两个字是‘吃人’”，则是指封建的制度和纲常伦理对人的迫害与毒害达到了毁灭许多人、逼死许多人的地步。这“吃人”二字，并非真指吃人肉，然而其意义远比吃人肉要深广得多。肉体上被吃掉，这毕竟是少数人的遭遇，而且这种行为的野蛮和危害容易被人们认识；家族制度和封建礼教的残害，则吞噬了千千万万人，而它的野蛮和危害反不易被察觉(《儒林外史》里那个王玉辉，逼着年轻的女儿守节自尽后，不是还高兴得哈哈大笑么)。从反对肉体吃人，上升到揭露礼教吃人，作品的主题思想在这里提高和深化了一大步，确实产生了一个飞跃。《狂人日记》正是由此震撼了当时许许多多读者的心，吴虞也因此专门写了《吃人与礼教》的读后感。这就是象征主义创作方法所起的作用！如果我们把作品读得仔细一点，就会感到：愈到后面，随着小说中象征主义成分的增加，“吃人”二字也愈来愈改变着含义，最后，它终于脱离了肉体上吞食的本意而变为意识上对人的毒害或制度习俗上对人的残害了(所谓妹子被大哥吃掉，只有从这个意义上才能理解)。

由此可见，在《狂人日记》中并用着两种创作方法：实写人物，用的是现实主义；虚写寓意，用的是象征主义。作品的思想性，主要通过象征主义方法来体现。但不同于一般象征主义作品的是，《狂人日记》中的象征主义方法不是独立的，它只是依附于现实主义而存在，如同影子依附于形体而存在一样。自然，这影子又并非可有可无，相反却十分重要：如果没有象征主义方法构成浓浓的影子，作者投射在狂人身上的强烈思想光束就无从显示。可以说，现实主义方法构成了小说的骨架和血肉，象征主义方法构成了小说的灵魂。两种创作方法双管齐下，各自承担着自己的任务，相互缺一不可：如果只采用象征主义方法而不通过现实主义方法来刻画真实的疯子并提出肉体吃人的问题，那么，所谓“礼教吃人”的思想就会变得很抽象，很虚空，作品就容易走上概念化的道路；但如果小说只采用现实主义方法，只限于提出吃人肉的问题，那么，作品也就失去了强烈而深刻的思想性，变成比较平庸无奇的了。在这里，两种创作方法构成了相辅相成的关系：象征主义必须依附于现实主义，而现实主义又为象征主义铺平道路，准备条件。它们合则两全，离则两伤。这样，《狂人日记》确实可以有两种读法：顺着现实主义的路，读到的是一个地道的疯子所说的真实生动的疯话；顺着象征主义的路，读到的是最清醒的战士所说的具有反封建深意的真理。有的同志把小说中两种不同创作方法的同时并用，误解为人物兼有“清醒与病狂”两种相互矛盾的性格，于是就怀疑鲁迅塑造的狂人形象“性格是否完全统一”①，这显然是由于没有很好地理解这篇小说在创作方法上的独特性。

鲁迅在《南腔北调集·我怎么做起小说来》中曾说：写《狂人日

① 公兰谷：《论〈狂人日记〉》，载《文学评论》1980年第3期。

记》，“所仰仗的全在先前看过的百来篇外国作品和一点医学上的知识。”这句话也许可以说正好透露了《狂人日记》中现实主义和象征主义两种创作方法并用的秘密。刻画狂人形象要用现代的“医学上的知识”，可见作者不仅创作态度严肃，而且自觉地运用了现实主义创作方法。至于“先前看过的百来篇外国作品”，其中就不仅有现实主义小说，也会有象征主义、浪漫主义的小说。鲁迅在日本留学时期，欧洲象征派文学正风行一时。象征派作家的悲观厌世倾向，为鲁迅所不赞成，但象征主义方法所带来的一些长处，鲁迅却是注意到了并且感兴趣的。鲁迅所喜欢的安特列夫，就主要是一个象征主义作家。在《域外小说集》中，鲁迅就翻译了安特列夫的短篇《默》和《谩》，并且用八个字形容他的作品：“神秘幽深，自成一家。”到“五四”时期，鲁迅在译介安特列夫的短篇小说《黯淡的烟霭里》时，又称赞说：“安特莱夫的创作里，又都含着严肃的现实性以及深刻和纤细，使象征印象主义与写实主义相调和。俄国作家中，没有一个人能够如他的创作一般，消融了内面世界与外面表现之差，而现出灵肉一致的境地。”[①]《狂人日记》除了受果戈理的同名小说、尼采的《苏鲁支语录》影响外，在创作方法上，显然也接受了安特列夫作品那种“使象征印象主义与写实主义相调和”的长处，并加以发展，使之适合于表现特定主题的需要。鲁迅有句名言：“没有冲破一切传统思想和手法的闯将，中国是不会有真的新文艺的。”[②]《狂人日记》确实就是“冲破一切传统思想和手法”的作品。从思想上，它可以说是一篇新的《人权宣言》。从艺术方法上说，鲁迅在这里不但自觉地运用了近代现实主义，而且还第一次把现

---

① 分别见《域外小说集·杂识》《黯淡的烟霭里·译后记》两文，均收入1981年版《鲁迅全集》第10卷《译文序跋集》。

② 《坟·论睁了眼看》。

实主义与象征主义结合起来，从而达到一种新的艺术境地，完成了某种单一的创作方法所决难完成的任务。这正表现了鲁迅文学思想上的开阔闳放、不拘一格、善于吸收和勇于创新。

四

《狂人日记》是不是意识流小说呢？我的答案是否定的。

持“意识流”说的同志，对《狂人日记》提出了四点看法作为论据：“第一，整个作品没有传统小说中的那种故事情节，从头到尾始终是一个人物的意识流动。”“第二，和传统的现实主义作品不同，对环境没有任何单独的描写，整个环境完全溶化在狂人的意识流之中，完全是在狂人的意识流屏幕上反映出来的，构成了狂人眼中的一个扑朔迷离的世界。”“第三，在狂人的意识流动中，时间的逻辑顺序完全打乱，过去和现在互相交织穿插，光怪陆离，不可名状。”“第四，在狂人的意识流中出现的景象，有的是隐喻，有的带有象征色彩，言在此而意在彼。”这些论点中，除第四点与“意识流”关系较远，我们可暂且不论外，其余三点单独提出来，能否成为判断意识流小说的根据呢？我以为不能。

不同的事物之间，有时会存在某些表面的相似之处。因此，仅凭现象相似与否作判断是危险的。必须把事物的外观与事物的特质联系起来考察，科学研究才能有较可靠的保证。拿《狂人日记》来说，我们不能不考虑这个作品艺术表现上的具体特点：它是日记，而且是一个“迫害狂”病人发狂之后带着紧张、恐惧的心情所写的日记。小说的这一特点，当然就使作品的写法受到种种限制：第一，它只能着重表现狂人的心理活动和意识活动。第二，它当然难以安排“传统小说中的那种故事情节”（试想，对于一个经常被关在屋子里的精神病患者，究竟有多少故事情节可写呢；果真在日记中写了许多曲折动人的情节，这位主人公到底还算不算狂人呢）。第三，作者在给许寿裳信中谈到写作《狂人日记》起因时说：“以偶阅《通鉴》，乃悟中国人尚是食人民族，因成此篇”，就是说，作者既震惊于《通鉴》中所记载的大量吃人肉的事例[①]，又由此得到启发，进一步提出“礼教吃人”的问题，根据这样的主题命意，能采用“传统小说中的那种故事情节”吗？第四，既然是狂人自己写日记，怎能不将“整个环境完全溶化在狂人的意识流动之中”？又怎能不将“时间的逻辑顺序”有所“打乱”？如果因为这些，就叫作“意识流”，那么，我只能说《狂人日记》之被称作“意识流小说”，实在无须论证，完全是命中注定的了！

其实，西方意识流小说最重要的特质，不在于作品没有明显的故事情节、单独的环境描写，而在于作者有意去写人物的主观意识尤其是下意识活动，热衷于表现各种潜在的意识、反理性的变态意识、性心理、一刹那间的想入非非之类（在揭露资本主义社会使人异化这一点上，也有它的积极意义）。写来写去，往往把正常人写成了仿佛是精神病患者，使读者有时如堕五里雾中，感到不知所云。这是由于这个流派在很大程度上颠倒文艺与生活的渊源关系，排斥对生活做出典型化概括的结果。鲁迅的《狂人日记》完全不是这样。尽管作品写的是个精神病患者，作者却没有醉心于表现反理性的变态意识之类，而是从生活出发，充分尊重狂人本身的思维逻辑和心理特点，并进行了严格的选择和提炼，既有利于深刻表现主题，又使读者感到极为真切易解。譬如，狂人在惊恐中深信“他们想要吃我了”之后，有这样一段精

① 《资治通鉴》中记载吃人肉及食人心肝胆事例甚多，从战国、汉、东晋、梁到唐、后汉几乎历朝都有，其中所记朱粲、赵思绾一类吃人肉办法，尤令人发指。

彩的日记：

> 早上，我静坐了一会。陈老五送进饭来，一碗菜，一碗蒸鱼；这鱼的眼睛，白而且硬，张着嘴，同那一伙想吃人的人一样。吃了几筷，滑溜溜的不知是鱼是人，便把他兜肚连肠的吐出。

这里写的狂人那种疑心被迫害、被吃掉的妄觉，可以说已经渗透到了舌尖上，渗透到了每一根视觉神经末梢，以致竟然把吃饭同吃人联系了起来。要讲写潜意识，岂不真是到了深入骨髓的地步！它是神来之笔，然而得自生活。写得这样简洁，读起来又使人感到这样自然、真实、亲切！如果到了西方正统派意识流作家笔下，这种地方不知会被写得多么怪异、杂乱、芜蔓而带有刺激性。总之，一个要把正常人的思维活动写成几乎是精神病患者，一个要把精神病患者的思维活动真实地展示在正常人面前，意识流小说和鲁迅的《狂人日记》，两者的距离就是这么遥远！

我们并不想对意识流小说一笔抹杀。作为一种流派和表现方法，意识流小说也有自己的长处和某种合理成分(特别在心理分析方面，它比传统文学有不少发展)，因而有我们可以借鉴和吸取的地方。问题在于：鲁迅写作《狂人日记》时，西方意识流小说尚未兴起，这篇小说也并不真有意识流的特质。说《狂人日记》代表了意识流文学在中国的第一次崛起，实在是不符合于文学史实际的。意识流手法对鲁迅有影响，是在后来写作散文诗《野草》的时期。那时，他通过译介厨川白村《苦闷的象征》等文艺论著，较多地接触了西方现代派的文学艺术，因此，在《野草》的不少篇什中，我们确实看到了一定的意识流成分。

至于意识流小说在中国文学界引起某种反响，那又要到20年代后半期和30年代前半期——我们可以从冯文炳(废名)和穆时英等人的小说中先后看到一点端倪(20年代前半期郭沫若的某些小说只有意识流的片段)。即使如此，意识流小说在中国也并未形成真正的"崛起"(近两年王蒙的小说也只是吸取了意识流一些手法，和西方真正的意识流作品还是有很大区别的)。所以会有这种状况，自然又同中国的社会条件、文学传统诸因素有关。但对本文来说，它已经属于题外话，必须在此打住了。

鲁迅与表现主义*

——兼论《故事新编》的艺术特征

鲁迅著译与西方19世纪以来各种思潮联系之多，之细，之广泛，之复杂，常常出人意料，甚至令人吃惊。

这位倡导“拿来主义”的思想家、文学家，仿佛真是长着许多只眼和手，四面八方采集并亲口辨尝着西方思潮的“百草”，为了中华民族的复兴，充当20世纪的神农氏。

表现主义，就是鲁迅自20世纪20年代中期起曾经密切注视、认真思考并受过影响的一种文艺思潮。它濡染过鲁迅的创作思想，使之发生重大的变化，并直接体现到小说创作上，构成了《奔月》《铸剑》及其后那些以神话、传说和史实演义为题材的新的篇什。从这个角度考察学术界长期争辩不已的《故事新编》的性质问题，也许可以迎刃而解。

一

把鲁迅与现代主义文学联系在一起，也许会有学者反

---

* 原载《中国社会科学》，1995年第2期。后被译成英文刊于该刊英文版1996年第3期。初稿为1993年11月首尔“鲁迅的文学与思想国际讨论会”上的报告。

对。他们会引用鲁迅1927年说过的一句话:“现代派的文艺,我一向没有留心。”[①]既然到1927年为止鲁迅不关心现代派文艺,难道他在接受了马克思主义之后反而会关心现代主义文艺吗?其实,鲁迅在《而已集·革“首领”》一文中说的“现代派文艺”,并非指通常理解的现代主义,而是指中国20年代《现代评论》杂志上的文学创作。《革“首领”》那篇文章本身就是鲁迅与现代评论派继续论战之作。

事实上,鲁迅对现代主义文艺思潮——狭义的不包括象征主义在内的现代主义,“五四”前后就有过一些零星的接触和思考。如1919年写的《随感录五十三》中,就曾提到与表现主义美术有关的立方派。他说:“20世纪才是十九年初头,好像还没有新派兴起。立方派(Cubism)、未来派(Futurism)的主张,虽然新奇,却尚未能确立基础;而且在中国,又怕未必能够理解。”[②]在1921年9月11日致周作人信中,鲁迅又批评了宋春舫译的《未来派剧本》(鲁迅误记为“表现派剧”)近于“儿戏”[③]。1922年11月,鲁迅在弗洛伊德学说影响下,创作了具有表现主义色彩的小说《不周山》(即《补天》)。但大体上说,到1923年为止,鲁迅与现代主义的关系,还停留在自发的、零星的偶然结缘的阶段。在他文艺思想的多元构成中,当时现实主义无疑占据着主体的地位。

鲁迅大量接触、自觉探究表现主义文艺思潮,是在20年代中期

① 《而已集·革“首领”》。

② 《热风·随感录五十三》。

③ 原文为:“表现派剧,我以为本近儿戏,而某公一接脚,自然更难了然。其中有一篇系开幕之后有一只狗跑过,即闭幕,殆为接脚公写照也。”按,宋春舫只编译过《未来派剧本》,最后一篇为《只有一条狗》,故鲁迅所说“表现派剧”,乃“未来派剧”之误。

和后期。

1924年，鲁迅在北京大学课堂上边译边讲厨川白村的《苦闷的象征》，这可以说是他深入接触表现主义思潮的开始。厨川白村在这本书稿中，不但运用弗洛伊德和克罗齐的学说强调艺术是“表现”，还在第一章创作论中，从正面对表现主义有所论述，并表示了赞许的态度。厨川说：

> 近时在德国所唱道的称为表现主义(Expressionismus)的那主义，要之就在以文艺作品为不仅是从外界受来的印象的再现，乃是将蓄在作家的内心的东西，向外面表现出去。他那反抗从来的客观底态度的印象主义(Impressionismus)而置重于作家主观的表现(Expression)的事，和晚近思想界的确认了生命的创造性的大势，该可以看作一致的罢。艺术到底是表现，是创造，不是自然的再现，也不是模写。①

强调艺术是表现，而不是再现，这是厨川白村文艺上的一个核心思想。鲁迅作为译者，在1924年11月写的“引言”中，对厨川的论点相当肯定，认为他“对于文艺，即多有独到的见地和深切的会心”。

继《苦闷的象征》之后，鲁迅又译出了厨川白村具有泛表现主义倾向的《出了象牙之塔》，更翻译了日本文艺家论述表现主义文艺的一大批文章，如片山孤村的《表现主义》，有岛武郎的《关于艺术的感想》，山岸光宣的《表现主义的诸相》，青野季吉的《现代文学的十大缺陷》

---

① [日]厨川白村：《苦闷的象征》第一章第六节，鲁迅译。

《艺术的革命与革命的艺术》等①。鲁迅还翻译了板垣鹰穗的《近代美术史潮论》一书，其中第九章整章专门介绍包括德国表现派在内的现代主义美术。到 30 年代，鲁迅还编印了表现主义画家蒙克、珂勒惠支的版画选集。这些文章、著作，颇为详细地介绍和探讨了表现主义的起源和特征，表现主义的人生观与艺术观，表现主义的代表性作家与美术家；有些文章还从不同立场上评述了表现主义作品的病态和弱点。鲁迅一而再，再而三地翻译表现主义的论著，不仅表明他对这一思潮的兴趣，而且表明他对其有所思考和判断。

查《鲁迅日记》中的书账，可知 1923 年以前，鲁迅基本上不买外国书；而从 1924 年起，鲁迅购进大量日文版、德文版或英文版的研究欧洲文艺思潮的书籍。其中两类最为集中也最引人注目：一类有关苏俄文艺，另一类则有关表现主义。后者如：

H. Bahr：*Expressionismus*（赫·巴尔《表现主义》）

《表现主义的戏曲》(北村喜八)

《表现主义的雕刻》(日本建筑摄影类聚刊行会编)

Art of Beardsley(《比亚兹莱的艺术》)(奥伯利·比亚兹莱)

《现代欧洲的艺术》(马察)

《艺术之一瞥——表现主义、未来主义、立体主义》(瓦尔登)

《近代美术史潮论》(板垣鹰穗)

《现代的独逸文化及文艺》(“独逸”乃日文中的德意志)

《现代独逸文学》

《表现派图案》(高梨由太郎)

① 鲁迅译日本文艺家的这些论文，分别收入《鲁迅译文集》的《壁下译丛》与《译丛补》两集。

《表现派的农民画》(皮卡德)

《康定斯基艺术论》

《珂勒惠支版画》(多种)

Mynoun：G. Grosz(《格罗斯》)

《超现实主义的绘画》(布雷东)

《立体主义》(屈佩尔斯)

从上列鲁迅20年代中后期的购书目录中，可以知道，表现主义文艺在当时确已成为鲁迅关注的焦点之一。

在鲁迅翻译的有关表现主义文艺的论著中，有几点非常值得注意：

第一，许多论著都把表现主义文艺在德国和西欧的盛行，与欧战及战后的无产阶级革命、社会主义运动相联系。有岛武郎说："表现主义是在哪里生着他的存在的根的呢？在我，是除了豫想为新兴的第四阶级之外，再寻不出别的处所。"①青野季吉在《现代文学的十大缺陷》一文中，把表现派作为无产阶级文学的一个流派，说："在无产阶级文学里，也有就如现实派，构成派，表现派之流。"②山岸光宣强调了表现派文学反资本主义的激进倾向，并特意提到："表现派的诗人中，也竟有如蔼思纳尔(Kurt Eisner)和托勒垒尔(Ernst Toller)似地，自己就参加了革命运动的。""假如以用了冷静的同情的眼睛，观察穷人的不幸者，为自然主义，则盛传社会主义底政治思想者，是表现主义。"③联系到创造社郁达夫曾称颂"德国表现派的文学家，对社会的

① 见《壁下译丛·关于艺术的感想》。

② 见《壁下译丛·现代文学的十大缺陷》。

③ 见《译丛补·表现主义的诸相》。

反抗的热烈，实际上想把现时存在的社会的一点一滴都倒翻过来”①，我们就不难理解20年代中期的鲁迅为何在注目苏俄文艺发展的同时，又那样关心和研究西欧的表现主义文艺。然而，鲁迅毕竟比郁达夫等冷静和清醒得多。他在《“醉眼”中的朦胧》一文里，虽然肯定表现派与时代的联系，却似乎并非毫无保留。他说：在“农工大众日日显得着重”的时代，“弄文艺的人们大抵敏感，时时也感到，而且防着自己的没落，如漂浮在大海里一般，拼命向各处抓攫。20世纪以来的表现主义，踏踏主义，什么什么主义的此兴彼衰，便是这透露的消息”②。

第二，鲁迅译介的这些论著对表现主义文艺崇尚主观、看重心灵的总体特征进行了有益的概括和探讨。片山孤村在《表现主义》的长文中指出，表现派“要而言之，隐约地推崇着心灵，精神，自我，主观，内界等，是全体一致的”“正如18世纪及19世纪的文艺革新运动，高呼‘归于自然’一般，他们(表现派)是高呼‘归于灵魂’的Sturmer und Dranger(飚兴浡起者)。懂得了这意思，这才明白表现主义在文艺史上的意义的”。又说：“那崇尚主观，轻视现实之处，表现主义是和新罗曼派相像的，但和新罗曼派之避开自然不同，表现主义却是对于现实的争斗，现实的克服、压服、解体、变形、改造。”③有岛武郎则将表现主义概括为：“不再想由外部底的印象，给事物以生命，而要就从生命本身出来的直接的表现的。”④但这“主观”“心灵”“生命”，究竟指被表现的客体，还是指表现者的主体？那些多写人物心灵、内界的作品，是否就成了表现派作品？对此，厨川白村论述得最为清楚。他

① 《文学上的阶级斗争》，载《创造周报》1923年5月27日第3号。

② 《三闲集·“醉眼”中的朦胧》。

③ 见《壁下译丛·表现主义》。

④ 见《壁下译丛·关于艺术的感想》。

认为表现派文艺的特点“是将蓄在作家的内心的东西，向外面表现出去”。这是一语中的之论。

第三，鲁迅翻译的上列论著还对表现派文艺（主要是德国表现派文艺）的诸种艺术手法做了考察。表现派文艺由于作者主观感情的强度不同，作者气质心态的各有殊异，在外化表现过程中运用的手法千差万别，其基本形态则为：无视传统艺术法规，对现实进行改造、夸张、变形，包括荒诞、怪异情节的摄入，幻觉和梦境的采用等。日本文艺家根据埃德勖密特（Edschmid）、卡夫卡（Kafka）、华勒绥尔（Walser）的小说，托勒（Ernst Toller）、凯泽（Georg Kaiser）、哈然克勒费尔（Walter Hasenclever）的剧本，阐述了表现派的手法。山岸光宣在《表现主义的诸相》中谈道：

> 和神秘底倾向相偕，幻觉和梦，便成了表现派作家的得意的领域。他们以为艺术品的价值，是和不可解的程度成正比例的，以放纵的空想，为绝对无上的东西，而将心理底说明，全部省略。尤其是在戏剧里，怪异的出现，似乎视为当然一般。例如砍了头的头子会说话，死人活了转来的事，就不遑枚举。也有剧中的人物看见幻影的，甚至于他自己就作为幻影而登台。①

片山孤村谈到表现派文艺的夸张、变形手法时说：“尼采和伯格森的影响，则将现实解作运动，发生，生生化化，也见于想要将这表现出来的努力上。画流水，河畔的树木和房屋便都歪斜着，或者画着

① 见《译丛补·表现主义的诸相》。

就要倒掉似的市街之类，就都从这见解而来的。”①山岸光宣在另一处还说：“表现派的人们反抗自然主义的结果，是轻视自然主义所尊重了的环境……在他们，即使运用历史上的事件之际，是也没有一一遵从史实的必要的。例如凯撒的《加莱的市民》里，就可以说，几乎没有环境的描写。那结果，则不独戏剧而已，便是小说，也常被样式化。”“表现剧的人物，往往并无姓名，是因为普遍化的倾向走到极端，漠视了个性化的缘故。”②

鲁迅在《三闲集·扁》一文中，曾讽刺了中国文艺界把表现主义以及其他西方文艺思潮简单化的毛病：

> 看见作品上多讲自己，便称之为表现主义；多讲别人，是写实主义；见女郎小腿肚作诗，是浪漫主义；见女郎小腿肚不准作诗，是古典主义；天上掉下一颗头，头上站着一头牛，爱呀，海中央的青霹雳呀……是未来主义……等等。

也许我们会惊异于鲁迅对西方现代主义何以如此熟悉。对照鲁迅译文集里的上述材料，我们就会了然于心。原来，在鲁迅翻译的论著中，表现主义文艺的各个方面，实际上早已相当清晰地涉及。稍显可惜的，是当时对表现主义作品翻译得少了些(到30年代初期为止，只译了凯泽的《从清晨到半夜》等少数作品)。

二

就在鲁迅大量接触并译介表现主义文艺材料的同时，他自己的创

① 见《壁下译丛·表现主义》。

② 见《译丛补·表现主义的诸相》。

作思想也发生了微妙而又显著的变化。两者都发生于 20 年代中期，这似乎并非出于巧合。

鲁迅创作思想的明显变化之一，是艺术的重心有所倾斜：更注重作家的主观精神，注重作者情绪的体验与表现。厨川白村在《出了象牙之塔》中认为，艺术表现的奥秘，“就在通过了作家所有的生命的内容而表现。倘不是将作家所有的生命的内容，即生命力这东西，移附在所描写的东西里，就不成其为艺术底表现”①。这是一种泛表现主义理论，对鲁迅也有影响。所谓“站在沙漠上，看看飞沙走石，乐则大笑，悲则大叫，愤则大骂”②，正是全生命地投入的表示。当厨川白村在《苦闷的象征·创作论》中强调作家要“将存在自己胸里的东西，炼成自然人生的感觉底事象，而放射到外界去”时，鲁迅在译者“引言”里不但赞许厨川对文艺“多有独到的见地和深切的会心”，而且进一步提出了“非有天马行空似的大精神即无大艺术的产生”这一著名论断。此后不久，鲁迅更强调：“没有冲破一切传统思想和手法的闯将，中国是不会有真的新文艺的。”③1925 年 3 月，在为《陶元庆氏西洋绘画展览会目录》写的序中，鲁迅表示特别欣赏陶元庆“在那黯然埋藏着的作品中，却满显出作者个人的主观和情绪，尤可以看见他对于笔触、色彩和趣味，是怎样的尽力与经心”④。到 1927 年《革命文学》一文中，鲁迅更明确提出：“我以为根本问题是在作者可是一个‘革命人’，倘是的，则无论写的是什么事件，用的是什么材料，即都是‘革

---

① ［日］厨川白村：《出了象牙之塔·艺术的表现》，北京，人民文学出版社，2007。

② 《华盖集·题记》。

③ 《坟·论睁了眼看》。

④ 《集外集拾遗·陶元庆氏西洋画展览会目录序》。

命文学’。从喷泉里出来的都是水，从血管里出来的都是血。”①

鲁迅创作思想的明显变化之二，是强调文艺不同于生活，可以而且需要保持艺术与实际生活的距离；作家甚至不妨在作品中有意制造“间离”效果以提醒读者：这是小说！鲁迅的这种思想态度，与现实主义作家竭力使读者一进入作品就保持完整的真实感大不相同。早在《呐喊》时期，鲁迅就曾开始有限地尝试运用“间离”手法。如《风波》在叙事过程中忽然冒出“文豪”的“大发诗兴”以及作者对“文豪”的驳斥。《阿Q正传》里也有“夫文童者，将来恐怕要变秀才者也”和“女人是害人的东西”之类插入的议论。这在当时还只是个别的事例。而到1926年以后，鲁迅不但在创作中“间离”手法的运用大为增多，而且在理论上还正面提出了一系列的主张。在《怎么写》一文中，鲁迅写了这样一段话：

> 尼采爱看血写的书。但我想，血写的文章，怕未必有罢。文章总是墨写的，血写的倒不过是血迹。它比文章自然更惊心动魄，更直截分明，然而容易变色，容易消磨。这一点，就要任凭文学逞能，恰如冢中的白骨，往古来今，总要以它的永久来傲视少女颊上的轻红似的。②

鲁迅用“冢中的白骨”这一意象，来喻示文学不同于生活的那种永久性，这本身就颇有德国表现派作品的味道。对于郁达夫害怕写第三人称主人公的心理状态容易使读者产生“不真实”与幻灭之感的想法，鲁迅的回答是：“一般的幻灭的悲哀，我以为不在假，而在以假为

---

① 《而已集·革命文学》。

② 《三闲集·怎么写》。

真。”“倘有读者只执滞于体裁，只求没有破绽，那就以看新闻记事为宜，对于文艺，活该幻灭。而其幻灭也不足惜，因为这不是真的幻灭，正如查不出大观园的遗迹，而不满于《红楼梦》者相同。”“如果他先意识到这一切是创作，即是他个人的造作，便自然没有一切挂碍了。”①因此，鲁迅不怕在历史题材作品中糅进现代内容，反而利用“古今杂糅”来制造特有的“间离效果”。在他看来，“间离”手法正是扩充小说艺术的自由度和表现能力的有效手段。鲁迅的这些见解，同德国表现主义戏剧大师布莱希特的理论是完全一致的。

鲁迅创作思想的明显变化之三，是对荒诞、夸张、变形的情节和细节的容纳。“五四”前后，鲁迅虽然接受包括象征主义在内的现代主义思潮的某些影响，但小说创作的主体方法仍是现实主义。他反对把小说变成“泼秽水的器具”②；严厉批评那些“很说写实主义可厌”的批评家们：“不厌事实而厌写出，实在是一件万分古怪的事”③；这些都证明他坚持现实主义创作思想。在那时，鲁迅非常看重小说描写的细节真实。1921年6月，他译完日本作家菊池宽的小说《三浦右卫门的最后》，写了一篇译后记，特意指出作品细节描写不真实的缺陷：

> 这一篇中也有偶然失于检点的处所。右卫门已经上绑了——古代的绑法，一定是反剪的——但乞命时候，却又有两手抵地的话，这明明是与上文冲突了，必须说是低头之类，才合于先前的事情。

① 《三闲集·怎么写》。
② 《孔乙己·附记》。
③ 《幸福·译者附记》。

到1925年翻译厨川白村《出了象牙之塔》时，鲁迅已很看重夸张、变形的漫画手法(参见该书《为艺术的漫画》一篇)。而到1927年撰写《怎么写》一文时，鲁迅创作思想更有大的变化。他提出：小说“有破绽也不妨”“幻灭之来，多不在假中见真，而在真中见假”。他读《越缦堂日记》仿佛受了欺骗，但“翻翻一部小说，虽是很荒唐，浅陋，不合理，倒从来不起这样的感觉的”。因此，鲁迅得出了“与其防破绽，不如忘破绽”的大胆结论。德国表现主义理论家库·品图斯(Kurt Pinthus)在1915年写的一篇文章中主张，可以“完全不理会所谓真实的情节”；他认为“追求细节并不是、而追求总体才是更为深刻的艺术本质”①。鲁迅的论断正与此吻合。《怎么写》可以说是鲁迅创作思想发生重要转折的一个标志，它既是对《补天》《奔月》《铸剑》一类小说创作经验的初步总结，又为以后《理水》《出关》《起死》等小说的写作从理论上奠立了基础。

鲁迅在创作思想上向表现主义的倾斜不是偶然的，这是他一贯主张对各种艺术思潮、艺术经验广泛吸取、借鉴的结果。30年代，鲁迅在一封信中谈到印象派、达达派、未来派绘画时，曾批评了“有几位青年以为采用便是投降”的想法。鲁迅说：“中国及日本画入欧洲，被人采取，便发生了‘印象派’，有谁说印象派是中国画的俘虏呢?”②可见，鲁迅的“拿来主义”主张，并没有将西方现代主义排除在外。

三

现在，我们也许可以进入《故事新编》创作方法的讨论。

---

① [德]库尔特·品图斯：《论近期诗歌》，载《现代主义文学研究》上册，北京，中国社会科学出版社，1989。

② 鲁迅：《书信·340409致魏猛克》，北京，人民文学出版社，1976。

《故事新编》是什么样的小说，国内学者在1956年至1957年曾经进行过一场颇为热闹的讨论。两种意见针锋相对：有的说它是杂文化的讽刺小说，有的说它是历史小说而具有现实战斗性，但也存在着某些细节现代化的缺点。争论虽然那么激烈，但双方在一个根本点上却是共同的：都用现实主义来看待和肯定这部作品，并且都引鲁迅的话："近几时我想看看古书，再来做点什么书，把那些坏种的祖坟刨一下"，以解释《故事新编》的战斗意义。其实，将这段话与《故事新编》相联系，这本身就是一个误会。鲁迅原话见于1935年1月4日致萧军、萧红信，说的是"近来文字的压迫更严"一事。所谓"那些坏种"，专指蛮横地禁止或删改鲁迅与左翼作家文章的国民党新闻出版检查官。鲁迅确曾用宋、明亡国的历史材料，写成《病后杂谈》《病后杂谈之余》《"寻开心"》《"题未定"草（九）》等文章，悲愤地揭露国民党为日本侵华扫清道路，这就在"刨""那些坏种的祖坟"。可见，这段话本与《故事新编》并不相干。

40年代的欧阳凡海，在《鲁迅的书》中曾经说过一点自己的看法："我们只能说鲁迅取材于历史的小说在原则上是现实主义的，若是从细节上说，鲁迅取材于历史的小说，却没有一篇足以作为现实主义的小说家处理历史题材的完整的范型。"①然而，这在50年代一些学者心目中，不但不能接受，反被当作错误见解。连冯雪峰认为《故事新编》是"寓言式短篇小说"②的看法也受到指责。可见，在那个独尊现实主义的时代，《故事新编》的创作方法问题注定是个死结，无法解开。

---

① 欧阳凡海：《鲁迅的书》，29页，北京，文献出版社，1942。

② 冯雪峰：《中国文学从古典现实主义到社会主义现实主义的发展的一个轮廓》，北京，人民文学出版社，2016。

到80年代初，王瑶先生的《〈故事新编〉散论》①发表。他列举丰富的材料，用传统戏曲的丑角艺术来解释鲁迅历史小说中的“油滑”之处，认为作品中那些现代化细节，仅仅出现在穿插进去的次要的喜剧性人物身上，因而并不损害作品整体和主要人物的性格。应该说，这个见解有相当的合理性，它开启了一条新的思路，把《故事新编》的研究推进了一大步。可惜，王瑶先生却没有沿着这一思路走下去。他提到了布莱希特，却仍满足于从艺术手法上为《故事新编》做出说明，而没有进到创作方法的层次上去考察。他认为《故事新编》就各篇的基本内容和规定情境而言，都符合历史主义与现实主义的原则，虽然他同时已经把最早的《补天》等三篇看作“都是英雄的颂歌”，说它们焕发着“浪漫主义的才情”。这样，在《故事新编》的创作方法问题上，王瑶仍大体停留于长期以来的原有论断，未能向前多跨一步，得出在他来说已不难得到的新结论。

《故事新编》真的是现实主义作品吗？恐怕每一个尊重自己的感性印象的读者，都不免会产生疑问。包括王瑶先生在内的研究者所做的解释，同样使人感到尚未尽释疑团，与作品实际还有距离。譬如说，《故事新编》中喜剧化地针砭现实的笔墨，真的只局限在“二丑”一类很次要的人物身上，而“主要人物身上并没有出现那些带有喜剧因素的现代性细节”吗？事实并非如此。且不说《起死》中有主人公庄子吹警笛，《理水》中有大禹批准“女隗小姐来做时装表演”这类现代化情节。仅举《奔月》为例，小说写到羿发现妻子嫦娥服药飞升后，心情懊丧地对使女说：“那么，你们的太太就永远一个人快乐了。她竟忍心撇了我独自飞升？莫非看得我老起来了？但她上月还说：并不算老，若以

① 收入王瑶著《鲁迅作品论集》，北京，人民文学出版社，1984。

老人自居，是思想的堕落。”羿提到的最后这句话——“若以老人自居，是思想的堕落”，无疑是作者用来贬斥高长虹一流人物的。它完全是一种现代性的语言和喜剧化的细节，然而又确实出自正面主人公之口。可见，鲁迅写小说时未必一定严格区分主要人物、次要人物而采取不同的艺术手法，他的创作方法、创作原则恐怕仍是统一的。

这里不可避免地要回答《故事新编》属于什么创作方法的问题。根据我的理解，《故事新编》并非现实主义，而主要是现代主义——确切一点说是表现主义的产物。

《故事新编》十分引人注目的一个特点，是在“神话、传说及史实的演义”①中引进某些现代内容和现代细节，以古和今的强烈反差造成滑稽和“间离”的效果。这也正是表现主义艺术的一个重要特征。

《故事新编》的创作虽然从 1922 年起到 1935 年止长达 13 年，但全书各篇始终贯穿着一种共同的精神，就是对传统小说艺术的大胆突破和创新。作者无视种种形式法规，敢于做“冲破一切传统思想和手法的闯将”，公开宣布“如果艺术之宫里有这么麻烦的禁令，倒不如不进去”②。在历史题材小说中有意写进一些现代内容、现代细节和现代语言，像人们经常提到的“《补天》中的‘古衣冠的小丈夫’，《理水》中的‘OK’‘莎士比亚’，《采薇》中的‘海派会剥猪猡’，《出关》中的‘来笃话啥西’等”③，这可以说是鲁迅所进行的独一无二的创造。作者自己在《故事新编·序言》中称这类现象为“油滑”，说“油滑是创作的大敌，我对于自己很不满”。但同时又说从第一篇《补天》之后“过了十三

① 《南腔北调集·〈自选集〉自序》。

② 《华盖集·题记》。

③ 吴颖：《再论如何理解〈故事新编〉的思想意义》，载《〈故事新编〉的思想意义和艺术风格》，上海，上海新文艺出版社，1957。

年，依然并无长进”。还在1933年6月7日致黎烈文信中正面表示：“此后也想保持此种油腔滑调”。鲁迅在长达十三年时间中如此执意去做，当然经过深思熟虑，有他自己独特的用意。他说：《故事新编》“都不免油滑，然而有些文人学士，却又不免头痛，此真所谓‘有一利必有一弊’，而又‘有一弊必有一利’也”[①]。这是就小说的现实讽刺作用而言。从我们读者的直接感受来说，这类写法所造成的艺术上风趣、滑稽、生动的效果，是其他写法所无法比拟，也无可替代的。翻开《铸剑》，当读到那个“干瘪脸的少年却还扭住了眉间尺的衣领，不肯放手，说被他压坏了贵重的丹田，必须保险，倘若不到八十岁便死掉了，就得抵命”时，谁不佩服鲁迅三言两语就把一名无赖刻画得神形兼备、惟妙惟肖！《出关》中，当我们读到关尹喜留下《道德经》五千言，送给老子一包盐、十五个饽饽算作稿酬，“并且声明：这是因为他是老作家，所以非常优待，假如他年纪青，饽饽就只能有十个了”，谁又能忍住不发出笑声呢！许多人都有这种经验：在十四五岁的中学生时代，拿着《故事新编》读不下去，而到四五十岁有了较多社会经历之后再读，就爱不释手。小说的情节叙事和主要人物形象总是把读者紧紧拉进规定情境，而现代细节则明白无误地时常提醒读者：这是艺术，并非真事！这就是上述“古今杂糅”的艺术手法所取得的独特效果。

《故事新编》另一个引人注目的特点，是部分作品所显示的情节内容的荒诞性。《理水》所写的大禹治水时期，文化山上学者们的食粮，竟都是“从奇肱国用飞车运来的”，这当然有荒唐意味，却不一定怪诞。我所说的情节内容的荒诞性，是指《起死》《铸剑》一类作品。德国

① 鲁迅：《书信·360201致黎烈文》，北京，人民文学出版社，1976。

表现主义戏剧家托勒(鲁迅译为托勒垒尔)，在第一次世界大战结束的1918年，写过一个剧本叫《转变》。一开头就是噩梦般的幻景：骷髅们都从坟墓中爬出来，像士兵一样列队游行，滚动头颅，以多取胜，取得了强烈的效果。鲁迅不一定读过这个剧本，但他以戏剧的形式写《起死》时的艺术思路，实际上却是和托勒相通的。在鲁迅笔下，初出场的庄子是一副游戏人间、优游潇洒的姿态。这位主人公为了解除旅途寂寞，忽生奇想，愿意使五百多年前死去的骷髅复生，陪他一路聊天，因而在司命大神面前鼓吹了一通“齐生死”的理论。不料死者复活，成为赤条条的汉子以后，扭住庄子不放，要剥庄子的衣服。尽管庄子能言善辩，说什么“衣服是可有可无的”“鸟有羽，兽有毛，然而王瓜、茄子赤条条”，仍然被对方搞得狼狈不堪，只好“摸出警笛来狂吹”。现实生活的严峻逻辑，终于宣告了“此亦一是非，彼亦一是非”这类相对主义的破产。《起死》将精辟的思想，寄寓在荒诞的情节中，获得异常神奇而强烈的效果。从此，庄周这位喜剧角色的生动、有点漫画化的形象，就深深镌刻在读者脑中，再也涂抹不掉。《铸剑》从风格上说，与充满诙谐幽默味道的《起死》正好相反。它是一篇严肃地表现和赞美复仇精神的作品，充满阳刚之美。作者在古代典籍材料的基础上，经过创造性的艺术想象，同样构筑了荒诞不经而又扎实生动的情节内容。黑色人带着眉间尺的头颅进宫表演这个高潮写得尤其“伟丽雄壮”①，令人叹为观止。一口盛满沸水的大金鼎，“炭火也正旺，映着那黑色人变成红黑，如铁的烧到微红”。在国王和臣僚面前，黑色人且歌且舞，呼应着鼎中涌起的水柱，而眉间尺的头颅“即随水上

① 鲁迅：《书信·360328致增田涉》，北京，人民文学出版社，1976。此语原形容一首歌，借用来形容这一场面。

上下下，转着圈子，一面又滴溜溜自己翻筋斗”。这头颅升到水柱顶端，同样开口唱起神秘悲壮的歌：“血一头颅兮爱乎呜呼。我用一头颅兮而无万夫！彼用百头颅，千头颅……”甚至向着国王“嫣然一笑”。随后，黑色人终于看准机会，挥剑砍下国王脑袋，自己的头颅也进入鼎中助战，把暴君的头颅撕得稀烂，以血战到底、同归于尽的气概完成了复仇大业。在我读过的作品中，实在想不起还有什么其他场面比这里写得更为神奇壮丽，而又如此撼人心魄！如果说，在《起死》中鲁迅借一颗头颅的复活完成了一出颇有讽喻意味的喜剧，那么，在《铸剑》中就借三颗头颅的搏斗完成了一出富有悲壮情调的复仇正剧。表现主义被公认是一种“将蓄在作家内心的东西向外面表现出去”的艺术，搞得不好，容易抽象化，或者变成所谓“寓言式小说”；但鲁迅却发挥自己的艺术才能和社会经验，运用神奇的想象和荒诞的情节，将作品写得更其有声有色，历险境如履平地，这不能不使人钦敬佩服。

《故事新编》最重要的艺术特点，我以为还在于借古代的故事将作者特定的情感、心境、意趣加以外化和折射。这也可以说是一种“自我表现”，但却是表现主义意义上的“自我表现”，而不是简单庸俗的“自况”。

《故事新编》所收的小说，大体上都寄托着作者不同境遇中的不同心态和不同意趣。以《补天》为例，“原意是在描写性的发动和创造，以至衰亡的”①。鲁迅大约在日本留学时期就开始接触弗洛伊德学说。但直到1922年冬天才来写《补天》，却和“五四”落潮期本人久已郁积的寂寞、苦闷的心情有关。小说中女娲的懊恼、郁闷，将自己的精力和生命“四面八方的迸散”到软泥捏成的小东西身上，以及从炼石补天

① 《南腔北调集·我怎么做起小说来》。

这场艰辛壮丽的劳动中获得创造的欢乐，实际上是和鲁迅自己创作生活中经验过的类似心情相呼应的。鲁迅在下面这句话中已泄露了此中的秘密。他在《故事新编·序言》中说：《补天》“取了茀罗特说，来解释创造——人和文学的——的缘起”。《补天》的内容按理完全和文学创造无关。女娲不是作家，小说里也不曾交代她写过什么文学作品。为什么鲁迅要把和《补天》毫不相干的“文学的缘起”说成创作意图之一呢？只能有一个解释，就是小说本身确实同作者创作上的内心体验密不可分，甚至也就是这种内心体验的外化。

《奔月》《铸剑》与作者心境的关系，则更为直接也更为明显一些。《奔月》不写主人公羿当年连射九日的雄姿和气概，却着力突出他当前的境遇：他射光了封豕长蛇，熊豹山鸡，落了个英雄无用武之地，只能让老婆天天吃乌鸦炸酱面；他的历史功绩被人淡忘；弟子逢蒙转过来暗害他；不耐清苦的嫦娥，终于吞药飞升。这种写法，虽然有所根据，却都在强烈地呼应并表现着作者那时悲愤和苍凉的心境。鲁迅在《两地书·九三》中曾说过自己痛苦的经验：“有些青年之于我，见可利用则尽情利用，倘觉不能利用了，便想一棒打杀，所以很有些悲愤之言。”这在小说中也都有表现的。至于《奔月》还寄托了鲁迅与许广平间那时相当微妙的恋情，近年也被有些学者的研究所证实（如李允经《爱情“危机”的艺术再现》一文）。所以，说《奔月》是一篇“将蓄在作家内心的东西向外表现出去”的小说，应该毫无问题。《铸剑》写的是古代侠士代人向专制暴君复仇的故事，体现着作者与黑暗势力势不两立的根本精神。黑色人宴之敖者从外貌到性格、气质、心态、语言都有点像鲁迅。他“衣服却是青的，须眉头发都黑；瘦得颧骨，眼圈骨，眉棱骨都高高地突出来”。他冷峻严厉得像铁，拒绝一切温情，不愿眉间尺称他为“义士”，如有的学者指出的那样，具有“尼采式强者”的特征。他对眉间尺说："孩子，你再不要提这些受了污辱的名称。仗义，同情，那些东西，先前曾经干净过，现在却都成了放鬼债的资本。我的心里全没有你所谓的那些。我只不过要给你报仇!"又说："你还不知道么，我怎么地善于报仇。你的就是我的；他也就是我。我的魂灵上是有这么多的，人我所加的伤，我已经憎恶了我自己!"这是读者从《过客》《这样的战士》等篇中早已熟悉了的一种性格气质。有趣的是，连"宴之敖者"这个名字，也是鲁迅在1924年辑成《俟堂专文杂集》一书时曾经用过的笔名。因此，即使把小说中怪诞情节之类搁置不论，仅就上述情况而言，说《铸剑》是一篇表现主义成分很重的小说，我相信也会得到学界赞同的。

采用这种观察方法，《故事新编》中其他各篇的问题大致也可迎刃而解。如《理水》《非攻》，寄托着作者在30年代混乱环境中对大禹、墨翟这类脚踏实地、埋头苦干的实干家的期待以及对一些莫名其妙的学者文人的憎恶。《采薇》《出关》则在"复调小说"的多义性氛围中表现着作者对伯夷、叔齐、老子这些历史人物的复杂心情以及由现实中得来的多种感兴。它们都不是黑白分明的单纯的英雄颂歌或单纯的讽刺作品。事实上，鲁迅写女娲、羿、禹这些神话或传说中的英雄，就是要从内心世界中把他们还原成为平常人。他们有平常人的欲望，有平常人的苦恼和欢乐，有平常人的弱点(如《理水》结尾时的禹)，也像平常人那样受气。这情形，就像《尤利西斯》的作者把奥德赛的故事拉到现代，把神话中的英雄变成平凡卑微的现代人一样，也是现代主义作品共有的趋向。鲁迅后来的小说创作，越来越看重"意"的贯注与表达，绝非偶然。这同鲁迅文艺思想上表现主义成分的增强有密切的关系。而《故事新编》，按照作者的自白，就正是"只取一点因由，随意点染"而成的艺术结晶。

复调小说：鲁迅的突出贡献*

一、奇异的复合音响

几乎每一位认真仔细地读过鲁迅小说的人，都会感到他的许多作品有一种特别的、不大容易把握好的滋味，让人久久思索。这特别之处在于：鲁迅小说里常常回响着两种或两种以上不同的声音。而且这两种不同的声音，并非来自两个不同的对立着的人物（如果是这样就不稀奇了，因为小说人物总有各自不同的性格和行动的逻辑），竟是包含在作品的基调或总体倾向之中的。日本思想家竹内好在他那本著作《鲁迅》中，就曾隐约地说出过这种感觉，他认为：鲁迅小说里仿佛“有两个中心。它们既像椭圆的焦点，又像平行线，是那种有既相约、又相斥的作用力的东西”①。这

---

* 原载《中国现代文学研究丛刊》，2001 年第 3 期。同年中国人民大学报刊资料中心《中国现当代文学研究》第 10 期与《新华文摘》半月刊第 11 期予以转载。初稿写于 1999 年 11—12 月，后于 2001 年 4 月下旬修改。

① [日]竹内好：《鲁迅》，李心峰译，91—92 页，杭州，浙江文艺出版社，1986。

种感觉不是偶然产生的。

以《狂人日记》为例，同一个主人公的日记，就既是疯子的千真万确的病态思维和胡言乱语，又能清醒深刻、振聋发聩地揭示出封建社会历史的某种真相。当然，这还只是表层的。在深层内容上，同样也响着两种声音：主人公一方面在激昂地愤怒地控诉封建礼教和家族制度“吃人”的罪行，另一方面，又在沉痛地发人深思地反省自身无意中也参与了“吃人”的悲剧，惭愧到了觉得“难见真的人”。战斗感与赎罪感并存。

《孔乙己》中，通过一个受凌辱的小人物的遭遇，尖锐批判了咸亨酒店里里外外人们的冷漠，把别人的痛苦当作笑料，让人对孔乙己不能不同情；同时又痛心地揭露了孔乙己自身虽然善良却有好吃懒做、不肯上进、一再偷窃等严重毛病，让人对孔乙己实在无法同情。一篇短短三千字的作品令读者产生如此复杂的感情，确实少有。

在《药》中，一方面我们痛切感到华老栓一家以及千千万万像华老栓家那样的普通百姓是多么痛苦、愚昧，多么需要一场革命的大风暴来解救；而另一方面，想要掀起这场风暴的革命者夏瑜，却被他的亲伯父告密成了死囚，他被砍头后流的血又被愚昧群众当作医治亲人痨病的药，其结果是两个年轻的牺牲者最后被比邻安葬，两位母亲在次年清明节同时悲痛欲绝地出现在坟场上。小说迫使广大读者不能不认真思考：生活的出路究竟在哪里？中国的状况到底有没有条件发生它所需要的这场革命大风暴，发生之后实际效果又会怎样？

《故乡》中闰土取香炉和烛台的时候，“我”暗地里笑他这样迷信这样崇拜偶像，可临近结尾，说到后辈“应该有新的生活”时，“我”转而马上又自省：“现在我所谓希望，不也是我自己手制的偶像么？”回响起另一种声音。

《头发的故事》中，N先生不断表达对中国近代革命的失望，他质问："你们将黄金时代的出现豫约给这些人们的子孙了，但有什么给这些人们自己呢？"而"我"对N的淡漠以至嘲弄却又持批判性态度。整个作品就由这两种不同音响组成。

《孤独者》中的魏连殳，当他坚持自己的人生理想，不愿与世俗同流合污时，穷困潦倒得连周围的孩子也躲避着他。到他肺病越来越严重，答应当了一名军阀的顾问，立刻门庭若市，成了人们口中的"魏大人"。他胜利了，然而是彻底失败了；他在"胜利"的喧笑中，独自咀嚼着失败的伤痛离开了人世。读完作品，我们耳朵边永远回荡着魏连殳那深夜的狼嗥般的哭声，他为他祖母哭，更为他自己哭，为一切理想主义者的失败哀哭。我们分明感觉到，这哭声，不但发自作品主人公魏连殳，也同样发自作者鲁迅本人。这是多重音响的复合，复杂得令人难以用言语来形容。

再说《祝福》。长期以来研究者都从封建礼法和封建迷信如何深深地残害祥林嫂这位两次守寡的劳动妇女，给她带来多大痛苦的角度来思考问题，所以总是将鲁四老爷以及柳妈作为加害的一方、祥林嫂作为受害的另一方加以对阵，得出儒释道(教)合伙"吃人"的结论。这样做并不错，但是远不完全，多少有些简单化。正像汪晖先生所说，当我们把祥林嫂的故事放在小说的叙事结构中时，发现小说主题就复杂化了：第一人称叙述者是小说中的"新党"，是唯一能在价值观上对儒释道合流的旧的伦理体系给予批判的人物，而叙述过程恰恰层层深入地揭示出，这位叙述者似乎同样对祥林嫂之死负有责任。祥林嫂曾经把希望寄托在这个"识字的，又是出门人"的"新党"身上，但灵魂有无的问题却让"我"陷入两难的困境，"惶急""踌躇""吃惊""支吾"，最终以"吞吞吐吐"的"说不清"作结，这或多或少加速了祥林嫂在绝望中走向死亡。尽管读者知道：第一人称叙述者的两难处境其实根源于祥林嫂的荒诞处境，因为她既需要"有灵魂"(她可以看到自己的儿子阿毛)，又需要"无灵魂"(她可以免于受两个男人把她身体锯成两半的痛苦)，这本身是一种无可选择的悲剧。但鲁迅以带有反讽意味的叙述启示读者：面对绝望的现实，具有新思想的知识分子除了挺身反抗之外别无其他途径，否则就会成为旧秩序的"共谋"。这种道德反省可以说就是《祝福》的副主题。①

我们还可举一些其他作品来说明鲁迅小说基调的复杂性。

《补天》写了女娲在苦闷和宣泄自己无穷精力的过程中抟土造人，然而造出来的一群群小东西却十分古怪，自己毫不喜欢，实际上女娲造的是对立物。小说既赞美了女娲炼石补天，抟土造人的创造精神，又对创造的结果是如此荒唐感到无可奈何的焦灼和失望。

《奔月》写了羿这位神话传说中射下九个太阳为人类建了大功的英雄。然而小说并不从他当年射日的雄姿写起，却着力突出他目前的境遇：他射光了封豕长蛇、熊豹山鸡，最后落了个英雄无用武之地，再也射不到什么东西，只能让老婆天天吃乌鸦炸酱面；他的历史功绩被人淡忘；弟子逄蒙转过来暗害他；不耐清苦的嫦娥，终于吞药飞升。小说透露的那种种复杂的感情非常值得玩味。

《非攻》中，墨子为弱小的宋国立了大功，使它免于受到强大的楚国的进攻和吞并，体现了墨侠精神，这是小说的主旨。但墨子回到宋国后的遭遇也很有意思："一进宋国界，就被搜检了两回；走近都城，又遇到募捐救国队，募去了破包袱；到得南关外，又遭着大雨，到城门下想避避雨，被两个执戈的巡兵赶开了，淋得一身湿，从此鼻子塞

① 见汪晖：《反抗绝望》，275—277页，上海，上海人民出版社，1991。

了十多天。”小说就在墨子伤风中戛然而止。

《理水》确是正面肯定大禹治水，三过家门而不入，艰苦到无以复加的那种苦干实干精神的。禹的出场，从相互映照中构成了对大臣及文化山上学者们的嘲讽。然而，皋陶所下的过于严厉的学大禹的命令，使商家“起了大恐慌”。小说结尾一段这样写：

> 幸而禹爷自从回京以后，态度也改变一点了：吃喝不考究，但做起祭祀和法事来，是阔绰的；衣服很随便，但上朝和拜客时候的穿著，是要漂亮的。所以市面仍旧不很受影响，不多久，商人们就又说禹爷的行为真该学，皋爷的新法令也很不错；终于太平到连百兽都会跳舞，凤凰也飞来凑热闹了。

大禹的这种微妙的变化也很耐人寻味。

诸如此类的多声部现象，确实构成鲁迅小说的基调。

《楞严经》等佛典中提到过建筑上的“多重镜像”法：“道场中陈设，有八圆镜各安其方，又取八镜，覆悬虚空，与坛场所安之镜，方面相对，使其形影重重相涉。唐之释子借此布置，以为方便，喻示法界事理相融，悬二乃至十镜，交光互影，彼此摄入。”鲁迅的复调小说，很像这类“交光互影，彼此摄入”的境况。它也许就是鲁迅式感受世界、体验世界的独特方式吧！

当然，我无意于说鲁迅小说每篇都是“复调小说”。《呐喊》中，有些作品像《鸭的喜剧》《兔和猫》本来就是散文，如果不是在新文学的草创期，或者鲁迅的第一本散文集不是青少年时代的回忆因而不叫《朝花夕拾》，鲁迅未必会把它们编进小说集里。《彷徨》则整齐多了，不过个别篇章像《示众》也还只能算是一个场面的速写。尽管如此，鲁迅小说还是以多声部的复调为特点的。这是鲁迅的很大贡献。陀思妥耶夫斯基确实以复调小说著称，但他写的都是中长篇小说。短篇小说而能达到鲁迅这种成就，极不容易，可以说很了不起。

二、决定鲁迅小说成为复调小说的几个因素

首先，由鲁迅个人的经历和体验所决定的思想的复杂性。

鲁迅在《呐喊·自序》中曾经说到过自己创作的起因，1932 年在《自选集·自序》中又说：

> 我做小说，是开手于一九一八年，《新青年》上提倡“文学革命”的时候的。……我的作品在《新青年》上，步调是和大家大概一致的，所以我想，这些确可以算作那时的“革命文学”。
>
> 然而我那时对于“文学革命”，其实并没有怎样的热情。见过辛亥革命，见过二次革命，见过袁世凯称帝，张勋复辟，看来看去，就看得怀疑起来，于是失望，颓唐得很了……不过我却又怀疑于自己的失望，因为我所见过的人们，事件，是有限得很的，这想头，就给了我提笔的力量。
>
> “绝望之为虚妄，正与希望相同。”
>
> 既不是直接对于“文学革命”的热情，又为什么提笔的呢？想起来，大半倒是为了对于热情者们的同感。这些战士，我想，虽在寂寞中，想头是不错的，也来喊几声助助威罢。首先，就是为此。自然，在这中间，也不免夹杂些将旧社会的病根暴露出来，催人留心，设法加以疗治的希望……

这几段话里包含了多层含义：它说明鲁迅的小说发端于对自己的绝望

的怀疑，也就是感到自己对于历史过程的经验毕竟有限，因而没有理由将个人经验范围内的“绝望”当作整个世界的“绝望”。但对“绝望”的怀疑，又不意味着肯定“希望”。在鲁迅看来，“绝望”与“希望”都有点虚妄，只有对“绝望”的反抗才具有真实的意义。所以他说：“我的反抗，却不过是与黑暗捣乱。”而这种作为反抗对象的“黑暗”，既存在于客观历史之中，又内在于作家个人的心中，“万难破毁的铁屋子”既是中国社会的象征，又是自身灵魂里的存在。① 他既要对客观存在的社会生活进行批判，又试图挣脱内心的“大毒蛇”(《呐喊·自序》)的缠绕。鲁迅前期思想的基础是个性主义，但他同时也感到了作为思想武器的个性主义的脆弱。后来他接受了集体主义，但又从实践中似乎预感到某种条件下它可能成为专制主义的别称。鲁迅一向主张小说作者不应自处于反省圈外，他在批评谴责小说时曾说：“中国之谴责小说有通病，即作者虽亦时人之一，而本身决不在谴责之中。倘置身局内，则大抵为善士，犹他书中之英雄；若在书外，则当然为旁观者，更与所叙弊恶不相涉，于是‘嬉笑怒骂’之情多，而共同忏悔之心少，文意不真挚，感人之力亦遂微矣。”② 从创作《呐喊》时期起，鲁迅就注意把自己同样放进小说具体情境之中。因此，上述种种困扰着他的矛盾，也必然渗透到作品之中，这就带来他的小说的极大丰富性与复杂性。

其次，为了表现一些相当复杂的思想体验，小说家鲁迅运用了多种不同的创作方法。他在运用写实主义的同时，还根据不同的需要，运用了象征主义、表现主义等其他方法。这些不同方法有时单独运用

① 此处前半段所作分析，得益于汪晖著作《反抗绝望》，谨表谢意。

② 鲁迅：《鲁迅小说史大略》，111页，西安，陕西人民出版社，1981。

某一种；有时以一种为主，兼糅其他成分；有时两种方法双管齐下，同时使用。总之，非常有独创性。

第一篇白话小说《狂人日记》，它的正文是写实主义和象征主义同时并用的。刻画狂人，用写实主义，写出一个非常真实的医学上无可挑剔的“迫害狂”患者；寄寓思想，用象征主义，透过疯言疯语暗示出封建礼教和家族制度“吃人”的重大问题。应该说，在《狂人日记》中，象征主义起了非同小可的作用。没有它，一个短篇小说绝对不可能具有这样巨大丰富的思想容量；没有它，作品就不可能把反对肉体上吃人提高到揭露封建礼教和家族制度“吃人”这个高度；没有它，狂人所呼叫的“我自己被人吃了，可仍然是吃人的人的兄弟！”“没有吃过人的孩子，或者还有？”等等就完全失去了沉痛的味道；没有它，整篇《狂人日记》就只剩下了一堆疯话。当然，写实主义方法在作品中也绝不是可有可无的。只有真实精细地刻画狂人形象和他的“迫害狂”心理，才能够借他的疯话来安装进许多象征的、双关的、含有深意的内容。可以说，写实主义越成功，象征主义才能越加发挥它的威力。二者是相辅相成、相得益彰的关系。

有个问题既关联到《狂人日记》的复调内涵，也关联到这篇小说的创作方法，因而不得不稍作辨析，那就是对“小序”提到的狂人病愈后“赴某地候补”，该怎样理解？是否如有的学者所说，意味着他又回到了“吃人”的队伍？我以为，这样理解缺少充分的根据。因为，文言“小序”的作用，仅在于交代日记的来历，告诉读者它由一个“迫害狂”患者所记，以增强作品的真实感和可信性，并无其他更玄奥的含义。我们不必穿凿附会，求之过深。作者特意用了“供医家研究”一语，就证实“小序”和作品正文不同，它只是以写实主义态度刻画狂人的继续，并无象征主义成分在内，大可不必将“病愈”或“候补”作特殊的理解。即使由候补而真做了官，也不能说就一定在“吃人”。鲁迅本人当时就是北洋政府教育部的“佥事”——相当于司局级的官员。他做的事情，却是与新文学阵营密切配合，相互呼应：在1918年以“教育部通俗教育研究会”名义发表《劝告小说家勿再编写黑幕一类小说》的公开信，1920年促成教育部通令全国中小学校都采用国语（白话文），1921年又规定全国要使用新式标点符号，如此等等。如果没有鲁迅、陈师曾、许寿裳等教育部内很有新思想的官员们的里应外合，新文学运动恐怕不能那么快取得胜利。所以，把“病愈”“候补”定要解释为重新回到“吃人”队伍，似乎既于情理不顺，亦不符合作品实际。

《药》是一篇写实主义的作品，但它并没有排斥象征手法的运用，没有排斥象征主义的某些成分。小说是这样开头的：

> 秋天的后半夜，月亮下去了，太阳还没有出，只剩下一片乌蓝的天；除了夜游的东西，什么都睡着，华老栓忽然坐起身，擦着火柴……

这除了交代华老栓去买人血馒头的时间以外，也象征地点明了故事发生的时代，告诉读者这是深夜，是最昏黑的时候，是人们还在沉睡的年代。“什么都睡着”五个字，作者绝不是随便落笔的，它是一种暗示。接下去写老栓买到人血馒头时的高兴心情：“他的精神，现在只在一个包上，仿佛抱着一个十世单传的婴儿，别的事情，都已置之度外了。他现在要将这包里的新的生命，移植到他家里，收获许多幸福。”用暗喻笔法反衬出老栓迷信思想的严重，预示悲剧的即将到来。作者没有把《药》的悲剧仅仅看作两个家庭的悲剧，而是看成整个中华民族的悲剧，是全民族千千万万个家庭的悲剧。因此，在写实之外，又增加了一点象征的色彩：特意安排两个悲剧的主人公一家姓“华”，一家姓“夏”，合起来恰恰是中国的古称——“华夏”。这是淡淡的不显眼的一笔，然而这一笔把悲剧的普遍而深广的意义提到了一个新的高度。

鲁迅许多小说有“实”有“虚”，虚实相济，寄意深远。这种艺术效果的造成，恐怕就是和写实主义、象征主义两种创作方法的同时并用有关的。譬如，大家都熟悉的《故乡》结尾处那几段文字，其写法就是从实到虚，由写实到象征。作者先写：“我躺着，听船底潺潺的水声，知道我在走我的路。”然后由此生发开去，从“我与闰土隔绝”，想到下一代应该有新的生活，又想到这种“希望”的过于茫远。终于离“实”就“虚”，语意双关地将具体的“路”提高到抽象的人生道路上来，用“地上本没有路，走的人多了，也便成了路”作结束，简洁有力而余味无穷，既饱含哲理，又富有诗意。这还只是片段文字产生的效果。像小说《长明灯》，则是完全用象征主义方法写成的反封建作品了。

至于用表现主义方法写成的《故事新编》，更突出地显示了“复调小说”的多义性，寄托着作者不同境遇中的不同心态和不同意趣。

以《补天》为例，“原意是在描写性的发动和创造，以至衰亡的”。鲁迅大约在日本留学时期就开始接触弗洛伊德学说，但直到1922年冬天才来写《补天》，却和“五四”落潮期本人久已郁积的寂寞、苦闷的心情有关。小说中女娲懊恼、郁闷，将自己的精力和生命“四面八方的迸散”到软泥捏成的小东西身上，以及从炼石补天这场艰辛壮丽的劳动中获得创造的欢乐，实际上是和鲁迅自己创作生活中经验过的类似心情相呼应的。鲁迅在下面这句话中已泄露了此中的秘密。他在《故事新编·序言》中说：《补天》“取了茀罗特说，来解释创造——人和文学的——的缘起”。《补天》的内容按理完全和文学创造无关。女娲不是作家，小说里也不曾交代她写过什么文学作品。为什么鲁迅要把和《补天》毫不相干的“文学的缘起”说成创作意图之一呢？只能有一个解释，就是小说本身确实同作者创作上的内心体验密不可分，甚至也就是这种内心体验的外化。

《奔月》《铸剑》与作者心境的关系，则更为直接也更为明显一些。《奔月》不写主人公羿当年连射九日的雄姿和气概，却着力突出他当前的境遇，这与鲁迅在厦门教书那一段的寂寞心情有关。《铸剑》写的是黑色人那种与专制暴君势不两立以及行侠不图报的原侠精神，它可以说也是鲁迅自己精神气质的外化。这位黑色人的外貌简直就是鲁迅的自画像。而且他有一个姓名，叫作“宴之敖者”，而这“宴之敖者”，就是鲁迅曾经用过的一个笔名。由此可见《铸剑》和作者鲁迅间的那种密切关系。

最近因要写《序》，读了郑家建先生的书稿《被照亮的世界——〈故事新编〉诗学研究》。他对《起死》《出关》两篇所做的独到阐释，我很赞同。他对《起死》的解析是：“在最表层的解读上，可以把《起死》看作是鲁迅对庄子哲学中‘齐物论’思想的一次绝妙的反讽。但是，在深层上，文本中却隐藏着一个对立的意义结构：哲学家/汉子。我以为，这个对立结构是知识者/民众这一意义结构的隐喻性表达。……实际上，呐喊/彷徨、希望/绝望、确信/质疑的矛盾，一直贯穿着鲁迅一生的精神历程。即使在他成为左翼阵营的精神领袖之后，这些矛盾依然盘踞在他的心灵深处。所以，可以说，写在其晚年的《起死》是鲁迅对其一生从事启蒙的思想追求的一种隐秘的自我反讽：对于复活的汉子来说，他所迫切需要的是衣服和食物，他根本无法也无心理解庄子所关注的那些思想，即使唤醒他们，又会怎样呢？这是一个现代性的质疑。《起死》的创作就是鲁迅试图通过一个古代的语境来思考这一现代性问题的体现。”[①]家建还认为：“对《出关》的解读，最关键之处就在于，要读通‘关’的意义，这是文本叙述的焦点。‘关’从某种意义上说，也是中国传统知识分子现实命运的一个象征。‘关’是王权控制的界限。老子的西出函谷关，就是试图逃离王权的控制，然而，出了‘关’又会怎样呢？这就如关尹子所预言的‘看他走得到，外面不但没有盐，面，连水也难得。肚子饿起来，我看是后来还要回到我们这里来的。’可见，即使暂时逃离了王权的控制，但仍然逃离不了生存的种种困扰。这就是一种摆在传统知识分子人生关口的尴尬。或许，这种尴尬也十分近似于鲁迅晚年的处境……从某种意义上说，《出关》是鲁迅对他自己的现实处境和即将做出的人生选择的一次最清醒、深刻的思考。”[②]我以为，这些论述都相当精彩。

以上的解读都显示，表现主义创作方法对于寄托作者鲁迅的心态，拓展复调小说的多义性，确实起到了极重要的作用。

总之，运用多种不同的创作方法，这是鲁迅复调小说形成的又一个原因。

最后，是叙事角度的自由变化。

一篇短短的《孔乙己》竟能引起读者异常复杂的感受，就与作者安排了一个可以悄悄移位的叙事者有关系。过去许多研究者的文章，以及中学语文课的教学提示，都把《孔乙己》的叙事者说成是咸亨酒店的“小伙计”。这种说法不确切。如果叙事者真的是十二三岁的酒店小伙计，那么孔乙己给予读者的印象就会简单得多。这个孩子还不大懂事，处在“少年不识愁滋味”的时期，他跟酒店的顾客们差不多，都是

---

① 郑家建：《被照亮的世界——〈故事新编〉诗学研究》，福州，福建教育出版社，2001。

② 同上。

鄙视孔乙己并把他看作调笑对象的。有一次，孔乙己考问他茴香豆的“茴”字怎样写，小伙计很势利地想：“讨饭一样的人，也配考我么？便回过脸去，不再理会。”孔乙己热情耐心地教他“茴”字的四种写法，他都很不耐烦地“努着嘴走远”了。可见，小说如果真的完全通过“小伙计”的眼睛来看，作品的“复调”效果就难以形成。即使从文字的表面上看，《孔乙己》的叙事者也是个成年人。小说是用事情过去许多年后追忆的方式来展开的。第一段里借介绍每碗酒四文铜钱时就提示道：“这是二十多年前的事，现在每碗要涨到十文。”这句插话仿佛不经意间说出的，实际却十分重要，简直非同小可，但读者却往往忽略，它的重要性在于交代出故事发生在戊戌变法之前，亦即科举制度尚未废除之前，而不在说明酒的涨价。在交代“我从十二岁起，便在镇口的咸亨酒店里当伙计”之后，第三段结尾说：“掌柜是一副凶脸孔，主顾也没有好声气，教人活泼不得；只有孔乙己到店，才可以笑几声，所以至今还记得。”所谓“至今还记得”，也就是二十多年以后还记得。这就表明，曾经做过酒店伙计的这位叙事者，如今至少已有三十多岁，他已经见过一点世面，知道生活本身的艰辛，不再是一个只知道嘻嘻哈哈的人物。他已经把少年时代的人生经历重新咀嚼过一遍，已经嚼出了一点人生的苦涩的味道，对孔乙己这类封建科举制度的牺牲品增添了更多同情心。例如，当孔乙己说出“茴字有四种写法”，小伙计感到不耐烦而走开时，小说接下去写了这样一句话：“孔乙己刚用指甲蘸了酒，想在柜上写字，见我毫不热心，便又叹一口气，显出极惋惜的样子。”这句显示孔乙己善良天真的话语，分明出自很懂事、很有同情心的大人嘴里，而且是带着一点追悔说出来的，不像是已经走开了的小伙计的口气。至于孔乙己很久不出现而在初冬时节用手撑着重新到酒店来喝酒一段，则完全用回忆的口吻：“他脸上黑而且瘦，已经不成样子；穿一件破夹袄，盘着两腿，下面垫一个蒲包。”“我温了酒，端出去，放在门槛上。他从破衣袋里摸出四文大钱，放在我手里，见他满手是泥，原来他便用这手走来的。不一会，他喝完酒，便又在旁人的说笑声中，坐着用这手慢慢走去了。”直到最后一句：“我到现在终于没有见——大约孔乙已的确死了。”回忆中夹带怜悯和同情，构成一种特殊的氛围，让读者受到很深的感染。小说采用这样一个叙事者，在艺术上取得了特殊的效果：他有时可以用不谙世情的小伙计的身份面对孔乙已，把镜头推近，叙事显得活泼、有趣、亲切；但有时又可以把镜头拉远，回忆中带着极大的悲悯、同情，更易于传达出作者自身的感情和见解，甚至说出带点感叹的话：“孔乙已是这样的使人快活，可是没有他，别人也便这么过。”暗中鞭打那些只把孔乙已当作笑料的看客们。这就是可以悄悄移位的叙事者的好处。

此类情况还很多。

《阿 Q 正传》从“序”开头，有个仿佛是作者的人总在那里唠叨“我要给阿 Q 做正传，已经不止一两年了”。还插科打诨地说：“传的名目很繁多：列传、自传、内传、外传、别传、家传、小传……而可惜都不合。”读者如果当真以为这小说是第一人称，那就上当了。随着正文叙事越来越深入，这个“我”就逐渐隐去或者淡出，慢慢就变成了第三人称，因而能写到阿 Q 的性苦闷，阿 Q 参加革命的梦，等等。临刑前还写到了阿 Q 多年前看到而留下极深印象的那匹饿狼的眼睛，他觉得周围看客们的“可怕的眼睛”“穿透了他的皮肉”，就跟那匹饿狼一样。这些都是第一人称的“我”所无法完成的。显然，当小说越来越从喜剧变成悲剧的时候，作者必须更换叙事者身份，让真正的第三人称登场。

《采薇》本来运用全知叙事，但写到伯夷决定逃离养老堂这段关键情节，作者隐身而退，改用第三人称限知叙事，让叔齐听到了伤兵、管门人等三人的谈话，知道武王伐纣取得了胜利。《理水》写到大禹出场这一重要场面，叙事角度也有变化。这些改变或调整，都是为了要取得特定的效果。

连《风波》都是这样。有一处忽然插入“文豪”的“诗兴大发”以及对他的批评，被夏丏尊指为“第三人称的小说，而于中却夹入着作者主观的议论或说明”，显得“不统一”①。其实这是作者有意为之。在西方，这种情况称作“metafiction”，有的学者翻译为“后设小说”。它在表现主义文学中经常出现，作品常会提醒读者，这是小说而不是现实，竭力拉开读者和作品的距离，不像传统的小说那样竭力将读者引入艺术的境界，给人“逼真”而“十分投入”的感觉。用林达·哈契恩的话来说：“后设小说，顾名思义，是关于小说的小说——也就是说，在它的内部包含着对于小说本身叙事的评论，或者包含着对于小说的语言本体的评论。”②鲁迅小说的叙事者经常是很自由的。他自己曾经说过，如果艺术的殿堂里竟有那么多清规戒律的话，他宁可不进去。③ 这话也适用于他的叙事艺术。

从《伤逝》中，我们又看到了鲁迅叙事技巧的圆融老到以及如何影响小说的多声部特点。

---

① 夏丏尊：《论记叙文中作者的地位并评现今小说界的文字》，严家炎编《二十世纪中国小说理论资料》第二卷，412—413页，北京，北京大学出版社，1997。

② [加]林达·哈契恩(Linda Hutcheon)：《自恋式叙事：后设小说的佯谬》(Narcissistic Narrative：The Metafictional Paradox)，1页，伦敦，劳特利奇出版社，1984。

③ 参阅《华盖集·题记》。

《伤逝》通过涓生如泣如诉的沉痛独白，实际提出了谁应该对爱情的摧折和子君的死亡负责的问题，是社会环境的压迫？是子君自己的弱点？是男主人公的“卑怯”与不负责任？这些因素是如此错综地扭结在一起，令人难以做出确定的回答。更其复杂的是，独白者虽对子君之死一再表示了真诚的悔恨，但在追忆过程中却又时时借社会环境与女方弱点之类客观因素为自己进行闪烁其词的开脱与辩解，显示出自身的二重品性，以致作品中仿佛有个隐身者不时在对涓生的灵魂进行犀利、严峻的拷问。当涓生说些夸张的语言（如“自觉了我在这里的位置，不过是叭儿狗和油鸡之间”；子君同意离去后“我便轻如行云”，如释重负）以及用“不该虚伪”来掩护自己赤裸裸的自私行为时，它们便立即成为对自身的反讽。由此，小说中便同时回响着多重的声音。

《在酒楼上》和《孤独者》两篇小说的叙事，则是另一种情况。

《在酒楼上》《孤独者》都是由第一人称叙述者“我”来叙述的，但叙述的不是他自己，而是作品的主人公。可是，这个“我”又不是简单的旁观者，而是独立的角色。他们不但对各自作品的环境氛围和抒情基调承担着极大的作用，而且自身就融入小说情节中，和主人公构成对白的关系，甚至成为互相渗透、互相影响的对偶式人物（与《孔乙己》中情况完全不同）。“他们似乎是一对有着独特心灵感应的孪生人，虽各各不同，又密切相关，骨头连筋。”[1] 究其实，这两组对偶式主人公，都各自是作者鲁迅内心的两个侧面。他们的对话背后，正隐藏着20年代中期鲁迅内心深处的冲突。据周作人的回忆，《在酒楼上》写到的为小兄弟迁葬、《孤独者》写到的为祖母大殓，均取自作者自己的

---

① 汪晖：《反抗绝望》，331页，上海，上海人民出版社，1991。

经历①，至于魏连殳“当兵”的情节据说是鲁迅确曾动过的真实念头。如果对照鲁迅的经验和感受，那么，我们也会觉得：吕纬甫内心那种对于母亲、对于传统道德的妥协，那种面对辛亥革命后的现实所形成的颓唐而又自责的心态，也是鲁迅自己曾经有过的；魏连殳对周围人物桀骜而在孩子面前又驯顺、对于世界冷漠又热爱的精神特点，也和鲁迅灵魂的某一侧面相通。鲁迅曾直言不讳地对胡风说：“我就是魏连殳。”小说所写的魏连殳的容貌“是一个短小瘦削的人，长方脸，蓬松的头发和浓黑的须眉占了一脸的小半，只见两眼在黑气里发光”，这不也是鲁迅的自画像么？而第一人称“我”对各自主人公消沉心态的否定性态度以及仿佛和自己血肉相关的感觉，也正表明鲁迅内心难以摆脱的挣扎。从这个意义上说，《在酒楼上》《孤独者》（还有《头发的故事》）的叙事特点是将自己的内心体验一分为二，化成两个人物——两个孪生兄弟似的人物，一部分以单纯独白的、主观的方式呈现，另一部分则以客观的、非“我”的形式呈现。这种独特的方式，恰到好处地表现了作者自身经验过的许多内心矛盾，是鲁迅富有独创性的艺术尝试。它们在鲁迅小说中也是为数不多的。

由这种将矛盾着的自己一分为二地转化为两个艺术形象的方法，我们想到了陀思妥耶夫斯基。

三、鲁迅所受陀思妥耶夫斯基的影响

鲁迅小说接受外国作家的影响，来源当然是很多的，像夏目漱石、显克微支、契诃夫、安特列夫，应该说都有。只是从复调小说这

---

① 参见周遐寿（周作人）：《鲁迅小说里的人物》，114—116页，130—133页，北京，人民文学出版社，1957。

个角度，我们在这里才特别提到陀思妥耶夫斯基。

鲁迅从青年时代起，就读陀思妥耶夫斯基的作品，而且很受震动。他感到震惊的是，陀思妥耶夫斯基竟然能把人物灵魂写得那么深。陀氏自己在1880年的笔记《手记·我》中曾经说："以完全的写实主义在人中间发现人，这是彻头彻尾俄国底特质。在这意义上，我自然是民族底的。……人称我为心理学家，这不得当。我单是在高的意义上的写实主义者，即我是将人的灵魂的深，显示于人的。"鲁迅显然赞同陀思妥耶夫斯基的这个说法，他在《〈穷人〉小引》中说："将这灵魂显示于人的，是'在高的意义上的写实主义者'。"又说："显示灵魂的深者，每要被人看作心理学家；尤其是陀思妥耶夫斯基那样的作者。他写人物，几乎无须描写外貌，只要以语气，声音，就不独将他们的思想和感情，便是面目和身体也表示着。又因为显示着灵魂的深，所以一读那作品，便令人发生精神的变化。"当《穷人》这部陀思妥耶夫斯基早年的中篇小说由未名社的韦丛芜从英译本翻译过来的时候，鲁迅特意用日译本作了校订，还让韦素园用俄文原文作第二次校订，自己还写了这篇小引作为中译本的序，可见鲁迅对陀思妥耶夫斯基作品的认真。鲁迅曾经在理论文章、散文、序跋、书信中一而再，再而三地谈到过陀思妥耶夫斯基，也可见出他对这位作家印象之深。鲁迅曾在《忆韦素园君》中说："对于这先生（即陀思妥耶夫斯基），我是尊敬、佩服的，但我又恨他残酷到了冷静的文章。他布置了精神上的苦刑，一个个拉了不幸的人来，拷问给我们看。"这像是责备，却又是赞美。在《两地书》第132封中，鲁迅称陀氏为"用笔墨使读者受精神上的苦刑的名人"。

这里就要说到鲁迅对陀思妥耶夫斯基小说人物复杂性的看法问题。鲁迅对陀氏小说人物的复杂性，是既欣赏，同时又感到有点受不了，但总体上又非常赞叹、佩服的。在《〈穷人〉小引》中，鲁迅说：

灵魂的深处并不平安，敢于正视的本来就不多，更何况写出？因此有些柔软无力的读者，便往往将他只看作“残酷的天才”。

陀思妥耶夫斯基将自己作品中的人物们，有时也委实太置之万难忍受的，没有活路的，不堪设想的境地，使他们什么事都做不出来。用了精神的苦刑，送他们到那犯罪，痴呆，酗酒，发狂，自杀的路上去。有时候，竟至于似乎并无目的，只为了手造的牺牲者的苦恼，而使他受苦，在骇人的卑污的状态上，表示出人们的心来。这确凿是一个“残酷的天才”，人的灵魂的伟大的审问者。

然而鲁迅又说：

凡是人的灵魂的伟大的审问者，同时也一定是伟大的犯人。审问者在堂上举劾着他的恶，犯人在阶下陈述他自己的善；审问者在灵魂中揭发污秽，犯人在所揭发的污秽中阐明那埋藏的光耀。这样，就显示出灵魂的深。

在晚年写的《陀思妥耶夫斯基的事》一文中，鲁迅将这一点说得更加明确，认为陀思妥耶夫斯基“到后来，他竟作为罪孽深重的罪人，同时也是残酷的拷问官而出现了。他把小说中的男男女女，放在万难忍受的境遇里，来试炼它们，不但剥去了表面的洁白，拷问出藏在底下的罪恶，而且还要拷问出藏在那罪恶之下的真正的洁白来。而且还不肯爽利的处死，竭力要放它们活得长久，而这陀思妥耶夫斯基，则仿佛就在和罪人一同苦恼，和拷问官一同高兴着似的。这绝不是平常人做得到的事情……”但鲁迅认为，这种对人物灵魂的拷问，首先是作家不断拷问自己灵魂的结果：“其实，他早将自己也加以精神底苦刑了，从年青时候起，一直拷问到死灭。”① 而且鲁迅认为，正是有了这种灵魂的拷问，才能使人获得精神的新生，这是必经之途：

> 这也可以说：穿掘着灵魂的深处，使人受了精神底苦刑而得到创伤，又即从这得伤和养伤和愈合中，得到苦的涤除，而上了苏生的路。②

可见，鲁迅对陀思妥耶夫斯基小说的独特成就总体上是肯定得很高的。他大致上从三个方面接受了陀思妥耶夫斯基：一是写灵魂的深，二是注重挖掘出灵魂内在的复杂性，三是在作品中较多地用全面对话的方式而不是用单纯的独白体的方式加以呈现。这三个方面互相紧密联系，构成了复调小说的基础。按照苏联文学研究家米哈伊尔·巴赫金的说法，陀氏笔下主人公都是一些有独立意识、爱思考的人，作者对他们必须采取全新的立场，很难按自己意志强制他们，这就有助于复调小说的形成。在这一点上，鲁迅小说与陀氏很有些相似之处，《狂人日记》中象征意义上的狂人，《药》中的夏瑜，《孤独者》中的魏连殳，《在酒楼上》的吕纬甫，《铸剑》中的宴之敖者，乃至像《一件小事》《故乡》中的“我”，都是些思考者，鲁迅只能顺着他们的思想逻辑写他

① 《集外集·〈穷人〉小引》。

② 同上。

们，而不能随意左右他们或取代他们。如果比较一下陀思妥耶夫斯基《罪与罚》中的拉斯柯尔尼科夫和鲁迅《孤独者》中的魏连殳，就会发现，不但这两位主人公都较多地带有作家自身思想性格的烙印，而且他们的内在灵魂都极其复杂，都经历着内心的剧烈搏斗，都对黑暗进行着令人震撼的猛烈反抗而灵魂又经受着拷问。信奉尼采超人哲学的拉斯柯尔尼科夫，动手杀了那个本身很残忍的放高利贷的老太婆和她的妹妹，以证明自己并非虫豸，但精神随即崩溃，灵魂受到难以忍受的煎熬，终于皈依上帝，投案自首，到西伯利亚服苦役而走向新生——正如魏连殳受尽生活煎熬，放弃原先的人生态度，转而当了军阀杜师长的顾问，却又受了更大的内心煎熬终于加速死亡一样。当然，鲁迅在灵魂的拷问方面，没有陀氏那么强烈，那么令人难以忍受。他对陀氏的"伟大的忍从"——宗教信仰方面也有保留，有批评。他只能尊重魏连殳的性格，决不会让魏连殳走上皈依上帝的道路。

早在1927年，美国记者、作家Robert Merrill Bartlett评论鲁迅作品时就说："他的小说很像多斯托夫斯基(陀氏在当时的中译法之一——引者)和高尔基二人的作品，极富于同情心和热烈的情绪。"①可见，把鲁迅和陀思妥耶夫斯基联系起来讨论，并不是从现在开始的。鲁迅当然没有看到过巴赫金的理论，他是从阅读陀氏作品中感受到了一些同自身的体验相仿佛、相呼应的成分或气息，因而受了影响的。

① ［美］Robert Merrill Bartlett：《新中国的思想界领袖鲁迅》，原为英文，载美国*Current History* 1927年10月号。中文由石孚翻译，载1927年10月《当代》杂志，1929年出版的李何林编《鲁迅论》一书中亦收此译文。

读《阿 Q 正传》札记*

一、“忧愤深广”的启蒙主义杰作

我们常常引鲁迅自己的话，称《狂人日记》为“忧愤深广”之作。其实，何止《狂人日记》一篇如此，同样的评语移用于《阿 Q 正传》甚至更为合适。只要读读作者为俄文译本《阿 Q 正传》写的序，我们就立刻会从字里行间感触到一个伟大爱国者的溢于言表的悲愤感情：“造化生人，已经非常巧妙，使一个人不会感到别人的肉体上的痛苦了，我们的圣人和圣人之徒却又补了造化之缺，并且使人们不再会感到别人的精神上的痛苦……现在我们所能听到的不过是几个圣人之徒的意见和道理，为了他们自己；至于百姓，却就默默的生长，萎黄，枯死了，像压在大石底下的草一样，已经有四千年！要画出这样沉默的国民的魂灵来，在中国实在算一件难事。”这里包含着何等深沉的民族忧愤！如果

* 原载《鲁迅研究》，1983 年第 4 期。1979 年 6—7 月完成初稿，1982 年 11 月补充修改。

说中华民族近代遭受的屈辱、歧视与忧患，使闻一多以《洗衣歌》庄严地表达一个古老民族的义愤和抗议，使郁达夫借《沉沦》来沉痛地发出一个“弱国子民”的控诉，使郭沫若写出《炉中煤》《凤凰涅槃》热切地表达对民族新生的渴望，那么，在鲁迅的《阿Q正传》中，深沉的民族忧愤主要表现为对长期封建统治所带来的可怕后果的尖锐揭露，尤其是对国民愚昧、麻木状态的沉痛鞭打。无怪乎当有人把《阿Q正传》看作“实在是在骂谁和谁”时，鲁迅说：“我只能悲愤。”① 当有人把《阿Q正传》说成是“冷嘲”时，鲁迅感叹而又不无讥讽地说：这种批评“使我自己也要疑心自己的心里真藏着可怕的冰块”②。当有人认为鲁迅小说轻松诙谐近于左琴科时，鲁迅说：“那是不确的，我的作品比较严肃，不及他的快活。”③ 在一篇杂文中，鲁迅明确地说：创作《阿Q正传》“是想暴露国民的弱点”④。这一切都说明，鲁迅写作《阿Q正传》时的心情，岂止如他自己所说的“孤寂”，实在是充满了痛苦和郁愤的！他心头正燃烧着一团灼热的火，一团要烧掉国民病态心理的火，一团要熔炼出新的国民精神的火，一团要热切地使自己民族得到新生以便自立于世界民族之林的火！一句话，这是民族自我批判的烈火。《阿Q正传》正是这样一篇“忧愤深广”的充满民族自我批判与自我期待精神的伟大作品。

《阿Q正传》大约是鲁迅小说中孕育时间最为长久的。如果把作者最初从生活中无意地受胎的阶段也算上，那么这篇小说的实际孕育时间也许同鲁迅考虑国民性问题的时间一样长。这个过程是作者眼见民

---

① 《华盖集续编·〈阿Q正传〉的成因》。

② 《集外集·俄文译本〈阿Q正传〉序及著者自叙传略》。

③ 1935年4月4日鲁迅致萧军信（此信附在3月25日致萧军信中）。

④ 《伪自由书·再谈保留》。

族的危难、辛酸、血泪不断淤积，国民的愚昧、痛苦、麻木有增无已，因而经受着内心的长期煎熬与痛切思索的过程。1934年冬，当鲁迅译完西班牙作家北阿·巴罗哈的小说《促狭鬼莱哥羌台奇》时，他曾在附记中提到自己少年时代的一段经历：

> 看完了这一篇，好像不过是巧妙的滑稽。但一想到在法国治下的荒僻的市镇里，这样的脚色就是名人，这样的事情就是生活，便可以立刻感到作者的悲凉的心绪。还记得中日战争（一八九四年）时，我在乡间也常见游手好闲的名人，每晚从茶店里回来，对着女人孩子们大讲些什么刘大将军（刘永福）摆“夜壶阵”的怪话，大家都听得眉飞色舞，真该和跋司珂的人们同声一叹。①

这里记述的大概是鲁迅十三周岁那年寄居在皇甫庄大舅父家时的亲身见闻。所谓摆“夜壶阵”者，是民间流传的刘永福用法术大破日本海军的故事（至今留存的清末藜床旧主撰《刘大将军平倭百战百胜图说》中还有《用夜壶阵舰烬灰飞》这样的图目）。试想：就在前线吃了败仗，中国海军全军覆没，不得不对日求和、割地赔款的情况下，后方村镇上居然还有人唾沫横飞，大讲什么刘大将军摆夜壶阵使日军“舰烬灰飞”的故事，而听的人也都为之“眉飞色舞”。两相对照，怎不使人感叹！这件愚昧而又虚妄的“精神胜利”的典型事例，给少年鲁迅印象那么深，以至四十年后还禁不住要重新提起。据许寿裳回忆，1905年前后鲁迅在日本就已思考中国国民性改造的问题，可见那时他已有了大量的事实感触。到了辛亥革命失败，社会现实变得更加黑暗、混乱

① 《译文序跋集·〈促狭鬼莱哥羌台奇〉译后附记》。

之后，鲁迅经历了多次失望的痛苦，郁积着更其深沉的民族忧愤，对国民性问题的认识便有了深刻的发展。他突出地鞭打了国民性中卑怯、势利、虚妄等思想顽症，还强调地反对了人们对“威福，子女，玉帛”一类的向往追求。他说：“中国人所蕴蓄的怨愤已经够多了，自然是受强者的蹂躏所致的。但她们却不很向强者反抗，而反在弱者身上发泄……卑怯的人，即使有万丈的愤火，除弱草以外，又能烧掉甚么呢？”① 他又说：“中国也仿佛很有许多人觉悟了。我却依然恐怖，生怕是旧式的觉悟。”② 这所谓“旧式的觉悟”，就是指自己解除压迫后却去压迫别人。鲁迅在《〈一个青年的梦〉译者序二》中说：“中国人……虽然想到自己，却并没有想到他人的自己。譬如现在论及日本并吞朝鲜的事，每每有‘朝鲜本我藩属’这一类话，只要听这口气，也足够教人害怕了。”他甚至有这样的感慨：“我想如果中国有战前的德意志一半强，不知国民性是怎么一种颜色。”③ 在鲁迅看来，国民的思想如果还停留在老一套的“威福，子女，玉帛”上面，俄国十月革命便与中国人永远“不会相干”④。他从眼前那些“思想照旧，便仍然换牌不换货”的事实出发，得出了“灌输正当的学术文艺，改良思想，是第一事”⑤的结论。稍后，他在一封信中追忆了自己认识的发展过程并把上述思想概括得更为明确：

说起民元的事来，那时确是光明得多，当时我也在南京教育

① 《坟·杂忆》。
② 《译文序跋集·〈一个青年的梦〉译者序》。
③ 同上。
④ 《热风·“圣武”》。
⑤ 《集外集·渡河与引路》。

> 部，觉得中国将来很有希望。自然，那时恶劣分子固然也有的，然而他总失败。一到二年二次革命失败之后，即渐渐坏下去，坏而又坏，遂成了现在的情形。其实这也不是新添的坏，乃是涂饰的新漆剥落已尽，于是旧相又显了出来。使奴才主持家政，那里会有好样子。最初的革命是排满，容易做到的，其次的改革是要国民改革自己的坏根性，于是就不肯了。所以此后最要紧的是改革国民性，否则，无论是专制，是共和，是什么什么，招牌虽换，货色照旧，全不行的。①

这种主张自然具有唯心史观色彩，但它的可贵之处在于并非出自凭空的冥思苦想，而是从生活出发，基于对历史事实的深刻观察，因而包含着许多宝贵的经验教训。这种从现实生活中形成的深刻思想，一经与活生生的形象相结合，便降生了忧愤深广的启蒙主义杰作——《阿Q正传》。

在这个意义上，我们也可以说，《阿Q正传》是民族忧愤的艺术结晶。

但是，如果由此而得出阿Q是“国民性的典型”或“民族性格的典型”，那就把作者意图与人物形象混为一谈，就会“差之毫厘，失之千里”了。

二、阿Q是一个什么样的典型?

关于阿Q这个典型，长期以来人们有种种不同的说法。有的说：阿Q是“整个中国民族的典型”“国民劣根性的典型”，或者说阿Q是

① 《两地书·八》。

“一个思想性的典型”，是“阿 Q 精神的寄植者”。[①] 有的说：阿 Q 是“二流子”或“破落地主”（所谓“中落之胄”）的典型。[②] 也有的说：他是“辛亥革命时代一个中国的革命农民典型”。[③] 50 年代以来，较多的人认为阿 Q 是辛亥革命时期“落后农民的典型”。但后来，也有同志对阿 Q 是否算“落后农民”提出怀疑，认为阿 Q 其实是“普通农民、一般农民的典型”[④]。应该说，这些说法各自都有一定的根据，有的还似乎同广大读者的印象颇为接近。但如果用小说艺术描写的实际来衡量，它们又各自暴露出程度不同的缺陷，有些说法的偏颇显然还是相当大的。

写《阿 Q 正传》时，鲁迅当然有“批判国民性”的思想意图。但阿 Q 本身是个具体的活生生的人物形象，而不是什么抽象的“国民性”的寄植者，也不是超阶级的“民族共同心理”的典型。早在作品降生之前的许多年，这个形象就已经活在作者的心里。鲁迅在《〈阿 Q 正传〉的成因》中说：“阿 Q 的影象，在我心目中似乎确已有了好几年。”我们一提起阿 Q，就会想到他头上有癞疮疤，拖着一条黄辫子，赤着膊，瘦骨伶仃的样子，这些外貌上的特征，都说明他是个农村里压在最底层的人物——至少是营养不良吧。他上无片瓦，下无寸土，寄居土谷祠里，靠打短工过日子，明明是个以出卖劳动力为生的雇农。阿 Q 勤劳能干，“割麦便割麦，舂米便舂米，撑船便撑船”；然而辛苦终年却换不来一个人的温饱。当“恋爱的悲剧”发生之后，阿 Q 在赵太爷和地保

---

① 这种意见在二三十年代相当普遍，50 年代初期也还出现。此处引文分别见苏雪林《〈阿 Q 正传〉及鲁迅创作的艺术》、冯雪峰《论〈阿 Q 正传〉》。

② 阿 Q 是“败落的剥削阶级”或“破落地主”的说法，见李桑牧《阿 Q 典型的再认识》一文，该文收入吉林人民出版社出版的《文艺学研究论丛》。

③ 这种意见主要见于欧阳凡海的《鲁迅的书》、耿庸的《〈阿 Q 正传〉研究》。

④ 茅盾：《关于阿 Q 典型的一点看法》，载《上海文学》1961 年第 10 期。

的敲诈勒索之下，连被子衣服都丧失了，只剩下一条“万不可脱的”裤子。所有这些，都说明他是压迫受得很深的劳动农民，是鲁迅所说的“压在大石底下的草”，绝不是“二流子”或“破落地主”，也不是抽象的“国民性”的附着体。

阿Q经受的压迫这样深重，理应感到难以忍受的痛苦，起来向压迫者抗争。实际情况却又不然。他完全不能正视自己被压迫的悲惨处境，反而常用“精神上的胜利法”来安慰自己，把受辱当作“优胜”。他遭赵太爷打后，开头也有些忿怒，但转念一想：“我总算被儿子打了，现在的世界真不像样……”于是仿佛赵太爷真的成了他儿子，他也就抛却了忿恨，反而渐渐地得意起来了。当别人知道他常常用“儿子打老子”这套办法来自譬自解、自我安慰的时候，就揪住他的黄辫子，要他承认“不是儿子打老子，是人打畜牲”，阿Q干脆自轻自贱地说：“打虫豸，好不好?”他觉得自己是第一个能够自轻自贱的人。除了自轻自贱不算外，余下的就是“第一个”，“状元不也是‘第一个’么?”于是他又心满意足，得胜似的走了。作者对人物精神瘤疾的这些夸张而又真实的描写，使人笑出眼泪。然而阿Q为人们表演的，还远不止于此。他不仅对自己受到的压迫和痛苦很健忘，而且有时在受了欺侮之后，竟朝更弱者身上出气，以此求得补偿。他被假洋鬼子打了，就到小尼姑身上去泄愤，去欺侮小尼姑，飘飘然地陶醉在旁人的赏识和哄笑中，仿佛自己真的建立了一桩“勋业”。所有这些，仍然不过是精神的胜利，和他的自轻自贱、自譬自解一样令人感到痛心。阿Q的“精神胜利法”实际上只是一种自我麻醉的手段，使他更不能够正视自己的真实处境。他的“优胜记略”不过是对充满了血泪和耻辱的奴隶生活的记录。对于阿Q这种病态心理和缺少觉悟，鲁迅当然是痛加批评和鞭打的。但这是一种“恨铁不成钢”式的批评和鞭打，体现了他对劳动农民命运的深切关怀和热忱期待。鲁迅丝毫没有把阿Q写成滑稽可笑的“二流子”的意思。当有些画家将阿Q画得流里流气的时候，鲁迅表示不满，他在《且介亭杂文·寄〈戏〉周刊编者信》中说：“我的意见，以为阿Q该是三十岁左右，样子平平常常，有农民式的质朴、愚蠢，但也很沾了些游手之徒的狡猾……不过没有流氓样，也不像瘪三样。只要在头上戴上一顶瓜皮小帽，就失去了阿Q，我记得我给他戴的是毡帽。”在《且介亭杂文末编·〈出关〉的关》中，鲁迅还说：“阿Q的模特儿，却在别的小城市中，而他也实在正在给人家捣米。”可见，鲁迅对阿Q的农民身份、农民气质，把握得非常明确具体。鲁迅对阿Q形象的这些说明，对那种把阿Q称作“二流子”和“破落地主”的意见，自然是有力的驳斥。

正因为阿Q是个受压迫的劳动者，他身上也就会有一旦革命风暴到来就欢迎革命的阶级特点。鲁迅在突出地描绘了阿Q“精神胜利法”的同时，又注意表现他的性格里其他许多复杂的因素，包括他身上潜藏的革命性在内。阿Q对革命的看法，原先也是受了封建统治阶级反动宣传的影响的，他一直“以为革命党便是造反，造反便是与他为难，所以一向是‘深恶而痛绝之’的”。但是，现实的阶级关系教育了阿Q，使他对革命的态度起了变化。当他知道革命党要进城的消息吓得举人老爷十分害怕，并使赵、钱两家地主惶惶不安的时候，阿Q就感到“快意”，感到“神往”：

“革命也好罢”，阿Q想，“革这伙妈妈的命，太可恶！太可恨！……便是我，也要投降革命党了。”……他得意之余，禁不住大声的嚷道：“造反了！造反了！”

阿Q大概是未庄农民群众中第一个起来欢迎辛亥革命的，这丝毫不足为奇，完全符合一个流浪雇农的地位和特性。被地主阶级剥削得一无所有的阿Q，除了在革命中失去锁链之外，还有别的什么可以顾虑的呢！他进城流浪过的经历，也使他比旁人更敢于率先表态。从这个意义上说，阿Q确实很难算是政治上“落后的农民”。鲁迅力求从一个精神痼疾如此严重的阿Q身上，表现出他作为被压迫农民的某种革命要求，可见鲁迅对农民的本质有深刻的认识。

当然，对于阿Q的革命性，也要估价得恰如其分。过高地评价和不适当地夸大他的革命性，都是不对的。正像毛泽东同志在《论十大关系》中所说的那样：“阿Q当时的所谓革命，不过是想跟别人一样拿点东西而已。”他的要求带有原始的、自发的性质，并没有明确的革命目的。阿Q受封建思想毒害很深，他身上个体农民那些弱点也暴露得很突出。他在革命中希望得到的，不过是元宝、洋钱、洋纱衫、宁式床，以及能够娶到老婆而已。请看，小说第七章“革命”是怎样描写阿Q那天晚上躺在土谷祠里对这场革命风暴所做的想象的：

造反？有趣……来了一阵白盔白甲的革命党，都拿着板刀，钢鞭，炸弹，洋炮，三尖两刃刀，钩镰枪，走过土谷祠，叫道：“阿Q同去同去！”于是一同去……

这时未庄的一伙鸟男女才好笑哩，跪下叫道：“阿Q，饶命！”谁听他！第一个该死的是小D和赵太爷，还有秀才，还有假洋鬼子……留几条么？王胡本来还可留，但也不要了……

东西……直走进去打开箱子来：元宝，洋钱，洋纱衫……秀才娘子的一张宁式床先搬到土谷祠，此外便摆了钱家的桌椅——或者也就用赵家的罢。自己是不动手的了，叫小D来搬，要搬得快，搬得不快打嘴巴……

赵司晨的妹子真丑。邹七嫂的女儿过几年再说。假洋鬼子的老婆会和没有辫子的男人睡觉，吓，不是好东西！秀才的老婆是眼胞上有疤的。……吴妈长久不见了，不知道在那里——可惜脚太大。

这就是阿Q的“革命畅想曲”！其中真是什么成分都有：既有封建思想（认为没有辫子就是耻辱，妇女必须缠小脚，革命了自己就得享受，搬个床也得别人来侍候），也有农民的原始的报复思想（把小D等人说成“第一个该死的”），也有受压迫人民的合理要求和均分观念（占有地主家的钱财衣物），甚至还有许多极天真可笑的想法（翻了身依然在土谷祠安家之类）。这些杂乱思想全混合在了一起。农民毕竟不是代表先进生产力的一个阶级，他们很勤劳、朴实、天真，但又有原始、闭塞、有私心等弱点，再加上阿Q受封建思想毒害很严重，又沾染了游手之徒的一些习气，因此，在他身上，即使是革命的要求，也混杂了许多不正确的东西。他不能分清谁是革命对象，谁是自己应该团结的受苦弟兄。他恨赵太爷和假洋鬼子，但因为小D、王胡和自己打过架，也就一个不留，可见心胸多么狭窄。后来他去投假洋鬼子而再次挨哭丧棒，这件事一方面表明了辛亥革命的根本弱点，另一方面也说明了阿Q本身政治上的愚昧糊涂。阿Q想象中的“革命”，实际上带着他特有的病态心理的烙印，比历史上已有的农民革命远远要盲目、落后、幼稚、可笑得多，和辛亥革命时期会党中的农民（如王金发）也无法相比。因此，我们不赞成像有些同志那样把阿Q说成是“革命农民的典型”（事实上阿Q较少代表历史上革命农民的积极方面）。

但阿Q当然也不是什么“普通农民”“一般农民”的典型，因为一般农民身上没有阿Q那么沉重、那么集中的精神痼疾。

这样说来，阿Q究竟是一个什么样的典型呢？我觉得，如果我们把阿Q称作辛亥革命时期一个有严重病态心理的流浪农民的典型，或许比较起来更为准确，恰切，符合作品实际一些。

鲁迅曾说，他创作《阿Q正传》原意“是想暴露国民的弱点”。为什么“暴露国民的弱点”恰恰要选取一个农民形象呢？这个问题很值得我们深思。我以为，这同鲁迅从少年时代起的农村生活感受、对广大农民命运的极端关切以及长期从启蒙主义立场出发对国民性改造问题所做的思考都有关系。马克思在《〈黑格尔法哲学批判〉导言》中谈到革命的思想准备工作时说：“不能使德国人有一点自欺和屈服的机会。应当让受现实压迫的人意识到压迫，从而使现实的压迫更加沉重；应当宣扬耻辱，使耻辱更加耻辱……为了激起人民的勇气，必须使他们对自己大吃一惊。这样才能实现德意志民族的不可抗拒的要求。”[①]鲁迅塑造阿Q这个有严重病态心理的农民形象，可以说就是在做“宣扬耻辱”“使他们对自己大吃一惊”的工作。作者在1930年10月13日致王乔南信中说：“我之作此篇，实不以滑稽或哀怜为目的。”就是说，鲁迅描写阿Q的病态心理和缺少觉悟，揭露他精神上、肉体上受到戕害，是为了让人们从耻辱中引起“疗救的注意”，使人们去研究这种“耻辱”和“病苦”的社会根源，从而奋起刷新民族精神，改变劳动农民受压迫、受剥削、受奴役的悲惨处境，也改变整个国家贫弱不堪的面貌——这就是鲁迅要塑造阿Q形象的意图所在。

三、阿Q性格与精神胜利法形成的社会历史条件

阿Q的思想性格，特别是他的精神胜利法，究竟是怎样一种社会

---

① 《马克思恩格斯选集》第1卷，北京，人民出版社，1972。

历史条件的产物？是像有些同志说的那样属于古已有之的人类普遍弱点，还是近代中国具体社会历史条件所产生的？

对于这个问题，我认为作品本身已经做了回答：阿Q的充满矛盾的思想性格，主要是近代中国从封建社会逐步沦为半殖民地半封建社会过程中的产物。而未庄及其周围的社会，就是孕育阿Q这种典型性格的典型环境。我们实在无须离开作品去探讨阿Q性格形成的社会历史条件。

阿Q长期生活的未庄，是一个怎样的社会呢？它是一个极端闭塞落后、封建性很强、千百年来几乎没有多少变化的农村小镇，同时又是中国封建农村在外国资本主义入侵下逐步破产却还在拼命挣扎的一个缩影。关于未庄及其周围的环境，有这样几点很值得我们注意：

第一，这里有森严的等级制度，高贵者可以任意欺压低贱者。赵太爷、钱太爷这类封建势力是主宰未庄生活的中心，他们的意志就是未庄人的法律，他们的行动就是未庄人的最大的新闻。小说第六章写道："未庄老例，只有赵太爷、钱太爷和秀才大爷上城才算一件事"，其他人进城都算不得什么新闻。小说第三章提到阿Q被赵太爷打时写道："未庄通例，倘如阿七打阿八，或者李四打张三，向来本不算一件事，必须与一位名人如赵太爷者相关，这才载上他们的口碑。一上口碑，则打的既有名，被打的也就托庇有了名。至于错在阿Q，那自然是不必说。所以者何？就因为赵太爷是不会错的。"可见，赵太爷、钱太爷在这里是土皇帝。他们不但在经济上对劳动人民进行极其贪婪的敲骨吸髓的剥削，而且在政治上有权处置各种各样的事情。他们不许阿Q姓赵，阿Q就不能姓赵；他们控告阿Q抢劫，阿Q就得被抓起来枪毙：一切看他们的脸色行事。而且阿Q被枪毙连案卷都没有立过，可见无所谓法律，这在资本主义社会也是难以想象的。

第二，封建的纲常名教、伦理道德，在这里占绝对的支配地位。尽管清朝末年的浙东一带是资产阶级革命家比较活跃的地方，但封建的意识形态几乎没有什么触动。什么“男女之大防”啦，什么“男尊女卑”啦，什么“不孝有三，无后为大”啦，等等，这套封建信条支配着未庄群众的头脑。阿Q精神胜利法里有一条“儿子打老子”，大概是外国人根本不懂的。为什么老子就光荣，儿子就耻辱呢？它就是从“父为子纲”来的。这套封建信条，谁都违反不得。此外还有许多不成文的“老例”“通例”，以及各种旧的风俗习惯，也都是绝对不能违反的。不要说一般人违反不得，就是有钱有势的人违反了，也要受到莫大的非议。譬如钱家大少爷到国外留学，在外国剪掉了一条辫子，回到未庄就引起轩然大波，受到每个人的攻击。“他的母亲大哭了十几场，他的老婆跳了三回井。后来，他的母亲到处说，‘这辫子是被坏人灌醉了酒剪去的。本来可以做大官，现在只好等留长再说了’。”这位钱大少爷，只好装了一条假辫子，然而在周围的人看来，“辫子而至于假，就是没有了做人的资格；他的老婆不跳第四回井，也不是好女人”。

第三，社会半殖民地化和农村经济破产的过程正在加速进行。未庄一方面极端闭塞，连传说革命党进城时都是“个个白盔白甲，穿着崇正皇帝的素”，似乎辛亥革命是为明朝恢复天下；另一方面，它的古老生活传统，随着外国资本主义入侵的逐步深入，也被迫缓慢地起着变化。不但人有从资本主义国家留学回来的(就是所谓“假洋鬼子”)，而且东西也有外国货。阿Q从城里偷回来卖的东西中，就有“洋纱衫”之类，这些东西还似乎很受未庄人的欢迎，可见外国资本主义的经济入侵已经相当深入了。我们知道，中国人开头对外国货是排斥的、不信任的，但外国资本主义靠枪炮轰开了中国关闭着的大门，强迫中国人痛苦地发生变化。后来因为资本主义的商品成本低，质量也好于土法生产的东西，于是慢慢推销开了。中国人称这些东西为洋货，像煤油就叫作“洋油”，火柴就叫作“洋火”，机器纺的纱就叫作“洋纱”，机器织的布就叫作“洋布”，用外来纱做的上衣就叫作“洋纱衫”，如此等等，以区别中国原来的东西。所以“洋纱衫”之类能够流行起来，许多人争着买，说明外国资本主义经济入侵已经有了一段历史。而伴随着这种经济入侵，中国原有的自给自足的农村封建经济就受到破坏，加速破产，越来越萧条，像阿 Q、王胡、小 D 这样失去土地的赤贫者就越来越多。有些就成为无业游民，流入城市。阿 Q 性格的一些方面，正带有这种破产了的小生产者的特征。

第四，在未庄及其周围的环境里，市侩主义盛行。如果说，封建时代的农村生活还有它相对淳朴的一面，那么，随着中国社会沦为半殖民地半封建社会，市侩主义、从势利出发、一切着眼于势利的思想，这时就更加盛行，像传染病一样在许多人当中蔓延，人与人之间异常冷漠。称颂强者，蔑视弱者，成为一种相当普遍的心理。从小说中我们看到，人们可以对小偷产生敬畏之心，而对于阿 Q 那种“不敢再偷的偷儿”反而看不起。尤其在一部分小市民群众中，没有是非感，没有对被侮辱、被损害者的同情心。小尼姑受欺侮，酒店里的人们兴高采烈，大声哄笑。阿 Q 因为说了一声自己姓赵就挨赵太爷的打，还被地保敲去了二百文酒钱，周围的人不但没有一个打抱不平的，反而责备阿 Q，“都说阿 Q 太荒唐，自己去招打；他大约未必姓赵，即使真姓赵，有赵太爷在这里，也不该如此胡说的”。没有一点阶级弟兄之间的友爱心，只把别人的痛苦当作笑料来加以鉴赏。用鲁迅最沉痛的话来说，真是到了“连自己的手也几乎不懂自己的足”[①]的地步。一切都只是成了看热闹，无动于衷，看了不合理现象没有义愤，没有热血。阿Q被冤枉地抓起来游街、枪毙，对于这件事，人们的舆论、反应怎样呢？小说结尾时，作者含意深长地做了这样一段交代：

> 至于舆论，在未庄是无异议，自然都说阿Q坏，被枪毙便是他的坏的证据；不坏又何至于被枪毙呢？而城里的舆论却不佳，他们多半不满足，以为枪毙并无杀头这般好看；而且那是怎样的一个可笑的死囚呵，游了那么久的街，竟没有唱一句戏，他们白跟一趟了。

这就是阿Q周围的环境。当阿Q临死前继续缺少觉悟，在游街过程中无师自通地说出一句“过了二十年又是一个好汉”的时候，人群里就爆发出狼嗥似的一片叫“好”的声音。当阿Q最后多少有点觉悟，感到周围那些“又钝又锋利”的眼睛像在“咬他”，使他感到“可怕”，想叫“救命”，因而再也不会唱戏的时候，周围的看客们就“不满足”了。应该说，这样的环境，就是产生阿Q思想性格（包括他的精神胜利法）的温床。鲁迅是写出了产生阿Q性格的这种典型环境的，并不像成仿吾同志责备的那样，只注意写典型性格，不注意写典型环境[②]。他不过把典型环境的描写融入到了故事情节和人物关系中，没有孤立地、专门地去写而已。

正是在这样封建闭塞的环境中，阿Q那套质朴、愚昧、迷信、落

---

① 《集外集·俄文译本〈阿Q正传〉序及著者自叙传略》。

② 成仿吾：《〈呐喊〉的评论》，载《创造季刊》第2卷第2期，1924年11月。

后、狭隘、守旧的思想性格才是可以理解的。他维护“男女之大防”；维护“不孝有三，无后为大”这类封建伦理信条；认为见到小尼姑是“晦气”；认为妇女脚大了就不合规矩，谁剪了辫子就是大逆不道；更把革命视为极其可恶，仿佛和他为难。甚至在一些极细小的事情上，他也保守得可笑，例如，他竟鄙薄城里人把“长凳”叫作“条凳”，煎鱼时加切细了的葱丝。没有未庄这种封建闭塞的环境，阿 Q 怎么会把凡是不合未庄生活习惯的都看作“异端”，都要加以排斥呢！

另外，阿 Q 作为破产农民到处流荡，所沾染的那种游手之徒的狡猾等毛病，也只有放在上述环境中才能更好地理解。阿 Q 性格中的某些特征，是中国一般封建农村里普通农民所没有的。譬如说，他并不佩服赵太爷、钱太爷，敢于对假洋鬼子采取“怒目主义”；他还比普通未庄老百姓有种优越感，觉得乡下人很可笑，没有见过城里的煎鱼，没有见过杀头。他既瞧不起城里人，又瞧不起乡下人；从自尊自大到自轻自贱，又从自轻自贱到自尊自大：这确实是半殖民地半封建社会这样的典型环境里才会有的典型性格。

出现在阿 Q 身上的“精神胜利法”，也正是外国资本主义势力侵入后，近代中国错综复杂的社会矛盾所造成的，同时又是阿 Q 本身的具体经历所决定的。

虽然两千多年前的《伊索寓言》中早就有了“吃不到葡萄就说葡萄酸”之类的事例，但是，“精神胜利法”作为一种比较突出、比较普遍的心理现象，主要是中国半殖民地半封建社会的产物，打着很深的民族耻辱的印记。它在没落的封建统治阶级中尤其广为流行。面对帝国主义的一再侵略扩张，腐朽的清朝统治者不断赔款割地，丧权辱国，无可奈何，却又要在人民面前继续摆出自己是“天朝上国”、妄自尊大的架势，这就形成了“精神胜利法”这种特殊的病态心理。翻翻道光、咸丰两朝《筹办夷务始末》，从皇帝到大臣，表露的这类病态心理，简直俯拾皆是。以第一次鸦片战争为例，道光皇帝一方面被迫签订不平等条约，一方面居然这样下诏："该夷性等犬羊，不值与之计较。况既经惩创，已示兵威。现经城内居民纷纷递禀，又据奏称该夷免冠作礼，吁求转奏乞恩。朕谅汝等不得已之苦衷，准令通商。"（道光朝第二十九卷）。第二次鸦片战争期间，英法舰队陈兵大沽口，咸丰一面慌忙派大臣求和，一面却说，"该夷等志在求和之说，尚非无因"（咸丰朝第五十四卷），好像求和的不是自己，倒是大军压境的敌人。他手下的大臣薛焕，多年办夷务一再误国，却居然有脸向皇帝报告这样的"经验"："驭夷之法，全在顺其性而驯之"（咸丰朝第五十三卷）。后来的慈禧，更把这一套自欺欺人的把戏发展到高峰。清朝统治者最初曾规定：外国除非承认是朝贡的藩属，否则不准在京城派驻使节①；还规定使节觐见皇帝要行跪拜之礼。这套所谓"天朝"礼制，后来在签订《天津条约》时被英法两国用枪炮强制冲破了。但在宫内，为了给自己留下面子，还编造了一种滑稽可笑的谎言，说西洋人腿直，膝关节不会弯曲，所以免礼了。总之，从近代史料中，我们的确可以查到统治阶级、统治集团中精神胜利法的大量"病例"。也许正是根据这种状况，有些同志就解释说，阿Q身上的精神胜利法是封建统治阶级传染的。他们的理论依据是《德意志意识形态》中的一句话："统治阶级的思想在每一时代都是占统治地位的思想。"这种说法表面上似乎颇有道理，究其实际则远不然。马克思、恩格斯所说的统治阶级思想，是指

---

① 马克思曾在《俄国的对华贸易》一文中谈到俄国何以享有在北京派驻使节的优先权："据说这种优先权是由俄国人付出屈尊容忍的代价换来的：它只有算做中华帝国的一个朝贡藩属才得侧身于天朝的朝廷。"《马克思恩格斯选集》第2卷，北京，人民出版社，1972。

各个时代那些能够体现统治阶级的意志、维护统治阶级的利益的意识形态，是指统治阶级的思想体系，包括他们的政治观点、哲学观点、伦理观点、宗教观点、艺术观点，等等。中国封建社会中的儒家思想，尤其像三纲五常之类，可以说庶几近之。精神胜利法却不然。它毕竟和三纲五常之类很不相同，不能起到积极维护统治阶级权力的作用，不需要向人民强制灌输，只能在社会生活中自然地产生影响。因此，理由更充足的说法应该是：农民阶级本身的弱点，小生产者在封建社会里长期形成的物质条件，同样是孕育精神胜利法的温床。尽管按阶级地位来说，农民小生产者也属于小资产阶级，但它并非现代小资产阶级，而是和一种落后闭塞的生产方式——封建宗法制相联系的阶级。当他们走向破产的时候，他们在残酷的现实面前，常常失却正视的勇气，产生虚幻的要求。特别当他们处在市侩主义盛行，群众之间相互十分冷漠的环境里，很多反抗行动趋于失败，整个民族又面临屈辱，这时，精神胜利法作为一种畸形发展的变态心理，很容易在一部分破产而又缺少觉悟的群众中出现。这种现象在理论上完全可以得到解释。马克思在《路易·波拿巴的雾月十八日》中就说：

> 弱者总是靠相信奇迹求得解救，以为只要他能在自己的想象中驱除了敌人就算打败了敌人；他总是对自己的未来以及自己打算建树、但现在还言之过早的功绩信口吹嘘，因而失去对现实的一切感觉。①

这正是阿 Q 的精神胜利法产生的重要原因。我们看到，阿 Q 的

---

① 《马克思恩格斯选集》第 1 卷，北京，人民出版社，1972。

精神胜利法和统治阶级的精神胜利法是很不一样的。统治阶级的精神胜利法固然也有自欺的成分，主要的却还是为了欺人，为了在人民面前遮掩自己的腐朽没落，维持自己摇摇欲坠的统治。而阿Q的精神胜利法属于“弱者”，它虽然也有想欺人的一面，却主要为了自欺，主要用来进行虚幻的自我安慰、自我陶醉，在想象中把自己看成胜利者。像阿Q这样的连小生产者地位都保不住的农民，他们只有自欺的资格，几乎完全没有封建统治者那种欺人的物质基础。这是一种充满屈辱与血泪的病态心理。正因为这样，它给读者的感觉是痛心多于可笑，严肃盖过滑稽，失笑的后面往往伴随着眼泪与沉痛的深思。

四、总结辛亥革命经验的深刻意义何在?

较长的一个时期以来，流行着这样一种习惯性的说法：《阿Q正传》的高度思想性，在于批判和否定了资产阶级领导的辛亥革命。这个说法实在很不准确。第一，鲁迅对辛亥革命的态度首先是肯定的，尽管他也尖锐批评了这场革命的弱点和局限；第二，《阿Q正传》对辛亥革命的总结和思考有着极为丰富的内容，上述那种简单化的归结法，不但没有很好阐发《阿Q正传》的意义，反而降低和掩盖了小说真正具有的深刻的思想意义。

《阿Q正传》的写作同辛亥革命确实有着密不可分的关系。可以这样说：如果没有辛亥革命的失败以及它给鲁迅带来的感情上的极大痛苦，就不会有《阿Q正传》这部杰作的诞生。鲁迅对辛亥革命，最早注意到的也许是地主豪绅在这场斗争风暴中投机性的态度以及革命后社会上换汤不换药的局面——这在辛亥当年冬天写的文言小说《怀旧》中，已有明显的反映。然而，革命以后长期黑暗、混乱的现实状况，迫使他进行越来越深入的思考。他自己说：“见过辛亥革命，见过二次革命，见过袁世凯称帝，张勋复辟，看来看去，就看得怀疑起来。”① 这一次次怀疑和思考的过程，实际上也正是《阿Q正传》一次次孕育的过程。1925年初，他曾经这样表达自己悲愤的心情：

> 我觉得仿佛久没有所谓中华民国。
>
> 我觉得革命以前，我是做奴隶；革命以后不多久，就受了奴隶的骗，变成他们的奴隶了。
>
> …………
>
> 我觉得许多烈士的血都被人们踏灭了，然而又不是故意的。
>
> 我觉得什么都要从新做过。
>
> 退一万步说罢，我希望有人好好地做一部民国的建国史给少年看，因为我觉得民国的来源，实在已经失传了，虽然还只有十四年！②

上面这些话，我们简直可以把它看作是鲁迅为《阿Q正传》补写的一篇序文。这里所写到的，不仅心情和写作《阿Q正传》时完全一致，且几乎把作者写这篇小说的意图以及小说的主题思想也和盘托出了。从一定的意义上说，鲁迅的《药》《阿Q正传》等作品正是形象化的“民国的建国史”，其中包含着作者经过长期的观察思考而对辛亥革命经验教训所做的深刻总结。

《阿Q正传》通过对阿Q悲剧性命运的描写，真实地反映了辛亥革命时期农村阶级压迫的状况，反映了农民的某种革命要求怎样遭到

---

① 《自选集·自序》。

② 《华盖集·忽然想到(三)》。

封建统治者及其帮凶的血腥镇压，反映了资产阶级领导的革命怎样忽视农民，怎样由于被地主阶级篡夺而归于失败。小说生动写出当革命的风声来到时，未庄这个原先是赵太爷、钱太爷统治的天下，也曾起过风波。一向骄横霸道的赵太爷，这时感到“大不安”，惶惶不可终日。他居然一改常态，卑怯地迎着阿Q连叫“老Q”，还想通过各种途径探听“革命党的口风”。但不久，地主阶级就同资产阶级互相妥协、“咸与维新”了。“假洋鬼子”摇身一变，呼朋引类，挂起了自由党的“银桃子”。革命不仅没有触动封建势力的一根毫毛，反而使赵太爷、钱太爷之流成了革命党人家属，更见威风。在县城里，情况也同革命前大体一样。小说用春秋笔法写道：“据传来的消息，知道革命党虽然进了城，倒还没有什么大异样。知县大老爷还是原官，不过改称了什么，而且举人老爷也做了什么——这些名目，未庄人都说不明白——官，带兵的也还是先前的老把总。”一句话，城乡政权都还在封建势力手中。革命给未庄带来的变化，只是盘辫子和敲掉一块“皇帝万岁万万岁”的龙牌。至于劳动农民的命运，革命以后并没有变得比过去好：不仅土地问题没有解决，连政治地位也丝毫未见改善。阿Q同牢的两个乡下人，一个就是因为“举人老爷要追他祖父欠下来的陈租”而抓来的，另一个则连被抓的本人都“不知道为了什么事”。而无辜的阿Q，竟被当作抢劫犯、当作强盗来枪毙了。革命，本来总是要镇压一些革命对象的，但辛亥革命不但没有镇压赵太爷之流的反革命势力，相反却把有某种革命要求的雇农阿Q镇压了。《阿Q正传》这些真实生动的描写，对辛亥革命做了最好的历史的评判，确实反映出了辛亥革命的“某些本质方面”。特别值得注意的是，鲁迅在《阿Q正传》中写了假洋鬼子这个在其他作品中很少写到的人物，专门写了“不准革命”一章，这是意味颇为深长的。钱家这位大少爷，正如有的同志指出的那样，是个既有浓厚的封建性，又镀过外国资本主义的金的人物。“他先前跑上城里去进洋学堂，不知怎么又跑到东洋去了，半年之后他回到家里来，腿也直了，辫子也不见了”，一身乌黑西装，满嘴洋腔洋调，很有点“高等华人”的气味。回国后他重又留起了表示效忠清朝的辫子，直到革命爆发以后仍不剪掉，只是拆散披于肩头，准备随时应变。仅从头发的这些变化，以及他自己吹嘘的与湖北军阀黎元洪的关系，就足以刻画出此人善于投机钻营的特点。他的革命“壮举”，就是把地主分子赵秀才之流统统拉进革命党，以及上尼姑庵里去“造反”。阿 Q 由于愚昧无知，想通过假洋鬼子去结识革命党，却被他举起“哭丧棒”赶了出来，宣布“不准革命”。辛亥革命的胜利果实既然被这帮反革命势力——举人、把总、赵太爷、假洋鬼子之流篡夺了，那么，阿 Q 的最后结局便不可避免地只好被枪毙示众了。鲁迅以极其悲愤的心情，描写了阿 Q“大团圆”的结局，控诉了封建统治阶级绞杀革命的罪行，批评了资产阶级革命的软弱和妥协，总结了辛亥革命被钻进来的“蛀虫”蛀空的重要经验教训，从而使《阿 Q 正传》成为这场革命的一面镜子。

但《阿 Q 正传》对辛亥革命经验的总结是否就到此为止了呢？它的锐利的批判锋芒是否就只穿透了这些比较表层的地方呢？远远不是这样。批评辛亥革命的弱点只是鲁迅为《阿 Q 正传》规定的一部分任务，他更重要的意图是鞭打不少中国人身上都有的那种精神病态，触及一些更深的东西。在鲁迅看来，国民的病态心理不改变，即使革命队伍没有坏人钻进来，革命最后也还是会失败。鲁迅经常说自己受了“革命前的奴隶们的骗”，所谓“前奴隶”，当然不包括原来属于统治者阶层的假洋鬼子、举人、把总之流，而是指实际生活中王金发这类人物以及许多新上台的国民。阿 Q 形象的塑造，就是鲁迅为了画出国民的魂灵、解剖他们的精神病态而做的一种努力。鲁迅不仅借阿Q形象尖锐揭露和嘲讽了精神胜利法，而且也深刻批评了阿Q式的革命：从他天真地向假洋鬼子要求参加革命的做法，到他怕剪辫子、只愿盘辫子的动摇性，再到他企图在革命中盲目报复、为所欲为地占有一切之类的革命目的，鲁迅都是有批评的。看到鲁迅揭露、嘲讽阿Q的精神胜利法，这是容易的；但要说鲁迅批评以至在很大程度上否定阿Q的革命，这就不容易被大家都通过了，就会引起许多分歧意见。长期以来，至少是新中国成立三十年来，人们对阿Q的革命性谈论得这样多，肯定得这样高(有人称阿Q叫嚷“造反了”为时代的“强音”)，以致谁要说阿Q式的革命不值得过多肯定，仿佛便成了一种怪论，仿佛便成了对整个劳动农民的侮辱似的。其实，这类看法并不符合甚至可以说明显违反鲁迅的创作本意。鲁迅只肯定阿Q从受压迫地位出发要求造反、要求改善处境有其合理性，但对于阿Q在革命问题上的种种想法，种种盲目可笑的行动，特别是阿Q想经过革命而站到别人头上去压迫别人的想法，持尖锐的否定和批判的态度。对于阿Q式的革命，鲁迅是怀着深沉的悲哀来写的。他在《华盖集续编·〈阿Q正传〉的成因》中回答郑振铎(西谛)认为阿Q不会“做起革命党”的批评时，说过一段很长的话，我们不妨把它全引出来：

> 据我的意思，中国倘不革命，阿Q便不做(指做革命党——引者)，既然革命，就会做的。我的阿Q的运命，也只能如此，人格也恐怕并不是两个。民国元年已经过去，无可追踪了，但此后倘再有改革，我相信还会有阿Q似的革命党出现。我也很愿意如人们所说，我只写出了现在以前的或一时期，但我还恐怕我所看见的并非现代的前身，而是其后，或者竟是二三十年以后。其

实这也不算辱没了革命党，阿Q究竟已经用竹筷盘上他的辫子了；此后十五年，长虹“走到出版界”，不也就成为一个中国的“绥惠略夫”了么？

从这段话里，我们可以看出鲁迅的两点意思：第一，他是肯定阿Q会做革命党的；第二，他对阿Q式的革命党又是摇头的，不赞成的，感到很可悲的(所谓“长虹‘走到出版界’”，所谓“中国的‘绥惠略夫’”正是虚无主义的否定和打倒一切人，自己站到别人头上)。我们还可以找出另外两段话，来证实鲁迅对阿Q式的革命党所采取的基本否定的态度。一段是30年代初鲁迅和埃德加·斯诺的谈话，据斯诺记载，谈话是这样进行的：

“民国以前，人民是奴隶。”鲁迅说，“民国以后，我变成了前奴隶的奴隶了。”

“既然国民党已进行了第二次革命了，”我向鲁迅问道，“难道你认为现在阿Q依然跟以前一样多吗？”

鲁迅大笑道：“更坏，他们现在管理着国家哩。”①

当时在中国“管理着国家”的，正是国民党蒋介石政权。可见，鲁迅把国民党这些所谓“前奴隶”看作是一批阿Q式的人物。这种说法听起来未免有点使人吃惊，会不会是斯诺听错，或者是鲁迅随口说说的呢？绝对不是。我们可以再引一段鲁迅亲笔写的话作为旁证。1931年3月，鲁迅致日本友人山上正义信中说：

① [美]埃德加·斯诺：《鲁迅印象记》。

> 关于序文(指日译本《阿Q正传》的序文——引者)——恕不能如命，请您自行撰写，仅希在序文中说明，这个短篇系一九二一年十二月为一家报纸的“开心话”栏所写。其后竟然出乎意料地被列为代表作而译成各国语言，且在本国，作者因此而大受少爷派、阿Q派的憎恶等。①

这里的“少爷派”，指清朝被推翻后的北洋军阀；“阿Q派”，指国民党反动派。可见，鲁迅把国民党新军阀称为“阿Q派”，绝对不是随口说说，而是经过深思熟虑的。那么，鲁迅为什么要把国民党叫作“阿Q派”，他是从哪个意义上把国民党看作“阿Q派”的呢？我认为，鲁迅指的是从前他们在台下，也是奴隶，也受压迫，一旦改变了位置，就又去压迫人民，把人民当作“前奴隶的奴隶”。在鲁迅看来，阿Q式的革命，其实质就是如此，就是要经过一番变革而达到新统治者、新压迫者的地位。小说第七章“革命”中，阿Q不是曾经想象“似乎革命党便是自己，未庄人却都是他的俘虏了”吗！他公开叫出：革命就是“我要什么就是什么，我欢喜谁就是谁”。他不但要把赵太爷、钱太爷家里的东西占为己有，还要把王胡、小D这些人都当作自己的奴隶，愿意杀就杀，愿意留就让他们给自己当差，帮自己搬东西，搬得不快打嘴巴。假洋鬼子对阿Q实行“不准革命”，这固然很可恶，显示他“假革命的反革命”本性；但阿Q对小D又实行什么政策呢，不同样是“不准革命”的政策吗？小说第八章写阿Q“有一回看见小D，愈使他气破肚皮了”。原来，“小D也将辫子盘在头顶上了，而且也居然用一

① 鲁迅：《鲁迅〈阿Q正传〉日译本注释手稿》，北京，文物出版社，1975。

支竹筷。阿Q万料不到他也敢这样做，自己也决不准他这样做！小D是什么东西呢？他很想即刻揪住他，拗断他的竹筷，放下他的辫子，并且批他几个嘴巴，聊且惩罚他忘了生辰八字，也敢来做革命党的罪……”请看，阿Q在对待小D方面，是一种什么思想呢？不也就是“不准革命”的思想吗？如果阿Q真的成了革命党，那么，未庄人确实都会成为“他的俘虏了”的。革命党果真都像阿Q这样，那就很可悲，那就会不断地改朝换代而没有多少进步，总是会打倒一批旧的压迫者而新上去的人又成为人民的新的压迫者，然后又会被更新的一批人所推翻，这就会出现鲁迅在一篇杂文中所说的“革命——革革命——革革革命……”那样一套走马灯似的局面。鲁迅1926年说他忧虑“二三十年以后”还是如此，还有人想做阿Q式的革命党，这种忧虑不能说一点道理都没有。中国革命在共产党领导下取得新民主主义革命胜利后，不是也还有人想当阿Q式的革命党，想爬到人民头上成为新贵，成为新的压迫者、特权者吗？从新中国成立初期的刘青山、张子善，到“文化大革命”中那些夺权抢权、为所欲为的“造反派”头头，再到我们党内某些为追求“威福，子女，玉帛”而蜕化变质的分子，实际上不都是这样的人吗？可见，鲁迅为自己民族的未来产生的忧虑绝不是完全多余的，他想得非常深，非常远。鲁迅以为，中国革命要真有成效，必须改变国民的这种劣根性(这种想法当然是没有摆脱唯心史观的表现)。从第一篇白话小说《狂人日记》起，他就提出了一个重要思想：不光要防止自己的肉被别人吃掉，也应该自觉地做到不吃别人的肉(不管是有意的吃，还是无意的吃，都要反省)。到《阿Q正传》中，他又通过主人公阿Q的形象，实际上展示了那种在狼面前是羊，在羊面前又是狼的国民劣根性的可耻。按鲁迅的意思，每个国民自然应该既不做羊，也不做狼，而要做“真的人”，做“有主义的人民”。所以，我赞成支克坚同志的这一说法："《阿 Q 正传》作为一篇反映革命中的农民问题的小说，它所总结的辛亥革命的最主要的教训，就是中国今后应当有真正的革命，而为此必须有真正的革命者，他们有自己坚信的主义或者说改造社会的理想，并为其实现而不屈不挠地奋斗。特别是广大的农民，他们应当起来为改造社会、改变自己的命运而斗争，但为此首先要改变由几千年经济上的小生产、政治上的封建宗法统治以及与它们相联系的闭塞性所造成的旧的'魂灵'，另外换新的'魂灵'。"① 尽管鲁迅当时对"国民性"问题的观察思考还没有摆脱唯心史观的局限，他还不能用历史唯物主义的科学概念来总结经验，但就事情的根本意义和深刻程度来说，鲁迅在《阿 Q 正传》和一系列杂文中对辛亥革命失败原因的总结思考，多少有点类似于马克思在《法兰西内战》中就巴黎公社失败所进行的总结思考。鲁迅所总结的坚持打落水狗、坚决批判封建宗法思想与小生产习性、革命者必须有社会改造的理想而决不要做新贵族等思想，对中国无产阶级领导的人民革命具有宝贵和深远的意义，这种意义至今还不能说完全过时。认为"阿 Q 的时代早已死去"，这实在是一种多么幼稚糊涂的想法！

五、喜剧和悲剧的出色的结合

悲喜剧的融合，是《阿 Q 正传》艺术风格的一大特点。把握好这一特点，有助于我们更准确地理解作品。

鲁迅在《坟・再论雷峰塔的倒掉》中曾经说："悲剧将人生的有价值的东西毁灭给人看，喜剧将那无价值的撕破给人看。讥讽又不过是

① 支克坚：《关于阿 Q 的"革命"问题》，《文学评论丛刊》第 4 辑，第 48 页。这篇文章对阿 Q 的革命完全否定，因而是有偏颇的；但也使《阿 Q 正传》的研究有了新的突破，因而又是有贡献的。忽视后一方面，显然并不公正。

喜剧的变简的一支流。”雇农阿 Q 一生的命运，是一个悲剧；辛亥革命的失败，更是一个悲剧。但这两者本身，又确实都存在着严重的弱点。造成悲剧的原因之中，确实有许多可笑、可气而又可叹的喜剧成分。鲁迅在《阿 Q 正传》中，出于解剖国民的病态心理的需要，将这些悲剧内容连同某种喜剧成分，通过幽默、讽刺、夸张的方式表现出来，使作品呈现出强烈的喜剧色彩，使小说的悲剧内容与喜剧色彩得到出色的结合。读者读这篇小说的时候，总会发出抑制不住的笑声，而笑过之后，又不免感到心酸，迫使读者去更深沉地思考。也就是说，喜中藏悲，以喜衬悲，喜剧色彩分外加深着悲剧的内涵。

具体来说，《阿 Q 正传》中的喜剧成分是由作者幽默、滑稽、夸张、讽刺性的议论、交代所带来的。譬如《序》，就是一篇非常幽默风趣的文字。作者说，他弄不清自己的主人公究竟是“阿桂”还是“阿贵”，因为：“倘使他号叫月亭，或者在八月间做过生日，那一定是阿桂了。而他既没有号——也许有号，只是没有人知道他，——又未尝散过生日征文的帖子：写作阿桂，是武断的。又倘使他有一位老兄或令弟叫阿富，那一定是阿贵了；而他又只是一个人：写作阿贵，也没有佐证的。”于是用自我解嘲的口吻说：“我所聊以自慰的，是还有一个‘阿’字非常正确……至于其余，却都非浅学所能穿凿，只希望有‘历史癖与考据癖’的胡适之先生的门人们，将来或者能够寻出许多新端绪来，但是我这《阿 Q 正传》到那时却又怕早经消灭了。”这里开了许多玩笑，告诉人们的则是：阿 Q 是一个姓名、籍贯、住宅统统没有的赤贫者，是个被压迫的雇农。悲惨的事实，通过“开心话”讲出来，可见鲁迅一开头就使用了“寓泪于笑”的方法，这也就确定了作品的悲喜剧结合的基调。小说中还有许多讽刺性的议论、插话。如第四章“恋爱悲剧”里，作者叙述阿 Q 恋爱故事时，就顺便用反话讽刺挖苦了所谓“女人是祸水”那种封建老调，他说：“中国的男人，本来大半都可以做圣贤，可惜全被女人毁掉了。商是妲己闹亡的；周是褒姒弄坏的；秦……虽然史无明文，我们也假定他因为女人，大约未必十分错；而董卓可是的确给貂蝉害死了。”作者故意采用封建卫道者的口吻，把他们那套荒谬至极的“道理”展览出来，用适当夸张的办法更显示其可笑，达到尖锐讽刺的目的。这类捎带一笔的讽刺，显示了鲁迅机智、诙谐的个性特色，使作品活泼生动，妙趣横生。如果去掉了这些，一定会使小说逊色不少。

当然，这些不是《阿Q正传》喜剧色彩的主要构成部分。小说的喜剧色彩，主要体现在对人物正面的叙述描写里，体现在针对不同人物所做的不同的讽刺里。这种讽刺有两类：一类针对赵太爷之流封建统治阶级的人物；另一类针对阿Q。这两种讽刺态度有所不同，而喜剧效果却都很强烈。

对于赵太爷一类反动人物，鲁迅的讽刺艺术是揭露他们贪婪阴毒的丑恶灵魂，通过他们言行上的自相矛盾，给以无情的嘲笑。如赵太爷家在晚上“定例不准点灯”；然而，当阿Q来做短工时，“准其点灯舂米”；要找阿Q买门帘时，又“姑且特准点油灯”。这就把赵家善于敛财的贪吝本性揭示得十分生动。又如阿Q闹了恋爱悲剧之后，小说写了赵太爷家扣下阿Q的旧上衣，还派地保到土谷祠里向阿Q约法五章：

一明天用红烛——要一斤重的——一对，香一封，到赵府上去赔罪。

二赵府上请道士祓除缢鬼，费用由阿Q负担。

三阿Q从此不准踏进赵府的门槛。

四吴妈此后倘有不测，惟阿 Q 是问。

五阿 Q 不准再去索取工钱和布衫。

在阿 Q 当了棉被履行这五条之后，作者写道：“赵家也并不烧香点烛，因为太太拜佛的时候可以用，留着了。那破布衫是大半做了少奶奶八月间生下来的孩子的衬尿布，那小半破烂的便都做了吴妈的鞋底。”赵太爷家能在光棍阿 Q 身上这样会打主意，可见他们真有办法从石头里榨出油来。小说的叙述语气这样平静朴素，更增加了诙谐的成分和讽刺的力量。至于把总用“一队兵，一队团丁，一队警察，五个侦探”“架好机关枪”去捉拿手无寸铁的阿 Q，这类描写更辛辣地嘲讽了封建势力的色厉内荏。

鲁迅对于阿 Q 的讽刺，既有一定的同情，又含着极大的痛心。他同情于阿 Q 的备受压迫和奴役，又痛心于阿 Q 可耻的自欺和惊人的健忘，尤其痛心于他欺侮更弱者。鲁迅用幽默讽刺的手法，揭露了精神胜利法的可耻和虚妄，暴露出阿 Q 的现实处境和主观幻想之间的尖锐矛盾(譬如，他常常夸耀将来：“我的儿子会阔得多啦!”其实他连老婆都还没有；他明明瘦骨伶仃，却无端向王胡挑衅，结果落个被人撞头的下场)，表现了阿 Q 既可悲又可笑的性格。阿 Q 就是这样：在现实生活里总是失败，而在幻想境界里永远是胜利；在实际社会中是被践踏被奴役的雇工，在主观想象中却变作所向无敌的“英雄”。他给自己制造了一个“第二现实”，并在其中满意地“睡着了”。鲁迅就从这平静的叙述里，对比的描绘里，挖掘出受压迫者阿 Q 思想上的毒瘤，在使人发笑的喜剧性格里展现他的悲剧命运。随着小说情节的发展，随着阿 Q 一步一步走向死亡，喜剧的色彩逐渐隐退，悲剧的气氛更加浓重。到了最后阿 Q 被判刑和上刑场那一幕，作者简直无法控制自己的悲愤。尽管“大团圆”这一章也还用了一些幽默的笔调，但人们再也笑不出来了，悲愤的感情力透纸背，产生了震撼人心的力量。这时，回过头去咀嚼那些原先觉得是滑稽可笑、很有喜剧色彩的地方，也感到那其实是一连串惊心动魄的社会悲剧，包含着非常深刻的悲剧意味。阿Q从精神上被麻醉到肉体上被消灭，归根结底，哪一件不是封建宗法制度的“功绩”？作品在这里的控诉是非常强烈的。喜剧与悲剧的融合，不但没有削弱、冲淡这种控诉批判的力量，反而加强了这种控诉批判的力量。我们从鲁迅讽刺阿Q的笑影后面，分明看到了夺眶而出的泪珠。喜与悲，乐与哀，都是相映衬而起着强化作用的。王夫之所谓“以乐景写哀”“倍增其哀”①，《阿Q正传》不正是将这一艺术辩证法做了最出色的运用吗！

① 《姜斋诗话》卷一。

中国的家族制度与鲁迅等先驱者的批判性思考*

家族制度曾是五四新文化运动锋芒所向的焦点之一。陈独秀《宪法与孔教》一文在批判"三纲"说时，实际上已涉及了礼教和家族制度，认为"此等别尊卑、明贵贱之阶级制度，乃宗法社会封建时代所同然"①。1917年年初，吴虞在《新青年》上发表了《家族制度为专制主义之根据论》，正式指出："盖孝之范围，无所不包，家族制度之与专制政治，遂胶固而不可以分析。"鲁迅则在1918年5月发表了白话小说《狂人日记》，如作者自己所说，"意在暴露家族制度和礼教的弊害"②。他还写了《我之节烈观》《我们现在怎样做父亲》等一系列论文，申述他在家族问题上的见解。胡适不但在《新青年》《每周评论》上刊出多篇文章，讨论贞操、父子关系等问题，还以《美国的妇人》为题做了演讲，介绍现代西方的家庭与妇女状况。影响所及，此后三十年里，新文

* 原载《鲁迅研究月刊》，1999年第10期。

① 见《新青年》第2卷第3号，1916年11月1日。

② 《且介亭杂文二集·中国新文学大系小说二集序》。

学作品涉及大家族制度题材者，简直难以计数，其中著名的，小说如杨振声的中篇《玉君》，吴组缃的中篇《一千八百担》，巴金的长篇《家》《春》《秋》、中篇《憩园》《寒夜》，丁玲的长篇《母亲》，端木蕻良的长篇《科尔沁旗草原》，老舍的长篇《四世同堂》，梅娘的长篇《蟹》，路翎的长篇《财主底儿女们》；戏剧如胡适的《终身大事》，曹禺的《雷雨》《原野》《北京人》等。其间思想倾向虽不尽相同，然对家族制度持非议乃至猛烈攻击者居多。

今天我们到底应该怎样看待五四新文化运动对家族制度的批判？

我以为，要评论五四新文化运动在家族制度问题上的功过，有必要先对家族制度本身做一番粗略的考察。

一、家族制度的特征和形成的历史

在原始社会初期，并无所谓家族制度。两千二百四十多年前的《吕氏春秋·恃君览》中，有这样一段话形容初民时代人们的生活状况："其民聚生群处，知母不知父，无亲戚、兄弟、夫妻、男女之别。"那时可以说还处在群婚阶段，抚养子女的责任完全由女性承担，人们只知道谁是母亲，不知道谁是父亲。那是没有家庭的母系氏族社会。因为没有家庭，所以无所谓亲戚、兄弟、夫妇，也不讲究男女的区别了。后来随着劳动工具的进步，社会有了剩余产品。男子由于体力比女子强健，有机会创造更多剩余产品，也有机会占有更多剩余产品。于是，氏族社会就逐步由母系向父系过渡，家庭、私有制也同时产生。

家庭从它产生之时起，就具有男权制的特征；而家族制度正是男权制的扩大和系统化。所谓家族制度，大体包容以下内涵：第一，以男性为中心，尊者长者专权，父—子—孙代代传承，妇女在其中完全没有地位。第二，为保证男子血统上的绵延不断，位尊者实行公开的一夫多妻制。按照《礼记》和《春秋公羊传》的说法，秦汉以前，天子有六宫、三夫人、九嫔、二十七世妇、八十一御妻；诸侯有九女；大夫一妻二妾；士则一妻一妾。第三，儿子多了以后，为避免兄弟之间争斗、残杀，明确实行立嫡、立长的制度，由嫡长子——宗子优先继位。宗子这支为大宗，其余为小宗。各小宗共尊大宗。而各小宗内部又各有自己的宗子(《狂人日记》里的"大哥"，就是嫡长子，他具有"宗子"的地位)。宗子制逐渐淡化后，族长替代了宗子的某些责权。第四，设祖庙、宗祠(也是家族的法庭)共同祭祀祖先，同宗同族为亲，按血缘关系的亲疏远近及战争中的功业大小，分配宗族享有的权力和财产。这从"宗族"二字的构成上也多少能看出其含义："宗"字就是一座庙与一个神(示)，"族"字则是一面旗与一支箭(矢)，最早也就是指那些在同一座庙里祭祀同一神灵的人们，以及在同一面旗帜下共同去作战的人们。宗族成员既然命运与共，权力、财产的分配自然也就各有其份。所有这些，都体现出宗法制共有的原则和要求。当然，家族制度的形成，也同中国这个大面积的农业社会具有比较稳定的生活、居住条件有关。如果是古代匈奴那样的游牧民族，或者像地中海沿岸主要经商的岛国，他们迁徙多，家庭分裂快，就不可能也没有必要形成多世同堂、聚族而居的大家族制度。

中国的家族制度，似乎在夏朝以前"五帝"时代就已有了不完备的雏形。《史记·五帝本纪》中说："轩辕之时，神农氏世衰。"黄帝以三战而服炎帝，后又擒杀蚩尤，于是被各部族领袖尊为天子。黄帝共二十五子，有一个庞大的家族，想必这个家族的成员在战争中发挥了作用。嫘祖是黄帝的正妃，生有二子：一为玄嚣，二为昌意，后来即位的都是他们两人的子孙，可见当时已有嫡庶之分，传嫡已成制度。据说黄帝“在位百年而崩”①，儿辈大概也老了，所以继位者是他的孙子高阳(昌意之子)，也就是帝颛顼。颛顼死后，由其侄子高辛(玄嚣之孙)继位，是为帝喾。喾去世，先由其子挚代立，九年后又由喾的另一个儿子、挚的弟弟放勋接位，是为帝尧。“尧立七十年得舜，二十年而老，令舜摄行天子之政，荐之于天。”②这位舜帝，就是颛顼的六世孙，同时又是尧的女婿。舜践帝位三十九年，又预荐禹于天，而禹仍是黄帝和嫘祖的后人。舜和禹虽然分别接受了禅让，但“尧子丹朱，舜子商均，皆有疆土，以奉先祀。服其服，礼乐如之。”享受着特别优待。足见在当时人们心目中，父子相传已成天经地义。从黄帝到尧、舜以至禹，这历史上的“五帝”时代，经历了将近三五百年，其实就是一个轩辕氏家族当政的王朝。司马迁说：“自黄帝至舜、禹，皆同姓而异其国号，以彰明德。”③其间，一边有相互的“禅让”，另一边也有尖锐的争夺。据《孟子》《史记》等书，舜的异母弟象，为了争夺财富并占有嫂子，就处心积虑要暗害舜，一次放火，一次活埋，两次都几乎要了舜的性命，足见家族内部的斗争有时也到了相当白热化的程度。

夏代自启以后，大体都是父子世袭。在商代，则是子继父位与弟承兄位相交替。值得注意的是，殷商卜辞中已有了“大宗”“小宗”的区分，似乎表明子继父位仍是商代的基本原则。到周代，又完全恢复了父子世袭，而且明确规定传位给嫡长子，保证了王朝统治稳定地延续达八百多年。周代大概是礼制和家族制度形成得较为完备的一个朝代；它的“兴灭国，继绝世”的政策，也使封建制在一些重要环节上得以完善，促进了大家族制度的发展。这些主要是周公旦的贡献。当时

---

① 《史记集解》依皇甫谧《帝王世纪》所做的注。

② 司马迁：《史记·五帝本纪》。

③ 同上。

成王年幼，以个人才能和掌握的权力而言，周公旦完全有可能接管天子大权。但他顾全大局，坚持礼制，模范地执行王命，后来就成了儒家心目中的典范(孔子做梦都梦见周公)。

但中国几千年家族制度并非完全自发地发展下来，它实际上受了儒家思想的很大影响。儒家充分肯定周公旦手里形成的“礼制”，把家族制度看作整个社会的基础和柱石，它们的“仁政”“礼治”全是从家族推广出去的。儒家的伦理道德的核心是“孝”“弟(悌)”。“孝”是孝敬父母，尊敬祖先，这是维持父子血统关系绵延不断的保证，是纵向的。“弟”是兄弟友爱，乃家族和睦的保证，是横向的。把这两者再推广、扩大，用“孝”的精神向上事君，那就是“忠”；用“弟”的精神横向对待朋友和一切人就是“恕”。孝、弟、忠、恕合起来，那就是儒家的“仁”。在儒家看来，“孝弟也者”，为人之本。“其为人也孝弟，而好犯上者，鲜矣；不好犯上而好作乱者，未之有也。”① 他们认为，通过“孝”“弟”才能实现“忠”“恕”，只有维护家族制度才能维护封建社会的统治秩序。所以钱穆要说：“中国文化，全部都从家族观念上筑起。”并且说：“孔子虽然不讲上帝，不近宗教，但孔子却有一个教堂。家庭和宗庙，便是孔子的教堂。”② 钱穆和五四新文化运动先驱者的立场根本不同，但所得结论却大致相同，因为这确实是中国历史上的真相。可以说，儒家自觉地使中国的家族制度与巩固封建统治秩序的历史要求相适应，并使之完善化、理论化，其结果，则是形成了君、父、夫并尊的“三纲”学说。这种制度和学说，在中国几千年封建社会的发展中，发挥了巨大的作用，绝不可等闲视之。对此，只有进行历史的具

① 《论语·学而》中有子的话。

② 分别见于钱穆：《中国文化史导论》修订本，第3章51页，第4章84页，北京，商务印书馆，1994。

体的考察，才能得出比较科学的看法，不致陷入简单片面的弊病。

二、家族制度的积极功能和消极作用

中国历代王朝，无例外的，都要依靠宗法家族制度来延续自己一姓的统治。士大夫也需要凭借家族关系扩展、巩固自己以及子孙的势力。而从西汉武帝起，自觉维护家族制度的儒家，又在两千多年中一直处于“独尊”的地位，他们的主张被各个王朝利用国家政权的力量加以推行(如汉代的“举孝廉”)。这两方面的条件结合在一起，遂使家族制度与宗族观念在中国得以繁衍盛行、根深蒂固。

两汉到魏晋南北朝，已有三世、四世同居共财的家庭。还有五世、六世乃至九世同居的，一家男女多达一两百口。至于聚族而居的情形，更属多见。即使因避战乱从中原向南方迁徙，往往也是整个家族采取行动(闽粤赣等地的客家人，多属此类情形)。直到清朝初年，顾炎武走遍全国考察民情时，还在北方看到一些大家族。在山西省闻喜县，顾炎武就看到一个很大的村落，名叫裴村，村中几千人都姓裴，他们从唐朝流传下来，近千年一直聚族而居。这种大家族制度，对于中国封建社会的稳固，无疑起到了很大的作用。如果要讨论中国封建社会何以延续达三千年之久，恐怕家族制度是一个很重要的原因。

具体来说，历史上家族制度所发挥的比较独特的功能，似乎可归结为以下三个方面。

第一，在政治上，士绅作为家族制度的代表成为中国封建社会的支柱和中坚力量。宗族家训中就有这样的规定：“公赋乃朝廷军国之急，义当乐输者。凡我子侄，差粮限及时上纳。”① 他们平时是纲常伦

① 《义门家训》，见《义门陈氏大同宗谱》卷四。

理的维护者、封建王室的拥戴者，一到非常时期，则成为各个朝代的忠实捍卫者。大家族在地方上有自卫的武装，到局势不稳时，这些武装就能发挥作用。魏晋南北朝时期，北方的少数民族入侵，东晋的官方力量南迁，而北方各地的汉族大家族就组织武装力量反抗，拉起许多队伍。后来双方妥协，虽然北方少数民族领袖当了君主，但主政的中上层官员还是这些士族大家族的头面人物。几十年、上百年下来，这些少数民族上层人物反而被同化了。在宋代，北方的汉族士绅在反抗金兵入侵方面，也有突出的表现，像辛弃疾，就在山东组织领导当地乡民武装抗金。当农民起义发生时，激烈地对抗起义军的，也往往是大家族的士绅力量。元末红巾军起事，处州士绅吕文燧、吕文煜兄弟曾招募族中子弟与义军顽固对抗①。明末有名的农民起义军领袖李自成，就是在湖北九宫山被当地的大家族武装杀死的。清代的曾国藩和他的家族，在对抗太平天国农民起义方面，更是发挥了极大的作用。经过严酷的反复较量，最后终于用他们的地方武装加上扩编的正规军，打败了太平天国的军队。可见，大家族在政治和军事上都很有号召力。

第二，在经济上，家族内部实行某种程度的利益均沾乃至公共的财产制度，作为家族成员保持凝聚力的物质基础。那些四世同堂、五世同堂的大家庭，全家几十口、上百口人共同生活，收入钱财归公，开销统一支配。到了实在支撑不下去时才分开过。即使分拆成小的家庭，同宗的人仍保持着家族关系，保留一部分公共田产，其收入用来周济族内的贫穷户、困难户。这叫作“义庄”“义田”，是由族内富裕家庭主动捐献出一部分土地成立的。首创者是宋朝的范仲淹，他以自己

① 据宋濂：《故嘉兴知府吕府君墓碑》，收入《宋学士文集·芝园续集》卷二。

官俸所得，在平江(今苏州)购田千余亩，用作恤贫济困，使族中贫者“日有食，岁有衣，婚娶凶葬皆有赡”①。这种制度后来普遍盛行于中国各地。明清时期介绍义田“赡族”的情形说：“其婚嫁之失时也，则有财以助之；其寒也，则为之衣；其疾也，则为之药；其死也，则为之殓与埋。”② 此外，一些家族还设有“义塾”“学田”“社仓”等公产形式。“义塾”免费为本家族少年儿童开设学校，提供义务教育。“学田”则是用作教育经费的族里公共田地。“社仓”是农村在丰年时积谷以对付凶年、灾荒的一种办法，据说宋代的朱熹曾经营过。这些措施的实行，一方面可以增进家族内部的向心力，另一方面也减轻了整个社会的压力，有助于社会的稳定发展。

第三，家族制度在文化发展上也是有贡献的。正像陈寅恪所指出的，文化需要多代积累，真正有深厚文化教养的人才，往往出现在富有积累的世家子弟中。其间就有家族制度所作的无形的贡献。尤其像家谱、族谱，每个大家庭、大家族几乎都会参与修撰。有的家族谱系长达一两千年，因而保留了许多珍贵的史料。这同样是一种文化建设。孔子的家族，几乎可以整理出三千多年的谱系：据《史记》所载，孔子的祖上本来是春秋时代宋国贵族，从孔子的五世祖起，因避难而迁到鲁国。他的家世可以上溯到宋国的一位君主愍公，再由那位君主直溯到宋国的始封——商代末年纣王的庶兄微子。这样，在孔子以前已经有一千多年历史。而孔子以后，一直到当今两千五百多年后的七十七代孙，则更是完完整整都有姓名可供查考的。家族谱系详尽到这种程度，世界上除中国外，恐怕再没有第二个国家会有。而且一个家

① 钱公辅：《义田记》。

② 《京兆归氏世谱·归氏义田记》。

族中如果有人迁徙，族谱内也会有记载，由此也可以考查出战争等社会变乱留下的痕迹。再有，像私家园林的发展，特别是明清两代的江南园林艺术，也都和大家族的修建、保护分不开。至于在民宅建筑方面，家族制度更为它留下了深刻的印记。现时福建西部、江西南部、广东东部的一些团城式建筑群（“围楼”，电影《嫂娘》里就有）、石头碉堡式建筑群（寨子），几乎都是古代由中原迁到那里的客家人大家族修建的。一座建筑高达数层，防守严密，不怕水淹，又不怕火攻，可以住几十户、百多户家庭，遇到非常情况可以让几百人关起寨门生活几个月，而且经历数百年风风雨雨还能完整地保存下来，这是大家族的一种独特创造。

总之，中国的家族制度在行政自治、军事防卫、经济互助、文化发展方面，都有一些很值得重视的成就，在历史上确实发挥了自己的作用。

但是，中国的家族制度也有相当严重的消极面。而且越到后来，这些消极面越显得严重和突出。

第一，家族制度以维护男权制的父子继承血统关系为核心，完全剥夺了妇女的权利。本来所谓血统，应该既有父亲，也有母亲，是包括了男女两种性别才能构成的关系。但中国的家族制度根本忽视女性的存在。儒家把“父子”的重要性看得远远超过“夫妇”，认为夫妇可合亦可离，父子关系才体现生命的绵延不绝。孔子本人就有点轻视妇女，说什么“唯女子与小人为难养也，近之则不逊，远之则怨”。后来的儒家（法家亦同）不但规定了“夫为妻纲”，而且规定妇女在丈夫死后必须守节。程颐竟说什么“饿死事极小，失节事极大”。社会上形成了一种观念，好像妻子是丈夫的衣服，需要时穿上，不需要了可以随时脱下。对为妻者有所谓“七出”的条规，只要七个条件（不生孩子、不孝公婆、说话无礼、偷窃东西、嫉妒小妾、淫佚、恶疾）中占上一条，丈夫就可以把妻子赶走。《三国演义》第十九回里那个“忠”“孝”双全的猎户刘安，为了显示对刘备的忠心，竟然杀了妻子，从她腿上割下肉来给刘备做下酒菜。宋朝诗人陆游和妻子感情很好，但因为她母亲不喜欢这个媳妇，就以“不孝”的罪名强迫儿子和媳妇离婚，有一出《钗头凤》就讲这个故事。总之，家族制度中由于妇女完全没有地位，从古到今不知道制造和演出了多少悲剧。直到五四运动前一年，全国许多地方还在继续发生着族长处死族内“不贞”的女子，以及未婚夫病故，十七八岁的未婚妻就自杀殉夫，或者抱着丈夫的木头牌位拜堂终于守寡一辈子的悲惨故事。这也就是鲁迅《狂人日记》中所讲的两种形态的“被吃”：一种是肉体上被“吃掉”，被消灭，像刘安的妻子那样；另一种是意识形态上受毒害，甘心情愿自杀，《儒林外史》里王玉辉看着女儿上吊，做父亲的不但不哭，反而哈哈大笑，认为守节光荣。1918 年上海一陈姓姑娘只有十七岁，听说未婚夫病死，竟写了绝命书“生虽未获见夫，殁或相从地下”；浙江海宁有个唐姓女子，在丈夫死后三个月内，用种种办法自杀了九次，最后悲惨地死去。《狂人日记》写被吃掉的是妹子，这不是偶然的。她当然不是被真的“吃掉”，但童年时就夭折了，可能由于迷信不请医生，可能由于轻视女性，总之成为牺牲品了。鲁迅借小说提出控诉，发人深省。

第二，家族制度束缚着商业与手工业的发展。儒家轻商，所谓“父母在，不远游”，父母去世，还要守孝三年不外出，这些规定当然不利于商业、手工业的兴盛。而大家庭在其内部实行吃大锅饭的办法，更难以获得成员持久认可。家族制度在经济上要求的，充其量是小范围内的自给自足与乡村自治，而商业与手工业的发展则要求大范围的市场交易以便货畅其流，二者的矛盾冲突也是显然的。通常所说的士、农、工、商四类人中，其利益与要求很不一样：士、农两类自发地依附于家族制度，或与家族制度比较适应(所谓“穷家难舍，热土难离”，便是束缚于土地的农民的特性；士则向往读书做官，也要求相对稳定富足的大家庭生活)；而商人与手工业者则在其经营过程中，总是要求能灵活地流转、迁徙，总是要求突破大家族的控制而建立小家庭。春秋战国时代的秦国，曾用商鞅之法实行鼓励小家庭的政策，规定“民有二男以上不分异者，倍其赋”，结果使秦国富强：“行之十年，秦民大悦，道不拾遗，山无盗贼，家给人足”①，后来出现了吕不韦这样的大商人。汉朝初年也曾出现不少富商巨贾。但汉代实行重农抑商政策，一方面独尊儒术，强化家族制度，另一方面对商人很不放心。文帝、景帝时期就下令将富商、任侠及其他所谓的“危险人物”，集中迁徙到五陵原上加以管制监督；到武帝时更进一步实行盐铁官营，限制商业、手工业的活动。以后的一些朝代，也不断强化家族制度，实行封闭式自给自足经济；明后期至清代甚至实行海禁。所有这些，当然更严重妨碍和束缚着商业、手工业的兴盛。

第三，家族制度以其自身的专制倾向，易于压制个性，最终导致腐败。大家庭有家长，大家族有族长，他们作为家族制的代表，常常与年轻一代的个性自由要求相对立。如果家长、族长开明一点还比较好；可惜许多家长、族长都有专制和滥用权力的倾向。例如，对儿女的婚姻大事，往往只按家族利益所要求的“门当户对”原则来考虑，由父母包办，根本不许青年人有自己的爱情选择，因而带给他们的只是痛苦。家庭事务方面，子女同样没有发言权，只能依从父母。在长辈专权，而权力又缺少制约、缺少监督的情况下，家族制度只能走向腐

① 均见《史记·商君列传》。

败。《红楼梦》里的宁国府，就只剩下门前的一对石狮子还干净；荣国府中贾宝玉形象的出现，更预示着大家族制度的必然崩溃。当族长和其他掌权人掌管着族中公产经营权，掌管“义庄”“义塾”“学田”这些可以获利的部门时，就更加容易腐化。吴组缃的中篇小说《一千八百担》，就写族里掌权人出于私利而钩心斗角，各自拼命要从“义庄”“学田”“义谷”中捞取好处。它和巴金的长篇小说《家》《春》《秋》，曹禺的剧本《北京人》一样，都是家族制度走向腐败的一幅幅缩影。

所以，中国的家族制度在历史上既发挥了作用，有自己的贡献，也存在严重问题——尤其到它的后期。这就是五四新文化运动终于要向家族制度发动致命一击的原因。

三、五四时期对家族制度的批判

《新青年》创刊不久，陈独秀就从提倡民主、反对专制、反对奴从的原则高度，批判了儒家的“三纲”学说。他在《一九一六年》一文中明确指出：

> 儒者三纲之说，为一切道德政治之大原。君为臣纲，则民于君为附属品，而无独立自主之人格矣。父为子纲，则子于父为附属品，而无独立自主之人格矣。夫为妻纲，则妻于夫为附属品，而无独立自主之人格矣。率天下之男女，为臣，为子，为妻，而不见有一独立自主之人者，三纲之说为之也。缘此而生金科玉律之道德名词，曰忠、曰孝、曰节，皆非推己及人之主人道德，而为以己属人之奴隶道德也。人间百行，皆以自我为中心，此而丧失，他何足言？奴隶道德者，即丧失此中心，一切操行，悉非义

由己起，附属他人以为功过者也。①

真是痛快淋漓的振聋发聩之言，它标志着思想史上一个新时代的开始。陈独秀还在其他文章中，指称“忠孝并为一谈，非始于南宋，乃孔门立教之大则也”；他依据“礼者，君之大柄也”“非礼无以辨君臣、上下、长幼之位也”一类经典性说法，认为以“三纲”为核心的礼教，维护的正是君主为首的封建等级制度。② “三纲”学说本与儒家主张的家族制度有极密切的关系，其中父、夫两条原属这一制度的基本内容，另一条君权更属家族制度所要服务的主旨。既然“三纲”学说受到批判，也就预示着家族制度很可能成为新文化运动涉及的目标之一。果然，不出数月，吴虞即写了《家族制度为专制主义之根据论》③，由“君父并尊，为儒教立教之大本”，推断家族制度实为君主专制之基础：“求忠臣必于孝子之门”“盖孝之范围，无所不包，家族制度之与专制政治，遂胶固而不可分析。而君主专制所以利用家族制度之故，则又以有子之言为最切实。……其于销弥犯上作乱之方法，惟恃孝、弟以收其成功”。吴虞还认为：“欧洲脱离宗法社会已久，而吾国终颠顿于宗法社会之中而不能前进。推原其故，实家族制度为之梗也。”吴虞的立论不无道理，但并未做出学理上的具体论证，且对家族制度本身的论述亦失之浮泛。真正深入这一制度的核心内容里做出剖析者，倒是鲁迅和胡适。

针对家族制度中妇女全无地位却又负荷着深重痛苦的情况，鲁迅发表了《我之节烈观》，胡适发表了《贞操问题》《论贞操问题》。鲁迅在

① 见《青年杂志》第1卷第5号，1916年11月15日。

② 《宪法与孔教》，载《新青年》第2卷第3号，1916年11月1日。

③ 见《新青年》第2卷第6号，1917年2月1日。

《我之节烈观》一文中进行了尖锐的揭露和诚恳的讨论。他严厉谴责了男尊女卑、“妇者服也”、“饿死事小，失节事大”、男子可以多妻，妇女必须守节一类“畸形道德”。鲁迅说：“道德这事，必须普遍，人人应做，人人能行，又于自他两利，才有存在的价值。现在所谓节烈，不特除开男子，绝不相干；就是女子，也不能全体都遇着这名誉的机会。所以决不能认为道德，当作法式。”他指出：所谓“节烈”，事实上是一种“无主名无意识的杀人团”，使许多妇女“不幸上了历史和数目的无意识的圈套，做了无主名的牺牲”。“皇帝要臣子尽忠，男人便愈要女人守节。……然而自己是被征服的国民，没有力量保护，没有勇气反抗了，只好别出心裁，鼓吹女人自杀。”“这一类无主名无意识的杀人团里，古来不晓得死了多少人物。”用小说《狂人日记》主人公的话来说，也就是：“我翻开历史一查，这历史没有年代、歪歪斜斜的每叶上都写着‘仁义道德’几个字。我横竖睡不着，仔细看了半夜，才从字缝里看出字来，满本都写着两个字是‘吃人’！”鲁迅郑重宣告：在“人类眼前早已闪出曙光”的“二十世纪”，节烈之类“无益社会国家，于人生将来又毫无意义的行为，现在已经失了存在的生命和价值”。文末，鲁迅虽然面对未来却仍感沉痛地大声疾呼：

> 我们追悼了过去的人，还要发愿：要除去于人生毫无意义的苦痛。要除去制造并赏玩别人苦痛的昏迷和强暴。
>
> 我们还要发愿：要人类都受正当的幸福。①

胡适认为，在民国时代还要旌表褒扬殉夫、殉未婚夫的贞女烈

① 《我之节烈观》，载《新青年》第5卷第2号，1918年8月。

妇，“简直是全无心肝”，其罪“等于故意杀人”。因为贞操“不是一方面的事，乃是双方面的事。女子尊重男子的爱情，心思专一，不肯再爱别人，这就是贞操。……男子对于女子，也该有同等的态度，若男子不能照样还敬，他就是不配受这种贞操的待遇。这并不是外国进口的妖言，这乃是孔丘说的‘己所不欲，勿施于人’”。胡适从官方只要求妇女守贞操，揭露了《褒扬条例》一类法律的不道德。这也就是说，“五四”先驱者诚挚地希望在中国能建立一种崭新的男女平权的家庭，以替代几千年来妇女受尽痛苦的旧式家族制度。

鲁迅、胡适向家族制度提出的另一问题，是革除长者本位观念，代之以幼者本位思想。这是中国家庭制度变革中的又一个根本性命题。鲁迅在《我们现在怎样做父亲》①中开门见山地说：“我作这一篇文的本意，其实是想研究怎样改革家庭；又因为中国亲权重，父权更重，所以尤想对于从来认为神圣不可侵犯的父子问题，发表一点意见。总而言之：只是革命要革到老子身上罢了。”鲁迅指出：“生命何以必需延续呢？就是因为要发展，要进化。……所以后起的生命，总比以前的更有意义，更近完全，因此也更有价值，更可宝贵；前者的生命，应该牺牲于他。但可惜的是中国的旧见解，又恰恰与这道理完全相反。本位应在幼者，却反在长者；置重应在将来，却反在过去。”“中国的‘圣人之徒’，……以为父对于子，有绝对的权力和威严”；“他们的误点，便在长者本位与利己思想、权利思想很重，义务思想和责任心却很轻。以为父子关系，只须‘父兮生我’一件事，幼者的全部，便应为长者所有。尤其堕落的，是因此责望报偿，以为幼者的全部，理该做长者的牺牲。”在鲁迅看来，这些“误点”，连同“三年无改

① 见《新青年》第6卷第6号，1919年11月。

于父之道可谓孝矣”一类曲说，以及“割肉饲亲”“卧冰求鲤”一类不合理的倡导，都是“退婴的病根”。鲁迅倡导一种“离绝了交换关系利害关系的爱”作为“人伦的‘纲’”。他主张：“觉醒了的父母”“对于子女，应该健全的产生，尽力的教育，完全的解放”；做长辈的应该“自己背着因袭的重担，掮住了黑暗的闸门，放他们(指年轻的一代——引者)到宽阔光明的地方去；此后幸福的度日，合理的做人”。胡适则在《每周评论》上发表《我的儿子》一诗，结尾两句是：“我要你做一个堂堂的人，不要你做我的孝顺儿子。”以此表明做父亲的“无恩于你”。在复汪长禄的信中，又阐述自己有关父子关系的见解：

> “父母于子无恩”的话，从王充、孔融以来，也很久了。从前有人说，我曾提倡这话，我实在不能承认。直到今年我自己生了一个儿子，我才想到这个问题上去。我想这个孩子自己并不曾自有主张要生在我家，我们做父母的不曾得他的同意，就糊里糊涂的给了他一条生命。况且我们也并不曾有意送给他这条生命。我们既无意，如何能居功？如何能自以为有恩于他？他既无意求生，我们生了他，我们对他只有抱歉，更不能“市恩”了。我们糊里糊涂的替社会上添了一个人，这个人将来一生的苦乐祸福，这个人将来在社会上的功罪，我们应该负一部分的责任。说得偏激一点，我们生一个儿子，就好比替他种下了祸根，又替社会种下了祸根。……所以我们“教他养他”，只是我们自己减轻罪过的法子，只是我们种下祸根之后自己补过弥缝的法子。这可以说是恩典吗？

这就是“五四”一代人对父子关系的看法。他们看重长辈自己的责任，对晚辈则是厚爱、体谅、平等相待，多为幼者着想，不求得到什么报偿的。

鲁迅、胡适向家族制度提出的第三个问题是：拒绝没有爱情的婚姻。这里大概触动着鲁迅本人的伤痛，我们可以感受到鲁迅感情的创口仍在流血。的确，家族制度带给中国人的，很大部分是没有爱情的婚姻。正像一位不相识的青年写给鲁迅的短诗《爱情》中说的那样：

我是一个可怜的中国人。爱情！我不知道你是什么。

我有父母，教我育我，待我很好；我待他们，也还不差。我有兄弟姊妹，幼时共我玩耍，长来同我切磋，待我很好；我待他们，也还不差。但是没有人曾经"爱"过我，我也不曾"爱"过他。

我年十九，父母给我讨老婆。于今数年，我们两个，也还和睦。可是这婚姻，是全凭别人主张，别人撮合：把他们一日戏言，当我们百年的盟约。仿佛两个牲口听着主人的命令："咄，你们好好的住在一块儿罢！"

爱情！可怜我不知道你是什么！①

鲁迅称这诗"是血的蒸汽，醒过来的人的真声音"。鲁迅在《随感录四十》中坦诚承认："爱情是什么东西？我也不知道。中国的男女大抵一对或一群——一男多女——的住着，不知道有谁知道。""然而无爱情结婚的恶结果，却连续不断的进行。形式上的夫妇，既然都全不相关，少的另去姘人宿娼，老的再来买妾：麻痹了良心，各有妙法。"怎么办？向女方要求离婚么？我们听到了鲁迅夫子自道般深沉痛苦的声音："但在女性一方面，本来也没有罪，现在是做了旧习惯的牺牲。

① 见鲁迅《随感录四十》所引。

我们既然自觉着人类的道德，良心上不肯犯他们少的老的的罪，又不能责备异性，也只好陪着做一世牺牲，完结了四千年的旧帐。做一世牺牲，是万分可怕的事；但血液究竟干净，声音究竟醒而且真。”因此，鲁迅主张：“我们能够大叫，是黄莺便黄莺般叫；是鸱鸮便鸱鸮般叫。……我们还要叫出没有爱的悲哀，叫出无所可爱的悲哀。……我们要叫到旧帐勾销的时候。旧帐如何勾销？我说，‘完全解放了我们的孩子！’”这简直是鲁迅带血的独白和控诉！

总之，无论从男女地位、父子关系、婚姻制度哪方面说，鲁迅、胡适都对中国的家族制度进行了猛烈的抨击，并从根本观念上做出一系列建设性的探讨。这些文章是中国思想史进入现代的辉煌文献！

对中国的家族制度从理论上深入展开批判的，稍后还有实业家卢作孚。他是五四新文化运动的积极支持者，少年中国学会会员。他在20世纪30年代初就提出中国应实现工农产业、交通电信、国防和科学文化的“四个现代化”，认为“内忧外患两个问题，却只须一个方法去解决它，这个方法就是将整个中国现代化”①。他从自身的长期社会实践中，认识到家族制度是中国实现“四个现代化”的严重障碍，并写了《社会生活与集团生活》《建设中国的困难及其必循的道路》《民生公司的三个运动》《社会动力与青年的出路》等文做出阐释。在《建设中国的困难及其必循的道路》这篇长文中，卢作孚指出：“中国人只有两重社会生活——第一重是家庭，第二重是（由父的家族、母的家族扩大而成的）亲戚邻里朋友。”“家庭以外的社会关系必用家庭的关系去解释，用家庭的道德条件去维系。就天下说：君父、臣子，是以父子解

① 《建设中国的困难及其必循的道路》，连载于《大公报》1934年8月2日至11日。

释君臣的关系；君主、臣妾，是以夫妇解释君臣的关系。就地方言：官是父母官，民是子民，是以父母子女解释官民关系。人臣的道德条件是要移孝作忠，为官的道德条件是要爱民如子，是用了家庭的道德条件去维持大则天下，小则地方的关系。尊称朋友为仁兄，自称为愚弟，先生便是父兄，学生称为弟子，更可见得没有一种社会生活不笼罩以家庭的意义。”在家族制侵袭下，连新建立的现代社会集团，也容易变质为单纯由家人、乡亲控制的只知维护私利的帮派：“于是乎训练陆军成功了北洋系，分化为直系和皖系，训练海军成功了闽系，整理铁路成功了交通系……总之，在任何新的事业之下，仍自成功了一群亲戚邻里朋友，彼此相为，而不能成功新的集团，为着事业。”卢作孚正面提出，为了实现国家现代化，必须相应地组织新的现代的集团生活，建设健全的合理的事业单位，打破家庭、家族、亲友的关系，按现代集团生活的要求重新训练人才，实行用人唯贤原则，建立新的比赛标准和新的人际依赖关系。他对未来社会做了如下描绘：“我们的预备是每个人可以依赖着事业工作到老，不至于有职业的恐慌，如其老到不能工作了，则退休后有养老金，任何时间死亡有抚恤金。公司要决定住宅区域，无论无家庭的、有家庭的职工，都可以居住。里面要有美丽的花园、简单而艺术的家具，有小学校，有医院，有运动场，有电影院和戏园，有图书馆和博物馆，有极周到的消费品的供给，有极良好的公共秩序和公共习惯，凡你需要享用的，都不需要你自己积聚甚多的财富去设置，凡你的将来和你儿女的将来，都不需要你自己积聚甚多的财富去预备，亦不需要你的家庭帮助你，更不需要你的亲戚邻里朋友帮助你，只需要你替你所在的社会努力积聚财富，这一个社会是会尽量地从各方面帮助你的，凡你有所需要，它都会供给你的。”卢作孚用自己真正的现代社会理想来改造宗法制农业社会，并且取得了相当的成功。他所领导、管理的民生实业公司以及一系列企业、事业的发展，就是一个证明。

在中国家庭制度从古代向现代的转变过程中，五四新文化运动的巨大功绩是永远不可磨灭的。它首次在历史上用现代观念批判了中国古来的家族制度，提出了男女平等、幼者本位、婚姻自主以及建立新的人际依赖关系(社会为人人、人人为社会)等崭新的思想，并将这些思想普及到知识青年中去，使家庭作为社会细胞从几千年来为宗法制君权服务转而纳入现代民主主义的制度体系。五四新文化运动不愧为一场真正的启蒙运动和思想革命，为中国的现代化开辟了道路。“五四”和稍后时期对家族制度的批判，正显示着这场思想革命的深度。

如果说“五四”对家族制度的批判也有缺点的话，那是由于它过分着眼于当时的社会需要，对这一制度的道德评价较多，而对制度本身缺少社会历史的分析和科学的探讨。事实上，家族制度也是应某种历史的要求而出现的。它在中国几千年封建社会的前期和中期，对于推进社会的稳步发展，做出过积极的贡献，虽然这种贡献又以对商业、手工业的束缚并使社会板结停滞为其代价。即使在封建社会后期，它的消极成分和不合理性日益显得突出之时，在政治、文化建设的一些方面也还继续保有某种积极的作用。只有到西方民主主义和社会主义思潮深入中国，现代产业、现代科学思想也在中国有了初步基础之后，它的腐朽方面才彻底显露，从而失去存在的根据并完全风化。认识家族制度曾经让中国人特别是中国妇女和青年付出巨大牺牲，即认识它的“吃人”本质是必要的，但任何事物的评价归根结底仍要看对于社会历史的推动作用如何而定。道德评论可以引起感情好恶，却毕竟不能代替历史的科学的评价。正是在这方面，五四新文化运动又显露出难以回避的局限性。

关于鲁迅和创造社、太阳社论争的几个问题*

五十年前，在国民党白色恐怖统治的上海，在革命处于低潮的时期，文化战线上出现过一场广泛引人注意、产生很大反响的事件，这就是创造社、太阳社对无产阶级文学的倡导，以及随即展开的这两个社团同鲁迅之间的论争。

怎样评价1928年这场关于无产阶级文学的倡导和论争，历来的看法并不一致，其中也存在着尖锐的原则性的斗争。早在20世纪30年代中期，王明从极左转向右倾的时候，就对20年代末期开始的我国无产阶级文学运动持全盘否定的态度。王明在1935年秋天指令萧三给“左联”写了一封信，信中说：“同志们！在这里我们要追溯一番‘左联’关门主义之由来。我们以为‘左联’之关门，要从其唱‘普洛文学’说起，因为这个口号一提出，马上便把‘左联’的门关上了，因为这一口号，这一政策，便不能团结一班先进的，但仍未能普洛化的文人以及自由派的作家……”显然，在信的主使人看来，倡导无产阶级文学（普洛文学）本身，便是

* 原载《文学评论》，1978年第2期。初稿写于1977年8月，1978年2月修改。

“左”倾机会主义的表现，便是犯了绝大的错误。信里的这种说法，既掩盖了王明的“左”倾路线是“左联”产生关门主义错误的主要原因，又站在右倾机会主义立场上否定了本来不该否定的革命新生事物。至于一个时期里对文艺界实行法西斯统治的“四人帮”，连 30 年代进步文艺都一概否定，对于 20 年代末期倡导无产阶级文学的运动，当然更是一笔抹杀而不在话下了。他们一方面曲解鲁迅原意，搅乱敌我界线，给包括创造社、太阳社在内的许多革命文艺工作者扣上“黑线人物”的帽子，残酷地加以迫害。另一方面，文痞姚文元又竭力贬低和污蔑鲁迅，把世界观已经发生根本变化的鲁迅依然说成小资产阶级知识分子，说什么鲁迅到“1928 年下半年”才完成“立场和世界观的转变”①，完全抹杀鲁迅的路线觉悟。“四人帮”流毒所至，给我国现代文学史研究，造成了极其恶劣的影响。

到底 1928 年开始的我国无产阶级文学运动是不是机会主义路线的产物？倡导无产阶级文学，是历史的必然，还是个别人物的错误行动？这个运动的历史功过和经验教训究竟有哪些？对 1928 年的鲁迅，究竟给予怎样的评价？这里确实包含着一系列应予辨明的重大是非问题。

一

“无产阶级文学”口号在大革命失败后的 1928 年提出，并且形成一个运动，绝非出于偶然。

首先，它是同当时政治形势的要求相适应的。“四一二”事变后，

① 姚文元：《鲁迅——中国文化革命的巨人》，59 页，上海，上海文艺出版社，1959。

国内阶级关系起了很大的变化。原有的统一战线破裂了：大资产阶级叛变革命，民族资产阶级暂时归附于大资产阶级，一部分上层小资产阶级分子也离开了革命。中国革命转由无产阶级单独领导。红军的建立，苏维埃运动在革命根据地的展开，标志着政治军事战线上革命的深入。适应于这种政治形势，无产阶级有必要在文学上提出自己的明确口号，有必要旗帜鲜明地宣传自己的文艺主张。用当时倡导者们的话来说，也就是要从初期所谓“混合型的革命文学”，推进到正面提倡“普罗列塔利亚文学”的阶段①。

其次，从文学本身的发展来说，“无产阶级文学”口号实际上也是早期共产党人悉心倡导和进步文艺阵营多年酝酿的结果。早在1922年，党所领导的社会主义青年团第一次全国大会就做出决议，号召团员积极参加各种学术文艺社团的活动，“使学术文艺成为无产阶级化”②。邓中夏、恽代英、萧楚女等党的活动家曾撰写不少文章，宣传了初步的马克思主义文学主张。在文艺界，后来成为太阳社重要成员的蒋光慈，1924年就曾和一些文艺青年组织过春雷社，通过上海《民国日报》副刊《觉悟》倡导革命文学。文学研究会成员沈雁冰，1925年就在《文学周报》上连续四期发表《论无产阶级艺术》的长篇文章。创造社的代表作家郭沫若，不仅在1924年认为“马克思主义在我们所处的这个时代是唯一的宝筏”③，而且于1926年发表《文艺家的觉悟》《革命与文学》等文，鼓吹“站在第四阶级（立场上）说话的文艺”，要求作者“表同情于无产阶级”。创造社另一重要成员成仿吾，1926年也在《革命文学与它的永远性》一文中要求文学作品能“唤起对于革命的

① 李初梨：《答鲁迅〈醉眼中的朦胧〉》，载《文化批判》第4号。

② 《先驱》，1922年5月第8期。

③ 《孤鸿》，载《创造月刊》第1卷第2期。

信仰与热情”。而鲁迅，1925 年已注意到了“用 Marxism 于文艺的研究”[①]这一重要现象；1926 年就运用相当严格的标准评价勃洛克等苏联诗人的作品，指出它们“也还不是革命的诗”[②]，“若用了纯马克斯流的眼光来批评，当然也还是很有可议的处所”[③]；1927 年春，更在《革命时代的文学》中提出了“为革命起见，要有‘革命人’”“革命人做出东西来，才是革命文学”的主张。可见，无论后来参加这场内部论争的当事人中的任何一方，他们早在大革命高潮时期就都已赞成革命文学甚至无产阶级文学了。这种情况足以发人深思，它有力地表明：无产阶级文学运动乃是历史发展的必然。即使没有其他各种因素，在中国，“普洛文学”的口号仍迟早要提出来，“普洛文学”的旗帜也迟早会树起来，作为一种历史趋势，这个运动的兴起是不可避免的。

倡导无产阶级革命文学所起到的实际历史作用，也充分证明，那种把“普洛文学”运动简单地归结为“左”倾路线产物的观点，是完全错误的。事实上，创造社、太阳社在第二次国内革命战争初期就提倡无产阶级革命文学，建树了不容抹杀的历史功绩。这个运动的意义超出了文学本身的范围，实际上成为一个宣传马克思主义、扩大无产阶级文化阵地的思想运动。《文化批判》创刊号《祝词》中，就引用了列宁的名言：“没有革命的理论，便没有革命的行动。”这说明倡导者们一开始就明确地把扩大马克思主义的理论宣传作为自己的任务。他们向读者介绍了马克思主义各部分的重要内容，宣传了马克思主义文艺理论的一些基本观点，翻译了列宁的《列夫·托尔斯泰是俄国革命的镜子》

① 《集外集拾遗·〈苏俄的文艺论战〉前记》。

② 《集外集拾遗·〈十二个〉后记》。

③ 《华盖集续编·马上日记(之二)》。

等经典著作，还译介了苏联和国际进步作家的一些论著和作品。论争更促进了双方对马克思主义文艺理论的学习和钻研。作为运动的直接成果，1928 年年底起，陆续出版了几套比较系统地翻译介绍马克思主义文艺理论的著作：《文艺理论小丛书》《科学的艺术论丛书》以及江南书店印行的一些文艺理论译著，这是创造社、太阳社和鲁迅等左翼作家共同做出的贡献，它对我国左翼文艺运动的发展，具有很大的推动作用。鲁迅在 1931 年曾说："去年左翼作家联盟在上海的成立，是一件重要的事实。因为这时已经输入了蒲力汗诺夫、卢那卡尔斯基等的理论，给大家能够互相切磋，更加坚实而有力。"指的正是这种状况。

特别应当指出，当时我们党在思想文化战线上的一个重要战斗任务，就是要开展反对托陈取消派的斗争；而 1928 年兴起的无产阶级文学运动，正是较好地配合了这场斗争。托派不但在政治上是取消主义者，而且在文学上也同样是取消主义者。托洛茨基本人就根本否定无产阶级文学产生的可能性。在他看来，无产阶级在革命前没有文化，不可能创造无产阶级文学；在革命中被白热化的阶级斗争所牵制，无暇创作无产阶级文学；在革命胜利后很快就消灭阶级，来不及也不必要建设无产阶级文学。因此，托洛茨基的《文学与革命》一书得出了这样的结论："像'无产阶级文学'和'无产阶级文化'这类名词，是危险的"，无产阶级的文化艺术"是决不会存在的"①。托洛茨基这套根本取消无产阶级文学的荒谬观点传播到中国以后，对我国文化界产生了不好的影响。1928 年，有些人之所以不赞成无产阶级文学甚至反对无产阶级文学，原因之一就是受了《文学与革命》的影响。创造

① ［苏］托洛茨基：《文学与革命》中译本及书前《引言》，北京，外国文学出版社（天天出版社），1992。

社、太阳社提倡无产阶级文学，正是站到托洛茨基的对立面，批判了他在文学上这套取消主义的荒谬主张(如创造社刊物上发表的《无产阶级的艺术论》一文)。随着斗争的深入，创造社内部终于揭露并清除了王独清这个托派分子。所有这些，对于肃清托陈取消派的流毒，切断托陈取消派在文化界同我们党争夺进步知识青年的渠道，都有很大的意义。

不仅如此，倡导无产阶级文学，对于澄清大革命失败后文化界的混乱思想，清除各种消极悲观的影响，同样起了积极的作用。特别在“革命文学”一词被用得很滥，在国民党当权派甚至把吴稚晖的反动文章也奉作“革命文学的师法”①的情况下，创造社首先提出“无产阶级文学”的口号，就如在白色包围的环境中树起一杆鲜艳的红旗，大大振奋了文艺青年的革命精神，彻底戳穿了敌人以假乱真、欺骗群众的政治阴谋，使反动派的假革命文学无可逃遁地显露出反革命的原形。经过这一运动，革命文艺的战斗作用有了加强，许多革命的文化活动重又活跃，知识界中颓丧、消沉的空气大有转变。1928—1929 年间，仅上海一地，就出版了近 20 种进步的文艺刊物。运动所起的这些积极影响，都是不应低估的。

毛泽东同志在延安文艺座谈会上指出：“革命的文学艺术运动，在十年内战时期有了大的发展。”1928 年倡导无产阶级文学的运动，就是这个“大的发展”的开端。可以这样说：没有 1928 年对无产阶级文学的倡导，没有马克思主义文艺理论的传播，也就没有中国左翼作家联盟的成立。王明、“四人帮”抹杀这一运动的历史作用，硬把“无产阶级文学”口号说成机会主义路线的产物，甚至假借鲁迅名义来否

---

① 鲁迅在 1927 年 10 月发表的《革命文学》中揭露了这种情况。

定这一运动，这是对鲁迅的嘲弄和对我国革命文艺运动的污蔑。事实上，正是鲁迅，给了无产阶级文学运动充分的肯定。鲁迅不但在论争的当时就认为随着民众的“觉醒”，“第四阶级文学”“自然也会有”①的，而且在后来还一再肯定这次倡导无产阶级文学的运动。他在1931年所做的《上海文艺之一瞥》中，指出这个运动“实在具有社会的基础”；在1933年11月5日致姚克信所附《对于〈评传〉的意见》中又说无产阶级文学运动的“突兴”，乃是“由于大众的需要”。特别在读了王明强令别人给“左联”写的那封彻底否定“普洛文学”口号的信件之后，鲁迅更是旗帜鲜明、针锋相对地肯定了“左联”领导的“无产阶级革命文学”运动。鲁迅说：“‘左翼作家联盟’五六年来领导和战斗过来的，是无产阶级革命文学的运动。这文学和运动，一直发展着；到现在更具体底地，更实际斗争底地发展到民族革命战争的大众文学……新的口号的提出，不能看作革命文学运动的停止，或者说‘此路不通’了。”②这实际上是对王明否定“普洛文学”的右倾机会主义观点的当头棒喝。可见，共产主义者鲁迅，自始至终都是无产阶级文学运动最宝贵、最热忱的支持者和最忠实、最坚定的捍卫者。那种根本否定“无产阶级文学”口号，一笔抹杀创造社、太阳社历史功绩的荒谬意见，同鲁迅之间的距离显得多么遥远！

二

那么，1928年的无产阶级文学运动，除了上述属于主导方面的历史功绩应予肯定以外，还有没有非主导方面的缺点、错误呢？如果

---

① 《三闲集·文艺与革命》。

② 《且介亭杂文末编·论现在我们的文学运动》。

有，这些过失又同当时党内的错误路线——瞿秋白路线是否有联系呢？

回答是肯定的。

当时聚集在上海，以创造社、太阳社为代表的“普洛文学”的倡导者，主要有两部分人：一部分是大革命失败后从实际工作中撤退下来的革命知识分子，另一部分是接受马克思主义影响、刚从日本回国的激进青年。他们之中，正如鲁迅所说，确实“很有极坚实正确的人存在”①，但就世界观来说，多数都具有小资产阶级革命者的特点和弱点。他们或者带着因蒋介石叛变、陈独秀出卖而产生的浓重的忿激情绪，患有革命的急性病和狂热症；或者受了日共福本和夫“左”倾路线以至苏联“拉普”派文艺思想的影响，存在着严重的教条主义倾向。倡导者主观上的这种毛病，就使他们易于和瞿秋白盲动主义路线在一些方面合拍，不能不产生一系列同先进的无产阶级性质不相容的错误言论和错误行动，给运动本身造成损害。

应当说明，创造、太阳两社的具体情况并不一样。太阳社的成员多为党员，他们与瞿秋白同志的关系相当密切，不但思想上易受瞿秋白“左”倾路线的影响，而且在组织上还得受瞿秋白同志的约束。关于这一点，不妨引述一下太阳社重要成员钱杏邨(阿英)用“鹰隼”的笔名发表在1938年6月9日《文汇报》副刊《世纪风》上的一段文字：

> 1928年，太阳社成立于上海，当时“中央”干部参加的，有秋白、杨匏庵、罗绮园、高语罕、郑超麟。秋白在工作上，有许多的指示，但因为政治工作繁忙，却没有写什么东西。只匏庵、

---

① 《二心集·上海文艺之一瞥》。

绮园，用笔名发表了几篇小说。不久，杂志也遭了封禁。①

这就可以帮助我们懂得，为什么太阳社成员的文章中会反映出一些瞿秋白同志的错误观点，而且显得那么一致。至于创造社，其成员最初大多不是党员，因而他们的活动的确比太阳社具有更多的自发的成分，他们在思想上所受的影响也复杂得多(主要是日共福本路线)，而且每个成员的思想倾向也并不完全一样。但是，作为一个革命的文学团体，创造社也是受党领导的，他们在接受党的正确思想的同时，也通过与郑超麟(当时代理宣传部部长，后来堕落为托派分子)之间较为频繁的接触，在一定程度上接受了瞿秋白路线的影响。

无产阶级文学倡导者们所受瞿秋白盲动路线的影响，突出地表现在三个问题上：

第一，在当时中国革命形势的估计上，他们程度不同地鼓吹了瞿秋白同志的“继续高涨”论，否认中国革命暂时进入低潮。创造社有的文章认为：“我们底革命，有不能不成功，亦不得不成功底趋势，强敌虽暴，究竟是一叶落则知秋到的时期了！”② 太阳社则表述得更为明确，他们说：“从每天的新闻纸上去看，革命的运动究竟是停顿是进展，是高涨是低落，总该可以看得出来罢？”③“稍为有点政治常识的人，便可以明白，便可以认定现在革命运动是更为高涨的。”④ 蒋光慈正是从“中国社会革命的潮流已经到了极高涨的时代”这个判断出发，

① 钱杏邨：《关于瞿秋白的文学遗著》。

② 《满蒙侵略底社会的根据》，载《文化批判》第1期。

③ 《批评与抄书》，载《太阳月刊》1928年4月号。

④ 《读成仿吾的〈全部的批判之必要〉》，载《太阳月刊》1928年4月号。

要求文艺去为“左”倾路线服务的[①]。这样一种对革命形势的错误估计，便是创造社、太阳社一部分作品之所以具有盲动主义色彩的思想理论根源。

第二，在革命性质问题上，瞿秋白同志当时夸大中国社会的资本主义成分，混淆民主革命与社会主义革命的界限，认为“现在的革命斗争，已经必然要超越民权主义的范围……而急转直下的进入社会主义的道路”[②]，判定民族资产阶级“已经成了绝对的反革命”，小资产阶级“亦已经不是革命的力量”[③]，在文艺上则鼓吹要搞什么“无产阶级的革命主义社会主义的文艺运动”[④]。创造社、太阳社也受了这种观点的影响。在他们的一些文章中，往往模糊了半殖民地半封建的中国的社会特点，认为“中国的社会从根本上翻覆了（封建的）旧形态”[⑤]，“阿Q时代”已经“死去了”[⑥]，“中国也一般地资本主义化”[⑦]了，因而确定《文化批判》的任务是要“从事资本主义社会的合理的批判”[⑧]，号召“在资本主义统治下挣扎痛苦的艺术家……现在该是我们觉醒的时候了”[⑨]。有的文章把“四一二”和“七一五”蒋介石、汪精卫

---

① 《关于革命文学》，载《太阳月刊》1928年2月号。

② 《中国现状与共产党的任务的决议案》，载《布尔什维克》第1卷第6期。

③ 瞿秋白：《中国革命中无产阶级的新策略》，《瞿秋白文集》，北京，人民文学出版社，1954。

④ 瞿秋白：《普洛大众文艺的现实问题》，《瞿秋白文集》，北京，人民文学出版社，1954。

⑤ 《艺术与社会生活》，载《文化批判》创刊号。

⑥ 《死去了的阿Q时代》，载《太阳月刊》1928年3月号。

⑦ 《科学与人生观——近几年来中国思想界的总结算》，载《文化批判》第2期。

⑧ 《文化批判》创刊号《祝词》。

⑨ 《艺术与经济》，载《太阳月刊》1928年6月号。

的叛变革命，看成是“国内布尔乔亚以及小有产者知识阶级相继叛变”[①]，实际上表露了要对资产阶级、小资产阶级一概打倒的思想。蒋光慈的《关于革命文学》则明确提出：“近两年来的中国革命的性质，已经不是单纯或民族或民权的革命了。”由于混淆了革命性质，对“什么是革命文学”也就不可能不做出狭隘的解释，认为革命文学“应当而且必然地是无产阶级文学”[②]，排斥了并非无产阶级而又反帝反封建的民主主义文学存在的可能性，甚至提出了“打倒那些小资产阶级的学士和老爷们的文学”[③]以及作家要“超越时代”[④]之类的错误口号。《创造月刊》2卷1期上，发表杜荃的《文艺战线上的封建余孽》一文，竟把鲁迅确定为“双重反革命的人物”，理由是：鲁迅既为“资本主义以前的一个封建余孽”“资本主义对于社会主义是反革命，封建余孽对于社会主义是二重的反革命”。可见，在这位作者心目中，中国当时在搞社会主义革命，已经是确定无疑的了。创造社、太阳社之所以会否定自身以外的许多进步作家，看来并不单纯由于宗派主义、小团体主义作祟，更深刻的原因恐怕在于他们中的一些人错把中国革命当成了社会主义性质或基本上具有社会主义性质的革命。

第三，与上述革命性质的模糊认识有关，无产阶级文学的一些倡导者对“五四”新文学的性质也做了不正确的判断。我们知道，瞿秋白同志对于“五四”至第一次国内革命战争时期的新文学，长期持贬低和否定的态度。他把无产阶级领导和影响下的最初十年新文学（以至整个五四新文化运动）都奉送给了资产阶级，认为它们几乎都是资产阶

① 《答鲁迅〈“醉眼”中的朦胧〉》，载《文化批判》第4期。

② 《怎样地建设革命文学》，载《文化批判》第2期。

③ 《流沙》创刊号《前言》。

④ 《书评：〈英兰的一生〉》，载《太阳月刊》1928年1月号。

级的东西；直到30年代初期，他还称“五四”后的新文学(包括鲁迅的《呐喊》《彷徨》，郭沫若的《女神》《前茅》)为“‘非驴非马’的骡子文学”①，以后到1933年撰写《鲁迅杂感选集序言》时，这种观点才有较明显的变化。创造社、太阳社一些成员对前十年新文学的认识，或者受了瞿秋白同志的影响，或者由于片面的不正确的看法而得出了与之相似的结论。他们认为：“中国十年前的文化运动，实为当时资本与封建之争，反映社会意识者”；“中国的文学革命，经了有产者与小有产者的两个时期……已经没落下去了”②。在他们看来，反封建的主题和题材是“早已过时了”，如果文学作品加以表现，那就是落后于时代，而“十年来的中国新文艺作家大都是如此”“真能看清时代，认清文艺的使命的，实在数不出有几个人”③，一般的文学家大多数是反革命派。这就导致对前十年新文学的基本否定。《太阳月刊》编者提到鲁迅时，曾写过这样一段话：“很多人总以为鲁迅是时代的表现者，其实他根本没有认清十年来中国新生命的原素，尽在自己狭窄的周遭中彷徨呐喊；利用中国人的病态的性格，把阴险刻毒的精神和俏皮的语句，来淆乱青年的耳目。”这位编者把批判鲁迅的文章称之为“新时代的青年第一次给他(鲁迅)的回音”④。鲁迅尚且受到如此批判与否定，其他作家当然更是难以幸免了。

创造社、太阳社刊物和文章中反映出来的种种问题，有些属于工作的缺点或主客观的局限，在当时历史条件下很难避免(如翻译马克思主义哲学时羼杂了德波林的货色，介绍科学文艺理论时夹进了布哈

① 瞿秋白：《学阀万岁》，《瞿秋白文集》，北京，人民文学出版社，1954。

② 《怎样地建设革命文学》，载《文化批判》第2期。

③ 《书评：〈英兰的一生〉》，载《太阳月刊》1928年1月号。

④ 《编后》，载《太阳月刊》1928年3月号。

林的“文学是生活的组织”等观点）；有些属于思想意识上的小团体主义、风头主义或思想方法上的片面性、表面性（如忽视文艺的特征，夸大文艺的作用，把作家思想转变看得过于容易，以“革命的化身”自居，等等）。但上述三个方面则是无法用这些原因来解释的，它们确实属于错误路线的影响。创造社、太阳社倡导无产阶级革命文学而首先从鲁迅身上开刀，并不是偶然发生的错误行动，而是他们所受瞿秋白路线影响的一次集中暴露。虽然如此，受错误路线的某些影响同推行错误路线毕竟不是一回事。考虑到当时革命正处于转折关头的具体历史条件，接受错误路线的某种影响也是不难理解的。在创造社、太阳社来说，这些错误依然只占局部的地位，我们决不能以此抹杀和掩盖这两个社团倡导无产阶级革命文学的重大历史功绩。所谓“路线错了，一切皆错”，这只是“四人帮”为达到其篡党夺权目的而编造出来的一种整人逻辑，是直接违背毛泽东同志在《学习和时局》中所做的“对于任何问题应取分析态度，不要否定一切”的指示的。

三

在无产阶级革命文学论争的过程中，鲁迅尽管对党内路线斗争的具体情况可能并不了解，但由于他的世界观经过马克思主义思想因素的长期积累而于“四一二”前后发生了质的飞跃①，由于他对中国历史和社会现实有着透辟的研究，对文艺战线的现状有着深刻的了解，特别是由于他一开始学习马克思主义就注意同中国革命实际紧密结合，因此能较好地识别各种错误倾向并与之做斗争。鲁迅在 1927 年 6 月

① 关于鲁迅 1928 年论争中的世界观状况，可参阅本书作者与其他学者合撰的《论鲁迅马列主义世界观的确立》一文。该文收入人民文学出版社 1980 年出版的《知春集》。

写的《〈书斋生活与其危险〉译后附记》中，就说过“怕青年进了书斋之后，和实社会、实生活离开，变成一个呆子”①的话。他自己，从来就不是教条式地对待马克思主义，而是注意“和实社会接触，使所读的书活起来”②，这就从根本上保证他能够抵制和批判“以主观和客观相分裂，以认识和实践相脱离为特征”③的机会主义路线和思潮。鲁迅对创造社、太阳社一些错误倾向所进行的批评，其实质就是从文化战线上对瞿秋白“左”倾盲动主义路线展开的抵制和斗争。

必须说明，鲁迅原先对创造社并不抱有什么成见，更不用说对新成立的太阳社了。鲁迅从厦门前往广州，就有和创造社合作战斗的打算。《两地书》第 69 封说：“其实我也还有一点野心，也想到广州后……与创造社联合起来，造一条战线，更向旧社会进攻。”1927 年 4 月 1 日出版的《洪水》半月刊第 30 期上，就刊登过由鲁迅与成仿吾等共同签名的《中国文学家对于英国知识阶级及一般民众宣言》，义正词严地抗议帝国主义屠杀中国人民的罪行，表示坚信未来属于无产阶级。1927 年 9 月 25 日鲁迅致李霁野信，则说到在广州的情况：“创造社和我们，现在感情似乎很好。他们在南方颇受迫压了，可叹。看现在文艺方面用力的，仍只有创造，未名，沉钟三社……”这年秋天，鲁迅从广州来到上海以后，又进一步和郭沫若(麦克昂)、蒋光慈等共同领衔，在《创造月刊》1 卷 8 期上发表了《〈创造周报〉复刊宣言》，准备联合作战。但是，创造社内部由于从日本回国的一批新进分子不赞

① 见《莽原》半月刊 1927 年 6 月第 2 卷第 12 期。

② 《而已集·读书杂谈》。

③ 毛泽东：《实践论》，《毛泽东选集》横排本第 1 卷，272 页，北京，人民出版社，1953。

成恢复《创造周报》，并且对鲁迅发动了突然袭击，终于使这次联合作战的计划陷于破产。即使在这种无端受到攻击的情况下，鲁迅仍是真诚地“等待有一个能操马克斯主义批评的枪法的人来狙击我”①，这正体现了鲁迅的伟大襟怀。然而，创造社、太阳社并没有“操马克斯主义批评的枪法”去打痛鲁迅；倒是鲁迅，真正击中了创造社、太阳社所受影响的瞿秋白同志那条错误路线的要害。

首先，在大革命失败后全国革命形势究竟处于低潮还是继续高涨的问题上，鲁迅抵制和反对了瞿秋白路线的那套主张。尽管鲁迅对蒋介石的血腥屠杀政策同样极其愤怒，并且坚信“不远总有一个大时代要到来”②，但在当前形势分析上，他依然保持了十分清醒的头脑。鲁迅反对一些刊物上鼓吹的“革命继续高涨”的论调，认为他们“没有正视现实的勇气”③。在《太平歌诀》一文中，鲁迅针对“普洛文学”倡导者的意见说：“看看有些人们的文字，似乎硬要说现在是‘黎明之前’。”他讽刺这种论调是“欢迎喜鹊，憎厌枭鸣，只捡一点吉祥之兆来陶醉自己”。我们还可以举出当时和鲁迅联系的冯雪峰所写的一段回忆作为佐证：

> 我是1928年12月开始和鲁迅先生来往的……但那时，我们党已经有别的同志在和他来往，主要的是经过革命互济会这一环。我就记得有一天，我去看他的时候，他刚送走一个客人，这样，他开头就谈起这个客人来，说：“……革命互济会的，来过三

① 《二心集·对于左翼作家联盟的意见》。

② 《三闲集·“醉眼”中的朦胧》。

③ 《三闲集·文艺与革命》。

次了。人真老实，每次来都对我大讲一通革命高潮。”说了，他就爽朗地笑起来，在善意的讽嘲里流露着对我们那位同志的爱。①

这里，鲁迅的态度很鲜明：他对共产党员、青年革命者十分爱护，而对于机会主义路线鼓吹的那套“革命高涨”论，则是嘲讽和蔑视的。这不是很可以帮助我们理解为什么鲁迅对创造社、太阳社的某些错误论点那么反感而要加以批评吗？

其次，在中国革命的性质和文艺运动的性质问题上，鲁迅也批评了创造社、太阳社的“朦胧”认识，阐明了自己比较切合实际的看法（虽然由于主客观条件的局限，有时表述得不很确切，甚至还有毛病）。鲁迅认为，中国与欧洲或日本那样一些“工业发达，贫富悬隔的国度”不同，在那些国家里，无产阶级与资产阶级“阶级的对立大抵已经十分锐利化”，而“这类事情，中国还在萌芽”；在中国，面对的敌人除帝国主义外，主要是“官僚和军阀”②；由此得出的逻辑的结论，革命的性质依然是资产阶级民主革命。鲁迅还认为，无产阶级文艺运动在苏联、日本和中国这些社会状况很不相同的国家里，应该是并不一样的。作为社会主义革命“一翼”的无产阶级文艺运动，“这在俄国，是正当的，因为正是劳农专政；在日本也还不打紧，因为究竟还有一点微微的出版自由，居然也还说可以组织劳动政党。中国则不然”③，连起码的民主自由都没有，因此，中国的文艺首先面临的是怎样为民主革命服务的问题。鲁迅尖锐批评了那种想要在当时就采用社会主义

① 冯雪峰：《党给鲁迅以力量》，《雪峰文集》第4卷，78页，北京，人民文学出版社，1985。

② 《三闲集·“醉眼”中的朦胧》。

③ 《三闲集·文坛的掌故》。

标准的所谓“超越时代”的理论，指出：“超时代其实就是逃避”，“社会停滞着，文艺决不能独自飞跃，若在这停滞的社会里居然滋长了，那倒是为这社会所容，已经离开革命，其结果，不过多卖几本刊物，或在大商店的刊物上挣得揭载稿子的机会罢了”。[①] 鲁迅嘲讽了“打倒那些小资产阶级的学士和老爷们的文学”一类错误口号，指出它使用的是“口头不说‘无产’便是‘非革命’”，“‘非革命’即是‘反革命’”[②]的吓人逻辑。稍后，在《上海文艺之一瞥》中，鲁迅更从理论上科学地说明了之所以会犯“左”倾盲动错误的根源：“他们对于中国社会，未曾加以细密的分析，便将在苏维埃政权之下才能运用的方法，来机械地运用了。”

最后，针对那种全盘否定“五四”新文学的倾向，鲁迅在《叶永蓁作〈小小十年〉小引》《柔石作〈二月〉小引》《非革命的急进革命论者》《我们要批评家》等文中，运用历史唯物主义观点评价新文学，肯定了“五四”以来这类作品所起的历史作用。鲁迅曾经不无感慨地说：文学革命“这一种运动，现在固然已经成为文学史上的陈迹了，但在那时，却无疑地是一个革命的运动。我的作品在《新青年》上，步调是和大家大概一致的，所以我想，这些确可以算作那时的‘革命文学’”[③]。他严厉批评某些“貌似彻底”的评论，“其实是极不革命或有害革命的”，指出：“倘若要现在的战士都是意识正确，而且坚于钢铁之战士，不但是乌托邦的空想，也是出于情理之外的苛求。”[④]鲁迅对瞿秋白同志，既把他作为党的领导人作为“知己”友善地亲密地相待，同时也并

① 《三闲集·文艺与革命》。

② 《三闲集·路》。

③ 《自选集·自序》。

④ 《二心集·非革命的急进革命论者》。

不放弃某些思想原则上应有的争论。他在和瞿秋白同志讨论翻译问题的通信以及后来写的《“彻底”的底子》等文章中，就直接间接地批评了瞿秋白同志那种从大众语的角度抹杀“五四”新文学、鼓吹“绝对的白话文”的形而上学观点，保卫了“五四”新文学应有的历史地位。

鲁迅作为无产阶级文学积极支持者所做的重大贡献，还在于他对什么是无产阶级文学、怎样才能创作无产阶级文学等问题，发表了一系列十分深刻、中肯的意见。鲁迅认为，革命文学并不是只叫喊“打，打，杀，杀”的标语口号作品；要使革命文学有充实的内容，作者自身必须参加实际斗争，和革命同命运、共脉搏。早在1927年冬，鲁迅在《文艺与政治的歧途》中就这样说：“以前的文艺，如隔岸观火，没有什么切身关系；现在的文艺，连自己也烧在这里面。”因此，“一定要参加到社会去!”在《革命文学》一文中也说：“根本问题是在作者可是一个‘革命人’，倘是的，则无论写的是什么事件，用的是什么材料，即都是‘革命文学’。从喷泉里出来的都是水，从血管里出来的都是血。”这些意见对于初期无产阶级文学的倡导，具有很大的针砭意义。无产阶级文学倡导者中，有的同志曾摆出一副“自身就是革命”①的姿态，否定作家参加实际斗争的必要，并且认为“文艺品的创造全凭本身的经验”“是一种谬误的理论”。他反问道：“若写强盗生活，自己一定要去当强盗；写娼妓生活，自己一定要去当娼妓……那岂不是笑话吗?”这位作者发明了一种说法：文艺家可“用自己的心灵去参加社会的斗争”②。鲁迅对这种错误主张，曾给予十分恳切而透辟的批评，他写了这样一段著名的话：

---

① 蒋光慈：《现代中国文学与社会生活》，载《太阳月刊》1928年1月号。

② 华希理(蒋光慈)：《论新旧作家与革命文学》，载《太阳月刊》1928年4月号。

> 现存的左翼作家，能写出好的无产阶级文学来么？我想，也很难。这是因为现在的左翼作家还都是读书人——知识阶级，他们要写出革命的实际来，是很不容易的缘故。日本的厨川白村曾经提出过一个问题，说：作家之所描写，必得是自己经验过的么？他自答道，不必，因为他能够体察。所以要写偷，他不必亲自去做贼，要写通奸，他不必亲自去私通。但我以为这是因为作家生长在旧社会里，熟悉了旧社会的情形，看惯了旧社会的人物的缘故，所以他能够体察；对于和他向来没有关系的无产阶级的情形和人物，他就会无能，或者弄成错误的描写了。所以革命文学家，至少是必须和革命共同着生命，或深切地感受着革命的脉搏的。①

鲁迅的这个见解，直到现在对我们仍有着指导的意义。鲁迅一再宣布自己“不相信住洋房，喝咖啡，却道‘唯我把握住了无产阶级意识，所以我是真的无产者’的革命文学者”②，这不是出于什么成见，而正是体现了一种深刻的唯物论思想。创造社有的同志曾公开声言“洗练的会话，深刻的事实，那些工作让给昨日的文学家去努力吧”③，表示革命作家不屑于技巧和生活。鲁迅针对无产阶级文学倡导者这种忽视艺术、轻视技巧、仿佛一讲艺术技巧就会陷入资产阶级泥坑的片面观点，强调说明了文艺特征的不可忽视：“我以为一切文艺固是宣传，而一切宣传却并非全是文艺，这正如一切花皆有色（我将白也算作色），而凡颜色未必都是花一样。革命之所以于口号，标语，

① 《上海文艺之一瞥》。

② 《三闲集·文学的阶级性》。

③ 《同在黑暗的路上走》附记，载《文化批判》创刊号。

布告，电报，教科书……之外，要用文艺者，就因为它是文艺。”① 所有这些宝贵意见，难道不正好表明了鲁迅用自己的实际行动，给了无产阶级文学运动有力的支持和正确的引导吗?!

当然，鲁迅在这场论争中也不是没有缺点和毛病的。他在受到批判攻击后也有感情过于激动、态度不够冷静的地方。他批评对方“专挂招牌，不讲货色”，然而他对于“挂招牌”——发起无产阶级文学运动的重大历史意义，认识也还不足。这些弱点，和他世界观转变还不久、运用马克思主义还不很成熟，都是有关系的。

有同志曾经这样发问：鲁迅到底有没有在革命队伍内部进行路线斗争的觉悟？能不能说他确实在一些方面自觉地抵制、批评了瞿秋白同志那条盲动主义路线？我认为，对于这个问题，应当从历史实际出发，给予肯定的回答。请看 1931 年七八月间鲁迅同日本朋友增田涉谈到和创造社、太阳社这场论争时的一段话：

> 他们(指创造社、太阳社一些成员——引者)想要打倒我，于是就大叫大嚷地说：假使不把鲁迅打倒，无产阶级文学在中国就不能诞生。结果，就发生了连我的婴儿也加以攻击的可笑行径，他们就先打倒了自己。他们对历史是认识不足的，而且没有把握住客观的现实形势。他们是风头主义的公式主义者，在政治上和中国共产党的李立三路线同样陷入“左”倾机会主义的错误。李立三是失败了，他们也失败了。

鲁迅的这段谈话，见于日本《改造》杂志 1932 年 4 月号所载增田

① 《三闲集·文艺与革命》。

涉著的《鲁迅传》中。这段谈话之所以值得我们特别重视，是因为：第一，谈话是当时记录并在鲁迅生前发表的，不是多少年后的追忆；而且据增田涉在《鲁迅的印象》一书中所做的说明，《鲁迅传》的原稿1931年8月写成后曾由鲁迅亲自做过校阅修改，因此，所记谈话当是准确可靠的。第二，这段谈话实际上批评了瞿秋白同志主持党中央工作期间的这条错误路线，明确地指出它"陷入'左'倾机会主义的错误"，把它同李立三路线相提并论。第三，鲁迅说这段话，正处于王明路线统治的时期，按照王明的说法，李立三路线不是"左"倾路线，而是所谓"现时共产主义运动中右倾机会主义的派别"①，他要比李立三路线搞得更"左"；但鲁迅却明确地认为李立三路线是一条"左"倾机会主义的路线，这就不仅批判了李立三路线，而且在实际上也否定了王明路线的一个重要观点。短短的一段谈话，把党内三次"左"倾路线都批判到了。即使不再列举各个方面的大量事实，仅此一端，足见鲁迅是有路线觉悟的，足见鲁迅的思想是何等难能可贵！

必须说明的是，鲁迅从路线高度对创造社、太阳社所做的批评，仅仅是就他们活动中占次要方面的错误部分而言的（"失败了"的是打倒鲁迅这件事，不是倡导无产阶级文学）。鲁迅并没有从根本上否定这两个在现代文学史上做过不同贡献的革命文学社团。就在这次谈话的同一个月里，鲁迅做过《上海文艺之一瞥》的讲演，肯定了创造社、太阳社倡导无产阶级革命文学的历史功绩，一再说道："革命文学之所以旺盛起来，自然是因为由于社会的背景，一般群众、青年有了这样的要求"，"因为实在具有社会的基础，所以在新份子里，是很有极坚实正确的人存在的"。鲁迅用了"很有些错误之处"这样的字眼来说

① 王明：《为中共更加布尔什维克化而斗争》。

明革命文学运动的局限方面，可见，他把历史功绩与缺点错误的界限划分得非常清楚，在他心目中，这种错误只是局部的问题。而且鲁迅正是用自己译介马克思主义文艺理论和提出建设性意见的实际行动，弥补了这方面的缺陷。鲁迅曾经说过，他和创造社、太阳社这场论争是“新文学者和新文学者的斗争”①，可见鲁迅把他们中的多数人是当作战友看待的。鲁迅后来同创造社、太阳社一些同志的关系是好的。当新月派的梁实秋因冯乃超同志撰文揭露他是“资本家的走狗”而愤愤不平时，鲁迅曾说“乃超这人真是忠厚人……我来写它一点”②，就写了《“丧家的”“资本家的乏走狗”》这篇脍炙人口的杂文，给了梁实秋以沉重的打击。成仿吾同志从鄂豫皖回来，也是通过鲁迅和党中央接上了关系。“四人帮”妄图利用革命文艺队伍内部战友之间的争论，来打倒一大批老一代革命文艺战士，这除了暴露他们篡党夺权野心之外，只能是枉费心机！

---

① 《二心集·对于左翼作家联盟的意见》。

② 冯雪峰：《回忆鲁迅》，29页，北京，人民文学出版社，1981。

第三辑　文学评论

周作人与随笔体散文*

随笔或称散文小品，萌芽于“五四”文学革命与思想革命的大潮中。它借助闲话的方式和轻松的文笔，实现叙事、说理乃至抒情的功效。诚如古人所云：“文者，妙发性灵，独拔怀抱。”① 在小品文中，作者可纵意而谈，奇见迭出；可即兴抒怀，以情感人；亦可驰骋想象，多所寄托。总之，这是一个颇能显示作者个性色彩的文学品种。周作人将这种作品称作“美文”②，称作“个人的文学之尖端”“文学发达的极致”，断言“它的兴盛必须在王纲解纽的时代”③。应该说，这是很有见地的。

“五四”就是一个散文小品兴盛的时代。《新青年》与《每周评论》自1918年起，即设“随感录”专栏，开辟了现代杂感的源头，为其他刊物所仿效。“五四”以后，大报副刊如《晨报副刊》、《民国日报》副刊《觉悟》、《时事新报》副刊《学

---

* 原载《二十世纪中国文学史》，北京，高等教育出版社，2010。

① 《梁书·文学传》结语部分。

② 《美文》，载《晨报》副刊1921年6月8日，后收入《谈虎集》。

③ 《冰雪小品选·序》。

灯》以及《京报副刊》，文学刊物如《小说月报》《文学旬刊》《文学周报》《创造周报》《洪水》《语丝》《莽原》，其他刊物如《星期评论》《新生活》《星期日》《曙光》《新社会》《现代评论》，均刊发了不少短评、随笔、杂感、书简、游记、读书杂记等，促进了散文小品的发展。当时的这种文体，无论就作者人数之众多，作品个性之彰显，题材范围之宽广而言，都称得上生气蓬勃。早在1922年，胡适在《五十年来中国之文学》中就说："这几年来，散文方面最可注意的发展，乃是周作人等提倡的小品散文。这一类的小品，用平淡的谈话，包藏着深刻的意味；有时很像笨拙，其实却是滑稽。这一类作品的成功，就可彻底打破那'美文不能用白话'的迷信了。"到20世纪30年代，鲁迅在回顾小品文的发展时更说："到五四运动的时候，才又来了一个展开，散文小品的成功，几乎在小说戏曲和诗歌之上。这之中，自然含着挣扎和战斗，但因为常常取法于英国的随笔(Essay)，所以也带一点幽默和雍容；写法也有漂亮和缜密的，这是为了对于旧文学的示威，在表示旧文学之自以为特长者，白话文学也并非做不到。"① 鲁迅既评估了"五四"时期散文的成就，又指出了英国随笔对中国小品文的影响，同时也对散文小品后来的发展作了引导。

周作人不但在理论上提倡小品文，也是鲁迅之外的"五四"散文大家，是随笔体的主要代表作家之一。在郁达夫所编选的《中国新文学大系·散文二集》十五位作者的一百二十九篇作品中，周作人独占了五十七篇，约占该集总篇数的百分之四十四。如果加上《中国新文学

① 鲁迅：《南腔北调集·小品文的危机》，《鲁迅全集》第4卷，592页，北京，人民文学出版社，2005。

大系·散文一集》所选的十七位作者七十一篇作品，则周作人一人入选的篇数也占到两集总篇数的百分之二十八。鲁迅向美国作家埃德加·斯诺介绍当代中国文学时，在散文方面也首先提到了周作人，称他是“中国新文学运动以来最优秀的杂文作家”①。可见，在当时一些权威作家的心目中，周作人的散文占有何等重要的地位。

周作人中年以前的经历，和其兄长鲁迅是大体相同或相近的。他们只差四岁，相继出生在绍兴一个没落的封建世家，共同在家境不好的状况下接受私塾启蒙教育，青年时期均曾赴南京进入“无须学费”②的江南水师学堂读书，又先后都到日本留学，回国后又都依次在杭州、北京两地教育部门较长久地工作，“五四”前夕又都共同投入《新青年》所发动的新文化运动并做出各自的贡献。这种经历上的近似，凝结了长兄在前闯路并为弟弟提供帮助，而弟弟亦予长兄以多方支持配合的亲密情谊。然而，后来两人虽然都是语丝社的核心人物，却经由失和而渐行渐远。周作人到抗战时期竟在日寇暴力高压下堕落为汉奸，这显示了弟兄俩在性格气质③乃至人生道路选择上的深刻差异。

从 1923 年起，到抗战前夕止，周作人先后出版的散文集有：《自己的园地》《雨天的书》《泽泻集》《谈龙集》《谈虎集》《永日集》《看云集》《苦雨斋序跋文》《夜读抄》《苦茶随笔》《苦竹杂记》《风雨谈》《瓜豆集》

---

① 《鲁迅同斯诺谈话整理稿》，载《新文学史料》1987 年第 3 期。

② 鲁迅：《朝花夕拾·琐记》。周作人考入江南水师学堂是在 1903 年，晚于鲁迅三年。

③ 郁达夫在《中国新文学大系·〈散文二集〉导言》中说“周作人头脑比鲁迅冷静，行动比鲁迅夷犹”，此乃知人之论。周作人明于是非而怯于行动，病在软弱，多考虑个人利害得失。

等。[①] 这些散文大多是融叙事、抒情、说理于一炉的随笔体，按题材的内容大致可分为社会批评与文化批评和个人生活与阅读体验两大类，二者却又常常互相渗透，而且个性色彩都是十分浓重的。这些随笔的共同特点是：随兴而谈，无拘无束，表达曲折，旁征博引，取譬精当，好用反语，富有情趣，却又似平淡而自然。作者曾在《雨天的书》两篇自序中说：他“常引起一种空想，觉得如在江村小屋里，靠玻璃窗，烘着白炭火钵，喝清茶，同友人谈闲话，那是颇愉快的事”。他在散文上的理想就是把这种同友人谈的“闲话”移到纸上，成为“平和冲淡的文章”。但这“平和冲淡”，指的是艺术境界上不同于“金刚怒目”而已，它的背后，依然有思想，依然言之有物，有为而发。通观20年代周作人的散文，尽管也曾有过苦闷、消沉，却仍如他自己所说：“检阅旧作，满口柴胡，殊少敦厚温和之气。”也就是说，“隐士”气并不重，叛逆的战斗的气息倒相当多；即使休闲，也与工作、战斗相联结着，二者很难截然分开。

以周作人1921年6月在西山养病时所写的《碰伤》[②]为例，就是一篇闲话似的感情含蓄内敛的好文章。此年6月3日，北京十五所学校学生为讨要教育经费，国立八校教职员工则为索取所欠薪水，齐向北洋政府请愿，在新华门前却遭军警殴打，伤十余人。当局竟厚颜无耻地宣称“此乃教职员自己碰伤”，人们纷纷嘲骂为“咄咄怪事”。周作人却称：“不足为奇。”这不是由于周作人麻木，而是因为这类所谓“碰伤”——实则军阀政府残害民众的事件——当时已一再发生。正如文中用反话列举到的：渡轮“碰”到军舰上沉没；招商局轮船“碰”在“国

① 周作人后来的散文集尚有：《秉烛谈》《药堂语录》《药味集》《药堂杂文》《书房一角》《秉烛后谈》《苦口甘口》《立春以前》等。

② 载《晨报》副刊，1921年6月10日。

务总理所坐的军舰的头上”“死了若干没有价值的人”；等等。作者因此提醒人们：“‘碰伤’在中国实是常有的事。至于完全责任，当然由被‘碰’的去负担。”通篇都是反话正说，冷嘲暗骂，巧妙地揭露了军阀政府的凶残与无理。而开头一段想象奇特、趣味横生的文字，则尤其有意思：

> 我从前曾有一种计划，想做一身钢甲，甲上都是尖刺，刺的长短依照猛兽最长的牙更加长二寸。穿了这甲，便可以到深山大泽里自在游行，不怕野兽的侵害。他们如来攻击，只消同毛栗或刺猬般的缩着不动，他们就无可奈何，我不必动手，使他们自己都负伤而去(着重号均为引者所加——引者)。

它不但切合“碰伤”这题目，而且使全文显得活泼从容，摇曳多姿。

20年代中后期是周作人随笔的丰收期，不但作品数量甚多，题材和表达方式更为广泛多样，而且质量更趋圆熟，更加从容舒卷，意态自如。从社会批评、文化批评一类来说，这些随笔有的抨击时政(如《南北》《灭赤救国》)，有的张扬女权(如《妇女问题与东方文明等》《杀奸》)，有的针砭国民性(如《爆竹》《诅咒》)，有的反对陈规陋习(如《拜脚商兑》《上下身》)。作者抒发现实感触，几乎对一些重大事件如“五卅”“三一八”“四一二”“四二八”(张作霖杀害李大钊等二十人的日子)无不做了或明或暗，或正面或侧面的反应，甚至从无关紧要的话题中吐露出悲愤的心声。1929年发表的《哑吧礼赞》(与《娼女礼赞》《麻醉礼赞》共同组成《三礼赞》)，就是话中有话之作。文章先考察嘴的作用有三：吃饭、接吻、说话，然后说：“哑吧的嘴原是好好的，既不是缺少舌尖，也不是上下唇连成一片，那么他如要吃喝，无论番菜或是‘华餐’，都可以尽量受用，决没有半点不便，……至于接吻呢？……绝不妨事……哑吧的所谓病还只是在‘不能言’这一点上。据我看来，这实在也不关紧要。”于是，作者陈述其理由道：

> 语云：“病从口入，祸从口出。”说话不但于人无益，反而有害，即此可见。一说话，话中即含有臧否，即是危险，这个年头儿。人不能老说“我爱你”等甜美的话，——况且仔细检查，我爱你即含有我不爱他或不许他爱你等意思，也可以成为祸根。哲人见客寒暄，但云“今天天气……哈哈哈！”不再加说明，良有以也，盖天气虽无知，唯说其好坏终不甚妥，故以一笑了之。往读杨恽报孙会宗书，但记其“种一顷豆，落而为萁”等语，心窃好之，却不知杨公竟因此而腰斩，犹如湖南十五六岁的女学生们以读《落叶》(系郭沫若的，非徐志摩的《落叶》)而被枪决，同样地不可思议。然而这个世界就是这样不可思议的世界，其奈之何哉。几千年来受过这种经验的先民留下遗训曰，“明哲保身”。几十年来看惯这种情形的茶馆贴上标语曰，“莫谈国事”。吾家金人三缄其口，二千五百年来为世楷模，声闻弗替。若哑吧者岂非今之金人欤？

真是寄沉痛于幽默之中！周作人并非没有激愤：他在“三一八”死难烈士追悼会上送过“赤化赤化，有些学界名流和新闻记者还在那里诬陷；白死白死，所谓革命政府与帝国主义原是一样东西”①的挽联；当李大钊等被军阀张作霖杀害时，周作人怀着正义感，对“李君以身

① 《关于三月十八日的死者》，作于1926年3月。

殉主义”表示了哀痛与敬意[1]；对南方“清党”运动中自己认识的青年朋友横死亦感到震惊，对吴稚晖的赞美屠杀并诬蔑死人则表示了愤慨[2]；在天津“处决几个党案的犯人”时，由于“两个女犯”“光着膀子挨刀”竟招致万人空巷地争相观看，周作人更是气愤地撰写了《诅咒》[3]一文，表示强烈的谴责。或许正是因为对这类血腥屠杀知道得太多，才使周作人在《哑吧礼赞》中如此地表达自己的感情。可见，面对白色恐怖的社会现实，即使想要“平和冲淡”，也实在是难矣哉。

周作人另一类随笔写的是日常审美感受与个人阅读体验。有的涉及童年经历，有的闲谈故乡习俗，有的漫话读书趣事，却往往渗透着醇厚的乡情与童趣。《故乡的野菜》依据幼时记忆，并引儿歌和方志类书，介绍荠菜、紫云英等野菜的可口美味，兼涉清明节扫墓的风俗，极易引发人思乡之病。《乌篷船》《苦雨》书写江南水乡的特有情趣：“卧在乌篷船里，静听打篷的雨声，加上欸乃的橹声，以及‘靠塘来，靠下去’的呼声，却是一种梦似的诗境。”《谈酒》聊的是绍兴酒从酿到煮、藏、饮的诸般诀窍，据说“家酿”可出极品，却借此刻画了善掌火候的酿酒工“七斤公公”朴实生动的形象。《喝茶》以三言两语点出此中况味：“喝茶当于瓦屋纸窗下，清泉绿茶，用素雅的陶瓷茶具，同二三人共饮，得半日之闲，可抵十年的尘梦。”《苍蝇》则不但写出了童趣，而且内蕴了一点诗趣。《抱犊崮的传说》说的是民间故事，乡土气味相当浓烈。《水里的东西》完全以聊天口吻，介绍乡民关于河水鬼的传闻，作者娓娓道来，趣味盎然，结尾则落到人类学、民俗学的研究

---

① 见《偶感》之一、之三、之四，作于1927年5月至9月。

② 同上。

③ 《诅咒》，作于1927年9月。

上来。《谜语》博采东西方诸书中的故事，以史证文，又以文证史，从斯芬克斯的聪明设谜到亚斯劳格的巧破谜语，作者并无炫耀博学之意，读来却实在极有趣味。它们似乎只谈身边琐事或书本材料，却颇能显示作者的真知灼见和独特的审美情趣，有助于读者体察人情物理之微，既能获取人生的启悟，又可得到艺术的享受。甚至在《死之默想》的题目下，探讨的也还是有限人生的一点乐趣。《生活之艺术》一文先引契诃夫书信中说到的一段有趣经历并称中国人为“怪有礼的民族”，以及辜鸿铭主张将《礼记》的“礼”译为“Art”而不是“Rite”作为例证，提出所谓“生活之艺术”就是中庸适度，懂得节制，反对放纵：“干杯者不能知酒味，泥醉者不能知微醺之味”，贬斥一些人“非禁欲即是纵欲”的两种极端态度。《神话的辩护》《镜花缘》二文反对将神话、幻想等同于迷信，指出“童话在儿童读物里的价值是空想与趣味，不是事实和知识”“九头的鸟，一足的牛，实在是荒唐无稽的话，但又是怎样的愉快呵。……我想凡是能够理解希腊史诗《阿迭绥亚》的趣味的，当能赏识这荒唐的故事”。这些话既是文学理性上的启蒙，却也未尝不可看作对他六年前《人的文学》中某些简单化说法的自我纠正(那时他自己把《西游记》《封神榜》《聊斋志异》等都看作“非人的文学”“迷信的鬼神书类”，主张“统应该排斥”)。加上周作人讨论问题时力避教训的口吻，“不把文章当作符咒或皮黄看”①，随笔中往往多用“也说不定”“亦未见得”这类与读者平等商量的语气，因而更给人亲切、温润、委婉和容易接受的感觉。

周作人的许多随笔兼具知识与趣味，加之语言在口语基础上吸取古文、欧化语的成分加以调配变化，就造成一种特殊的冲淡而又简涩

---

① 《药味集·春在堂杂文》。

的风味。他说："我很看重趣味，以为这是美也是善。""所谓趣味里包含着好些东西，如雅，拙，朴，涩，重厚，清朗，通达，中庸，有别择等。"① 他似乎很看重其中的涩味，认为雅、拙、朴、重厚等都与涩味有关。当他谈到俞平伯的散文时，就说："小品文，不专说理叙事而以抒情分子为主的，有人称它为'絮语'过的那种散文上，我想必须有涩味与简单味，这才耐读，所以它的文词还得变化一点。以口语为基本，再加上欧化语，古文，方言等分子，杂揉调和，适宜地或吝啬地安排起来，有知识与趣味的两重的统制，才可以造出有雅致的俗语文来。我说雅，这只是说自然大方的风度，并不要禁忌什么字句，或是装出乡绅的架子。平伯的文章便多有这些雅致，这又就是他近于明朝人的地方。"② 在《志摩纪念》中，周作人又谈到了俞平伯、废名的涩味散文，喻之为青果，他说："据我个人的愚见，中国散文中现有几派，适之、仲甫一派的文章清新明白，长于说理讲学，好像西瓜之有口皆甜；平伯、废名一派涩如青果；志摩可以与冰心女士归在一派，仿佛是鸭儿梨的样子，流丽轻脆。"周作人没有说到他自己，然而很清楚，他是青果派的真正代表人物，俞平伯、废名都受了他的影响。所谓"青果"就是青皮橄榄，表面平淡，入口略有涩味，渐渐却感觉有一股清香之气从舌尖生出，久而挥之不去，最后连无果之核都舍不得吐出来。像青果一样经得住咀嚼品味，这就是周作人散文小品的艺术风格。

周作人步入颓唐沉落期是在 30 年代开始的。他尽管内心仍不满现实，却隐遁玩世，失去"浮躁凌厉"的批判锋芒，专谈"草木虫鱼"，

① 周作人：《笠翁与随园》，收入《苦竹杂记》，上海，良友图书公司，1936。

② 《〈燕知草〉跋》，收入俞平伯散文集《燕知草》中。

一味醉心“闲适”，身上的“隐士”气息大为增多。周作人的文艺思想和创作风格不仅影响了“论语派”散文，还影响了一部分京派作家的创作。

同样写随笔而喜欢旁征博引的还有林语堂（容后另述）和梁遇春，但风格却与周作人很不相同。

梁遇春（1906—1932），福建闽侯人，出身于知识分子家庭。1922年入北京大学预科，1928年北大英文系毕业。先在上海暨南大学任教，次年回母校图书馆工作并兼教职。写作与研究十分勤奋刻苦，自谓“一生迷信‘怀疑主义’”[①]。大学读书时起，即用“秋心”“驭聪”等笔名在《语丝》《奔流》《骆驼草》《新月》上发表散文。他的随笔率真任性，精警洒脱，意气风发，才思过人，在小品文中可谓独标一格。因其直接取法于英国查理斯·兰姆（Charles Lamb）的《伊利亚随笔》，故也有人称他为“中国的爱利亚”[②]。他二十四岁就出版了散文《春醪集》，还发表了其他随笔小品（后由友人编集为《泪与笑》）和大量翻译文字。在老师和同学心目中，梁遇春在文学创作和外文迻译两方面都是难得的奇才。胡适曾称梁遇春为“一个极有文学兴趣与天才的少年作家”[③]。不幸的是，二十六岁那年夏天，他在北平染上猩红热竟告不治，于1932年6月25日去世。一个充满了青春活力，放射着奇异光芒的鲜活的生命，却像彗星一样倏忽之间消失在夜空中，真令人惋惜不已。

梁遇春的随笔，以议论与感情交融渗透的居多。它们书写人生旅

① 梁遇春致石民信第十一封，载《新文学史料》1995年第4期，李冰封整理，唐荫荪译校。

② 据郁达夫《中国新文学大系·〈散文二集〉导言》所引。“爱利亚”即“伊利亚”，乃兰姆笔名的另一中译。所谓“中国的爱利亚”，即指梁遇春为“中国的兰姆”。

③ 胡适：《〈吉姆爷〉编者附记》。

途中各种真切的体验，有独特的识见，字里行间常迸发出思想的火花。《春醪集》的第一篇《讲演》就通过活泼多趣的对话体，委婉曲折地表达了文科大学生不一定要修读大量课程而可经由自修、研究的途径培养成材的主张。《论知识贩卖所的伙计》则尖锐揭露了某些学者"最不喜欢知识，失掉了求知欲望"的可耻现象。"他们不只不肯自备斧斤去求知识"，而且对新的知识采取顽固拒绝的态度。"他们以贩卖知识这块招牌到处招摇，却先将知识的源泉——怀疑的精神——一笔勾销，……并且把学生心中一些存疑的神圣火焰也弄熄了。"两篇《醉中梦话》，更是写得意趣盎然，极富幽默感，显示出博学和睿智，堪称一串串语言的明珠："会笑的人思想是雪一般白的""只有对生活觉得有丰溢的趣味，心地坦白，精神健康的人才会真真地笑""随着自己的意思做错了，比跟着旁人做对了，还要好得多。自己弄错了，你还是一个人；随人做对了，你连一只鸟也不如"。这些都是作者性灵深处涌出的至理名言。正因为这样，作者要借《三国演义》中关云长死后的故事，向人们大呼一声："还我头来!"希望每位读者都能学会独立思考，"说几句自己确实明白了解的话"(《"还我头来"及其他》)。也正因为这样，梁遇春宁可不理睬那些"君子""绅士"，却去赞美一些任性而行、敢做敢说、全无机心、能真正同情他人的"流浪汉"(《谈"流浪汉"》)。梁遇春真正崇敬的最高境界，是那些舍生忘死、为人类扑灭火灾的救火夫。在回顾了三年前家乡发生的那个激动人心的救火场面之后，作者说："从那时起，我这三年来老抱一种自己知道绝不会实现的宏愿：我想当一个救火夫。"他"相信生命是一块顽铁"，能"在同情的熔炉里烧得通红的，用人世间的灾难做锤子来使它迸出火花来"，并认为像救火夫那样崇高地生活的，"才是真真活着的人们"(《救火夫》)。

梁遇春身上仿佛有一种磁性特强的艺术吸附力，能紧紧吸住生活中最动情、形象性最鲜明的部分。《救火夫》中描写救火队员奔跑出场时，用的是这样的语言："他们的足掌打起无数的尘土，可是他们越跑越带劲，好像他们每回举步时，从脚下的地都得到一些新力量。""他们只顾到口里喊'救'，那么不在乎地拖着这笨重的家伙(指铁水龙——引者)往前直奔，他们的脚步和水龙的轮子那么一致飞动，真好像铁面无情的水龙也被他们的狂热所传染，自己用力跟着跑了。"《Kissing the Fire(吻火)》全文不足七百字，但由于作者主体感受与想象力的充分发挥，一个活脱脱的徐志摩形象就异常鲜明地出现在读者的面前。徐志摩的天真，好奇，兴致勃勃，时时刻刻"好像正在猜人生的谜，又好像正在一叶一叶揭开宇宙的神秘"，悲哀时也决不垂头丧气，他愿意"亲自吻着"人生的火，歌唱人生的神奇。梁遇春笔下的种种，都呈现了鲜活的生命力，连徐志摩那双"仿佛含有无穷情调的眼睛"，也让人相信"真带了一些银灰色"。这大概就是冯至在《谈梁遇春》①一文中要称"他有诗人的气质，他的散文洋溢着浓郁的诗情"的缘故吧。

① 见《新文学史料》1984年第1期。

论徐志摩诗的艺术特色*

“悄悄的我走了，正如我悄悄的来；我挥一挥衣袖，不带走一片云彩。”这样一位仿佛飘然而来又飘然而去的诗人，却赢得了早年朱自清的高度评价：“现代中国诗人，须首推徐志摩和郭沫若。”① 尽管我们未必会赞同这种看法，但有个问题依然值得思考：朱先生为什么要这样推崇徐志摩的诗？

此中原因，恐须从艺术上找。徐志摩是初期新诗史上屈指可数的用自己的艺术征服了读者的诗人。徐诗尽管在内容上存在这样那样的问题，受到这样那样的非议，但有一点似为许多人所承认：他对新诗的发展有过比较突出的贡献。评价任何历史人物，都要看他是否提供了前人没有提供过的某些新的东西。徐志摩正是一位在新诗史上具有

* 原载《新文学论丛》，1983年第2期。初稿写于1962年7月，1982年8月改写。

① 见赵景深《志摩师哀辞》一文，载《新月》月刊第4卷第1期。蒲风在《“五四”到现在的中国诗》(载《诗歌季刊》第1卷第1期，1934年12月15日)一文中，也说，“堪与郭沫若伯仲的，算起来要推徐志摩了”。

独特色调并提供了新东西的人物。

徐志摩曾用写实手法写过一部分很有社会内容的诗篇：《太平景象》揭示了军阀混战所造成的惨象；《大帅》《人变兽》直接写了军阀活埋伤员、纵兵害民的罪行；《先生！先生！》《叫化活该》《盖上几张油纸》《一条金色的光痕》等，则反映了下层人民的悲惨处境。另一部分诗——从《这是一个懦怯的世界》到《毒药》，又以直抒胸臆的方式，表达了诗人对不合理现实的强烈愤懑。这些诗作比较集中地体现了徐志摩作为资产阶级自由主义者反封建、争自由、讲人道的进步方面，具有较多的现实意义。但从整个新诗发展来看，这类题材内容在当时毕竟有不少作者写过，它们算不上是徐志摩的独特贡献，而且也不能代表徐志摩诗歌的艺术水平。真正构成了徐诗的艺术特色和独到贡献的，我以为还是一部分抒情诗——用他自己的话来说，就是那些所谓"从性灵暖处来的诗句"。这部分诗不仅数量较多，而且艺术水平较高，可以说发挥了徐志摩诗的长处，代表了徐志摩诗的主体。

徐志摩是个主张以作品表现自己"性灵"的诗人。他在散文《迎上前去》①中说："我要的是筋骨里迸出来，血液里激出来，性灵里跳出来，生命里震荡出来的真纯的思想。"在《志摩杂记》以及《吸烟与文化》《我所知道的康桥》②等文中，他谈到英国剑桥大学研究院的生活培育了他的"性灵"："可怜志摩失其性灵者二十余年矣！天不忍志摩以庸闇终其身也，幸得腾翩北游，濯羽青云""我的眼是康桥教我睁的，我的求知欲是康桥给我拨动的，我的自由的意识，是康桥给我胚胎的""在星光下听水声，听近村晚钟声，听河畔倦牛刍草声，是我康桥经

① 收入《自剖》。

② 《志摩杂记》见1948年1月21日《申报》，由陈从周辑，与《吸烟与文化》等二文均收入《巴黎的鳞爪》。徐志摩所称的"康桥"，今通译为剑桥。

验中最神秘的一种：大自然的优美，宁静，调谐在这星光与波光的默契中，不期然的淹入了你的性灵”。他认为表现这种真性灵的文学才是好的文学。在日记中，他也一再念念不忘于“性灵”，1926 年 12 月 27 日的日记说：“我想在霜浓月淡的冬夜，独自写几行从性灵暖处来的诗句。”[①] 在“五四”以后的新文学家中，那么喜欢谈论“性灵”的，除周作人之外，恐怕就只有徐志摩了。到文学革命之后还像他这样热衷于明人袁宏道等“抒写性灵”说，这是不是一种倒退呢？我以为不能作这么简单的判断。所谓“性灵”，实际上是与封建社会中的叛逆性格以及近代的个性解放思潮有某种联系的一个美学范畴，它在中国文学史上的几次出现，都具有不同程度的反封建意义。自然，由于中国社会条件的不成熟，“性灵”概念常常羼杂了某种隐士气，它在反封建方面又是不彻底甚至还有妥协成分的。以徐志摩的“性灵”说而论，它其实是个性自由与解放的思想在艺术理论上的一种体现。在《话》这篇散文中，徐志摩谈到他之所以把大自然称作“伟大的先生”，就是因为日出、海浪、山头的白云、地上的野花都帮助他领悟出这样的道理：世上一切全是个性的表现，“真伟大的消息都蕴伏在万事万物的本体里”。由此，他得出必须尊重个性的结论：“不能在我生命里实现人之所以为人，我对不起自己；在为人的生活里不能实现我之所以为我，我对不起生命。”这也正是他的“性灵”说的思想基础。可见，“性灵”说作为一种美学思想，在新文学第一个十年的历史上主要起着冲击封建文艺思想和促进艺术个性发展的进步作用(与周作人、林语堂在 30 年代提倡的很不相同)，尽管它也有和集体主义思想相矛盾的一面。

---

① 引自晨光出版公司出版的《志摩日记》中《眉轩琐语》部分。陈从周《徐志摩年谱》将这段日记误植为 1927 年 12 月 27 日。

徐志摩的抒情诗，正是以抒写性灵为其最大特色的。这些诗作真率地袒露着作者的内心世界，热情地表现着诗人那种一刻也不宁静地追求的个性。他追求自由，追求友谊，追求爱情，追求童真，追求光明，追求理想，追求大自然的美景，追求本民族的伟大精神，并力图在自己的诗作中本色地表现这一切。我们可以责备徐志摩的天真朦胧，耽于幻想，不切实际，有时竟至逆时代潮流而被撞得头破血流，但毫无疑问，对他心目中一些美好事物热情、勇敢、执着的追求，可以说构成了徐志摩性灵中最突出之点。《为要寻一颗明星》里的骑手，宁可自己倒下，也要追求“水晶似的光明”。《海韵》中的女主人公，嬉戏于风暴到来时的大海，终被浪涛卷走，悲凉中显示着勇悍。《我有一个恋爱》虽然以“恋爱”为题，表现的也仍是这种对理想锲而不舍的追求精神：“我袒露我的坦白的胸襟，献爱与一天的明星。”诗人坚信：世上的美不会“消泯”，“太空中永远有不昧的明星”。这些诗，没有矫揉造作，没有狂言大话，有的只是诗人赤裸的心胸。《他眼里有你》中的童真是那么可爱；《车眺》中的自然景色是那么富有韵味；《庐山石工歌》中“痛苦人间的呼号”又是那么深沉而有气势，不禁使人“灵府里动荡”。《难得》一首则抒写着纯真的友情：

难得，夜这般清静，
难得，炉火这般的温，
更是难得，无言的相对，
一双寂寞的灵魂！

也不必筹营，也不必评论，
更没有虚矫，猜忌与嫌憎，

只静静的坐对着一炉火，
只静静的默数远巷的更。

喝一口白水，朋友，
滋润你的干裂的口唇，
你添上几块煤，朋友，
一炉的红焰感念你的殷勤。

在冰冷的冬夜，朋友，
人们方始珍重难得的炉薪；
在这冰冷的世界，
方始凝结了少数同情的心！

唯其纯真，更见亲切，因而也就能获得与读者感情上的共鸣。

徐志摩的爱情诗同样袒露着作者的性灵。应该说，这里面并非没有某些庸俗低级的东西。但从主体上看，这些诗感情真挚，表现细腻，风格明丽而又委婉，较好地体现了徐志摩的艺术个性。《山中》与《雪花的快乐》，就是其中很有代表性的两首。《山中》写的是月明之夜对一位远在山中的恋人的思念：

不知今夜山中，
是何等光景；
想也有月，有松，
有更深的静。

我想攀附月色，
化一阵清风，
吹醒群松春醉，
去山中浮动；

吹下一针新碧，
掉在你窗前；
轻柔如同叹息，
不惊你安眠！

化清风问候恋人，吹松针落到窗前，“不惊你安眠”，这里的相思是这样浓烈，却又这样温柔而体贴。美妙的景色、美妙的想象与美妙的情思，三者融而为一了！这类确实“从性灵暖处来的诗句”，可以说获得了一致的好评。但对于另一首爱情诗《雪花的快乐》，人们的看法就很悬殊了。“假若我是一朵雪花，翩翩的在半空里潇洒”“不去那冷寞的幽谷，不去那凄清的山麓，也不上荒街去惆怅”“认明了那清幽的住处，等着她来花园里探望——飞飏，飞飏，飞飏，……那时我凭借我的身轻，盈盈的，沾住了她的衣襟，贴近她柔波似的心胸——消溶，消溶，消溶——溶入了她柔波似的心胸！”这里表达了徐志摩式浓烈、真挚、倩丽的爱情遐想。有同志却指责它“充满了黄色的色情描写，说雪花飘呀飘，飘到什么地方最好，飘到女人胸脯上最好，这就是徐志摩‘认清’的‘方向’”①。其实，这种指责完全出于误解。《雪花

① 见《中国现代文学研究会举行首届学术讨论会》这一长篇报道，载《文学评论》1980年第6期。

的快乐》一诗本身已经告诉读者：这里的“她”并非泛指，而是专指抒情主人公的热恋对象，是一位“身上有朱砂梅的清香”“来花园里探望”的特定女性。诗作表现的是一种热烈而专一的恋情，是希望自己能融入对方心中这种诗化了的幻想，实在没有什么“色情描写”在内。古今中外的作品里，这类富有诗意的想象并不少。陶渊明丧偶之后写的《闲情赋》中，就有这样一段浪漫、坦率的内心独白：

> 欲自往以结誓，惧冒礼之为諐；待凤鸟以致辞，恐他人之我先。意惶惑而靡宁，魂须臾而九迁。愿在衣而为领，承华首之余芳；悲罗襟之宵离，怨秋夜之未央。愿在裳而为带，束窈窕之纤身；嗟温凉之异气，或脱故而服新。愿在发而为泽，刷玄鬓于颓肩；悲佳人之屡沐，从白水以枯煎。愿在眉而为黛，随瞻视以闲扬；悲脂粉之尚鲜，或取毁于华妆。愿在莞而为席，安弱体于三秋；悲文茵之代御，方经年而见求。愿在丝而为履，附素足以周旋；悲行止之有节，空委弃于床前。……

莎士比亚的《罗密欧与朱丽叶》中，男主人公思念朱丽叶时，也有这样的台词：

> 她用纤手托住了脸，那姿态是多么美妙！啊，但愿我是那一只手上的手套，好让我亲一亲她脸上的香泽！

如果说《雪花的快乐》一诗“充满了黄色的色情描写”，那么我们是否也要责备《闲情赋》与《罗密欧与朱丽叶》的抒情主人公都是所谓“色情狂”呢?！这种将爱情混同于色情的指责，实在是多么简单而不近情理啊！

当然，最能表现徐志摩性灵的诗，大概要算那首《再别康桥》了。这是诗人的得意之作。剑桥生活的两年，是那样深深地熏陶过他，使他魂系梦绕。1923年3月他曾在《时事新报》副刊《学灯》上发表过一首《康桥，再会吧》，但意犹未尽，1928年再次访问剑桥后他又倾注全副深情来写了这首诗①。作者把自己多年对母校的感情，浓缩在凝练的诗句里，融化到一些富有个性特色的形象和想象中间。在诗人眼里，夕阳中的柳树，犹如披着金色盛装的新娘，它的美丽倒影，永在心头荡漾。康河的流水，是那样清澈温柔，在它的怀抱里，自己甘愿“做一条水草”。更美的是榆荫下的那潭清泉，那里映着晚霞，像彩虹一样艳丽，此情此景唤醒诗人回忆起当年那些彩虹般美好的理想和梦想，仿佛它们原先沉淀在这潭清泉中，而现在全都翻映到记忆的屏幕上，以至此行成为专来“寻梦”似的。②

寻梦？撑一支长篙，
向青草更青处漫溯；

① 关于《再别康桥》的写作时间，陆耀东同志在《中国现代文学研究丛刊》1980年第2辑所载《评徐志摩的诗》中说：“1925年，重游康桥，诗即写这一次告别康桥。”其实，徐志摩重游康桥有两次：一次在1925年，另一次在1928年，《再别康桥》显然写的是1928年这一次。根据是：第一，诗的末尾注明写作于“11月6日中国海上”，这只有1928年才有可能。1925年他出国游历是3月到8月，11月已在北京，根本不在“中国海上”。而1928年，他7月赴美，8月至9月在英国，10月在印度与泰戈尔会面，又访新加坡，11月上旬确在南中国海上。第二，这首诗发表时间为1928年年底，足证它是作者当年游英之后写的。一首得意之作，不大可能在1925年写成后压三年再发表。

② 徐志摩1928年9月给英国友人恩厚之信中说：“我这次故地重游，是带着再寻旧欢的痴想的。”给傅来义信中也说：“回剑桥重温旧梦，使我至感喜悦。”原信为英文，译文载《新文学史料》1982年第3期。

满载一船星辉，
在星辉斑烂里放歌。

但我不能放歌，
悄悄是别离的笙箫，
夏虫也为我沉默，
沉默是今晚的康桥！

理该放歌而又不愿放歌，这一层转折，写尽了诗人对母校的深情。尽管是别离，也宁愿在悄悄中，丝毫不干扰母校的安宁沉静，这正是一种爱母校到体贴入微的儿女真情。《再别康桥》全诗，可以说把诗人热烈、真挚、轻柔、细腻又略带飘逸的浪漫主义个性，作了充分显示，给读者印象极为深刻。一首抒情短诗而能做到这一点，在新诗史上是不多见的。

徐志摩的诗歌何以能够鲜明地表现出作者的性灵？这就涉及他的抒情诗的另一个艺术特色，即对诗歌意象的苦心经营和刻意追求。徐志摩不但善于在生活中捕捉形象，而且善于在生活中发掘诗趣，使形象与意趣相融合，从而构成较高的美学境界——意象的新颖与美妙。

徐志摩诗中的形象，往往并不是用快镜头摄下的某些生活实景，而是有实有虚、以实衬虚、虚实结合的意象。《黄鹂》一诗塑造的形象是这样可爱：

一掠颜色飞上了树。
“看，一只黄鹂！”有人说。
翘着尾尖，它不作声，

艳异照亮了浓密——
象是春光，火焰，象是热情。

等候它唱，我们静着望，
怕惊了它。但它一展翅，
冲破浓密，化一朵彩云；
它飞了，不见了，没了——
象是春光，火焰，象是热情。

这“化一朵彩云”飞走的“象是春光，火焰，象是热情”的黄鹂，当然不是简单的生活中的形象，而是经过诗人心灵孕育的带着独特意趣的意象；某种意义上说，它简直就是诗人的自我写照。真正的艺术形象，都应该是饱含着作者审美感情的意象。努力构筑这种远比生活形象本身丰厚，也更具美感的艺术形象，正是徐志摩诗的一大特点。即使是浮光掠影式的写景，在徐志摩笔下，也浸透着感情，饱含着诗意。试读《沪杭车中》前半首：

匆匆匆！催催催！
一捲烟，一片山，几点云彩，
一道水，一条桥，一支橹声，
一林松，一丛竹，红叶纷纷。

这是沿途秋景的单纯写真吗？不，它分明是一幅笔法潇洒的水墨画，淡淡几笔就将江南风光点染得诗趣盎然，也为诗的后半首抒发人生感叹做了准备。《车眺》写的是五月傍晚的野景，通篇于素淡中显出深厚的情致，尤其是最后一节：“月亮在昏黄里上妆，太阳心慌的向天边跑；他怕见她，他怕她见——怕她见笑一脸的红糟！”作者如此将夕阳与新月拟人化，移情入景，实在饶有风趣，别具一格。徐志摩许多写得较好的抒情诗，在意象方面都是作过一番苦心经营的。

徐志摩尤其善于抓住特定情景中刹那间闪现的意趣，经过细心咀嚼品味，借助于比喻和想象而转化为形象，然后将它用凝练的诗句熨帖、细致地表现出来。朱自清在《新文学大系·〈诗集〉导言》中曾说：徐志摩“最讲究用比喻，——他让你觉着世上一切都是活泼的，鲜明的”。确实，他的比喻在表现意趣方面起着不可替代的作用。以《她是睡着了》一诗为例，头两节共八句，接连用了四个比喻：

> 她是睡着了——
> 星光下一朵斜倚的白莲；
> 她入梦境了——
> 香炉里袅起一缕碧螺烟。
>
> 她是眠熟了——
> 涧泉幽抑了喧响的琴弦；
> 她在梦乡了——
> 粉蝶儿，翠蝶儿，翻飞的欢恋。

用星光下的白莲来比拟她睡态的安详，用袅袅的碧螺烟来比拟她入梦的静谧，用山泉幽抑了鸣响来比拟她熟睡时鼾声的轻柔，用蝴蝶成对飞舞来比拟她梦境的活泼欢快，这里的每个比喻，可以说都是最贴切的。相似的境界而用了四个层次来区分，仅此一端，即可看出诗人在体验诗歌意趣方面认真、精微到了何种程度。《沙扬娜拉——赠日本女郎》全诗只有五行①，也借比喻来异常传神地写出了一位日本姑娘与朋友道别时的特有神态：

最是那一低头的温柔，
象一朵水莲花不胜凉风的娇羞，
道一声珍重，道一声珍重，
那一声珍重里有蜜甜的忧愁——
沙扬娜拉！

以风中水莲的姿态，来比喻日本姑娘那一低头的深情、温柔与娇羞，简直是神来之笔。“一声珍重里有蜜甜的忧愁”，这里品味复杂的情绪，又是多么细腻，多么微妙！可以说，在准确体验意趣的基础上，借形象贴切的比喻来获得丰厚的诗歌意象，这是徐志摩诗歌艺术上成功的秘密之一。在有些诗中，诗人为了要读者领略其意趣，怕单个的比喻力量薄弱，竟至采用排比铺陈的手法，施展丰富的艺术想象力，设置一连串的比喻，几乎达到了繁丽的程度。《常州天宁寺闻礼忏声》篇幅太长，这里不便引录，我们且摘引《在病中》下半首：

这病中心情：一瞬瞬的回忆，
如同天空，在碧水潭中过路，
透映在水纹间斑驳的云翳；

① 这是指作者后来删节过的一首。初版本《志摩的诗》中，全诗共十八节，篇幅较长。

又如阴影闪过虚白的城隅，
瞥见时似有，转眼又复消散；
又如缕缕炊烟，才袅袅，又断……
又如暮天里不成字的寒雁，
飞远，更远，化入远山，化作烟！
又如在暑夜看飞星，一道光
碧银银的抹过，更不许端详。
又如兰蕊的清芬偶尔飘过，
谁能留住这没影踪的婀娜？
又如远寺的钟声，随风吹送，
在春宵，轻摇你半残的春梦！

此种写法，对完成诗歌的意象，加深读者的印象，自有它的好处。但用得过分，有时反过来也会成为弱点。赵景深曾说徐志摩的散文“文彩华丽，连吐一长串的珠玑”①；把这种铺陈手法用到诗中，也容易使新诗散文化，变为累赘。

在艺术形象(意象)的构成方面，徐志摩诗歌不仅接受了英国浪漫派诗的影响，而且还吸取了欧洲象征派、印象派诗的一些特点。徐志摩对波特莱尔所说的散文诗要描摹“性灵的抒情的动荡，沉思的迂回的轮廓，天良的俄然的激发”表示非常赞赏；并认为艺术家应该“精微的完全的知觉到每一分钟带给我们的特异的震动，在我们的纤微上留下的不可错过的微妙的印痕”②。他的诗歌重视一刹那的感受、印象

① 见《志摩师哀辞》一文。

② 《波特莱的散文诗》，载《新月》第2卷第10期，1929年12月。

以至幻觉，注意从中摄取灵感。在徐志摩笔下：爱情使“我的一瓣瓣的思想都染着你”(《爱的灵感》)；重游旧地连清泉里都“沉淀着彩虹似的梦”(《再别康桥》)。《灰色的人生》唱道：

我一把揪住了西北风，问他要落叶的颜色；
我一把揪住了东南风，问他要嫩芽的光泽；
我蹲身在大海的边旁，倾听他伟大的酣睡的声浪；
我捉住了落日的彩霞，远山的雾霭，秋月的明辉，
散放在我的发上，胸前，袖里，脚底……

这些手法的吸取和运用，丰富了徐志摩诗的表现力，给他的诗带来新的特异的意趣。他的许多诗，象征性很强，往往意在象外，颇有点朦胧味，即使像《珊瑚》一类小诗也不例外。自然，这种象征性有时也使他的诗增加了一点神秘的色彩。后来的一部分诗，甚至直接表现着与象征派相似的世纪末悲观厌世情绪和艺术上特有的怪涩味——这可以说是徐志摩诗歌意象的不太健康的方面。

徐志摩诗歌第三个特色是对音乐美的讲究。他的大部分诗作都有多样而又和谐的音节和韵律。在新诗第一个十年里，他是这方面努力最多、成就最高的诗人中的一个。

作为浪漫主义诗人，徐志摩和郭沫若都主张诗歌应该是内心感情的自然流泻，也都曾有过诗情猛烈迸发的时期。① 但徐志摩不同于郭沫若的是：在那个“诗情真有些象是山洪暴发”的时期过去之后，他很

① 徐志摩在《猛虎集·序文》中说：“只有一个时期我的诗情真有些象是山洪暴发，不分方向的乱冲。那就是我最早写诗那半年，生命受了一种伟大力量的震撼，什么半成熟的未成熟的意念都在指顾间散作缤纷的花雨。”

快就沉静下来，潜心于纯艺术的雕镂。他的诗大部分都是经过反复吟诵、精心锤炼的，其中也包括对音乐美方面的刻苦追求。他在《诗刊放假》一文中说："正如一个人身的秘密是它的血脉的流通，一首诗的秘密也就是它的内含的音节的匀整与流动。"可贵的是，徐志摩并没有表面地形式主义地来理解音节问题，他认为："音节的本身还得起源于真纯的'诗感'。再拿人身作比，一首诗的字句是身体的外形，音节是血脉，'诗感'或原动的诗意是心脏的跳动，有它才有血脉的流转。"他的创作实践表明：他确实是在"诗感"或"诗意"的基础上来处理每首诗歌的音节，以求得节奏变化与感情起伏的和谐一致。我们不妨完整地读读徐志摩早年写下的这首《为要寻一颗明星》：

我骑着一匹拐腿的瞎马，
向着黑夜里加鞭；——
向着黑夜里加鞭，
我跨着一匹拐腿的瞎马。

我冲入这黑绵绵的昏夜，
为要寻一颗明星；——
为要寻一颗明星，
我冲入这黑茫茫的荒野。

累坏了，累坏了我胯下的牲口，
那明星还不出现；——
那明星还不出现，
累坏了，累坏了马鞍上的身手。

这回天上透出了水晶似的光明，
荒野里倒着一只牲口，
黑夜里倒着一具尸首。——
这回天上透出了水晶似的光明！

诗的基调是：悲凉中透露出勇敢和乐观。适应于这种执着地追求理想的感情基调，诗歌以简单的形象和句式，构成前三节单纯而低抑的旋律；每节格式固定整齐，其中叠句占了一半，一、四两行较长（四顿），二、三两行较短（三顿），用 abba 的方式交叉押韵；到最后一节，长短句各自的顿数都有增加，节奏变得缓慢，配合了一种由低抑转向悲壮的境界。全诗并非五七言，但音乐性却非常鲜明。短诗《沪杭车中》的音节组成，则与上面这首完全不同。它的前半首是掠影式写景，多少带有欢快的情绪，因而采用与火车“匆匆匆！催催催！”飞快奔驰的节奏相适应的短促的句子；到后半首转而抒发哲理时，每句的顿数略略增多，与人生的轻微感叹正相应和。全诗不长，又一韵到底，因而旋律、气势都显得十分顺畅。同样是短诗，《偶然》的音节、韵律又很不同：

我是天空里的一片云，
偶尔投影在你的波心——
你不必讶异，
更无须欢喜——
在转瞬间消灭了踪影。

你我相逢在黑夜的海上，
你有你的，我有我的，方向；
你记得也好，
最好你忘掉
在这交会时互放的光亮！

卞之琳同志为本诗加注说："这首诗在作者诗中是形式上最完美的一首，每节一、二、五行都可以说以三顿组成，只有第二节第二行出格，多了一顿，三、四行是两顿，韵式是aabba。"这种音律的组成，也与全诗较为轻快、活泼的基调有关。它将人生相遇比作海上船只的"交会"，尽管也抒发一种略带伤感的人生哲理，却并不教人沉重压抑。由于徐志摩诗讲究的是这种与"诗感"相适应的"内在的音节"，不是表面的生硬的剪裁拼凑，因此，随着作品感情基调的不同，他的诗歌音律不拘一格，式样丰富多变，显得流畅而不单调，和谐复又自然。尤其出色的是，徐志摩善于运用回环复沓的诗节以及同一节内的叠句来构成一种意境，或加强某种气氛。如《再别康桥》第一节是："轻轻的我走了，正如我轻轻的来；我轻轻的招手，作别西天的云彩。"末一节则是："悄悄的我走了，正如我悄悄的来；我挥一挥衣袖，不带走一片云彩。"《海韵》各节开头都采用向"女郎"呼唤和发问的句式；《为要寻一颗明星》各节的回环复沓更为明显；……所有这些，不仅在结构上首尾照应，而且在音律上也达到分外和谐的效果。要知道，回环本身就是诗歌的广义的节奏——徐志摩是很懂这一点的。至于用叠句来构成或加强某种气氛，更是徐志摩之所长。我们完全可以这样说：在音乐美的追求上，徐志摩获得了绝大的成功。他的许多抒情诗，确实都有活泼鲜明的节奏，匀整优美的旋律。像前面引用或提到过的《沙扬娜拉——赠日本女郎》《再别康桥》《偶然》等诗，简直都是可以作为抒情歌曲来唱的。

综上所述，徐志摩诗歌的艺术成就是在性灵—意象—音律三个方面。也可以说，他的诗在艺术上具有这三大特色。而且，这三者在他诗中实际上是不可分割地统一在一起的：性灵，很大程度上需要通过富有个性特点的意象来体现；意象（与他自己所说的“诗感”相联系），也需要通过音乐美这个重要的方面去完成。它们共同构成了徐志摩诗歌艺术的整体，使他的诗不仅在艺术上享有较高的地位，而且给中国新诗的发展带来了诸如意象美、音乐性等某些有普遍意义的经验，做出了其他一些诗人未能做出的贡献。

徐志摩诗在艺术上也有自己的弱点。譬如，他的诗境界比较狭小，这显然与他生活视野不开阔、思想胸襟也不大有关。他的有些诗表现了庸俗的情感，趣味不高。个别诗如《半夜深巷琵琶》艺术上本来相当出色，却因作者在结尾处追求某种恶俗的趣味而使意境受到损害甚至破坏。此外，在诗的建筑美的追求上，有时也相当生硬勉强。但这些缺点并不能抵消他在诗歌艺术上的成就和贡献。相反，它们同样证明：无论是徐志摩诗歌的长处还是短处，对我们今天来说，都应该是从正反两个方面可加总结的有用的艺术财富。

开拓者的艰难跋涉*

——论丁玲小说的历史贡献

一

丁玲开始小说创作，已是大革命失败的1927年秋。比起20世纪20年代前半期活跃一时的女作家冰心、庐隐、淦女士来，丁玲晚出现了七八年或四五年。然而这晚出，并非她的不幸。丁玲是经受了五四新文化运动的充分洗礼，比其他任何女作家都更深刻地感受了“五四”落潮期的时代痛苦之后，才登上文坛的。这使她的作品从一开始起就浸透着强烈的现代意识。正是这种强烈的现代意识及其相应的艺术体现，才使《梦珂》《莎菲女士的日记》《暑假中》等最早一批作品的发表，像在文坛上“抛下一颗炸弹一样”①“震惊了一代的文艺界”②。

丁玲最初两年的小说创作(集为《在黑暗中》《自杀日记》

---

* 原载《文学评论》，1987年第4期。1987年1月18日写毕于美国斯坦福大学。

① 毅真：《丁玲女士》，载《妇女杂志》第16卷第7期，1930年7月。

② 钱谦吾(钱杏邨)：《丁玲》，见《现代中国女作家》，北新书局，1931。

《一个女人》)，大多写的是“五四”以后到“五卅”前夕女知识青年的生活。这些作品贯穿着热烈的个性解放精神和朦胧的社会主义理想，深沉地揭示了黑暗社会中摸索者的痛苦。《梦珂》中的主人公，是个生活在20年代初期的热情、单纯的女青年，她接受“五四”思潮的启蒙，向往平等自立的生活，一再寻觅竟不可得。她在学校里看到教师侮辱女模特儿，抗议无效，愤而离校。她寄居姑母家，从一个表面上和谐、温暖、安乐的家庭背后，发现了虚伪、荒淫与不幸，终于失望出走。她闯到社会上，希图用艺术劳动争得自立，然而她发现这是“纯肉感的社会”，经常要“忍受非常无礼的侮辱”。小说从学校、家庭到社会，恰好写出整个环境的黑暗，有志气的青年四处遇到陷阱。《小火轮上》以横截面的写法，借湘西一位女教师节大姐在船上的心境，表现了“五四”落潮期青年女子的痛苦。节大姐在教学上勇于革新，取得出色的成绩，很受学生欢迎。但她因谈恋爱，书信被人拆阅而遭学校当局辞退。那个男子又是个负心者，抛弃了她。她在轮船上四顾茫茫，到达终点时竟不知举步上岸。《暑假中》更通过南方女校七八名女教师的暑期生活，正面写出“五四”后女知识青年的灰色生活和痛苦心情。她们之中，除陈德珍一人由恋爱而结婚外，其余如承淑、嘉瑛、玉子、志清、春芝、娟娟等一个个都很不得意。即使曾经有过意中人，环境也不允许她们自由恋爱。她们的许多同学、同事婚姻也不幸福：“有的呢，让父母嫁到一些不能让自己满意的庄稼人家，生意人家；有些是让人把自己送给那些军官做少奶奶；还有些便妥协了，任朋友主宰命运，随便介绍给一个人以了结这件大事。”在这种情况下，她们的性格走向“变态”：怪僻、脆弱、心胸狭窄、容易伤感、爱闹别扭，一个个宣布要抱“独身主义”，相互间又三三两两地搞“同性恋”。作于次年的《岁暮》，可说是《暑假中》的一个姊妹篇。作者写这些，丝毫不是出于猎奇，而是满怀同情地为孤苦无告的姊妹们申诉衷曲。读完这些文字，我们也不禁会像莎菲那样发出一声长叹："这冬天可太长了!"

"五四"落潮期是处于两个革命高潮之间的一段非常黑暗、痛苦的时期。这时许多知识青年"梦"醒了，然而无路可走。茅盾曾说："到'五卅'的前夜为止，苦闷彷徨的空气支配了整个文坛。"(《中国新文学大系·〈小说一集〉导言》)可见，对于这样一种时代的痛苦，许多作家都曾自觉或不自觉地表现过。仅就知识女性的处境这类题材来说，鲁迅的《伤逝》之外，庐隐的《海滨故人》《或人的悲哀》《丽石的日记》，淦女士的《隔绝》《隔绝之后》等都曾加以揭示。丁玲早期小说的独特处在于：作者不仅以女性作家特有的敏感，而且以她强烈的现代意识，深沉地感受了这种痛苦，并通过较成功的典型形象真切深挚地表现了这种痛苦。在写出20年代前期知识女性面临的痛苦这一点上，丁玲简直具有不可替代的地位。

这里不能不具体涉及对《莎菲女士的日记》的评价问题。

不少同志把《莎菲女士的日记》看作反映大革命失败后的生活，这是一种误解。事实上，无论《梦珂》或《莎菲女士的日记》，都写作于北洋军阀统治下的北京①，而且早在1927年以前就开始孕育了②。作品本身有关时代气氛的点染和《莎菲日记第二部》中所做的追述交代，也都证明这篇小说是以1924—1925年冬春之交的北京为背景的。那时的北京，用莎菲的话来说，从天气到人事，"真找不出一件事是能令人不生嫌厌的心的"(十二月二十四日记)。作品用细腻大胆的笔墨，

① 丁玲在《我的创作生活》中说："1927年，在快离开北京的时候，才开始写《梦珂》和《莎菲日记》。"

② 丁玲在《我的创作经验》中说："当我开始写文章时，差不多总是写了两三年。"

通过主人公内心苦闷的独白，透辟地表现了莎菲在这种环境里所感受到的深沉苦痛。这种环境的本质就是黑暗和庸俗，而莎菲作为一个现代女性，她的性格特征恰恰与此毫不相容：她要反抗庸俗和追求光明。浑浑噩噩者是不会感到痛苦的。在婚姻问题上，毓芳、云霖式的结合，也可能很“幸福”。但莎菲“不屑于这平庸”（一月一号日记）。苇弟对莎菲可以说百依百顺，他正是毓芳、云霖竭力为之撮合的对象，莎菲却拒绝了。凌吉士有一副漂亮的仪容，曾经使莎菲为之迷醉；他还以金钱和阔绰的生活引诱莎菲；然而，莎菲身上毕竟理智占着上风，终于摆脱了这位南洋侨少的纠缠，使他没有达到目的。日记写出了莎菲对凌吉士那套人生理想的鄙夷：“唉，可怜的男子！神既然赋予你这样一副美形，却又暗暗的捉弄你，把那样一个毫不相称的灵魂放到你人生的顶上！你以为我所希望的是‘家庭’吗？我所欢喜的是‘金钱’吗？我所骄傲的是‘地位’吗？你，在我面前，是显得多么可怜的一个男子啊！我真要为他不幸而痛哭……”（三月二十八日晨三时日记）莎菲在爱情上向往什么呢？第一天日记中就说得很明白：“我总愿意有那末一个人能了解得我清清楚楚的，如若不懂得我，我要那些爱，那些体贴做什么？”这里说的就是现代婚姻所应具有的男女思想上的相互了解和感情兴趣上的投合。可见，在莎菲看来，有比恋爱本身更高更重要的东西。莎菲实在并不是许多同志所批评的那种“恋爱至上主义者”，更不是什么“玩弄男性主义者”①（莎菲只是拒绝了凌吉士

① 1957年以后有一种说法，认为莎菲、梦珂及其作者丁玲都是所谓玩弄男性的个人主义者。这纯属无稽之谈。事实上，早在《梦珂》中，作者和主人公的倾向就表露得很鲜明：既憎恶男子对女子的玩弄，也讨厌女子对男子的玩弄。当梦珂听到表姐和杨小姐教给她“对待男人的秘诀”，“看到她们妖狞般的心术和摆布，会骇得叫起来”。这难道不体现作者和人物的态度吗？

对她的玩弄而已)。诚然，莎菲身上也有病态，有悲观颓废的一面：她常常想到死，有时纵酒以致吐血。这种病态，一方面来源于她患有肺病(当时被认为是“绝症”)，常常感到自己将不久于人世；另一方面，更主要还是社会黑暗造成的，如同冯雪峰所说：“莎菲的绝望，是对于平凡卑浊的周围的绝望。”[①] 即使如此，悲观颓废也绝不是莎菲性格的主要特征。活跃在二三十年代的一位过来人说得好：“莎菲女士的主要特征就是和庸俗做斗争。”[②] 不甘于平庸，更不向黑暗低头，这才是她身上的根本素质。她没有堕落，也不会堕落(拒绝凌吉士的引诱而想向南方出走，表明她的理想和追求在起作用)。“五四”以后新文学中留下的典型不算很多，但莎菲形象却算得上是一个。她是真正具有现代意识的一种典型。

丁玲的早期小说不但在意识内容上属于现代，而且在艺术思想、审美要求上也地道地属于现代。她的作品从一开始就拒绝单调和贫乏。她的笔墨总是无所顾忌地着力表现生活本身的丰富性、复杂性，不走简单回避的道路。主题往往是多重的(《庆云里中的一间小房里》《阿毛姑娘》等主题都不那么单纯)。人物性格也具有多层面、多包孕、多矛盾的特点，经得起多方发掘和咀嚼。作者的感情倾向尽量隐蔽在画面背后，很少直接流露。这些都使她的小说具有现实主义的厚度，甚至容易带来歧义，茅盾就曾赞许地说过：丁玲的“短篇小说的特点就是立意深湛，即使写的是‘身边琐事’，也不使人感到琐细单薄”[③]。

---

① 《从〈梦珂〉到〈夜〉——〈丁玲文集〉后记》，载《中国作家》第1卷第2期，1948年1月。

② 《还历史以本来面目——楼适夷等谈丁玲》，《丁玲创作独特性面面观》，83页，长沙，湖南人民出版社，1986。

③ 东方未明(茅盾)：《丁玲的〈母亲〉》，载《文学》第1卷第3号。

只要读读借孩子的眼睛来写的《过年》这样出色的短篇，我们就会觉得茅盾这话丝毫没有夸大过誉之处。

丁玲还是继鲁迅之后最早一批心理小说的创制者。她最初的小说就显示了心理刻画细腻的长处。在《莎菲女士的日记》获得成功后，丁玲有意识地写了一部分这种类型的小说，如《自杀日记》《他走后》《潜来了客的月夜》等，极力探索人物心灵在特定情境中的隐微曲折之处。《他走后》中的女主人公丽婀，深夜两点强制自己的爱人秀冬离去。赶走以后，她为寂寞所苦，又悔恨起来，从自责又转而责人，恨秀冬没有硬留下来是不懂得自己的真心。她甚至想象此刻秀冬已经折回，正在门外等着进来。小说把恋爱期少女内心的复杂微妙写得淋漓尽致。《潜来了客的月夜》写“我”与“频”两人在杭州西湖边一个寺院附近租房住下，夜间由犬吠声引起警觉，仿佛听到有人走近住房，进入走廊与厨房，“我”吓得钻进被窝，“频”以咳嗽壮胆，后声音远去，且似见人影。如此者数度。但第二天醒来一看，厨房门关得极严实，什么事情也没有发生。作品中心理刻画惟妙惟肖，兼有神秘意味和喜剧色彩。丁玲自己说：写这类作品时，“我爬进小说中每一个人物的心里，替他们想，那时候该有哪一种心情”①。正是这种设身处地的体验，帮助作者获得成功。虽然到《一个男人和一个女人》时，出现为探索心理而探索心理的倾向，以致失去了应有的社会意义和审美意义。

早在1930年，左翼作家钱杏邨就称丁玲为“一位最擅长于表现所谓‘Modern Girl’的姿态，而在描写的技术方面又是最发展的女性作家”(钱谦吾《丁玲》)。可见，对于丁玲早期小说中思想和审美两方面的现代意识，人们早已有所觉察。可以说，她的作品中浸透着相当充

① 《我的创作经验》，载《中华日报·文化批判》第2期，1932年12月。

分的现代精神，这是丁玲一开始创作就具有的显著特点，也是一大优点。正是这种状况，为她随后转向无产阶级文学之后取得的创作成就，准备了较好的基础。

二

1929年6月，丁玲为胡也频的小说《到莫斯科去》写了书评《介绍〈到M城去〉》，认为此书“写出了厌恶新贵族的生活，终于用坚强的意志离开那环境，毅然走向M城去的一个新女性”，因而“是十年来的文学作品中一篇不凡的杰作”。并且说：“只要知道这M城是一个什么地方，就可以想见这一篇小说的思想所集中的焦点。”这年下半年，丁玲本人又以瞿秋白与王剑虹的恋爱生活为素材创作了长篇小说《韦护》①，否定了无政府主义思想倾向而肯定了共产主义者的方向。这些都是丁玲思想开始革命化的重要标志。不同于一些左翼青年作家，丁玲转向无产阶级革命文学以后，仍然较好地坚持了现实主义的创作道路。1931年5月，她在光华大学的讲演中就说：“我对于由幻想写出来的东西，是加以反对的。譬如说，我们要写一个农人，一个工人，对于他们的生活不明白，乱写起来，有什么意义呢?”② 在另外的文章中也说：“不要凭空写一个英雄似的工人，或农人。因为不合社会的事实。”③ 她继续写自己熟悉的题材，同时也努力熟悉某些原先不熟悉的题材，尽可能使革命的思想倾向与真实的艺术形象统一起来，从而缩小、减少了“左”倾幼稚病造成的损失。这是丁玲“左联”时

---

① 作者1931年5月在《我的自白》中说：《韦护》和生活中的瞿秋白相比，“已与本来面目大不相同”。

② 《我的自白》，载《读书月刊》第2卷第4、5期合刊，1931年8月。

③ 《关于创作不振之原因及其出路》，载《北斗》第2卷第1期。

期小说创作较其同辈人的一个显著优异之处。

当然，道路并非笔直的。转向革命之初写的《韦护》，如作者自己所意识到的，“陷入恋爱与革命的冲突的光赤式的阱里去了”[1]。即使如此，小说中男女主人公那些热烈而曲折的爱情心理，革命者由于工作责任感所产生的强烈的内心矛盾，都写得相当真挚感人。作者毕竟不是凭空编造以迎合时尚，而是从生活出发，忠于现实，她说过：“我没有想把韦护写成英雄，也没有想写革命，只想写出在‘五卅’前的几个人物。”[2] 这就使《韦护》在一定程度上有别于当时流行的那些“革命加恋爱”的作品。

1930 年 5 月加入“左联”以后，丁玲并没有受题材问题上机械论的影响。她那些具有革命倾向的小说，描绘了“知识分子群在大浪潮中的彷徨、苦闷、挣扎、斗争、前进和颓退”(《丁玲自选集・序文》)。第一篇《年前的一天》具有自传性，写一对以卖文为生的年轻夫妇，有时喜欢热烈而悬空地争论究竟应把写作还是把爱情放在第一位，然而生活的鞭子却无情地抽打着他们：快过年了，家里没有米，没有煤，交不出房租，还欠着七十多元债务。男子这个上午不得不冒着严寒外出预支二十元稿费过年。女子则为“那年轻男人负载着”过重的经济担子感到不安和自责。他们相濡以沫，争着写稿以负担家用，窘境中的爱情令人感动。作品通过女主人公情绪和心理的细腻真切的刻画，写出现实环境对人们的压迫。作为“参加左联后向读者的献礼”(《丁玲自选集・序文》)的两篇《一九三〇年春上海》，具有更为鲜明的革命倾向。前一篇中，作家子彬不听好友若泉的诚挚劝告，逃避现实，躲入

---

① 丁玲：《我的创作生活》，收入《创作的经验》，天马书店，1933。

② 同上。

象牙之塔，然而妻子美琳却不安心于只做家庭妇女，她走向社会，走向工厂，参加革命文学活动，并留信要求和丈夫深谈。尽管小说没有交代结局，却已相当有力地揭示出革命潮流激荡的历史趋向。后一篇写了革命者望微与女友玛丽由蜜月同居而几经龃龉，终于分手的故事，显示了严酷的生活逻辑。小说里的矛盾是性格冲突的结果，是生活中实有的，完全不是人为地臆造出来的；解决得也自然真实，不落俗套。这篇作品和《韦护》很不一样，实在不能再称作“革命加恋爱”的公式，倒应该说是丁玲用自己的现实主义艺术突破“革命加恋爱”的公式的结果。总之，生活本身的真实描绘，使丁玲这些小说的革命倾向建筑在相当坚实的基础之上。

但丁玲并不满足于仅仅写自己熟悉的知识分子题材。她想突破原有题材的圈子，熟悉一些应该而且也有可能熟悉的题材，以适应革命文学发展的需要。早在胡也频遇难之前，她就开始写农村阶级斗争题材的《田家冲》。以后又从生活实践上做过许多努力，接触工人群众。从 1931 年夏天起，丁玲曾每周一次到工人中去，“穿起粗布衣”，从事工人运动。小说《一天》所写的一个革命青年在工人棚户区极其危险困难的环境中进行工作，遇到许多意想不到的令人啼笑皆非的人和事，而这个青年却依然保持“不退缩、不幻灭的精神”，继续埋头苦干，这里就有丁玲自己的切身体验在内。正是在这种对工人生活初步熟悉和了解的情况下，丁玲写出了《法网》《消息》《夜会》等一批反映工人苦难和斗争的较好的短篇小说。与此同时，丁玲还抓住当时发生的一些重大事件，或调动过去的生活经验，或通过亲身的访问考察，写出了一些紧密适应现实斗争需要的作品。1931 年春柔石、胡也频和一批革命者被杀害后，丁玲用蘸满悲愤感情的笔，写了《某夜》这篇速写。1931 年夏遍及中国十多省的大水灾发生后，丁玲根据直接间接的材料和少年时的生活经验，写了著名的小说《水》。九一八事变发生后，丁玲又以上海群众的抗日怒潮为背景，及时写了《多事之秋》等中短篇小说。当农村经济破产和城市百业萧条的景象在中国各地出现时，丁玲又写了小说《奔》——它可以看作是《水》的一个续篇。这些作品时代气氛浓郁，生活实感较强，艺术上做了许多新的探索，在当时收到了良好的社会效果，今天读来仍不失为相当优秀之作。其中《水》更被公认为是一篇有重要转折意义的小说。茅盾认为：《水》的发表，“不论在丁玲个人，或是文坛全体，都表示了过去的‘革命与恋爱’的公式已经被清算”(《女作家丁玲》)。冯雪峰在《关于新的小说的诞生》一文中指出：“《水》的最高价值，是在最先着眼到大众自己的力量。”丁玲自己也说：“我把我的作风，从个人自传似的写法和集中于个人，改变为描写背景。《水》是新作风的第一篇小说。”① 尽管这些作品中有的还存在某种概念化成分，但如果把它们放到当时世界革命作家正在风行的写群像的潮流中来衡量，可以说比国际上有些著名作品并不逊色。在叶紫等新人出现以前的30年代初期，丁玲和张天翼是左翼文学阵营中创作成绩最为出色的青年作家。

然而，真正代表丁玲“左联”时期文学最高水平的，我以为还是长篇小说《母亲》。这是一部在艺术上真正有重要突破的作品。早在1931年5月，丁玲基于自己的现实主义文学思想，就对革命文学“写什么”和“怎么写”这两个既有联系又有区别的问题表示了比较清醒切实的意见。她说：“写工农不一定就好，我以为在社会内，什么材料都可写的。”并且说：“现在我正打算写一个长篇，取材于我的家庭。”(《我的自白——在光华大学的讲演》)1932年6月11日，她在《给〈大陆新闻〉

① [美]尼姆·韦尔斯：《续西行漫记》，387页。

编者的信》中，又申述写《母亲》的目的在于表现“一个社会制度在历史过程中的转变”；按她的预想，“这书所包括的时代，是从宣统末年写起，经过辛亥革命，1927 年是大革命，以至最近普遍于农村的土地骚动。地点是湖南的一个小城市，几个小村镇”。虽然小说只写出三分之一丁玲就被国民党特务绑架，但从已经写成的第一部来看，它完全有理由称得上是相当圆熟的作品。《母亲》的显著特色，是在从容舒展的日常生活描绘中，通过一个旧式女子向新式女子演进的经历，写出时代风云的种种变幻，历史脚步的艰难前移。剪辫子，办女学，出报纸，建社团，鼓吹“民权”“共和”，乃至辛亥年小城内的枪声，等等，这些在小说中均有正面或侧面的反映；连 1910 年哈雷彗星的出现在人们心中引起的恐慌和震动，也都有所描述。篇幅不很长，却已经写出山雨欲来风满楼之势。作品最厚实的部分，自然在于把封建大家庭的矛盾、没落，青年妇女守寡的凄凉、痛苦和挣扎，以及清朝末年新思潮在湖南的传播，一部分妇女开始觉醒并艰难地走上自立、求知的道路，都真切地表现了出来。主人公于曼贞是个平凡而又伟大的女性，是小说塑造得成功的典型。她是孱弱女子，又有坚强性格；原先是旧式的贤妻良母，后来却争自立，求新知，向往革命，具有坚韧不拔、勇往直前的气概。环境对她来说是极其困难的。“在这个社会，连同大伯子都不准见面，把脚缠得粽子似的小的女子，即便有冲天的雄心，有什么用！一切书上，一切的日常习惯上都定下了界限，哪个突过这界限呢?”然而于曼贞却敢于突破这界限，她居然在女校一开办时就同自己的女儿一起去上学，而且把小脚放大，上操跑步，置肉体痛苦、旁人讥笑于不顾，从旧家庭跨向县城学校，又从县城走向省城，终于走上自立和赞助革命的道路。作品对曼贞的内心写得很深。当激进的年轻姑娘夏真仁对她说：“你要是没有孩子累着，也许会更好些”时，曼贞激动地这样回答：

你说我没有孩子会更好些，我不懂，我实在是为了孩子们才有勇气生活。……从前真不懂得什么，譬如庚子的事，听还不是也听到过，哪里管它，只要兵不打到眼面前就与自己无关。如今才晓得一点外边的世界，常常也放在心上气愤不过。我假如现在真的去刺杀皇帝，我以为我还是为了我的孩子们，因为我愿意他们生长在一个光明的世界里，不愿意他们做亡国奴！

这就是一位既有传统的美德，又接受了新思潮洗礼的伟大女性的心声。《母亲》中的于曼贞，是一个有着巨大的社会概括性的妇女形象，在我国现代文学中，这样的形象还没有很好地出现过。丁玲塑造了这样一个相当深厚的典型形象，应该说是一个突出的贡献。无怪乎尼姆·韦尔斯经过考察，在《现代中国文学运动》一文中做出这样的评价：“在 1931 年和 1932 年，国民党的恐怖统治下，左翼作家转入写实运动，其特征是客观地、带有分析地描述生活和社会情况，明确地表示需要革命。所有的评论家都认为，‘这是迄今在现代中国文学上出现的最有前途的发展’。茅盾和丁玲女士是这一新写实运动突然崛起的领导人。”① 鲁迅也在 1936 年 6 月与斯诺谈话时说：“最优秀的左翼作家有茅盾、丁玲女士……”②

丁玲被绑架和幽禁以后的第三年，利用敌人看管上有所松弛的机会，写了《意外集》里五篇新的短篇。这些作品的命运，在 50 年代后

① 埃德加·斯诺《活的中国》一书附录的尼姆·韦尔斯文章《现代中国文学运动》。

② 同上。

期也和丁玲本人命运一样，突然遭遇“意外”：有的批判文章以《团聚》为例，说它是“为地主阶级诉苦”的作品，以此当作仿佛作者对革命不忠的“证据”。其实，白纸黑字俱在，到底谁在说谎，是最清楚不过的事。《意外集》里所有小说，矛头全部指向国民党统治下的社会现实，作者的同情显然是在广大被压迫人民一边。且不说《松子》《一月二十三日》《八月生活》这些直接写劳动人民苦难的篇什；即使写败落的大家庭的《团聚》，也通过正直的人们的不幸，控诉了黑暗罪恶的社会制度，反映了旧中国的穷途末路；至于《陈伯祥》里写到的主人公，那样出奇的粗鲁、坦白，毫不懂得羞耻，完全是半殖民地半封建中国社会的特有的产物。丁玲在 1936 年 5 月 3 日写给朋友的信中曾说：“历史证明我并非一个有罪的人。”① 统观《意外集》，我们的结论只能有一个：它体现着丁玲“左联”时期一贯的革命立场和现实主义创作思想。尽管由于写作环境的特殊，作者“特别审慎着‘技术’”(《意外集·自序》)，采取了更为含蓄隐蔽和客观化的写法，尽管多用白描，让画面和对话本身体现出倾向性；然而这种特殊性，实际上更推动着丁玲小说现实主义的发展。

三

丁玲在党组织安排下逃离南京后，于 1936 年 11 月到达保安。从此，她来到一个新的天地里，获得了真正与工农大众接触的自由。她的小说创作，不但艺术形式上显得更为繁复和多样化(于写实之外增添象征色彩，如《县长家庭》)，在内容上也呈现出一番与过去很不相同的新的面貌，打开了一个前所未有的新的世界。

① 《幽居小简》，载《万象》第 3 卷第 6 期，1943。

在陕北，丁玲的第一篇小说是《一颗未出膛的枪弹》。作品写于卢沟桥事变前三个月。故事是人们熟知的：一个小红军在逃避敌人的追击时和大部队失去了联系，只得暂且躲在农村老太太家里，受到群众的掩护。不料，国民党东北军把他当作“大姑娘”搜了出来。敌人从他身上发现了红军帽与苏区钞票，证实了他的身份。有人主张枪毙他。东北军连长问他怕死不怕死，他回答说：“怕死不当红军！”连长说：“那么给你一颗枪弹吧！”小红军镇静地说：“不，连长！还是留着一颗枪弹吧，留着去打日本！你可以用刀杀我！”于是，东北军的这位军官忍不住抱住了孩子，大声说：“还有人要杀他吗？大家的良心在哪里？……”小说如此激动人心，是因为它通过小红军的口，叫出了全民抗日时代的呼声。作者借助现实主义的细节描绘，将小红军的形象刻画得极其真实可爱，使读者久久难以忘怀。

如果说《一颗未出膛的枪弹》表现了红军和共产党人真诚地要求团结抗日的坦荡胸怀，那么，丁玲在抗战前期的其他一些小说中，又从多种角度深入揭示和赞美了抗日民主根据地的各式新人物、新气象。

《秋收的一天》写陕北特有的军民共同参加生产劳动的愉悦，这种欢庆丰收的美好感情和陕北苍茫阔大的自然风光、同志间融洽亲密的友爱气氛结合在一起，显得那么协调。作品中有这样一段带着作者审美感受的陕北秋景描绘：

> 秋天的陕北的山头，那些种了粮食的山头，是只有大胆的画家才能创造出的杰作，它大块涂着不同的、分明的颜色，紫、黄、赭、暗绿。它扫着长的、平淡的、简单的线条，它不以纤丽来取好，不旖旎温柔，不使人吟味玩赏，它只有一种气魄，厚重，雄伟，辽阔，来使你感染着这爽朗的季节，使你浸溶在里

面，不须人赞赏，无言的会心就够了。

文字是那样朴拙、浑厚、本色，却又那么贴切、传神，融会着作者的感情。这实际上是关于革命、劳动、创造的歌。我们还很少在小说中看到这类出色的对陕北风光的赞美。

《压碎的心》借孩子平平的眼睛和感受，亲切地写出普通人民对日本侵略军的憎恨与恐惧，对八路军英勇抗日活动的拥护与赞扬。

《入伍》是一篇把知识分子和战士对照起来写的小说。通过两三天的战斗经历，既暴露了记者徐清的浮夸、爱吹牛、胆小、自私，又赞颂了年轻战士杨明才的纯朴、勇敢、聪明、能干以及对革命的忠贞。作品以生活逻辑的严密充实见长。在同类题材的小说中，这是较早出现并且是较好的一篇。

写得最富有诗意的是《夜》。它写一个长期默默地沉浸在公务中的乡指导员，直到母牛要生犊的当晚才匆匆赶回家中。他有自己的骄傲，也有自己的苦恼：一岁的儿子和四岁的女儿都牺牲了，妻子比他大十几岁，不能再生育，夫妻感情也不好。一个同样有着不合理婚姻的妇联委员侯桂英正在追求他。月夜，在侯桂英面前，“他几乎要去做一件吓人的事”。但处于复杂环境中的干部的责任感，终于占据了压倒的地位，使他决心在生活上做出自我牺牲，不致因“闹离婚而影响不好”。这是一个克己奉公、公而忘私的农村基层干部。陕北的夜，正是由于有着无数这样的干部而显得分外宁静与温馨。

曾经流行过这样一种说法：30年代末、40年代初的延安文学界，存在着“歌颂光明”和“暴露黑暗”两个派别，而丁玲，就是“暴露黑暗”派的“领袖人物”或“代表人物”。这种说法从50年代末期到70年代末期，总共流行了二十多年。现在，如果我们读读丁玲抗战前期的作品，不就会对这种煞有介事的无稽之谈哑然失笑吗？丁玲的上述小说创作表明，她不但不是所谓暴露延安黑暗派的领袖或代表，反倒是歌颂延安光明的先锋人物。可以说，热诚地发掘、赞颂延安抗日民主根据地的革命新生事物，正是丁玲抗战前期小说创作的一个突出贡献。

当然，如果认为丁玲的小说没有暴露延安抗日民主根据地的消极面，这同样是不符合事实的。在丁玲看来，歌颂与暴露两者并非那么截然对立和相互排斥，它们可以统一在革命的立场上。丁玲确实批评、揭露了延安生活中的某些阴暗面，特别是封建意识残余和小生产思想习气。1941 年年初，她在《大度、宽容与〈文艺月报〉》一文中就说："今天是谁也明白，谁也说着要掌握革命武器——自我批评，然而一些腐朽的士大夫的'高尚情绪'和小市民的趋炎附势在妨碍着这一武器的获得，因而我以为《文艺月报》要以一个崭新的面目出现，把握着斗争的原则性，展开泼辣的自我批评的作风。"① 在随后写的《我们需要杂文》②中，丁玲又以革命者的坦诚，直白而大胆地说：

> 即使在进步的地方，有了初步的民主，然而这里更须要督促，监视。中国所有的几千年的根深蒂固的封建恶习，是不容易铲除的，而所谓进步的地方，又非从天而降，它与中国的旧社会是相连结着的。而我们却只说在这里是不宜于写杂文的，这里只应反映民主的生活，伟大的建设。
>
> 陶醉于小的成功，讳疾忌医，虽也可以说是人之常情，但却只是懒惰和怯弱。

① 见《文艺月报》创刊号，1941。

② 见《解放日报》，1941 年 10 月 23 日。

这样，作者在思想战线上怀着明确的目标，不但要用杂文，也要用小说做武器，为铲除封建意识和小生产思想习气而努力奋斗。这些具有批评性内容的作品，成为丁玲小说中最有深刻的思想性、最有强烈的现代意识的部分。可以说，丁玲对延安生活中消极面的批评，正是她当时做出的更为重大的贡献，也是丁玲所以为丁玲的引人注目的地方。

这种情况，清楚地表现在丁玲的一批小说中。特别值得注意的是《我在霞村的时候》《在医院中》这两篇。

《我在霞村的时候》里的女主人公贞贞，被日军在一次扫荡中抓走，成为营妓，曾经痛不欲生，却出于"总得找活路"的想法生存下来，以后又怀着向敌人复仇的愿望"和咱们自己人有了联系"，做着为我军送情报的工作。这样一个承受过巨大创痛的女子回到村里后，不少群众不但不予同情，反而交头接耳、恶言恶语嘲讽，有些人甚至幸灾乐祸，无中生有地造出一些难听的话来传播。"尤其那一些妇女们，因为有了她才发生对自己的崇敬，才看出自己的圣洁来，因为自己没有被敌人强奸而骄傲了。"贞贞从敌人手里逃出来了，但在自己的乡亲中却感受到了沉重的精神压迫，使她简直难以做人。幸好事情发生在抗日民主政权下面，主事的一些干部思想比较开通，贞贞本人的性格也相当坚强，后来获得去延安学习与治病的机会，并没有酿成更大的悲剧。但故事本身还是不能不令人深思。造成贞贞苦难的直接原因，自然是日本侵略军。而群众中的封建意识、小市民习气，却也是间接的重要原因。贞贞先前和夏大宝自由恋爱，这在有封建思想的群众看来，就成了所谓"作风不正派"。有个老婆子这样说："那娃儿向来就风风雪雪的，你没有看见她早前就在街上浪来浪去，她不是同夏大宝打得火热么?"贞贞的父母嫌贫爱富，不许她和夏大宝相好，却要她和米铺小老板结婚。有识见的贞贞想和夏大宝外逃，夏大宝却缺少勇气。贞贞无路可走，才到天主堂去要求当“姑姑”，日军在这时抓走了她。封建思想、旧意识在这里委实起了制造悲剧、促成悲剧的作用。至于贞贞从日军军营逃出后人们的议论，完全有可能孕育制造出更大的悲剧。丁玲从根据地生活中痛切感受到封建意识和小市民思想的严重存在，在小说中沉痛提出问题并猛烈地鞭挞了它们。读《我在霞村的时候》，人们会像读“五四”时鲁迅作品那样受到精神上的震撼，产生一种作者是思想家的感觉，这是读丁玲以前作品所没有的。小说确实凝聚着作者的发现和思考，有一种沉甸甸的分量。

《在医院中》更自觉地批评、揭露了小生产思想习气的危害。受过医科专业教育的女主人公陆萍与周围环境的矛盾，是现代科学文化要求与小生产者的蒙昧无知、褊狭保守、自私苟安等思想习气相冲突而形成的尖锐矛盾。陆萍怀着高度的责任感，不辞辛苦，力图使医疗卫生工作做得好些，“她带着人去巡视病房”“替病员要清洁的被袄，暖和的住室，滋补的营养，有秩序的生活”，希望使医院的一切逐步走上轨道。然而院里混乱、肮脏、无秩序的状况依然如故。刚打扫干净的院子，不一会，又“弄成原来的样子了”，全院医疗卫生工作极差，嘁嘁喳喳、闲言闲语则极多，什么陆萍“和郑鹏在恋爱”之类的流言四处飞传，“甚至连指导员也相信了那些谣传而正式的责问她”。小说不仅写出了小生产思想习气的可厌，还进一步写出了同这种思想习气做斗争竟是何等困难。这种思想习气在中国具有如此广泛的群众性（鲁迅曾经称之为“无物之阵”），它形成一种强大的习惯势力，连无产阶级领导的革命队伍也受到了它程度不同的侵蚀。年轻的陆萍当然不是它的对手。但她在失去双腿的革命老战士的启示下，经过斗争的历练，终于逐渐成长起来。“她离开医院的时候，还没有开始化冰，然而风刮在脸上已不刺人。她真真的用了迎接春天的心情来离开这里的。”陆萍是现代文学史上屈指可数的同周围严重的小生产思想习气做斗争的人物形象。《在医院中》的突出贡献，就在于它坚持了“五四”新文学的战斗传统，在共产党领导的区域内明确提出了反对小生产思想习气的问题，将意识形态方面的反封建斗争向前深入推进了一步，虽然作者后来为此付出了远比作品中的陆萍所付出的要严重得多的代价。

50年代末期发生在中国文艺界的一场“大辩论”，曾经力图使人们得出这样的结论：似乎知识分子接受五四新文化运动的影响越多，接受民主主义思想的影响越多，就必然越发同共产党和工农群众格格不入，越发拒绝改造而走上反党道路。然而，大量事实，包括丁玲创作实践在内的许多事实，恰好证明着另一面：知识分子接受五四新文化运动和民主主义思潮洗礼越充分，相对地说，就越容易正确理解无产阶级领导的反封建斗争，也越容易正确理解科学社会主义思想，从而抵制各种错误思潮的袭扰。道理很简单：科学社会主义毕竟是近代文明的产物。以丁玲为例，接受五四新文化运动的充分洗礼，正为她提供了优越的思想条件，使她能够在革命根据地的生活中敏锐地发现并及时地提出反对封建意识和小生产思想习气的问题，创作出《我在霞村的时候》《在医院中》这批经得住历史检验的小说。有一位研究中国现代文学的日本学者，在分析了《我在霞村的时候》《在医院中》《三八节有感》等作品提出的问题之后，很有感慨地说：

> 如果解放区的文学，不抛开这些问题的话，就是说，它如果能够一面描写出带着一些矛盾和缺点，一面要努力克服那些矛盾和缺点而向前进，并且如果解放区的情况能够容许这一切的话，

那么解放区的以及解放以后的中国文学的道路恐怕就会跟现在的大不相同了。①

在经历许多曲折特别是“文化大革命”的严重挫折后，我们难道能不承认，这是一番十分中肯和友善的见解吗？

四

延安文艺座谈会后的几十年，既是丁玲小说创作获得辉煌发展的时期，又是她个人命运乖蹇、遭遇十分坎坷的时期。但无论在顺利还是在受挫折的环境中，丁玲都有一以贯之的方面：真诚地深入群众、深入实际。她把到群众中“落户”可贵地理解为同群众在精神上、感情上保持密切的联系；主张在哪里生活，就在哪里战斗；反对作家“赶浪头”式地东赶西赶某些题材。由于坚持从生活实际出发，丁玲既敢于认识、纠正自己的弱点和错误，也敢于抵制、反对不正确的思潮和倾向，从而表现出艺术家的可贵的勇气。在1950年写的《〈陕北风光〉校后记所感》一文中，丁玲说了这样一段发人深思的话：

在陕北我曾经经历过很多的自我战斗的痛苦，我在这里开始来认识自己，正视自己，纠正自己，改造自己。这种经历不是用简单的几句话可以说清楚的。我在这里又曾获得了最大的愉快。我觉得我完全是从无知到有些明白，从一些感想性到稍稍有了些理论，从不稳到安定，从脆弱到刚强，从沉重到轻松，……走过

---

① ［日］中岛碧：《丁玲论》，《丁玲研究在国外》，192页，长沙，湖南人民出版社，1985。

来的这一条路，不是容易的。……有些人是天生的革命家，有些人是飞跃的革命家，一下子就从落后到前进了，有些人从不犯错误，这些幸运儿常常是被人羡慕着的。但我总还是愿意用两条腿一步一步的走过来，走到真正能有点用处，真正是没有自己，也真正有些获得，获得些知识与真理。

这就是丁玲：既不愿做“天生的革命家”，也不愿做“飞跃的革命家”，而愿意以自己独立的观察和沉静的思考，做一个“用两条腿一步一步的走过来”的踏踏实实的人。她由此而做出切实的贡献，也由此而付出沉重的代价。

这个时期，丁玲除写了较多报告文学、少量短篇小说外，主要创作了两部长篇小说：一部是已经完成了的《太阳照在桑干河上》，另一部是尚未写完的《在严寒的日子里》。它们都对重大历史题材作了史诗式的描述。这两部长篇，无论就丁玲个人的创作历程来说，还是就中国小说的发展历史来说，都具有里程碑的意义。

《太阳照在桑干河上》是一部最早反映土地改革的长篇小说，又是迄今反映土改最深刻、最丰富的长篇小说。之所以说最深刻、最丰富，不仅因为作品将当时的土改放在特定的时代环境和紧张的战争背景中来写，充分写出这场斗争的复杂性、尖锐性；而且因为作品敢于写出土改工作的种种曲折和人物命运的乖异多样。如：勤劳能干的富裕中农顾涌，最初曾被作为“经营地主”对待，以后又被错划成富农；封建势力的代表人物钱文贵在村农会决定封闭地主果园时竟被漏掉，到后来经过一系列艰苦斗争才被挖出来；黑妮这个钱文贵的侄女，本来同样是个被压迫者，却被不少人冤枉地当作地主家属看待，并且由此产生了她与程仁之间爱情上的波折以及程仁斗争情绪的受压抑；贫苦人出身的村治安员张正典，终于被钱文贵所收买，当了钱家的忠实鹰犬；工作组长文采，却是那样一个夸夸其谈、不肯务实的人，但他又确实在斗争中艰难地进步着；连县委宣传部部长章品，作者对他也并非全部赞扬，而是有所批评的。小说所写到的这一切，都以油画似的丰富繁复的色调呈现在读者面前，闪耀着生活本身的独特的光彩。作者在困难的条件下，坚持着现实主义创作思想。她说："我不愿把张裕民写成一无缺点的英雄，也不愿把程仁写成了不起的农会主席。他们可以逐渐成为了不起的人，他们不可能一眨眼就成为英雄。但他们的确是在土改初期走在最前边的人，在那个时候实在是不可多得的人。"(《太阳照在桑干河上》重印前言)在酝酿创作过程中，曾有人指责同情黑妮这类人物是所谓"地富思想"，丁玲扛住了这类压力。选择钱文贵这样的地主而不是陈武那类大恶霸作为反面典型，尤其显示了作者卓越的审美胆识和独到的艺术功力(因为这势必要大大增加斗争生活描绘的难度)。解放区不少作品都以一针见血地揭示生活本质见长，然而也往往给人一种过于单纯的感觉——这种过分的单纯，到 50 年代在"左"倾思潮推导下，又发展成一种新的公式化、概念化倾向。丁玲的《太阳照在桑干河上》对于解放区文学的这类局限是很大的突破。深刻丰富的艺术内容，使它在读者中获得一种繁复的、立体的、富有质感的效果。所有这些，都决定了《太阳照在桑干河上》在解放区文学中不可更易的卓越地位，成为这种文学的一个杰出代表。

在无产阶级革命文学发展史上，《太阳照在桑干河上》的出现同样标志着一个巨大的飞跃。它完全没有 30 年代左翼作品写工农却与工农隔着厚厚一层障壁那种缺陷。丁玲的笔进入到农民(不但是干部张裕民、程仁，还有普通群众刘满、李宝堂、侯忠全、董桂花、周月英等)的内心深处，真实地写出了他们的希望和追求，痛苦和欢乐。小说最出色的笔墨是在写出特定人物翻身后的特定心境，这里往往融合了作者在生活中许多深刻独到的体验，并发挥着作者早年创作中就有的心理分析的特长。如第五十二节“醒悟”中，小说写了钱文贵被斗后，地主侯殿魁到佃户侯忠全老两口家里送地契，下跪求收，伏地不起。“他走后，这老两口子，互相望着，他们还怕是做梦，把地契翻过来翻过去，又追到门口去看，结果他们两个都笑了，笑到两个人都伤心了。”此情此景，只有生活感受相当深厚才能写出。又如第三十七节“果树园闹腾起来了”，写地主果园归农会后老雇农李宝堂心情的变化：

> 李宝堂在园子里看着别人下果子，替别人下果子已经二十年了，他总是不爱说话，沉默的，像无所动于衷似的不断工作。像不知道果子是又香又甜似的，像拿着的是土块，是砖石那末一点也没有喜悦的感觉。可是今天呢，他的嗅觉像和大地一同苏醒了过来，像第一次才发现这葱郁的、茂盛的、富厚的环境，如同一个乞丐忽然发现许多金元一样，果子都发亮了，都在对他睒着眼呢。

多么贴切、细微而又传神！这是从作家心泉中流出来的。只有作家和农民群众真正实现了感情的交融后才会有此种笔墨，它们在30年代作品中是不可能找到的。我们完全可以这样说：《太阳照在桑干河上》是中国革命现实主义文学继《子夜》之后的一个新的重大的突破，是丁玲为无产阶级文学做出的重大贡献。它在1951年获得斯大林文学奖金，绝不是偶然的。

当然，《太阳照在桑干河上》并非没有自己的弱点。它是事件发生后一年就写成的书，好处在于难得的及时，不足之处则是过于贴近当时，生活本身还来不及充分沉淀，艺术上也来不及更精细地雕琢，多少留下某些写过程、写政策的痕迹。这种状况，到了《在严寒的日子里》，就有完全的改观。

《在严寒的日子里》是丁玲反复孕育、精心撰写的一部作品。从经历那段生活到1956年发表最初八章，怀胎已达七八年之久。而以后，由于众所周知的原因，她又不断在各种艰难环境里继续写作，甚至丢失初稿后又重写，前后几乎长达三十年时间。小说写作过程的曲折严峻与小说内容的曲折严峻，融会在了一起，使人感到分外可歌可泣。它可以说是丁玲用后半辈子心血和生活凝成的。虽然小说只在《清明》创刊号上刊出了二十四章十多万字，但就已发表的部分看，它无疑是新中国成立以来最优秀的长篇之一。

《在严寒的日子里》描写的是解放战争时期国民党军队侵入解放区以后，在桑干河地区农民群众与地主还乡团之间展开的一场生死搏斗。它可以说是《太阳照在桑干河上》的续篇。翻开第一页，读者就被带进一种紧张焦虑的气氛中：敌军的占领给这个地区的军民构成严重威胁，县、区政府不得不撤走，老百姓“心上全压上一层雾”。就在这样的时刻，混入解放军的地主儿子赵贵携枪偷跑回来，打伤了区委书记梁山青，风传桑县还乡团团长王老五也要回来。也是在这样的时刻，果园村村长孙炎和干部们以及群众张大伯、周大爷等主动采取行动，坚壁清野，准备迎接残酷的考验。还是在这样的时刻，年轻的党支部书记李腊月，在临撤出村之前的半夜时分，从李财家高院房顶上，用喇叭筒向父老乡亲作广播讲话。小说这样深情地写道：“宁静的深夜里，布满了的担心、恐怖，随着冷风满村流窜。忽然，从空中，从每家的院子里，飘来了响亮的声音。这声音是这样清楚，这样柔和，这样亲切，哪家的人们，都心跳地从炕上溜下地，轻轻的把门开开，靠在门框边，或是伫立在走廊上仰首望着天空。他们听到了，谁都听到了，都听到心里边了。”小说的一个基本特色，就是把深沉的激情熔铸在严峻的现实斗争的描绘之中。作者先将当时严峻的形势充分写够，然后转过笔来写果园村干部和群众的积极行动，写支书李腊月、村长孙炎、治安委员王大林、少年刘万喜、受尽苦楚的陈满、兰池母女等各有性格、各有特色的活动，让读者完全进入特定的斗争生活境界之中，与这些活跃的人物同命运、共呼吸。按作家预定的创作计划，此书中主要的反面人物王老五还要登场，好些人物还要死去。可见丁玲敢于正视严酷的战争环境，准备作正面反映。小说写作的50年代到70年代，我国文艺界正在将“写真实论”“战争恐怖论”等作为“修正主义文艺思想”猛烈批判。《在严寒的日子里》所取得的出色成就，说明作者即使在那样困难的环境中，还是坚持从生活实际出发，遵循艺术创作规律，冲破种种教条主义的束缚。这本身就是一曲艺术家勇气和良心的胜利的赞歌。

在艺术上，这部长篇最大的一个特点是字里行间浸透着作者深厚的感情。据访问过作者的同志说：“长篇中的人物，早已在作家的脑海里孕育几十年了。《太阳照在桑干河上》里面的许多人物，还要在这部作品中发展、成长；三十几年前，丁玲的散文《永远活在我心中的人们》的农村妇女陈满，已经成为这部作品中有血有肉的形象；五六十年代在北大荒十几年的‘农工’体验，都将在这部作品中开花结果。作家将在这部作品中写出活在她心中的人物，倾注她晚年的全部心血。”① 就作者对人物孕育时间的长度和感情深厚的程度来说，也许只

① 王中忱、尚侠：《丁玲生活与文学的道路》，249页，长春，吉林人民出版社，1982。

有《母亲》能与《在严寒的日子里》相比。这样长时间的孕育，这样深厚的感情，当然不可能不对作家艺术的许多方面产生影响。在这部长篇里，人物形象之所以能达到写一个活一个的地步，根本原因恐怕就在这里。像腊月、七月、孙炎、刘万福、刘万喜、王大林、刘子明、陈满母女、万福娘，地主阶级人物像赵金堂、高永寿、赵贵、李财等，都写得十分准确、厚实，给人留下极鲜明的印象。过去丁玲的小说从不以情节取胜，而《在严寒的日子里》则连情节的组织安排也非常有特色：紧凑，合理，自然，富有吸引力，使人拿起来就放不下。通篇笔墨圆到，遒劲，浑厚，简约，泼辣兼具细腻，刚健复又深沉，写重大历史题材而艺术上如此炉火纯青者，实在屈指可数。《在严寒的日子里》不但是丁玲小说中最圆熟的一部，而且可以说它与《红旗谱》《红岩》等一起把我国革命历史题材小说提高到了一个新的水平。

丁玲的小说创作活动，绵亘半个世纪，构成了近几十年小说历史的不可或缺的部分。在中国现代小说史上，如果说鲁迅是公认的奠基者，那么，茅盾、老舍、巴金、丁玲同属于重要的开拓者。丁玲虽然有二十二年被剥夺了发表作品的权利，但她作为开拓者的足迹，依然遍布于“五四”新文学建立以来的各个时期。她最早的一批小说，就以强烈的现代意识，实际上为“五四”新文学增添了异彩。以后在30年代无产阶级革命小说的发展过程中，在革命根据地文学的建设中，在延安文艺座谈会以后人民文学新方向的实践中，丁玲都以直面人生的现实主义精神，巨大的生活激情，独特的典型创造，多样的审美探索，尽到了开拓者的责任，为中国现代小说做出了不可磨灭的贡献。遗憾的是，丁玲在政治上的冤假错案虽已得到平反，但她在文学上受到的错误批判，其影响至今尚未完全消弭，她在小说史上的应有地位至今尚未真正恢复。在近年出版的一些文学史著作和近年发表的某些单篇论文中，仍然含有对丁玲作品的不恰当的指责。丁玲的这种遭遇，使人想起辛克莱·路易斯(1885—1951)在接受诺贝尔文学奖时为德莱塞抱不平的一段话：

> 德莱塞……在孤独中前进，常常无人欣赏，往往被围攻。却正是他，打开了美国小说从维多利亚式、豪威尔斯式的谨慎、体面通向诚实、大胆和生活的激情的道路。若没有他的开拓，我很怀疑我们这些人有谁敢于试图去描写生活、美和恐惧，除非冒坐牢的危险。

我无意于将丁玲比作德莱塞。但丁玲走的确实就是一条“通向诚实、大胆和生活的激情的道路”，这道路是她跟随在鲁迅后面，和许多作家一起开拓的。就是这样一位杰出的开拓者，这位“敢于试图去描写生活、美和恐惧”的人，却常常“被围攻”。对丁玲来说，坐牢已不仅仅是一种“危险”，而早已是真实的经历：她不但坐过国民党的牢，也坐过共产党的牢。在现代中国，也许很少有一位小说家像丁玲，个人经历这般坎坷，评价落差这般巨大——如她自己所说：“一个浪来，我有时被托上云霄，一个波去，我又被沉入海底。”(《我怎样跟文学结下了“缘分”》)这种情形，怎不令人慨叹？

今天，当丁玲逝世已近一周年的时候，我们难道不应该把比较科学地评价她小说的任务，重新提上研究者的日程吗？

论王蒙的寓言小说*

王蒙是中国当代最活跃、最有创造力的小说家之一。他复出以来，几乎一刻不停地在进行着多种小说文体和不同表现手法的试验，既不重复别人，也不重复自己。他是我国新时期意识流小说的最早尝试者与开拓者。他既写了不少新潮作品，又对传统的情节小说、性格小说不断地花样翻新，演化出具有独特风格的诗情小说、讽世小说、文化小说等多种形态。20 世纪 80 年代末以来，他又对幽默小说、荒诞小说、寓言小说产生很大兴趣，创作了一批引人注目的作品。在王蒙身上，仿佛有一颗“永不安定的灵魂”，即使年岁大了，看透了种种世情，他依然是个“老顽童”，保持着一股旺盛的顽皮劲儿，愿意去闯荡和体验文学上的各种新鲜事。

上面并列提到一些小说品种和形态，只是为了方便，严格来说也许不尽科学。像荒诞小说和寓言小说，逻辑分

---

* 原载《现代中国》，2004 年第 4 辑。初稿写于 2003 年 9 月 21 日，12 月 9 日修改。

类的标准并不相同，其实很难并列。荒诞小说着眼于事理、意象的非现实性或超现实性，寓言小说则着眼于作品的具象表现和抽象意义的关系(所谓意在言外)，两者并不一定具有相互排斥的性质，恰恰相反，有一部分作品完全可能交叉重叠，兼跨两类：既是荒诞小说，也是寓言小说。寓言小说越是具有荒诞色彩，其所寓之意往往越是显豁，但有时也会留下特有的神秘感；而寓言小说荒诞成分少、现实色彩浓者，其所寓之意看似平实，却可能更为深邃，更能令人玩味。

王蒙作品的情况，正是如此。

两种类型：重体验与重理智

王蒙笔下的寓言小说，似乎有两种类型：一种是体验型、抒情型的；另一种是说理型、智慧型的。前一种起步较早，但作品数量相对来说不算很多；后一种数量不少，而且有些作品的影响很大，甚至引起过争议。

王蒙小说中最早具有寓言象征特色的，也许是 1980 年秋天写的《杂色》。作品以主人公曹千里和他的杂色老马一天中的经历和体验为因由，象征性地概括了人物前半生的遭遇。主人公那天在人烟稀少的边疆少数民族地区经受了旅途的种种艰险，困顿、颠簸、疲劳不说，还遭受了个人难以抵御的暴雨、冰雹的袭击和饥饿、寒冷的威胁，几乎倒下了就站不起来，然而在得到少数民族老人的帮助后，终于闯过了这一切难关。小说包含着某些荒诞成分，例如其中一段：

> “让我跑一次吧！”马忽然说话了，“让我跑一次吧，”它又说，清清楚楚，声泪俱下，“我只需要一次，一次机会，让我拿出最大的力量跑一次吧！”

"让它跑！让它跑！"风说。

"我在飞，我在飞！"鹰说着，展开了自己黑褐色的翅膀。

"它能，它能……"流水诉说，好像在求情。

小说结尾处，果然，"老马奔跑起来了，它四蹄腾空，如风，如电。好像一头鲸鱼在发光的海浪里游泳，被征服的海洋被从中间划开，恭恭敬敬地从两端向后退去。……耳边是一阵阵的风的呼啸，山风，海风，高原的风和高空的风，还有万千生物的呼啸……"此刻的杂色老马恢复了自己的雄姿，像一匹真正的千里马在草原上奔驰。马与名为"千里"的人，此时重合在一起，合二为一，暗示了马的诉说与成功奔驰，正代表了曹千里的内心要求，这一天的生活就是主人公前半生从无端陷入劫难到终于发生转折的一个缩影。《杂色》开头有两句题辞："对于严冬的回顾，不也正是春的赞歌吗？"可见小说写的正是作者自身的一种体验，一种感情的抒发。

同样属于体验型的，我们还可以举出《神鸟》——虽然它具有较多荒诞神秘的色彩。小说的主人公是音乐指挥家孟迪，作品写了他在一场决定一生命运的演出过程中所遭遇的心理波折与最后获得的辉煌成功。"为了这一天，他等待了许多年。"然而演出之初却并不顺利，阿勃罗斯的交响乐《痛苦》气魄太宏大，结构太繁复了。第一乐章才演奏了头两个乐段，孟迪就开始产生心理障碍，感到乐团里所有的演奏家今天似乎都"喝了迷魂汤"，对他平时一再讲解过的那些细腻的要求和独到的处理竟然在音响上体现不出来。连第二乐章也只在平淡麻木状态中滑了过去。孟迪有了输到家的沮丧感，不禁冷汗淋漓。到第三乐章，情势突然发生意外的变化：舞台上飞来了一只黑鸟，沿着低低高高的曲线飞翔，自由而潇洒。它扑扇翅膀的声音融进了忧伤的音响，使孟迪的心热了起来，感动得想哭。而全体演奏人员的乐器，也随着鸟飞的高低疾徐而发出声音，时而低回盘旋，时而伸展高扬，时而摇曳不安，时而有历尽沧桑之感，显示出繁复丰富的千姿百态。第四乐章的演奏更转向情绪激昂，仿佛连番血战，千军万马厮杀，又似火山喷发，岩浆轰然而鸣。黑鸟快飞似梭，乐曲也如疾风，瀑布，闪电。最后，黑鸟像子弹一样冲向指挥头上的顶灯，玻璃灯罩砰然炸裂，整个交响乐曲也戛然而止。观众掌声如雷，演出获得空前的成功。孟迪从此名声大噪。后来的每次指挥，他都想起这只鸟活泼有力的飞翔。然而，这只鸟本身——无论是活着的，受伤的，或是死了的尸体，都踪影全无。指挥家孟迪事后为寻找这只鸟，几乎到了发疯的地步，甚至被人送进精神病院，治疗了很久很久。弥留之际，他仍然把枯瘦如柴的胳臂伸向天空，哭喊那只鸟，激动地说："我看见了，我看见了。"王蒙直到小说终结，都未明确点出那只鸟的由来以及它象征什么，只是为作品保留了一个神秘的、开放的、意味深长的完整结构。然而读者根据自己的阅读体验，仍会猜测，那黑鸟也许只是主人公的一种幻觉，它真实存在与否并不重要，重要的是它象征指挥家突发的电光石火般的艺术灵感，代表着指挥家对阿勃罗斯交响乐《痛苦》所包含的强烈激情经过反复把握、体验、契合而达到的一种痴迷的境界。所谓"神鸟"，正是艺术家的杰出才华、长期辛勤劳作，此刻又高度投入的综合体现。小说抒情性强，写得十分精彩，通过寓言，揭示了艺术创造活动中某些看似神秘却具有普遍意义的经验。

王蒙的说理型、智慧型的寓言小说写得更多，如《虫影》《冬天的话题》《来劲》《没有》《坚硬的稀粥》《郑重的故事》以及总题《欲读斋志异》的微型小说八篇。甚至连较早写的《莫须有事件》《风息浪止》《赛跑与摔跤》，我也倾向于将它们作为寓言小说来读。这类作品更加显示了王蒙的创作个性与艺术上独到的长处。

《虫影》《冬天的话题》写的都是过去年代较盛行而后来却未必不再发生的故事，都有若干言外之意。《虫影》写某单位中人们流行的一种莫名其妙总爱疑神疑鬼的心理。他们怀疑一位准备提升为局长的工程师头发有问题，该花白了却仍然乌黑，怀疑他是染的，是假的，怀疑他在搞鬼，在欺骗组织和群众。最后，连这位工程师自己也弄得六神无主，真的怀疑自己得了什么怪病，到这个医院、那个医院去做健康检查，吃够了各种各样的苦头。提升为局长的事，当然也吹了。事极荒诞，却又发人深思，令人想起“千万不要忘记阶级斗争”年代发生的数不清的根本莫须有的悲剧和闹剧，以及那种思维方式所留下的某种阴影。

《冬天的话题》里对阵的双方，争吵的竟然是洗澡应该在晚上还是在早上的可笑话题，并且因此几乎闹得势不两立。据说那位沐浴学权威朱慎独老先生认为晚上洗澡才科学，而经他推荐到加拿大留学归来的年轻学者赵小强，则在当地晚报上连载一篇《加国琐记》，其中提到了一句：“我国多数人的习惯是晚上入睡前洗浴。但这里人们(指加拿大人，引者注)更喜欢清晨起床后洗澡……”于是，经常出入朱老先生家的女青年余秋萍，在“更喜欢”三个字下面加上着重点，神情激动地向朱老报告说：“小赵公然跳出来反对您!”还说：“说实在的，早上洗澡与晚上洗澡，这并不是一件小事。他赵小强有什么？不就是去过一次加拿大吗？加拿大的月亮就比中国的圆吗？……为什么去过一次加拿大就以为自己了不起呢？为什么认为加拿大的沐浴方法就一定是正确的呢？……难道加拿大人不孝敬父母我们也不孝敬父母吗?”朱老先生高姿态地摆摆手说：“很幼稚的小孩子嘛，不必理他……”然而两天之后已是满城风雨，人们都传言“朱慎独生气了”“朱慎独说赵小强不知天高地厚”“朱教授说赵小强品质不好”……这些消息传到赵小强和他那帮“哥儿们”的耳朵里，他们也激动起来，有的甚至骂对方愚顽不灵，只配进“火葬场”。赵小强还清醒一点，制止了“哥儿们”的议论和攻击，肯定了朱慎独的业务成就和在当地提倡洗澡的功劳，认为朱是自己的“恩师”，有点误会，解释开就行了。谁知朱慎独连赵小强的电话都不愿接。原来“哥儿们”背后议论的那些话，朱老都知道了，因而大光其火，把赵小强训了一顿。随后，当地的好事者都添油加醋地分析朱、赵之间的“紧张”关系，称此事有复杂的背景，是“少壮派与元老派”“新党与旧党”“洋风与土风”难以调和的尖锐矛盾。社会上的流言，使朱慎独产生了一种悲壮情绪，他挺身而出，以“权威”的姿态找各方面的领导阐明这是一场大是大非的原则争论，是举什么旗、走什么路、迈什么步的问题！有些报纸、刊物还发表文章，暗中批评赵小强的说法，说：“我们决不能跟着洋人口味亦步亦趋”，“越有民族性才越有世界性”。一场事实上并未展开的争辩，却已闹得风雨如晦，鸡鸣不已。小说临结尾前，“赵小强觉得自己被放到了一台‘旋转加速器’上，越转越快，身不由己”。他想：

> 为什么有意义的和没有意义的争论最后都变成人事关系之争、变成勾心斗角之争、变成“狗咬狗一嘴毛”呢？为什么这种争论逼着你搞形而上学与绝对化呢？
>
> 为什么只要一挨上这种争论就像粘上胶一样地躲也躲不开，甩也甩不掉呢？
>
> …………
>
> 也许明天就好了吧？……

小说里这场近乎荒诞的所谓夜洗派和晨洗派的争论及其引起的风波，难道不正好概括和针砭了长期以来我们许多所谓“大是大非的原则性争论”(包括那些人为地制造的“学术批判”)所面对的状况和暗含的天机吗?

多义性与丰富性

王蒙的寓言小说所提出的问题多从现实中来，这点与赵树理的“问题小说”有些相似。然而赵树理的“问题小说”虽也充满幽默和风趣，却未免过于单一，过于就事论事，真切而失之简陋；王蒙的寓言小说则不但常带荒诞成分，而且概括面广，让读者联想和思考许多东西，具有“寓言”所特有的多义性与丰富性。一篇《没有》，用“你”来隐喻哲学上的“无”，竟从正面、侧面、背面启示出了多少道理和智慧！以《冬天的话题》为例，它告诉读者的就不仅是夜洗、晨洗两派争论的荒唐与绝对化，它启示人们去思考：地位高是否就意味着真理多？所谓“权威著作”是否等于终极真理？可否再提出不同意见？真正平等的学术争鸣应该怎样进行？小说还涉及形形色色的世态人情以及对人性庸俗、无聊、狡黠的深刻展示。朱慎独家的客厅里，就常聚集着一帮年轻人，“叽叽喳喳，嘻嘻哈哈，说来说去，离不开‘朱老’的七卷集(《沐浴学发凡》)。有的以善于背诵、诵起来一字不差而引人注目。有的以善于神聊、聊起来天南海北、云山雾沼，乍一听还以为跑了题，但最后都能归结为七卷中的某一卷某一页某一行某几个字(包括标点)，因而亦赢得朱老的青睐。有的结结巴巴，嗫嗫嚅嚅，但表达了一种对朱老的虔诚愚忠。有的口若悬河，难免油腔滑调，但绝未越雷池一步……”总之是众星拱月，百鸟朝凤，人们的时间、精力和智慧，都用到了拍马屁的“点子”上，仿佛此举是“人生战场上取胜的一条捷径”。而其中“处于率领群芳地位”的，就是那位“年龄似大似小，说话奶声奶气”的余秋萍女士。她似乎将拨弄是非当作了生活的乐趣。赵小强仅仅在纪实性文章里客观地提到一句加拿大人“更喜欢清晨起床后洗澡”，好事的余秋萍就断章取义给朱慎独打“小报告”。王蒙用皮里阳秋的笔法，点出了夜洗、晨洗两派论争得以兴起并且不正常地扩展的背景，从而针砭了中国(其实又何止一个中国!)的国民性，使寓言小说具有了更加浓厚的文化批评的色彩。《冬天的话题》还通过主人公之一赵小强阅读报刊上暗中批判他的文章，触及了某些舆论的混乱、不合理、自相矛盾、貌似爱国其实狭隘排外的逻辑：

> ……拿来了省一级的一本指导性刊物，刊物上有一篇文章是讲越有民族性才越有世界性的。文章说布鞋已经风靡北美，而某些中国人却非穿皮鞋不可，其实皮鞋是从西方传来的，在西方已经落伍了，目前在西方最走红的是“小圆口”“大方口”“千层底”中式布鞋，我们决不能跟着洋人的口味亦步亦趋。
>
> 文章还举了一个例子，说是“好莱坞”到中国来采购故事片，看了许多“新浪潮派”的电影，都不予理睬。因为在中国视为新的东西在人家那儿早就不新了，最后人家只看中了《七品芝麻官》，用重金买走了。
>
> 赵小强越看越糊涂，究竟是批判唯洋是瞻呢？还是提倡？究竟是要别人仿效洋人，还是反对人们跟着洋人的口味亦步亦趋呢？

这就把朱、赵间一场沐浴学上的无谓之争，提到了思维逻辑和思维方法的高度来认识，既显示了作者头脑清醒、视野开阔、思维圆融通达的特点，也大大丰富了作品的思想艺术内涵。从20世纪50年代批判胡适时起，“外国的月亮比中国的圆”就成了人们爱用的嘲讽“崇洋媚外”者的一句代用语。仿佛介绍一点外国人的看法，就等于“唯洋是从”。小说《冬天的话题》曾经别有意味地改名为《加拿大的月亮》，用意也许就在这里吧！

更有代表性的当然是《坚硬的稀粥》。小说借一个四世同堂的大家庭兴起膳食改革，可是改来改去依然回到原点的生动故事，隐喻了改革之艰难及其种种经验教训。儿子作为四代人中最年轻的一代，最易于接受新鲜知识，他提出的“彻底消灭稀粥咸菜”、增加蛋白质和脂肪摄入量、“让大家过现代生活”那套高论，自有某种合理性，却终因脱离实际、好高骛远而招致失败。“稀粥”在这里象征各种传统因素、习惯势力和古老生活方式等多层内容，它们由于其历史久远而具有不容忽视的坚韧性质；儿子让全家吃的牛奶面包等西餐，则象征一切愿望虽好、却昧于历史、急躁冒进、只知搬弄洋式教条、忽视客观具体条件的改革举措。小说借深知儿子弱点的父亲之口，发出慨叹：“四二一综合症下的中国小皇帝呀，他们会把我国带到哪里去?”这正是对那些主观莽撞、轻举妄动的变革行为的责备和提醒，它并没有嘲讽改革本身，更没有“影射”什么具体人物。那种把象征隐喻式寓言小说等同于特指的“影射”的看法，实在是尚未走出阶级斗争年代阴影、没有摆脱“文化大革命”式思维烙印的表现。小说通过儿子主持家政期间一场改吃西餐的风波，借第三代人父亲的思考，得出改革不能脱离具体物质条件的想法，这同样颇能给人启迪。吃西餐，“三天便花掉了过去一个月的伙食费”，长久这样做行吗？吃西餐失败后又实行四组分开做饭，这在十二口人只有一个灶的家庭内，又行得通吗？“各置一灶”吧，煤气罐供应不了那么多，连买个蜂窝煤炉都必须经过申请，加上住房狭窄，怎么可能做到？于是父亲恍然大悟：“不盖房子而谈现代意识、观念更新、隐私权云云，全他妈的是站着说话不腰疼的扯淡！”一点最平常的认识，要让上上下下全社会都认同，看来又是多么不容易！

小说里还有一个寓意颇深的竞选主持家政的场面，它由出国留过学的堂妹夫倡议。据说这是推行家庭民主改革的重要措施。每个参加竞选的人，都以“我怎样主持家政”为题作一番演说。而结果是：“无人响应。一派沉寂。听得见厨房里的苍蝇声。”人们“不约而同地心中暗想，竞选主持家政，不是吃饱了撑的吗？”徐姐更是十分反感，说：“做这些花式子干啥嘛！”选举的结果是：“发出票十一张，收回票十一张，本次投票有效。白票四张，即未写任何候选人。一张票上写着：谁都行，相当于白票，计白票五张。选徐姐的，两票，爷爷三票。我儿子，一票。怎么办？爷爷得票最多，但不是半数，也不足三分之一。算不算当选？事先没说。……堂妹说既然爷爷得票最多自然是爷爷当选，这已经不是也绝对不可能是封建家长意识而是现代民主意识。”这个极有意思的结果告诉人们：改革中摆花架子，实在是扰人害己，毫无益处。所有这些，都体现了王蒙思想的清醒、切实、圆通、深刻，也显示出作品犀利而多层次的批判锋芒。

幽默反讽透纸背

在寓言小说中，王蒙不仅充分动用了他的人生经验乃至神异想象的丰富资源，而且也将他特有的诙谐幽默的个性和调侃反讽的才能发挥到了极致。他自由挥洒，率性而行，或寄谐于庄，讽而不露；或寓庄于谐，正言反用；或有意夸张，令人忍俊不禁；或一针见血，却以温厚幽默出之。可谓灵活多变，意兴无穷。微型小说《欲读斋志异》中的《讲演术》《摩光尼国轶事》《奇才谱》诸篇，其寓意均在若有若无之间，有为而似无为，尤显得充满幽默和谐趣。

王蒙的讥讽有些只是微讽，不仔细体味甚至不易察觉。

在《冬天的话题》中，这样介绍《沐浴学发凡》的作者、权威人物朱慎独的现状："V市的日子越过越好，朱慎独的日子也越过越好，越过越有规律。他的七卷集很快要出新的精装本了，他用四个月的时间细细从头至尾校改了一遍，一共改动了七个字六个标点符号，同时对版式和字体字号提出了一些新的设想，还请余秋萍代为起草了一篇七百五十二字的重版后记。他的兴致很不错。余秋萍表示，《后记》完成以后她要开始《朱慎独评传》的写作，并要求朱慎独整理他从少年时代至今的系列生活照片，搜集他的手稿墨迹。朱老欣然而笑，口里却说着：'算了，算了，有什么意思！'"这里的叙述仿佛庄重认真，不动声色，连四个月"一共改动了七个字六个标点符号"也都作了交代，藏而不露的讥讽恰在其中，写尽了主人公意得志满之态。

赵小强在朱家碰了一鼻子灰，路上心不在焉，几乎被汽车撞上，回家看了国家领导人接见外宾的电视新闻，心情才稍觉舒展稳定。第二天上午，同事们与他谈起有关"沐浴学"的争论，赵小强此时已驱除心理阴影，较能应付裕如，小说用调侃的笔墨写道："赵小强从容地一笑，那笑容几乎赶上了接见外宾的水平。"调侃之中还略带同情。

在说明朱、赵两边都有一些人将"站队"当作押宝，"好比在旧上海或者现今的香港的跑马场上把赌注押在某一匹马上"之后，故事叙述人又改换一副声调说："另外有些比较机灵的人，他们不搞'站队'，而一心搞平衡。见到朱老是笑容满面，见到小赵是满面笑容。见到小赵是寒暄一番，见到朱老是一番寒暄。见到朱老是亲切愉快，见到小赵是愉快亲切。半斤八两，不差分毫，小心翼翼，不偏不倚。"作者用轻松简单的更换词语次序的方法，寄托了自己的幽默和对人性弱点的讥嘲。

《坚硬的稀粥》由于是家庭生活题材，诙谐、幽默、调侃、风趣之处更多，反讽之味亦浓。儿子在家庭会议上发表的那番高论，尤其因夸张变形而几乎令人喷饭。他从“咱们家吃饭不但毫无新意，而且有一条根本性的缺陷，碳水化合物过多而蛋白质不足”“发达国家人均日摄取的蛋白质是我国人均日摄取量的七倍”谈起，一直说到：“稀粥咸菜本身就是东亚病夫的象征！这是慢性自戕！这是无知！这是炎黄子孙的耻辱！这是华夏文明衰落的根源！这是黄河文明式微的征兆！如果我们历来不吃稀粥咸菜而吃黄油面包，1840 年的鸦片战争，英国能够得胜吗？1900 年的八国联军，西太后至于跑到承德吗？1931 年的日本关东军敢于发动九一八事变吗？1937 年小鬼子敢发动卢沟桥事变吗？日本军队打过来，一看中国人人一嘴的白脱——奶油，他们能不吓得整团整师的休克吗？”儿子的结论是：“稀粥咸菜不消灭，中国就没有希望!”于是，做父亲的“我”“一则以惊，一则以喜，一则以惧。惊喜的是不知不觉之中儿子不但不再穿开裆裤，不再叫我去给他擦屁股，而且积累了这么多学问，更新了这么大的观念，提出了这么犀利的见解，抓住了这么关键的要害，正是天若有情天亦老，人间正道是儿强！真是身在稀粥咸菜，胸怀黄油火腿，吞吐现代化之八方风云，覆盖世界性之四维空间，着实是后生可畏，世界归根结底是他们的。惧的是小子两片嘴皮子一沾就把积弊时弊抨击了个落花流水，赵括谈兵，马谡守亭，言过其实，大而无当，清谈误家，终无实用。积我近半个世纪之经验，凡把严重的大问题说得小葱拌豆腐一青二白，千军万马中取敌将首级如探囊取物易如掌都不用反者，早晚会在亢奋劲儿过去以后患阳痿症的！只此一大耳儿，为传宗接代计，实痿不得也!”儿子与父亲的话都用了一连串的排比句，而其意却相反：前者属有意夸张，类乎大话套话；后者虽一针见血却近乎玩笑，但玩笑中又包含着严峻的真实，既显示幽默，亦发人深省。这在荒诞性的寓言小说中，也增添了另类的趣味。

值得注意的是，《坚硬的稀粥》从头至尾，又贯穿着调侃的意味。小说在批评儿子的大话方面，虽带点玩笑，却又有实质性的尖锐。而在肯定稀粥咸菜方面，虽确是真话，却不免又包含着调侃。“只有稀粥咸菜永存。即使在一顿盛宴上吃过山珍海味，这以后也还要加稀饭咸菜，然后口腔食道胃肠肝脾胰腺才能稳定正常地运转。如果忘记了加稀饭咸菜，马上就会肚子胀肚子痛，也许还会长癌。我们至今未患肠胃癌，这都是稀饭咸菜的功劳啊!”像这样的话，难道我们能百分之百信以为真，而不认为含有一点调侃和自嘲的成分吗?

最后我还想讨论王蒙另外一篇非常重要的寓言小说《郑重的故事》中的幽默反讽内容。该篇小说讲述了这样一个故事：厄根厄里大公国(严按：大概地球上没有这样一个国家)的诗人阿兰，有一天突然接到朋友从飞机上打来的越洋电话，说根据可靠消息，他将是本年度戈尔登黄金文学奖的得主，奖金二百五十万美元。越洋电话被国家反间谍情报局录下音，报告到了首相府，于是首相代表执政党召集会议研究如何应对。鉴于阿兰有过某些同官方不合作的表现，智囊团分别制定出三种方案供首相选择：一为“积极欢迎”(即抢先授予阿兰本国文学大奖和名誉爵士头衔)，二为“坚决否定”(即向X国的戈尔登学院提出强烈抗议)，三为“低调处理”(即若无其事并淡化戈尔登文学奖的影响)。此时反对党也得到同类情报，制定了先拉阿兰加入反对党、抢先发表本年度戈尔登奖预测并借此打击执政党声誉的措施。阿兰自己却采取超然独立的态度，不受执政党与反对党任何一方的拉拢：首相虽然设盛宴款待阿兰，阿兰却仍然不买这位首相的账；反对党想拉他入党并利用他去攻击执政党，他也拒绝。达不到目的的两党，后来都在各自的报纸上攻击诽谤阿兰，棒喝派诗人也发泄自己的妒忌心理大骂阿兰，首相更指示外交部向X国政府和戈尔登学院提出严正交涉，谴责给阿兰授奖。终于，该年度的戈尔登黄金文学奖授予了与厄国持敌对态度的P国戏剧家W。整篇小说读起来确实有不少荒诞色彩并曾被编入《王蒙荒诞小说》集内，然而正像王蒙自己所说："荒诞大概可以算是幽默的孪生兄弟"(《王蒙荒诞小说·自序》)，《郑重的故事》因此也趣味横生，并且令人深思。小说的叙述过程充满了调侃、幽默、反讽的意味。像首相宴请阿兰一事，不但事先双方斗智斗力费尽心机，争着以迟到来显示身份，而且在宴席结束前以及各自返家后还出现了这样的极有意思的场面：

首相问道："阿兰先生对于今天的晚餐满意吗？"

对于这种具有某种施恩暗示的问话，阿兰老大不快，他悻悻地说："满肚子的杂七杂八，满脑子的空空洞洞。我想自杀。"

于是首相带头鼓掌，赞叹诗人出口成章，妙语如珠，振聋发聩，醍醐灌顶。全场随之鼓掌。

午夜，阿兰与莉莎(乃阿兰之女友——引者)回到了自己的住处。莉莎问阿兰对于首相的印象，阿兰回答说："一头蠢猪！"

秘书与局长助理把首相送到了官邸，秘书问首相对于阿兰的印象，首相叹了一口气说："唉，我这一晚上好比在耍一只猴子！"

助理说："大人治国平天下还不就是耍猴子！"

这里的对话真是妙不可言，然而更妙的还在言外之意是如此深长。同样有趣的是，戈尔登黄金文学奖颁给P国戏剧家以后，厄根厄里大公国舆论和国民有些什么反应？小说介绍道：

> 厄国公众是以对待国耻的心情来记住这一天的。特别是知识界，怒火中烧，口诛笔伐，重炮猛轰横扫，恨不得原子弹爆炸X国，将戈尔登学院夷为平地，干脆灭掉他们并重创P国才能出心中一口恶气。
>
> 包括那些压根就对戈尔登黄金文学大奖采取严厉批判态度或对阿兰采取一笔抹杀态度者，那些签名要求不要给厄根厄里人授奖的知名人士，也都愤怒起来。他们说："戈尔登奖发给某个厄国人，是别有用心；不肯发给厄国人，则是对于厄国的歧视，也是别有用心！发给P国人，尤其是别有用心！他们是多么坏呀！他们居然把大奖给这个也给那个，就是不给我们的同胞，暴露了他们歧视敌视无视厄根厄里的狰狞面目。"
>
> 同时人们嘲笑责骂P国，P国的W的作品有什么好？还不如厄国的阿兰阿猫阿狗呢。不就是仗着他们有钱吗？他们为了给本国争取戈尔登奖进行了多少活动！太可耻了。戈尔登也太势利眼了。

反正道理全让厄根厄里这帮巧伪之人占了：当初出于嫉妒或某种政治目的而反对将戈尔登文学奖授给阿兰的是他们，而如今拼命攻击戈尔登学院不肯把奖授予厄国人的也是他们。引出这些文字段落，就足以见出其中的嘲讽意味是多么辛辣，多么强烈！最后，小说通过厄国真正的民族英雄、伟大的老作家迪克的遗嘱，对厄国国民性进行了批评。迪克在遗嘱中说："我们的罪孽太大了。我们的罪孽还要一个？半个？四分之一个世纪才能罢休？我们什么时候能够做一点反省而不是只会怒气冲冲地咒骂旁人呢？什么，什么时候冷静和理性能够代替少见多怪一触即爆？……"这大概也正是作者王蒙发自心底的声音。记得两三年前的一个小型聚会上，当谈论到诺贝尔文学奖的评奖引起的种种复杂反应时，曾有人问王蒙有什么看法？王蒙笑着回答："建议大家去看看我在五年前写的一部小说《郑重的故事》，因为那里面已经表示了我对评奖的看法。"可见他是多么敏感，对人性的病态和政党政治本身的问题了解得多么深刻！正是从这个意义上说，《郑重的故事》应该是王蒙很得力的一篇代表作。

从《檀香刑》看莫言小说的贡献*

2012年10月11日对中国文学家来说无疑是个好日子，这一天，瑞典文学院对首位中国籍作家敞开了诺贝尔文学奖的大门。这不仅是莫言个人的无上光荣，也使许多中国作家分享了一份难得的喜悦。

《檀香刑》是莫言艺术成熟时期精心结撰的一部颇具独创性的长篇小说，前后写了五年。它与莫言许多作品一样，也以高密东北乡作为地域背景，而故事的年代则大不相同：向前推移到了戊戌变法失败、八国联军入侵的庚子年间。可贵的是，即使进入了自己较为陌生的历史题材领域，莫言依然肯下苦功夫，尽可能多地占有史料，以求把握好几位历史人物的性格和经历，终于如鱼得水地发挥了他擅长说故事、十分讲究结构布局的长处，让读者打开书就舍不得放下。

小说的情节主线是：高密马桑镇上一位茶馆老板孙丙在妻子受到两名德国技师调戏与侮辱时，用棍子打死了其

* 原载《中国现代文学研究丛刊》，2013年第4期。2013年3月24日写毕。

中一人，于是招致德国军队对中国乡民二十七人的报复性屠杀。妻儿均已亡故的孙丙，投向了义和拳率众抗德。山东巡抚袁世凯与德方总督克罗德坚决要求高密县令钱丁抓捕孙丙，并由刑部原头号刽子手赵甲对之施以持续三天名为“檀香刑”的“天下最残酷的刑罚”（钱丁语）。

莫言自己在《文学与我们的时代》一文中曾经说，他之所以要写晚清的酷刑题材，其实也是由当代现实生活的感受所触发的。举例说，“文化大革命”中张志新因“思想罪”入狱，遭到残酷迫害甚至被割断喉管，就使莫言很受震动，而恰恰一些当事人反倒对此类“巨大的罪恶”缺乏反思。这自然与改革开放前的三十年中人们法制观念的淡薄有关。鉴古亦可知今，所以莫言说：“这部小说看起来是写历史，实际上还是写现实，从现实生活中受启发，不过借清朝的旧瓶装了时代的新酒。”

《檀香刑》全书由首、中、尾三大部分组成，首、尾两部分每章均由一个特定人物出面言说，中间部分各章则统一使用第三人称进行描述，真正吻合“凤头”“猪肚”“豹尾”的传统审美要求。这是莫言继《红高粱家族》之后在叙事人称变革方面所做的新探索。书中“凤头”部分的前四章，写得尤其精彩。以第一章为例，通过女主人公孙眉娘的一番“浪语”，就向读者巧妙地介绍了本书三个最重要的人物——她的三个爹：公爹赵甲、亲爹孙丙、干爹钱丁，实际上提调起了故事矛盾的总纲。而全章起头一段就说到她与公爹势不两立的那番话语，初读不免令人感到奇异与吃惊：

> 那天早晨，俺公爹赵甲做梦也想不到再过七天他就要死在俺的手里；死得胜过一条忠于职守的老狗。俺也想不到，一个女流之辈俺竟然能够手持利刃杀了自己的公爹。俺更想不到，这个半年前仿佛从天而降的公爹，竟然真是一个杀人不眨眼的刽子手。

俺公爹头戴着红缨子瓜皮小帽、穿着长袍马褂、手捻着佛珠在院子里晃来晃去时，八成似一个告老还乡的员外郎，九成似一个子孙满堂的老太爷。但他不是老太爷，更不是员外郎，他是京城刑部大堂里的首席刽子手，是大清朝的第一快刀、砍人头的高手，是精通历代酷刑、并且有所发明、有所创造的专家。他在刑部当差四十年，砍下的人头，用他自己的话说，比高密县一年出产的西瓜还要多。

其实，这是一个很漂亮、很吸引人注意的开头，它首先在读者心中留下的是强烈的悬念：到底发生了什么事，才使儿媳决心要去刺杀公爹？性急的读者总想尽早知道。继而又会从文字的叙述语调中让人领悟到：这也许就是作者为整部《檀香刑》所做的点题之笔——提示读者注意酷刑的无比残忍与可耻。就在第一章的末尾，赵甲不是曾经"骄傲地"向着儿子和媳妇宣告过："你爹我没当过官，但你爹我砍下的戴红顶子的脑袋，能装满两箩筐！你爹我砍下的那些名门贵族的脑袋，也足能装满两箩筐！"其气焰之嚣张，不是很令人震惊吗?!

这样一个嚣张、傲慢而又刁钻的赵甲，自然不会把进士出身的知县钱丁放在眼里。钱丁派衙役传赵甲到高密县衙门去相见，赵甲的回答是："回去告诉你们钱大老爷，就说俺赵甲腿脚不便，不能从命!"他自恃十七岁就腰斩了偷盗库银的库丁，未满二十岁就当着咸丰帝的面，帮同头号刽子手用特制的"阎王闩"将盗卖宫中"七星鸟枪"的太监箍得脑浆喷射，到六十岁时还凌迟了刺杀袁世凯的刺客，为袁大人出了口气。所以，当一个差役用嘲弄的口气问赵甲"是不是还要让钱大老爷用轿子来抬您?"时，这位刽子手公然回答："最好是这样。"作者莫言正是善于抓住机会，出色地表现了赵甲与钱丁之间这场尖锐的戏剧冲突，并将双方性格富有深度地展示出来。尽管钱丁是个县令，赵甲只是一名退休的刽子手，但因赵甲在己亥年（也就是光绪遭幽禁，维新人士被杀害的第二年）获得过慈禧太后一串佛珠和光绪帝一把空椅的赏赐，更因为还有袁世凯这位巡抚大人的庇护，所以总是能在交锋中挫败钱丁。不但两次让钱丁向他行三跪九叩的大礼，而且还要追究钱丁打人耳光的罪责，再三当着袁世凯的面要钱丁向他下跪赔礼，并交出二十两银子的罚金给他补牙。可以说，钱县令在这场纠葛中落了个一败涂地，在上司面前更是惶恐不已，恨不能钻入地下。“小甲傻话”与“钱丁恨声”两章，不但精彩地写出钱、赵间这场戏剧性的矛盾冲突，点出钱丁虽然豁达正直却又书生气十足、不免略显软弱迂腐的个性，暗示了他个人最后的悲剧结局。赵甲坐在光绪龙椅上接受臣子三跪九叩之礼，县令钱丁本可办他个“欺君”之罪。因为，“皇上”赏赐一把椅子，原意仅在让受赏者回家供奉，“见物如见君”，不忘“皇恩浩荡”，岂能容他以此冒充皇上（袁世凯向龙椅下跪叩首时，赵甲就不敢坐在椅上）！而钱丁对赵甲的嚣张与放肆竟未能有力击中要害，终使自身在交手中陷于困境。

应该说，《檀香刑》中所写的戏剧性矛盾冲突相当丰富，有多种类型。上述知县与刽子手之间的矛盾冲突是一种，第五章所写钱丁与孙丙两位美髯公之间“斗须”较量则又是一种。这章写得非常风趣，刻画了孙丙与钱丁两个文化教养相差很大的人物间的不同性格：孙耿直而有点粗野，钱爽朗而不失宽厚。这种故事在生活中大概很难发生：一个知县老爷怎么可能与平民百姓比赛谁的胡须长得更美，而且是在大庭广众面前，众目睽睽之下，知县的威严岂不要扫地净尽！平民百姓又何来这个胆量！这个情节只能说是作家莫言的精彩设计。莫言之所以要设计这段情节，除了想充实钱、孙二人的形象塑造外，另一个更重要的意图是想让孙眉娘这个民间女子以赛事裁判人身份在县太爷钱丁跟前露面并搭上日后的爱情关系，成为“干爹”和名义上的“干女儿”。这类戏剧性的矛盾冲突在小说中还真不少，而且大多相当成功(连阵前交换俘虏都出现了意外的戏剧性场面，最后押赴刑场前竟又从牢中提出两个孙丙争抢着受刑，等等)。足见莫言想象力之大胆、丰富与奇特。

其次，《檀香刑》在刻画复杂的人物、复杂的性格方面，成就也是很高的。小说中的主要人物，全是多色调的、有独特意味的。莫言“不是用作家的思维来决定小说和故事的发展方向，而是用人物的思维、人物的性格来决定这小说的故事走向”①。即使像赵甲这种被钱丁骂为“畜生”的刽子手，他也有自己的逻辑走向。他和后来被处死的“六君子”之一的刘光第(刑部主事)，也曾从光绪二十二年乞讨腊八粥时相识，建立起较长时间的友谊，临刑时也尽可能让刘的痛苦减少到最低限度。而钱丁这位被乡贤视为清廉的县太爷，对有些事务的处置却也明显失当。像小甲所说的“东关油坊里小奎对着他的轿子吐了一口唾沫，就被两个衙役用铁链子锁走了。半个月后，小奎的爹找了人作保，卖了二亩地，才把小奎赎出来。可小奎的两条腿，已经一条长一条短，走起路来一撇一撇的”，这显然是小题大做，严重伤害到了百姓个人的利益。虽然这类缺德的事也可能只是衙役自作主张、狐假虎威造成的，知县钱丁并不知道，但他至少也负有对下属管理存在重大疏失的责任。莫言显然注意到了各种人物内在的复杂性。

然而这种情况并不意味着莫言笔下消失了各类不同人物的本质界

① 《文学与我们的时代》，2011 年 12 月 2 日莫言在香港中文大学的讲演，载香港《明报月刊》2012 年 11 月号。

限。物以类聚，人以群分，这句古老谚语在一定程度上还是有道理的。我们不妨读一读赵甲在受袁世凯之托即将对孙丙执行檀香刑前一段有关袁大人历来与刽子手们交往的回忆，品味一下其中体现出的袁、赵二人各自的心声：

> 二十三年前的袁大人还是一个嘴上没毛的英俊少年，跟着他在刑部大堂当侍郎的叔叔袁保恒经常地出入衙门。闲来无事，袁大人就跑到刽子手居住的东跨院里来，与咱家拉呱扯淡。大人哪，想当初您对这杀人的行当十分感兴趣，您对当时还健在的余姥姥①说："姥姥，您收俺当个徒弟吧！"余姥姥惶恐地说："袁公子，您是拿小的们开心啦！"大人，当时您严肃地说："不是玩笑！大丈夫生于乱世，抓不住印把子，就要抓住刀把子！"
>
> "赵姥姥，活儿干得不错！"袁大人的话打断了咱家对往事的回忆，他老人家的声音仿佛从钟里发出，嗡嗡嘤嘤，动人心魄。
>
> 咱家知道这个活儿(指凌迟刺客钱雄飞——引者)做得还行，没有给刑部大堂丢脸，大清朝里能把凌迟刑做到这种水平的目前也就是咱家一个，但在袁大人面前咱家不敢拿大，咱家虽是小人物，也知道领导着大清朝最新式最精锐部队的袁大人在朝廷中的地位。咱家谦虚地说："做得不好，有负大人厚望，还望大人海涵。"
>
> "赵姥姥，听你的谈吐，倒似个读过书的人。"
>
> "禀告大人，小的大字不识一个。"

---

① "姥姥""大姨""小姨"，乃刽子手行当里的称呼，据说是清代刑部狱押司四名在册刽子手按年龄、资历、手艺排出的次序。

“明白了，”袁大人微笑着说，他突然换上了一口河南腔，就如脱掉了官服，换上了一身土布棉袄，“把一条狗放在衙门里养十年，它开口也是之乎者也。”

“大人说得是，小的就是刑部衙门里的一条狗。”

袁大人爽朗地大笑起来，笑罢，他说：

“好啊，能够自轻自贱，就是一条好汉！你是刑部的一条狗，本督是朝廷的一条狗。”

“小的不敢跟大人相提并论……大人是金镶玉，小的是鹅卵石……”

赵甲这个刽子手在袁世凯面前应答得何等机敏，又何等得体；而袁世凯在赵甲这类刽子手面前又是多么坦诚，多么不加遮掩。他们称得上是几十年的“知交”。他们两人真是同声相应，同气相求，都对这杀人的行当十分感兴趣，都对于印把子、刀把子一刻都不放松。他们在私底下可以称自己是“狗”，一有机会则绝不放过自封“皇上”，即使片刻也不肯放过！至此，我们才真正理解了当钱丁向龙椅下跪叩首时，赵甲为什么要坐在椅子上；也真正懂得了袁世凯已经当上了民国时代的总统，为什么到 1916 年还定要称帝。这段回忆与对话，真可说是精彩之极，深刻之极！

再次，我还想谈谈《檀香刑》在乡土风俗画描绘方面的突出成就。这正是作者下了许多功夫而且有独特建树的地方。请看第十五章怎样借眉娘之口谈起高密的叫花子节：“八月十四日，高密县的叫花子是老大，俺干爹的仪仗碰上了花子们游行的队伍也要悄没声地把路绕。往年里花子们抬着一把藤条椅，椅子上坐着朱八老杂毛。头戴着红纸糊成冲天冠，身穿着明黄缎子绣龙袍。如果是贫民百姓小官僚，胆敢如此的打扮，那就是图谋不轨，小命儿十有八九要报销。但这样的僭越服装穿在朱八身上什么事情也没有，叫花子自成王国任逍遥。”“俺的丈夫小甲，比过节的叫花子还要欢乐。一大清早就起来，猪也不杀了，狗也不宰了，跟在叫花子的队伍后边，手舞足蹈，一会儿跟着人家唱，一会儿跟着人家学猫叫。唱猫腔俺家小甲不在行，但学起猫叫来，那可是有腔有调。俺小甲学猫叫，一会儿像公猫，一会儿像母猫，一会儿像公猫叫母猫，一会儿像母猫叫小猫，一会儿又像那走散了的小猫叫母猫，听得人鼻子发酸泪汪汪，好似那孤儿想亲娘。”这些描述都与小说的情节主线紧密联系，而且用了猫腔戏里的许多词句和唱法，显得极其亲切生动。莫言的小说，让山东高密在各地读者心目中变得非常可爱，读者不仅知道了高密，而且在感情上亲近了高密，感受了它的魅力。这是莫言的乡土风俗画带来的出色效果。

这里的风俗画，自然是广义的，不仅是视觉艺术，也包括听觉艺术，包括猫腔戏这种高密一带特别流行的声音艺术和表演艺术在内。整部《檀香刑》，运用和吸收了大量猫腔戏艺术的成分。在第十六章中，孙丙临行前就大讲了一番猫腔戏的历史，还作了许多即兴演唱。他对在囚牢外监听的知县钱丁说：“你听听也好。你不听猫腔，就不了解俺高密东北乡；你不知道猫腔的历史，就不可能理解俺们高密东北乡人民的心灵。”这不仅是人物孙丙的看法，也代表了作者莫言的看法。

莫言的“乡土风俗画”，其实也把瑞典文学院评语所说的“以幻觉的现实主义融合神话、历史与当代”的内容都包括进去了，因而在艺术上弥漫着一层或浓或淡的魔幻的氛围。如果说眉娘因孙丙被关入牢房而极度忧虑爹的命运，夜晚做噩梦，白天也在“仿佛中看到爹的头在街上滚动，一边滚动着，还一边唱戏”，时而又看到“爹的头泡在周聋子的水桶里。桶里的水，变成了红殷殷的血，俺闻到了一股热烘烘的血腥气”——这些都是眉娘的幻觉的话，那么，到“小甲傻话”一章里，就容纳了一些民间故事。小甲最初听娘告诉他的虎须这种宝贝，就是一种民间传说。据说，老虎满嘴胡须，其中一根最长的，是了不得的宝贝，谁要是得了这根宝须，带在身上，就能看到人的本相。小甲做梦都想得到这样一根虎须。后来，果然通过老婆弄到一根金黄色的须毛。而且在最最虔诚的心态下，终于看到他爹赵甲是一头黑豹，他老婆是一条白蛇(跟白素贞一样善良)，钱大老爷是一头白虎，袁世凯是一只鳖，刁师爷是一只尖嘴的大刺猬，两个衙役是两条灰狼……也看到了黑豹与白虎之间互相绕着对方转圈圈，谁也不肯示弱。如果从象征意义上来理解民间故事中的这一切，确实也非常有意思，增添了许多迷人的读趣。

莫言小说并不回避对生活复杂性、残酷性的描写，有相当严峻的现实主义，却还常常透露出路翎作品中那种野性和原始生命力，蕴含着一种内在的对黑暗的反抗和信心，拒绝冷漠，摈弃绝望，这些都与他从民间吸取了坚韧的力量有关系。

《梅村心曲》漫评*

遥远处，幽幽地传来几声午鸡的昼啼，宛如雨雾里的精灵，在唱着一曲不知名的短歌……

——《梅村心曲·秋暮》

作为大陆读者，我们读中国台湾作家写当地的作品，总会带有几分猎奇的眼光，总期待着从中发现一些奇异的边地色彩。但实际上，这种期待在面对那些以都市生活为背景的作品时往往落空，都市化的趋同潮流，使两岸作家越来越具有相近的思路、心绪和共求手段。谢霜天女士的三卷本长篇《梅村心曲》是一部写乡村的小说，乡村的地域文化面貌常常是鲜明的，这部小说也确实写出了亚热带岛屿的特有风光和客家山村的独有风俗。

然而，在读完整部小说之后，透过这些地方色彩，我们既惊讶又不无欣慰地发现，作者笔下的台湾乡村生活，

* 原载《两岸文学互论》，中国台湾，智燕出版社，1989。本文系严家炎与李书磊先生合作写成。

素梅、阿桢、美贞这些辛勤劳作的乡村人物，都使我们觉得那样熟悉而亲切，并没有感到丝毫的遥远和陌生。毕竟乡土是中国的乡土，农民是中国的农民，作家透视生活的角度也完全是一个中国作家的角度。

小说作者对中国农民生存状态的深刻揭示，重重地触到了我们民族生命的痛处；读完小说，那种猎奇的阅读期待被一种肃穆的文化认同感所取代。

从整体来看，这部小说是一部厚重的写实主义作品。从青春时代的出嫁到子孙绕膝的暮年，小说以写实主义的沉着，完整地叙述了乡村妇女林素梅大半生的生命史。作者本分地运用平铺直叙的线状结构，把几十年间的岁月一幕一幕地从容写来，给读者一种朴素而踏实的感觉。

作者选择了这种有类于欧洲教育小说式的结构方式，并以深厚的功力，娴熟地驾驭了它。在对林素梅大半生历史远与近、略与详的处理上，作者把一幅幅生动的生活画面得当地拼接起来，既不使情节发展受到滞阻，又不损害小说艺术所要求的细节丰富性。小说结构的成功显示了作者文学才华的成熟。然而，小说结构所显示的意义绝不仅仅局限于情节组织本身。用心体味本书就不难发现，这种结构方式和由此带来的缓慢的小说节奏，正应合了素梅作为一个乡村妇女性格描写的需要。

中国乡村生活是封闭而单调的，它较少提供复杂的情节线索和骤然的背景变换，乡村人物往往一生就经历那么一个漫长而单纯的故事，其命运的戏剧性往往是在生活内容无尽的重复和岁月长久的剥蚀中显现的。作者选择这种结构，体现了她对乡村题材固有艺术特性的深刻理解，体现了她敏锐的艺术直觉。也许，从艺术完美的角度看，一种结构必然对应于某一种题材，对应于某一种理解生活的思路，并且这种对应常常具有唯一性。

素梅由开始时向母亲撒娇的天真少女，变成后来满头白发的祖母，小说传记性结构所完成的这种形象对比，显示了深厚的人生积淀。小说从素梅的出嫁写起。出嫁对一个女性来说，意味着对生活的归位，是一种根本性的人生转折。然而，在这个将影响素梅今后人生的重大事件中，她自己竟完全是被动的，无可奈何的。夫家婆母生病这一个偶然因素，就在素梅毫无准备也并不情愿的情况下决定了她出嫁的日期。“反正定了亲，就是吴家的人了，早嫁慢嫁都一样。”(《秋暮》第10页)

命运对一个乡村女子来说，就是这样的漫不经心而又不可抗拒。甚至“坐花轿出嫁”这种乡村古老的风俗，今天看来似乎也带着某种象征意义：蒙着盖头盲目而茫然地坐在花轿里，由别人抬着来到一个别人替自己选定的陌生地方，并在那里扎根。花轿仪式就是命运的一种演示，“此刻，素梅坐在黝暗的轿子里，身体随着轿夫的步伐而颠摇”(《秋暮》第14页)——生活的变迁就如这样的不由自主。就连刚刚出嫁后那段快乐的生活，也完全是意外得来的：不曾想会遇上那样明理的公公、温厚的婆母，那样亲近的小姑和那样可心的丈夫。所以素梅那时首先感到的是庆幸和对那种冥冥之中主宰力量的感恩：

在晚霭下踏进观音宫，两人手捻馨香，虔诚地顶礼膜拜，然后跪在蒲团上，仰望隔着青烟缭绕的慈佛面容，喃喃地祷告。

踏出宫门，阿桢问素梅：

“你刚刚向菩萨祈了一个什么愿?”

“我没有祈愿，只是诚心诚意的感谢。”

“感谢什么?”

“我能有今天的福气，不都是靠菩萨的保佑吗?”

自我选择的天地是如此狭窄，自我决定的力量是如此渺小，人生在那种巨大的外部力量左右下，显得单薄而苍白，只有靠不可知命运的偶然赏赐和对这命运“温顺”地依从，才能战战兢兢地获取那么一点人生幸福。于是这种幸福变得如此可怜，变成了一种使人黯然伤神的悲惨。在对中国农民命运本质的发掘上，没有比对这种“幸福”虚幻性的揭示更怵目惊心的了。

正是这种对幸福的幻象和素梅依从命运的被动性格的充分描写，从而反为后来素梅命运的变换和形象的转折做了有力的铺垫，产生了强烈的对比效果。在整部小说中时时可以见出作者有这种不着痕迹的匠心；也许一个成熟作家对小说情节的设计，哪怕是不自觉的设计，都如这样很自然地暗合着艺术规律。

小说中，在素梅短暂的“幸福”之后，苦难作为中国农民的命运真相随即显现。紧接着“美丽的远景”一章的，就是“病痛”“煎熬”和“失去凭藉”三章。素梅的丈夫阿桢患病，乡村医生甚至无法确诊，素梅不得不眼睁睁地看着至爱的亲人慢慢死去；接着是儿子也因在乡村条件下无法及时医治的脑炎而在自己怀中夭折。人的生命在自然严峻的包围下显得这样的脆弱，生和死的界限只有一纸之隔。而致命的天灾并不到此为止，大地震震倒了赖以栖身的房屋，大水灾和台风又毁坏了供给衣食的田园。而同时中国农民世世代代无法逃避的苦难——苛政，也一无例外地降临到了素梅头上，“献金运动”“正条密植”“捐献金属”和强行征粮，使素梅全家陷入饥馑和贫困之中。这一切之外还有可怕的战争，频繁的空袭夺去了全家人和平的生活。这种接踵而至的天灾人祸，在中国特有的社会状况下变成了使人绝望的残酷，这种残酷奠定了素梅大半生的命运。这其实也是世代中国农民的共同命运。小说的这种描写不禁使我们想起了诸如“三吏三别”这样的中国古诗——素梅的形象因此也获得了一种典型意义。作者正是在这种苦难背景下凸现素梅性格的。

作者意味深长地把小说的主人公选择为一个女性，女性是人类中柔弱而温情的群落，女性的柔弱和命运的残酷在素梅性格的塑造中形成了强烈的戏剧性反差。青春是易逝的，幸运是短暂的，对未来的希冀也是虚幻的，只有无休止的生的痛苦，才是永恒的、真实的。站在这无望的人生荒原之上，死或者生，逃避或者反抗，就成了无法回避的选择。正是在苦难的压迫之下，素梅由一个本来听天由命的、盲目生活着的农家少妇，开始了自己生的自觉。凭着生命那种向上的本能，凭着在否定生存的环境中顽强生存的种种记忆，素梅选择了生，选择了反抗。她作为一个人的形象因此得到确立，她作为一个小说人物也因此获得了光彩。

我们不难发现作者在这里投入了自己深挚的人生激情，外化了自己所信仰的人生哲学。人生真正的境界就是对自我麻醉性的精神寄托的丢弃，就是勇敢地直面惨淡的现实，从自己内心深处唤醒一种顽强的支撑力量，在命运沉重的打击下不屈服地保持自己“人”的尊严。小说的字里行间流露出了作者这种鲜明的倾向。

素梅在丈夫猝死之后，开始与作为命运化身的“上天”决绝：“从朝至暮，从夜晚到出殡，素梅已经声嘶力竭，浑身虚软，一切动作都任人摆布，而心里却一直悲郁地向上天抗议着。”（《秋暮》第 159 页）当她的爱子夭折时，她最后看清了命运的无情，完全把命运的支撑点放到了自己身上：

二十六岁的素梅，在丧夫失子的沉重打击下，外貌改变了许多。她的眼瞳严肃而深蓄，带着幽怨；她的嘴唇闭得更紧，益显得周匝的棱形；她的衣带渐宽，身材渐瘦，但是，她的背脊却挺得愈直。（《秋暮》第221页）

这段描写，尤其是“背脊却挺得愈直”这一笔，有力地推出了一个命运反抗者的形象。

在西方文学中，对命运的反抗总是伴随着激烈的内心冲突和精神拷问，带着不可治愈的深深的灵魂创伤，因而也总是意味着巨大的心灵痛苦和不平衡，使人总觉得蒙着一片精神病态的阴影；因而在那种氛围中，对命运的反抗同时也是对正常人生的一种背离。但在《梅村心曲》中，素梅对命运的反抗则避开了那种毁灭性的悲剧感，避开了那种宿命式的绝望与紧张，而归结为一种世俗的、坚实的生活态度，表现为对于现实人生的再造，甚至仍然能够保持心灵的充盈和对快乐、对生活情趣的丰富感知。

两年来痛苦的遭遇，低沉的情绪，想不到在这环境大变动之际，慢慢地平复下来，终于又再度从操劳中体会到快乐。瞧瞧！由于人类意志的充分表现，一块原是芜杂的荒草地便成了旷爽的平土，这边凿痕还新，那边又已掘深了地基。尽管玩弄世人的天灾地变，仍可能在远远的来路上窥伺着，但人类不会灭绝，人力也永远不会被击倒。（《秋暮》第255页）

在与命运的殊死搏斗中，保护自己情感的健康与生命的完整，拒绝那种与命运同归于尽的悲剧英雄式的极端主义精神，让生命的顽强与强大体现为明朗的达观，也体现为持久的坚韧，这就是素梅形象所包含的深刻的人生内涵。也许，在小说的结尾处，那段以人物思绪的面目出现的精彩议论最能切中整个作品的题旨。

> 悲往、悼逝，换来的只是一阵徒然的喟叹；激情、欲望，得来的只是更多的空虚和不足。她但愿今后此心如持平的水，宁静、欣悦而圆融地度过人生，这样，每一个时日，岂不都是良辰美景？（《春晨》第 281 页）

在经过了大半生苦难的历练之后，素梅达到了这样的人生境界；其实，这种平和而积极的境界，也正是素梅在与苦难命运的搏斗中渐渐形成的。相比之下，像西方文学中那种以死来战胜命运的悲剧模式，就显得过分沉重而阴郁了。作为生物个体，死得无论多么壮烈，都是生命的终结与失败，而《梅村心曲》则把人生探求的目光投向了生：在残酷命运的笼罩之下，坦然而从容地完成自己的人生过程，这才是真正的、最后的胜利。那种“天赐”的“幸福”总会失落，而这种幸福才会牢牢地掌握在自己手中。正是在这一点上，《梅村心曲》超越了个体生命探索的狭窄视界，达到了对整个中华民族生存状态的省察，获得了融会民族文化的意义。

素梅就是一个典型的中国人，她迎接苦难、设计人生的方式也完全是一种中国方式。她的这种典型性不仅体现在作者对她大量的写实描绘中，就连她的名字也带有画龙点睛的点题作用：“梅”历来是中国人所期许的自我象征物之一(这不禁使我们想起小说中素梅的公公、乡村秀才吴传仁一定要把小村子命名为“梅岭”“梅村”，除了纪念故乡梅县之外，寄托的也正是这层意思)，与“松”和“竹”并称“岁寒三友”。“岁寒”对应着中国人命运的苦难与残酷，而在严寒之中“松竹梅”仍能保持固有的青翠与娇妍，则表示了中国人以更美丽的“生”来对抗苦难命运的人生理想。从文化渊源的观点看，这种精神非道非儒又亦道亦儒——它实际上是我们民族文化在具体的人生实践中的综合。

掩卷沉思，我们自然联想起我们这个龙的民族，千百年来在深深的痛苦中执着地寻求光明、寻求幸福的生存历史，我们为这种如临眼前的命运图景感到一种久久不能平静的惊心动魄。不管你今天站在什么立场上对我们民族的生存精神做出什么样的评价，你都无法否认它所包含的人类善与美的巨大力量。而谢霜天女士的《梅村心曲》，在对这种生存精神省察的同时达到了对它热烈的张扬；也正因为如此，这部小说才引起我们强烈的共鸣。实际上，也就是这种共鸣，构成了我们评论这部小说的基调。

正是由于作者对中国人生存精神透彻的了悟和由衷的欣赏，所以这种精神不仅投射在作为对象化人物的素梅身上，而且也深深地浸透在作者自己的心灵和情绪之中。这种精神在小说中化为一种艺术状态，这就是那种深长的韵味。那池塘岸清晨时的浣衣，园圃中晴光下的劳作，晚餐时刻一家老小的闲谈，甚至小猪的顽皮、母鸡的抱窝这些农家生活的平常细节，在作者写来都带着流连不舍的细腻，展示出盎然的生气。这种韵味贯穿全书，它不仅表现在对农家生活情趣的发现上，更重要的是它还营造了一种小说气氛。即使在对苦难生活的描写中，韵味依然存在。事实上，也正是穿插于对苦难命运的展现中，这种韵味才愈显示出它真正的价值，因为它实际上代表着作者作为一个民族艺术家观照苦难、对待苦难的态度，代表着中国人所理解的对苦难的战胜。

作者一个片段一个片段地写来，每个片段都显示了各自的光彩，都有些韵味写出来；尽管作品的韵味作为一种情绪无法确切引证，但每一个读者都会从小说中分明地体味出来，体味出那种深情而又活泼的人生内容。也许，读者从这部小说中所受到的感染，与其说是那种情节式的故事传达的，毋宁说是这种情绪式的韵味传达的。作者对日常生活中每一个细节的生发，都流露出了对世界、对人、对生命中哪怕是每一刻平凡时光的深深眷恋；这一切看似平平常常，但这平常中却大有深意地蕴含着不平常的东西。这种韵味，也就是中国人特有的那种坚强不屈，同时又细致入微的乐观主义，所散发的艺术气息。

小说的这种特征，使读者很自然地记起中国现代的另一位作家废名，会想起废名的《桥》《桃园》《菱荡》等一系列小说。废名的小说中也含有韵味；但对比之下，废名的小说毕竟太散、太稀薄，而谢霜天女士这部小说中的韵味则显出了丰盈的饱满。这大概是因为女性天生有一种人间化、日常化的倾向，不像废名那样的男性作家去捕捉一些过分玄妙的东西。

也同样与这种中国式的乐观主义和与之相连的心灵的丰富性有关，谢霜天女士在这部小说中表现出了对自然、对景物特有的感知与领会。只有对生命持一种圆融态度的人才会对自然有那样充分的关怀，才会对自然有那样的愉悦或悲伤。作为一种哲学，人心与自然神秘的交流，在小说中化为情景交融的意境。在很多处情与景相互融会、相互交通中，形成了浓厚的艺术氛围。写素梅在摆脱烦乱心绪后豁然开朗的感觉：

> 素梅矛盾的意念顿时被引入杳远的空际，抬望眼，一行南翔的候鸟拍着羽翼，虎虎有声地掠过屋宇，投向双峰山上的蓝天。

（《春晨》第 227 页）

写素梅早晨外出时的心情：

> 迎面一大片绿茸茸的禾秧，在晨风轻抚下漾着温柔的波纹，自远远的山脚荡过来，戛然停顿在小溪旁。溪岸鹅卵石上，妇女们圆厚的肩背，因搓洗衣裳而有节奏地起伏着，清脆的笑语声顺风拂向她的耳畔。（《春晨》第 273 页）

在这里景色变得有情了，蕴含着一种生命意象，与人的心理状态浑然一体，烘托出了蓬勃的生机。即使用景色来衬托伤感的气氛，也因为人与自然的合一而透露出来健康的底蕴。如素梅母子在夜晚山地里的那场谈话：

> 阿彬更是哭得“嗬嗬”的抽噎着，忍不住倒到素梅怀里来。母子两人便在这万籁有声的幽谷中，沐着淡白色的月光，相拥而泣，不必担心惊扰到旁人。在这样的夜晚，再没有人会来到此地，就连树上的栖鸟，叶荫的宿蝶，水畔的眠蛙，也寂静地让出这一块空间，给他们尽情倾吐胸中的积郁。（《冬夜》第 164 页）

伤心与哀痛，这时不再是对生活的破坏和损伤，而成了像呼吸一样正常的生命活动。与自然景物的汇合，既缘于人心的强健，又增进了人心的强健。作者对景物的敏感使她以景写情成了不自觉的习惯，这样写起来常常达到一种不可言说的谐和。比如素梅在真诚地避免了一场与别人的纷争之后感到的那种愉快和充实，与“南瓜在阳光下闪着橙辉”(《春晨》第 164 页)这种景象联在一起，就显得那样不可替代的妥帖，而且使情绪马上得到对应的发挥，把情绪更向前推进一步。再比如“她嗒然垂下眼睑，一脚踩破了一只空蜗牛壳，咯滋一声，清脆得令人惊心”(《冬夜》第 196 页)，这里情景的契合也令读者感到惊心。

情景交融之外，小说中有些以景喻情的片段也十分地精妙：“素梅一段日子以来的不豫，刹时像漂过水面的石子，强跃几下，便没了影儿”(《春晨》第 91 页)。很多时候，这种作品细部的精彩比整个结构的成功给读者的印象更为深刻；在你不留意的地方突然发现一些闪光的东西，不禁使你眼睛一亮，使你对作者的文学才华有一种油然而生的会心。

从读者接受的角度看，《梅村心曲》这种含情的景物描写不仅具有美学和文化上的意义，而且具有按摩读者神经、调节读者心境的技巧作用——实际上这种技巧也暗合了美学的要求。《春晨》写素梅试图缓和阿彬与秀敏关系的那一章，本来带有一种让人绷直心弦的紧张，但作者似乎是不经意地在中间插入了一段景语：“那夜，月色明净，清晰地剪出了雪山、次高山以及双峰山高低起伏的轮廓，数日春雨后的后龙溪轻松地鸣响着，月光照着河面，像撒开一条缀满银片的宽带。”(《春晨》第 83 页)——这段景语不仅与儿女情事的气氛相合，更有意义的是写景交错于叙事之中，造成了一种“间离效果”，使读者不至于因叙事过快、过密而感到疲劳。

其实，在整部小说的情调设计上，作者都有意创造这种“间离效果”：本来这是一部写实主义小说，但作者在中间插入了明显的意境创造和抒情成分，宛如“雨雾里的精灵，在唱着一曲不知名的短歌”(《秋暮》第 113 页)，使小说带上了几分诗化品格。小说的命名本身就体现了这种特点。作者把整部小说取名为“梅村心曲”就流露出了抒情意味，而“秋暮”“冬夜”和“春晨”作为各部篇名又显示了中国古典诗词的鲜明色彩。这种情绪化的抒情成分，对全书的写实性叙述是一种映衬，也是一种必要的辅助。它消解了平实的叙事可能带来的枯燥与乏味，使读者能够始终保持着新鲜的阅读状态。《梅村心曲》是一部报纸连载小说，但它并没有那种曲意招揽读者的通俗性。它之所以可能长久地吸引读者，除了那种文化揭示所带来的震撼力量之外，也许就应该归因于这种从整体到细节的“间离效果”。

作为一部数十万字的小说，《梅村心曲》自然也会有疏漏和不完满之处。比如三部曲在情节上显得前密后松，如果前面的内容(第一部)向后面(第二部)移动一些，可能会更加匀称；再如小说中个别对话稍嫌呆板，有时对对话性格化的追求略嫌懈怠。同时，由于小说连载于一家严肃的官方机关报，它在严肃作品的正气之中有时还带有些许官气。有些地方作者甚至把一些党派性的政治语言过分直接地引入了小说，为了附会政治而令人惋惜地损害了艺术的纯粹性。而且，既然作者已经写到了“三七五”减租对中国台湾农村经济的作用，那么“二二八”事件对台湾全省包括乡村社会的影响似也不该回避。自然我们能够理解一个作家在写作时会受到各方面的制约，但从另一方面读者也有理由要求作家的现实主义勇气。当然，尽管我们希望作者在创作中避开党派之见，我们却无意用政治褒贬来评定小说；我们相信没有人会否认，对《梅村心曲》这样的小说来说，任何单纯的政治褒贬都带着显而易见的浅陋。

作为一部容量丰富而复杂——因丰富而显得复杂——的艺术作品，它远远超出了政治衡量的准绳。真正的艺术作品不接受政治裁判，这应该成为一种公认的特权。

《李自成》初探*

长篇历史小说《李自成》已经出了两卷五册。它一问世，就在读者中引起了巨大的热烈的反响。初版三十万部很快就被抢购一空。再版两百万部在许多地方复已脱销。无论在街头巷尾，工厂农村，学校或者家庭内部，到处都可听到关于这部小说的热情议论。有些“书迷”据说还常向别人提出这样的问题：“刘宗敏一个喷嚏吓死一只老虎是真的么？”“老神仙尚炯的医术怎么没有传下来？”一部小说产生这样广泛热烈的反响，确实不很多见。

为什么《李自成》会受到这样热烈的欢迎？这部作品在我们当代小说中占有怎样的位置？

新中国成立以来，在小说创作方面，我们已经有了一批优秀的作品，它们各自都有独到的成就。譬如说，《创业史》反映农业合作化的深沉有力，《红旗谱》表现民主革命时期农民运动的浑厚扎实，《红岩》写地下斗争、狱中斗争的

---

* 原载《北京大学学报》，连载于1978年第3期、1979年第1期。初稿完成于1977年12月至1978年1月，8月修改。

可歌可泣，可以说都是各有千秋、各具特色的，有的在思想和艺术方面都达到了相当成熟的境地。但是，在长篇小说中，像《李自成》规模这样宏大，反映的生活内容这样波澜壮阔，确乎还没有第二部。即使在世界文学的范围内，一部小说而达到三百万字以上的规模，恐怕也属罕见(巴尔扎克《人间喜剧》篇幅虽大，但那是许多作品的组合，另当别论)。我们可以这样说，《李自成》是当代有数的优秀长篇之一；如果小说今后几卷能保持并发展一、二卷的水平，那么，它有可能成为一部无愧于我们伟大时代的文学巨著，成为一部较好地体现我们伟大国家风貌的作品。

《李自成》的成就是多方面的。本文想从历史真实性、艺术虚构、人物形象、结构布局和民族风格诸方面作些初步的考察。

一、明末农民革命战争的真实画卷

《李自成》写的是明末农民战争的题材，它在历史题材的文学作品中是一种新的开拓。

新中国成立以来的历史题材作品(不算现代革命史题材的作品)，大致有两种情况：一是写统治阶级中起过进步作用的杰出人物(如《林则徐》《甲午风云》)，一是写历史上中下层知识分子(如《李时珍》)。这些题材都是需要的，有意义的。但用这两类题材表现历史，本身也有一定的局限：只能表现历史发展中某些比较次要的事件、比较次要的方面，表现个别人物的某种作用，不大能表现推动历史前进的主体——人民群众在历史上的作用。中国是封建社会长达两千多年的国家。毛泽东同志说："中国历史上的农民起义和农民战争的规模之大，是世界历史上所仅见的。在中国封建社会里，只有这种农民的阶级斗争、农民的起义和农民的战争，才是历史发展的真正动力。”[①]我们国家的这种历史特点，给革命作家提出了一项任务：应该努力去写农民起义、农民战争的题材，真实地表现出历史发展中人民群众的作用，把历代剥削阶级颠倒了的历史再颠倒过来，形象地生动地对读者进行历史唯物主义的教育，这是革命的需要。过去，这类题材的创作恰恰是薄弱环节，甚至近乎空白。姚雪垠同志的《李自成》是新中国成立以后第一部以农民战争为题材的长篇小说，而且它选取的又是古代许多次农民起义中最著名、规模最大、最有代表性的一次；这次起义，起自陕西，横扫中原，席卷大半个中国，前后经过长达十六年之久的反复、曲折、艰苦的斗争，最后终于打进北京，推翻了明王朝；起义队伍自崇祯十三年冬李自成进入河南后就飞速发展，三年内从几千人一下子发展到相传有一百万人的规模，而且军队纪律相当严明，“不杀人，不奸淫，不抢掠，平买平卖”[②]，达到了历史上少见的程度；起义过程中提出了“均田”“免赋”等比较完整的农民革命的纲领和政策，所到之处，“三年免征”，“且将富家银钱分赈穷民”[③]，有力地打击了大地主大富豪，带有资本主义萌芽时期的新特点，赢得了广大人民的热烈欢迎（《怀陵流寇始终录》说百姓“焚香迎贼如狂”）；起义过程中还涌现了一大批可歌可泣的英雄人物和英雄事迹，以李自成为例，他出生入死，十几年如一日，几次重大失败，革命进入低潮，有些起义队伍被消灭了，有些投降了明朝，只有他带领的这支队伍，永不屈服，顽强斗争；后来，李自成建立的政权虽然在清兵入关后迅速失败，李

---

① 毛泽东：《中国革命和中国共产党》，《毛泽东选集》横排本第2卷，588页，北京，人民出版社，1953。

② 见《明季北略》卷二十。

③ 见《明季北略》卷十九。

本人在湖北牺牲，但他的部下还继续坚持了将近二十年抗清斗争。一句话，明末李自成起义是一次了不起的历史事件，是一次惊天动地的革命壮举。选取这样一场革命斗争作为描写的题材，这本身就富于开创性，是一件具有重大意义的事情。

但是，重大题材并不能决定作品的实际成就和价值。“四人帮”批判“反题材决定”论，认为题材能起决定作用，那是完全违背常识、极端荒唐可笑的，说明他们在文艺上根本一窍不通。就拿李自成起义这个题材来说，它确实非常重大，但也并不是所有写了这个题材的都一定成为杰出的作品。《剿闯小史》写的不也是这一题材吗？却是一部十分反动并且拙劣的东西。20世纪30年代，陕北一个著名开明士绅李鼎铭的侄子李健侯，也曾以李自成起义为题材写了一本小说，书名就用李自成建国的年号“永昌”二字，叫作《永昌演义》。作品赞扬了李自成个人的品质，却贬低了李自成领导的整个革命运动，未能用历史唯物主义观点正确处理这一题材，更谈不上将李自成起义反映得深刻了。可见，同一题材不同人写来，可以大分轩轾的。到40年代中期，郭沫若同志打破史学界长期的封建正统观念，从无产阶级立场出发研究明末这次农民起义，写出了《甲申三百年祭》的重要文章，为历史研究的古为今用树立了榜样。在郭老此文的推动下，各解放区结合学习运动，创作了一批表现李自成起义的戏剧作品，它们力图用历史唯物主义观点总结这场革命失败的经验教训，在当时起到了应有的作用。但限于历史条件，这些作品大多写得比较仓促，对历史事件的研究和艺术上所做的准备都嫌不足，因而也远未能像今天的《李自成》这样产生广泛的影响。一部文艺作品，总是作者思想水平、生活积累程度和艺术经验、艺术造诣等多方面条件的综合表现，它不可能只由题材来决定。姚雪垠的《李自成》之所以受到读者的热烈欢迎，虽然题材方面也是一个新的开拓，归根结底却还是因为作品本身在思想、艺术上所达到的高度的成就。

《李自成》不是那种仅仅向人们讲述一些历史故事、介绍一些历史人物而没有多少思想见解的作品，也不是那种名为表现历史故事、历史人物而实际上却是由作者任意发挥、随意编派的作品。《李自成》这部长篇，既有严格的历史依据，又有深刻的思想见解，它真实地、深刻地反映了明朝末年由李自成领导的这场轰轰烈烈的农民革命战争。作者十分熟悉明末清初的历史，对于当时的阶级斗争、社会状况、宫廷生活、典章制度、风土人情以至三教九流等，无不了如指掌，因而能在作品中写出非常广阔的社会生活画面。从这里，读者常常被带进明清之际特定的历史气氛中，可以分明触摸到明末社会问题极端尖锐的脉搏，具体感受到《明史·食货志》所说贵族"庄田侵夺民业"的严重状况，看到"朱门酒肉臭，路有冻死骨"的鲜明图画，听到白鸣鹤、邵时信、红娘子的声声血泪控诉。崇祯十二年起，全国除正赋之外额外增加的"练饷"，连同原有的"辽饷""剿饷"，每年总计竟达一千六百七十万两之多；用书中人物黄道周的话来说，"今日百姓负担之重为祖宗列朝的数倍!"真是赤地千里，饿殍遍野。饥民们除奋身造反外，已无别的出路。小说通过直接间接方式所做的这些描述，为明末农民大起义勾画出了真实宽广的历史背景。小说不仅着力描绘了明末农民阶级和腐朽的封建统治阶级之间这场生死大搏斗，同时也反映了当时十分尖锐的民族矛盾和统治阶级内部的矛盾，以及李自成、张献忠两支义军之间的矛盾，反映了当时社会上各个阶级、阶层的相互关系以及他们在农民大起义过程中出现的种种动向和变化。从皇帝、文武官员到义军将领、战士以至穷苦百姓，从北京城内一直到几个中原重镇以至僻远的山村，小说无不展开描写。除了刀光剑影的激烈战斗以外，也写了义军生活的各个方面，包括休整、练兵、扩充、筹粮、赈济、医疗、食宿、婚嫁，等等。还写了义军的对立面崇祯皇帝的宫廷生活，写了崇祯和文武百官的朝见、廷争、宴饮、游乐，他们之间各种形式的钩心斗角。也还写到了一般市民、手工业者的生活境遇。总之，小说真实地再现了明末的社会面貌，对我们认识晚期的中国封建社会，很有帮助。人们可能都还记得第一卷中有个很小的情节：兵部尚书卢象升身边有两个很得力的仆人，其中一个是从小在卢家长大的家奴，还有一个是别的官僚保荐过来、已经干了两年的李奇。这个李奇平时很讨卢象升的喜欢，卢象升待之如亲属，从外地回到北京后还特意赏给李奇二十两银子去孝敬自己的父母。可就是这个李奇，忽然向卢象升来请长假说他要离开卢家了，并且偷偷说明自己的真实身份原来是东厂派来的特务。他虽然保证回去后不讲卢一句坏话，这件事却仍使当事人卢象升吓得目瞪口呆。我们读者读到这里也感到十分吃惊，十分震动。原来明朝的君臣关系竟是这样一种关系：皇帝几乎无孔不入地暗中派特务盯在大臣身边，身为兵部尚书兼各路勤王军总督的卢象升，一言一行无时无刻不受到特务的监视和密告。这个情节虽然很小，却说明很大的问题，对于我们认识明朝政治的黑暗、恐怖和腐败有极大的意义。这是写得非常好的一笔。这样真实有力的情节，不是作者凭空想象的，而是长期下功夫对明朝特务政治进行深入研究之后才得出来的(四十年前，作者就针对国统区的黑暗现实，研究了崇祯皇帝和明朝东厂、锦衣卫这两个特务组织的活动，发表过历史论文多篇)。可以不算夸张地说，《李自成》这部长篇小说是明清之际中国社会的百科全书。恩格斯曾经称赞巴尔扎克的《人间喜剧》“给我们提供了一部法国‘社会’特别是巴黎‘上流社会’的卓越的现实主义历史”，他说：“我从这里，甚至在经济细节方面(如革命以后动产和不动产的重新分配）所学到的东西，也要比从当时所有职业的历史学家、经济学家和统计学家那里学到的全部东西还要多。”① 姚雪垠写《李自成》，正是努力遵照恩格斯的这一教导去做的。作者运用自己广博的历史知识，连细节描写也讲求严格的历史真实性。从明代宫廷的服饰、礼仪到崇祯皇帝案头放些什么器物，从明朝北京城戒严由哪个衙门出布告到崇祯年间北京何时发生过地震，以及银价和制钱的比价变化，等等，作者都一一进行了认真的查考。这样，我们确实可以从《李自成》这部小说中学到许多历史著作中学不到的形象化的历史知识，可以知道明末社会风貌、宫廷生活状况、京都和中原地区习俗人情、当时作战武器、作战方法、典章制度以至珠宝珍物、马匹弓箭等许多历史生活的细节。像卢象升和高起潜谈马的那些文字，慧英教兰芝射箭的那些文字，当然都是为写人服务的，但也增长了读者关于马匹弓箭的见识。反过来说，如果作者的历史知识、生活知识不丰富，描写起来就会捉襟见肘，就没有那么广阔的艺术天地，写人也绝不会写得那么活泼，那么真切，那么生动。

比情节和细节的真实性更为重要、更为可贵的是，作者运用历史唯物主义观点研究明末历史，形成了一些科学的深刻的独到的见解。这是《李自成》这部小说之所以能具有深刻的主题、震撼人心的思想力量的一个最重要的条件。没有比较深刻的思想见解的作品，只能是平庸的作品。作为一部气壮山河的农民革命战争的史诗，《李自成》对战争的描写就很有自己独到的特色。作品不但以饱满的感情歌颂了李自成起义军的英雄将领，歌颂了他们为救民于水火而英勇奋斗、不怕牺

① 《致玛·哈克奈斯》，《马克思恩格斯选集》第4卷，462—463页，北京，人民出版社，1972。

牲的革命精神，而且相当真实有力地表现了人民群众在革命战争中的巨大作用。以小说第二卷为例，这里写了李自成在商洛山由于得到义勇队和百姓支持而取得保卫战的胜利；写了李自成离开老营去平叛后，慧英和女兵、眷属、孩儿兵们的革命主动精神；写了广大义军战士在和敌人集体搏战中的作用，不把战争胜负写成单纯取决于“斗将”，即使刘宗敏跃马过汉水，也得力于伤员保护；写了李自成进入河南后提出了符合人民愿望的政策和口号，得到群众拥护，从而开辟了新局面；还塑造了王长顺这样的群众英雄，并让他贯穿始终，最后由他结束全书故事……所有这一切，都使小说渗透着历史唯物主义的深刻思想，从根本上区别于过去那些虽然表现农民战争题材却充满着“英雄主宰一切”的观点的旧作品。小说在正确有力地描绘明末农民起义的同时，还深刻地总结了农民起义这一历史运动的基本规律。这是作品具有巨大的思想深度和非凡的历史容量的重要原因所在。作者首先把历史作为一门科学来研究，运用阶级观点来分析有关明末农民起义的大量原始材料，去粗取精，去伪存真，透过种种复杂的历史现象，弄清李自成起义的真实情况和发展脉络，还历史以本来面目。鲁迅说过：“历史上的记载和论断有时也是极靠不住的，不能相信的地方很多，因为通常我们晓得，某朝的年代长一点，其中必定好人多；某朝的年代短一点，其中差不多没有好人。为什么呢？因为年代长了，做史的是本朝人，当然恭维本朝的人物，年代短了，做史的是别朝人，便很自由地贬斥其异朝的人物。”① 明末李自成、张献忠起义沉重地打击和扫荡了封建反动势力，而他们建立的大顺朝和大西朝政权存在的时间却又很短，因此，更不免要受到封建阶级文人的造谣中

---

① 鲁迅：《而已集·魏晋风度及文章与药及酒之关系》。

伤、污蔑诽谤。《明亡述略》就攻击李自成“嗜杀成性”，无中生有地说李自成攻下洛阳后，“杀福王，以其血杂鹿醢，名曰‘福禄酒’，遍饮群下”。《明史・流贼传》更把李自成、张献忠都诬蔑为杀人不眨眼的魔王，说“自成为人……声如豺，性猜忍，日杀人斮足剖心为戏”；说张献忠在四川一省就杀戮了六亿人以上(查万历年间户籍，四川总共才三百多万户，老幼合计不过千余万人。可见，谣言造得离奇到了什么程度!)。封建史学家一方面污蔑李自成等天生“残虐”“猜忍”，另一方面又从阶级偏见出发，夸大后来进入义军的一些地主阶级知识分子的作用。如把崇祯七年李自成车箱峡定计之功，归到崇祯十六年才参加起义的顾君恩身上。还极力抬高“杞县举人”李岩(李信)，说什么由于李岩那番“请勿杀人，收天下心”的劝说，李自成才“屠戮为减”。他们把农民军能够执行正确政策和严格纪律的功劳统统归于李岩等人，认为李岩对李自成在河南的发展壮大起了决定性作用，而李自成则因为忌妒李岩，终于把他弟兄俩杀了。受这种传统说法的影响，40年代一些历史剧作者也偏低估计李自成本人在发展壮大革命力量方面所起的重要作用，更多推崇李岩，将他写成最清醒的人，使李岩的实际评价居于李自成之上，认为李自成后来之所以失败，就因为没有采纳李岩的意见去制止刘宗敏的“腐化”并招抚吴三桂。小说《李自成》的作者不但用艺术的笔墨成功地回击了封建文人制造的“福禄酒”之类政治谣言，而且对明末历史的一些重要方面有独特的发现，根本摈弃了长期以来形成的上述这些错误看法，恢复了历史上李自成的本来面目。他在充分占有史料的基础上，对李自成起义军的发展过程进行了全面的考察分析，比较科学地回答了这支队伍为什么能在进入河南以后飞速壮大，为什么后来进了北京，上百万人反倒迅速崩溃、一败涂地，并使这些见解在作品中艺术地得到体现。一切事物的发展都有其内因。李自成本人及其部队的成熟，同样取决于本身的内在条件，并不是李岩等人参加起义才决定了李自成队伍的兴旺。恰恰相反，正因为李自成有很高威望，一到豫西便开始执行获得百姓拥戴的新的政治和军事路线，才使李岩本人决心千里迢迢前去投奔他。李自成部队的底子是高迎祥当闯王时期的老八队，这支队伍按照史料记载，是早就不同于其他各营起义部队的，他们在军队纪律、与百姓的关系、上下级关系方面一直是比较好的，后来经过几次整顿，成长得就更快些。《直隶商州志》和《延绥镇志》都记载李自成在商洛山中就“昼则射猎，夜则读书，且观星（乾）象”，可见他不但胸中早有宏图大业，而且一直在注意学习和总结经验、思考谋略了。我们从小说《李自成》一、二卷中，正是令人信服地看到了这一点。一、二卷写了崇祯十一年十月至十四年二月李自成义军从革命低潮到革命转变阶段的斗争历史。李自成作为革命领袖，在革命遭到严重挫折的低潮阶段，不是灰心丧气，动摇妥协，而是百折不挠，惨淡经营，总结失败的经验教训，用各种办法重整旗鼓，推动革命高潮。他部下的多数将士也是团结一心，不怕流血，不怕艰苦，跟随李自成经受各种磨炼，终于赢得了到达河南以后的新局面。在此过程中，义军方面的主观能动性发挥到了最高点，李自成本人也终于逐渐走向成熟。作者运用历史唯物主义观点，深刻地写出了农民军发展、转化的内在因素，这就使作品在一些重大的带根本性的问题上具有了无可辩驳的历史真实性。当然，作品并没有抹杀李岩参加起义对李自成军队在某些方面所起的重要推动作用，例如写了他熟悉历史，懂得统治阶级进行政治斗争的种种经验，会做宣传工作，并提出过以河南作为根据地的一些好的建议，等等。但李岩毕竟只是背叛了明王朝却并没有背叛自己阶级的封建知识分子，他这样的人参加农民起义军，也不是没有消极影响的。作品写了李岩得意时有点忘乎所以，不注意时刻维护闯王的威望，以致老百姓受赈后竟有不分李闯王和李公子的事情发生(这是多种史书上都有记载的，《明季北略》就说饥民“认李公子即闯王”，“不知有李自成”)；而在另一种情况下，又容易和农民革命队伍离心离德。这些虽然还只是萌芽状态的东西，但写得很深刻。这就为后来发生李自成在退出北京之后的特定情况下杀李岩这个悲剧，找到了比较合理的解释。

作为历史生活的教科书，《李自成》从农民起义的成功和失败中，总结了丰富深刻的历史经验教训。小说在歌颂农民起义、歌颂李自成及其部队的同时，并没有回避农民革命战争的局限和弱点。譬如，作品写了李自成有帝王思想，即使因此被有些人把小说第一卷判决为“毒草”，作者也敢于坚持。李自成想当皇帝，这就伏下了他随着地位转化，思想也可能发生变化的根子。小说第二卷写到攻下洛阳之后，马夫头目王长顺和李自成之间有一段谈话。这个老兵听人们议论李自成有可能在洛阳“建国称王”时，忍不住激动地对闯王说：“我呀，我比别人更盼望你早一天建国改元，称王称帝。今天听到这消息，我心中高兴得真想哭一场!”但他内心是有矛盾的，他告诉闯王：“我喜欢你这个闯王称号”，怕以后不能再叫“闯王”而难过。闯王明白他的心情，连忙说：“王大哥，即令有朝一日我真地称王称帝，你仍然可以称我闯王。咱们一起义就在一起共患难，同生死，别说你以后还叫我闯王，就是你叫我的名字，我也不会怪你。从前，在一起共患难的老弟兄没有多少啦。”接着，王长顺“眼眶中滚着热泪”，说出下面一段肺腑之言：

> 闯王，你这几句话说到我的心窝里啦。我跟随你十多年，最知道你待老部下有恩有义。可是我也想啦，一旦你建国改元，称

王称帝，我再不会站在你面前称你一声闯王，随便吃哒。到了那个时节，闯王，即令你还没有忘记我这个老马夫，可是我的官职卑小，进不了宫门，再也见不到你同夫人啦。就说有幸你会想起我，把我召进宫去，我还得离很远三跪九叩，俯身在地，连抬起眼睛看看你就不敢。咳！有什么办法呢？自古来皇家礼数森严。一道宫墙把亲生父子的骨肉恩情都隔断了，何况我这个老马夫？可是，闯王，话虽是这般说，我听说你要在洛阳建国称王，我高兴得流出了眼泪！闯王，你登极吧，称王吧，称帝吧。这是天命，军师献的谶记说得很清楚，为什么不赶快称王呢？我以后能不能随便见你和夫人，那是小事！

这是一段感情写得很深沉的话，其中很有些发人深思的东西。这段话表明，老马夫王长顺一方面为李自成称王称帝高兴，感到这是起义军流血奋斗多少年才得来的胜利，另一方面也朴素地预感到李自成一旦做了帝王之后，部下同他的关系就会不一样，就会疏远起来，就不能像原先那样亲密无间。王长顺作为一个跟随李自成多年的老部下，当然希望李自成革命成功，但在感情深处，他宁愿同李自成保持那种艰苦岁月里形成的情同手足的关系，宁愿对李自成使用原先这个“闯王”的称号。这里，一个称号的变化，实际上意味着正在发生的阶级分化。尽管谁都相信，李自成主观上一定会待部下有恩有义，但对于还不能像无产阶级这样自觉地掌握历史命运的农民来说，地位的变化必然会带来思想的某种变化，这是不以人们意志为转移的一种历史悲剧。艰难的环境能锻炼人，玉成人，使一、二卷中的李自成思想上的积极面发挥到最高度，而随着地位、环境的变化，李自成思想上的某些消极成分也逐渐露头。王长顺的复杂心情和隐隐忧虑，正是说明了这一点，暗示了这一点。这也正是李自成后来从胜利转向失败的一个重要因素。作者从小说第二卷起，已经开始伏下了这方面的一些笔墨。

再有，李自成到第二卷中尽管政治上、军事上都已锻炼得相当成熟，但他作为农民军的领袖，战略思想上一个大毛病就是不要根据地，忽视建立牢固的革命根据地的重要性。这就成为他发展得很快、后来失败得也很快的一个重要原因——用小说中李侔的话来说，叫作："万一将来受挫，便要退无所据。"这种毛病的出现不是偶然的，它不仅决定于农民本身眼光窄狭的弱点，也同李自成起义军中流民(饥民、边兵)占相当大的比重这种情况有关系。据谭震林同志回忆，毛泽东同志在秋收起义后率领队伍向井冈山进军途中，曾对一些同志说过："李自成为什么失败了，很重要一个原因，就是没有巩固的根据地。"① 两年后，在古田会议决议中，毛泽东同志又明确指出了"历史上黄巢、李闯式的流寇主义"的毛病，这是十分深刻的。小说从第二卷起，正是形象地写出了这一点。与此有关，还有个经济政策问题。李自成部队在经济上一向实行"割富济贫"，特别在进入河南以后提出了"随闯王，不纳粮"和"三年免征"的口号，根本不要农民和其他中下层人民交粮纳税。他的军饷完全依靠打击豪绅大户、官僚恶霸；强迫他们交粮退赃，或抄没他们的财产。这种政策确实体现了农民革命的锋芒所向。但是，在财政上长久实行这一政策，必然会忽视建立牢固的地方政权，不利于恢复生产，也就不能为军事活动提供强大的经济保证。后来李自成部队进入北京，专设比饷镇抚司，向明朝大臣和富商严刑追赃，用各种刑具拷打了上千人，虽然追出七千多万两银

① 《井冈山斗争的实践与毛泽东思想的发展》，载《红旗》1978年第12期。

子，实际上对于李自成政权的稳定、对于团结明臣对付清朝的威胁都起了破坏作用。但这不是刘宗敏个人的责任，更不是刘宗敏贪污腐化的证据(因为他并不是拿来装入个人腰包)，而且也不是不采纳李岩的合理意见(因为此事李岩兄弟也同样参与了，只是用刑不严而已)。像这样一些造成李自成后来失败的重要原因，作品从第二卷起已经不同程度地写到了一些，并为后来的继续发展埋伏下了适当的笔墨。

当然，造成李自成失败的原因很多，有些原因(像李自成后来随着地位的变化思想上也起了变化，包括胜利时骄傲，以及进入北京后对民族矛盾的上升缺少警惕，轻敌，等等)只能在第三卷以后随着情节的发展慢慢展开，但总的说来，作者在这些方面认识是深刻的，构思是周到的。读者完全可以不必有这样的担心：前两卷中李自成形象已经这样高大，这样成熟，将来作者怎么写他的失败？会不会不好收场？——这种忧虑是多余的。我们相信，作者要通过《李自成》这部农民革命战争的史诗来形象地总结李自成起义的经验教训和写出封建社会中农民战争的基本规律，这个预想虽然很宏伟，但却是能够胜利实现的。

二、以史实为骨架的出色虚构

把历史本身的真实面貌弄清楚，找出经验和规律性的东西，这是创作历史小说的前提和基础。但光有这一方面，还不能构成历史小说。历史小说不同于历史著作，它毕竟是文艺作品。历史上的事件和人物虽然可以为小说提供一个骨架，但要使作品真正有血有肉，要构成引人入胜的故事情节，生动丰满的艺术形象，就必须在历史真事的基础上进行艺术虚构。没有虚构就没有历史小说。鲁迅批评郑振铎的历史小说《桂公塘》“太为《指南录》所拘束，未能活泼”①，就是这个道理。历史小说是历史科学和小说艺术的有机结合。只有经过以历史生活为基础的艺术创造和艺术虚构，才能更集中、更典型、更生动、更深刻地再现历史生活。小说《李自成》之所以那样吸引人，正是因为作者在明末农民起义历史的基础上运用各种史料，调动一切能够调动的直接、间接的生活经验，进行了精心的创造，出色的虚构。很多人物在史书上只看到一个名字，片言只语，事迹很少，但小说《李自成》却创造成了一个个活人，人物不同，音容笑貌也不同。《明史·流贼传》中关于刘宗敏的记载，只有“刘宗敏者，蓝田锻工也，最骁勇”这两句话可作为依据，然而小说作者却据此写出了他在最危急的关头智擒宋文富、跃马过汉水那样传奇式的动人笔墨，这就是以真人性格为基础放手进行了艺术虚构、艺术创造的结果。

小说《李自成》怎样以历史真人真事为骨架进行艺术虚构？方式之一，就是从小说艺术的需要出发，对历史素材作适当的集中、概括、提炼以至夸张，以便更生动、更鲜明地再现历史的真实本质。例如，李自成、张献忠谷城之会，这在《绥寇纪略》《国榷》《见闻随笔》等书中均有记载，大致都说自成因兵败势孤而往投献忠，几乎被杀；后来张在谷城再举义旗，似与李自成谷城之行无关。《李自成》第一卷中，作者采用了谷城相会这一情节，但对事件的具体内容做了必要的改造：李自成去谷城，不是“以身相依”，而是出于革命的宏图大略，动员张献忠重新起义；后来为了践约，李自成宁冒被官军吃掉的危险，在极困难的条件下重树“闯”字大旗，以减轻张献忠在谷城起义受到的官军

① 1934年5月16日致郑振铎信，《鲁迅书信集》(上)，545页，北京，人民文学出版社，1976。

压力。这样写，既能有力地表现出李自成在全军覆没后毫不气馁，积极设法推动革命大局，又可以借此机会塑造张献忠这个人物，表现当时错综复杂的政治形势；既能较好地实现作者“将李自成在崇祯十三年冬天以前的重要性作些夸张”①的创作意图，又完全符合李自成的确远远高过张献忠这一历史真实。又如，据史籍记载，杨嗣昌曾于崇祯十三年冬进兵重庆后下令赦罗汝才罪，招降义军众首领，独独不赦张献忠。命令中规定，能擒获张献忠者赐万金，爵通侯。然而，第二天自己行辕的墙壁上，却到处发现“有能斩阁部来者，赏银三钱”的帖子。这件事写到小说第二卷中，也同样有所调整：一是在杨嗣昌的告示里，加上了李自成的名字，与张献忠并列，从而密切了这一情节和小说中心线索的关系；二是移动了事件的时间和地点，改写成崇祯十二年杨嗣昌出京督师，刚到襄阳时发生的事情。这一虚构，有巧夺天工之妙。从艺术效果上看，它大大增强了情节的戏剧性：正当刚上任的杨嗣昌声威煊赫地玩弄三板斧时，张献忠的无头帖子一出，跟他开了个不大不小的玩笑，立即扫了他的威风，使之陷入方寸大乱的境地，从而有力地揭示了杨嗣昌的色厉内荏和农民军的潜在威力。同时，经过时间、地点的挪动，情节的生活根据也显得更充分了。因为，襄阳原是张献忠经营多时的地方，相传城内有他的许多细作和坐探(熊文灿部下许多人受贿)，在襄阳给杨嗣昌这样的下马威，显然比一年后在张献忠立足未稳的四川要合理得多。如果说，重庆发生这样的事，还可能使人怀疑这是否属于杨嗣昌的政治对手们故意造出来的谣言，那么，移到襄阳，就可以说是完全合情合理，简直天衣无缝了。此外，第二卷所写黄道周因弹劾杨嗣昌而受廷杖，叶廷秀、刘宗

① 《李自成》第1卷修订本《前言》。

周因为替黄道周说话而当场被削职，这些情节也是小说作者以史实为基础做了时间上的集中和事件原因上的调整的。艺术总是要把分散的生活素材加以集中，使之典型化，才能收到较为强烈的效果，这个原则对于历史小说同样适用。写历史小说必须尊重重大历史事件和人物性格事迹的原貌，必须忠实于历史的本质，但在小说艺术需要的情况下，某些无关大体的时间、地点可以适当挪动，事件的局部内容可以有根据地作某种调整和改造，这在中外文艺史上都是有先例可循的。

值得注意的是，《李自成》的作者在艺术虚构过程中，即使对于那些明显受到封建文人歪曲、篡改的史料和素材，也不是简单地全部抛弃，而是在总体否定的前提下，有分析地吸取、移用其中包藏的某些合理的成分，化腐朽为神奇。例如，《明史》和一些野史中曾有这样一段大致相似的记述：

> 官军围自成于巴西鱼腹诸山中，自成大困，欲自经，养子双喜劝而止。贼将多出降。刘宗敏者，蓝田锻工也，最骁勇，亦欲降。自成与步入丛祠，顾而叹曰："人言我当为天子，盍卜之，不吉，断我头以降。"宗敏诺。三卜三吉。宗敏还，杀其两妻，谓自成曰："吾死从君矣。"军中壮士闻之，亦多杀妻子愿从者。自成乃尽焚辎重，轻骑由郧、均走河南。

这段文字所记的李自成想死、刘宗敏想降的事，与两人一贯坚毅刚强的革命品格均不合，显然不可信。一些具体内容也不近情理，有明显的破绽。如既然"三卜三吉"，又何用杀妻杀子？可见编出来的谎话总不那么圆全。《李自成》作者从根本上摒弃了这一丑化李自成和刘宗敏的材料，但也吸收了其中某些可取的成分。如刘宗敏的"锻工"出身和作战“最骁勇”的记载，显然为作者构思、塑造刘宗敏形象时所遵循。又如刘宗敏和壮士们杀妻突围的事，也被作者在一卷写潼关南原大战农民军分兵突围时采用，并且将所记刘宗敏的事转移到了郝摇旗身上，不但思想性增强了，艺术上也显得更符合人物性格特点，更近于生活情理。

《李自成》艺术虚构的另一方式，是利用一些传说来丰富小说的情节和人物。所谓传说，即是历史上经过众人之口辗转相传的故事，本身就已经有了不同程度的虚构成分，而且往往带有较多的传奇色彩。在历史小说创作中，如果有选择地加以采用并做进一步的加工，对于丰富作品的故事内容，塑造某些有浪漫主义色彩的人物形象，加强小说的艺术表现力，都会有相当的好处。《李自成》一书在这方面做了很好的实践。小说第二卷中所写的红娘子破杞县、救李信、组织起义的事，按史实来说，肯定属于子虚乌有。在《杞县县志》《开封府志》中，根本查不到杞县有李信这个人。《豫变纪略》的作者郑濂是杞县的邻县人，与李信生活在同时代，他也极力否认杞县有李信这个人，并认为根本没有红娘子破杞县这样的事。但小说作者还是写了这段故事，成功地塑造了红娘子和李信这两个有典型意义的小说人物。这样做完全符合历史真实。正如作者所说：“问题的关键不在李信是否杞县人，是否曾经有红娘子救他出狱，而在于大顺军中确有李信这个人，我们究竟应该如何评价这样的历史人物。虽然红娘子是一个莫须有的人物，但是自新莽时代直到清代，妇女参加农民起义的史不绝书，而有些妇女竟是起义的发难人和领袖，这就给我提供了塑造红娘子的历史基础。”① 又如第一卷中所写的潼关南原大战，虽然在有些史籍中有所

① 《李自成》第1卷修订本《前言》。

记载，但作者姚雪垠考证后，却认为根本没有发生过这次战争。然而，在写小说的时候，作者从完成小说的艺术使命着眼，采用了这个传说，写出了一曲感天动地的悲壮的英雄颂歌，有力地表现了李自成虽然全军覆没，依然百折不挠、奋发图强的革命气概。而且，这场战争在小说中被写得十分认真，不但逼真地写出了潼关附近的地理形势，连作战方法也确实是三百多年前的作战方法，既不同于近代，也不同于宋元以前。这就使艺术虚构反过来有助于加强作品的历史真实性。

《李自成》艺术虚构的又一方式，是根据史书上一些极简单的记载，顺着事件和人物性格的逻辑生发开去，展开合理想象，构思出当时历史条件下可能有的动人情节。这恐怕是《李自成》艺术虚构中一种最主要的方式。以郝摇旗为例，各种史书对他早期的活动毫无记载，他的名字出现在李自成牺牲之后，那时大顺军的余部面临着同南明联合抗清的任务。在和南明某些头头打交道的过程中，郝摇旗表现了他粗鲁、莽撞然而爱憎分明、非常豪爽的可爱性格。作者正是顺着这个性格特点，虚构出他早期在李自成手下的革命活动，创造出一个生龙活虎般的给人印象非常深刻的义军将领形象。高夫人的塑造也是这样。关于她，史书上并无多少记载可资征引，特别是她前期的活动，几乎一片空白。但从李自成牺牲后她以“皇太后”身份成为大顺军的决策人，享有很高威望，归属南明而依然保持相对独立性（南明大臣见高夫人要行跪拜礼）等情况来推断，她无疑是一个经历过长期斗争风雨、有胆有识、才德过人的女中豪杰。作者根据这个基本判断，从第一卷起虚构出一系列情节和细节，给人物以合情合理的表现，成功地塑造了一位颇具光彩的巾帼英雄形象。写历史小说，要做到所谓“无一字无来历，无一字无出处”，实际上是不可能的。定要言必有据，不能越雷池一步，那就无异于折断作家文学想象的翅膀，根本取消了小说艺术。有同志责备作者对高夫人的艺术虚构是“写真人假事”“淆乱历史”，这是对艺术的无知。小说毕竟不是历史。试想：历史上关于李自成被围困于商洛山的记载，只有不多的几句话，如果死守史书上这点记载，作家哪里还能写出第二卷中关于商洛山保卫战的精彩笔墨，我们又哪有机会再读到这波澜起伏、气象万千的十几章《商洛壮歌》呢？从艺术真实的角度看，像高夫人这样的农民起义军中的妇女英雄，被封建史学家埋没了几百年，我们难道不是恰好从小说《李自成》中，才看到了她们历史原貌的接近恢复吗？

艺术想象和虚构绝不是凭空杜撰。《李自成》一、二卷的艺术虚构之所以异常真实、生动、成功，就因为作者正确地解决了历史科学和小说艺术的关系，就因为这种虚构不但以历史上真的人物和事件为骨架，而且十分注意符合历史生活的情理。小说中所写的主要事件，大都有历史依据，主要人物(李自成、张献忠、崇祯、杨嗣昌等)也都符合历史的原型；至于虚构的一些情节和人物，虽然不是历史上实有的，却都是当时历史条件下可能产生的。作者以谨严的态度，从熟悉历史、深入研究历史中获得驰骋想象、进行虚构的广阔天地。明清之际的历史生活固然是他着重要熟悉的，但为了获取更丰富的源泉，作者有时目光四射，也注视到更古老的年代或异国的领域。小说第二卷写了石门谷发生杆子叛乱后，李自成不带军队，却成功地平定了叛乱。如果知道一点唐代历史的，都会想到这个情节的虚构，定然吸取和借鉴了新旧《唐书》记载的郭子仪单骑见回纥的故事。的确，从情节发展和事件包含的内在情理来说，两者有十分相似之处；但新旧《唐书》所记郭子仪利用自己的威望争取回纥重新与唐朝和好的故事极为简单，小说作者则在虚构过程中，从李自成此时此地的特定情境出发，使故事得到了合情合理的发展、丰富和升华。这里的主人公完全属于“这一个”：他是明末一位特定的农民起义领袖，他的威望是革命者在长期革命斗争过程中建立起来的，他处分李友、争取丁国宝、捕杀坐山虎等一系列成功的行动，都是同自己特有的凛然正气、磊落胸怀、过人胆识和卓越才能密切地联系在一起的，因而是其他任何人所无法取代，也绝不会同其他任何人混淆的。这是一段精彩的虚构，出色的创造，读来既激动人心，又令人信服。不但如此，《李自成》的作者有时还调动和运用自身耳闻目睹的各种直接间接的生活经验，化进作品所写的典型环境和典型人物身上。在《〈李自成〉创作余墨》一文中，姚雪垠曾说：“虽然题材的形成必须依靠阅读明清之际的大量史料，但是写小说毕竟不同于写历史书，也需要我有其他多方面的历史知识，包括书本知识以及亲身阅历和耳闻目睹的生活知识。”作者在旧时代近四十年的生活经历，同各个阶级、阶层所做的广泛接触，这种丰富的社会阅历和长期的生活积累，都对《李自成》的创作产生影响。据我所知，姚雪垠同志在塑造高一功、袁宗第等形象以及描写孩儿兵战斗生活时，确实调动和运用了自己少年时代被杆子掳去、在杆子营中生活百天的见闻和经历。当然，这些见闻和经历在小说中运用时，又总是同作品所描写的特定历史条件和特定生活情境进行了很好的结合。凡此种种，都是《李自成》艺术虚构之所以取得巨大成就的重要原因。

三、李自成——农民革命领袖的出色形象

《李自成》第一、二卷中，尽管有些重要的历史人物尚未登场（要到第三、四卷中才陆续出场），但有名姓、有活动的人物已有二百多个，成功塑造了的人物形象也已有几十个。这些形象个性相当鲜明生

动，各自具有不同的思想意义。其中一部分人物还概括了比较深广的社会内容，富有艺术生命力，完全可以当之无愧地称为艺术典型。

小说以浓墨重彩，塑造了一批生龙活虎、姿态各异的农民英雄形象。艺术上塑造得相当出色的，除义军领袖李自成外，还有刘宗敏、郝摇旗、李过、田见秀等起义军的将领，有王长顺这样的老兵，有尚炳这样的医生，有高夫人、红娘子、慧英、慧梅这批女英雄，以及像双喜、张鼐这些孩儿兵成长起来的青年战士形象，他们都栩栩如生，各有性格特征。连笔墨不多的那个向导杜狗娃，也写得很感人，给读者难忘的印象。至于牛金星、李信、宋献策的形象，从艺术成就的角度看，也都不在刘宗敏等之下。另一支起义军的领袖张献忠，写得十分成功，笔墨虽然比李自成少得多，形象却极为鲜明生动。

这里着重谈谈主人公李自成的形象。小说将这位古代农民革命的领导者，写得十分光彩照人。他既是一个有宏伟抱负的政治领袖，又是一个有指挥才能的军事统帅。他胸怀大志，高瞻远瞩，骁勇善战，深思多谋，品格坚毅，作风民主，遇危难奋不顾身，与部下同甘共苦。特别到第二卷中，他已经以一个既能明确提出革命纲领又能灵活运用斗争策略、政治上成熟的革命领袖的姿态，出现在读者面前了。这样写是否有点过于高大，有点不够真实呢？不！历史上的李自成，是个了不起的人物。各种史书几乎一致记载，说他身先士卒，艰苦朴素，平易近人，倾听众议，不贪财，不好色，勤于学习，长于思考，有远大抱负，不轻易杀人，治军纪律极严。高迎祥牺牲后，最初由其弟高迎恩当“闯王”，但不久，众人拥立李自成为“闯王”，这不是李自成很早就在义军中享有崇高威望的明证吗？连《明史·流贼传》都说“自成不好酒色，脱粟粗粝，与其下共甘苦”，直到进北京受文武百官朝见时，还是戴白毡帽，穿青布衫，始终保持了艰苦奋斗的作风。自成“鄗曹（罗汝才）、献（张献忠）多欲，谓非丈夫”[①]，正好说明他自己胸有大志，政治上富有朝气。除了革命极端坚定之外，李自成至少还有两点难能可贵之处。一是有民主作风。《明季北略》说：“内官降贼者自宫中出，皆云李贼虽为首，然总有二十余人俱抗衡不相下，凡事皆众共谋之。”《怀陵流寇始终录》也说：自成“每有大事，集众各呈其意，不言可否，默取其长者行之”。可见他不是一个哇啦哇啦自己说了算的人物。二是有革命家的宽广胸襟。即使对一些原来得罪过自己甚至鞭打过自己的人，也一视同仁地对待：“既得志，遇之如旧”[②]，决不睚眦必报。崇祯十六年击溃孙传庭的战役中，李自成亲自招降明军将领陈永福：“永福以先射中自成目，据山巅不肯下。自成折箭为誓，招之乃降。”[③]由于李自成的感人礼遇，这位明朝的总兵，后来成为大顺军的重要将领，抗清直至献身。李自成身上这些优秀品性和作风，既继承了前代农民起义领袖的好传统，又具有资本主义萌芽时期的新特点，有些因素确实是和近代无产阶级相通的。小说作者正是在历史真人的事迹和性格的基础上，又集中了古代其他先进人物的某些优点，虚构出许多故事情节，使这一形象达到了比历史上的李自成“更典型，更理想”的高度。除极少数描写（如石门谷处理丁国宝问题）把握得不够准确，显出现代化的痕迹外，整体说来，李自成形象是写得生动感人、真实可信的。

从艺术上说，李自成形象的塑造，贯穿着两个显著的特点。

第一个特点是把人物放在斗争的急风暴雨、惊涛骇浪中，通过大起大伏、尖锐激烈的矛盾冲突来刻画人物性格，既突出他作为杰出的

---

① 《玄览堂丛书续集·怀陵流寇始终录》卷十六。

② 《玄览堂丛书续集·怀陵流寇始终录》卷十八。

③ 《明纪》卷五十七。

农民领袖的高贵品质和卓越才能，又合理地写了他在风浪中经受磨炼、逐渐成熟的过程。作者没有把李自成写成天生的“超人”，没有把他放在前几年经常提倡的所谓英雄人物“要处处主动进攻”的那种顺利环境中，也没有把他领导的起义军写得一开始就什么都很好。恰恰相反，小说第一卷故事情节开始的时候，李自成正陷入了明朝占绝对优势的兵力的包围圈里，前有重兵埋伏，后有三路追兵，局面非常严峻。李自成本来要闯过潼关、进入河南，按事先约定的计划去同罗汝才的起义军相会合，但谁也没有料到，这时罗汝才已受了明朝招降，再也不能牵制一部分官军，明朝可以用大量兵力专门对付李自成，而且孙传庭还严密封锁这个消息，使农民军蒙在鼓里。就是在这种情况下，李自成做出了继续前进的错误决策，造成几乎全军覆没的严重后果，最后只好拼死突围。作者用饱含感情的笔墨，写了这场潼关南原大战，写了李自成的失败，写了他指挥上的错误。这是一次大的失败，然而是十分壮烈的失败，是真正英雄的失败。几千将士，陷入兵力比自己多十几倍的敌人的重重埋伏圈中，却不是坐以待毙，束手就擒，而是上下一心，奋力苦战，以一当十，以寡敌众，尽管自己遭受惨重损失，却给了敌人最大的杀伤。敌军派人来诱降，李自成宁折不弯，杀了前来劝降的叛徒大天王高见，使陕西巡抚孙传庭的好梦一场空。这是农民军和敌人展开的一场惊心动魄的大血战。作者对这场大血战不是避而不写，而是展开正面描写：写了战场上瞬息万变的军情，写了农民军突围前的种种准备，写了将士们抱定必死的决心。作者放手地写，写出了许许多多可歌可泣的内容，写出了许许多多感人肺腑的英雄场面。一是写了高夫人为保全主力而提出分兵，在危急关头主动承受重担和牺牲；二是写了郝摇旗提剑要杀自己的妻子和儿女，以免他们被俘受辱；三是写了高夫人拒绝李自成把双喜和张鼐拨给自己，流着眼泪深情地嘱咐双喜、张鼐两人要和闯王“战马相随”“不可疏忽”，因为“闯王每次遇到危险关头，总是身先士卒，独当大敌，今晚我对他很不放心”。这些激动人心的文字，既是在写闯王周围的人物，实际上也直接间接地在写闯王，在写李自成领导的这支农民军。作品特别写了李自成在突围前让左右亲兵退出去，对大将们说了这样一段话：

> 打仗的事情是没有准儿的，也不能不往最坏的地方想。万一我不幸在突围的时候阵亡，你们就推捷轩做闯王。万一捷轩也不幸阵亡，你们就另外推举一个闯王。总之，一定要使闯字大旗不倒下去，不推倒明朝的江山永不罢休。

这是一段豪气冲天的话语，非常感人地表达了一个领袖在自己有可能牺牲的危急关头那种毫不动摇、革命到底的决心。正因为作者如此酣畅淋漓地写了这场大血战，写了这次大失败，才充分表现了李自成及其将领在敌我力量悬殊的情况下那种临危不惧、镇定自若的大无畏精神，才充分表现了农民军中上自闯王下至士卒那种团结一心、争挑重担、勇于自我牺牲、把生命留给战友、把死亡留给自己的革命英雄气概。像这样敢于从主人公的失败中来写出高大的英雄形象的作品，除《李自成》以外，我不知道过去有没有第二部？这种写法当然是不符合“四人帮”的意愿的，他们规定的所谓“写英雄”的禁忌多得很：什么“英雄人物起点要高”呀，什么必须“高大完美”“完美无缺”呀，什么要写到作战失败也只能侧写、虚写呀，等等。无怪乎在“四人帮”对文艺界实行法西斯控制的时期里，《李自成》第一卷被列作“毒草小说一百部”里的第五十四部了。“四人帮”连电影《创业》里周挺杉对苏修卡我们脖子表示愤怒、砸个茶杯都不允许，都要批判他是什么“鲁莽汉的形象”，哪里还能允许一部作品写主人公在作战指挥上犯这么大的错误呢！然而，检验真理不能用“四人帮”闭门杜撰的“三突出”之类主观唯心主义的反动模式，只能看社会实践本身。《李自成》的创作实践及其获得的良好的社会效果，有力地宣告了“四人帮”那套谬论的彻底破产。它也告诉我们：在写战争的问题上，要看得辩证一点，不能像“四人帮”控制文坛时那样，只能写胜利，不能写失败。从战争中写英雄的途径是多种多样的：写作战胜利的英雄而且写得成功，那很好；但也不排斥在某些条件下(譬如在敌强我弱的特定条件下)从失败中写出高大的英雄，只要这种写法无损于英雄人物的崇高品质和应有的地位(在这方面，《李自成》的分寸把握得很好)。生活本身是复杂的，毛泽东同志就说过：战争中没有绝对的“常胜将军”。历史上的李自成在领导起义过程中就曾打过一些败仗。这种败仗无损于他作为农民革命杰出领袖的地位，反而考验、锻炼了他，使他成长、成熟。从艺术表现上说，善于写战争的作家，既能在胜利中塑造英雄，同样也能从失败中写出英雄，二者相辅相成，前者并不能完全代替后者。像小说《李自成》中所写闯王那种推倒明朝黑暗统治的决心，临危不惧、宁死不屈的气概，坚韧不拔、百折不挠的斗志，以及失败后总结经验、继续前进、毫不灰心的精神，都是只写胜利所表现不出来的。应当说，姚雪垠很善于从逆境中、从惊涛骇浪中、从尖锐激烈的矛盾中表现人物，表现李自成。不但第一卷写潼关南原大战如此，写李自成冒着风险去谷城如此，而且第二卷写商洛山保卫战也是如此：在保卫商洛山战斗最危险、最困难的节骨眼上，忽然传来了石门谷杆子勾结官军叛乱的消息，此时李自成大病初愈，身体尚未完全恢复，真是在要命的时刻发生了要命的问题。在这种艰险条件下，作者给主人公以充分表演的机会。这种艺术描写，对作者的生活基础和思想水平都提出了更高的要求。姚雪垠能在这方面做到得心应手，确实说明他社会历史知识异常丰富，生活底子相当厚实。

贯穿在李自成形象塑造中的第二个特点，是准确地选取一系列经过提炼的富有表现力的典型情节。如写李自成带尚炯去谷城，敦促张献忠再次起义，当然是典型情节，有力地表现了他的远大志向和过人胆识。写李自成不带军队，凭借自己的威望、机智平定石门谷叛乱，更是有力的典型情节，突出地表现了他的凛然正气、磊落胸怀和卓越的应变才能，尤其表现了李自成政治上的成熟。同样，处理郝摇旗“走”和“用”的问题，虽然算不上一件大事，但对于刻画李自成性格的一些方面来说，也是相当重要、相当典型的情节。郝摇旗是个很有些游民无产者气味的人，他打仗不怕死，总是冲锋在前，对闯王对革命也忠实，但就是吃不了苦，受不惯严格的纪律约束。当李自成在潼关南原吃了大败仗，处境十分困难，正在整顿纪律的时候，他和部下又旧病复发，因为吃不惯苦，就想把队伍拉走。李自成怎样处理呢？郝摇旗动摇时，放他走；郝摇旗悔改后，重新起用，而且重用。本来，郝摇旗拉走队伍时，闯王手下好几位将领都主张把他杀了，以免动摇军心。按照李自成军队的纪律，这样做是完全有理由的。但李自成想的却是：像郝摇旗这样一位老战友想走，为什么不跟自己打个招呼？说明自己同将领们还没有做到推心置腹，这使他感到震动和难过。所以郝摇旗来辞别时，闯王就坚决拒绝李过、双喜等想趁机杀他的意见，反而为他送行。郝摇旗回来后因醉酒屡犯错误，李自成处分了他，只让他管养马。但当他真正认识了错误的时候，闯王又出人意料地再度起用他，让他在元宵节军事会议上坐重要将领的席位，而且向他敬酒，终于使郝摇旗这个从不流泪的硬汉感动得“眼眶中闪着泪光”，从一向嗜酒如命自觉地变成了滴酒不进。这就生动地写出了李自成严于责己的品性和知人善任的才能，成功地表现了李自成作为领袖人物所不可缺少的若干重要方面，使人物形象更为饱满。

有的同志认为：作者写李自成的对话不够成功，“李自成每次讲话，虽然正确无误，但往往显不出个性特色”。这种看法，似与作品实际不尽相符。事实上李自成形象之所以塑造得光彩照人，正是和作者成功地写出了人物在特定情境中的语言和行动密切相关的。潼关南原大战中，李自成审问那个由敌人派遣的假义军送信人，不就显示出他异常敏锐的洞察力吗？谷城相会时，李自成与张献忠的密谈，不也有力地表现了他比张高出一头的领袖风范吗？去石门谷平叛，从进寨、处分李友开始，到最后成功地控制住局面，不正是通过李自成在极为复杂、紧张的环境中的一系列讲话和动作，才显现出他机敏、镇静、灵活、果断的性格特点吗？至于处理郝摇旗所犯错误时李自成那些严肃诚恳、平易亲切、推心置腹、严于律己的谈话，更可以说是袒露了他的为人，因而感人至深。离开了这些，还有什么抽象的人物语言的“个性特色”呢？如果说，“龟儿子”这类粗鲁又带点风趣的谈吐，显示了具有游民无产者习气的张献忠的某些性格本色的话，那么，作者在李自成语言的性格化方面，其实也是下了不少功夫的。就拿李自成同将领、士兵们说话用口语，而对牛金星、李信、宋献策等说话则杂用浅易的文言这点来说，我以为，本身就显示了人物的性格特点，表现了李自成为人的独到之处。他和自己队伍的将领、士兵相处，总是十分平易近人，同是受苦人出身，当然不会有文绉绉的谈吐。但是，李自成幼年也读过一点书，后来又接触过一些读书人和官场人物，懂得一点常用的文言词语。他和牛金星、李信、宋献策说话用较多的口头文言，既为了表示对这些人的尊重，也说明他作为义军领袖所具有的丰富、广泛的社会阅历。他和弟兄们讲话，通俗而不粗野，迥异于刘宗敏和郝摇旗；他跟读书人讲话，用点文言而并不深奥，与牛、李、宋诸人的语言也不一样。两种似乎很不相同的语言，却和谐地统一于闯王一人身上，鲜明地表现了他的身份、性格。这正是语言个性化的一个很好的例证。李自成这样的人物语言，本是很不好写的，而现在却写得相当成功，足见作者有多方面的较深的功力。

小说关于李自成的描写，偶尔也有不尽成功的笔墨。如一卷十七章写徐以显在极紧张的情况下向丁氏大谈荥阳大会上李自成的突出表现，连李自成几年前讲的话都整段背诵出来；二卷三十四章(新版三十五章)写义军将领们众口一词，纷纷赞扬李自成当初主张化整为零、隐藏郧阳山中这个决策的英明。这些本都是为了从各个角度烘托李自成形象的，却由于与作品所写的特定情境扣得不紧，有的显得不近情理，有的失之冗赘生硬。此外，一、二卷中对导致李自成后来失败的某些思想弱点伏下笔墨不够，显得过于隐微。但这类艺术上较小的不足之处，是不难修改好的。整体说来，李自成是过去作品中尚未很好地出现过的出色的古代农民革命领袖的形象。小说对他的描写——无论是他的英雄业绩、优良品德、非凡才能还是迷信神灵等历史局限，写得都是相当真实而深刻的。这一形象的成功创造，为当代文学的人物画廊增添了新的英雄典型，积累了宝贵的艺术经验，值得我们去认真研究和总结。

四、末代帝王的难得典型——崇祯

正像写农民军不是简单地只写其胜利一样，《李自成》这部书里写反动派也不是简单地只写其软弱无能。“四人帮”为推行愚民政策，主张对反面人物搞漫画化、脸谱化、简单化，甚至不准给反面人物以一定的笔墨，勒令作者大砍大杀，为“一号人物”让路，《李自成》的作者顶住了这一套。他在小说里写了朝廷方面，写了明朝统治集团的活动，写了反动派军事上的暂时优势。封建统治势力并不都像福王朱常洵那样；如果都是那么腐朽无能，他们就会连一天都统治不下去。小说所写的崇祯、杨嗣昌、洪承畴等明朝方面几个重要人物都不是草包，他们是一些活生生的有艺术生命力的反面形象，作品从各个方面揭示他们复杂的性格。如崇祯，虽然是末代皇帝，但并不是只知享乐、不理朝政、昏庸糊涂、胡作非为的家伙，相反，他日夜操劳，“励精图治”“宵衣旰食”，苦熬苦撑，一点也不简单化。对潼关南原大战中的敌军主帅洪承畴，作者极力写他藏而不露，老奸巨猾，老谋深算，有威有谋。第二卷写杨嗣昌督师也是如此。先写此人精明练达，颇有才干，而且对崇祯一片忠心；他出京督师，气势非凡，不可一世。然后从实际斗争中写出他有不可克服的根本弱点：初到襄阳，尽管那么声威显赫，但张献忠的无头帖子一出，就像皮球一下子泄了气，虚弱之处就被揭露出来了。承认反动派的暂时优势，再写出他们的转化，这才是尊重历史现实。这样写，不但如作者所说显示出明朝亡国是势所必至，不管崇祯、杨嗣昌等如何苦撑，也无法支持这即将倒塌的封建大厦；而且也有助于写出义军李自成等人的英雄形象，写出农民起义军的威力，写出他们能够打败貌似强大的对手。

崇祯皇帝这个反面形象很值得分析。这是一个极成功的艺术典型。作者把这个末代帝王，放在各地农民纷纷起义、关外清兵又多次进攻、朝廷内部矛盾重重、明朝封建反动政权已面临总崩溃的形势下，对他的思想性格作了异常精确、异常深刻的描绘。作品对崇祯不是从表面上简单地加以丑化，而是深刻揭露这个封建帝王复杂性格的各个侧面，揭示他种种性格特点形成的社会根源。崇祯身上既有作为最高反动头子共有的许多反动面，又有他自己独特的个性特点，是封建帝王中的“这一个”。他专制横暴，猜刻多疑，虚伪做作，自我迷信，易受蒙蔽而自以为明察秋毫，刚愎自用而又自谓英明果决，常常以“朕非亡国之君”自诩，实际上却处事昏聩，举止乖戾。这些都是特定历史条件下的产物，是典型环境中形成的典型性格。明朝已处于中国封建社会的晚期，封建专制主义发展到极端，就是所谓“绝对君权”，大权完全集中在皇帝一人手里，君臣关系等同于主奴关系。明朝统治的办法，主要依靠厂、卫特务机关来监视和处置臣民，刑部、大理院、都察院等专政机构反而不为皇帝所重视。到天启皇帝长期不理朝政，大权终于旁落到太监手里。崇祯十七岁“登基”，初入宫时不敢进食，吃周后为他烙制的饼充饥。为了从太监魏忠贤手里夺回权力，便依靠一些人果断地诛杀了“阉党”，此事被封建史学家称作“刚毅有为”，但从此也就增强了他专断自信和横暴多疑的变态心理。他在位十七年中，更换了五十个宰相(内阁大学士)，杀了两个首相(首辅)、七个总督、十三个巡抚。至于群臣遭廷杖和贬辱的，那就更多。大臣们动辄得咎，见了他腿就打战，当然更不敢同他讲真心话，讲直话，这反过来又使他在内外交迫、极端困难的局面中感到无比孤独、焦躁和空虚，重新走上依靠宦官的道路。正是这样的具体历史条件，形成了崇祯上述那些性格特点，既让他专断猜忌、迷信自我，又使他懦弱寡断、易变易怒。直到临死，他还把明朝亡国的责任推给大臣，说是“皆诸臣误朕”。小说作者对历史上的崇祯有精到的研究，对他的思想性格及其形成的历史条件有深刻的了解，因而得心应手地塑造了这个极成功的形象。连下棋这类生活上的细小情节，也成为作者从政治上、思想上揭露崇祯的有力手段。尽管崇祯棋艺低劣，同他对弈的袁、田二妃却不敢赢他的棋，连从旁指点插半句嘴都不敢。因为“崇祯下棋正如他处理军国大事一样”“最忌别人提出与他不同的高明意见”。妃子们让他赢了棋，不但不能流露出丝毫自己故意让棋的真情，还必须对崇祯恭维说：“陛下是中兴圣主”“胸富韬略，谋虑深远，步步有法，臣妾望尘莫及”。而崇祯此刻也总是扬扬自得，“以为自己天生聪明，虽不经常下棋，棋艺却高明非凡”。这不是对崇祯性格与“绝对君权”所做的绝妙讽刺和入骨鞭打吗！

崇祯之所以称得上是艺术典型，就因为在他身上概括了相当丰富的历史内容，集中了封建社会特别是晚期的反动没落统治者的许多共同特点，具有很深的社会意义。

第一，这一形象显示了“绝对君权”制下封建帝王那种令人难以想象的残酷专横。作品通过卢象升受监视、薛国观私生活受盘问、崇祯给锦衣卫下密旨等出人意料的情节，暴露了崇祯搞特务统治的罪恶，揭穿了真正“性猜忍”的正是明朝皇帝自己；通过黄道周上疏弹劾杨嗣昌，因违背崇祯心意而被廷杖、下狱，连叶廷秀、刘宗周也遭殃这一典型情节，揭露崇祯蛮不讲理，横暴无比；通过崇祯在名声不利时找薛国观这个内阁大臣做替罪羊，一怒之下将他处死的情节，揭露了崇祯的狠毒阴残。其中崇祯给锦衣卫头目吴孟明下达将黄道周、叶廷秀“即予毕命，只云病故”的密旨一节，尤其入木三分地揭露了这个以“仁德”自我标榜的“英主”，实际上何等心狠手毒！皇帝动不动就对群臣廷杖、下狱、赐死，这是专制君权的垂死运用，是地主阶级走向末日的表现(薛国观临死前冷笑，就是在这点上对崇祯的蔑视和嘲弄)。这些对我们认识没落的封建帝王的反动本质，有很大意义。它也有助于我们认识林彪、“四人帮”那套法西斯专制主义的思想历史渊源，懂得他们从历史上的封建统治者那里师承了些什么样的反动政治垃圾。

第二，崇祯的形象也有力地显示了封建反动统治者在农民起义严重打击下的极端虚弱的本质。面对农民革命的巨大风暴，崇祯施展出一切手段拼命挣扎，但却四面碰壁，走投无路：政治招抚落空；军事进剿失算；对清“和议”又难以达成；而全国粮饷却到了匮竭的地步。在无计可施、一筹莫展的情况下，他和杨嗣昌合谋抛出增收“练饷”的措施，还强令皇亲国戚捐银助饷。然而前一着只能是饮鸩止渴，为农民革命火上加油；后一着虽从向来有嫌隙的李国瑞家开刀，似乎气势汹汹，定能蛮干到底，结果却更加扩大和加深了最高统治集团内部的矛盾和倾轧，只好无可奈何地以赔本生意收场。他喜怒无常，干尽蠢事，越是“病急乱投医”，局面就越发变得不可收拾。崇祯的“举措失当，制置乖方”，是当时特定的阶级斗争形势的产物，它深刻地反映出明朝反动统治者已日益进入政治上与精神上的总崩溃。崇祯从迷信自我愈来愈转向迷信鬼神，正是这一精神危机的突出表现。他把许多灾异天变，看作“上天示儆”；尤其对崇祯十二年北京发生的地震感到恐怖，认为这是皇帝宝座不稳的征兆。他在宫中建醮礼佛，祈求“佛祖感化张献忠洗心革面，实心投降，并且使官军将漏网的李自成早日擒获，除掉朝廷后患”。他拜神求签，还用棋局预卜吉凶，把后妃们故意让他赢的棋看作军事进剿获胜的“祥兆”，以此求得宽慰。当杨嗣昌陛辞时说到“若剿贼无功，臣必死封疆”，崇祯立即因为听到“死”字而不悦，内心产生“不吉的预感”。他甚至可笑地忌讳“吃烟”，因为“烟”和“燕”同音，生怕作为“燕”地的北京被清兵或农民军“吃”掉。这些情节和细节，十分传神地揭示了崇祯焦头烂额、陷入绝境的暗淡心理和虚弱本质。作者锋利的笔触，真是进入到人物灵魂的深处，达到了“勾魂摄魄”的程度。有些同志说作者对崇祯皇帝写多了，应该多写李自成。他们不知道写崇祯其实正是为了写李自成。小说二卷二十九章开头，就讲了“两种围困”，提到“崇祯皇帝被层层围困在紫禁城中”，这是很深刻的。这样写正显示出农民起义的伟大力量，说明正是农民起义才把崇祯这个庞然大物弄到了这步田地。

第三，崇祯这个形象也概括了历史上最黑暗腐朽的反动统治势力的一个重要特点：对入侵者妥协，对革命人民镇压。和南宋初年的反动统治者一样，崇祯在中国内部的民族矛盾中，主张对满洲封建贵族的入侵采取妥协投降政策。作品写崇祯在清兵多次到关内侵扰的情况下，依然不组织有力的抵抗，反而集中明军主力去专门剿杀农民军；写崇祯任命卢象升为兵部尚书，让他总督勤王军以后，一旦发现卢象升是坚决主张同清兵作战的，就很不高兴，竭力牵制他，一再让他分兵，把他本来不多的兵力一抽再抽，终于弄得无法作战而致战死，从而揭露了崇祯这个最高反动统治者本身就是个妥协派、投降派。崇祯提出的“先安内而后攘外”的政策，体现了历史上一小撮黑暗腐朽势力的反动本性，到近代，在帝国主义对中国实行不断侵略扩张的条件下，就超出中国内部民族矛盾的范围，演变为清朝反动统治者的勾结外国帝国主义而镇压太平天国和义和团，演变为蒋介石的不抵抗日寇侵略而全力剿杀红军。在这方面，崇祯的反动面目对我们同样有很重要的认识意义。

总之，崇祯这个形象包含了相当丰富的社会历史内容，具有很大的思想认识价值。这是现代文学史上还没有出现过的一类典型，值得我们重视。

五、宏大的结构，谨严的布局

《李自成》一书要通过明末农民大起义，写出一个历史时代的风貌。它涉及的生活这样广阔，内容这样复杂，线索这样繁多，这给作品的艺术结构带来很大的困难。一般长篇小说那种单线发展的结构，对它完全不适合，因为那样势必会限制作品所要表现的宽广复杂的生活内容。但如果采取多线条复式发展的处理方法，搞不好很容易眉目不清，焦点分散，犯许多作品常犯的那种放开之后收不拢、主次不分甚至喧宾夺主的毛病。小说《李自成》的作者则将这部书的结构问题解决得很好，很有创造性。他像一位出色的建筑师，以宏伟的气魄，谨严的布局，精心完成了一座巍峨、庄严、美观而又精致的现代化建筑，成功地解决了面临的一系列复杂问题，使小说的结构艺术完全能够适应于表现广阔生活的需要。

《李自成》艺术结构的一个显著特色，是在情节内容多线条的复式发展中做到了主次分明，虚实得体，统筹兼顾，繁而不乱。这部小说要表现的生活矛盾很多，作者以李自成起义军和明王朝的矛盾作为主线，而将其他各种矛盾(包括明与清的民族矛盾，明王朝统治集团的内部矛盾，张献忠起义军与明王朝的矛盾，李、张两支农民起义军的矛盾，以及李自成起义军的内部矛盾，等等)作为副线，使之处于服从、配合、衬托主线的地位。到第五卷里，随着崇祯垮台，主线转为李自成的大顺军与清朝的矛盾，这时其他线索又处于服从新主线的地位。这样，《李自成》一书在结构上以李自成农民军与当时大地主阶级的阶级矛盾为纲，各条线索纵横交错，相互制约，螺旋式地向前推进，从而波澜迭起而又层次井然地展开全书的情节，做到了有主有次，各得其所，既能放手展开广阔的生活画面的描写，又能使全书始终以李自成为中心，保持明确的角度和集中的焦点。

譬如，在一、二卷里，作者就很好地处理了阶级矛盾这条主线和民族矛盾这条副线的关系，以民族矛盾的副线烘托阶级矛盾的主线。作品一开头就把笔洒得很开，不写李自成农民起义军的活动，而先从清兵与明王朝的民族矛盾写起，写崇祯十一年冬清兵第三次进逼北京城下，写崇祯皇帝在这危难时刻召见太监高起潜、大臣杨嗣昌密商，准备与清兵议和，决心用最大力量剿灭农民起义军，在张献忠已经招抚受降的情况下把兵力大部用来对付李自成，实行“先安内然后攘外”的政策。这样一种先从副线、从外围入手的布局是很有见地的。它可以准确地写出全国总的政治形势，写出明王朝最高统治者政治上的极端反动，写出他们在大规模农民起义打击下的惶恐不安、胸有余悸，这就用写民族矛盾来衬出农民革命的威力，看来没有写李自成，其实也就是在写李自成。同时，这种布局一下子就把小说的主人公逼进异常尖锐激烈的斗争环境中。既然崇祯决定对清议和，用明朝很大一部分兵力专门对付李自成，也就不能不使李自成起义军陷入极困难的境遇，使读者为作品主人公捏一把汗，十分关心主人公的命运。这就完全收到了以民族矛盾副线烘托阶级矛盾主线的效果。另一方面，作品在写民族矛盾时又很有节制，无论在篇幅上、写法上都注意不让这条副线去冲击、干扰李自成与明王朝阶级矛盾的主线。尽管作品写到了清军入塞，写到了卢象升同清兵的作战和牺牲，作者暂时还是尽可能压住这条副线的笔墨，对清方只采取虚写的办法，没有让清军将领和主帅登场(到第三、四卷才陆续上场)。即使对卢象升，主要也是从表现明朝统治集团内部抗战与妥协两条路线斗争的角度来写的，还是为了突出崇祯对农民军的敌视和他推行的反动政策。这种剪裁方法，就叫作全局在胸，统筹兼顾，突出主线，避免枝蔓。

又如，明末农民军的山头甚多，除李自成外，大的还有张献忠、罗汝才、革左五营等，他们之间有联合，又有矛盾，经常发生分化和新的组合。作品的笔墨如果局限在李自成一支上，就会显不出明末农民革命的气势和错综复杂的面貌，而且也显不出李自成在明末农民领袖中的高大和可贵。但如果对各个山头都要展开来写，势必分散笔力，喧宾夺主，甚至会变得杂乱无章。这也是构思中必然遇到的难题。《李自成》的作者很好地处理了这个问题。他在一、二卷中，让罗汝才和革左五营的领导人暂时都靠边站(在历史上，这些人此时和李自成的直接关系也不多)，只用虚写的办法间接提到他们，从三卷起才准其陆续登场。对张献忠，则是采取虚写与实写相结合的办法：作为一条副线，正面写到了他的某些事迹和活动，但并不独立地全面地写他这支队伍，而是使这条副线从属于李自成这条主线，通过李自成谷城之行把张献忠引出来，在张献忠送客以后暂时又中断了这条线索的发展，只在有些时候交代或补叙几句。一部长篇小说，总是有实写也有虚写，如果全是实写，那就长得可怕，也根本不成其为艺术品。作者按照总的意图，采取这些灵活的艺术手段做出处理，既起到了使副线衬托主线、服务于主线的良好作用，又避免了它可能干扰主线、冲淡主线的不好效果。

《李自成》一书怎样能够在线索繁多的情况下，做到统筹兼顾、繁而不乱的呢？除了抓紧主线以外，作者还采取了一种很灵巧出色的结构方法：不仅将全书分成许多章，而且将若干章捆扎在一起组成单元，每一卷都能构成大大小小的若干单元。以第二卷(初版)为例，共有五十四章，就分成了大小十个单元。第一章到十五章，是“商洛壮歌”。第十六章到十八章，是“宋献策开封救金星”。第十九章到二十二章，是“杨嗣昌出京督师”。第二十三章和二十四章，是“玛瑙山之役”。第二十五章到二十八章，是“李自成突围到鄂西”。第二十九章到三十三章，是“紫禁城内外”。第三十四章到三十六章，是“闯王星驰入河南”。第三十七章到四十二章，是“李岩起义”。第四十三章到四十八章，是“伏牛冬日”。第四十九章到五十四章，是“河洛风云”。这些单元，大小不一，伸展和收缩起来颇为灵活方便，又都同作品的主线保持一定的关系，因而显得毫不松散。作者通过这些具有相对独立性的单元，就等于调度指挥一支支集团军进行灵活机动的作战，使作品的结构既不是那种孤军深入式的单线发展，又不致因部队众多、缺少统一部署而造成军容散乱、布不成阵。每个章，每个单元，虽然人物很多，但都各有重心，以一个或几个人物为重点，围绕人物来展开。这种结构方式既有继承，又有创新，而且是兼学中外、不拘一格，确实称得上是一种创造。这种具体的结构方式，也就带来了《李自成》艺术结构上的另一个重要特色：大开大合，有张有弛，舒卷自如，活泼多姿，极尽波谲云诡之妙。

这部小说不但情节发展大起大落，而且常常出现横云断峰的布局。譬如单元的转换，往往出人意料，变化莫测。第一卷写潼关南原大战中李自成与高夫人分两路突围，在高夫人下落不明的情况下，作者却笔锋一转，写李自成、张献忠的谷城之会，使读者更加放心不下。第二卷“商洛壮歌”单元之后，接着不是写“李自成突围到鄂西”，却让宋献策与李信出场，描绘起开封相国寺的风光来；写到鄂西之后，不接写李自成奔驰入河南，却另起波澜，笔墨又转到明王朝的内外交困上。这种盘旋而上、峰回路转的安排，正是多线条复式发展所要求的，它构成了一张一弛的节奏，使文戏与武戏交错，显得变化多端。读者看了前一单元，很难料想后一单元的发展。

同一单元之内，也常常有张有弛，富于变化。“商洛壮歌”在一系列紧张万分的战斗场面中，插写了马三婆下神、张鼐探视慧梅的伤势等“闲笔”。“李自成突围到鄂西”这一单元中，在汉水恶战前夕，插入老马夫王长顺讲故事。“河洛风云”在攻打洛阳的战斗准备就绪之后，又用相当轻松的笔调，写了闯王和李信、宋献策同游龙门。真是金戈铁马之中，忽闻风管鹍弦。特别在张献忠要借设宴之机加害李自成，王吉元拼死奔回闯营报信的极端紧张的时刻，作者竟悠闲地写闯王带领众将于赴宴途中赏山景，游古庙，勘断碑，探石洞，说突围以来“难得像今日心情安闲”，甚至让他们讨论起田见秀“日后出家的事”。极紧张时写这极闲的一笔，这就叫“文似看山不喜平”。笔墨虽然轻松了，读者的心可并未因此轻松，反而由于李自成等处于安闲无准备状态而更加悬心(可以说，作者正是很好参透了这种进与退、张与弛的艺术心理学)。即使如“紫禁城内外”这样的单元，也是弛中有张，既有祝寿、开宴、赏花、听琴等闲适的场面，又有李国瑞入狱、黄道周受笞、薛国观赐死等比较紧张的情节错杂其间。“方看惊涛奔急峡，忽随流水绕芳坡”——用作者这两句诗来形容《李自成》布局和艺术描写上的富于变化，正是十分贴切的。

《李自成》艺术结构上的又一特色，是浓淡相间，疏密映衬，首尾照应，均衡对称，有建筑艺术的美。作品的大起大落，与布局的细针密线得到了很好的结合。全书和各卷的设计都注意了首尾呼应，前后匀称。整部小说从崇祯十一年冬清兵入侵写起，以明亡后李自成及其余部对清抗战作为结束，始终贯穿着与阶级矛盾主线错综地联系在一起的民族矛盾。第一卷修订本增写了最后一章，表现崇祯在张献忠重新起义、李自成重树大旗之后的震恐心理，使小说环境从北京开始又回到北京，与本卷开头紧相呼应，反映出李自成起义军经过一年艰苦奋斗得来的变化，布局上显得十分严整。第二卷意味深长地从“商洛壮歌”起头，而以“河洛风云”作结，写出了李自成起义军从采取守势转到发动攻势的重大战略变化，完整地表现了革命转变阶段前后力量对比的根本不同。所有这些，在艺术结构上都给人以均衡对称的美感，显示了作者的艺术匠心。

有些长篇小说好用大段的回忆或倒叙，让它占据作品的大量篇幅，甚至枝上长节，节外又生枝，简直成为小说结构上的一个大肿瘤，完全破坏了作品匀称的美。这表明了作者艺术上的无能或懒惰。小说《李自成》对于主要人物在崇祯十一年前的生活，不肯轻易采取大段倒叙、补叙这种省事然而也比较呆板的办法。作者匠心独运，尽可能将过去的生活“化入”作品人物的特定情境中。例如，杀李鸿恩前，写李自成思绪起伏，回忆幼年放羊、挨打的痛苦生活，表现他从小个性刚强。又例如，当李自成在商洛山中听到一个妇女喊“黄来儿”的名字时，作品写他回想起自己的身世，自己的母亲。这种写法，当然要多耗作者许多心血，但却获得了很好的艺术效果：不仅使读者感到亲切自然，也使作品避免了一些臃肿的大块文章，保持了艺术结构上匀整、活泼、和谐的长处。

《李自成》艺术结构上的成就和经验，对于提高我们长篇小说结构艺术的水平，使作品的艺术形式更好地适应于表现广阔生活内容的需要，定能提供有益的启示。单是从这个意义上说，《李自成》的一些经验，就很值得我们研究和总结。

六、鲜明的民族风格

文艺作品的民族风格问题，就是毛泽东同志指示的要使我们的文化具有“为中国老百姓所喜闻乐见的中国作风和中国气派”[①]的问题。这不是可有可无的一般问题，而是一个民族的文艺成熟与否的重要标志。从具体创作来说，则是一部作品能否做到为广大人民群众喜闻乐见的基本条件之一。《李自成》的作者在小说的民族风格、民族气派问

① 毛泽东：《中国共产党在民族战争中的地位》，《毛泽东选集》横排本第4卷，500页，北京，人民出版社，1953。

题上，曾作过长期的探索，并在写这部小说的过程中将其心得体会做了出色的运用。我们读《李自成》，尽管它写的是三百年前的事情，但确实感到很亲切，因为作品的内容既洋溢着民族历史生活的浓郁气息，而作品的表现方式和语言艺术又使我们感到那么习惯，那么熟悉，那么和谐。作者用富有民族特色的文学语言和本民族传统的艺术手法，描写出丰富多彩的我们民族的历史生活画面，因而使作品具有鲜明的民族风格和民族气派。

《李自成》的民族风格，并不是一种表面的存在；它在书中已成为内在的东西，是渗透在字里行间而且渗透得相当深的东西。这首先因为《李自成》成功地写出了绚丽而富有民族色彩的历史生活画面。特别是大量风俗画的描绘，更增强了作品浓烈的民族气息。像第二卷所写的开封相国寺的风光，逼真到了使读者仿佛身临其境。从宋献策进入山门，读者就随着书中人物的眼睛，看到了三百年前形形色色、多姿多彩的一幅幅市民生活场景。单说刘体纯和小伙计打拳时讲的那些江湖套语，就洋溢着一种家乡老陈酒似的馥郁芳香，给人强烈的亲切感，完全是地道的中国气派。还有，像上元节北京城里的灯市，写得多么热闹！破五早晨剪个纸人“送穷”的米脂风俗，写得又是多么真切！无论是红娘子结婚，宋献策卖卜，还是马三婆下神，崇祯帝抽签，都构成了富有民族色彩和地方色彩的许多民情风俗画面。而在这些风俗画里，各阶级、各阶层的精神状态，社会上三教九流的活动，无不活灵活现地再现了出来。作者不是为写风俗画而写风俗画，他精细地写出三百年前的社会风貌，是为展现历史生活内容、表现阶级斗争主题服务的。我们从一些深具民族烙印的风俗画里，看到的正是阶级对立、贫富悬殊的鲜明图景。如写隆福寺小和尚被骗“自焚”，他做宫女的姐姐又因以血写经血尽而死，小和尚临死前想着姐姐，而且还远远地望见了贫苦的父亲：这一家人的悲惨遭遇，对宗教和宫廷的残忍，作了多么深刻的揭露！宫女多年积蓄的二十两银子，在宫中才抵得上一碗黄瓜汤，这就是中国明代的皇宫生活！《李自成》所写的皇帝，全然是中国的皇帝，马夫也全然是中国的马夫。生活内容上这种深厚的民族特色，才是决定作品民族风格、民族气派的一个重要原因。

同样重要的是，《李自成》出色地运用了我们民族传统的艺术表现手法。中国小说从说书艺术发展而来，说书时为把听众吸引住，就尽量避免对人物作静止的冗长的描写和介绍，而是随着故事的发展让人物用自己的行动来显示。这就是中国传统的所谓“白描”手法，是刻画人物性格很有效、很洗练的一种方法。后来到《红楼梦》，虽然完全脱离了说书艺术，却依然保持、发展着这一特点和优点。像王熙凤出场，就完全通过人物自身的言语、动作来表现性格。小说《李自成》广泛运用了这种传统手法，它刻画许多人物都不是靠作者出来平面介绍，也不是靠周围人物出来交代讲述，而是让人物在关键性的事件中自己去行动，因此人物形象有立体感，给人印象比较深。刘宗敏出场的写法，就很容易使人联想到王熙凤的出场。书中景物，一般都通过人物的眼睛和感觉介绍出来，很少由作者直接出面去作孤立的长篇描述，这也使读者感到亲切。还有，中国古典小说很少像欧洲小说那样做静止的、沉闷的大段心理刻画，而是多半在情节发展中，在人物动作和说话过程中写心理。《李自成》也继承了这种传统手法，而且运用得很成功。如一卷二十八章写闯王挥泪斩鸿恩，心理活动写得极细致真切，但动作性又很强。李自成对于是否处死这个严重干犯军纪的堂弟，内心曾产生激烈的矛盾。开始，他态度上似乎很坚决，语气却又不很坚决，连刘宗敏都听出了他的矛盾感情。他让田见秀和刘宗敏一块儿审问，就是想“把一线希望寄托在以宽厚著称的田见秀身上”。然而刘宗敏“为着闯王的事业”“主张狠狠心斩了鸿恩”。在这种情况下，闯王说出“杀吧，杀吧!”却一夜没有睡好，想着过去，想着很早守寡的五婶，想着不争气的李鸿恩……终于，他坚定了执法的决心。李过、尚炯求情他都没理睬，鸿恩要求见最后一面他也没答应。但当下达斩首命令以后，他“心中说：‘恩子，你怎么不听我的话啊’忽然热泪泉涌，俯在桌子上哭了起来”。这段心理描写与人物动作结合了起来，写得波澜起伏，入情入理，使读者真正洞悉了这位义军领袖具体的内心世界，产生了感情的交流。李自成对鸿恩的怜惜，是患难兄弟之间的感情，同样是一种阶级感情。当然这里有私，而他终于克服，挥泪而斩，经受住了考验。如果把李自成斩鸿恩写得毫无内心矛盾，毫无痛苦，貌似铁面无私，实则将人写得如同木石，那又还有什么感人力量可言！这段很有传统特点的心理描写，应该说是很见功夫的(当然，鸿恩必须斩的生活根据还可写得更充分一些)。此外，《李自成》还吸取我国章回小说的长处，注意留下艺术悬念，而抛弃了它某些千篇一律、形式主义的东西。《李自成》没有搞章回体，没有“欲知后事如何，且听下回分解”这类套语，但书中的悬念却远比一些章回小说要强烈。这正说明作者创造性地运用了这一传统手法，也是这部小说篇幅虽长却能始终紧紧吸引住读者的一个重要原因。

尤能说明《李自成》出色地运用了传统表现手法的，是作品借诗词和文章来成功地刻画人物的性格。我们的古人喜欢用诗、词、文表达自己的思想感情。古典小说如《红楼梦》等也常常以诗、词、文章作为塑造人物形象的重要艺术手段。《李自成》同样创造性地运用了这种很有民族特色、能发挥民族语言特长的传统方法。这部小说中，采用了不少诗、词、文、对联、灯谜等我们民族所固有的文学形式(一、二卷中仅诗词即二十七首)，恰到好处地表现了人物的思想性格。如牛金星、宋献策、李信三人齐集闯营后，作者通过人物在不同场合的题诗或集句，准确地写出了他们不同的志趣抱负。牛金星三首游龙门题壁诗写得雍容华贵，显出春风得意，功名心切，其中“沉沦周鼎今何在？自古洛阳是帝乡”等句，更俨然有参与决策者的气概，所以宋献策恭维它“颇有宰相气派”。宋自己则在李自成书房门上写了一副春联“风尘三尺剑，社稷一戎衣”，借用杜甫《重经昭陵》中的两句，将闯王比作唐太宗那样的“开国英主”，言外之意自己想做开国功臣。而李信，在闯王未接受他“据宛、洛以控中原”的建议后，萌生退隐之志，在自己书房中写下“永忆江湖归白发，欲回天地入扁舟”的对联。这些诗句都写出了他们各自不便直言的心声，其作用是一般的人物语言所起不到的。作者代李信在开封禹王台作的那首词，深刻地反映了李信起义前的精神面貌，并且采用豪放风格，以烘托李信的性格。另如田妃打入冷宫之前，作品写到了她宫中的一些摆设，其中有面小圆镜子，上题七绝一首：“秋水清明月一轮，好将香阁伴闲身。青鸾不用羞孤影，开匣当如见故人。”这首诗写得很有特色，同小镜子这个器物，同田妃的身世境遇和才思都十分吻合，起了很好的刻画人物、衬托人物的作用。作者代书中人物拟作这些诗、词、文章、对联是很不容易的，不仅要考虑符合人物的性格和经历，而且要符合当时的文风和习惯。譬如，明末的诏书和元朝的诏书、明初的诏书在文风上就不一样，小说中崇祯皇帝的诏书有的是史书上有记载的，往往只有几句，由作者补为全文，有的则全是作者拟作，是根据当时诏书的文风来拟作的。各种书简、祭文也是如此。汤夫人给李信的信，很准确地表现了人物的思想性格，也反映出这类妇女喜爱的文风。她出身名门，封建正统观念极重，当然不肯去造反，但她又很明白事理，对明朝政权陷害她丈夫很不满，从无情的现实中看到李信没有别的出路，于是只好自尽。这封信的文风模拟六朝风格，是骈体而又不那么严格，符合当时大家闺秀的风尚。作者把握住了这些因素，因此仿作得很像。另外又替李信拟了一封给李自成的长信，除内容有重要意义外，作者也有意使这封信的散文风格与汤夫人的书信风格相映照。所有这些诗、词、文的应用，都丰富了人物刻画的艺术手段，大大增强了作品的民族风格。

《李自成》的语言，是经过锤炼而富于表现力的我们民族的文学语言。它活泼洗练，形象生动，讲究音节美，因而朗朗上口。其中的人物语言，大多注意了时代条件、人物经历、阶级烙印、文化教养以及个性特点，做到了相当准确贴切。对话不用清一色的白话，而是有文有白，因人而异，符合写历史人物的要求。至于叙述语言和描写语言，也富有民族的传统特色。特别是写景，不少地方做到了情景交融，如诗如画，连色彩都很讲究。如写刘宗敏跃马渡汉水，先在几个地方描绘了江边景色：万里无云，蓝天如水，江中碧绿如染，对岸是白石沙滩。这就很好衬托出白马，衬托出马上的英雄。又如，一卷二十章为衬托慧梅吹笛，写了这样一段景色：

> 一缕白云，象轻纱一样，被晨风徐徐吹送，从一片松林的梢上飘来，到了吹笛姑娘的头上停住，似乎低回留恋，不忍离去；过了一会儿，不知何故，忽然敞开，飘飘上升，溶进又深又蓝的天空。

这就是古人形容音乐的美妙时常常提到的那种“行云为之驻足”的境界。这类很美的写景文字，大多从古代诗画脱胎而出。看来，作者善于将前人的诗句化成意境深远的图画。高夫人夜袭灵宝后一个傍晚立马黄河岸边的那幅画面，不是很容易使我们联想起杜诗“落日照大旗，马鸣风萧萧”吗？第二卷末尾描写李自成队伍在群山中迎着曙光向开封进发的情景，不也多少使人感到同“四围山色中，一鞭残照里”那样的诗句有些仿佛吗？可见，小说写景所构成的美的意境，是深受中国古代诗画影响的。这也许就是我们之所以会产生这部作品的民族风格是内在而深沉的感觉的缘由吧！

总之，《李自成》是中国土地上生长出来的乔木。它虽然也广泛吸收了外国小说的长处，但由于深深扎根在民族生活、民族文化的土壤中，所以没有“五四”以后有些作品里那种仿佛从国外移植过来的欧化气味。当然，它又和中国传统的旧作品不一样，字里行间没有那些陈腐的老套，而是充满着新时代群众喜欢的那种新鲜活泼、明快生动的作风。从内容到形式都和本民族的传统有深厚的联系，这正是小说《李自成》一个最突出的优点。

从一部农民革命战争史诗来要求，小说《李自成》似乎还存在一些可以进一步解决得更好的问题。譬如，它写了举人牛金星、李信参加起义的经过，却没有从农民中塑造一个“官逼民反”的有力的典型。对《李自成》这样的小说来说，这不能不是一个疏忽和缺陷。又如，陕北是明末农民最早起事的地区，高迎祥、张献忠、李自成等领袖人物都出在陕北，这是一个富有典型意义的环境，用适当的笔墨写好这一典型环境，对于深刻表现李自成这一典型人物，对于表现张献忠、高夫人、刘宗敏等人物形象，都是有重要意义的。特别是李自成起事，在他一生中是个飞跃，是个难得的典型情节，似应在适当的时机大书一笔。一、二卷中还没有看到这方面的更浓的笔墨，也不免使读者略感遗憾。另如，知今有助于通古，懂得现代的阶级斗争确实能加深我们对古代阶级斗争的理解；但是，要历史地真实地再现古代的阶级斗争，还必须从古代具体的历史实际出发。前者不能代替后者。以今推古，把握不好就容易产生某种现代化的倾向。《李自成》若干描写中多少存在的这类倾向，是否与作者有时未能严格注意并较好把握有关呢？这些问题都可具体探讨，此处不及一一赘述。

我们热切期望这部传世之作的后三卷早日问世，并望这新的几卷能在思想和艺术的一些方面取得新的进展！

我看金庸小说*

——在中国传媒大学的讲演

今天我和大家谈谈金庸小说，有关金庸小说的种种现象确实是值得人们注意与玩味的。

金庸从 1957 年在《香港商报》连载《射雕英雄传》开始，就引起了社会相当热烈的反响。中国香港作家倪匡先生评论说："《射雕英雄传》奠定了金庸武侠小说'巨匠'的地位，人们不再怀疑金庸能否写出大作品来。"连载过程中，人们争相传读，谈论郭靖、黄蓉如何如何。中国台湾学者夏济安很看好武侠小说，自己就想写，但读到《射雕英雄传》后，写信给人说："真命天子已经出现，我只好到扶余国去了。"那个时候在香港地区，可以说就兴起了"金庸热"，整整半个世纪下来，金庸作品影响的范围居然越来越广，从香港地区扩展到东南亚，又从东南亚扩展到中国台湾和海外，20 世纪 80 年代又进入大陆。文学作品的热度，一般能保持两三年就属不错，而金庸小说能五十年长盛不衰，并且覆盖的地区越发宽广，这非常不容易。尤其值得注意的是，

* 原载《金庸小说论稿》，北京，新星出版社，2021。

金庸小说的读者文化跨度还非常大。不但广大市民、青年学生和有点文化的农民喜欢读，而且连许多文化程度很高的专业人员、政府官员、大学教授、科学院士都爱读。像数学大师华罗庚、陈省身，诺贝尔物理学奖获得者杨振宁、李政道，我熟识的中国科学院院士黄昆、甘子钊、王选等，都是“金庸迷”。连一些专门研究中国文学和世界文学的专家教授，应该说他们有很高的文学鉴赏眼光和专业知识水准，可恰恰是他们，也都给予金庸小说很高的评价——像美国著名的华人学者陈世骧、夏志清、余英时、李欧梵、刘绍铭，像中国著名的文学研究家程千帆、冯其庸、章培恒、刘再复等，都很有兴趣去读金庸小说。冯其庸说他自己读得废寝忘食，通宵达旦，而且评价非常高。冯其庸先生在二十多年前的中国改革开放初期就写了一篇题目叫作《读金庸的小说》的文章，发表在丁玲主编的《中国》杂志上。中国作家协会副主席冯牧生前表示很愿意像对待古典名著《三国演义》《水浒传》等一样，来参加金庸小说的点评。可见，人们对金庸小说，真是达到了雅俗共赏的程度。我还要补充一点，那就是读者对金庸小说的欣赏，甚至于是超越政治思想的分野的。中国改革开放的总设计师邓小平先生，可能是大陆最早接触金庸小说的读者。据他夫人卓琳女士说，小平同志在 20 世纪 70 年代后期自江西返回北京，就托人从香港买到一套金庸小说，很喜欢读。1981 年 7 月 18 日上午，邓小平接见金庸时，第一句话就是：“你的小说我是读了的。”而据中国台湾新闻界人士透露：蒋经国先生生前也很爱读金庸作品，他的床头也经常放着一套金庸小说。这样一种完全超越了政治分歧的阅读现象，难道不值得人们思考和研究吗？

为什么金庸小说能有这样神奇的效果呢？下面，我就说说自己对金庸小说的看法。

第一点，金庸小说是有思想的娱乐品。

武侠小说是娱乐消遣性的，是通俗文学，这方面我想毫无疑义，大家都是这么看的。但金庸小说不是一般的通俗小说，不是一般的娱乐品，而是一种有思想的娱乐品。金庸自己就说过这样的话，他说："武侠小说本身是娱乐性的东西，但是我希望它多少有一点人生哲理或个人的思想，通过小说可以表现一些自己对社会的看法。"也就是说，他写这些作品既娱乐自己也娱乐大家，也想借此来表达一些看法——对社会、对人生问题的看法，可见他是自觉地追求作品的思想性的。

金庸的小说，几乎每一种都有不同程度的比较深刻的思想。不但走向成熟时期的作品是这样，就连《书剑恩仇录》这部利用民间传说写成的处女作也有一些不平凡的思想闪光。试想：即使乾隆真的是汉族官员陈家的孩子，刚出生时被调换了的话，陈家洛要想劝他的同胞哥哥"认祖归宗"回到汉族立场上来反清可能吗？也是不可能的。乾隆的皇帝地位，他的种种利害关系，都决定了陈家洛的天真幻想最终只能是个悲剧。金庸不是阶级论者，但对历史的了解和深刻观察使他相当成功地写出了陈家洛的悲剧。稍后的金庸作品里的思想，当然更有深度。比方说，像《射雕英雄传》，不但塑造了郭靖这个"为国为民"的大侠形象，而且通过临近结尾时郭靖和老年成吉思汗的一番争论，探讨了什么样的人才算真正的英雄。成吉思汗回顾自己的一生，志得意满，觉得自己东征西讨，建立的国家大到无与伦比，古今英雄没有谁能够比得上他。郭靖却不同意，他说："自来英雄而为当世钦仰、后人追慕，必是为民造福、爱护百姓之人。"杀的人多未必算是英雄。这个看法就富有历史和现实的深度，把《射雕英雄传》的思想向上提升了一步。《连城诀》这个作品可能不大受人注意，却也有着相当深刻的思想，它写出了贪欲可以让人丧心病狂到何等可怕的地步，把师徒、父女等人伦关系全部破坏干净，令人震撼。它的深刻性几乎不亚于巴尔扎克的《高老头》。时间不容许我们一部一部讨论金庸的作品，这里我想比较多一点来讨论一下《笑傲江湖》。这是金庸在大陆“文化大革命”夺权斗争热火朝天的时期所写的作品。它用武侠小说特有的那种夸张、荒诞的情节和江湖门派的套路，揭示了不同类型的野心家们为扩充自己的权力，怎样利用各种堂而皇之的名目挑起一场场血腥斗争。这些人简直无缝不钻。华山派内部有剑宗和气宗两宗，他们信奉的本来是同样的经典，都认为练剑和练气要结合，只是在解释经典的内容上稍有点不一样：剑宗以讲究剑术为主，气宗主张以内气、内功为主。但在宗派情绪和野心家挑动下，两边都认为自己才是正宗，和对方的分歧是原则性的分歧，必须要捍卫经典的纯洁性，于是两宗之间就互不相容，互相仇杀，死了很多人。华山派的掌门人岳不群是气宗的，他绝对不容许自己的徒弟再和剑宗的一些残余人物(像风清扬)接触。令狐冲对自己的师父岳不群是忠心耿耿的，简直把师父师娘当作自己的亲生父母来对待。但是，他在山洞里面壁思过时发现风清扬也是华山派的，不过属于剑宗这一支而已。他结识了风清扬，在剑术上得到了风清扬的指点。他的师父岳不群知道以后大发雷霆，在江湖上发表通告，用“交接魔道”这样的罪名把令狐冲逐出华山派。随着小说情节的深入发展，后来终于显露出所谓“君子剑”岳不群本身就是一个隐藏得最深、也是最大的野心家。他是个极其阴险的真正的伪君子。小说的这些描述，很能发人深思。

作家王蒙平时并不喜欢读武侠小说，但是一个偶然的机会，他读到金庸的《笑傲江湖》。读了以后，他在一篇短文里说，他流眼泪了。他说：“如果半个月前有人说王蒙读了金庸的小说会流眼泪，那我会觉得很可笑。可是最近读了，确实流泪了。”王蒙的一个好朋友，当过中宣部副部长、中央党校副校长的龚育之先生，写了一篇文章说："王蒙为何流泪？带着这个好奇心，我在一个假期一口气读完了四卷《笑傲江湖》。我觉得多少懂得了一点王蒙流泪的缘由。当真心实意把师父师娘当作亲生父母，真心实意忠诚于师父掌门的剑派的令狐冲，竟被师父以'交接魔道'的罪名，通告江湖，逐出派门，永不相认的时候，金庸关于令狐冲此时椎心泣血的痛楚的描写，怎能不使写了《布礼》的王蒙落泪！"

使王蒙深为感叹的，还有小说里所写的刘正风"金盆洗手"之艰难。刘正风要退出衡山派，退出江湖，这个事情本来不触犯谁的利益，衡山派也没有人反对，然而嵩山派却站出来干预，据说因为他们同属于所谓"名门正派"的五岳剑派，好像就有这个权利似的。嵩山派硬给刘正风扣上一个"勾结魔教长老曲洋"的罪名(其实刘正风和曲洋只是音乐上的知音和朋友)，杀了刘正风的全家老小。刘正风受伤后单身外逃，还是遭到杀害。嵩山派还杀了曲洋和他的十二三岁的孙女。嵩山派这样专横残暴地干预衡山派的内务，是要在"五岳剑派"面前显示威风，为日后采取"五岳并派"的行动做准备，给其他四派一点颜色看，加大对其他四派的压力。嵩山派的掌门人左冷禅野心大得很，他要称霸江湖，而其第一步，就是要把五岳剑派统一成一个大派，由他个人执掌，谁反对，就把谁除掉。《笑傲江湖》深刻地写出了这些野心家为了一步步扩大夺权，怎样一步步到了疯狂的程度。五岳剑派号称"名门正派"，然而像嵩山派的所作所为，正像令狐冲指出的那样："跟邪魔歪道又有什么分别？"北岳恒山派的掌门人定逸师太吃尽了嵩山派一再化装偷袭的苦头之后，也对令狐冲说："像嵩山派这样狼子野心，却比魔教更加不如了，正教中人，就一定比魔教好些吗？"小说通过具体情节告诉读者：是与非、正义和邪恶，不能只按表面的名分来划分，事实上侠义道和魔教两方面都有正派的人，也都有恶势力。张三丰说得好：“这‘正邪’二字原本难分，正派弟子若是心术不正，便是邪徒，邪派中人只要一心向善，便是正人君子。”也许金庸对中国近百年来的历史状况实在感受太深，所以他在小说里一再写到武林中层出不穷的门派斗争。这些复杂的斗争里边也有能够代表作者理想的，那就是像张无忌和任盈盈那样的。《倚天屠龙记》里的张无忌，出任明教教主以后，协调各派，把内部团结起来，也把外部原来有些矛盾的少林、武当等各派都联合起来，最后把元朝的残暴统治推翻掉，自己却没有什么野心。《笑傲江湖》里的任盈盈继任了日月神教的教主以后，跟正教的各派握手言和，化干戈为玉帛，无疑也代表了作者的理想。这些小说里的思想，实际上可以说包含了中国人民近百年来在各派纷争中吃尽苦头，付出了血的代价以后得来的一些教训。

金庸小说不但避免抽象地谈论武林人物的正和邪，同时也避免悬空地讨论人性的好和坏。金庸认为地位的不同完全可以使人的思想发生变化。在《笑傲江湖》里，金庸通过场面和情节自然地显示出，权力对人有腐蚀作用。好人一旦走上当权的重要位置，也有可能走向腐化。当任我行这个日月神教原任教主，刚从关了他十几年的地牢里跑出来的时候，对东方不败搞个人迷信的一套非常生气。他手下的一个长老上官云，一见他的面就习惯地说：“属下上官云参见教主，教主千秋万载，一统江湖。”把他像东方不败那样地吹捧，这时任我行很反感，当下挖苦说：“什么千秋万载，一统江湖，当我是秦始皇吗?”又说：“千秋万载，一统江湖，想得倒挺美！又不是神仙，哪里有千秋万载的事儿?”甚至于心里边暗暗地想，人们都说上官云是个很正直、武功也很高强的人，怎么一开口都是拍马屁的话呢？他不高兴。然后他就当面对上官云说：“上官兄弟，咱们之间，今后这一套全都免了。”也就是告诉上官云，你不要用对待东方不败这个篡位的教主那一套办法来对待我。可见当初的任我行头脑是很清醒的。但是，当他在别人帮助之下杀了东方不败，真的重新当上教主以后，又觉得东方不败定下的这套规矩挺有意思，足以维护教主的尊严，也就沿袭下去，不再废止了。而且越到后来变得野心越大，想把江湖上各个门派都要统一起来，都要并吞掉。无怪乎连令狐冲这样救过任我行生命的人，远远望着教主的座位，心里也在想：坐在教主位置上的是任我行还是东方不败，有什么区别？任我行的女儿任盈盈也对令狐冲说：“爹爹重上黑木崖，他整个性子很快就变了。”可见，人确实是会变化的。金庸在好几部小说里提出来的“权力产生腐败”的问题，实在非常尖锐，也非常深刻。他实际上已经把必须建立监督制度来防范领导者腐化这样的问题点出来了。

我想再举《笑傲江湖》里的一段描写，作为金庸小说富有独立思考、独立批判精神的一个例子。那就是东方不败被杀、任我行恢复了教主地位以后，日月神教的骨干们当着现任教主的面纷纷揭发批判东方不败的罪行，表示向现任教主效忠。有的说东方不败“武功低微，全仗装腔作势吓人，其实没半分真本领”，有的说“东方不败荒淫好色，强抢民女，淫辱教众妻女，生下私生子无数”，如此这般。金庸写这些所谓的“批判”也是意味深长的。事实上，当初东方不败是被任我行、向问天、令狐冲三个高手合力杀死的。三个高手跟他一个人斗，东方不败还能从容地发射暗器，伤到这三个人。只是在任盈盈跑去伤了东方不败的一个男宠杨莲亭的时候，杨莲亭叫了一声，结果使东方不败分神了，才中了别人的剑。这叫作“没有半点本领”吗？这种批判就是胡来的，反正东方不败死了，怎么说都可以。至于说东方不败淫乱、奸污了许多教众妻女，这种事情可能发生吗？他练的是“葵花宝典”这种太监才练的武功，是丧失性功能的，说他生下了多少私生子，岂不都是胡乱批判吗？

值得注意的是，金庸这些批判“文化大革命”的文字不是出现在“文化大革命”结束，中共中央做出否定这场动乱的决议之后，而是写在 1967 年到 1970 年“文化大革命”正在进行，林彪、“四人帮”的气焰如日中天的时候。这就更能显示这些批判的可贵价值。当时的金庸，白天写报纸的社评、政论，夜晚写小说，健笔一支两头用，都在反对“文化大革命”。也许有人会觉得，香港地区是资本主义社会，不在林彪、“四人帮”统治之下，说什么话比较容易。其实不然。1967 年，当北京在极“左”思潮鼓动下火烧英国代办处的时候，香港地区也有红色造反派，掀起过一场“红色风暴”，他们把矛头指向反对“文化大革命”的人，称他们为“反动派”，称金庸为“豺狼镛”。造反派宣布了五个应该杀掉的人的名单，第一名是香港地区电台的播音员，叫林彬。那是个年轻人，对“文化大革命”批评得很厉害。红色造反派打听好了林彬每天上班的路线，装扮成修路工人，拦住林彬的汽车，要他下车，然后给他浇上汽油，点上一把火，当场活活烧死。五人名单中该杀的第二名就是金庸。他不断接到邮包炸弹之类的警告，只好隐蔽起来，但还为《明报》继续写稿子批评“文化大革命”，于是《明报》一再收到邮包炸弹。可见，即使在香港地区，反对“文化大革命”也是要冒风险，并且几乎是要付出生命代价的。不过金庸始终还是说自己该说的话。他在社评、政论中预言林彪将来是要垮台的，他还预言江青在毛泽东去世后会被抓起来的，这些后来都被证实了。足见他对中国国情有着真正深刻的了解和惊人的预见性。

第二点，金庸小说虽然描写古代的题材，却渗透着现代的精神。

传统武侠小说诞生在漫长的中国封建社会中，它们在弘扬侠义精神的同时，也留下了诸如嫉仇嗜杀、热衷仕途、汉族本位、迷信果报乃至奴才意识之类特殊的印记。金庸作品则对此类思想观念实行了一系列的变革。旧式武侠小说的一个普遍观念是“快意恩仇”。为了“报仇”，而且要“快意”，杀人就不算一回事。《水浒传》里的武松为了报仇，血溅鸳鸯楼，杀了张都监一家老小十余口，连儿童、马夫、丫鬟、厨师也不能幸免。金庸小说却从根本上批评和否定了“快意恩仇”“任性杀戮”这种观念。《射雕英雄传》里的郭靖，怀着家仇国恨对完颜洪烈实现了复仇，后来却引出一场思想危机：他一想到“复仇”二字，花剌子模屠城的惨状立即涌上心头。他自己想父亲的仇虽然报了，却害死了这许多无辜百姓，心下如何能安？看来这报仇之事，未必就是对了。郭靖甚至一度对学武产生怀疑。《神雕侠侣》中的杨过，要为父亲杨康报仇，曾经死死盯住了郭靖和黄蓉，后来他知道了父亲的为人和死因，惭愧得无地自容，彻底放弃了复仇的念头。《雪山飞狐》通过苗若兰之口，道出其父苗人凤宁可自己遭害，也决心制止胡、苗、范、田四姓子孙冤冤相报的做法，这一情节感人至深。金庸并不反对处死那些作恶多端的人，却反对睚眦必报和滥杀无辜，这就是现代人的思想。金庸小说中的侠士，无论是郭靖、杨过、张无忌、狄云，还是周伯通、乔峰、令狐冲，都是性情中人，和旧式侠客替官僚当保镖大不相同。他们行侠仗义，天真率性，爽朗热诚，全无顾忌，自己的生命可以牺牲，却绝不做封建官府的鹰犬。旧式武侠小说那些正面人物，总是热衷仕途，以行侠求封荫；金庸笔下的侠士则彻底抛弃了“威福、子女、玉帛”那套封建性价值观念，渗透着个性解放与人格独立的精神。这些人每位都是一棵独立的大树，而不是依附于他物的藤萝。他们我行我素，不但反抗官府的黑暗腐败，而且反抗几千年来形成的不合理的礼法习俗，追求自由自在、合于天性的生活。令狐冲说“人生在世，会当畅情适意，连酒也不能喝，女人也不能想，人家欺到头上还不能还手，还做什么人？不如及早死了，来得爽快”，这正是个性主义精神的体现。金庸笔下的侠士爱情，也已抛开一切社会经济利害的因素，成为一种脱俗的、纯情的，也是理想的情爱。郭靖完全不考虑华筝的公主地位而决心与黄蓉结合。赵敏为了张无忌毅然抛开了郡主的家门。胡一刀选择妻子时，置大笔财富于不顾，他说：“世上最宝贵之物，乃是两心相悦的真正情爱，绝非价值连城的宝藏。”可见，金庸的武侠小说在人生观、价值观上和“五四”新文学是异曲同工、殊途同归的。金庸在个人和个人的关系上面主张尊重个性，保持独立的人格；但在个人和社会的关系上，他又主张要为多数民众的利益着想。金庸赞美乔峰、郭靖“以天下为己任”的人生态度，提出“为国为民，侠之大者”“为民造福，爱护百姓”的思想，强调侠士对国家、社会应负的责任，这正代表了现代意识的两个重要方面。人总是既要承担一定的社会责任，又要保持独立的个体人格，两方面不可偏废。如果像古代中国有些思想家那样，只肯定群体的利益或者王权的利益，过分地抑制甚至于看不到、忽略个体的利益，牺牲人的个性，那么社会就会死气沉沉，令人窒息，造成许多悲剧。可是如果像西方近代有些人那样只讲个性自由，以至于自我膨胀，人欲横流，社会的公众利益受到侵害，社会也会发生种种问题。只有将个性自由和社会责任两者兼顾，才能真正使人类社会有一种健全的意识，这也正是金庸所要表达的一种现代精神。

再有，传统武侠小说在处理汉族与少数民族关系上，往往表现出汉族本位的狭隘观念。民国时期的武侠小说，写了很多“反清复明”的故事，作者站在汉族立场上，反对满族统治，书中侠士代表正义方面，而“鞑子”皇帝不论是明君还是昏君，一概为奸邪。这种民族关系上的简单观念，既与当时的反清革命思潮有关，也是儒家传统思想具有某种狭隘封闭性的反映。儒家历来讲究“夷夏之辨”，尊夏贬夷，认为“非我族类，其心必异”；主张“用夏变夷”，截然反对“变于夷”，拒绝学习其他民族的长处。旧式武侠小说也深受这种传统观念的影响。金庸最早的《书剑恩仇录》采用汉族一个民间传说为素材，或许还潜在地留有这类痕迹。但稍后的小说，随着作者历史视野越来越宽广，思想、艺术越来越成熟，也就越发突破汉族本位的狭隘观念，肯定中华许多兄弟民族在历史发展中各自的地位和作用，赞美汉族和少数民族相互平等、和睦相处、互助共荣的思想，而把各民族间曾有过的征战、掠夺、蹂躏视为历史上不幸的一页。金庸笔下的第一英雄乔峰（萧峰）是契丹人，第一美女香香公主喀斯丽是回族人，而第一明君康熙皇帝又是满族人，这些看似偶然的、有趣的巧合，其实在偶然中又透露着必然，它证明了金庸是武侠小说中第一位以平等友善的态度来描写少数民族的作家。尤其是乔峰这样一位因反对辽宋征战而在契丹皇帝面前当场自杀以示抗议的英雄形象的塑造，应该说是对传统武侠小说所具有的民族偏见的重大突破，在中国文学史上也有着很大的意义。即使暂时不谈金庸小说的独立批判精神，单从这些方面看，金庸确实对武侠小说的根本精神进行了很大的革新。

有的学者却提出，金庸武侠小说中汉族与少数民族平等的思想具有“殖民主义”的背景，适应港英殖民主义者的要求和利益。据说他们从《鹿鼎记》“瞥见隐匿在满清里面的港英殖民者的影子”，“既然鞑子皇帝比汉人更懂得勤政爱民，有什么理由要把他推翻？此便与60年代、70年代初（正值《鹿鼎记》写作时期）香港地区经济起飞、教育日渐普及……港英当局大力推行社会福利，使香港地区迈入了现代时期，从而培养出中国香港人对港英当局的归属感等诸般情况，有着隐约的呼应的关系”，因此认为“金庸小说的这一‘突破’其实只是殖民教化的合乎逻辑的结果”。在我看来，这是有点想入非非，我必须在这里多说几句。汉族和满族的关系是中国的国内问题，这和中国同外国殖民者的关系完全是两回事，绝对扯不到一起。从新中国成立前后起，政协共同纲领和宪法都规定：国内各民族一律平等。20 世纪 50 年代初，周恩来总理在多次讲话中就提出：今后讲到“清朝”时不要再用“满清”这个词，因为其中包含着民族歧视。1957 年 8 月 4 日，尽管反右派斗争已进行了两个月，周恩来总理在民族工作座谈会上的讲话《关于我国民族政策的几个问题》中，依然强调要反对“大汉族主义”和“地方民族主义”两种倾向，而且指出，特别要注意反对“大汉族主义”。周恩来还高度肯定了满族和清朝在中国历史上的巨大作用，他说：“满族建立的清朝政权，统治了中国近三百年。清朝以前，不管是汉、唐、宋、明各朝，都没有清朝那样统一，清朝起了统一的作用。另一点是清朝时期繁荣了人口，中国人口的增长在清朝是相当大的，这是它有功的一面。”这就是说，不但在现实生活中要贯彻民族平等政策，而且在研究和思考历史问题的时候，也要从中华民族整体利益出发，贯彻民族平等和对少数民族一视同仁的精神。正因为这样，中国历史学界在 50 年代到 60 年代初，就发表了一批肯定少数民族杰出领袖人物作用的学术论文，如琰生的《试论完颜阿骨打(金太祖)》，刘大年的《论康熙》等，其中《论康熙》一文尤其因新颖、深刻、中肯、独到而引起了国内外学术界的极大注意。金庸作为 50 年代初就想进入外交部工作的爱国知识分子，对祖国各方面的动态，包括文化学术上的进展都十分关心，他不可能不知道历史学在评价少数民族杰出人物方面的这种变化，何况这种变化正符合金庸自己的思考。我们注意到，从50年代末期起，金庸在一系列作品中(而不只是一部《鹿鼎记》)都用客观平等的态度写到了少数民族，如《碧血剑》《倚天屠龙记》《天龙八部》等，这些与港英当局的殖民教化可谓风马牛不相及。金庸在60年代中期反对“文化大革命”，批判内地及香港地区的极“左”思潮，这恰恰是他爱国爱民、对祖国前途命运无比关切的表现，也同周恩来总理在香港地区问题上清醒、沉稳的外交路线与方针在根本上是一致的。香港地区只能在适当的时候有秩序地收回，这是中国政府的一贯方针。金庸是向来拥护这一方针的。今天，当香港地区已顺利回归，金庸在香港地区基本法制定中的爱国立场和卓越的贡献也已得到人们的充分认识和肯定时，回头来看金庸小说在描绘国内民族关系上的功绩，难道还有什么可以怀疑的吗?

第三点，金庸改革了武侠小说的创作方法，从浪漫主义走向象征寓意。

金庸不但在早年用超拔的想象力创作了许多浪漫主义的武侠小说如《书剑恩仇录》《碧血剑》《射雕英雄传》《雪山飞狐》等，中期以后，还用象征寓意的方法写了一些内涵更加深沉、意蕴更加丰富的作品，包括《连城诀》《侠客行》《天龙八部》《笑傲江湖》等。

传统武侠小说一般是浪漫主义的，很少有人用非浪漫主义方法去写。鲁迅用表现主义方法去写传说中的武侠故事《铸剑》，这是很特殊的例子，是重大的发展。金庸从《神雕侠侣》起，创作方法开始发生变化，那就是增添了不少象征寓意的成分。绝情谷里的情花，含有深长的意味。这种花看上去雪白芬芳，娇艳美丽，可枝头有密密的毒刺，人一旦被它刺到，此后再动情就痛楚不堪，重则毒发身亡。情花的果实大多不好看，偶尔有好看的，味道却又苦又涩；有的极难看的果子入口却极好吃，但又不是怪的就一定好吃，只有尝过以后才知道。这样的情花，难道不正是爱情自身的象征吗？《神雕侠侣》里的爱情，就非常多样而又多味。主人公杨过与小龙女至死不渝、终身相守是一种。绝情谷主与妻子都很自私狠毒、相互加害对方又是一种。李莫愁因不能与陆展元结合而以极端的疯狂和残忍表现出来的痴情又是一种。“问世间，情为何物，直教人生死相许！”金人元好问的一曲《迈陂塘》，提示着《神雕侠侣》简直是一部包含了许多“象外之意”的爱情哲理书。

紧接着的《倚天屠龙记》，以一剑一刀命名，这也是有所寓意的。按书中灭绝师太的说法，在抗元将败的最后日子里，黄蓉、郭靖两人特意铸刀铸剑，内藏兵法和武功的精要。“屠龙刀中藏的乃是兵法，此刀名为屠龙，意为日后有人得到刀中兵法，当可驱逐鞑子，杀了鞑子皇帝。倚天剑中藏的则是武侠秘籍……盼望后人习得剑中武功，替天行道，为民除害。”也就是说，屠龙刀象征着推翻元朝暴政和建立新的权威；但如果这新的权威并不为老百姓造福，反而蹂躏百姓，那么倚天剑就会出来替天行道，为民除害，倚天的“天”指的是百姓。这就是读者熟悉的“武林至尊，宝刀屠龙，号令天下，莫敢不从。倚天不出，谁与争锋？”六句四字话语所包含的深意，同时也是以张无忌为主人公的《倚天屠龙记》一书的主题。

《侠客行》的寓意也相当深刻。小说通过不识字的石破天居然能破译石壁上那首诗所包藏的绝顶武功，给人丰富的启示。它的矛头指向包括传统经学在内的各种教条主义、烦琐哲学、经院气的解读模式。汉代开始的经学，虽然不是一点贡献也没有，但牵强附会地寻找微言大义，大篇考证而不得要领，抓住细枝末节却忘记事情的根本方面，这种迂阔固执的书呆子态度，无论如何总是不可取的。李白有《嘲鲁儒》的诗：“鲁叟谈五经，白发死章句。问以经济策，茫如坠烟雾。”这是传统经学误国误民的生动写照。金庸小说通过石破天参悟武功过程的合理描写，以现代人的态度，点出了传统经学教条主义烦琐解读的根本弱点，其意义又远远超出了批判经学本身。金庸在《侠客行》1977年版后记中说："各种牵强附会的注释，往往会损害原作者的本意，反而造成严重障碍。《侠客行》写于十二年前，于此意有所发挥。近年多读佛经，于此更深有所感。"

象征寓意性作品写得最成功的当然应数《笑傲江湖》。小说通过江湖上五岳剑派与魔教的较量以及五岳剑派内部的争夺，象征性地概括了中国历史上的权力斗争，其中也包括了"文化大革命"这样的斗争，寓意更为深刻。它表面上看是一部武侠小说，其实却又是一部长篇的寓言小说。金庸自己在这部小说的后记中说："我写武侠小说是想写人性，就像大多数小说一样。写《笑傲江湖》那几年，'文化大革命'夺权斗争正进行得如火如荼，当权派和造反派为了争权夺利，无所不用其极，人性的卑污集中地显现。我每天为《明报》写社评，对政治中的龌龊行径的强烈反感，自然而然反映在每天撰写一段的武侠小说之中。这部小说并非有意影射'文化大革命'，而是通过书中的一些人物，企图刻画中国三千多年来政治生活中的若干普遍现象。影射性的小说并无多大意义，政治情况很快就会改变，只有刻画人性，才有较长期的价值。不顾一切地夺取权力，是古今中外政治生活的基本情况，过去几千年是这样，今后几千年恐怕仍会是这样。"这部象征寓意的小说在写人性的真实与深刻方面，远远超过一般的写实主义作品，达到了令人震撼的程度。故事并没有点明发生在什么朝代，这恰恰更增强了它所概括的政治生活的深广度，诚如金庸所言："这表示，类似的情景可以发生在任何朝代。"因而更令人震悚不已。这种感觉，在我个人的阅读经验上，似乎只有读卡夫卡作品方可比拟。

总之，金庸在武侠小说创作方法上所做的这种革新具有重大的意义，不仅大大丰富了武侠小说的表现手段，更使作品于武林世界之外展示出多层次的思想意蕴，从而极大地扩充了这类小说的艺术容量。

第四点，金庸小说还包含传统文化的丰富底蕴和中华民族的深刻精神，体现了过去武侠小说从未有过的相当高的文化品位。

金庸的武侠小说虽然产生在香港地区商业化环境中，却没有旧式武侠小说那种低级趣味和粗俗气息。金庸武侠小说以写出“见义勇为”的“义”为核心，寓文化于技击，借武技较量显示中华文化的内在精神，又借传统文化学理来阐释武功修养乃至人生哲理，做到互为启发，相得益彰。这里涉及儒、道、墨、释等诸家思想，涉及千百年来中华民族众多的文史科技典籍，涉及传统文学艺术的各个门类，比如诗、词、曲、赋、绘画、音乐、书法、棋艺等。作者调动自己在这些方面的已有学养，使武侠小说上升到一个很高的文化层次。从金庸小说，我们可以窥见墨家见义勇为的游侠精神、儒家的仁爱与民本思想，还可以感受到道家的深邃博大、无处不在的辩证方法。单就文学本身而言，我们读金庸小说，也常常会联想到《庄子》那种瑰丽恣肆的神奇想象、寓意深沉的哲理色彩、飞扬灵动的文学语言。它们都证明着金庸小说与传统文化之间的深刻联系。像陈世骧教授指出的《天龙八部》那种悲天悯人、博大崇高的格调，没有作者对佛教哲学的真正领会，是很难达到的。我们还从来不曾看到过有哪种通俗文学能像金庸小说那样蕴藏着如此丰富的传统文化内容，具有如此超拔的文化学术品位。某种意义上讲，金庸的武侠小说又是文化小说；只有想象力极其丰富而同时文化学养又相当渊博的作家兼学者，才能创作出这样的小说。

金庸小说还广泛借鉴吸收了各种文学乃至戏剧和电影的长处，使武侠小说的艺术质量提高到一个新的水平。金庸不但继承了中国传统白话小说的叙事方式和叙述语言，而且借鉴吸收了西方近代文学和“五四”新文学的艺术经验。金庸从小既喜欢读《三国演义》《水浒传》《红楼梦》这类古典小说，也喜欢读法国大仲马的《三个火枪手》三部曲等西方小说，他还喜欢读“五四”新文学家鲁迅和沈从文的小说，这些作品都成为他广泛吸取的艺术营养和宝贵资源。在金庸笔下，没有了侠客们腾云驾雾或口吐一道白光取人首级于百里之外的描写，他的武侠小说被大大地生活化了。金庸重视小说情节，然而决不任意编造情节，他更看重的是人物性格，他相信“情节是性格的历史”，坚持从性格出发进行设计，因而他的小说情节显得曲折生动而又自然合理，既能“出人意外”又“在人意中”。《天龙八部》里，那个最没有称王称霸之心的段誉最后却做了皇帝，最没有男女之欲的虚竹和尚却做了快乐之极的西夏驸马，最吃尽民族矛盾之苦的萧峰却为平息辽宋干戈而杀身成仁，最想当皇帝的慕容复最后却想得发了疯，只能对着几个孩子在坟头上南面称孤。这些结果我们事先能料想到吗？可能一点都没有想到。然而仔细一想，它们都非常合乎情理。金庸小说又像我们的古典小说那样，很讲究艺术节奏的调匀和变化：一场使人不敢喘气的紧张厮杀之后，随即出现光风霁月、燕语呢喃的场面，让人心旷神怡。这种一张一弛、活泼多变的艺术节奏，给读者带来很大的艺术享受。最重要的，金庸小说有意境，这是文学作品达到成功境界的一项根本性标志。美国华人教授陈世骧早就指出了这一点，他借用王国维的话来形容金庸作品：“一言以蔽之曰，有意境而已。”陈教授还说：“于意境，写情则沁人心脾，景则在人耳目，述事则如出其口。此语非泛泛，宜与其他任何小说比而验质，即传统名作非常见，而见于武侠中为尤难。武侠中情、景、述事必以离奇为本，能不使之滥易，而复能沁心在目，如出其口，非才远识博而意高超者不辨矣。艺术天才，在不断克服文类与材料之困难，金庸小说之大成，此予所以折服也。”（见陈世骧1970年11月20日致金庸信）应该说，这是一番极精彩的论述，完全符合金庸作品的实际。

金庸还常常用戏剧的方式去组织和建构小说内容，使某些小说场面获得舞台演出的效果。比如《射雕英雄传》郭靖在牛家村密室疗伤时，通过一个小孔看到外面一拨又一拨人来了又走的情景；《碧血剑》第十七回，写袁承志与焦宛儿两人躲藏在床底下听夏青青、何铁手、何红药三人谈话。这些写法既增强了情节的戏剧性，又促使小说结构趋于紧凑和严谨。其中最成功的是《天龙八部》临近末尾处发生在王夫人庄院中的场面，那真是冤家路窄，以段正淳和王妃刀白凤为中心的几组情敌和几组政敌都碰到了一起；而且段誉、段正淳一伙是被王夫人俘获，作为阶下囚出现的，他们与成为胜利者的对手们，同台演出了一场精彩的戏。被俘者之间固然矛盾重重，而所谓胜利者的王夫人、慕容复、段延庆三方也各怀鬼胎。加上段誉和南海鳄神的师徒关系，慕容复和几个比较正直的家将包不同、风波恶等的主从关系，段延庆与刀白凤二十年前的孽缘，段誉和王夫人女儿王语嫣的爱恋，种种复杂因素的制约和不同性格间的冲突，终于导致一个出人意外的结局：慕容复为逼迫段正淳同意传位给义父延庆太子以实现自己复国的野心，先后杀了段正淳的情妇阮星竹、秦红棉、甘宝宝，进而造成段正淳以及另一情妇王夫人、妃子刀白凤的痛苦殉情，段誉的身世也因之大白于天下，然而慕容复想夺大理国王位的狼子野心却也彻底暴露，连几员家将也唾弃了他。这个舞台上可以说好戏连场：既有王夫人主演的别出心裁的扫除情敌戏，也有段正淳夫妇连同王夫人自己上演的凄艳浪漫的相继殉情戏，还有慕容复演出的尚未登基先杀忠良的认贼作父戏，段誉蒙在鼓里却又不得不参与的生父仇人戏。读完金庸仿佛一口气写下的这四五十页文字，一些大出意料的事纷至沓来，读者的感受也如段誉一样，感到“霹雳一个接着一个，只……惊得目瞪口呆”。即使真是舞台剧，也不大容易像金庸小说这样写得戏剧矛盾如此集中、悲剧性又如此强烈的。至于金庸小说对大量电影技巧的运用(如《雪山飞狐》结尾处胡斐举刀这个动作就收到了电影“定格”的功效，以及电影长、短、特写镜头的组合和蒙太奇连接方法的运用等)，则更是驾轻就熟。

金庸还学习、吸取了某些通俗文学(比如言情小说、历史小说、侦探推理小说、滑稽小说)的长处。我们姑且不谈金庸小说在写爱情方面的成功，单说金庸把自己的武侠故事常常安进一个一个历史的框子里去，让真实的历史人物和虚拟人物同台活动，那就是从历史小说得到的启发。金庸小说里边也有侦探推理小说的成分。《射雕英雄传》里，是谁要杀害江南七怪？除了瞎子柯镇恶一个人没有死以外，其他六人都被杀了。谁杀的？这就是个谜。然后一层一层地来推理，最后终于在铁枪庙里把事情的真相弄清楚了，也让躲在暗处偷听的柯镇恶消除了误解。这就是侦探推理小说的写法。金庸小说里边还有许多滑稽小说的成分。像《笑傲江湖》里的桃谷六仙，就是一些陪衬的滑稽人物。小说故意写他们六兄弟的胡闹、调笑、装疯卖傻，在情节已达到很紧张的时刻，把读者们带进另一种轻松的氛围里，但这些人物又不是可有可无的，他们对故事的情节发展同样起着推动作用。所以，金庸确实是创造性吸收了各类通俗小说的长处，这使他成为通俗小说的集大成者。他在武侠小说中的地位不是某个单项冠军，而真是全能冠军。

严家炎主要著作目录

一、专著

1.《严家炎全集》，北京：新星出版社，2021。

2.《新文学小讲》，北京：北京出版社，2021。

3.《中国文化书院八秩导师文集：师道师说（严家炎卷）》，北京：东方出版社，2016。

4.《问学集：严家炎自述》，北京：人民日报出版社，2014。

5.《严家炎对话集：中国现代文学与现代性》，北京：人民日报出版社，2014。

6.《不怕颠覆，只怕误读：严家炎讲演集》，北京：人民日报出版社，2014。

7.《二十世纪中国文学精神：严家炎自选集》，北京：人民日报出版社，2014。

8.《中国现代小说流派史》，武汉：长江文艺出版社，2009。

9.《考辨与析疑"五四"文学十四讲》，北京：中国海洋大学出版社，2006。

10.《人生的驿站》，哈尔滨：黑龙江人民出版社，2004。

11.《严家炎论小说》，南昌：江西高校出版社，2002。

12.《论鲁迅的复调小说》，上海：上海教育出版社，2002。

13.《五四的误读：严家炎学术随笔自选集》，福州：福建教育出版社，2000。

14.《金庸小说论稿》，北京：北京大学出版社，1999。

15.《世纪的足音》，北京：作家出版社，1996。

16.《中国现代小说流派史》，北京：人民文学出版社，1989。

17.《中国现代各流派小说选》，北京：北京大学出版社，1986。

18.《求实集：中国现代文学论集》，北京：北京大学出版社，1983。

19.《知春集：中国现代文学散论》，北京：人民文学出版社，1980。

二、主编

1.《王蒙研究》(专辑，与温奉桥合编)，青岛：中国海洋大学出版社，2017。

2.《二十世纪中国文学史》，北京：高等教育出版社，2010。

3.《穆时英全集》(穆时英著，与李今合编)，北京：北京十月文艺出版社，2008。

4.《小说儿童1980—2000中国小说的儿童视野》，北京：中国海洋大学出版社，2005。

5.《现代性视野中的张恨水小说》，北京：中国海洋大学出版社，2005。

6.《中国现代文学作品精选》(与孙玉石、温儒敏合编)，北京：北京大学出版社，2001。

7.《都市漩流中的海派小说》(与吴福辉合编)，长沙：湖南教育出版社，1995。

8.《中国现代文学史》(与唐弢和编)，北京：人民文学出版社，1980。